k.

Frederik Berger

Der Ring des Falken

Historischer Roman

Kindler

1. Auflage September 2011

Satz Janson PostScript (InDesign)
bei Pinkuin Satz und Datentechnik, Berlin
Druck und Bindung GGP Media GmbH, Pößneck
Printed in Germany
ISBN 978 3 463 40587 2

Ai, las tan cuidava saber
D'amor e tan petit en sai.
Weh mir! So viel glaubte ich zu wissen
von der Liebe, und so wenig weiß ich davon!
(Bernart de Ventadorn, Lerchenlied)

Ist mir mîn leben getroumet, oder ist ez wâr?
War mein Leben ein Traum, oder ist es Wirklichkeit?
(Walther von der Vogelweide, Elegie)

Ego sum via et veritas et vita.
Ich bin der Weg, die Wahrheit und das Leben.
(Johannes-Evangelium 14,6)

Erläuterungen zu den im Roman auftretenden
oder genannten historischen Personen
finden sich am Ende des Buchs.

Teil I

Die Flucht des Falken

1. Kapitel

Verloren sind die Paradiese der Kindheit erst dann, wenn man sie vergisst. Aber ich, Bernardou, Sohn des Arnaut, getauft im Jahre des Herrn 1187 in Italien, aufgewachsen auf der Burg von Les Baux im strahlenden Licht meiner provençalischen Heimat, vor dem Schimmer der gezackten Kalkfelsen der Alpilles – ich werde nie das Glück meiner Kindheit vergessen, so wenig wie die verschlungenen Wege meines abenteuerlichen Lebens.

Am Anfang waren die Augen.

Die tiefbraunen, fast schwarzen Augen über mir, die Augen meiner Mutter. Und das Lächeln ihrer geschwungenen Lippen, die sanft über meine Kinderhaut strichen und dann ein Lied formten, ein schwermütiges Lied aus unergründlicher Ferne, ein Lied voll Sehnsucht und Kummer. Ich suchte lange seinen Ursprung, auf all meinen weiten Reisen, die mich bis ins farbige, reiche Sizilien führten und später in das kalte Land nördlich der hohen Gebirge. Noch heute klingt mir ihr Gesang als fernes Echo in den Ohren, und erst im Tod wird er verstummen und übergehen in den Gesang der Engel.

Am Anfang waren auch die Augen meiner Spielgefährtin Serena, die von ihrer Mutter meist Maria Serena gerufen wurde.

Häufig spielte ich mit ihr Suchen und Fangen: Einmal

versteckte sie sich vor mir, ich entdeckte sie und wollte sie schon greifen, da bückte sie sich und rannte lachend davon, sprang über ein aufgeschrecktes Huhn und verschwand hinter einem Felsen. Ich rief nach ihr, doch sie antwortete nicht. Überall waren Handwerker bei der Arbeit, ein paar Zimmerleute stellten ein Gerüst auf, über den Boden verstreut lagen Balken und Bretter, es wurde gehämmert und gesägt, Rufe und Befehle gingen hin und her, Esel schrien hungrig, und Hühner gackerten, Schweine ringelten grunzend ihre Schwänze – doch von Serena keine Spur. Ich wollte mich zum Taubenhaus zurückziehen, da tauchte sie plötzlich wieder auf, rief «Fang mich! Fang mich!» und wollte sich wieder verstecken.

Doch schon hatte ich sie, sie riss sich los, ich hinterher, übersah einen Balken, und da lag ich.

Ich hatte mir die Knie und die Ellenbogen aufgeschrammt, blutete aus einer Wunde an der Stirn. Natürlich weinte ich nicht, ein tapferer Junge war ich, der einzige Sohn von Arnaut, dem Falkner und Schmied, dem ehemaligen Fußsoldaten und Kreuzfahrer. Ich lag auf dem Rücken, und sie beugte sich über mich. Da waren sie: ihre tiefblauen Augen.

Alle, die sie kannten, so hörte ich später oft genug, bewunderten diese Saphirfarbe, die den Mistralhimmel unserer Heimat in sich aufgesogen zu haben schien. Niemand sonst hatte so blaue Augen und so blondes Haar. Nicht ihr Vater Uc, Senher de Baux, ein Provençale aus dem Urgestein der Alpilles, nicht die Mutter Barrale, die Grafentochter aus Marseille, hochgeboren und hochfahrend, kein Priester und kein Bauer, kein Handwerker – allenfalls der eine oder andere Troubadour, einer der Gaukler und fahrenden Leute, die immer wieder zu uns fanden, da sie wussten, dass man auf der Burg von Les Baux die Kunst des lieblichen Gesangs und der schmachtenden Verse schätzte.

Serena beugte sich über mich, sie lächelte, «jetzt habe *ich* dich gefangen», flüsterte sie und gab mir einen Kuss auf die Stirn. Nein, sie küsste mich nicht, leckte nur das Blut von der Wunde, aber einen Wimpernschlag lang senkte sich ihr übermütiger Blick in meine Augen, bevor sie lachend aufsprang, mir winkte und schon wieder hinter dem nächsten Ginsterbusch oder Feigenbaum verschwunden war.

Ich schaute ihr nach, und jetzt erst biss mich der Schmerz. Mit dem Handrücken wischte ich über die blutenden Wunden, dann humpelte ich zu unserem Häuschen, das unter der Tour Paravelle lag, in der Nähe des Taubenturms, angrenzend an die Schmiede und das Falkenhaus.

Mein Vater, der dem alten Senher de Baux auf dem gemeinsamen Kreuzzug nicht nur einmal das Leben gerettet hatte, war ein geschickter Waffenschmied, stark wie ein Stier, zugleich ein Falkner, der zart und fürsorglich mit den Vögeln umgehen konnte. Mit seinen breiten Schultern und den Aschespuren im Haar sprach er nur das Nötigste, aber ich musste ihm aufs Wort gehorchen, sonst setzte es Schellen. Zugleich führte er mich geduldig in die Falknerei ein. Meine Mutter schaute er immer auf eine ganz besondere Weise an, das erkannte ich sogar als Kind schon: mit stummer Liebe und wortloser Wehmut.

Er sah nicht gern, wenn ich mit Serena zusammen war. Sire Uc, unser Herr, sah es noch weniger gern. Dennoch suchten und fanden Serena und ich uns immer wieder, wir hüpften Hand in Hand über Stock und Stein, fütterten die Tauben und kicherten über ihr gurrendes Sich-Plustern und

Rucke-di-guh-Geflatter. Anschließend schlichen wir geduckt zu den Büschen, wo die Nachtigall verborgen flötete, und flog sie schließlich davon, versteckten wir uns hinter einem Felsen, um die Wanderfalken zu beobachten, die im Sturzflug die Dohlen des Donjon schlugen, oder das Adlerpaar, das hoch über der Burg seine ruhigen Kreise zog.

Neben Serena gab es natürlich andere Kinder auf der Burg, Kinder meines Standes. Sie lärmten in ihren schmutzigen, verlausten Kitteln, mussten, wie auch ich, bei der Arbeit helfen, prügelten sich, schnitten Katzen die Schwänze ab oder jagten Ratten und Mäuse. Meist hänselten sie mich wegen meiner unzähmbaren Stirnlocke oder mieden mich gänzlich, als wäre ich aussätzig.

Erst viel später begriff ich, dass es an meiner Mutter lag. Auch sie wurde gemieden. Dabei sprach sie durchaus die Sprache unserer Heimat, ihre Haare und Augen waren nur wenig dunkler als die Haare und Augen von Barrale de Baux oder den Mägden, den Ziegenhirtinnen und Wäscherinnen, den Tänzerinnen der Gauklertruppen, die von Narbonne, Toulouse oder Barcelona hergezogen kamen.

Warum verbinden sich so viele Erinnerungen an meine Kindheit mit Serena? Weil ich sie schon früh liebte und nie aufhören sollte zu lieben? Weil sie die Einzige war, die sich nicht um den düsteren Ruf kümmerte, der meine Mutter umgab wie eine unsichtbare Mauer? Die sich sogar dem Verbot ihres Vaters widersetzte, sich mit dem Sohn eines Falkners abzugeben, und sich mit ihm an den Rand des Felsplateaus setzte. Dort, unter dem Sarazenenturm, ließen wir die Beine über den Abgrund baumeln und schauten nach Süden, auf die Olivenhaine und Weinberge, die in rechteckigem Muster angelegt waren, auf die Zypressenreihen und wilden Hecken, auf die sich schlängelnden Pfade, die zu Bauernkaten und Ölmühlen führten und an deren Rändern Ziegen grasten. An manchen Tagen glitzerte in der Ferne sogar das Meer, es gab keinen Horizont, nur ein Gleißen und Schimmern, ob Himmel oder Wasser, wir wussten es nicht, es kümmerte uns auch nicht, denn wir beide träumten von der Ferne.

An anderen Tagen sah ich Serena nicht. Der Senher empfing wieder Besuch aus Orange oder Arles, aus Marseille oder Tarascon. Ich musste helfen, die Pferde zu versorgen.

Später hörte ich aus dem großen Saal des Palais den Klang der Fidel und der Laute, der Flöten und Tamburine, die sanfte Stimme der Troubadoure, die ihre sehnsüchtigen Lieder sangen zu Ehren von Barrale, der *Domna*, der zwar lange schöne Flechten auf die Schultern fielen, zugleich aber eine Hakennase im hoheitsvollen Antlitz stand und die, wenn sie lachte, ein Pferdegebiss entblößte. Doch ihre langen *Bliauds*, in denen sie mehr oder weniger gemessen über die ungleichmäßigen Steinwege der Burg schritt, waren aus dunkelroter Seide und über dem Gürtel seitlich abgenäht, die Borten mit Edelsteinen besetzt oder von Goldfäden durchzogen, die kronenartigen Hauben aus Pelz, und ihre weiten Ärmel hingen tief herab.

Mir war aufgetragen worden, Pferdeäpfel aufzusammeln. Um mich herum schmatzten, grunzten und quiekten die Schweine mit ihrer Ferkelschar. Oben im großen Saal der Burg sangen die Troubadoure. Ich schaute hoch zu den erleuchteten Fenstern des Palais, hörte ihre schmelzenden Stimmen, das *belcanto*, wie die Italiener sagen, bis mich ein Pferdeknecht unsanft in die Rippen stieß.

Die Tauben flogen und flatterten um ihr Haus, ruckten gurrend ihre Hälse, es dunkelte bereits, und die Fledermäuse schrieben die schwarzen Zacken ihres Flugs in den abendlichen Himmel. Ich hörte meinen Vater den Stahl schlagen, ein helles Plingpling, und durch den Lichtschein der Palaisfenster huschten Schatten. Wieder erhielt ich einen Stoß und die Aufforderung, gefälligst zu schaufeln und nicht zu träumen.

Ich scharrte unwillig die Hinterlassenschaften der Pferde zusammen und kippte sie in einen Eimer, doch wanderte mein Blick erneut nach oben. Jetzt beugte sich sogar eine der Tänzerinnen aus dem Fenster und fächerte sich kühle Abendluft zu. Weit öffnete sich ihr Kleid, die schattige Verheißung ihres Ausschnitts und der schwarze Rahmen ihrer tief fallenden dunklen Haare ließen meinen Mund offen stehen. Doch rasch fasste ich mich und winkte ihr; sie winkte zurück. Ja, sie winkte tatsächlich, warf mir hellauf lachend eine Kusshand zu.

Ich atmete ein paarmal rascher und machte mich wieder an den Pferdeäpfeln zu schaffen.

2. *Kapitel*

Als ich älter wurde, machte mir mein Vater eine große Freude: Er schenkte mir den Nestling eines Wanderfalken, den er aus einem Horst geholt hatte, um ihn für die Beizjagd abzurichten. Wir nannten den kleinen Vogel Peregrina, weil er ein Weibchen war, und ich lernte, wie man ihn pflegte und fütterte – mein Vater sagte statt *füttern* immer *atzen* –, wie man ihn auf einem Handschuh *abtrug*, an die Umgebung und an die Anwesenheit von Hunden gewöhnte, *abspringen* und wieder *beireiten* ließ. Ich hatte viel zu lernen, denn für alles gab es eigene Worte.

«Du bist Vater und Mutter für die kleine Peregrina», erklärte mir mein Vater, «sie muss dir vertrauen, und später, wenn sie nicht mehr angebunden ist, muss sie für dich jagen und immer wieder zu dir zurückfliegen. Und jetzt sag mir, wie man dieses Verhalten fachmännisch ausdrückt!»

Ich lernte rasch und führte bald die ebenso rasch wachsende Peregrina Serena vor. Stolz trug ich den Lederhandschuh, den mir meine Mutter genäht hatte, ließ Peregrina darauf *stehen*, und wir zogen gemeinsam über das Burggelände, um sie *locke* zu machen und zu *lüften*, und dann über das Felsplateau, wo ich Peregrina ihre Jagdgründe zeigen wollte.

Entdeckte sie eine Taube, sprang sie nervös ab, konnte aber nicht wegfliegen, denn ich hielt sie an der *Lockschnur*. Immerhin erhielt sie ein Stückchen *Atzung* als *Lockbissen*, was sie dann neugierig umherschauen und kurz aufflattern oder *ballieren* ließ.

Serena wollte Peregrina gern streicheln, aber ich warnte sie vor dem harten Schnabel, mit dem sie nach ihr picken würde, wenn sie sich ihr zu sehr näherte.

Immer häufiger kam ein Kammermädchen der Siressa angerannt und holte Serena mit strengen Worten in die Burg zurück. Schließlich wurde mir mitgeteilt, Maria Serena habe von nun an überhaupt keine Zeit mehr für mich.

Ich begleitete wieder häufiger meinen Vater und dessen Wanderfalken, der bereits erfolgreich jagte und nach einem Pfiff auf den Arm meines Vaters *beiritt*. Doch oft verließ ich auch allein mit Peregrina die Burganlage, um ihr das Jagdrevier zu zeigen.

Seit einiger Zeit hatte ich mir angewöhnt, morgens mit dem ersten Hahnenschrei aufzuwachen, bei Tagesanbruch aus dem Bett zu kriechen und draußen im Val d'Enfer herumzustromern. Es war möglich, weil ich nicht mehr bei meiner Mutter schlief, sondern in einem kleinen Verschlag.

Und dann, eines Morgens, geschah das Unglück.

Sanfter Schimmer überzog bereits den Himmel, als ich aufwachte. Leise schlüpfte ich in einen kratzigen Kittel und zog mir Sandalen über, warf einen Blick auf meine Eltern. Mein Vater lag frei und schnarchte, von meiner Mutter sah ich nur ihr schwarzes Haar. Draußen war es noch kühl, aber im Tal sangen die Nachtigallen. Sie schmetterten ihre Melodien hoch zu den hellen Felsen, hoch zu dem violetten Himmel, der sich langsam rosa färbte.

Diese frühen Stunden gehörten nur mir. Ohne meine Eltern aufzuwecken, holte ich den Handschuh, schlich ins Freie, misstrauisch beäugt von Krähen, die bereits auf den ersten Abfall warteten. Ein paar Hunde schlugen an. Kein Mensch war zu sehen. Peregrina war ebenfalls schon wach und kam mir auf dem Reck in ihrer Falkenkammer freudig entgegengeflattert. Ich hatte beschlossen, sie an diesem Morgen ihren ersten Wildflug ausführen zu lassen, und steckte mir genügend Lockbissen für sie ein.

Durch eine von mir entdeckte Öffnung in der östlichen Mauer verließ ich mit ihr das Burggelände, kletterte hinab zum Weg. Ich zitterte leicht vor Kälte, aber nun sandte die Sonne ihre ersten Strahlen wie eine Monstranz über den Himmel, die Nachtigallen flöteten und trillerten weiter, Hähne schrien, in der Ferne bellte ein verschlafener Wachhund, andere antworteten ihm, und einer heulte langgezogen, als wollte er seine Freiheit im Wolfsrudel betrauern.

Ich folgte dem Weg, der nach Saint-Remy führte, und stieg dann durch die Felsen, an Ginster-, Salbei- und Rosmarinbüschen vorbei, bis ich unter dem Schatten von Steineichen meine geheime Lieblingsstelle erreichte. Über mir reckten sich zerklüftete Felsen mit Löchern, die den Blick in den grenzenlosen Himmel freigaben, und der helle Kalk war nun in das morgendlich goldene Licht getaucht.

Mittlerweile war ich überzeugt, dass Peregrina mich auch ohne Lockschnur und Fessel nicht verlassen würde, denn sie sah mich immer vertrauensvoll an und schien mir mit ihren Giggig- und Kijaklauten etwas sagen zu wollen. Ich löste daher die Fessel und ließ sie zu ihrem ersten Wildflug aufsteigen. Sie flog auf den Ast einer knorrigen Eiche und pickte nach der *Bell* und dem *Geschüh*. Ich holte schon einmal die Lockbissen aus der Tasche, setzte mich dann auf den Boden und schaute zu ihr hoch. Peregrina erwiderte meinen Blick, drehte dann ihren Kopf nach allen Seiten, hüpfte hin und her, flatterte kurz, als müsste sie das Fliegen wieder lernen.

Die Bell klingelte leise, ich schloss kurz die Augen, ein leiser Wind sang in den Zweigen, die Nachtigallen flöteten mehrstimmig, und ich glaubte wieder den Gesang der Troubadoure zu hören, sah die Tänzerin mir zuwinken und wünschte mir, Serena würde sich über mich beugen und mir einen Kuss geben.

Die Sonne wärmte bereits die Luft, und ich hörte in der Ferne die Burg erwachen. In diesem Moment tiefsten Friedens wollte ich noch eine Weile vor mich hin träumen.

Als ich neben dem Geklingel Flügelschlagen hörte, öffnete ich erschrocken die Augen. Peregrina hatte sich in die Lüfte geschwungen, saß nun auf einer Felsenspitze und beobachtete aufmerksam irgendetwas, das ich nicht sehen konnte. Ich pfiff, rief und hielt ihr die Lockbissen hin, wollte dann, als Peregrina keine Anstalten machte, wieder beizureiten, den Felsen hochklettern, doch es war zu spät: Peregrina schwang sich in die Luft, gewann rasch an Höhe, und dann sah ich sie auf eine Wildtaube hinabstoßen.

Ich glaubte schon, dies könnte ihre erste erfolgreiche Jagd werden und sie würde mir die Beute bringen, doch kaum hatte sie die Taube geschlagen, griff sie wie aus dem Nichts ein mächtiger Geier an, und die beiden tauchten hinter einem in die Höhe ragenden Felsen ab. Ich hörte nicht einmal wildes Flügelschlagen und auch sonst keine Kampflaute, doch als ich schließlich über den Felsen geklettert war, hinter dem die Vögel verschwunden waren, entdeckte ich lediglich ein paar helle Federn – und drei hellrote Blutstropfen auf dem gleißenden Weiß der Kalkfelsen.

Wie gelähmt, konnte ich mich nicht von dem Anblick lösen. Dann rief und pfiff ich nach Peregrina. Der Geier hatte ihr vermutlich nur die Taube entrissen. Doch alles Rufen half nichts. Peregrina blieb verschwunden. Sie hatte mich verlassen. Ich war zu unvorsichtig gewesen, hätte sie noch nicht losbinden dürfen. Es war meine Schuld.

Als ich schließlich zu unserem Häuschen zurückkehrte und mit verschmiertem Gesicht in meinen Verschlag kriechen wollte, begegnete mir mein Vater. Mit einem Blick begriff er, dass etwas geschehen sein musste.

«Ist Peregrina auf dem Reck?», fragte er streng.

Ich stammelte «beim Wildflug», unfähig, einen ganzen Satz zu bilden.

Wortlos zog er mir den Handschuh vom Arm und schlug ihn mir mehrmals um die Ohren. Es tat nicht einmal weh.

Meine Mutter war inzwischen zu uns getreten.

«Arnaut, lass den Jungen, er hat nichts Böses getan», wandte sie sich mit ihrer dunklen Samtstimme an ihn. «Der Falke liebt auch nur seine Freiheit.»

«Ja, du und dein Sohn», gab er zurück und zog mich zu sich heran, bis ich nur noch seine düsteren, grauen Augen unter den buschigen Brauen sah. Leise knurrte er: «Wo ist dein Falke?»

«Peregrina hat eine Taube geschlagen, doch dann kam ein Geier …»

Mein Vater schaute mich tief enttäuscht an. «Nie wieder wirst du einen Falken von mir bekommen», sagte er leise und wollte sich schon abwenden, als er sich besann und in strengem Ton anfügte: «Da ist noch etwas: Ich verbiete dir, allein das Burggelände zu verlassen. Ich habe nur einen Sohn, und dieser Sohn soll sich nicht herumtreiben, bis er von Wölfen angefallen oder von einem hergelaufenen Wegelagerer erschlagen wird.» Erneut zog er mich am Kittel zu sich heran, seine Augen näherten sich meinen, seine Stimme wurde leiser: «Ich will auch nicht, dass du mit der Tochter unseres Senhers zusammenhockst, es gehört sich nicht und bringt Unglück.»

Dabei hatte ich sie seit langem nicht mehr gesehen.

Von diesem Zeitpunkt an sprach er nicht mehr von Peregrina, nahm mich aber auch nicht mehr zum Abtragen seiner Falken mit.

Stattdessen versuchte er, aus mir einen Schmied zu machen. Ich sollte Hufeisen herbeiholen und dann den Blasebalg bedienen. Bald schon verließen mich die Kräfte. Zum Auskehren der Schmiede war ich aber noch gut.

Abends sank ich wie tot auf meine Strohsäcke und war eingeschlafen, bevor mir meine Mutter noch einen Trost- und Gutenachtkuss geben konnte.

Auch die nächsten Tage musste ich meinem Vater in der Schmiede zur Hand gehen, biss die Zähne zusammen, wenn mir am Blasebalg meine Arme abzufallen schienen. Dann sollte ich ihm sogar am Amboss helfen, mit einer Zange ein Eisenstück halten. Es flog davon und landete, rotglühend, wie es war, auf seinem linken Unterarm. Er brüllte vor Schmerzen, ließ erst einmal wutschnaubend die Funken sprühen, dass ich schon glaubte, er wollte die Schmiede in Brand setzen, und tauchte seinen Arm schließlich in den Wassertrog. Ich entschuldigte mich, dennoch stieß er mit zusammengepressten Zähnen aus: «Du bist nicht mein Sohn.»

Als er meine erschrockenen Augen sah, korrigierte er sich: «Du bist nicht der Sohn eines Schmieds. Eignest dich weder zum Schmied noch zum Falkner.»

Meine Augen füllten sich mit Tränen, doch ich kämpfte sie nieder.

Noch immer vor Schmerzen fluchend, stapfte er zu meiner Mutter, die die Wunde versorgte und ihm den Arm verband. Ich folgte ihm wie ein schuldbewusstes Hündchen.

Während der nächsten Tage fühlte ich mich sehr einsam. Ich durfte meinen Vater nicht mehr zu den Falken begleiten oder ihm in der Schmiede helfen. Meine Mutter saß immer häufiger am Fenster und blickte stumm nach draußen, wo die Tauben vor ihrem Turm balzten und gurrten, drückte mich an sich, sprach aber kein Wort. Erst als ich flüsterte «‹Du bist nicht mein Sohn›, hat er gesagt», hob sie kurz ihren Kopf, strich mir über Schopf und Locke und antwortete, ebenso leise wie ich: «Du bist aber *mein* Sohn – und *seiner.*»

Natürlich verstand ich nicht, was sie mir sagen wollte.

Als es Serena an einem heißen Tag während der Mittagsstunde gelang, heimlich das Palais zu verlassen und mich aufzusuchen, um mit mir nach langer Zeit einmal wieder Peregrina abzutragen, musste ich sie enttäuschen. Trotz des Verbots meines Vaters krochen wir stattdessen auf die Tour Paravelle, auf der in diesen Tagen eine Dachterrasse gebaut wurde. Da die Hitze groß war, ruhte die Arbeit, die Maurer und Zimmerleute lagerten im Schatten und hielten ihr Schläfchen.

Wir setzten uns gemeinsam auf das Gerüst an der beschatteten Nordseite des Turms. Ab und zu schrie ein Esel und bellte müde ein Hund, die Schwalben und Mauersegler jubelten im Himmel, sonst herrschte weitgehend Ruhe.

Serena beklagte sich, dass ihre Mutter sie kaum noch unbeaufsichtigt lasse und begonnen habe, ihr Sticken beizubringen. Dann musste ich von Peregrina, vom Kampf mit dem Geier und ihrer Flucht berichten. Als ich auch von meiner Ungeschicklichkeit beim Schmieden erzählte und immer trauriger wurde, schaute mich Serena mitfühlend an und lehnte sich an mich.

So saßen wir da, zwei Kinder, die einander ihr Leid geklagt hatten. Ich war glücklich, endlich wieder mit Serena zusammen zu sein, und als sie mir ihre großen, schönen Augen zuwandte, gab ich ihr zwei Küsschen auf ihre Lider. Da sie den Kopf hob, gab ich ihr noch ein drittes unschuldiges Küsschen, diesmal direkt auf ihre schmalen, zart geschwungenen, aber dennoch warmen und weichen Lippen.

Wir lächelten uns an und schauten dann wieder hinüber zu den im Mittagslicht gleißenden Felsen, die sich jenseits des Val d'Enfer erhoben, bis wir plötzlich Serenas Kinderfrau und einen Hausknecht bemerkten, die uns beide beobachteten. Mit schriller Stimme befahl uns die junge Frau, schleunigst vom Gerüst zu steigen.

Schuldbewusst zog Serena von dannen, von der Frau fest an der Hand gepackt. Der Knecht drohte mir Ohrfeigen an, rief mir dann aber bloß zu: «Dein Vater wird sich freuen. Vielleicht wirst du jetzt mitsamt der schwarzhaarigen Hexe davongejagt.»

Wen er mit der Hexe meinte, verstand ich nicht. Oder wollte ich nicht verstehen.

Am Abend und während der nächsten Tage wurde ich jedoch von meinem Vater nicht auf den Vorfall angesprochen; nur seine Stimmung hatte sich verfinstert.

Serena sah ich überhaupt nicht mehr.

Bald darauf, als wir abends unsere Gemüsesuppe schlürften, wandte sich mein Vater an mich. Er sprach ganz ruhig: «Ich habe über deine Zukunft nachgedacht. Weder zum Falkner noch zum Schmied taugst du, mit deinen schlanken Armen und den feinen Fingern deiner Mutter auch nicht zum Waffenknecht oder Bogenschützen.» Es klang nicht abschätzig, nur bedauernd. «Ich bin mir mit Sire Uc einig: Du sollst eine Klosterschule besuchen, dort lesen und schreiben lernen, dann auch Latein, und später Priester werden. Wir wollen, dass du einmal ins Heilige Land pilgerst und in Jerusalem betest, aus dem uns die Ungläubigen vertrieben haben. In dem ich beinahe umgekommen wäre.» Seine Stimme war härter geworden.

Meine Mutter erhob sich, setzte sich wortlos ans Fenster und schaute hinaus in den sich herabsenkenden Abend.

«Hast du mich verstanden, Bernardou?»

«Ja, Vater», antwortete ich leise.

3. Kapitel

Selbst heute, fast zwei Menschenalter später, habe ich noch die Worte meines Vaters im Ohr, und wenn ich an meine Mutter denke, ihr zunehmendes Verstummen und ihr Ende, erfüllt mich eine bittere, schmerzhafte Trauer.

Was hat *sie* sich im tiefsten Innern für ihren Sohn gewünscht, den sie unter demütigenden Bedingungen empfangen hatte, der sie ins Unglück stürzte, für den sie bettelte und sich schließlich mit einem Mann verband, der ihr fremd bleiben musste?

Meine Mutter starb, kurz bevor ich Les Baux verließ. Sie starb an keiner Krankheit und schon gar nicht an der Schwäche des Alters, auch nicht im Kindbett. Sie starb durch einen Hassprediger, der damals nicht einmal unsere lebensfrohe Burg verschonte, der gegen den angeblichen Irrglauben wetterte und zugleich dem Aberglauben Vorschub leistete.

Wie ich bereits erwähnte, mieden die meisten Menschen meine Mutter. Erst viel später begriff ich, dass sie als Ungläubige aus der Fremde angesehen wurde. Dabei war sie so gottesfürchtig wie wir alle hier, sie besuchte die Andachten und Messen und betete inbrünstiger als viele. Aber sie trug dieses Brandmal über der Nasenwurzel, eine mandelförmig eingebrannte Narbe, die an ein drittes blindes Auge erinnerte.

Ich beobachtete oft, wie sich die Frauen der Burg bekreuzigten, wenn sie ihr begegneten, und dann scheu ihren Blick senkten und davonliefen. Noch bevor ich die Worte verstand, hörte ich die Menschen vom «Teufelsmal» raunen. «Sie hat den bösen Blick. Sie verhext uns und unsere Kinder. Denkt an die Missgeburt mit den zwei Köpfen!»

Sire Uc gab nicht viel auf das Geschwätz der Menschen, aber er wandte sich auch nicht dagegen. Barrale, seine Frau, schaute nur hochnäsig, falls sie meiner Mutter ansichtig wurde, und bekreuzigte sich verstohlen.

Dann jedoch reiste Bischof Pierre de Castelnau, der Gesandte des Papstes, durch unseren schönen Süden, um gegen die Albigenser zu predigen. Er besuchte auch die Dörfer der Alpilles, prangerte die «Ketzerpest» an und forderte für sie das reinigende Feuer dort, wo sie ihr obstinates, bösartiges Haupt erhebe.

Er ließ, von Saint-Remy kommend, auch unsere Kirche Saint-Vincent nicht aus, donnerte gegen die Anmaßung der Häretiker, denen die Rechtgläubigen mit allen Mitteln entgegentreten müssten, geißelte ihre Weigerung, der Kirche den Zehnten zu geben, und kam schließlich auch noch auf das katharische Weib und das Weib im Allgemeinen zu sprechen, dessen sich der Teufel bediene, um Unzucht, Sünde, Tod und Verderben zu bringen.

Obwohl ich noch jung war, erinnere ich mich an die Predigt, der auch meine Mutter mit wachsender Unruhe lauschte. Bevor der Bischof seine Hasstiraden beendet hatte, erhob sie sich und verließ mit mir die Kirche, verfolgt von Schmähungen, die nur ihr persönlich gelten konnten.

Als wir die Tür unseres Häuschens hinter uns schlossen, fragte ich sie, was denn ein *Häretiker* sei und wen der Bischof mit *katharisch* meine.

Sie schüttelte den Kopf und gab mir keine Antwort.

Am nächsten Tag dachte ich nicht mehr an unseren Kirchgang, ich vermisste Serena, die ich so lange nicht mehr gesehen hatte. Mein Vater war mit dem Senher nach Marseille unterwegs, denn Sire Uc war zum *Vicecomte* der Stadt ernannt geworden.

Als ich gerade dabei war, die Tauben zu füttern, sah ich den Bischof mit zwei weiteren Priestern und einem Bewaffneten auf dem Vorplatz des Palais einen Knecht ansprechen. Der Knecht verwies ihn an mich, und mit priesterlicher Freundlichkeit sprach mich kurz darauf der Bischof an, ob ich ihm den Weg zu «meiner geliebten Frau Mutter» weisen könne.

Arglos, wie ich war, traute ich seiner Freundlichkeit und schickte ihn zu unserem Häuschen.

Es war meine Schuld. Ich hätte ihn woandershin schicken und meine Mutter warnen müssen. Aber hätte ich wirklich wissen können, was nun geschah?

Er verschwand mit seinen Begleitern im Innern und blieb dort längere Zeit. Einmal hörte ich meine Mutter empört aufschreien. Dann verließ der Bischof mit seinen Männern unser kleines Haus und das Gelände der Burg.

Etwas misstrauisch war ich inzwischen geworden, wurde jedoch angewiesen, Wasser für die Pferde heranzuschleppen. Nach einer Weile, als ich mit meinen Eimern zurückkehrte, sah ich eine Gruppe Weiber auf unser Haus zustreben. Noch bevor ich ihnen nachlaufen konnte, waren sie im Innern verschwunden, es ertönte lautes Geschrei, und plötzlich stürzte meine Mutter ins Freie, verfolgt von den Weibern, die fäusteschüttelnd und mit hasserfüllten Verfluchungen ihr nacheilten. Ich kannte keins dieser Weiber, vielleicht waren sie aus anderen Ortschaften heraufgezogen, um dem Bischof zu beichten und ihn um Rat zu fragen, aus Mouriès oder Maussane oder dem Vallon de la Fontaine.

Der Wahnsinn der Angst verzerrte das schöne Antlitz meiner Mutter, ihr Kleid war zerrissen, und Blut rann über ihre Stirn. Ein Auge war zugeschwollen. Als sie mich entdeckte, stürzte sie auf mich zu, riss mich in ihre Arme. Schon waren die Weiber heran und bewarfen uns, mittlerweile von Männern verstärkt, mit Steinen.

Zum ersten Mal in meinem Leben ergriff mich Todesangst.

Meine Mutter presste mich an sich und flüsterte mir in heftiger Erregung ein paar Worte zu, die der Höllensturz der Ereignisse für immer in mein Gedächtnis einbrennen sollte: «Du bist *sein* Sohn. Auf Sizilien wirst du ihn finden.» Dann gelang es ihr noch, mir etwas um den Hals zu hängen, während sie in größter Erregung rief: «Du darfst das Amulett nie verlieren. Die Buchstaben enthüllen das Geheimnis deiner Herkunft und werden ihm beweisen, wer du bist.»

«Von wem redest du? Wie heißt er denn?», schrie ich.

«Es ist ...» Ein Stein traf ihren Kopf und streifte mich. Sie schrie vor Schmerzen auf, taumelte, ein weiterer Stein, zum Glück kein großer, traf meinen Rücken, sie riss sich von mir los und stürzte zum Plateau.

An der Windmühle wurde sie eingeholt. Ich sah nur

noch die steineschleudernden Weiber, hörte ihr Geschrei, blutrünstig, geifernd, besessen von aufgepeitschter Verfolgungswut.

Meine Mutter flüchtete weiter bis zum äußersten Rand der Felsen.

Noch heute höre ich mich schreien. Doch niemand achtete auf mich.

Und dann, von einem Stein erneut am Kopf getroffen, sprang sie.

Ich weiß nicht, ob mir schwarz vor Augen wurde, ob ich zur Felskante rannte. Das Einzige, woran ich mich erinnere, ist die warme Stimme einer Magd, sie hieß Isabella und führte immer ein Scherzwort im Mund. Sie nahm mich in den Arm und drückte mich an ihre Brust. Ich war stumm vor Entsetzen, meine Glieder zuckten, als hätte ein böser Dämon sich ihrer bemächtigt.

Niemand kümmerte sich um den zerschmetterten Körper meiner Mutter; man überließ ihn den Hunden, Geiern und Krähen. Alle gingen ihrer Tätigkeit nach, und die Weiber verschwanden ebenso schnell, wie sie gekommen waren. Erst mein Vater barg und beerdigte die Überreste meiner Mutter, nachdem er aus Marseille zurückgekehrt war.

Pierre de Castelnau, der Gesandte des Papstes, hatte sich rechtzeitig davongestohlen, mein Vater hätte ihn sonst auf der Stelle erschlagen.

Der Senher schenkte uns ein Goldstück, zum Trost, und sandte eine Botschaft an die Mönche von Montmajour und den Erzbischof von Arles. Sonst geschah erst einmal nichts.

Mein Vater sprach wochenlang so gut wie kein Wort. Auch nicht, als ich ihm das letzte Geschenk meiner Mutter zeigte: eine abgegriffene Goldmünze mit einem Loch, durch das ein Lederbändchen gezogen war. In das Gold waren deutlich drei Buchstaben geritzt. Er kommentierte weder die Münze noch die Buchstaben, die ich noch nicht entziffern konnte, ließ nur lange seinen traurigen Blick auf mir ruhen. Ich wagte nicht mehr, ihn auf die Münze anzusprechen, die ich von nun an immer bei mir trug.

Als er eines Tages, ein paar Monate nach dem Tod meiner Mutter, mit dem Senher im Hof stand und beide Augenpaare auf mir ruhten, wusste ich: Jetzt werden sie dich fortschicken.

4. Kapitel

Es war an einem Mistraltag im späten Frühling. Ich hatte frühmorgens wieder die Tauben gefüttert und dann das Burggelände verlassen, um im Val d'Enfer Vögel zu beobachten. Doch lange blieb ich nicht, denn der Wind nahm von Stunde zu Stunde zu, er fauchte und heulte und bog die Zweige der Pinien, schlug mir die Nadeln der Rosmarinsträucher ins Gesicht und die dornigen Blätter der Kermeseichen, wie mit spitzen Nadeln spickte seine Kälte meine Haut, die mein Kittel kaum schützte. Zugleich war der Himmel rein wie das Azur des Herrn, keine Wolke tummelte sich am Horizont, kein Schleier wollte sich bilden, tiefblau, stahlblau wölbte er sich über die kalkweiß blendenden Felsen.

Ein Adlerpaar in der Höhe kämpfte gegen den Sturm an,

versuchte, ruhig seine Kreise umeinander zu ziehen, doch der Mistral war zu stark: Er trieb sie nach Südosten ab, bis sie aus meinem Gesichtsfeld verschwunden waren.

So zog ich wieder zurück zu unserer sicheren Felsenburg, die die Ebene beherrschte. Mein Vater kam mir am Taubenturm entgegen. Er wirkte ernst und zog mich in unsere karge Behausung neben der Schmiede.

Mit der Hand wies er auf einen groben Hocker, auf den ich mich setzen sollte, und ließ sich selbst auf der Pritsche nieder, die ihm als Bett diente. Er kratzte an seinen Flohstichen, fuhr durch seine Haare, bedeckte kurz das Gesicht mit den Händen, und dann eröffnete er mir, dass es Zeit für mich sei, mit dem Herumstromern auf der Burg oder in der Wildnis aufzuhören. Ich sei kein Kind mehr, «du musst nun endlich etwas lernen, was dir eine Zukunft eröffnet.» Er holte tief Luft und fuhr fort: «Außerdem müssen wir dich und die Tochter unseres Herrn endgültig trennen.»

Ich wollte widersprechen, aber eine heftige Handbewegung ließ mich verstummen. «Dies fordert auch Sire Uc, und nach dem Tod deiner Mutter …» Wieder eine fahrige Bewegung seiner Hände, und erneut bedeckte er sein Gesicht, stützte dann sogar seinen Kopf ab, als plagten ihn schwere Sorgen. Als er wieder sprach, war seine Stimme rau. «Der Senher wird den Mönchen von Saint-Trophime ein Stück Land überlassen, damit sie dich aufnehmen und dir alles beibringen, was du für die Kirchenlaufbahn brauchst. Die Klosterschule in Arles ist im ganzen Süden berühmt. Ich will, dass du nicht immer der Sohn eines Schmieds oder eines Falkners bleibst.»

«Aber Vater», unterbrach ich ihn, «ich möchte immer dein Sohn bleiben.»

«So meine ich es nicht.» Unwirsch runzelte er die Stirn. «Du sollst über deinen Stand hinaus … Ich will sagen, du bist zu etwas Besserem geboren.»

«Zu etwas Besserem geboren?», wiederholte ich. Solche Sprüche kannte ich nicht von meinem Vater, aber ich musste natürlich an die letzten Worte meiner Mutter denken: «Du bist *sein* Sohn.»

«Nur die Kirche bietet dir die Möglichkeit …» Er unterbrach sich wieder, als falle ihm das Sprechen schwer, ließ aber nicht zu, dass ich etwas erwiderte. «Vielleicht nimmt Sire Uc demnächst wieder das Kreuz, in Jerusalem herrschen die Ungläubigen, Sultan Saladin hat uns besiegt, und unseren Königen ist es nicht gelungen, die Stadt zu befreien.»

«Vater, ich möchte kein Mönch werden», sagte ich leise, nicht einmal aufmüpfig, doch er schien gar nichts zu hören. «Wir wurden in Hattin geschlagen, die glühende Hitze und der quälende Durst besiegten uns und dazu die Klugheit des Saladin, während unsere Anführer … verbohrte Raufbolde, wortbrüchige Totschläger … nicht einmal Jerusalem konnten wir halten.»

«Vater, ich möchte wirklich kein Mönch werden», wiederholte ich.

Noch immer achtete er nicht auf meine Worte, sondern starrte ins Leere, erhob sich dann und stellte sich ans Fenster.

Ich war damals zu jung, um über meine Zukunft nachzudenken, über die Grenzen, die dem Sohn eines Schmieds und Falkners gesetzt waren. Ich träumte in die Ferne, indem ich meinen Blick zum Horizont schweifen ließ oder den Flug von Falke und Adler, von Kranich und Reiher beobachtete. Ich verzog mich in mein Versteck zwischen Felsen und Sträuchern, um dort um meine Mutter zu trauern, um dort vergeblich nach Peregrina zu rufen. Und ich vermisste Serena, die mir nach meinem Kuss endgültig entzogen worden war.

«Saladin eroberte Jerusalem, und eigentlich hätten wir, die wir den Sturm überlebten, alle sterben müssen. Doch der Sultan erwies sich als gnädig, er forderte bloß Lösegeld. Wer nicht zahlen konnte, wurde getötet oder in die Sklaverei verkauft, aber ich … ich … nahm einem Verwundeten alles, was er besaß, ein Waffenbruder war er, ein Freund sogar, Konrad mit Namen, ein Franke – er würde doch sterben, das wusste ich, und er wusste es auch, mit müden Augen nickte er mir zu. Noch bevor er seine Seele Gott befahl, nahm ich sein Schwert, seinen Schild, die Rüstung und den klimpernden Geldsack. Deshalb lebe ich und bin kein Sklave, deshalb durfte ich das Heilige Land verlassen und zurück nach Italien segeln, wo ich deiner Mutter begegnete.»

Er sprach immer leiser, und ich glaube, so lange hatte ich meinen Vater nie im Zusammenhang sprechen hören.

«Deine Mutter – die du nie vergessen darfst», flüsterte er.

Kaum erstarb seine Stimme, konnte ich mich nicht länger beherrschen und brach in hemmungsloses Schluchzen aus. Bisher hatte ich nur gelegentlich nachts und in meinen Verstecken über den Tod meiner Mutter geweint, aber nun überwältigte mich alle Trauer, die in den verborgenen Kammern meiner kindlichen Seele eingesperrt war.

Mein Vater drehte sich zu mir um und legte seinen Arm um meine Schulter. Er roch nach dem Rauch der Esse und verbrannten Haaren, nach Pferden und – kaum wahrnehmbar – nach Falken.

Ein predigender Bischof, ein Mann der Kirche, hatte meine Mutter auf dem Gewissen, er hatte die Menschen angestachelt, ihrem Hass freien Lauf zu lassen. Dies hatte ich, so jung ich war, begriffen. Und jetzt sollte ich ein Mann der Kirche werden? Jetzt sollte ich die Burg und Serena und meinen Vater verlassen und mich in ein Kloster begeben?

«Deiner Mutter», fuhr er mit leiser, brüchiger Stimme fort, «begegnete ich auf der Rückreise aus dem Heiligen Land, in Italien, in Ancona. Davongejagt und ins Elend gestoßen, bettelte sie mit gesenktem Blick am Eingang einer Kirche. Ein Tuch fiel ihr weit in die Stirn, bedeckte ihr … Brandmal. Als eine Gruppe Söldner nach ihr trat und sie mit sich zerren wollte, griff ich ein. Ich stieß den ersten beiseite, zückte mein Schwert, und da die Trunkenheit sie wanken und straucheln ließ, zogen sie sich unter Flüchen zurück. Und dann schaute deine Mutter mich an. Ich vergesse ihren Blick nie. Er war so … so voller Dankbarkeit, aber zugleich von einem unbändigen Stolz. Rasch warf ich ihr eine Münze zu und wollte gehen, doch sie folgte mir. Da merkte ich erst, dass sie in einem Brusttuch ein Kind trug … Es muss Gottes Wille gewesen sein.»

Mein Vater schwieg, und ich schaute ihn erwartungsvoll an, fragte schließlich: «Vater, war ich das Kind? Und wo liegt Ancona? Auf Sizilien?»

Er schüttelte den Kopf und sagte nur: «Wasch und kämm dich! Wir müssen hoch in die Burg, der Senher erwartet uns.»

Ich ließ jedoch nicht locker: «War ich nun das Kind?»

«Dumme Frage, natürlich warst du es.»

Schon sprudelten zahlreiche Fragen aus mir heraus. «Vater, wieso war sie davongejagt worden? Von wem? Von meinem … anderen Vater? Und wo liegt denn nun Ancona? Sie hat mir gesagt: ‹Auf Sizilien wirst du ihn finden.› Wer ist es? Weißt du nicht, wie er heißt?»

Er stutzte und schien nachzudenken, sagte dann aber nur: «Ancona liegt in Mittelitalien, viel weiter nördlich als Sizilien, am Adriatischen Meer. Ich weiß nicht, was deine Mutter meinte. Und ich weiß auch nicht, wer er war.»

Obwohl er immer ungeduldiger wurde, bedrängte ich ihn weiter: «Wieso hatte sie diese Brandnarbe auf der Stirn? Konnte sie Menschen verhexen?»

Doch er antwortete nicht mehr und ließ mir auch keine Zeit, weitere Fragen zu stellen. Er riss mir meinen Kittel vom Leib, goss mir einen Eimer Wasser über den Kopf und versuchte, den Schmutz mit seinen rissigen Händen von meinem Körper zu reiben. Seife besaßen wir keine.

Der Mistral fegte über den Burgberg, als mein Vater und ich das Palais betraten.

Im Kamin des großen Saals brannte ein Feuer. Sire Uc begrüßte uns mit einer freundschaftlichen Geste. Barrale de Baux, unsere Domna, saß in der Nähe des Kamins, neben ihr meine Spielgefährtin Serena, die aufspringen wollte, aber durch einen entschiedenen Griff ihrer Mutter zurückgehalten wurde. Im Hintergrund spielten drei Musiker: Einer sang leise, die anderen begleiteten ihn auf Flöte und Fidel.

Während Sire Uc und auch mein Vater auf mich einsprachen, sah ich immer zu Serena und dem singenden Troubadour hinüber. Hinter ihnen brannten mehrere Fackeln, weil wegen des Mistrals die Fenster mit Läden verschlossen waren. Vor den Flammen hoben sich Serenas blonde Haare ab und schienen wie ein Goldkranz zu leuchten. Verstohlen winkte mir Serena zu und lächelte.

«Ich brauche treue Männer mit Verstand, Verwalter, Notare, Ratgeber, Botschafter, die lesen und schreiben können, die Latein beherrschen …» Sire Uc sprach auf mich ein, ich hörte seine Worte, nickte brav, doch eigentlich achtete ich nur auf Serena.

«Nach dem … traurigen Tod deiner Mutter … ich und dein Vater … vermutlich werden wir bald wieder das Kreuz nehmen und Jerusalem befreien, es ist unsere heilige Pflicht – und ich halte dich für einen klugen Jungen, du sollst die Klosterschule besuchen, ich bezahle für dich, damit du mir später dienst – verstehst du?» Er war aufgestanden und klopfte mir auf die Schultern.

Ich nickte.

«Dann ist ja alles klar», schloss er zufrieden.

Mein Vater nickte ebenfalls, schaute mich aber nicht an.

«Ich möchte kein Kirchendiener werden», protestierte ich leise. «Sie haben meine Mutter umgebracht.»

Sire Uc verzog verärgert das Gesicht. «Nicht die Kirche hat sie umgebracht, sondern abergläubische Weiber, denen man nicht rechtzeitig eins auf ihre dreckigen Pfoten gegeben hat, ich habe sie bereits von ihren Männern bestrafen lassen. Die Anführerin liegt in Ketten, sie wird noch öffentlich ausgepeitscht», polterte er. «Und dich bringt dein Vater morgen nach Arles, ins berühmte Kloster von Saint-Trophime, wo sich einst unser höchster Lehnsherr, der verstorbene Kaiser Frédéric *Barberousse*, zum König von Arles krönen ließ. Es ist allerdings eine Weile her. Obwohl ich noch ein Junge war, durfte ich an der Seite meines Vaters dabei sein und unsere schöne Kaiserin Beatrix bewundern, die Tochter und Erbin von Burgund. Nie sah ich eine schönere und zugleich herrschaftlichere Frau. Und der Kaiser mit seinen leuchtenden Augen und dem roten Bart, immer lachte er und hatte für jeden ein freundliches Wort, sogar für einen Knirps wie mich. Wenn er nicht in diesem vermaledeiten Fluss ertrunken wäre, so kurz vor dem Ziel, hätte er die Heere die Ungläubigen vernichtend geschlagen – was, Arnaut?»

Mein Vater nickte.

Dann wurden wir entlassen. Diesmal winkte mir Serena nicht mehr zu, weil ihre Mutter ihre Hände festhielt. Die Kappe in der Hand, verbeugte sich mein Vater.

Der Troubadour hatte soeben wieder ein neues Lied begonnen, und beim Verlassen des Raums begleitete uns seine sanfte Stimme. Noch einen letzten Blick erhaschte ich von Serena, und in diesem Blick, so glaube ich zumindest heute, lagen Trauer und Sehnsucht und eine Liebe, die mich nie mehr loslassen würde.

Als wir aus dem Palais ins Freie traten, fauchte und heulte der Mistral, und der Himmel schaute gnadenlos und kalt auf uns herab.

5. *Kapitel*

Ein letztes Mal kroch ich bei Anbruch des Tages aus dem Stroh meines Lagers, begab mich zu meinem geheimen Felsennest und suchte dort den Himmel nach meiner Peregrina ab. Sie war nirgendwo zu sehen, und so kletterte ich enttäuscht und traurig über die Felsen zur Burg zurück.

Mein Vater erwartete mich bereits. Ohne ein Wort zu sagen, schaute er mich prüfend an, strich mir mit einer ungewohnt gefühlvollen Geste über den Kopf und schenkte mir, «zum Abschied und für alle Zukunft», wie er anmerkte, ein selbstgeschmiedetes Messer in einem Lederfutteral.

«Und dann noch etwas ...» Seine Stimme stockte, wurde rau, und ich glaube sogar, er kämpfte mit den Tränen. «Zu dem Amulett deiner Mutter – ich weiß nicht, was die drei Buchstaben bedeuten. Deine Mutter konnte nicht lesen, ich kann es auch nicht. Sie werden wohl immer ein Geheimnis bleiben. Deine Mutter hat mir aus ihrer Vergangenheit nur sehr wenig erzählt.» Er musste schlucken, aber dann wurden seine Gesichtszüge hart.

«Dein Vater ...»

«Aber mein Vater bist *du* doch», fiel ich ihm ins Wort.

«Dein *richtiger* Vater.»

«Aber *du* bist mein richtiger Vater. Ich kenne den anderen gar nicht.»

«Ich spreche von dem Mann, der dich gezeugt hat. Ich bin nur dein Stiefvater.»

Weil er meinen inneren Widerstand bemerkte, versuchte er, mir den Unterschied zu erläutern. «Du musst dir das so vorstellen: Ein Falkenvater stößt einen Nestling aus dem

Horst, und ich als Falkner finde ihn und ziehe ihn auf. Ich bin dann sozusagen der Stiefvater des kleinen Falken, und der richtige Vater sitzt noch im Horst oder ist längst weggeflogen – oder sogar tot.»

Nun zog er mich auf seinen Schoß, obwohl ich dafür eigentlich zu groß war, strich mir über Schopf und Locke, zupfte meinen Kittel zurecht und sagte: «Natürlich kann auch ein Stiefvater seinen Stiefsohn lieben.»

Ich nickte, mehr oder weniger überzeugt, denn alle Erläuterungen meines Vaters und auch der Wortzusatz *Stief* klangen in meinen Ohren nach *verstoßen*. Mein anderer, *richtiger* Vater hatte meine Mutter und mich verstoßen – und sollte ich jetzt nicht ein zweites Mal verstoßen werden?

«Aber wenn du mich liebst, warum schickst du mich weg ins Kloster?», wandte ich ein.

«*Weil* ich dich liebe, schicke ich dich ins Kloster! Du sollst etwas Besseres als dein Vater werden, das sagte ich doch bereits!»

Ich versuchte, all die Gedanken und Gefühle, die meinen kindlichen Verstand verwirrten, zu ordnen – ohne Erfolg. Schon drängte sich mir eine weitere Frage auf: «Ähnele ich mehr dir oder meinem anderen Vater?»

Bevor er antwortete, überlegte er lange, runzelte die Stirn und setzte mehrfach zu sprechen an, bis er schließlich sagte: «Du bist der Sohn deiner Mutter. Und *sein* Sohn: Er war schmächtig, das hat deine Mutter einmal erwähnt, ein Hänfling so wie du, aber ein Ritter, wenn auch kein gewöhnlicher.»

Mir schossen die Tränen in die Augen.

«Warum weinst du?»

«Er war ein böser Mensch», schluchzte ich. «Er hat meine Mutter verstoßen und davongejagt, er hätte sie verhungern lassen, sie musste betteln – das hättest du mit einem Falkennestling nie getan.»

«Da hast du recht!» Er wischte mir die Tränen von den Wangen. «Nun hör auf zu weinen. Auch du würdest einen Nestling nie verhungern lassen.»

«Aber wenn ich so wie mein richtiger Vater bin?»

«Du kannst ja ein anderer werden.»

Noch am selben Morgen marschierten mein Vater und ich zur Abbaye de Montmajour, wo wir eine Nacht Station machten. Wir fanden in der Kirche kaum Raum zum Beten, weil sich Hunderte von Pilgern dort drängten, unter ihnen auch eine Reihe von Kreuzrittern mit ihrem Gefolge. Sie beanspruchten Platz und sonnten sich in den bewundernden oder auch neidischen Blicken des armen Fußvolks. Die meisten von ihnen sprachen Französisch.

Mein Blick ruhte lange auf ihnen, insbesondere auf einem Ritter, der sein schimmerndes Kettenhemd nicht abgelegt hatte; darüber prangte auf dem weißen Leinen seines Waffenrocks unübersehbar ein rotes Kreuz.

«Jerusalem ist verloren, daran wird auch dieser Tempelritter nichts ändern», stieß mein Vater mit Resignation in der Stimme aus, wandte sich ab und zog mich aus der Kirche, ohne sich zu bekreuzigen.

Am Rande eines Schafstalls fanden wir einen Platz zum Schlafen, erhielten immerhin zuvor von den Mönchen einen Kanten Brot, einen Teller Bohnenbrei, einen Becher Wein und den Segen des Herrn, den mein Vater mit niedergeschlagenen Augen entgegennahm.

Nachts schlief ich schlecht, weil ich über die starken Ritter in ihren glänzenden Rüstungen nachdenken musste. Waren sie gewöhnliche oder *ungewöhnliche* Ritter wie der schmächtige Mann, der meine Mutter und mich verstoßen hatte? Erst nach den Vigilgesängen erstarb mein Grübeln, und ich schlief ein. Im Traum sah ich mich stolz im Sattel eines starken Schimmels sitzen, am linken Arm den länglichen Schild, am Gürtel das Schwert und in der rechten Hand eine Lanze mit einem Banner, auf dem die blutroten Buchstaben meines Amuletts prangten. Auf dem Streitross galoppierte ich auf Jerusalem zu, das vor mir wie die Burg von Les Baux in den Himmel ragte. Doch bevor ich seine Mauern erreichte, brach der Traum ab.

Am nächsten Morgen wollten wir früh aufbrechen, um rechtzeitig in Arles zu sein. Auch die Ritter machten sich bereits lärmend auf den Weg. Noch im Bann meines Traums achtete ich nicht darauf, dass ein Ritter in ungebremstem Trab auf mich zugeritten kam. Ich hörte das Pferd wiehern, den Drohruf des Ritters, und schon erwischte mich das Ross. Weil ich nicht in den Dreck geschleudert werden wollte, klammerte ich mich an die rote Pferdedecke und erwischte dabei auch den ebenso roten Waffenrock des Reiters. Erschrocken stieg das Pferd hoch, der Ritter, der offensichtlich unachtsam gewesen war, verlor sein Gleichgewicht, und weil ich nicht losließ, stürzten wir beide gemeinsam zu Boden. Gelenkig, wie ich war, rollte ich ab und stand schon wieder, als der Ritter mit voller Wucht zu Boden ging. Ihm blieb die Luft weg, und eine Weile konnte er sich nicht bewegen. Sein Knappe und die Pferdeknechte stürzten unter Geschrei herbei und achteten im ersten Augenblick nicht auf mich.

«Los, weg hier!», hörte ich meinen Vater rufen. Er packte mich, als ich mich über den Ritter beugen wollte, um ihm aufzuhelfen. «Der erschlägt dich.»

Sein Helm war in den Dreck geflogen, selbst die runde Stoffkappe über den schwarzen Haaren war verrutscht, ich sah noch die gefletschten Zähne und das schmerz- und wutverzerrte Gesicht, die dunklen Augen unter den zusammengewachsenen Brauen. Schon stieß mich mein Vater vorwärts, durch die neugierigen Gaffer hindurch, er zerrte mich hinter sich her, bis wir das Klostergelände verlassen hatten. Vor sich hin starrend, stieß er aus: «Er hätte dich niedergeritten, der Hund!»

Schweigsam marschierten wir, zusammen mit anderen Menschen und ihren Tieren, auf Arles zu.

Niemand verfolgte uns.

Schließlich erreichten wir das Stadttor und stapften durch die engen Gassen voller Händlergeschrei zur Abtei Saint-Trophime. Mein Vater nannte seinen Namen und den unseres Herrn; wir wurden bald eingelassen und zum Leiter der Klosterschule geführt, der kurz mit meinem Vater sprach, einen flüchtigen Blick auf mich warf, um mich dann meinem Lehrmönch anzuvertrauen.

Ich kam kaum dazu, mich von meinem Vater zu verabschieden. «Mach mir keine Schande und vergiss nie, dass deine Mutter dich wie niemanden sonst liebte.»

Bruder Guilhelmus hieß mein Lehrmönch und Mentor; er kam aus der Nähe von Poitiers, war lange im Kloster von Fontevrault gewesen und hatte sogar eine Weile als Dolmetscher und Skriptor im Gefolge der Aliénor von Aquitanien gelebt.

Noch bevor er mich den anderen Klosterschülern vorstellte und mir meinen Platz im Dormitorium zuwies, führte er mich durch den Kreuzgang und zeigte mir all die wunderbaren Figuren und biblischen Darstellungen, die dort in Stein gemeißelt waren. «Hier gibt es viel zu erzählen – und wenn du erst lesen kannst, werden wir gemeinsam die Geschichten von den Rittern der Tafelrunde studieren. Unser großer Dichter Chrétien de Troyes hat sie aufgeschrieben, merke dir seinen Namen.» Er beugte sich zu mir herunter und zwinkerte mir zu. «Auch ich dichte ein wenig, aber das darf unser Abt nicht wissen. Weltliche Ablenkung, verstehst du?»

Ich weiß nicht, ob ich ihn verstand. Plötzlich wechselte der Bruder vom Provençalischen ins Französische, als er begann, mir die Steinfiguren des Kreuzgangs zu erläutern. Manchmal verstand ich ein einzelnes Wort, aber meist nicht mehr. Er lachte nur, als er meine großen Augen sah, und fiel ins Lateinische.

«Ja, es gibt viel zu lernen», sagte er, strich mir über den Kopf und begann, das *Te Deum* zu singen.

«Und hast du eine schöne Stimme?», fragte er nach einer Weile. «Sing mir etwas vor!»

Ich summte und sang die traurigen Lieder, mit denen mich meine Mutter in den Schlaf begleitet hatte.

«Wirklich schön! Aus der Stimme ist etwas zu machen. Aber woher kennst du diese Melodien?»

«Von meiner Mutter», sagte ich verschüchtert.

«Sie klingen nach Byzanz. Oder nach dem Morgenland. Ich hörte einige Kreuzfahrer Ähnliches singen.»

«Meine Mutter …» Ich konnte nicht weitersprechen, weil mir plötzlich Tränen in die Augen schossen.

Nun nahm mich Bruder Guilhelmus in den Arm und drückte mich an sich. «Lebt sie nicht mehr?»

Ich schüttelte den Kopf und nickte dann.

«Was bist du dünn, mein Junge! Hat man dir nicht genug zu essen gegeben? Oder ist es die Trauer um deine Mutter?» Er fuhr mit der Hand über die Schulterblätter. «Was ist denn das?», rief er aus.

Ich wollte ihm mein Amulett nicht zeigen, aber er hatte es bereits aus meinem Kittel gefingert und betrachtete es neugierig. «Eine ganz alte Münze! Aus purem Gold!» Er drehte sie. «Was steht denn da? F H R? Diese Buchstaben sind noch nicht lange hineingeritzt. Und was bedeuten sie?»

«Ich weiß es nicht», antwortete ich und wischte mir die letzten Tränen von den Wangen. «Ich kann ja noch nicht lesen.»

«Ja, dann musst du es schleunigst lernen, damit wir das Geheimnis deines Amuletts lösen können.»

6. Kapitel

Denke ich heute über meine Jahre im Kloster nach, so kann ich nur sagen: Sie vergingen wie im Flug der Falken. Natürlich litt ich zu Beginn unter Heimweh und dem Gefühl, verstoßen zu sein, ich vermisste meinen Vater und grübelte über den unbekannten, den anderen Vater – und sehnte mich zutiefst nach Serena.

Doch gleichzeitig musste ich viel lernen und um die Anerkennung meiner Mitschüler kämpfen, und beides drängte mein altes Leben in den Hintergrund. Da ich den Mitschülern im Lateinunterricht oft die richtige Antwort zuflüsterte, wenn die Rute schon über ihren Fingern schwebte, hänselte mich bald niemand mehr wegen meiner ungewöhnlich schlanken Glieder oder wegen des Haarwirbels über meiner Stirn, der sich nicht glätten lassen wollte. Allerdings nannte man mich gern *die Locke*.

Außerdem behielt Bruder Guilhelmus ein Auge auf mich, ja, er unterrichtete mich oft allein, weil er rasch entdeckt hatte, wie leicht ich lernte. Es dauerte nicht lange, da konnte ich lesen und schreiben, und nicht viel länger, da war ich in der Lage, viele Psalmen auswendig aufzusagen, auf Latein natürlich, und die Stammformen der unregelmäßigen Verben ratterte ich nur so herunter. Bruder Guilhelmus nahm mich bei der Hand und führte mich zum Abt, ließ mich einen Psalm nach dem anderen vortragen, bis der Abt gähnte, seinen Bruder in Christo lobte, den Herrn im Himmel pries und versprach, an den Senher de Baux zu schreiben und von meinen Lernfortschritten zu berichten.

«Wie heißt du noch einmal, mein Junge?», fragte er.

Wir lernten nicht nur Latein, die Heiligenlegenden und Taten der großen Römer, sondern sangen inbrünstig und beobachteten nachts, vom Kreuzgang aus, den Himmel und seine Sterne. Als wir die lateinische Grammatik einigermaßen beherrschten, machten wir uns über die alten Dichter her, Vergil und Horaz, studierten Cicero, Boëthius und Isidor von Sevilla und übten schon einmal den mündlichen Vortrag. Auch von Geometrie und ihren Gesetzen, die der Grieche Euklid so klar formuliert hatte, erfuhren wir etwas, ohne immer alles zu verstehen. Natürlich hatten wir Rechnen geübt, und Bruder Guilhelmus hatte uns im Umgang mit dem Abakus unterwiesen, nicht ohne darauf hinzuweisen, dass die Araber ein anderes als das römische Zahlensystem benutzten. «Mit ihm kann man viel leichter rechnen. Es ist ein Dezimalsystem, versteht ihr, und man rechnet mit einer Null.»

«Was ist eine Null?», fragte ein Mitschüler.

«Nun, eine Null ist eben eine Null, ist gar nichts.»

«Aber wie kann man mit *gar nichts* rechnen?», warf ich ein. «Es geht doch immer um etwas.»

«Da hast du ein großes philosophisches Problem angesprochen, mein Junge, das Etwas und das Nichts oder anders gefragt: Warum ist etwas und nicht nichts? Aber das nehmen wir später durch. Und jetzt gehen wir erst einmal raus in die Sonne und spielen Blindekuh.»

Sonntags führte Bruder Guilhelmus mich und andere ausgewählte Schüler in die Stadt, zeigte uns die Säulen des römischen Theaters und die Mauern der Arena mit ihren Gängen, in denen Menschen hausten, während zugleich in den unteren Bögen in babylonischem Sprachengewirr Waren gehandelt wurden. Dort fühlte Bruder Guilhelmus sich wohl, weil er von einem Idiom ins andere springen konnte.

Gelegentlich ging es auch hinaus aus der Stadt, nach Süden, zu den Sümpfen zwischen den beiden Armen der sich ins Meer ergießenden Rhône, und Bruder Guilhelmus erklärte uns die Gräser und Vögel, wies besonders auf die rosaroten Flamingos hin und die zahlreichen Reiher, erzählte uns von den Fischen des Meeres, während wir mit den Händen wedelten, um die Mücken zu vertreiben.

Bevor wir wieder ins Kloster zurückkehrten, wollte Bruder Guilhelmus mit uns unbedingt noch ein Bad in der Rhône nehmen und uns dabei auch das Schwimmen beibringen. Wir zogen uns alle nackt aus, dann ging es unter Gekreisch, Johlen und Spritzen ins Wasser, und der ebenfalls nackte Bruder Guilhelmus zeigte uns die Schwimmbewegungen und alle Kniffe, wie man nicht unterging. Wem es anfangs nicht gelang, seinen Kopf über Wasser zu halten, den hielt unser Schwimmlehrer mit Engelsgeduld.

Diese Ausflüge stellten eine willkommene Abwechslung vom Einerlei der Tage dar, in denen, abgesehen vom Lernen, alle drei Stunden gebetet und jeden Nachmittag im Chor gesungen wurde. Bald musste ich vorsingen, weil Bruder Guilhelmus meine Stimme so engelsrein und klar fand und ich die Töne meistens traf. Danach umarmte er mich voller Lob und drückte mich an sich.

Abends fiel er ins Französische und erzählte uns von König Artus, Perceval, Gauvain und Lancelot, von Erec und Yvain und den anderen tapferen Rittern der Tafelrunde, er erzählte von den Kaisern und ihren Kreuzzügen gegen den starken Sultan Saladin, von der Wunderwelt des Orients mit seinen Düften und Gewürzen, dem *harâm*, der von Eunuchen bewacht sei, von klugen Gelehrten und wissenden Ärzten, er schwärmte von dem Reichtum in Bagdad und Alexandria – und nährte unsere Träume.

Wenn ich besonders gut gelernt hatte, las er mir abends auch aus seinen eigenen Dichtungen vor, von einem Ritter, der in einem Land mit Namen Arcania aufgewachsen war und eine Königin mit Namen Elenabella liebte, schließlich holte er eine Laute und sang ein Liebeslied, in der diese Elenabella gepriesen wurde. Ich erzählte ihm von Serena und auch von den Troubadouren auf der Burg von Les Baux. Er sah mich wie ein liebender Vater an, fuhr mir mit der Hand durch die Haare und flüsterte mir ins Ohr: «Gibt es etwas Schöneres, als von der Liebe zu singen? Du musst einmal Troubadour werden, Bernardou.»

«Können Troubadoure denn auch Ritter sein?», fragte ich.

«Ja, natürlich. Manche wurden Mönche, andere waren Ritter, einige sogar hohe Herren: Grafen, Herzöge, Könige!»

Von diesem Tag an übte ich, Harfe zu spielen und zu dichten.

Da wir Jungen waren, hockten wir natürlich nicht nur auf harten Holzbänken und büffelten oder sangen das *Gloria*. Kaum sahen wir einen Ball, warfen wir ihn uns zu oder traten ihn mit den Füßen, und in den Lernpausen rannten wir um die Wette, machten Bockspringen, stemmten und warfen Steine, suchten Stecken, mit denen sich fechten ließ.

Einer meiner Mitschüler, dem ich oft einsagen musste, war ein Neffe des Senher de Baux, ein Sohn des Prince d'Orange. Er hieß Gaufred, hatte struppiges Haare und einen verkrüppelten Finger, war aber sonst kräftig gebaut und mochte mich. Als wir zusammen im Kloster lernten, konnte er bereits reiten und machte sich häufig auf gutmütige Weise über mich lustig, weil ich nur gelegentlich einmal auf einem Esel oder Maultier gesessen hatte.

Eines Tages hieß es, Gaufred solle nach Orange zurückkehren. Der französische König plante, wieder ins Heilige Land ziehen, um Jerusalem zu befreien, und Gaufreds Vater hatte ihn zu begleiten. Daher wollte er, dass sein Sohn sich nun schnell alles aneignete, was ein Ritter beherrschen musste, denn später würde auch er das Kreuz nehmen müssen. Gaufred freute sich, endlich etwas Richtiges und Wichtiges lernen zu dürfen, und schlug mir vor, ihn als seinen besten Freund zu begleiten.

Als ich Guilhelmus davon erzählte, runzelte dieser skeptisch die Stirn, sprach davon, dass ich, so begabt, wie ich sei, ein Troubadour werden könne wie Bertrand de Born oder ein Epiker wie Chrétien de Troyes oder unter Umständen auch Bischof, Professor in Bologna oder Paris, so klug wie Abaelardus und so weise wie Aristoteles.

«Nun», unterbrach er sich mit ironischem Lächeln, «wir wollen nicht übertreiben, ein Aristoteles wirst du nicht, aber dafür kannst du schöner singen und hast eine lustigere Locke.» Er nahm mich in den Arm, ließ mich lange nicht los und flüsterte: «Ach, mein Junge, welch glückliche Fügung, dass es dich gibt!»

Auch ich mochte Bruder Guilhelmus wirklich sehr gern.

Als Gaufreds Abreise nahte, hieß es, ich dürfe in der Tat bei ihm bleiben, als sein Freund und als Schützling des Senher de Baux. Außerdem solle Bruder Guilhelmus uns begleiten und uns weiter unterrichten, darüber hinaus für die Dienstmägde und Pferdeknechte im Château Beichtvater sein.

Ein paarmal hatte mich mein Vater in Arles besucht und sich Bruder Guilhelmus' Lobeshymnen über mich anhören müssen. Er nickte zufrieden, schlug mir auf die Schultern, drückte mir ein gesticktes Seidentüchlein in die Hand, ein Geschenk von Serena, wie er eher unwirsch anmerkte, und betonte vor dem Abschied, ich solle Priester werden.

Als er davon hörte, dass ich das Kloster verlassen und mit Gaufred und Bruder Guilhelmus nach Orange gehen sollte, wirkte er sehr wortkarg. Doch konnte er gegen diesen Plan nichts einwenden.

In Orange lernte ich, ausdauernd zu reiten und das Pferd in allen Lagen zu beherrschen, zu fechten, den Speer zu werfen, mit Spieß und Streitaxt umzugehen und die Lanze gegen die Stechpuppe zu richten. Getanzt wurde ebenfalls, und ich muss gestehen, dass ich meiner Partnerin, Gaufreds Schwester, schwärmerisch ins Antlitz lächelte, ihr aber auch gern auf die Füße trat und sie zum Stolpern brachte.

Natürlich gingen wir mit Gaufreds Vater auf die Jagd, denn wir sollten lernen, wie man Eber und Hirsch nachstellt, Wolf und Bär jagt und tötet. Ich musste mitmachen, obwohl mir meist die Tiere leidtaten. Am meisten reizte mich natürlich die Beizjagd mit Falken und Adlern. Immer wieder musste ich an Peregrina denken, und da ich schon vieles über den Umgang mit Falken wusste und den Rest rasch lernte, wurde mir erlaubt, einen Handschuh überzuziehen und einen jungen Falken abzutragen.

Wir hatten stets Mut zu zeigen, Hunger und Durst, Kälte und Hitze auszuhalten, der Angst zu widerstehen und Schmerzen klaglos zu ertragen.

Abends sanken wir meist mit müden Muskeln und erschöpft ins Bett. Bruder Guilhelmus hatte nicht mehr viel zu tun. Nur an Sonntagen blieb er nach der Morgenmesse bei uns. Er erklärte, all diese Körperertüchtigungen seien für Jagd, Turnier und Krieg wichtig, reichten gleichwohl nicht aus, uns zu wirklich guten Rittern zu machen. Ein Ritter wie Perceval oder Gauvain müsse Gott verehren, Damen gegenüber höflich sein und ihnen dienen, die Armen und Schwachen schützen, seinen Zorn zügeln und den Besiegten schonen, freigebig sein, aber nicht prassen und in allem Maß halten.

Hatten wir genug von Vorträgen über ritterliche Tugenden, lasen wir noch ein wenig in den Psalmen, und er sprach über die christlichen Kardinaltugenden Glaube, Liebe, Hoffnung.

An einem anderen Sonntag erläuterte er uns die vier Kardinaltugenden des Platon: Weisheit, Tapferkeit, Besonnenheit und Gerechtigkeit. Er redete, bis die Sonne im Westen versank und nur noch die Grillen zirpten. Gaufred war mittlerweile «hungrig wie ein Wolf», wie er sich ausdrückte, und verschwand, um sich endlich «den Magen vollzuschlagen».

Ich blieb bei Bruder Guilhelmus, der an diesem Tag nicht aufhören mochte, mir seine Vorstellungen vom richtigen und guten Leben zu erläutern. «Es gibt noch eine weitere Kardinaltugend, mein guter Bernardou, die Plato vergessen hat zu erwähnen: die *tolerantia*.» Seine Ausführungen zu diesem Begriff zogen sich vage und gewunden hin, bis ich so müde wurde, dass ich mich zurücklehnte und die Augen schloss. Da er neben mir saß, stützte er mich anfangs und bettete dann meinen Kopf auf seinen Schoß. Schließlich verstummte er, ich spürte nur noch, wie seine Finger über mein Haar strichen und mit meiner Locke spielten, und schlief ein.

An anderen Sonntagen blieben wir im Château, weil der Prince d'Orange feiern wollte. Abends floss reichlich Wein, es wurde musiziert, gesungen und natürlich getanzt. Mehrere Troubadoure schmachteten ihre Lieder von der *fin amor*, der hohen Liebe, und priesen die Kreuzzüge ins Heilige Land, sie berichteten von Paris und London, auch vom prächtigen Hoffest in Mainz, auf dem die beiden Söhne von Kaiser Frédéric Barberousse zu Rittern geschlagen worden waren. Bruder Guilhelmus bestürmte mich, ich solle die Verse vortragen, die ich bisher geschmiedet hatte, und als ich mich schließlich breitschlagen ließ, die Harfe zupfte und meine Lieder sang, lächelte die Herrin, ihre Töchter kicherten, Gaufred grinste spöttisch, aber die Hoffräulein und Mägde klatschten begeistert.

Ach, denke ich zurück an jene Tage, gleitet die Feder in Lust über das Pergament, denn es waren schöne Zeiten. Auf jeden Tag, den Gott werden ließ, freute ich mich, und abends sank ich erschöpft und glücklich auf mein bequemes Bett. Den Tod meiner Mutter und die Trennung von Serena vergaß ich nicht, doch ich betrachtete sie wie fernes Wetterleuchten nach einem zurückliegenden Gewitter.

Plötzlich war ich ein junger Mann und volljährig, der Papst hatte erneut zu einem Kreuzzug aufgerufen, und zahlreiche französische Ritter trieben auf ihren Schiffen die Rhône flussabwärts nach Süden, um weiter nach Venedig zu ziehen, wo sie sich einschiffen wollten. Auch der Prince d'Orange brach auf, und Gaufred erreichte, dass er sich trotz seines jugendlichen Alters einreihen durfte in die *militia Christi*.

Bruder Guilhelmus wurde wieder nach Saint-Trophime zurückgeschickt, und ich sollte ihn begleiten, um im Kloster Novize zu werden. Ritterlich beherrscht verabschiedete ich mich von Gaufred.

Die Feder stockt, und die Tinte trocknet ein.

Denn die sorglosen Zeiten endeten; was Bruder Guilhelmus und mich erwartete, lässt sich nicht mit leichter Hand niederschreiben.

7. *Kapitel*

Da wir uns einen Transport auf der Rhône nicht leisten konnten, machten Bruder Guilhelmus und ich uns zu Fuß auf den Weg nach Süden. Am ersten Abend erreichten wir Avignon und fanden dort ohne Mühe eine Unterkunft in einem Kloster. Nach dem Kompletorium sanken wir müde auf die breiten Betten, auf denen fünf Männer schliefen, es wurde viel geschnarcht, und die Wanzen bissen kräftig.

Am nächsten Morgen brachen wir im Frühlicht auf. Ich schlug vor, den Weg über Les Baux zu wählen, dort könnte ich meinen Vater wiedersehen und auch Senher de Baux, um ihm zu danken für all die Unterstützung, die er mir hatte angedeihen lassen. Dass es mir in der Hauptsache darum ging, Serena zu sehen, verschwieg ich, doch Bruder Guilhelmus durchschaute mich – dies entnahm ich seinem skeptischen Blick.

Er blieb ungewöhnlich stumm an diesem Morgen; vielleicht war ihm eine Laus über die Leber gelaufen, oder er bedauerte, wieder ins Kloster zurückkehren zu müssen. Nicht einmal in meinen Morgengesang fiel er ein. Er schritt rasch voran, und ich glaubte, es gehe nach Les Baux.

Als wir uns dem Kloster Saint-Michel-de-Frigolet näherten, begriff ich, dass wir einen anderen Weg genommen hatten, und es kam zum ersten und einzigen Streit zwischen Bruder Guilhelmus und mir.

«Es tut dir nicht gut, die Tochter des Senher zu sehen», erklärte er unvermittelt. «Sie wird dich noch einmal ins Unglück stürzen.»

Diese Aussage kannte ich bisher nur von meinem Vater und forderte eine Erklärung.

Bruder Guilhelmus blieb vage und sprach davon, dass der Troubadour in seiner *cansó* nicht zufällig eine ferne Liebe besinge, ein «Idealbild». Allzu leicht könnte die Grenze zwischen den Ständen überschritten werden, ja, es habe genügend Fälle von Ehebruch gegeben – «mit meist schrecklichen Folgen für den Troubadour. Er wurde geblendet, man schnitt ihm die Zunge heraus oder warf ihn in die Latrine. Aus war es mit seinem Gesang. Es gibt sogar einen Fall, da ließ der betrogene Senher den Troubadour schlachten und zwang die Angebetete, sein Herz zu verspeisen, bevor sie ebenfalls gemeuchelt wurde.»

So hatte ich meinen geliebten Lehrer noch nie sprechen hören. Er strich mir über den Kopf und flüsterte: «Sei ein guter Junge!»

Ich aber wandte mich ab und hockte mich unter einen Olivenbaum, fühlte mich gekränkt und bevormundet.

«Lass uns im Kloster übernachten», sagte Bruder Guilhelmus, während er einen Laib Brot brach, ein Stück geräucherten Schinken abschnitt und mir reichte.

Ich hatte keinen Hunger und schüttelte abweisend den Kopf. «Ich will nicht im Kloster übernachten, dort stinkt es zu sehr nach Fürzen und saurem Kohl. Es gibt jede Menge Wanzen, und außerdem muss man zu viel beten.»

Wie hatte ich mich auf das Wiedersehen mit dem Ort

meiner Kindheit gefreut! Ich wollte die stolzen Augen meines Vaters sehen, Siressa Barrale und dem Senher meine Dienste als dichtender Knappe in Aussicht stellen und vor allem Serena meine ersten Troubadourlieder im großen Saal der Burg vortragen.

Längere Zeit schwiegen wir uns an. Während die Sonne ihren Bogen über den Himmel zog, wurde ich müde und schlief ein. Als ich wieder erwachte, saß Bruder Guilhelmus direkt neben mir, sah mich liebend an und strich mir mit seiner Hand über die Wangen. Ja, er beugte sich zu mir, seine Lippen näherten sich meinen Augen, und er flüsterte: «Verzeih mir, Bernardou, mein Liebster, du Gottesgeschenk!» Seine Hand glitt über meinen Kittel bis zu meinen Beinen, und es hatte den Anschein, als habe er den Kittel nach oben geschoben.

Vielleicht war es auch ganz anders, es ist so lange her, dass ich meiner Erinnerung nicht recht traue. Es könnte sein, dass mir, während ich schlief, der Kittel bis weit über die Knie hochgerutscht war. Die Sonne schien heiß hernieder, und an diesem Tag trug ich außer dem Kittel und meinen Sandalen nichts. Bestimmt wollte Bruder Guilhelmus nur meine Blöße bedecken.

Doch bevor ich auch nur reagieren konnte, zischte ein Speer heran und blieb mit lautem Plopp im Stamm des Olivenbaums stecken, unter dem wir lagerten. Noch heute sehe ich genau, wie sein Schaft nachwippte.

Eh wir es uns versahen, waren wir umringt von einem Ritter auf seinem Pferd, mehreren Fußsoldaten, Pferdeknechten und einem jungen Knappen. Auf dem roten Waffenrock und der Pferdedecke prangte ein weißes Kreuz.

Ich wollte meinen Augen nicht trauen, denn im Sattel erkannte ich den Ritter, den ich vor Jahren auf dem Weg ins Kloster vom Pferd gerissen hatte.

«Schau dir die Sodomiten an!», hörte ich den Ritter auf Französisch rufen. Schon sprang er vom Pferd. Bruder Guilhelmus antwortete ebenfalls auf Französisch, doch kam er nicht dazu, seinen Satz zu vollenden, denn der Fuß eines Soldaten fuhr ihm ins Gesicht und brachte seine Lippen zum Platzen. Ein Faustschlag folgte – und ging mir durch Mark und Bein: Ich hörte knirschend das Nasenbein brechen.

Als ich mich schützend vor Bruder Guilhelmus werfen wollte, brachte mich ein Tritt zum Straucheln. «Zu dir kommen wir gleich, Bürschchen!», rief der Ritter. Er hatte mich nur flüchtig angeschaut, zuckte jetzt jedoch wieder zurück und starrte mir ins Gesicht. «Dich kenne ich doch! Du bist der Bauerntrampel, der mich vom Pferd gerissen hat!» Seine Augen weiteten sich ungläubig, und seine Stimme grollte wütend.

Ich entwand mich den Griffen der Knechte, die mich festhalten wollten, sprang auf die Beine und schrie den Roten Ritter an: «Ich bin der Sohn des Senher de Baux, und dies ist sein Beichtvater. Der Senher wird Euch schrecklich bestrafen, wenn Ihr uns nicht augenblicklich in Ruhe lasst.»

Er kniff die Augen zusammen – seine dunklen Augenbrauen wölbten sich drohend – und musterte mich von oben bis unten. «Du siehst wahrhaft nicht nach dem Sohn eines *Senher* aus, höchstens nach seinem entlaufenen Lustknaben.» Er zeigte auf Bruder Guilhelmus und wies mit dem Kopf auf eine Pinie in der Nähe.

«Knüpft ihn auf!», befahl er seinen Leuten. «Wir riskieren unser Leben, um das Heilige Land von den Ungläubigen zu säubern, und in der Heimat machen sich sodomitische Mönche über unsere Söhne her.»

Bruder Guilhelmus wollte etwas sagen, doch da er zwei Zähne verloren hatte, lispelte er nur. Alles ging so rasch, dass ich wie gelähmt war. Schon warf ein Knecht einen Strick über den Zweig der Pinie und machte eine Schlinge, ein anderer stieß Bruder Guilhelmus zum Baum, der Kopf steckte in der Schlinge. Ich wollte hinzustürzen, aber ein Soldat stellte mir ein Bein, und ich flog der Länge nach in den Staub.

Die Männer riefen «Hoch mit ihm!», und Bruder Guilhelmus baumelte. Sein Körper zuckte schrecklich, und er gab letzte gurgelnde Geräusche von sich.

Ich wagte nicht mehr hinzuschauen.

Die Männer schüttelten sich vor Lachen.

«Wollen wir ihm nicht noch seinen Mönchspimmel abschneiden?», rief einer.

Schon zückte ein anderer seinen Dolch.

«Lasst ihn», antwortete der Ritter, «hören wir lieber, wie schön der Knabe singt.»

Noch heute, als alter Mann, erzittere ich vor Abscheu über ihre Tat und wundere mich gleichzeitig über mich selbst und meine Schnelligkeit. Ich hob meinen Kopf und sah Bruder Guilhelmus' Füße über mir baumeln. Unweit entfernt graste das Pferd, auf dem der Ritter gekommen war. Im Gegensatz zu seinem Streitross und den zwei Tragepferden war es nicht angebunden worden.

Mit einem Satz sprang ich auf, mit einem zweiten zu dem Pferd, und mit einem dritten hechtete ich in den Sattel. Es wieherte erschrocken auf, warf sich herum, ich griff nach den Zügeln, drückte meine Schenkel in seine Flanken. Es machte einen Satz nach vorne, rannte dabei einen Fußsoldaten um und galoppierte los.

Erst als ich die Mauern von Tarascon vor mir sah und mir auf dem Weg immer mehr Menschen begegneten, ließ ich es anhalten, tätschelte beruhigend seinen schweißbedeckten Hals und sprang ab. Ich band es am nächsten Baum fest und schlug mich in die Büsche, als müsste ich mich erleichtern.

Und dann rannte ich, wortwörtlich über Stock und Stein, sodass mich nicht einmal der Teufel hätte einholen können.

8. Kapitel

Der Teufel in Gestalt eines Kreuzritters – welch ein Hohn! – hatte mich aus der Unschuld meiner Jugend vertrieben. Mein geliebter Lehrer war tot, auf unehrenhafte Weise erhängt, ohne den Segen der Kirche.

Ich hockte bewegungslos und wie betäubt im Gestrüpp des kleinen Bergzugs, auf dem das Kloster Saint-Michel-de-Frigolet stand, und starrte auf den steinigen Boden unter mir. Eigentlich starrte ich in die Leere, die der plötzliche Tod eines geliebten Menschen hinterlässt.

Dann krochen die Schuldgefühle in meine Seele. Hatte ich Bruder Guilhelmus nicht zu seiner Tat verführt? Hätte ich ihn nicht durch beherztes Eingreifen retten können? Trug ich nicht zum zweiten Mal die Verantwortung am Tod eines Menschen, den ich liebte und der mich liebte?

Es dauerte eine Weile, bis ich die quälenden Fragen

zurückdrängen konnte. Ich erhob mich schließlich und schaute mich vorsichtig um: Nicht allzu weit entfernt zogen Pilgergruppen und zwischen ihnen Bauern mit ihren Tieren über den staubigen Weg nach Tarascon und Beaucaire. Ich sah auch Händler, die Waren auf Maultieren und Karren transportierten, Vaganten, Gauklertrupps und immer wieder bewaffnete Männer zu Fuß und zu Pferd. In der Ferne schimmerte das Band der Rhône. Zahlreiche Handelsschiffe trieben den Fluss hinab, um in oder vor Beaucaire zu ankern, denn es war Ende Juli, die Zeit der großen Messe.

Den Roten Ritter konnte ich nirgendwo entdecken.

Im Osten, in der Ferne, leuchteten die Kalkfelsen meiner Heimat, und wäre ich Peregrina gewesen, so hätte ich mich hinaufgeschwungen in den Äther und mit meinen scharfen Augen die Burg von Les Baux erspäht: Auf einem ihrer Türme, stellte ich mir vor, stand Serena, ließ den sanften Sommerwind in ihrer leichten Tunika und ihren Haaren spielen, schaute nach Westen, beschattete, damit die Sonne sie nicht blende, ihre Augen mit der Hand. Sie beobachtete Peregrina, welche die Botschaft ihrer frühen Liebe trug, der Liebe von Bernardou. Sanft zog der Falke seine Runden über ihr, bevor er abdrehte, um nach Westen zu fliegen, wo er mich wiederfand, der ich noch immer im Schatten immergrüner Eichenblätter hockte und nicht wusste, was zu tun war.

Wenn ich mich heute frage, warum ich damals nicht sofort nach Les Baux zurückkehrte, so weiß ich keine überzeugende Antwort. Vermutlich wollte ich mich trotz der Gefahr, dem Mordritter erneut zu begegnen, in das Gewühl der Messe stürzen, um ein kleines Geschenk für Serena zu erwerben. Gaufreds Vater hatte mir zum Abschied ein paar *deniers* in die Hand gedrückt, sie klimperten in meinem Beutel.

Oder befürchtete ich, sie könnte bereits einem Ehemann versprochen sein?

Ach, meine kleine Serena! Ich hatte sie auch nach den Jahren der Trennung noch nicht vergessen.

Die Nacht verbrachte ich in meinem Versteck, hungrig und durstig. Frühmorgens wachte ich auf, schaute in den milden Himmel und musste mir erst wieder klar werden über die Lage, in der ich mich befand. Schließlich setzte ich mich auf und aß den restlichen Proviant, den ich noch bei mir trug.

Bald brach ich auf, erreichte nach ein paar Stunden Tarascon und überquerte auf einer belebten Holzbrücke die Rhône, um nach Beaucaire auf der anderen Seite des Flusses zu gelangen.

Noch nie in meinem Leben hatte ich einen so großen Hafen mit zahlreichen Schiffen und Tausenden von Menschen gesehen, ein solch dichtes Gedränge, Gewühl und Geschrei. Nicht nur Menschen aus dem nördlichen Frankreich und dem südlichen Katalonien, aus Marseille und Mailand, aus Genua und Venedig drängten sich hier, sondern auch Schafe und Ochsen, Schweine, Esel und Pferde. Hühnerbündel, an den Beinen zusammengebunden, hingen krakeelend an langen Stecken, Gänse schnatterten, dass man sich die Ohren zuhalten mochte, angebundene Tauben flatterten aufgeregt hin und her, und fette Wachteln piepsten in Verzweiflung, weil auch sie ahnten, wohin die Reise ging.

Und natürlich bellten Hunde, knurrten sich an, verkeilten sich bissig oder begatteten sich, suchten schnüffelnd nach Essbarem und hoben vor jeder Zeltwand ihr Bein.

Auf dem großen Markt vor den Toren der Stadt reihten sich die Zelte und die Verkaufsstände mit feinstem Leinen und grauem Barchent, sogar Seide, Samt und Brokat entdeckte ich, bewacht von martialisch dreinschauenden Männern. Schuhwerk und Mützen gab es zu kaufen, Zaumzeug und Waffen, Schmuck und Heilkräuter. Geldwechsler und -verleiher – häufig Juden in langen Kaftanen – hatten ihre Tische aufgebaut, auf denen ein Abakus zum Rechnen und eine Waage zur Überprüfung des Silbergehalts der Münzen standen. Sie warteten auf Kundschaft oder verhandelten bereits mit Händlern, hie und da auch mit hochgestellten Herren.

Am meisten erstaunten mich die Tiere aus unbekannter Ferne, die von fahrendem Volk zum Vergnügen der Menge abgerichtet waren, Bären natürlich und Affen, sogar ein Löwe grollte in seinem Käfig, und neben ihm schwenkte ein graues Untier, das ein Elefant sein musste, seinen langen Rüssel.

Wollte ich aufzählen, was ich alles mit gierigen Augen in mich aufnahm, so könnte ich ein ganzes Pergament füllen. Das bunte Treiben all der Menschen und Tiere, der Reichtum und die Vielfalt der Waren beschäftigten meine Sinne derart, dass ich den armen Bruder Guilhelmus für eine Weile vergaß und die Gefahr, die mir drohte.

Vor einem Karren, auf dem ein buntgekleideter Narr hockte, schlugen junge Frauen mit langen, dunklen Haaren ein Tamburin und tanzten mit schlangengleichen Bewegungen. Die Augen der Männer fielen fast aus ihren Höhlen, so glotzten sie auf die Fülle der Haare und die Rundungen, die aus den enggeschnürten Kleidern quollen. Ein *joglar* warf mehrere Bälle gleichzeitig in die Luft, ein anderer lief auf seinen Händen, und oben auf dem Karren fiedelte neben dem Narren ein Spielmann, ein anderer ließ seine Finger über die Löcher der Flöte tanzen, ein dritter blies immer wieder heftig in eine Trompete.

Als eine der jungen Frauen mich verführerisch umtanzte, fühlte ich mich geschmeichelt. Noch bevor ich erröten konnte, fühlte ich Finger an meinem Gürtel. Sofort schlug ich sie weg, doch schon schnitt der kleine Taschendieb meine Geldbörse vom Gürtel und verschwand wie ein Wiesel in der Menge.

Ich schrie auf und folgte ihm. Stieß zwei ehrbare Damen zur Seite, hechtete im Bocksprung über einen Tisch und hätte den kleinen Gauner fast erwischt. Doch verlor ich dabei auch noch meinen Tragebeutel. Als ein Hund nach mir schnappte, musste ich ausweichen. «Haltet den Dieb!», schrie ich, doch die Menschen schienen nur schadenfroh zu grinsen.

Vor Wut zückte ich sogar das Messer, das mir mein Vater zum Abschied geschenkt hatte.

Ich verfolgte den Dieb bis zum Stadttor und in das Gewirr der Gassen hinein, bis ich an einem kleinen Platz atemlos auf Pferde und Bewaffnete stieß. Finstere, verfilzte, waffenstarrende Männer in fester Lederkleidung, manche sogar im Kettenhemd. Einige hatten wohl bereits am frühen Morgen dem Wein ausgiebig zugesprochen, denn sie torkelten umher. Eh ich michs versah, traf mich ein Faust.stoß und gleich ein zweiter, und nur mühsam konnte ich mich auf den Beinen halten.

Der Dieb war mir entwischt. Fluchend wollte ich mich

zurückziehen, als ich eine helle Stimme vernahm, einen Hilferuf. Ich sah, wie die dreckigen Hände der Betrunkenen an einem sauberen hellblauen Leinengewand zerrten, das den schlanken Körper einer Jungfrau umhüllte. Sie stießen sie zum Brunnenrand, drückten ihren Kopf und die langen, kastanienbraunen Haare unter den Wasserstrahl, ja, versuchten sogar, ihr Gesicht ins Wasser zu tauchen. Hilflos hing ihr strampelnder Körper über dem Brunnenrand, und schon machten sich die Männer johlend an ihr zu schaffen.

Ich war zwar noch ein junger Mann, soeben seiner geringen Habe beraubt, verwirrt von der bunten Welt der großen Messe, aber ich war doch der Sohn meines Vaters und hatte mit Bruder Guilhelmus all die Geschichten von Perceval, Gauvain und den anderen Rittern der Artusrunde gelesen. Und so rührte sich in mir sofort der Drang, einer bedrängten Jungfrau zu Hilfe zu eilen. Jeder vorbildliche Ritter in schimmernder Wehr hätte eingegriffen und mit raschen Streichen seines scharfen Schwertes die Jungfrau befreit. Ich jedoch hielt nur ein Messer in der Hand, immerhin eines mit stahlharter Klinge, die so scharf geschliffen war, dass ich mich mit ihr, wären mir bereits ausreichend Haare gewachsen, hätte rasieren können.

Mein Vorteil war: gelenkige Schnelligkeit. Und die Söldner ließ zu viel Wein langsam und ungenau in ihren Bewegungen werden. Natürlich wog ich in diesem Augenblick nicht Vorteile gegen Nachteile und bedachte auch nicht die Gefahr, in der ich schwebte. Ich spürte nur die Wut in mir, weil ich bestohlen worden war und nicht einmal mehr einen wärmenden Umhang bei mir trug, von den Münzen ganz zu schweigen. Und vielleicht erinnerte ich mich auch daran, wie mein Vater meine Mutter gerettet hatte. Hatte er sich nicht in einer ähnlichen Situation wahrhaft ritterlich verhalten?

Auf jeden Fall sprang ich mitten hinein in die Männerhorde, stieß zwei zur Seite, trat einem dritten dorthin, wo es einen Mann am meisten schmerzt, und hielt einem vierten meinen blitzenden Dolch unters Kinn, griff das Mädchen am Arm und stieß einem fünften Söldner meinen Ellenbogen in den Bauch.

Auch die Bedrängte war jung und schnell.

Einem sechsten der dreckigen Kerle ritzte ich noch sein Lederwams, ein wenig Raum entstand, und schon tauchten wir in der Menge unter.

9. Kapitel

Während wir in ängstlicher Hast durch die Gassen von Beaucaire eilten, sprach keiner von uns ein Wort. Wir hielten uns an den Händen, um uns nicht zu verlieren, die junge Frau lenkte unsere Schritte und bog schließlich mit mir in einen kleinen Hinterhof ab. Wir bestiegen eine knarrende Außentreppe und betraten durch einen Vorhang eine schwachbeleuchtete Stube.

Vor uns saß ein alter Mann, in ein Buch vertieft. Haare, weißgrau wie Rhônenebel, wallten vom Kopf bis auf die Schulter, und auch der Bart fiel bis auf das ärmellose Gewand, das seine Brust bedeckte. Er sprang auf, während die junge Frau sich schluchzend in seine Arme rettete und ihr Gesicht an seiner Brust barg.

Er fragte nicht, schien zu ahnen, was geschehen war. Nach einer Weile löste sie sich von ihm; noch immer hatte sie kein Wort gesprochen. Der Alte lächelte mich nun freundlich an und streckte mir den Arm zur Begrüßung entgegen. Ich prallte regelrecht zurück: Nur das linke Auge schaute mich an, das rechte fehlte. An seiner Stelle befand sich eine stumpf vernarbte Höhle. Zwar hatte ich bereits Blinde und sogar Geblendete gesehen, meist zerlumpte Bettler, denen kaum einer sein Mitleid versagte. Doch dieses eine wache, prüfende, ja, durchdringende Auge und zugleich die schreiende Narbe, eine stumme Folge brutaler Gewalt – ich musste mich zusammenreißen, um nicht sofort dem Drang zur weiteren Flucht nachzugeben.

Verkrampft verbeugte ich mich und nannte meinen Namen. Der Alte stellte sich als Guiot de Provins vor und wies auf die junge Frau an seiner Seite: «Meine geliebte und einzige Tochter Madeleine.»

Auf meinen ausweichenden Blick hin erklärte er mit fester und klarer Stimme, indem er zugleich auf die leere Augenhöhle zeigte: «Wer sich in eine Schlacht begibt, verliert meist mehr als nur ein Auge: nämlich seine Seele.» Mit einem ironischen, ja, sarkastischen Lächeln forderte er mich auf, Platz zu nehmen.

Madeleine verschwand in einen Nebenraum, um bald mit einem Becher Wein, einem Schälchen Oliven, Brot, Salz, Käse und Schinken zurückzukehren. «Bitte», sagte ihr Vater. «Sei willkommen. Ich glaube, ich muss dir danken!» Er sah seine Tochter fragend an, und sie nickte.

Nun schlug mein Herz wieder mit normaler Geschwindigkeit. Rasch trank ich einen Schluck und einen zweiten und verlor bald Schrecken und Scheu. Fühlte mich sogar fast wie zu Hause, denn die karg eingerichtete Stube erinnerte mich an den Raum, in dem ich aufgewachsen war. Außerdem standen auf einem in die Wand eingelassenen Bord mehrere Bücher, und Menschen, die lesen konnten und sogar Bücher besaßen, flößten mir seit den Klostertagen Vertrauen ein.

«Wir leben hier allein», sagte Guiot. Und dann erfuhr ich, dass er ein Troubadour war, genauer: ein *Trouvère* aus der Champagne. «Aber meine Verse haben mir keinen Reichtum, nicht einmal Ruhm gebracht, sodass ich nicht mehr auftrete.»

Ich ließ ihn nicht ausreden. «Auch ich kann dichten und singen und die Harfe spielen», sprudelte es aus mir heraus, «Bruder Guilhelmus aus Arles, er ist leider tot» – ich bekreuzigte mich – «hat es mich gelehrt.»

Weil mich Guiot so gütig und zugleich neugierig anschaute – obwohl die leere Augenhöhle zugleich wie eine stumme Drohung wirkte – und auch Madeleine ihren Blick kaum züchtig senkte, vergaß ich meine Zurückhaltung und erzählte ihnen von dem Diebstahl meiner Börse, vom Verlust meines Beutels, vom Ritter, der meinen Lehrer hatte aufhängen lassen, von meiner Flucht, den Jahren in Orange und Arles und meiner Kindheit auf Les Baux.

Madeleine hatte mir geduldig zugehört und kaum ihren Blick von mir gewandt. Auch ihr Vater hatte mich angeschaut und mich insbesondere, als ich von Les Baux berichtete, nachdenklich gemustert.

Als ich schließlich verstummte, wollte er ein Lied von mir hören.

Noch ganz erhitzt von meinen Erzählungen, sang ich eine *cansó*, die ich erst kürzlich auf Serena gedichtet hatte.

In ihr war sie bereits Burgherrin und ich ein berühmter Ritter-Troubadour, die Nachtigall schwirrte als Liebesbote hin und her, und zugleich drehte ein stolzer Falke seine Runden über den strahlenden Kalkfelsen von Les Baux.

Als der letzte Ton erstarb – das Lied war mir einigermaßen gelungen –, hatten sich Madeleines Augen verschleiert, und ihr Vater sagte: «Nett.» Fügte nach einer Pause an: «Für den Anfang. Für dein Alter. Für einen Mönch als Lehrer.»

Ich fühlte mich, als hätte er einen Eimer kalten Wassers über mir ausgegossen. Vielleicht war meine Stimme doch nicht so rein und klar gewesen, schließlich war sie während der zurückliegenden Jahre in den Keller gerutscht und ein wenig brüchig geworden.

Ich warf einen Blick auf Madeleine, die ihn kurz erwiderte, jetzt nicht mehr verträumt, eher spöttisch oder auch liebevoll oder noch ganz anders.

«Was nicht ist, kann ja noch werden», sagte ihr Vater. «Bleibst du über Nacht, mein Junge? Sei unser Gast! Morgen kannst du dich dann auf den Heimweg nach Les Baux machen. Oder was hast du vor?»

Ich zögerte, schaute ihm in sein einzelnes Auge, ließ meinen Blick zu seiner Tochter gleiten, die mich anlächelte.

In diesem Augenblick war meine Entscheidung gefallen.

Bei dem ersten Zusammentreffen mit Guiot, den ich bald *Meister Guiot*, später *Père Guiot* nennen würde, musste ich rasch lernen, dass ich in vielerlei Hinsicht noch ein blutiger Anfänger war. Nachäffend, was anderen gelungen war, dichtete ich mit unreinen Reimen und holprigen Metren, ich sang mit falschen Tönen, sprach das Provençalische nachlässig und das Französische mit Fehlern, und selbst Latein zeigte mir meine Grenzen auf. Ich war für mein Alter gebildet, und doch war mir das Entscheidende nicht klar: Ich wusste nicht, wie der alte griechische Philosoph Sokrates einmal gesagt hat, dass ich nichts wusste.

Dies lehrte mich Meister Guiot bereits am ersten Abend. Er zeigte mir all meine Fehler unnachsichtig auf.

Mich packte der Ehrgeiz, denn ich war gewöhnt, gelobt zu werden für mein rasches Lernen. Und ich wollte möglichst viel wissen und können.

So blieb ich nicht nur Gast für ein paar Tage, sondern Guiots Schüler über Jahre hin, lernte während dieser Zeit fehlerloser zu dichten, zu singen und zu spielen, mein Latein wurde elegant, mein Französisch untadelig, und sogar das italienische Volgare und Katalanisch sprach ich bald ein wenig. Wir lasen all die lateinischen Dichter und Philosophen. Was das Musizieren anging, so bevorzugte ich die Zupfinstrumente, spielte insbesondere Harfe, gelegentlich auch Laute.

Wovon Meister Guiot sich und uns ernährte, erfuhr ich nie. Wir lebten bescheiden, doch an den *deniers*, die wir zum täglichen Leben und für sein Pergament benötigten, fehlte es uns nie. Ich wagte Meister Guiot nicht zu fragen und vermutete einen geheimen Gönner unter den reichen Händlern der Stadt, der sein Dichten unterstützte.

Tagtäglich saß Meister Guiot vor seinem Pergament, die Feder in der rechten und das Messer zum Spitzen in der linken Hand, und schrieb. Oder er legte beides zur Seite, faltete die Hände vor seinem Mund, schloss das Auge und dachte nach. Auch widmete er sich mir und meinen Kenntnissen mit Hingabe. Für seine Tochter fand er immer ein freundliches Wort oder eine zärtliche Geste und vergaß nie, ihr den Dank für die aufopferungsvolle Arbeit im Haushalt auszusprechen.

Als ich ihn einmal nach seiner Vergangenheit fragte, erfuhr ich, dass er früher sogar Kaiser Friedrich *Barbarossa*, wie er ihn nannte, als Ritter, Ratgeber, Dichter, Dolmetscher und Erzieher der Söhne gedient hatte. Er rettete ihm sogar das Leben in der Schlacht von Legnano, als Barbarossa, von einer Lanze getroffen, vom Pferd stürzte.

«Ich sprang sofort aus dem Sattel und stellte mich mit meinem Schild vor ihn, wehrte die Schwertschläge und Speere ab, die ihn töten sollten – doch dann wurde ich selbst getroffen. Zum Glück verlor ich nur ein Auge und nicht mein Leben. Immerhin: Kaiser Friedrich Barbarossa konnte sich schließlich in Sicherheit bringen», berichtete er, nicht ohne einen Hauch von wehmütigem Stolz.

Als er nicht weitererzählte, sagte ich bewundernd: «Ihr wart also auch ein *richtiger* Ritter.»

Er nickte.

«Aber kein *gewöhnlicher*.»

Er musste lachen. «So kann man es sagen.»

«Und wie lange bliebt Ihr im Gefolge des Kaisers?», fragte ich. «Bis zu seinem Tod auf dem Kreuzzug?»

Er nahm den Becher Wein zwischen beide Hände, trank einen Schluck und schüttelte den Kopf. «Bis zur Schwertleite seiner Söhne Heinrich und Philipp im Jahr 1184, also bis zum großen Hoffest in Mainz. Dort lernte ich meine Frau kennen, die eine Trouvère war und noch schöner dichten und singen konnte als ich. Weil der junge Heinrich damals selber dichtete und daher gerne Troubadoure und Minnesänger um sich versammelte, blieben wir in seinem

Gefolge und zogen mit ihm nach Italien. Zwei Jahre nach dem Hoffest heiratete Heinrich in Mailand die sizilianische Normannin Constance, die zwar wesentlich älter war als er, aber eine mögliche Erbin des normannischen Throns. Nach einem weiteren Jahr verließen wir ihn.»

«Warum? Fielt Ihr in Ungnade?»

«Unser Kind kam zur Welt …» Er nahm Madeleines Hand und drückte einen zarten Kuss darauf. Beide lächelten sich voller Liebe an.

«Aber Ihr hättet doch im Gefolge des Kaisersohns Heinrich bleiben können?», fragte ich hartnäckig. «Habt Ihr Euch mit Heinrichs Gemahlin aus Sizilien nicht verstanden?»

Er zögerte mit einer Antwort. «Sie war eifersüchtig auf alle, die dem König nahestanden. Vielleicht wegen ihres Alters … vielleicht neidete sie uns auch unser Kind. Sie drängte uns zur Seite.»

«Und König Heinrich ließ es sich gefallen?»

«Er bewunderte sie, vernachlässigte sie zugleich. Als sie ihm kein Kind gebar, wurde es schwierig – wurde *sie* schwierig, auch uns gegenüber. Die Zeiten waren überhaupt turbulent, zahlreiche besiegte Kreuzfahrer landeten, ja, strandeten in Italien, die Sitten waren rau …»

Ich horchte auf, weil ich an meinen Vater denken musste, und warf ein: «Mein Vater war in der Schlacht von Hattin dabei und hat die Eroberung Jerusalems überlebt, auch er kehrte damals als geschlagener Mann nach Italien zurück. Er hat die Niederlage nie verwunden.»

Meister Guiot ließ seinen Blick lange und nachdenklich auf mir ruhen, nickte dann abwesend.

«Ja, man traf viele geschlagene Männer.»

Er sprach nun leiser und zögernder.

«Das hat mein Vater auch berichtet. Er hat sogar eine junge Bettlerin beschützt – meine Mutter. In Ancona.»

Meister Guiot schien mit seinen Gedanken ganz woanders zu sein, sagte immerhin leise: «Wir hielten uns eine Weile dort auf.»

«Vielleicht habt Ihr meinen Vater getroffen.»

Noch immer in Gedanken versunken, zuckte er mit den Schultern. «Könnte sein, glaube ich aber nicht. Es wäre ein zu großer Zufall.»

«Gibt es denn überhaupt Zufall? Ist nicht alles eine Fügung Gottes?»

Er antwortete nicht mehr, schaute mit seinem einen Auge durch mich hindurch. Ich ließ aber nicht locker und hakte nach: «Und was habt Ihr dann getan? Seid Ihr zurück in die Provence gegangen?»

Er schüttelte den Kopf. «Erst später. Wir wollten nach Sizilien ziehen, nachdem wir von dem normannischen Herrscher Wilhelm nur Gutes gehört hatten. Auf der Insel herrschte Wohlstand, man interessierte sich für die Geschichten um Artus und seine Tafelrunde, wir erhofften uns interessierte Zuhörer, dazu Milch und Honig, wenn du verstehst, was ich meine.»

Ich musste daran denken, dass meine Mutter in ihren letzten Worten auch Sizilien genannt hatte und dass dort mein Vater zu finden sei. Daher sah ich Meister Guiot weiterhin erwartungsvoll an, während er seufzend fortfuhr: «Meine Frau Beatrice wurde jedoch sehr krank. Sie starb in meinen Armen …»

Seine Stimme erlosch. Ich hätte ihn mit meiner neugierigen Fragerei nicht belästigen sollen, das begriff ich jetzt.

Aber war nicht Perceval dafür bestraft worden, dass er dem leidenden Amfortas die entscheidende Frage *nicht* gestellt hatte?

Meister Guiot fügte noch an: «Zum Glück blieb mir mein Kind, meine Madeleine.» Abrupt stand er auf und ging in den Hof, um dort Holz zu hacken.

Heute, nach so vielen Jahren, weiß ich nicht mehr, welche seiner Unterweisungen am wichtigsten war: Waren es die Feinheiten der Dichtkunst oder die Lehren der Weisheit? Vielleicht haben mich auch die Berichte über sein Leben beeinflusst. Denn wer möchte nicht so werden wie sein geliebter Vater oder sein verehrter Lehrer?

Natürlich sprachen wir auch viel über die großen Epen des Chrétien de Troyes, den Meister Guiot gut gekannt hatte, von Perceval, über den ich bereits von Bruder Guilhelmus viel wusste, und über den alten weisen Gorneman und seine Ratschläge. Meister Guiot war mein Gorneman, und weil auch er sich häufig mit dem unvollendeten Werk des Chrétien über Perceval und den Gral beschäftigte, diskutierten wir immer wieder über Zurückhaltung und Neugier, über Mitleid, Freigebigkeit und nicht zuletzt über die Liebe.

Manchmal sagte Meister Guiot spöttisch, wenn er auf mich und seine Tochter blickte: «Die Liebe ist eine Himmelsmacht.»

Ich erwartete eine ausführliche Erläuterung, aber er lachte mich nur aus. Errötend strich ich über meine Locke und runzelte die Stirn.

Dann erklärte er: «*Die* Liebe gibt es gar nicht. Sie ist so vielfältig wie die Menschen selbst.»

Als ich ihn fragend anschaute, fügte er an: «Da sind zuerst natürlich Elternliebe und Kinderliebe, nicht zu vergessen die Geschwisterliebe, so man das Glück hatte, in einer Geschwisterschar aufzuwachsen.»

«Leider habe ich weder Bruder noch Schwester», warf ich ein. «Und meine Mutter ist tot.»

Meister Guiot fragte nicht nach ihr oder den Umständen des Todes, sondern schob nur ein: «Das verbindet dich mit Madeleine», bevor er fortfuhr: «Hast du keine Geschwister, brauchst du gute Freunde, Kameraden – und später die sorgende Hand einer liebenden Ehefrau. Ja, es gibt diese schenkende Form der Liebe – die Griechen nannten sie *agape*, im Gegensatz zum *eros*, der begehrt, der vom Sinnlichen erregt ist und die fleischliche Vereinigung anstrebt. Doch die Erregung vergeht, die Fleischeslust lässt nach, wenn die Haut zu welken beginnt – dann bestimmt der Gleichklang der Herzen die Liebe und nicht mehr die verlockende Erregung durch das Fremde, Andersartige. Dann will man nicht erobern und besitzen, sondern sich in gegenseitiger Achtung austauschen. Es herrscht ein fragloses Vertrauen, ein wortloses Verstehen, die gelungene Vereinigung der Seelen – ein Zustand, der erworben werden will und Zeit braucht. In diesem Zustand der Liebe hat man sowohl Selbstliebe als auch Aufopferung überwunden.»

Er schaute mich erwartungsvoll an, ohne dass ich jedoch verstand, was er erwartete. «Ja, die Liebe braucht Zeit, Geduld – mir war leider beides nicht vergönnt.» Für kurze Zeit schien er in Erinnerungen zu versinken, fuhr dann fort: «Sie braucht auch Verständnis – und Nachsicht. Verstehst du, Bernardou? Nachsicht. Mit den Fehlern der Geliebten, des Geliebten. Dem Unvollkommenen.»

Ich nickte brav, war gleichwohl viel zu jung, um die Bedeutung seiner Worte wirklich zu verstehen. Nachsicht, Zeit, Geduld – wie soll ein junger Mensch über sie verfügen?

Als ich nicht antwortete, seufzte Meister Guiot. «*Eros* und *agape*, die Lateiner sprechen von *amor* und *caritas*. Du weißt, dass die Kirche die *caritas* bevorzugt und oft genug *Amor* bekämpft, diesen manchmal grausamen Gott, der aus dem Hinterhalt seine Pfeile abschießt, die vergiftet sein können.»

Wieder dieser fragende Blick aus einem Auge, dem ich nun auswich.

«Hast du schon einmal jemanden geliebt, mein Junge, abgesehen von deinen Eltern?»

«Bruder Guilhelmus.» So ganz wohl war mir bei meiner Antwort nicht.

«Deinen Lehrmönch? Wie einen Vater?»

Ich deutete ein Kopfschütteln an und flüsterte: «Anders.»

«Kannst du dieses *anders* ein wenig erläutern?»

Wieder schüttelte ich den Kopf, diesmal energisch, und wiederholte: «Anders eben.» Es tat mir weh, an Bruder Guilhelmus zu denken.

Meister Guiot senkte sein Haupt und legte die Finger ineinander. «Verstehe. Anders. Mehr.» Dann schaute er mich erneut so forschend an, dass ich seinem Blick ausweichen musste.

«Willst du mir nicht erzählen, was dich bedrückt?», fragte er schließlich.

Zuerst stockte ich noch, doch dann brach es aus mir heraus, dann erzählte ich von Bruder Guilhelmus, seiner zärtlichen Zuneigung und seinem klugen Verständnis, aber auch von den Zärtlichkeiten und dem Gefühl, dass Bruder Guilhelmus etwas zurückhielt.

Meister Guiot schwieg eine Weile, nickte dann und sprach von den Griechen, bei denen diese Form der Zuwendung und Liebe hoch im Kurs gestanden habe. «Dies geschah jedoch, bevor das Christentum seinen Siegeszug antrat.» Er unterbrach sich selbst und sah zu dem kleinen Fenster hinaus, das einen Blick auf die Giebel der Nachbarhäuser und ein Stückchen Himmel freigab. «Wie dem auch sei. Ich will nur sagen: Alle Formen der Liebe, so sie nicht erniedrigend, vereinnahmend, herrschsüchtig und gewaltsam sind, haben ihre Berechtigung, und wer in der Lage ist, sie alle einmal erlebt zu haben, hat das Geheimnis unserer Existenz erfahren. Er hat Gott gefunden – und sich selbst.»

Ich schrieb es bereits: Ich war noch zu jung und unerfahren, um seine Worte wirklich zu begreifen. Das wusste er natürlich, und daher fuhr er fort: «In der Liebe gilt wie im Leben: Nur wer strebend sich bemüht, kann erlöst werden. Selbst wenn er sein Ziel nicht erreicht, sogar wenn er scheitert …»

In diesem Augenblick trat Madeleine in den Raum. Sie hatte die Worte ihres Vaters genau verstanden. Und lächelte mich wortlos an.

10. Kapitel

Madeleine.

Der Stern, der am Morgenhimmel meiner Jugend leuchtete, die Hausnymphe, die fast immer um das schwache Licht unserer Kerzen sich bewegte – lange Zeit verkörperte sie für mich ein fleischgewordenes, verführerisches Geheimnis.

Während meiner ersten Tage im Hause ihres Vaters sprach sie kaum. Mehr noch. Ich sah sie kaum. Entweder hielt sie sich in ihrer kleinen Kammer auf oder kaufte auf dem Markt ein, was, wie wir gesehen hatten, gefährlich war. Ich hätte sie gern begleitet, aber nie forderte sie mich dazu auf.

Einmal, als ich Meister Guiot im Hof das Beil aus der Hand nahm, um an seiner Stelle Holz zu hacken, sprach ich ihn auf ihre Wortkargheit an. Er sagte dazu nur: «Ich verstehe sie ohne Worte. Ich lese in ihren Augen.»

Ja, ihre Augen, diese kaum zu bestimmenden grauen Augen, die gelegentlich blau schimmerten wie die der Tauben und dann wieder grün wie die Augen der Katzen, sie beherrschten, geschützt und beschattet von weitgeschwungenen Wimpern und hochgewölbten Brauen, ihr Antlitz und sprachen alle Sprachen dieser Welt. So leicht mir fremde Sprachen zuflogen, *diese* Sprache zu verstehen brauchte ich lange.

Madeleine versorgte ihren Vater und mich, hielt das Haus in Ordnung und fütterte die Hühner, die den Hof bevölkerten. Doch obwohl sie mir Brot schnitt und Obst reichte, dabei auch lächelte – sie schien mich während der ersten Wochen in Meister Guiots Haus zu meiden. Ob sie spürte, dass ich an ein anderes Mädchen dachte, während ich ihr Antlitz und ihre unter der Tunika erahnbaren Formen verstohlen musterte? Vielleicht spürte sie mein jugendliches Begehren, das in allen weiblichen Rundungen die Lockungen der Liebesgöttin sah.

Ich lebte zusammen mit der gesprächigen Weisheit des Alters, wir dichteten und philosophierten – zugleich lebte ich in enger Nähe mit der zurückhaltenden Sinnlichkeit der Jugend. Mein Held Perceval besaß kaum Hemmungen, sich den Frauen, die seinen Weg kreuzten, zu nähern, er raubte ihnen Küsse und Broschen und richtete viel Unheil an – vielleicht bewogen mich seine Erfahrungen, mich Madeleine nicht zu nähern.

Häufig verließ sie abends unsere Kate, um, wie mir Meister Guiot erläutert hatte, einer reichen Bürgersfrau zu helfen, das Haus zu reinigen und die Kinder zu versorgen. Immer wieder bot ich Madeleine Begleitung und Schutz an, doch stets hieß es, die Nachbarin wohne gleich um die Ecke, und des Schutzes bedürfe es nicht.

An diesem einen Abend, als Meister Guiot mir den Unterschied von *eros* und *agape* erläuterte, war sie zu Hause geblieben, trat in den Raum und warf mir einen Blick zu, den ich sofort verstand. Ihr Blick hatte mir ein brennendes Geheimnis offenbart, und ich begriff, dass ihre Liebe sich über Nacht geöffnet hatte wie die Knospe der Rose, die ihre Blätter entfaltet und in leuchtendem Rot zu erglühen beginnt.

Es waren wohl die Äußerungen über die gelegentlich vergifteten Pfeile des *Amor*, die Madeleine veranlassten, ihrem Vater heftiger als gewöhnlich einen Becher Wein auf den Tisch zu setzen. Dabei schwappte der Wein über den Rand und floss blutrot über ihre helle, ja, milchweiße Hand. Verunsichert, wie ich war, lachte ich, griff aber rasch ihre Finger, was ich noch nie getan hatte, tupfte meine Lippen auf den Wein und hielt dann noch einen Augenblick ihre schmale Hand, völlig versunken in den Anblick der von feinen Adern durchzogenen Haut, der zartgliedrigen Finger mit dem Halbmond der Nagelkuppen. Obwohl sie ja täglich Hausarbeit verrichtete, wirkte die Hand vornehm und zugleich zerbrechlich, lieblich und stark – und ich küsste sie erneut, hingerissen und im tiefsten Herzen erfasst.

Madeleines gewöhnlich blasses Antlitz überzog sich dunkelrot. Sie riss ihre Hand zurück und warf mir einen Blick zu, der wohl Empörung ausdrücken sollte, der aber zugleich die innere Überwältigung widerspiegelte, die auch mich ergriffen hatte. Sie blies mit trotzig aufgeworfenen Lippen die Kerze aus, die den Tisch beleuchtete, an dem wir saßen. Und ward an diesem Abend nicht mehr gesehen.

Meister Guiot knurrte, ich zündete mit Hilfe des Herdfeuers die Kerze wieder an.

Am folgenden Abend verließ sie erneut nicht unser Häuschen, tat so, als sei nichts geschehen. Gelegentlich streifte mich ihr Blick, dann, nach dem kargen Nachtmahl, schlug sie ihrem Vater vor, eine Partie Schach mit ihr zu spielen. Auch mich hatte er dieses königliche Spiel bereits gelehrt, mich aber selten siegen lassen. Gegen seine Tochter gleichwohl musste er sich mehr anstrengen als gegen mich. Und jetzt sah ich Madeleine sogar lächeln, während ihr Vater sich nachdenklich über den Bart strich.

Dem Spiel vermochte ich nur flüchtig meine Aufmerksamkeit zu schenken, denn der zarte Flaum auf Madeleines sich gelegentlich entblößenden Unterarmen entzückte mich, die Falten ihrer Tunika, die sie heute offenherziger trug als gewöhnlich, lenkten mich ab, der Schwung ihrer seidenen und bis über die Schultern fallenden Haare, die sanfte Rundung ihrer Wimpern und die rosig-glatte Haut ließen mich abwechselnd schwitzen und frösteln, ja, regelrecht zittern. Mühsam zwang ich mich, dem Spiel mehr Aufmerksamkeit angedeihen zu lassen, und wagte dann sogar, Madeleine einen gewinnbringenden Schachzug zu zeigen. Doch sie nahm nur sacht meine Hand und legte sie zur Seite, denn sie wusste einen noch besseren Zug.

Diese Berührung ließ meine Männlichkeit zu Härte und Kraft wachsen; sie warf sich ins Geschirr, als wollte sie den Sonnenwagen alleine über den Himmel ziehen. Zum Glück trug ich einen Kittel, der unter dem Gürtel locker und weit fiel.

Das Spiel zog sich in die Länge, und trotz meiner Ablenkung begriff ich, dass der Meister kämpfen musste, um zu siegen. Sein gesundes Auge starrte auf das Spielfeld, während die leere Höhle sich zu verdüstern schien. Gelegentlich trat an der Stirn eine blaue Ader pochend hervor.

Längst war es nahezu dunkel im Raum, und ich entzündete mehrere Talglichter.

Madeleine bewegte ihre Lippen, ohne ein Wort zu sagen, lächelte dann und hatte ihren Vater schachmatt gesetzt.

Der Meister lächelte nicht. Er erhob sich wie ein von Gliederreißen gequälter Mann, der gerade noch ein Stöhnen unterdrücken kann, und schlurfte wortlos aus dem Raum.

Madeleine ließ ihre samtene Hand schwebend über das

Spielfeld gleiten, ließ sie kurz vor der Dame, die den König mit Hilfe des Ritters auf seinem Pferd mattgesetzt hatte, verharren und warf sie dann um. Als einzige Spielfiguren standen noch ein Turm und das zum Sprung ansetzende Pferd.

Madeleine wandte mir langsam ihr Antlitz zu, die kastanienbraunen Haare hatte sie während des Spiels zerwühlt, ihre Augen schauten mich forschend an, und plötzlich lag ihre Hand auf meiner Hand.

Ihre Berührung war eine Botschaft, die sogar ich tumber Tor verstand. Sie brachte die Erlösung.

Nach einem hingehauchten Kuss gesellte ich mich eine Weile zu ihrem Vater, der schweigend im Hof auf einer Bank saß und den Nachthimmel anstarrte, als habe er seine Stimme verloren. Doch weder die Milchstraße noch all die vergöttlichten Tiere, die sich dort oben ein Stelldichein gaben und milde auf uns herabblinkten, brachten ihn zum Sprechen.

Schließlich fragte ich ihn nach dem Sternbild des Adlers, und als er noch immer schwieg, erzählte ich ihm von den Adlern der Alpilles, die oft in kaum erkennbaren Höhen flogen, und von Peregrina, die bis zu ihrer Flucht eine Gefährtin meiner Kindheit gewesen war. «Manchmal träume ich noch von ihr und möchte ihr folgen, wenn sie in der Ferne verschwindet», sagte ich.

«So wird es sein», antwortete er dumpf. Ich verstand jedoch nicht, was er meinte.

Schließlich schlich ich mich wieder ins Haus. In der Küche reinigte Madeleine den Tisch und wusch die Suppenschüssel aus, versorgte schließlich das Feuer. Während ich mich an einen Balken lehnte, schien jede ihrer Bewegungen wie ein Tanz zu sein, mit dem sie mich auf die zu erwartenden Freuden einstimmte.

So viele süße Stunden der Liebe ich heute in meinen alten Tagen vergessen habe, so deutlich erinnere ich mich an unsere erste gemeinsame Nacht. In ihrer kleinen Kammer zog sie mir wortlos den Kittel über den Kopf. Ein kleines Lichtlein flackerte in der Ecke, und ich wagte nicht, auf meinen eigenen schlanken, nicht wirklich ritterlich kraftvollen Körper zu schauen. Sie stieß einen leisen Laut des Erstaunens aus und nahm mein Amulett in die Hand. «F H R», las sie flüsternd. «Was heißt das?»

«Ich weiß es nicht. Das Amulett stammt von meiner Mutter.»

Statt weitere Erklärungen abzugeben, schob ich Madeleines Tunika langsam, sehr langsam nach oben und musste schließlich auch noch das Unterkleid über ihren Kopf streifen.

So standen wir uns gegenüber, nackt, wie Gott uns erschaffen hatte, doch ohne die paradiesische Unschuld, wie ich vage spürte.

Wieder lächelte Madeleine leise und schob mich dann ein Stück zurück, bis ich rücklings auf ihre Strohkissen sank. Kaum lag ich auf dem Rücken, schoben sich Madeleines weiche Formen über mich.

In dieser Nacht begriff ich, was es heißt, wenn zwei liebende Menschen eins werden.

Als der Morgen dämmerte, lagen wir noch immer eng umschlungen beisammen, und Madeleine schlief. Ich betrachtete sie, soweit das schwache Licht dies zuließ. Der Frieden über ihrem Antlitz überwältigte mich so, dass mir Tränen in die Augen traten. Zugleich wurde mir schmerzhaft deutlich, dass ich im Grunde nichts über sie wusste. Sie war mir in diesem Augenblick so nah, wie je ein Mensch mir nah sein konnte, und zugleich eine fremde Fee aus einem Traum, ein Engel, der jederzeit davonschweben konnte.

Als ich wagte, meine Augen wieder zu öffnen, war auch Madeleine aufgewacht und lächelte mich an. Schließlich bewegte sie die Lippen und flüsterte die drei Worte, die zu abgegriffen und zugleich zu heilig sind, als dass ich sie wiederholen möchte. Wir konnten in diesem Moment unser Glück nicht fassen und fanden einen einzigen stummen Ausweg in einem Kuss, der lautlos überging in eine weitere Vereinigung. Schließlich lagen wir beide nebeneinander und küssten uns gegenseitig die Glückstränen von den Lidern.

11. Kapitel

Die nächsten Monate gehörten, auch wenn die Herbststürme über das Land zogen, zu den glücklichsten meines Lebens. Zu den erfülltesten. Äußerlich erlebte ich keine Abenteuer – es geschah kaum etwas, nur unsere Liebe. Unser nächtliches Einswerden. Der Rausch ungehemmter Erregung. Das Spiel unserer Körper. Danach liebkoste Madeleine mich mit zärtlichen Worten, einer weichen Stimme, die dem Licht des reingewaschenen Himmels nach einem Gewittersturm glich. Sie lachte über sich selbst, ein helles, aufspringendes Lachen, und schien wie neugeboren.

Und doch zogen die nächsten dunklen Wolken bereits heran. Häufiger als zuvor traten Sorgenfalten auf des Meisters Stirn, insbesondere, wenn wir von der sonntäglichen Messe in unser Häuschen zurückkehrten. In den Predigten drohten die Priester immer unverhohlener dem «Natterngezücht der frech ihr Haupt erhebenden Häretiker» und kündigten einen hohen Gast aus Rom an, der «allen Albigensern die Leviten lesen» werde.

Nach einem unserer Kirchenbesuche wirkte Meister Guiot, den ich nur noch *Père Guiot* nannte, besonders nachdenklich, ja, beunruhigt, die Furche zwischen den Augenbrauen, die sich während der Messe auf seiner Stirn vertieft hatte, verließ sein Antlitz überhaupt nicht mehr.

Während er sich einen Becher Wein bringen ließ, erklärte er mir: «Die Anhänger der albigensischen Sekte hängen einer uralten Glaubenslehre an, die die Welt und die Menschen im immerwährenden Kampf zwischen den Mächten des Lichts und der Finsternis sieht, zwischen Gott und dem Teufel, dem Guten und dem Bösen. In ihren Augen sind die meisten Menschen Verdammte, und allein die *Reinen*, die *perfecti*, die *katharoi* sind auserwählt, einmal in die Gefilde der Engel aufzusteigen und ins Himmelreich zu gelangen. Die Kritischen unter ihnen messen den Prunk der Prälaten an der Armut der Apostel und fragen sich, ob diese Prälaten ihre Gelübde wirklich erfüllen und nicht gewissenlos sündigen. Sie stellen sogar den Machtanspruch des Papstes und der römischen Bischofskirche in Frage, ihr Alleinvertretungsrecht vor Gott. Sie verweigern der Kirche und ihren Dogmen den Gehorsam und fordern sie auf diese Weise heraus.»

Père Guiot leerte seinen Becher und goss sich gleich wieder nach. «Die Welt ist jedoch nicht in *gut* und *böse* eingeteilt, das hast du sicher mittlerweile gemerkt, Bernardou, im

Gegenteil, in meinen Augen mischt sich in jedem von uns das Gute und das Böse.»

Ich wusste darauf nichts zu sagen, musste nur an den Roten Ritter denken, der Bruder Guilhelmus hatte aufhängen lassen, und an Bischof de Castelnau, der meine Mutter auf dem Gewissen hatte. In meinen Augen verkörperten sie das Böse. Und mein anderer Vater, der meine Mutter verstoßen hatte? Verkörperte nicht auch er das Böse?

Da mittags immer seltener Fleisch auf den Tisch kam, das Brot zwischen den Zähnen knirschte und wir den Wein mit Wasser verdünnten, hellte sich Père Guiots Antlitz auch beim gemeinsamen Mahl nicht mehr auf. Madeleine verließ nur noch gelegentlich unsere kleine, im Gewirr der Gassen und Hinterhöfe versteckte Klause, um reichen Bürgersfrauen im Haus zu helfen – oder was auch immer sie tat. Weiterhin lehnte sie ab, sich begleiten zu lassen, und sie antwortete nie konkret, wenn ich nachfragte.

Natürlich stellte ich mir so einige Fragen.

Ich erlernte während dieser Monate die letzten Feinheiten des Troubadourgesangs und der Dichtkunst, übte Harfen- und Lautenspiel, suchte nach klingenden Reimen und passenden *refranhs* und erfand verstärkt, durch die Liebe angeregt, *albas* und *pastorelas*, in denen ich den Sonnenaufgang in den Armen der Geliebten begrüßte oder ein neckisches Geturtel zwischen einem Ritter und einer Schäferin vor Bienensummen und Nachtigallengesang in Verse setzte.

Eines Abends setzte sich Père Guiot neben mich, als wollte er meine neuesten dichterischen Ergüsse begutachten, zog jedoch einen Packen engbeschriebenen Pergaments aus einem Lederbeutel, den ich noch nie gesehen hatte.

Wir hatten schon häufig über Chrétien de Troyes und seine Dichtungen gesprochen, auch über seine *Contes del Graal* und die Figur des Perceval, doch was ich jetzt erfuhr, war mir neu. Père Guiot strich den Packen Pergament glatt und eröffnete mir, auch er habe ein Perceval-Epos gedichtet, schließlich sei das Werk des Chrétien unvollendet geblieben. «Du darfst es lesen!»

Ich war zu überrascht, um ihm zu danken, murmelte nur etwas von «zu viel der Ehre».

Madeleine setzte sich zu uns und legte den Arm um meine Schultern. «Mein Vater ist ein großer Dichter, ein zweiter Bertran de Born und Chrétien zugleich.»

Père Guiot winkte ab. «Ich habe manches erfunden, aber den Anstoß zu schreiben gab mir eigentlich ein Jude namens Flegetanis, mit dem ich ausführlich über den Gral sprach. Dabei begriff ich, dass der Gral gar kein kostbarer Kelch ist, der das Blut Christi aufgefangen hat, eher ein Himmelsstein, ein *lapis ex caelis*, der Wunder wirken kann, ein Symbol für das höchste Gut, das Edelste im Menschen. Vielleicht sogar für die Liebe. Aber mittlerweile bin ich mir unsicher geworden.»

Schließlich drückte er mir den Stapel in die Hand und sagte: «Lies es! Ich möchte, dass wir über das Symbol des Grals sprechen. Das Werk muss noch umgeschrieben werden.»

In der folgenden Nacht las ich die Zeilen des Meisters. Als der Morgen heraufdämmerte, hatte ich meine Lektüre beendet. Meine Augen schmerzten, und ich war ganz benommen. Während der Nacht war ich Perceval gewesen, und jetzt ergriff mich eine drängende Sehnsucht nach der Ferne, nach Abenteuern, nach Bewährung. Mit einem Wort: nach Aufbruch.

Doch konnte, wollte ich Madeleine zurücklassen? Und ihren Vater, der auch mein Vater geworden war?

Sinnend betrachtete ich die Schlafende. Als sie aufzuwachen schien, schlich ich in den Hof, wo mir die Hühner bereits hungrig entgegengackerten. Es stank nach Abtritt. Die schwache Wintersonne beleuchtete Schornsteine und Hausfirste, und am milchigen Himmel kreisten Geier und krächzende Raben. Während ich die Hühner fütterte, kamen die Schweine der Nachbarn grunzend herangehoppelt, aber für sie hatte ich kein Futter zur Hand.

Schließlich stieg ich wieder die Treppe zu unserer Kate hinauf, zögerlich, abwesend; zu meiner Überraschung hörte ich, dass sich Madeleine und ihr Vater stritten. Ich verstand nicht viel, nur Worte wie «Erpressung» und «der Tuchhändler», dann aber auch «der Inquisitor aus Rom» und «Béziers, wo wir erst einmal in Sicherheit sind».

«Ich spüre die Bedrohung», sagte Père Guiot mit gesenkter Stimme. «Rom wird nicht mehr lange warten. Papst Innozenz ist ein Mann der Taten, für den Macht mehr gilt als Liebe. Das Wort Nachsicht kennt er nicht.»

«Aber du gehörst doch gar nicht zu den Albigensern», widersprach Madeleine.

«Wir Dichter gelten in den Augen der Dogmatiker alle als häretische Freigeister und Lügenbolde.»

«Und wenn wir mit Bernardou von Burg zu Burg ziehen und ihn die hohen Damen besingen lassen? Wir könnten sogar nach Sizilien aufbrechen. Wolltest du nicht schon mit meiner Mutter dorthin? Ich binde dir das leere Auge zu, und dann kannst du von Perceval erzählen, vom Gral, von Artus und seiner Tafelrunde, von ritterlichen Abenteuern und Tugenden. Hast du nicht selbst erzählt, dass König Richard *Löwenherz* auf seinem Kreuzzug Artus' Schwert Excalibur auf Sizilien gelassen hat? Bernardou singt, du erzählst, und ich kann mich mit den arabischen Mathematikern zusammensetzen und über Zahlen philosophieren – und außerdem den reichen Kaufleuten ihre Bücher führen. Dann braucht uns auch nicht mehr zu kümmern, dass der Tuchhändler mich verleumdet und überall meinen Umgang mit den Juden anprangert. Auf Sizilien gibt es viele Juden, und keiner schaut sie schräg an.»

Madeleines Worte verwirrten mich, und ich glaubte, sie nicht richtig verstanden zu haben. Ich wollte schon eintreten, zögerte jedoch, als Père Guiot sagte: «Vielleicht hast du sogar recht. Sizilien ... Kaiser Heinrich ist tot, die eifersüchtige Constance ebenso, aber es muss dort unten noch Heinrichs Sohn Federico leben, Barbarossas Enkel ...»

Madeleine fiel ihm ins Wort: «Ihm kannst du von seinem Großvater erzählen und von Legnano, wie du ihm das Leben gerettet hast ... Papa, lass uns nach Sizilien aufbrechen – mit Bernardou!»

Père Guiot schien noch immer zögerlich. «Willst du das wirklich? Bernardou ist ein schöner junger Mann mit sanfter Stimme, verführerischem Haarschopf und betörendem Augenaufschlag. Wenn wir durch die Lande ziehen und er den Damen etwas vorschwärmt – nicht immer wird es bei der keuschen Anbetung bleiben, aus dem wortreichen Spiel mit der Liebe kann rasch sinnliches Feuer entstehen, und das Spiel mit dem Feuer ...»

«Unsere Liebe ist unzerstörbar», unterbrach ihn Madeleine trotzig.

«Mein Kind, *Amor* ist ein leichtfüßiger und wankelmütiger Bursche. Manche seiner Pfeile können tödlich sein.»

Madeleines Worte hatten mich tief berührt, und Père Guiots Worte wurmten mich, weil ich sie zurückweisen wollte und zugleich begriff, dass in ihnen mehr Wahrheit steckte, als mir lieb war. Und so räusperte ich mich laut und betrat endlich den Raum.

Sowohl Madeleine wie auch ihr Vater fuhren herum und verstummten, blickten mich misstrauisch an. Ich setzte mich zu ihnen. Es fiel mir schwer zu sprechen, weil mich verwirrte, dass Madeleine mich offensichtlich belog.

Hatten sie und ihr Vater nicht immer behauptet, sie helfe abends reichen Bürgerfrauen? Jetzt sah es plötzlich so aus, als habe sie bei jüdischen Händlern und Geldwechslern etwas ganz anderes getan … *Die Bücher geführt*, war das ein Geheimwort für *bezahlte Liebe*? Der Tuchhändler wusste, was geschah, und erpresste sie jetzt. Und was war mit *unserer* Liebe? Konnte eine junge Frau wirklich beides zugleich: ihren Körper verkaufen und an die unzerstörbare Liebe glauben?

«Ihr habt mich angelogen», sagte ich mit zittriger Stimme.

Madeleine schüttelte den Kopf, ihre Augen füllten sich bereits mit Tränen.

«Aha, er hat gelauscht», sagte ihr Vater abweisend und zog seine Hand zurück.

«Ich habe die gesamte Nacht deinen *Perceval* gelesen und jetzt die Hühner gefüttert …» Meine Stimme zitterte noch immer, kurz streifte mein Blick Madeleine. «Ich möchte wissen, wohin du abends wirklich gehst – und was du tust.»

Auch sie entzog mir ihre Hand. «Warum vertraust du mir nicht?», hauchte sie.

«Ich möchte dir vertrauen, aber ich werde von euch angelogen.»

«Sag es ihm!», befahl Père Guiot, wandte sich dann mir zu. «Madeleine hat eine ungewöhnliche Begabung.»

Nun ergriff Madeleine meine Hand und suchte meinen Blick. Ich starrte jedoch auf die Tischplatte.

«Sie kann im Kopf besser und schneller als mit jedem Abakus rechnen …», erläuterte Père Guiot. «Ich habe von einem Italiener gelernt, wie man mit den arabischen Zahlen rechnet, und es ihr beigebracht. Sie jongliert mit ihnen im Kopf wie ein Akrobat mit seinen Bällen.»

Madeleine ergänzte: «Ich helfe den Geldwechslern und manchmal auch den Fernhändlern bei ihren Geschäften. Sie müssen wiegen und den Silbergehalt bestimmen, dann den Wert der unterschiedlichen Münzen miteinander abgleichen und auf größere Recheneinheiten umrechnen. Was sie umständlich und schriftlich mit Hilfe des Abakus ausrechnen, sage ich ihnen sofort aus dem Kopf. Das spart ihnen nicht nur Zeit, es kommen sogar seltener Fehler vor. Und dann helfe ich ihnen auch, ihre Listen und Rechnungsbücher zu führen.»

«Und das soll ich dir glauben?»

«Wenn du mich liebst, glaubst du mir.» Ihre Augen flehten mich an.

«Und warum habt ihr mir das nicht früher gesagt?», fragte ich, wartete allerdings erst gar keine Antwort ab, sondern feuerte eine Frage auf sie ab: «Siebzehn mal achtundzwanzig?» Wie ein misstrauischer Inquisitor kam ich mir vor, aber ich konnte nicht glauben, was ich da gehört hatte.

«Vierhundertsechsundsiebzig.» Ihre Antwort kam ohne Verzögerung.

Ich konnte nur den Kopf schütteln. «Wie viele *deniers* muss man auf den Tisch legen, um einen Leinenstoff zu bezahlen, der zwei *livres* kostet?»

«Das ist viel zu leicht, es kann jeder im Kopf ausrechnen: vierhundertachtzig.» Madeleine schürzte lächelnd die Lippen.

«Und warum habt ihr solch ein Geheimnis daraus gemacht?», fragte ich jetzt noch einmal.

«Ich befürchtete, du würdest mich dann nicht lieben. Frauen, die rechnen können – auf manche Menschen wirken sie kalt und berechnend, und man unterstellt ihnen Zauberei und Hexenkunst.»

«Vierhundertneunundsiebzig durch siebzehn?», fragte ich, als wäre es ein Spiel.

«Das ergibt einen Bruch, vierhundertneunundsiebzig ist sogar eine Primzahl. Sie lässt sich durch keine andere Zahl als durch sich selbst und eins teilen.»

«Von einer *Primzahl* hat mir Bruder Guilhelmus nichts erzählt. Wozu soll die Primzahl gut sein?»

«Das weiß ich nicht.»

Ich runzelte skeptisch die Stirn.

«Und wie viele Primzahlen gibt es?»

«Euklid sagt: unendlich viele. Ich kann sie dir also nicht alle nennen. Aber ich könnte beginnen, sie aufzuzählen: zwei, drei, fünf, sieben, elf, dreizehn, siebzehn, neunzehn, dreiundzwanzig …»

«Das reicht!», rief ich aus. «Du bist ja wirklich eine Zauberin!» Ein wenig unheimlich war sie mir schon. «Und für deine Rechenkünste geben dir die jüdischen Geldverleiher ein paar *deniers*.»

Sie nickte.

«Und mit diesen Einkünften ernährst du uns … Troubadoure.»

Sie lächelte, während ihr Vater auf den Boden sah.

«Das ist nicht in Ordnung», sagte ich. «Das stellt die Ordnung der Welt auf den Kopf.» Der letzte Satz war mir so herausgerutscht, ohne dass ich nachgedacht hatte. «Eine junge Frau, die Zahlen aus dem Ärmel zaubern kann, als wären es Eier oder Tauben.» Ich musste lachen, aber es klang ein wenig gequält. «Das ist wirklich Hexerei.»

Als ich das Wort *Hexerei* aussprach, schoss mir ein Bild durch den Kopf, das ich lange vergessen zu haben glaubte: das Bild meiner Mutter, das Bild ihres Brandmals, ihres *dritten Auges*. Es war wie eine Warnung. Ich sah die Menge sie verfolgen, Steine flogen, Verwünschungen wurden ausgestoßen – und dann sprang sie in die Tiefe.

Ich wurde so bleich, dass Madeleine erschrocken aufsprang und mich in den Arm nahm.

Als ihre Wärme mich umfing, stammelte ich nur: «Ich habe Angst um dich.»

12. Kapitel

Hätten wir doch auf meine Angst gehört! Wären wir doch umgehend aufgebrochen, um als kleine Troubadourgruppe durch die Provence und Italien nach Sizilien zu ziehen!

Doch mein Gefühl war zu vage, als dass ich Père Guiot überzeugt hätte, das Haus zu verlassen und in seinem Alter wieder ein Wanderleben aufzunehmen. Er zögerte auch dann noch, als Madeleine sich zunehmend beobachtet und bespitzelt fühlte und der Tuchhändler sie mehrfach auf offener Straße als *Judenhure* beschimpfte.

Ich war selbst dabei, denn ich begleitete sie jetzt zu ihrer Arbeit. Als ich dem fetten Händler Prügel androhte, beschimpfte er auch mich – geschützt von zwei breitschultrigen Knechten – als *sodomitischen Tunichtgut.*

Dann besuchten wir die Messe am dritten Sonntag nach Epiphanias. Überraschend begegneten wir dort einem zuerst unbekannten Prediger. Ich war noch müde und hatte kurz die Augen geschlossen, aber als er vorgestellt wurde und sein Name fiel, erstarrte ich: Die Kanzel bestieg Bischof Pierre de Castelnau, der Abgesandte des Papstes. Zuerst zog ich den Kopf ein, als wollte ich mich verkriechen, dann wäre ich beinahe aufgestanden und hätte die Kirche verlassen, schließlich raunte ich Père Guiot zu: «Ich kenne den Mann. Er hat meine Mutter auf dem Gewissen.»

Père Guiot schaute mich fragend an.

Schon eiferte und wetterte der bischöfliche Prediger von der Kanzel herab: gegen die albigensischen Häretiker, die sich anmaßten, sich die *Reinen*, *perfecti*, zu nennen, und mittlerweile den ganzen Süden wie eine Seuche überzögen. «Nirgendwo sind sie richtig zu fassen, da sie sich im Geheimen treffen, und doch verbreiten sie überall ihre verdammenswerten Irrlehren, finden sogar unter dem Adel ihre Anhänger.» Der Bischof machte eine kurze Pause, um seine Worte wirken zu lassen, und donnerte dann auf den kaum hörbaren Protest der Gemeinde herab: «Wer die Sakramente nicht anerkennt, die Ehe ablehnt, somit der Unzucht Vorschub leistet, wer die Autorität der Bischöfe, ja, sogar des Papstes in Frage stellt und gegen die heilige Mutter Kirche sich versündigt, dem muss das reinigende Feuer den Weg zum Heil weisen!»

Das Grummeln der Menschen wurde lauter, die Stimme des Bischofs ebenfalls. Fast schrill zitierte er aus der Bibel: *«Dico autem vobis, haeretici ejicientur in tenebras exteriores: ibi erit fletus et stridor dentium.»* Mit ausgestrecktem Finger übersetzte er seine Worte, damit auch jeder seine Drohung verstehe: «Ich aber sage euch: die Häretiker werden hinausgeworfen in die Finsternis draußen; da wird Heulen und Zähneklappern sein.»

Kaum einer wagte es jetzt noch, ihn mit erhobenem Haupt anzuschauen – bis auf Père Guiot, dessen weißgrauer Haarschopf weithin leuchtete.

«Ja, dies gilt auch für dich, mein Sohn!» Der päpstliche Prediger zeigte direkt auf Père Guiot, der ihm noch immer die Stirn bot und seinen Kopf nicht senkte. Die Stimme des Bischofs überschlug sich: «Hochmut kommt vor dem Fall!» Und er bekreuzigte sich.

Als wir die Kirche verließen, waren alle Szenen, die zum Tod meiner Mutter geführt hatten, erneut an meinem inneren Auge vorbeigezogen, und ich hatte Höllenqualen ausgestanden. «Ich könnte ihn umbringen!», stieß ich aus, nachdem wir ein paar Schritte gegangen waren.

Père Guiot schritt so schnell voran, dass Madeleine kaum folgen konnte und meine Hand ergriff. Wie Gehetzte eilten wir durch die Gassen, und als wir uns schließlich auf der Bank in unserem Hof niederließen, nur schwach gewärmt von den winterlichen Sonnenstrahlen, hatten sich die Falten in Père Guiots Gesicht vertieft.

«Ich bin kein Katharer, Bernardou. Auch wenn ich die selbstzufriedenen und fettbäuchigen Prälaten verachte. Christus und seine Apostel haben Armut gepredigt», führte er aus. «Dieser Bischof zieht nun schon seit Jahr und Tag durch den Süden und hetzt – zum Glück weitgehend erfolglos – gegen Menschen, die sich nicht mehr einer korrupten Schicht von Pfaffen fügen wollen.»

Er hatte voll verhaltener Wut gesprochen, plötzlich schaute er mich wie überrascht an: «Was meinst du mit *Ich könnte ihn umbringen*?»

Zum ersten Mal erzählte ich ihm und Madeleine vom Tod meiner Mutter. Meine Stimme stockte, ich stammelte und fühlte mich, als hätte meine Mutter sich erst am Tag zuvor durch ihren verzweifelten Sprung in die Tiefe der Steinigung entzogen. Am Ende meines Berichts – weder Père Guiot noch Madeleine hatten mich unterbrochen – spürte ich noch immer den Hass, der mich bereits in der Kirche ergriffen hatte, und wiederholte meine Worte: «Ich könnte ihn umbringen.»

Père Guiot sah mich forschend an und ließ dann seinen Blick auf Madeleine ruhen. «Vielleicht wird uns der Boden hier in Beaucaire wirklich zu heiß. Lasst uns erst einmal nach Béziers gehen, wo ein toleranteres Klima herrscht und Hetzprediger wie der römische Bischof nicht geduldet werden. Und im Sommer können wir vielleicht nach Sizilien aufbrechen.»

Doch so weit kam es nicht.

Denn die Ereignisse überstürzten sich.

Madeleine hatte einem Waffenhändler aus Lyon bereits zugesagt, ihm bei der Auflistung seiner Schulden und Kredite zu helfen, und sie wollte Wort halten, zumal noch die Bezahlung der letzten Woche ausstand. Als ich bei dem Händler anklopfte, um sie nach getaner Arbeit abzuholen, war sie nicht mehr dort. Der Händler hatte eine blutende Wunde im Gesicht und berichtete, Madeleine sei von den Schergen des Bischofs abgeholt worden. «Als ich versuchte, mich ihnen entgegenzustellen, wurde ich selbst niedergeschlagen.»

Voll panischer Angst rannte ich zur Église Saint-Paul, in deren Sakristei ich atemlos einen Messdiener fragte, wo der Bischof Quartier bezogen habe. Zuerst wollte der Mann nicht heraus mit der Sprache, doch als ich handgreiflich zu werden drohte, nannte er mir die Abbaye de Saint-Roman auf der Spitze des Kalkbergs. Wie von Teufeln gehetzt, rannte ich dorthin, wurde jedoch nicht eingelassen. Alle Bitten und Drohungen fruchteten nichts, und natürlich wurde auch meine Frage, ob vielleicht eine junge Frau herbeigebracht worden sei und vom Bischof befragt oder verhört würde, nicht beantwortet.

Ich eilte zurück in die Stadt, zurück zu unserem Haus, wo mir Père Guiot in nur mühsam beherrschter Erregung bereits auf der Straße entgegenkam. Madeleine war bisher noch nicht zurückgekehrt.

Nach kurzer Beratung begaben wir uns beide zum obersten Konsul der Stadt, der von nichts wusste und sich auch nicht in die «Aufgaben» des Bischofs einmischen wollte. Schließlich sei Bischof Castelnau im Auftrag des Heiligen Vaters unterwegs. «Und in der Tat, Maestre Guiot», fügte er mit verschlagenem Grinsen an, «sind einige Gerüchte über Eure Tochter im Umlauf, die von ehrenwerten Bürgern der Stadt bestätigt wurden. Mir sind die Hände gebunden.»

«Was denn für Gerüchte?», schrie ihn Père Guiot an. Ich hatte ihn bisher nie in solcher Erregung erlebt.

«Gerüchte eben. Gerüchte unangenehmer Art, welche die Lebensführung Eurer jungen Tochter betreffen. Und es wird auch von Hexenkünsten gesprochen. Von schwarzer Magie zugunsten der jüdischen … Geldverleiher.»

Wir wurden anschließend durch die Fäuste der Wachen auf die Straße befördert und verbrachten den Rest des Tages wartend, betend, fluchend und in panischer Angst in unserem Haus.

Am nächsten Morgen machten wir uns gemeinsam zum Kloster auf, wurden auch diesmal nicht eingelassen und warteten schließlich vor dem Eingang. Als es dunkelte, schlichen wir verzweifelt in die Stadt zurück.

Keiner von uns konnte in dieser zweiten Nacht ein Auge schließen. Père Guiot schüttete einen Becher Wein nach dem anderen in sich hinein, während ich auf das Messer starrte, das mein Vater mir zum Abschied geschenkt hatte. Immer wieder nahm ich es in die Hand und strich prüfend über Schneide und Spitze. Die Klinge war aus bestem Stahl und noch so scharf wie am ersten Tag.

Als der erste Hahn krähte, hörten wir ein Geräusch auf dem Hof, und die Hunde der Nachbarn schlugen an. Ich stürzte zur Tür, weil ich befürchtete, Père Guiot solle nun abgeholt werden. Doch ich sah nur ein Wesen in zerfetzter Kleidung, geschoren, blutend, mit dunklen Flecken im Gesicht und aufgesprungenen Lippen, entsetzlich zitternd.

Madeleine.

Sie brach noch im Hof zusammen. Ich stürzte die Treppe hinunter, nahm sie vorsichtig auf den Arm und trug sie hoch, wo mich Père Guiot bereits erwartete. So fahl hatte ich ihn noch nie gesehen, er konnte kaum mehr reden, seine Bewegungen waren fahrig. Ich fürchtete schon, der Schlagfluss habe ihn getroffen.

Vorsichtig legte ich Madeleine auf ihr Bett; dann reinigten wir die Wunden, versuchten, mit ihr zu sprechen. Wir zogen ihr die Fetzen vom geschundenen Leib und zogen ihr wieder ein ordentliches Unterkleid und Gewand über. Père Guiot wandte sich ab. Es war das erste und einzige Mal, dass ich ihn habe schluchzen sehen. Er verließ unsere kleine Schlafstube.

Ich strich Madeleine immer wieder übers Gesicht und küsste sie auf die Stirn. Noch immer hatte sie kein Wort gesprochen, und schließlich verlor sie das Bewusstsein. Die Angst, sie könnte sterben, würgte mich derart, dass ich kaum mehr zu atmen vermochte.

Ich wachte Tag und Nacht an ihrer Seite und ließ ihre Hand nicht los.

Bei Sonnenaufgang holten wir eine Frau aus der Nachbarschaft, die Père Guiot als Hebamme und kräuterkundige Heilerin bekannt war. Sie schickte uns aus dem Raum, während sie sich um Madeleine kümmerte. Schließlich verabschiedete sie sich mit einer aufmunternden Bemerkung. Und in der Tat war Madeleine nun bei Bewusstsein.

«Sie haben mich zum Bischof in die Abtei gebracht», berichtete sie stockend. «Er wollte etwas über meine Hexenkünste wissen und über die albigensischen Hintermänner, insbesondere über Vater. Was sollte ich ihnen schon erzählen? Er ließ mich schlagen und schließlich in einen Kerker bringen, nicht im Kloster, irgendwo in der Stadt. Dort lag ich, bis sie kamen, mich schoren und dann …»

Ihre Stimme versagte.

Noch am selben Tag begab ich mich wieder zum Kloster, blieb jedoch in sicherer Entfernung von der Pforte stehen. Als es dunkelte, bat ich als angeblich fiebernder Pilger um Einlass. Doch erneut wurde er mir verwehrt.

Madeleine ging es am Abend etwas besser. Zum ersten Mal versuchte sie, mich wieder anzulächeln. Berühren durfte ich sie nicht, nicht einmal ihre Hand küssen.

Am nächsten Tag wartete ich wieder vor der Abtei. Und diesmal hatte ich Glück, denn zur neunten Stunde öffnete sich das schwere Tor, und der Bischof verließ, begleitet von ein paar Männern, reitend das Kloster. Ich hatte während der langen Stunden des Wartens das Gelände genau erkundet. Der Weg hinab zur Rhône war von Felsen und dichtem Gestrüpp mit knorrigen Eichen gesäumt. In einer solchen Landschaft war ich aufgewachsen, ich fühlte mich an meine Kindheit erinnert.

Bischof Castelnau ritt auf einem Maulesel, dessen Widerrist nicht sehr hoch war, sodass seine Füße fast den Boden berührten. Ich wartete hinter einem Felsen, und als er an mir vorbeiritt, sprang ich ihn mit einem einzigen Satz an, riss ihn, bevor seine bewaffneten Begleiter auch nur reagieren konnten, vom Tier herunter und schnitt ihm, während er stürzte, die Kehle durch.

Das Blut spritzte mir in die Augen. Mit einem durchdringend gurgelnden Laut lag er vor mir auf dem Boden, und ich stach noch einmal zu, diesmal direkt ins Herz. Sprang auf, hechtete hinter die Felsen und hinein in einen großen Rosmarinbusch, während zwei Begleiter des Bischofs vom Pferd sprangen, um mich zu ergreifen.

Schon war ich im Grünen abgetaucht, kroch wie ein Wildschwein durch das Unterholz, rannte dann wieder über Stock und Stein. Ich hatte mir zuvor den Fluchtweg genau angesehen, sodass die Waffenknechte keine Chance hatten, mich zu finden.

Ich versteckte mich in einer Art Höhle in der Nähe eines Felsvorsprungs, von dem aus ich die Gegend überschauen konnte, und beobachtete, wie die Männer den Bischof ins Kloster zurücktrugen. An einem Bächlein wusch ich mir das Blut von Gesicht und Händen und entledigte mich des blutbesudelten Kittels, unter dem ich einen zweiten trug. Ich hatte an alles gedacht.

Als nachts der aufgehende Mond ausreichend hell leuchtete, schlich ich vorsichtig zu den Stadtmauern, um am frühen Morgen nach Öffnung der Tore mit einer Gruppe Bauern, die ihre Tiere auf dem Markt verkaufen wollten, unerkannt in die Stadt zu schlüpfen.

Madeleine und Père Guiot erwarteten mich voller Angst. Da ich nachts nicht nach Hause gekommen war, hatten sie bereits das Schlimmste befürchtet. Madeleine umarmte mich wortlos, ihr Vater blickte mich durchdringend an und öffnete den Mund, um mich nach meinem Verbleib während der Nacht zu fragen. Es lag wohl an meinem Gesichtsausdruck, der ihn verstummen ließ, bevor er ein Wort geäußert hatte.

Ich zog das bereits abgewaschene Messer aus dem Futteral an meinem Gürtel und reinigte es erneut, entfernte auch die letzten Spuren. «Ich kann nicht länger in Beaucaire bleiben», sagte ich schließlich bestimmt.

«Verstehe», sagte Père Guiot, der meine Handlung kommentarlos beobachtet hatte.

Madeleine, noch immer voller blauer Flecke und grindiger Wunden, blickte mir in derart hilfloser Verzweiflung in die Augen, dass mir das Herz zu brechen drohte.

«Wir können die Stadt nicht gemeinsam verlassen, es ist für euch zu gefährlich», fuhr ich fort. «Wenn man mich ergreift ...»

«Das ist richtig», sagte Père Guiot.

«Aber wir gehören doch zusammen», flüsterte Madeleine. «Wie soll ich ohne dich leben?»

«Es ist ja nicht für immer.» Ich erhob mich und raffte meine wenigen Habseligkeiten zusammen.

«Dann lass uns gemeinsam nach Sizilien fliehen.»

Ihr Vater schüttelte den Kopf. «Ihr müsst alleine losziehen. Ich bin zu alt und schwach. Auf jeden Fall viel zu langsam.»

«Ich gehe nicht ohne dich!», rief Madeleine.

Mechanisch knotete ich meinen Beutel zusammen. An das, was geschehen war, wollte ich nicht denken, an das, was geschehen würde, konnte ich nicht denken. Ich wusste nur, dass das, was ich tat, richtig war. Dass ich überleben wollte. Dass Madeleine und ihr Vater ebenfalls überleben mussten. Auf keinen Fall sollte wieder ein von mir geliebter Mensch durch meine Schuld sterben.

Vorsichtig umarmte ich eine zitternde und in Tränen aufgelöste Madeleine.

Ich umarmte auch Père Guiot. «Wir werden noch heute nach Béziers aufbrechen», sagte er leise. «Bevor jemand auf den Gedanken kommt, uns zu *befragen*. Béziers, das schaffe ich, für Sizilien brauche ich mehr Zeit. Vielleicht ein anderes Leben.»

«Wir sehen uns wieder!», rief ich ihnen zu, als ich die Treppe hinabstieg. Vater und Tochter verschwammen hinter einem Schleier aus Tränen, und ich wandte mich endgültig ab.

Teil II

Die Stunde der Geier

13. Kapitel

Mit gesenktem Kopf schlich ich durch die Gassen, mein Säcklein über der Schulter und die Harfe, Père Guiots Geschenk, im Arm. So erreichte ich die Brücke nach Tarascon, durchquerte unbehelligt die Stadt und wanderte auf der Straße in Richtung Saint-Remy, um mich bald ins Gelände zu schlagen und auf schmalen Schäferpfaden meiner Heimat zu nähern.

Obwohl der Wind an diesem Wintertag um Mariae Lichtmess frisch wehte, fror ich nicht. Milchig stand die Sonne am Himmel. Ein Bussard hockte auf einem Baumstumpf und beobachtete mich regungslos, ein Schwarm Krähen krächzte vorbei, und in der Höhe umkreisten sich zwei Adler. Kurz blieb ich stehen, um den Himmel nach einem Falken, vielleicht sogar meiner Peregrina abzusuchen – ohne Erfolg.

Das Gehen auf dem unbequemen Pfad hatte meine Aufmerksamkeit gefordert, doch als ich mich setzte, um einen Kanten Brot und ein Stück Käse zu essen, überfielen mich all die Gefühle, die ich bis jetzt erfolgreich zurückgedrängt hatte. Nicht nur eine würgende Trauer über den Abschied von Père Guiot und Madeleine, die mich jetzt am meisten gebraucht hätte, sondern auch das schneidend klare Bewusstsein, einen Mann ermordet zu haben. «Er hat es verdient», flüsterte ich mir selbst zu. Dennoch lastete die Tat schwer auf meinem Gewissen.

Ich brach wieder auf und kämpfte mich weiter durch das immer dichter werdende Unterholz.

Als ich die Burg von Les Baux vor mir aufragen sah – den Hort meiner Kindheit –, da lehnte ich mich an einen Olivenbaum und kämpfte gegen die Tränen an.

Ich versuchte, mich als zweiten Perceval zu sehen, der nach einem überstandenen Abenteuer erneut in die Welt zog, um das Geheimnis des Lebens zu finden.

Aber hatte Perceval nicht ebenfalls eine schwere Schuld auf sich geladen, die ihn lange Zeit, verbannt und verflucht, umherirren ließ? Sehnte sich Perceval nicht auf all seinen Wegen der Bewährung nach der, nach *seiner* Liebe? Schlugen ihn nicht die drei Blutstropfen auf weißem Schnee in Bann?

Ich atmete langsam und tief. Schaute hoch zur Burg, die auf dem Kamm der Felsen thronte wie ein strahlendes Camelot.

Am Burgeinlass sah ich ein paar Wachen herumlungern und Handwerker die Mauern ausbessern. Beladene Esel staksten auf das Tor zu, sogar einige Ritter mitsamt ihrem Gefolge erkannte ich. Vor der Burgmauer waren mehrere Hütten und sogar Steinhäuser errichtet worden, offensichtlich wollte sich ein Dorf dort ansiedeln. Und die Kirche Saint-Vincent war nun fertig.

Eine diffuse Angst bemächtigte sich meiner. Seit Jahren hatte ich meinen Vater nicht mehr gesehen, seit meinem Aufenthalt in Beaucaire nichts von ihm gehört. Und auch nichts von Serena. Vielleicht lebte er gar nicht mehr, und Serena war verheiratet und ihrem Gemahl in die Fremde gefolgt. Sire Uc, der Senher de Baux, würde samt seiner Gemahlin Barrale erstaunt und zugleich verächtlich auf mich blicken, den Möchtegern-Troubadour, den er eine Weile unterstützt hatte, den er aber längst für tot hielt, von irgendeinem Wegelagerer auf dem Weg nach Arles erschlagen oder am Fieber gestorben.

Schließlich fasste ich mir ein Herz und machte mich auf den Weg. Ohne nachzudenken, war ich von Beaucaire nach Westen aufgebrochen, nicht nach Süden oder Norden: Ich suchte also Hilfe, Rettung und Sicherheit in meiner Heimat, am Ort meiner Kindheit, bei meinem Vater und meiner alten Freundin. Und es war richtig so.

Dem Wachhabenden am Burgeingang erklärte ich, ich sei ein reisender Troubadour und würde gern Sire Uc und Domna Barrale meine Lieder vortragen. Ich hatte meinen Beutel auf den Boden gelegt und schlug kurz die Saiten der Harfe an. Er musterte mich verächtlich von oben bis unten.

«Schaut euch diesen Jüngling mit seiner Locke an!», rief er seinen Männern zu. «Er will ein Troubadour sein.» Seine Leute schoben sich herbei und wollten sich vor Lachen ausschütten. Ich sagte etwas auf Französisch, um zu bekunden, dass ich in der Welt herumgekommen sei. Es machte keinen Eindruck auf sie. Dann sprach ich etwas im italienischen Volgare, soweit Père Guiot es mich gelehrt hatte. Sie verstanden nichts und lachten noch mehr.

Schließlich fragte ich nach meinem Vater Arnaut, dem Falkner, und erkundigte mich, wie es Serena gehe.

Da stutzten sie.

«Ich bin nämlich hier geboren, *midons*.» Ich wählte diese kaum passende Anrede, um sie zu verspotten.

Der Wachhabende ließ ein Schimpfwort verlauten, das

ich hier nicht wiedergeben kann, und winkte mich mit einem knappen Ruck des Kopfes durch. Hocherhobenen Hauptes schritt ich durch das steinerne Portal mit der stolzen Inschrift *A l'asar Balthasar* und dem Wappen, das den Stern über Bethlehem zeigte. Zuerst wanderte ich zum Plateau, um an der Stelle, an der meine Mutter in die Tiefe gesprungen war, ein *planh*, ein Klagelied, zu singen. Als meine Stimme brach, ließ ich nur noch meine Finger über die Saiten gleiten.

Dann schaute ich mich genauer um: Auf dem Plateau wurden Zelte aufgestellt und offensichtlich ein Turnierplatz mit Tribüne angelegt. Ich kam also gerade zur rechten Zeit, es sah nach einem großen Fest aus. Als ich an den Handwerkern vorbei durch die Porte de l'Aure zum Burghof marschierte, fühlte ich plötzlich einen Stich im Herzen: Sollte Serena etwa heiraten? Sollte eine Ehevereinbarung prunkvoll gefeiert werden?

Es dauerte eine Weile, bis ich meine unguten Gefühle beiseitegedrängt hatte. Mittlerweile verfolgten mich die neugierigen Blicke der Pferdeknechte, Mägde und der herumlungernden oder würfelnden Soldaten, doch ich ließ mich nicht irritieren und stapfte zum Taubenturm, in dessen Nähe ich aufgewachsen war. Die gurrenden und sich plusternden Tauben beachteten mich nicht, und ich marschierte weiter zum Falkenhaus, das vergrößert worden war. Zwei Wanderfalken auf ihrem Reck blickten mich neugierig an, und als ich sie mit Balzrufen ansprach, rückten sie sogar näher.

Dann erkundete ich die Schmiede und unser altes Haus, das unbewohnt und verwahrlost wirkte. Mein Vater war nirgends zu sehen. Ich legte mein Säcklein ab und fragte schließlich einen Pferdeknecht nach ihm. Wortlos wies er mich zum Palais.

Dort angekommen, trat ich ungehindert ein und sah, wie auch die *aula*, der große Saal, hergerichtet wurde für eine umfangreiche Anzahl von Gästen. Unter Anleitung des *écuyer de cuisine* legten Diener lange Tischplatten auf Böcke und stellten Holzbänke davor, schleppten Leinendecken herbei, dazu Leuchter und Fackelhalter. Während ich noch die neugierig an mir herumschnüffelnden Jagdhunde streichelte und unter den Mägden nach bekannten Gesichtern suchte, entdeckte ich meinen Vater.

Ja, er war es. Grau und faltig war er geworden. Schmaler, so schien es mir, nicht mehr so breitschultrig wie früher; zudem humpelte er leicht. Er dirigierte den Aufbau eines Podests und wies dann eine Gruppe von Bauern an, ausreichend Sand für den Turnierplatz herbeizuschaffen.

Dann musterte er mich skeptisch wie einen Fremden.

Aus dem Knaben, den er zuletzt gesehen hatte, war ein junger Mann von über zwanzig Jahren geworden, dessen Locke sich allerdings noch immer eigenwillig über der Stirn ringelte – doch sollte ein Vater seinen Sohn nicht unter allen Umständen erkennen?

«Wer bist denn du?», rief er mir zu. «Gaffer können wir hier nicht gebrauchen.»

Ich lächelte. Vielleicht ein wenig schief, weil ich die biblische Szene vom verlorenen Sohn erwartet hatte. Vermutlich hatte mein Vater die Schärfe seines Augenlichts verloren.

Daher trat ich zu ihm, ohne etwas zu erwidern. Zuerst glitt sein Blick unwillig über mich und wollte sich bereits einem Diener zuwenden, doch dann schnellte er wie eine gespannte Bogensehne zurück. Mit offenem Mund starrte mich mein Vater an.

«Bist du's wirklich?», stammelte er. Seine Augen wurden feucht, und er schloss mich in seine Arme, presste mich an sich, dass mir die Luft wegblieb. Als er sich schließlich wieder von mir löste, stieß er aus: «Wir haben dich alle für tot gehalten!»

«Wie du siehst, lebe ich, Vater, und bin jetzt ein Troubadour.»

Als hätte er meine Worte nicht gehört, sagte er: «Du bist nach deinem Aufenthalt in Orange nie in Saint-Trophime angekommen – und dann hat man diesen Mönch aufgehängt gefunden. Euren Lehrer. Wie hieß er noch gleich?»

Ohne eine Antwort abzuwarten, nahm er mich erneut bei den Schultern. «Bist immer noch ein Hänfling. Schön, dass du wieder da bist», sagte er, doch es klang nicht wirklich überzeugt. «Wer war der Mönch?»

«Bruder Guilhelmus. Ihm verdanke ich die Grundlagen meiner Bildung. Er war mir ein großartiger und liebevoller Lehrer und Freund. Der Rote Ritter, der mich auf unserem Weg ins Kloster fast niedergeritten hätte, hat ihn einfach aufhängen lassen. Ich konnte gerade noch fliehen. Gott wird den Mörder strafen.»

Mein Vater kratzte sich am Kopf. «Das ist schlimm. Na, Hauptsache, *du* lebst. Und es gibt keinen Grund, dich …» Er unterbrach sich mitten im Satz, und seine Freude über mein Wiedersehen schien zunehmend zu schwinden. «Ein Troubadour bist du geworden, na ja. Wolltest du nicht Priester werden? Troubadoure nennen sich heute viele junge Männer, die nicht wissen, wohin sie gehören, die dafür aber wie die Kastraten zwitschern können. Wir werden hier oben überschwemmt von solchen Troubadouren, weil sich offensichtlich herumgesprochen hat, dass unsere Herrin eine Schwäche für wimmernde Gesänge und anbetende Heuchler hat.»

Vielleicht sah er mir meine Enttäuschung an, denn er schlug mir auf die Schultern, und wieder schimmerten seine Augen feucht. «Ich hatte schon nicht mehr daran geglaubt – der Herr hat doch ein Nachsehen mit mir.»

Er schnäuzte sich und schlug anschließend einen sachlichen Ton an. «Eigentlich kommst du passend, wir erwarten hohen Besuch, Constanza von Aragón, die verwitwete Königin von Ungarn. Sie heiratet demnächst den jungen sizilianischen König Federico und bringt als Hochzeitsgabe fünfhundert Ritter mit in die Ehe. Auf ihrem Weg nach Marseille, wo sie sich einschiffen, machen sie bei uns Station. Da gibt es viele Mäuler zu stopfen und jede Menge Männer unterzubringen, von der Königin und ihrem Gefolge ganz zu schweigen. Es soll ein großes Fest mit Turnier abgehalten werden. Vielleicht kannst du abends ein wenig im Hintergrund singen.»

Die Erwähnung des sizilianischen Königs Federico ließ mich aufhorchen, und mir zuckte die Idee durch den Kopf, ich könnte vielleicht im Gefolge der Königin mit nach Sizilien reisen, um dort nach meinem richtigen Vater zu suchen.

«Ja, Vater», antwortete ich, «ich helfe gern, Königin Constanza zu unterhalten.»

«Es halten sich bereits mehrere Troubadoure hier auf und bringen Unruhe in die Schar unserer Mägde. Aber du wirst dich ja zu benehmen wissen, als mein Sohn!» Er warf einen langen Blick auf mich und seufzte. «Ich werde nur wenig Zeit für dich aufbringen können, ich bin nämlich nicht mehr nur Falkner, sondern zum Majordomus aufgestiegen. Bin für alles hier verantwortlich.» Er machte eine weit ausholende Geste. «Außerdem wohne ich jetzt im Donjon, da ist für dich leider kein Platz. Du kannst dich aber in unserem alten Haus neben der Schmiede einrichten.» Er nickte mir zu und wandte sich wieder an die Handwerker.

Ich schlich aus dem Saal, tappte unbeachtet die Treppe hinab auf den felsigen Vorplatz und blickte zur Tour Paravelle auf, die ausgebaut worden und von einer Dachterrasse gekrönt war.

Hinter dem Steinwall der Brüstung entdeckte ich eine Gestalt in wehendem Seidenkleid. Die blonden Haare leuchteten offen im Sonnenschein – also war sie nicht verheiratet. Sie schaute herab. Herab auf mich.

Serena!

Ich rief ihren Namen. Auch sie hatte mich sofort erkannt und winkte, weit über die Brüstung gebeugt. Ich rannte ihr entgegen, und da flog sie bereits aus dem dunklen Eingang des Turms, sie flog mir entgegen, fast wäre sie über ihr langes Gewand gestolpert – und schon lagen wir uns in den Armen.

14. Kapitel

Konnte es nach dem ernüchternden Empfang durch meinen Vater einen schöneren Augenblick des Glücks geben? Serena lag in meinen Armen, als wäre ich ihr Bruder,

der von einem gefährlichen Kriegszug unversehrt zurückkehrt. Ich drückte sie an mich und spürte ihren sanft gerundeten und zugleich festen Körper. Sie legte ihren Kopf in den Nacken und schaute mir fragend in die Augen. Da lösten wir uns wie auf Befehl voneinander, regelrecht erschrocken, als hätten wir etwas Unschickliches getan.

Aus dem kleinen blonden Mädchen mit den ungewöhnlich blauen Augen war eine junge Frau erblüht, deren Haare dicht und lang über die Schultern fielen. In der Hitze des Sommertags trug sie ein leichtes weißes Hemd und darüber einen zweifarbigen, enggeschnittenen Seidenbliaud mit feiner Spitze. Ihr Ausschnitt ließ wenig von dem Flaum ihrer samtenen Haut erkennen, da sie schlank war wie eine Gazelle aus den Hainen des Orients. Ein schmaler Gürtel mit goldener Schnalle raffte ihr bis über die Knöchel fallendes Gewand, unter dem Ledersandalen mit gekreuzten Bändern hervorlugten. An den Borten am Ausschnitt und am Ende der weiten Ärmel glitzerten aufgenähte Edelsteine.

Auch sie ließ prüfend ihren Blick über mich gleiten, meine Locke, meine Augen, meinen Mund und meinen schmutzigen Kittel. Sie errötete leicht, zugleich hob sie erstaunt, ja, ein klein wenig verächtlich die Augenbrauen.

«Oh, schau mich nicht so an!», rief ich. «Ich bin nur ein armer Troubadour, der einen langen Marsch hinter sich hat und noch kein Bad nehmen konnte …» Hastig schaute ich mich um, ob sich nicht auf dem staubigen Boden irgendein Blümchen der Sonne entgegenreckte, und in der Tat trotzte ein kleiner lilablauer Enzian in einer Felsspalte der Trockenheit. Ich brach ihn und überreichte ihn Serena mit einer tiefen Verbeugung.

Sie lachte mich aus, und dabei kiekste ihre Stimme allerliebst. Erneut schaute sie mir in die Augen, als suche sie dort eine Antwort auf eine verschwiegene Frage.

Ach, ihre Augen! Blau, wie ich mir die verwunschenen Bergseen vorstellte, die ich erst viel später im Leben entdecken würde, zugleich tiefblau wie das Himmelsfirmament an einem Mistralmorgen. Sie beherrschten ihr Antlitz im Einklang mit dem großen Mund, dessen schmale Lippen geschwungen waren wie der kostbare Langbogen aus dem fernen Persien, den ich einmal auf der Messe von Beaucaire in den Händen halten durfte. Und ihre Zähne glänzten hell wie geschliffener Marmor.

Je länger ich sie betrachtete, desto entrückter schien sie zu sein, desto anbetungswürdiger.

Hast du mich vermisst?, wollte ich sie fragen, wagte es jedoch nicht.

«Und du bist noch nicht verheiratet?», fragte ich stattdessen und begriff sofort, wie unschicklich die Frage gewesen war.

Serena errötete erneut und schüttelte heftig die Kopf. «Mein Vater hat bisher nicht den Richtigen gefunden. Ich bin seine einzige Tochter. Es muss ein angesehener Mann von hohem Adel sein.»

«Vielleicht habt ihr ja nur auf mich gewartet!», rief ich lachend.

«Vielleicht», hauchte Serena, ohne so recht auf den ironischen Ton einzugehen.

Beinahe hätte ich sie wieder in die Arme geschlossen.

«Ach, Bernardou, du warst so lange weg … Aber ich habe nie unsere Kinderspiele vergessen», sagte sie schließlich, als wäre sie bereits eine alte Frau. Sie bemerkte den falschen Tonfall wohl selbst, denn sie ergriff meine Hand, zog mich neben sich auf einen Stein, roch an der Enzianblüte und legte sie dann an ihre Lippen. «Was hast du erlebt? Du musst mir alles haarklein erzählen.»

Ich wollte gerade beginnen, ihr die ritterliche Ausbildung im Haushalt des Prinzen von Orange zu schildern, als sie das Riemchen meines Goldamuletts entdeckte. Neugierig fingerte sie die Münze aus meinem Kittel. Nicht ohne einen Laut des Erstaunens von sich zu geben, befühlte sie ungläubig das Gold, entzifferte laut die drei Buchstaben F H R und blickte mich fragend an. Bevor ich ihr erklären konnte, dass ich noch immer nicht die Bedeutung der drei Buchstaben wisse, schlug mich der Nelken- und Veilchenduft ihres Körpers in seinen Bann. Und die seidige Fülle ihrer Haare verlockte mich fast unwiderstehlich, mitten hineinzugreifen, den Kopf an mich zu ziehen und Serenas Stirn zu küssen.

Ach, seufzt der alte Mann, der ich heute bin, der so träumerisch die vergangenen Zeiten wiederbelebt, während er versucht, sie in schwarzen Lettern auf Pergament zu bannen. Ach Serena, wann mussten wir die *heiteren* Paradiese unserer Kindheit verlassen?

Nun, ich sollte meine Wehmutsbekundungen zügeln; auch damals wurde unsere Wiedersehensfreude sofort unterbrochen.

«Maria Serena!», gellte es aus einem Kemenatenfenster. Ihre Mutter, die Domna, rief, als gelte es, einen frech entlaufenen Schoßhund zurückzuholen. «Maria Serena!»

Serena ließ die Münze fallen, drückte noch einmal kurz meine Hand, nahm jedoch wieder die Enzianblüte, hüpfte leichtfüßig über die hellen Felsen zum Eingang des Palais und war verschwunden.

Seufzend schaute ich eine Weile auf das tänzelnde Gurren und Aufplustern am Taubenturm und begab mich schließlich zu unserem verstaubten Häuschen. Dort richtete ich mich notdürftig ein, indem ich erst einmal die Spinnweben entfernte und mit einem Reisigbesen den Boden auskehrte, was bitter nötig war. Ich besorgte mir frische Strohballen und eine graue Decke, begab mich anschließend mit einem zerbeulten Eimer zum Brunnen, wo ich mir Wasser holte. Erfrischt und gereinigt, betrachtete ich meinen mageren, sehnigen Körper. Kurz streifte der Gedanke an Madeleine meinen Sinn – geschoren und blutig sah ich sie vor mir, und mühsam versuchte ich das Pochen meines schlechten Gewissens zu unterdrücken.

Ich schlüpfte erneut in den verstaubten, grauen Kittel, den ich im Sommer trug, und band mir meine abgeschabten Ledersandalen. Nicht einmal einen ordentlichen Männerbliaud besaß ich – meinen Kittel könnte man mit etwas Wohlwollen eine *Cotta* nennen, und gegen die Kälte im Winter schützte mich eine *Surcotta* aus kratziger Wolle, die zusammengehalten wurde von einer billigen Messingfibel.

Trotz meines wenig ansehnlichen Aufzugs wagte ich mich zum Palais und traf dort in der Tat auf den Senher de Baux im Gespräch mit meinem Vater, ein paar Handwerkern sowie zwei Geistlichen, von denen einer, wie ich später erfuhr, Abt Arnaud-Amaury war, der im Auftrag des Papstes ein Kreuzfahrerheer aus dem Norden begleitete.

Sire Uc, den vermutlich bereits mein Vater informiert hatte, begrüßte mich mit spöttischem Lächeln. «Das ist nun aus dir geworden, eine Nachtigall.» Sein Blick streifte meine

Haare. «Eine lockige Nachtigall. Der gefeierte Troubadour *Bernardou de Baux*. Klingt nicht schlecht.» Und er brach in gutmütiges Gelächter aus.

Immerhin erlaubte er mir beim großen Fest teilzunehmen und ein Lied vorzutragen. «Aber nicht in diesem Bettelaufzug.» Er gab dem *camerarius* einen Wink und trug ihm auf, mich neu einzukleiden. «Kannst du auch reiten und mit den Waffen eines Ritters umgehen?», fragte er. «Du warst doch mit meinem Neffen Gaufred zusammen, ihr habt sicherlich nicht nur weibisches Zeug gelernt.»

«Ich kann reiten, fechten und den Speer werfen.» Vielleicht war mein Ton zu keck, denn Sire Ucs Mund verzog sich wieder spöttisch. «Dann kannst du ja sogar ein singender Ritter werden.»

«Senher …», wollte sich mein Vater einmischen.

«Lass, Arnaut, nicht nur die Geburt macht den Mann. Früher warst du auch nur ein einfacher Schmied, dann ein starker Soldat, ohne den mein Vater längst im Heiligen Land begraben läge. Wurdest Falkner und bist jetzt Majordomus! Ein wahrer Herr erkennt sogar in einem Bettler oder Gaukler seine Fähigkeiten – und daher will ich sehen, was in deinem Sohn steckt.»

Mein Vater neigte ehrerbietig seinen Kopf, doch dann fing ich einen Blick auf, in dem Stolz aufblitzte. Ein tiefes Glücksgefühl erwärmte meinen Körper. Ja, ich wollte meinem Vater beweisen, dass meine langen Lehrjahre Früchte getragen hatten, auch wenn sie nicht zu einer Laufbahn in der Kirche unseres Herrn geführt hatten. Im Überschwang meines Glücks dankte ich daher dem Senher nicht nur auf Provençalisch, sondern auch auf Französisch, drechselte anschließend einen eleganten lateinischen Satz, den natürlich nur der Abt verstand, und fügte sogar noch einige katalanische Brocken an.

«Du sprichst Katalanisch?», fragte Sire Uc neugierig.

«Nur ein paar Sätze, aber ich verstehe es ganz gut.»

«Das wird ja immer besser», rief er, und auch Abt Arnaud-Amaury nickte anerkennend, «dann kann er seine Worte an Reina Constanza richten. Für die betreiben wir nämlich den ganzen Aufwand.»

«Aber spricht sie nicht eher Kastilisch?»

«Jacke wie Hose, du wirst dich schon verständlich machen.» Jovial schlug er mir auf die Schulter, zupfte dann angeekelt an meinem Kittel und winkte die Domna herbei, die soeben den Saal betreten hatte. «Hier.» Er zeigte auf mich. «Unser verlorener Schmiedesohn, nach wahrhaft langer Lehrzeit in Bettelkleidung, aber sonst vom Herrn im Himmel mit Begabung gesegnet. Ein vielsprachiger Ritter-Troubadour! Ein echter Tausendsassa, unser Bernardou de Baux.»

Die Ironie in seiner Stimme war nicht zu überhören, doch seine Gemahlin würdigte mich keines Blickes.

«Er wird dich anschmachten, wie es sich für einen echten Troubadour gehört», rief Sire Uc. «Und deine Schönheit preisen.»

Domna Barrale kräuselte verächtlich die Nase.

15. Kapitel

Am nächsten Tag wurde ich eingekleidet, erhielt eine anständige Cotta aus leichter, gefärbter Wolle und eine Mütze für die widerspenstigen Haare, eine Brosche für die hellblaue Surcotta, neue Sandalen, feste Beinlinge für den Winter. Dann durfte ich mir ein Pferd auswählen. Ein Brauner mit weißer Blesse auf der Stirn hatte mich freudig wiehernd begrüßt, und auch ich mochte ihn sofort. Unser erster Ausritt zeigte mir, dass sich zwei gefunden hatten, und ich nannte ihn *Buci*.

Für das Turnier erhielt ich ein gestepptes Unterkleid und ein Wams aus festem Leder, einen Waffenrock, einen Helm, ein Turnierschwert und schließlich sogar Speere zum Üben. Auf einen Kettenharnisch allerdings musste ich verzichten, es gebe nur einen einzigen auf der Burg, hatte Sire Uc erklärt, seinen eigenen, und dieser sei zu wertvoll für einen Anfänger wie mich. «Ein anständiger Harnisch, der auch die Beine schützt und den Kopf umhüllt, kostet mindestens fünfzig Ochsen», hatte er gesagt. «Die bist du mir nicht wert.»

Mittlerweile hatten sich einige andere Männer auf der Burg eingefunden, richtige Ritter aus Okzitanien und zahlreiche aus dem Norden, die ich häufig im Gespräch mit Abt Arnaud-Amaury sah. Ein Ritter, der besonders häufig mit ihm zusammenhockte, schien der Anführer der Franzosen zu sein; sein Name war Simon de Montfort, wie ich erfuhr.

Leider hatten die Franzosen anfangs nur einen verächtlichen Blick für mich übrig. Keiner wollte sich dazu herablassen, mit mir zu fechten und mir den einen oder anderen Trick zu zeigen. Abends setzte ich mich dennoch zu ihnen, nachdem ich mitbekommen hatte, worüber sie erregt diskutierten.

Sie scheuchten mich nicht weg, beachteten mich indes kaum, und ich verzichtete auch darauf, mich in ihr Gespräch zu mischen.

Es ging um den Mord an Bischof Pierre de Castelnau. Alle wussten offenkundig, wer sein Mörder war, nämlich ein Knappe des Grafen Raymon de Toulouse, der im Auftrag seines häretischen Herrn gehandelt habe. Die unendliche Geduld und Nachsicht des Heiligen Vaters, so erfuhr ich, sei nun aufgebraucht. Er habe die Albigenser nicht nur gebannt, sondern einen Kreuzzug gegen sie befohlen. Die Kreuzritter, die sich im Süden Frankreichs aufhielten, um ins Heilige Land aufzubrechen, sollten sich erst einmal die Ungläubigen und Abtrünnigen, die Häretiker und Feinde der Kirche vornehmen.

«Vierzig Tage Ablass sind uns zugesichert!», rief einer der Ritter. «Da müssen wir uns ranhalten.»

Seine Kumpane sahen darin kein Problem. «In vierzig Tagen brennen wir das albigensische Geschwür aus, mit Stumpf und Stiel. Da bleibt kein Auge trocken.»

«Was, Simon?», riefen sie dem hinzugetretenen Simon de Montfort zu. «Du bist doch unser Mann. Du hast die meisten Turniere gewonnen und sollst uns führen. Wir zeigen dem Papst, dass wir gute Christen sind. Und dabei wird für uns auch noch etwas herausspringen.»

Simon nickte grinsend, nahm einen Becher Wein, der auf dem Tisch stand, trank ihn fast leer und überließ mir den Rest.

«Bist du dabei, Löckchen? Ich habe gehört, dass du wie eine Nachtigall singen kannst – aber vielleicht kannst du auch mit dem Schwert umgehen. Siehst richtig kämpferisch aus.» Unter dem Gelächter seiner Kameraden spielte er mit meiner Locke, bis ich unwirsch seine Hand wegstieß.

«Ich kann sehr wohl mit dem Schwert umgehen, großer Ritter aus dem Norden.»

In spöttischer Herablassung ließ Simon de Montfort seinen Blick auf mir ruhen.

«Dann wirst du dich ja bald bewähren, Nachtigall.»

«Nenn mich nicht Nachtigall, Großkotz!» Ich riskierte jetzt eine dicke Lippe, aber eine andere Sprache verstanden die ritterlichen Schläger vermutlich nicht.

Montfort wirkte kurz konsterniert, dann jedoch eher amüsiert. «Bist ja ein ganz scharfer Hund. Ich bin gespannt, wen du beim Turnier aus dem Sattel hebst.» Er lachte überheblich, und seine Kumpane fielen in sein Gelächter ein. «Nichts für ungut!», rief er dann noch gutmütig und stieß mir freundschaftlich, aber recht heftig seine Faust in die Seite. Ich ertrug den Schmerz, ohne zu zucken.

Montfort setzte sich, ließ sich seinen Becher füllen, leerte ihn, ohne abzusetzen, und wischte sich mit einem anerkennenden Laut den Bart ab. Er schlug mir auf den Rücken, wieder hart, doch freundschaftlich gemeint, und stieß mit mir an. Auch ich musste den Becher in einem Rutsch leeren, und auf einmal schien ich aufgenommen zu sein in den Kreis der echten Männer.

Das Gespräch kreiste wieder um den Mord an dem Bischof und darum, ob wirklich der Graf von Toulouse dahinterstecke.

«Hat denn der Mörder gestanden?», fragte ich.

Die Männer lachten, als wäre die Frage besonders komisch.

«Der Knappe wurde ein wenig gezwickt, und schon sang er, gab alles zu und starb ihnen weg, bevor sie ihn ordentlich aufhängen konnten», erklärte mir einer der Ritter. «Wenn das nicht Beweis genug ist.» Und wieder Gelächter.

Nach einer Weile wusste ich genug; auch langweilten mich die prahlerischen Männergespräche über besonders brutale Turniere in Flandern und der Normandie, darüber, wer gesiegt oder sich die Knochen gebrochen, wer wem Pferd und Rüstung abgenommen habe und welches Lösegeld gezahlt worden sei. So verzog ich mich unauffällig, setzte mich auf eine Bank vor unserem Haus und zupfte ein wenig die Harfe.

Einer der Troubadoure, die mittlerweile eingetroffen waren, setzte sich zu mir, hörte mir eine Weile zu und begleitete mich dann einfühlsam auf seiner Flöte. Er nannte sich Peire Vidal, und wie sich bald herausstellte, sang er wie ein Pirol, seine Verse waren *süß und rein wie Honigseim*, um eins seiner Lieder zu zitieren, und er beherrschte die Handharfe ebenso wie die Laute. Er flötete, dass einem die Tränen kamen, und strich den Bogen der Fidel ohne jedes Kratzen.

Wir freundeten uns rasch an, und während die Vorbereitungen zum Fest immer hektischer wurden, lernte ich unter seiner Anleitung, mein Harfenspiel noch zu verbessern. Peire korrigierte auch meinen Gesang, ermahnte mich, deutlicher zu artikulieren, und brachte mich auf neue Melodien.

Abends saßen wir lange zusammen, und ich erzählte ihm das eine oder andere aus meinem Leben, während er seine Vergangenheit im Dunklen ließ.

Schließlich schlief er sogar bei mir in unserem alten

Haus. In meiner Nähe könne man freier atmen, erklärte er, und es würde nicht so viel geschnarcht und gefurzt.

Als er merkte, dass ich wiederholt sehnsüchtig nach den Fenstern der Kemenaten schaute, hielt er mir einen langen Vortrag darüber, wie wichtig es sei, singend die Schönheit der Frauen zu preisen. Nie dürfe man sich jedoch an seinen eigenen Worten berauschen und ihnen womöglich glauben. «Sonst kommst du in Teufels Küche. In des Weibes Küche, wenn du verstehst, was ich meine. In ihr Bett. Und wenn dich dann der Ehemann erwischt, schneidet er dir gleich den Schwanz ab und hängt dich schließlich auf. Wir singen von der reinen hohen Liebe, von der *fin amor*, die von der Sehnsucht lebt, nicht von der fleischlichen niederen Liebe, und eigentlich meinen wir lediglich das Idealbild der Frau, nicht irgendein bestimmtes Weib.»

Auf seinen leicht verächtlichen Ton hin verzog ich skeptisch mein Gesicht, denn mir kamen die süßen Nächte mit Madeleine in den Sinn. Ich sah zudem Serenas Feengestalt vor mir, ihre Haare leuchteten im Sonnenlicht wie die Glut der Leidenschaft, ich roch wieder ihren so überwältigenden Duft aus Nelken und Veilchen.

«Wenn ich dichte, schwebt mir immer eine schöne Frau vor Augen.»

«*Die* schöne Frau», korrigierte er mich. «Die Idee der schönen Frau, wie Plato sagen würde.»

Ich zupfte ein paar Töne auf der Harfe, weil ich ihm nicht widersprechen wollte, sagte dann aber doch: «Manchmal schweben mir sogar zwei schöne Frauen vor Augen.»

«Das ist falsch! Das ist sogar gefährlich!», rief Peire in erregtem Protest. «So fängt das Unglück an.»

«Vielleicht liegt es an meiner Jugend», sagte ich abwiegelnd, aber Peire schüttelte nur den Kopf. «Junge, hör auf meinen Rat. Kein Weib kann so schön und tugendhaft sein, wie wir unsere Angebeteten darstellen.» Um seine Worte zu unterstreichen, ergriff er meine Hand und drückte sie an seine Brust. «Hör auf den Rat eines erfahrenen Mannes!»

Ich nickte, um nicht weiter seine gutgemeinten Ratschläge hören zu müssen, und entzog ihm meine Hand, damit meine Finger weiterhin über die Saiten der Harfe streichen oder sie zupfen konnten. Serenas Bild schwebte wie der Hauch der himmlischen Liebesgöttin vor meinem inneren Auge, und als ich die Augen schloss, sah ich mich in die irdische Liebesnymphe Madeleine versinken.

Während das Fest immer näher rückte, gelang es mir nicht mehr, Serena zu begegnen.

Bis auf ein Mal.

Hätte es dieses eine Mal doch nie gegeben!

Eines Abends – den ganzen Tag hatten die Zikaden geschrillt, und die Hitze ließ das Licht über den Alpilles bleiern werden – genoss ich, auf einem unserer Felsen sitzend, den kühlenden Lufthauch; der Himmel klarte auf, bis die Schleier der Milchstraße ihn sanft überwehten.

Peire neben mir sang:

Wehn aus der Provence die Winde,
atm' ich ihnen tief entgegen;
denn von dort kommt lauter Segen.

Er summte die Melodie und suchte zugleich nach einem passenden Reim auf *Winde*.

Ich hörte ihm zu, begleitete ihn auf der Harfe und ließ

mir, als er nachdenklich abbrach, neue Tonfolgen einfallen. Die Worte folgten den Tönen wie Kinderlein der Liebe:

Liebste Schöne, Blonde, Reine,
Wohlgebaute, Gute, Feine,
dir ergibt mit frohem Mute
sich mein Herz, sonst lieb ich keine.

Serena vor Augen, fragte ich Peire: «Soll ich *mit frohem Mute* nicht durch *in hellem Scheine* ersetzen, dann habe ich vier Reime auf einmal.»

«Wortgeklingel!», antwortete er. «Zu aufdringlich und gegen die Regel.»

Zuerst antwortete ich nicht, doch merkte ich, wie sich Ärger in mir ausbreitete. Warum krittelte Peire so häufig an mir herum?, fragte ich mich. Was bedeutete schon die Regel gegenüber dem Gefühl!

Ich stellte die Harfe zur Seite und verzog mich wortlos. Zwar erhellte kein Mond die nächtliche Dunkelheit, doch die Sterne blinkten, da und dort brannten Fackeln, um den Weg zum Abtritt zu beleuchten, außerdem kannte ich die Burg noch aus Kindertagen, und so fand ich mich gut zurecht. Ich schlich zum Palais, gab mich den Wachen zu erkennen, die schläfrig grunzten.

Unter dem Sarazenenturm setzte ich mich an den Felsabsturz und starrte nach Süden, wo in der Ferne ein Licht flackerte. Die Grillen zirpten noch immer, und Fledermäuse zuckten über den Himmel. Als sich über mir das Band der Milchstraße verdunkelte, glaubte ich, eine der Wachen sei mir gefolgt – normalerweise sieht man sie, denn sie ziehen mit Fackeln über das Burggelände.

Dann glaubte ich, Peire Vidal würde mich suchen.

Als sie den Arm um mich schlang und der Duft von Nelken und Veilchen mich umfing, wusste ich, wer sich da heimlich herangeschlichen hatte. Schon fanden sich unsere Lippen. In unwiderstehlicher Leidenschaft zog ich Serena an mich, presste sie an meinen Leib, meine Hand glitt zu ihren Schenkeln, doch eh ich michs versah, entzog sie sich mir und verschwand, ohne ein einziges Wort gesagt zu haben.

Verwirrt starrte ich in die Dunkelheit, in die sie wie eine Katze entschwunden war.

Als ich schließlich zu unserer Kate zurückkehrte, wartete Peire, auf einer Bank sitzend, bereits auf mich, streckte mir seine Hand entgegen und zog mich neben sich.

«Können wir nicht in Zukunft gemeinsam von Burg zu Burg ziehen?», flüsterte er.

«Ich weiß nicht.» Noch immer schmeckte ich Serenas Lippen. Es wäre mir lieber gewesen, *sie* hätte meine Hand gehalten.

«Versprich mir», sagte er nach langem Schweigen und mit Nachdruck, «dass du nie den Pfad der Troubadour-Tugend verlässt. Anbetung, schöne Worte, süße Melodien, sonst nichts. Sogar von den prallen Schenkeln der Mägde solltest du dich fernhalten. Sie steigern nur die Sehnsucht nach der verbotenen Frucht.»

Ich lachte. «Du wiederholst dich, lieber Peire. Lass uns das Leben genießen. Der Herr im Himmel sieht zwar alles, aber er drückt auch mal ein Auge zu.»

16. Kapitel

Und dann war es so weit. Während die erste Junihitze über unserer schönen Provence lag, zog eine Staubfahne von der Abbaye de Montmajour heran und breitete sich über das Vallon de la Fontaine aus. Oben auf dem Donjon standen Sire Uc, seine Frau und Serena, neben ihnen seine engsten Helfer und Berater, unter ihnen mein Vater und Abt Arnaud-Amaury. Auf den Burgmauern und Wehrgängen sowie auf dem Plateau, wo mittlerweile zahlreiche Zelte aufgeschlagen waren, drängelten sich die Ritter mit ihrem Gefolge, die Troubadoure, Gaukler und Händler. Alle wollten sie den Zug der fünfhundert Ritter sehen, die angeführt wurden von Constanza de Aragón, der ältesten Tochter von Alfonso de Aragón, der verwitweten *Reina de Hungría*.

Ich stand mit Peire, der mir den Arm auf die Schulter gelegt hatte, auf dem Dach unseres Häuschens und blickte dem herannahenden Zug entgegen.

«O Gott, was gibt das für ein Gedränge!», stöhnte Peire.

Er sollte recht behalten. Ehrfürchtig wichen Wachen, Ritter, Knappen, Knechte und Mägde zur Seite, als die *regina superba* durch das Tor der Burg ritt und von dem Senher de Baux, seiner Gemahlin und Tochter mit Gesten der Huldigung und Worten der Hochachtung begrüßt wurde. Das dienende Volk fiel auf die Knie. Die Ritter applaudierten, indem sie mit der Faust gegen ihren Schild schlugen. Zugleich war diese Geste wohl eine Aufforderung an die fünfhundert spanischen Ritter, sich mit ihnen in einem Turnier zu messen.

Auch Peire und ich hatten uns mittlerweile unter die Menschen gemischt. Wir wurden gestoßen und gedrückt, dass es keine Freude war.

«Ombra!», rief Constanza, während sie sich gleichzeitig den Schleier mitsamt Hut und Krempe vom Kopf zerrte und ihre dunklen, wallenden Haare entblößte – eine für eine Königin-Witwe und zukünftige Braut ungewöhnliche Geste.

Sire Uc schaute leicht verwirrt, sein *camerarius* ebenfalls, und so rief ich keck: «Reina Constanza ersehnt den kühlen Schatten des Palais.»

Natürlich richteten sich alle Augen auf mich. Peire stieß mich so heftig nach vorne, dass ich beinahe vor dem tänzelnden Rappen der Königin gestürzt wäre.

Sie schaute auf mich herab, und natürlich verbeugte ich mich, ohne allerdings zu knien, und rief auf Katalanisch: «Bernardou, Trobador de Les Baux, la reina nobles al seu servei!» Also: ‹Der edlen Königin zu Diensten›.

«El que un home jove i guapo!», rief Constanza und wischte sich den Schweiß aus der Stirn. Ob dieser freundlichen Schmeichelei errötete ich leicht, wie ich zugeben muss. Sie hatte mich einen schönen jungen Mann genannt!

Sire Uc eilte herbei, der Dolmetscher der Königin teilte ihm erneut ihren Wunsch mit, und so wurde der Empfang im Freien abgekürzt. Gastgeber und Gast zogen mit kleinem, ausgewähltem Gefolge zum Palais, wo ein Begrüßungsmahl serviert werden sollte. Unter den spanischen Rittern entstand heftiges und lautstarkes Gerangel, als kaum einer von ihnen der Königin folgen durfte und ihnen auf dem Plateau Zelte zugewiesen wurden.

Schon zu diesem Zeitpunkt bewahrheitete sich Peires

Befürchtung. Die Burganlage von Les Baux platzte sozusagen aus allen Nähten.

Peire wollte sich zurückziehen, ich jedoch hielt ihn fest und blieb in der Nähe der hohen Herrschaften. Noch bevor sie das Palais betraten, wurde ich mit einer knappen Geste von Sire Uc herangewinkt. «Du übersetzt!»

Ich gestehe, dass mir in diesem Moment ganz schwach in den Knien wurde.

Kaum hatte Reina Constanza sich in den schönsten Kemenaten des Palais eingerichtet, ihren Reitmantel abgelegt und ein weitgeschnittenes Gewand aus Seide mit Samtapplikationen angelegt, dazu feinziselierten Goldschmuck, den sie in einem überraschend offenherzigen Ausschnitt trug, fand man im großen Saal zusammen, um an der langen Tafel zu schmausen. Das Beste aus unserer provençalischen Küche wurde aufgefahren, Weißbrot mit Apfelschnitzel zu Beginn, dann saftige Täubchen und Zickleinschenkel auf Rosmarin, gesottener Aal, Quarkkäse, Mandelmilch und eingelegte Früchte zum Schluss, die Musiker fiedelten und flöteten, die Troubadoure ölten bereits ihre Stimmen, die Gaukler zeigten ihre Künste in der Akrobatik, in Witz und Spiel.

Während Reina Constanza ordentlichen Appetit an den Tag legte, pickte sich Serena nur gelegentlich einen Bissen von ihrem Silberteller. Dafür warf sie mir immer wieder Blicke aus den Augenwinkeln zu, während ich als übersetzende Hilfskraft hinter den hohen Herrschaften hin und her sprang. Der Dolmetscher der Königin, mein Kollege, sprach zwar Latein und auch Französisch, vermengte indes das Provençalische mit dem Katalanischen und beherrschte es nicht sehr überzeugend. So halfen wir uns gegenseitig, indem wir uns auf Latein verständigten. Hin und wieder sprach er mir sogar einen Satz auf Kastilisch vor, den ich mit übertrieben rollendem R der Königin ins Ohr trompetete. Meist verstand sie mich, brach sogar gelegentlich in helles Gelächter aus und besprach sich dann mit ihrem Bruder, der sie begleitete, und dem obersten Ratgeber, einem kastilischen Grafen, in einer Geschwindigkeit, die mir jegliche Möglichkeit nahm, auch nur ein Wort zu verstehen.

Schon am ersten Abend, als erneut gespeist und getrunken wurde und die Ritter bzw. ihre Vertreter sich gegenseitig redliche Kampfweise beim Turnier gelobten, sollte nicht nur getanzt, sondern auch gesungen werden.

Ein Katalane aus Barcelona schmachtete die Königin an, die gerade dabei war, am Knöchelchen einer Taube zu lutschen. Peire Vidal folgte ihm, er sang und zupfte zugleich die Laute, indem er sich an Domna Barrale wandte:

Einer Edlen weih ich mich,
die um Lust und Liebe weiß,
und in höchstem Tugendpreis
läutert ihre Schönheit sich.

Dann blies er die Flöte, während er hüpfte und sich erstaunlich geschickt verrenkte. Domna Barrale nickte ihm huldvoll zu, Sire Uc grinste, Reina Constanza leckte ihre Finger und ließ sich dann Rosenwasser reichen, Serena schielte verstohlen nach mir. Noch bevor ich ihren Blick mit einem beglückten Lächeln beantworten konnte, winkte mich Peire herbei und gab mir zu verstehen, ich solle jetzt meine *cansó* anstimmen.

Ich nahm die Harfe, gab die Melodie vor, die Peire sofort begleitend aufgriff. Seine Flöte schluchzte so süß und trillerte so unübertrefflich, dass es sehr still wurde im Saal, sich sogar die Hunde schweigend niederlegten und nicht mehr unter den Tischen herumschnüffelten. Sobald ich meine Augen von den Saiten der Harfe heben konnte, suchten sie Serena, die heute wie Milch und Blut geschminkt war und einen auf der einen Seite tiefroten, auf der anderen dunkelblauen, mit Goldfäden durchzogenen *Bliaud* aus Seide trug. Das Gewand war sicherlich das Edelste, was der Senher hatte aufbieten können. Ich wunderte mich, denn nicht Serena sollte ja zum Altar schreiten, sondern Constanza.

Als Peire mir durch eine kurze Pause zu verstehen gab, jetzt müsse ich zu singen beginnen, krächzte ich mit *Du schöner Leib* los.

Ich war so aufgeregt, dass ich mich nicht rechtzeitig geräuspert hatte, und so misslang mir der Einstieg in mein erstes Lied derart, dass ich mich allein durch Übertreibung retten konnte. Ich ließ das Krächzen direkt in übertriebenes Husten übergehen, sodass alle Absicht vermuteten und in Gelächter ausbrachen, radebrechte dann in einer Mischung aus Provençalisch, Katalanisch und Latein, der Anblick der «helenaschönen, venusgleichen Königin» habe mich derart erschüttert, dass meine Stimme nicht mehr der einer Nachtigall, sondern der eines Wolfs gliche.

Die mich verstanden hatten, lachten, die Königin, deren wohlwollender Blick auf mir ruhte, erahnte das Entscheidende meiner Aussage und bedeutete mir, ich möge fortfahren. In der Tat klang meine Stimme nun hell, rein und glatt wie das beste Olivenöl von den Bäumen unserer Heimat:

Du schöner junger Leib, so frei von Art,
aus hohem Königsstamm gekürt,
fern deines eignen Lands entführt,
Ihr ragt heraus, o Herrin auf der Fahrt,
nur allerhöchster Ruhm Euch wohl gebührt,
der röm'schen Krone wird's zur Ehr gereichen,
wenn Eure Stirne sie berührt.

Vor lauter Konzentration hatte ich vergessen, mich auf der Harfe zu begleiten, aber Peire hatte meine Worte so kunstvoll umrankt, er setzte einen so zwitschernden Triller ans Ende, dass nach einer kurzen Pause der atemlosen Bewunderung dröhnender Applaus die Wände und Decken des Saals zum Wanken brachte und Hunderte begeisterter Münder *Bravo*! riefen.

Tief verbeugte ich mich vor Reina Constanza, dann auch vor Sire Uc, seiner Gemahlin und schließlich vor Serena, nicht ohne ihr leise zuzuzwinkern. Dann verbeugte ich mich ein zweites Mal vor der Königin und zog Peire herbei, wies auf ihn als den eigentlichen Meister der Troubadoure.

Die Reina war aufgestanden, sichtlich ergriffen ob der klingenden Reime, der schmelzenden Töne und der treffenden Verse, deren Übersetzung ihr ins Ohr geflüstert worden war. Nun verkündete sie, ohne Zweifel gebühre mir der Preis für den schönsten Gesang.

Ich musste vor ihr niederknien, sie legte ihre warme Hand auf mein Haupt. Dann zog sie mich zu sich empor – ich errötete bis in die tiefsten Haarwurzeln –, deutete einen Kuss auf meine Stirn an, fuhr mir kurz durch die Locke, ließ sich einen Beutel klingender Münzen reichen, den sie mir in die Hand drückte, und überreichte mir auch den Myrtenzweig für mein Lied. Dann zog sie unter dem atemlosen Staunen der Zuschauer ein rotes Seidentüchlein aus ihrem Ausschnitt und überreichte es mir.

Schließlich befahl sie Peire und mir, weiterzuspielen und -zusingen, während sie sich mit ihren Gastgebern erneut dem Mahl zuwandte. Sichtlich mundete ihr der feuerrote provençalische Wein, denn je später der Abend wurde, desto lauter kullerte, kiekste und perlte ihr Lachen.

Es war tiefste Nacht, als Peire und ich auf unsere Strohsäcke sanken.

«Du hast es geschafft», flüsterte er. «Der Ruf deines Erfolgs wird wie der Mistral durch die Lande eilen, und alle werden dich beneiden. Daher lass uns beide der Königin nach Sizilien folgen, wo sie Barbarossas Enkel, den jungen König Federico, heiraten wird. Es gibt keine *Reina*, die unser Lied so schätzt wie sie. Wir können reich werden und Ruhm ernten.»

Während er sprach, wanderten meine Gedanken zu Serena, die mich nach meinem Vortrag sehnsüchtig angeschaut und sich sogar verstohlen ein paar Tränen aus den Augen gewischt hatte.

Natürlich stieg mir der Triumph zu Kopf, und daher konnte ich trotz der späten Stunde nicht schlafen. Auch Peires Augen waren noch offen. «Ohne dich wäre alles misslungen», flüsterte ich ihm zu, erhob mich wieder, kramte etliche Silbermünzen aus dem Preisbeutel und überreichte sie ihm.

«Dein Anteil», sagte ich, und er küsste mich zum Dank auf die Wange.

«Dein Vorschlag ist wirklich verlockend. Sizilien! Das Land, wo Milch und Honig fließen», hauchte ich mit einem tiefen Seufzer, nicht ohne mich daran zu erinnern, dass ich auf der Insel vielleicht sogar meinem richtigen Vater begegnen könnte.

Während der frühen Morgenstunden träumte ich von Serena, die auf dem Sarazenenturm stand und mir winkte. Ich wollte zu ihr eilen, nahm allerdings nicht die Treppe, sondern versuchte, singend die Felsen hochzuklettern. Als Serena plötzlich eine Flöte in die Hand nahm und sie so süß blies wie Peire, ließ ich vor lauter Schreck den Felsen los und stürzte in die Tiefe.

Bevor ich auf dem Boden zerschmetterte, schreckte ich auf.

Da ich nicht mehr einschlafen konnte, weil sich mir nun das kommende Turnier ins Bewusstsein drängte, schlich ich nach draußen. Überall lagen schlafende Männer, über die ich steigen musste. Da und dort qualmte ein Feuer, und auf den Burgmauern hockten die Geier wie ungeduldig wartende Totengeister.

Vom Taubenturm aus wagte ich einen Blick zu den Fenstern der Kemenaten. Und siehe da, aus einem Fenster beugte sich ein blonder Schopf ins Freie. Sie war's! Ich wollte rufen und winken, aber dann hätte ich die ganze Burg geweckt. Also schwenkte ich meine Arme, hüpfte über die Schlafenden zum Mauerfuß des Palais, und eh ich michs versah, segelte ein weißes Seidentüchlein herab. Es roch balsamisch nach Veilchen und Nelken.

17. Kapitel

Am Morgen begann das Turnier.

Zur Einstimmung sollten die besten Lanzenritter die Ringe stechen, vom galoppierenden Pferd aus sollte ein Speer geworfen werden, und dann gab es auch noch den *Sarazenen*, bei dem ein Reiter mit seiner Lanze den Schild der Stechpuppe treffen musste, die dadurch in eine heftige Drehung versetzt wurde und eine bewegliche Keule auf den Reiter zuschleuderte. Ritt er zu langsam oder bückte er sich nicht rechtzeitig, konnte ihn der Prügel glatt aus dem Sattel hauen. Zumindest gab es ordentliche Beulen.

Ich hatte ein wenig Speerwerfen geübt und auch den Schwertkampf im Sattel, trug einen leichten Helm und einen ledernen Brust- und Armschutz, den mir mein Vater aus der Waffenkammer des Senhers besorgt hatte. Damit man mich erkannte, hatte ich mir rasch eine Art Wappen nähen lassen: einen Falken in einem Ring aus Gold, darunter die Buchstaben F H R.

Als auch ich zum Turnierplatz auf dem Plateau trabte, begleitet von Peire, der mir als eine Art Knappe diente und mich wie ein Herold ankündigen sollte, hatten die hohen Damen und Herren bereits auf der Tribüne Platz genommen, und die erste Runde des Speerwerfens hatte begonnen. Kaum einer traf das Ziel, eine Strohpuppe, auch keiner der Spanier, die diese Form der Waffenübung als wenig ritterlich betrachteten.

Mich beachtete niemand – zumindest keiner der spanischen, provençalischen oder französischen Ritter. Ich war ja auch ein Niemand, auf jeden Fall kein Ritter, bloß ein lockiger Jüngling, der – dies hatte sich bereits herumgesprochen – für das schönste Lied des Abends von der *Reina* ausgezeichnet worden war.

Peire Vidal kündigte nun meinen Auftritt an, mit lauter Stimme nannte er mich «Bernardou de Baux, den Falkenritter». Natürlich erntete er höhnisches Gelächter. Ich ließ mich jedoch nicht irremachen, warf einen Blick auf Serena, die mir heute trotz des milden Lichts besonders blass zu sein schien, und galoppierte los. Der Speer flog – aber er landete scheppernd auf einem Felsen statt in der Brust der Puppe.

Das Gelächter wurde noch lauter. Ich fluchte. Wagte keinen Blick zur Tribüne.

Peire ermunterte mich und wies mich darauf hin, dass auch sonst kaum einer getroffen hatte.

Schon begann die nächste Runde. Nur noch wenige traten an. Diesmal wurde besser getroffen. Ich schleuderte als Neunter den Speer erst im letzten Augenblick, und diesmal saß er! Traf mitten ins Herz. Der schmächtige, lächerliche Troubadour hatte auf seinem geliehenen Pferd gesiegt!

Applaus von der Tribüne, unzufriedenes Grollen von Seiten der Ritter.

Weder beim Ringstechen noch beim *Sarazenen* nahm ich teil und musste mir deswegen manch höhnischen Zuruf gefallen lassen.

Und dann begann der eigentliche Turnierkampf. Eigentlich war nur ein *buhurt* oder *bouart* geplant, Reiterspiele, Geschicklichkeitsübungen, Formationsreiten mit Lanze, keine richtige Auseinandersetzung zwischen zwei Gruppen.

Doch die Anführer konnten sich nicht einigen, unser Senher besaß nicht ausreichend Autorität, um seine Vorstellungen durchzusetzen, vielleicht wusste er selbst nicht genau, was er wollte. Schließlich entwickelte sich ein weitgehend ungeregelter Gruppenkampf, eine *mêlée*, wie die Franzosen ihn nennen. Es ging in erster Linie darum, auf dem begrenzten Areal des Plateaus möglichst viele Gegner aus dem Sattel zu stoßen oder mit dem Schwert zu besiegen und sich auf diese Weise hervorzutun. Am Rande, vor dem Tor zur Burg, wurde ein Sicherheitsbereich abgesteckt, in dem niemand angegriffen werden durfte.

Bei der *mêlée* wollte ich wieder mitmischen. Mich stach der Hafer. Ich wollte vor Serena und Reina Constanza eine gute Figur abgeben.

Heute, in meinen alten Tagen, kann ich sagen, dass ich in meinem Leben viele Turniere erlebt und auch bei dem einen oder anderen teilgenommen habe. Mittlerweile sind sie – insbesondere in Frankreich und in Deutschland – viel geregelter, häufig kämpfen einzelne Ritter gegeneinander, was man in deutscher Sprache *Tjost* nennt. Das Durcheinander der *mêlée* ist auch der stumpfen Turnierwaffen wegen weniger gefährlich geworden.

Aber damals hatte das Turnier in unserer Provence längst nicht diese Bedeutung wie in Flandern oder in der Normandie, und deswegen waren Sire Uc wohl auch die Regeln nicht bekannt. Zudem brannten die Spanier darauf, sich ein wenig auszutoben und dabei ihr Können zu zeigen; die Franzosen, die sich bald darauf auf einem ganz anderen Feld ‹auszeichnen› sollten, waren kriegerische, ja, brutale Gesellen, und die wenigen provençalischen und okzitanischen Ritter wollten nur einigermaßen ehrenhaft und mit wenigen blauen Flecken den Turnierplatz verlassen. Sie trugen auch die schwächsten Rüstungen.

Sire Uc legte mit Simon de Montfort und dem Bruder der Königin fest, dass die Spanier gegen die Franzosen und Provençalen antreten sollten. Wer aus dem Sattel flog, musste ausscheiden, brauchte sich und sein Pferd jedoch nicht auszulösen, wie es sonst meist der Fall war. Außerdem wurde nur mit stumpfen Waffen gekämpft, damit schwere Verletzungen möglichst vermieden wurden. Schließlich handelte es sich um einen Freundschaftskampf.

Die Franzosen hörte man laut murren, und auch die Spanier wirkten unzufrieden.

Noch bevor Reina Constanza winkte und Sire Uc die Trompeten blasen ließ, begannen bereits die ersten Scharmützel, und rasch artete der Kampf zu einer wilden Reiterschlacht aus. Natürlich war der Turnierplatz auf dem Plateau viel zu klein für die achthundert kampfbereiten Ritter, die Lanzen verhakten sich, statt gezielt den Schild oder Körper des Gegners zu treffen. Die Franzosen, die in der Minderzahl waren, wollten ihren Nachteil durch besonders harten Einsatz wettmachen, was dann auch die Spanier anspornte, ohne Rücksicht die Gegner aus dem Sattel zu hauen – mit allem, was ihnen zur Verfügung stand. Manche stießen sogar mit dem Schild zu oder nahmen die Faust.

Ich hatte mich anfangs am Rand aufgehalten, weil ich mich im Lanzenstechen nicht sicher fühlte und auch keine eiserne Rüstung trug. Als ich sah, wie mir Reina Constanza auffordernd zuwinkte, trabte ich langsam am Rand der Kampfzone entlang. Schon galoppierte ein Spanier mit angelegter Lanze auf mich zu. Ich ließ sie an meinem Schild abgleiten, sodass er ins Gedränge geriet und dabei die Lanze zerbrach.

Kurz darauf sah ich ihn mit gezücktem Schwert erneut auf mich zureiten, und eh ich michs versah, spürte ich einen heftigen Schlag auf den Oberarm. Zum Glück war der Streich nur mit einem stumpfen Turnierschwert erfolgt, sodass ich außer einem blauen Striemen keine Verletzung davontrug. Und weil ich ein so schönes Angriffsziel bot, stürmte bereits der nächste Spanier heran, diesmal erneut mit einer Lanze. Ich hatte meine Lanze gar nicht in Stellung bringen können, warf sie, weil sie nur störte, zu Boden und bog meinen Oberkörper im letzten Augenblick zur Seite, sodass ich, wenn auch mühsam, im Sattel blieb. Schon galoppierte ein dritter mit erhobenem Schwert auf mich zu. Wütend schrie ich auf, konnte gerade noch mein eigenes Schwert ziehen und den Schlag parieren.

Zumindest hatte ich die Aufmerksamkeit von Simon de Montfort auf uns gelenkt. Montfort, dessen Brustkorb breit wie ein Scheunentor war, zerbrach einem Spanier die Lanze und stieß ihn anschließend mit dem Schild aus dem Sattel, warf seine eigene Lanze dann einem seiner Knappen zu und zog das Schwert gegen den Spanier, der mich angegriffen hatte und nun erneut eine Attacke startete.

Schleunigst verzog ich mich aus der Kampfzone der beiden, geriet dabei aber erst recht ins Getümmel. Da wurde nach allen Seiten geschlagen und gestoßen, Pferde gerieten in Panik, stürzten sogar. Ich versuchte jetzt nur noch, möglichst ungeschoren davonzukommen, und achtete darauf, keine weiteren Schläge einstecken zu müssen.

Irgendwann ließ Sire Uc die Trompeten blasen, um das Ende des Kampfes zu verkünden. Der Erfolg war gering, es wurde weiterhin aufeinander eingeprügelt und gestochen. Erneut schmetterten die Trompeten, und mit der Zeit kämpften nur noch die erbittertsten und ehrgeizigsten Streithähne.

Und dann stand ich ihm plötzlich gegenüber.

Das heißt, unsere beiden Pferde standen nebeneinander. Ihr Fell war schweißbedeckt, die Flanken zitterten, und auch uns lief der Schweiß. Außerdem drückte mich der leicht verrutschte Helm. Ich sah zuerst lediglich die rote Pferdedecke, den roten Waffenrock mit dem Kreuz, das Gesicht konnte ich nicht erkennen, denn der Ritter trug einen der neueren Helme, die Kopf und Gesicht bis auf zwei Sehschlitze verdeckten, während ich nur mit einem alten Nasenhelm ausgestattet war.

«Du Sodomit, du hast mir mein Pferd geklaut! Jetzt zahlst du dafür!», hörte ich seine dumpfe Stimme. Schon traf sein wuchtiger Schwerthieb meinen Schild und hätte mich fast vom Pferd geworfen. Den nächsten Schlag konnte ich parieren.

«Der Kampf ist zu Ende», rief ich, als ich den dritten abwehren musste.

«Zwischen uns ist der Kampf noch lange nicht zu Ende», rief er, «er hat erst begonnen.»

Ich wich dem nächsten Hieb aus, bückte mich, konnte noch einmal dagegenhalten. Der Rote Ritter ließ sein Pferd hochsteigen, und als ich schon befürchtete, dass mir ein Huf den Schild zerschmettern würde, traf mich ein Schwerthieb am Kopf, tausend Sterne blitzten auf, und schon stieß mich sein Schild vom Pferd.

Als ich auf den Boden krachte, wurde mir schwarz vor Augen. Zum Glück eilte Peire Vidal herbei, und Montfort drängte den rohen Angreifer zur Seite. Zum dritten Mal ertönten die Trompeten, und nun endete das Turnier tatsächlich.

Ich wurde zu den Verletzten getragen und kam dort langsam zu mir. Zum Glück war nichts gebrochen, und am Kopf war außer einer dicken Beule kein Schaden festzustellen. Peire beugte sich über mich und flößte mir Wasser ein.

Als dann sogar Serena die Verletzten besuchte und sich besonders lange mir widmete, nicht ohne meine Hand zu ergreifen und mir über meinen verschwitzten und verdreckten Kopf zu streichen, konnte ich wieder lächeln.

«Es war Rounaldo de Valbone, *le chevalier rouge*, der dich da vom Pferd gehauen hat», erklärte Peire. «Einen Preis erhielt er nicht, niemand erhielt einen Preis, keiner Seite wurde der Sieg zugesprochen, und entsprechend schlecht ist die Stimmung. Es hat sogar einen Toten gegeben.»

Als die Kämpfer schließlich mit ihren Wimpeln und Wappenbannern antreten sollten, um Reina Constanza, Siressa Barrale, Serena und natürlich dem Senher de Baux zu huldigen, setzte auch ich mich mit heftigen Kopfschmerzen aufs Pferd, als Einziger ohne Wimpel und nur mit einem Wappenersatz. Verärgerte und unzufriedene Mienen allerorten. Ich achtete hauptsächlich auf ihn, *le chevalier rouge*, der ganz in meiner Nähe auf seinem unruhigen Rappen saß, jetzt ohne Helm, und nun erkannte ich auch sein Gesicht. Er war es tatsächlich: der Mann, der Bruder Guilhelmus auf dem Gewissen hatte.

«Habe ich dich nicht hart genug erwischt, du sodomitisches Schwein? Du gehörst auf den Scheiterhaufen!», drohte er mir.

«Du bist kein Ritter, du bist ein Mörder», gab ich zurück.

«Das nächste Mal haue ich dich in Stücke.»

18. Kapitel

Abends sollten die Königin und ihre Ritter mit einem letzten großen Fest verabschiedet werden, und außerdem hatte Senher de Baux etwas Wichtiges zu verkünden.

Mittlerweile ohne Kopfschmerzen, empfing ich den Preis für meinen Sieg im Speerwurf und durfte daher mit an der langgezogenen Tafel sitzen, wurde auch immer wieder zum Übersetzen herbeigerufen, wobei ich mir manchen gutmütigen Spott über meinen Sturz anhören musste.

Rounaldo de Valbone war zum Glück ein Sitz im großen Saal der Burg verwehrt worden. Aber Simon de Montfort saß bei uns, direkt neben Abt Arnaud-Amaury. Mit seinen langen, struppigen Haaren und dem Bart wirkte er wie ein breitschultriger Waldschrat neben dem glattrasierten Prälaten mit den stechenden Augen. Simon zwinkerte mir immer wieder zu, und ich zwinkerte lächelnd zurück.

Draußen drehten sich die gebratenen Ochsen am Spieß, und an die Tafel wurden regelrechte Fleischberge serviert. Natürlich zeigten wieder die bunt und ausgefallen gekleideten *joglars* ihre Kunststücke, balancierten auf Bällen und ließen dann ihre Hunde balancieren, kletterten einander auf die Schultern, musizierten mit Flöten, Fideln und Lauten im Taktschlag von Trommel und Tamburin, und zwischendurch sangen Peire Vidal und seine Kollegen. Ich als bereits Ausgezeichneter durfte mich diesmal schonen.

Immer wieder rief mich die Königin zu sich, angeblich, weil ihr Dolmetscher Senher de Baux nicht verstanden hatte. Meinen Sprachenmischmasch verstand hinwiederum sie kaum, lachte aber über meine komischen Ausdrücke und warf mir dabei auffallend freundliche Blicke zu.

Gewöhnlich schauen die Damen und Herren des Adels auf die Menschen des fahrenden Volks mit grober, gelegentlich mit freundlich-milder Verachtung herab, nur selten geben sie ihre distanzierte Haltung auf. Diesmal jedoch, und ich wusste nicht recht, wie ich reagieren sollte, verhielt sich die Königin *distanzlos*. So muss man es nennen. Sie scherzte mit mir, ergriff sogar meine Stirnlocke, und eh ich michs versah, schnitt sie mit ihrem Messer einen Teil der Locke ab. Eigentlich rupfte sie mehr, als sie schnitt, und entsprechend weh tat es. Laut rief ich *aïe*, was sie besonders witzig fand, denn ihr spitzes Gelächter durchdrang den Lärm des Raums. Mit einem leichten Klaps schickte sie mich weg.

Kurz spähte ich zu Serena, deren Augen zornig funkelten. Zugleich machte sie eine knappe Kopfbewegung, der ich eigentlich nur entnehmen konnte, ich solle mich von dannen machen – oder ihr nach draußen folgen.

Das Zweite war offensichtlich gemeint, denn sie stand auf, wurde aber sofort von ihrer Mutter zurück auf den Stuhl gedrückt. Schon bat ihr Vater um Ruhe, hielt eine kurze Rede zu Ehren der Königin, pries die Sieger des Tages, darunter einen Sohn der Burg – ich durfte mich nach allen Seiten verbeugen –, und kündigte dann eine große Neuigkeit an:

«Heute haben im Beisein von Abt Arnaud-Amaury, dem Stellvertreter des Heiligen Vaters, der hochverehrte Conde Salvador de Toledo, oberster Marschall und Ratgeber der Königin Constanza, Herr über florierende Länder und himmelstürmende Burgen in Kastilien, aus einer Familie, die bereits mit El Cid gegen die Mauren gekämpft hat, heute also haben Conde Salvador und ich einen Heiratsvertrag abgeschlossen.» Er schmunzelte, und mit höflichem Gelächter antwortete die Festgesellschaft. «Natürlich wird er nicht mich heiraten und auch nicht seinen ungeborenen Sohn verheiraten, sondern selbst in den heiligen Stand der Ehe treten – mit meiner einzigen, vielgeliebten Tochter Maria Serena.»

Conde Salvador erhob sich, beide Männer ergriffen die Goldrandgläser aus Murano, umtost von Bravorufen und Applaus. Nur Serena schaute verschämt zu Boden, wirkte so hilflos und überrumpelt, dass das Glas, das sie schließlich in der Hand hielt, sichtbar zitterte.

Und ich? Starr vor Entsetzen, wollte ich nicht glauben, was da geschah – obwohl es natürlich nicht ohne Logik war, denn Serena befand sich längst im heiratsfähigen Alter. Nur: Wurde sie wirklich erst jetzt von dem Heiratsvertrag ihres Vaters in Kenntnis gesetzt? Hatte man sie nicht vorbereitet? Und angenommen, sie wusste Bescheid – warum hatte sie mich nicht vorgewarnt?

Ich fühlte mich zerschlagen und wollte nur eins: mich besaufen. Goss mir einen vollen Becher roten Wein in den Rachen. Fing einen skeptischen Blick von Peire auf. Aber dann auch einen hilflos verliebten von Serena.

Es gab keinen Zweifel: Sie hatte mich voller Verzweiflung und zugleich voller Liebe angeschaut.

Es wurde weiter gefressen und gesoffen und gebrüllt, und schließlich sollte getanzt werden. Senher de Baux nahm die Hand der Königin, der spanische Conde wollte Serenas Hand ergreifen, doch sie schüttelte den Kopf und wies nach draußen. Sofort mischte sich ihre Mutter ein, aber Serena schien ihr zu erklären, sie müsse dringend einmal verschwinden. Conde Salvador ergriff nun die Hand der Siressa, während Serena durch das Gewühl der Feiernden schlüpfte, an der Tanzfläche vorbei, ihren Kammermädchen bedeutete, sie sollten warten, und schließlich nach draußen eilte.

Und ich, was tat ich? Ohne mich zu besinnen, folgte ich ihr.

Sie wedelte mit den Händen, als brauche sie frische Luft, und rannte auf den Vorplatz, der ebenfalls von Menschen wimmelte, und weiter zu den Latrinen, die am Felsabsturz angebracht waren, um Hunderten von Menschen zu ermöglichen, die Folgen ihrer Völlerei loszuwerden.

Allerdings betrat sie keinen der hölzernen Verschläge, sondern rannte im Schein der zahlreichen Feuer weiter am Rande des Plateaus entlang. Bald verlangsamte sie ihren Schritt und schlug ein Tuch um Kopf und Gesicht, um nicht erkannt zu werden.

Und ich? Ich folgte ihr weiter.

Wusste ich eigentlich, was ich tat?

Ja, denn ich befürchtete, sie würde sich etwas antun.

In die Tiefe springen.

Wie meine Mutter.

Mein Herz schlug, als trommelte ein Riese auf eine Pauke.

Am äußersten Ende des Plateaus, wo man kaum noch erkennen konnte, ob ein nächster Schritt nicht zum Sturz in den Abgrund führte, verschwand sie vor meinen Augen.

Mich ergriff unbändige Angst. Serena wollte sicherlich diesen alternden Spanier nicht heiraten, weil sie *mich* liebte! Aber natürlich erkannte sie die Aussichtslosigkeit dieser Liebe … Welcher Ausweg blieb ihr dann noch?

«Nicht wieder!», stieß ich aus. «Gnädiger, barmherziger Gott, lass sie nicht in den Tod springen!»

Ich sah kaum noch etwas. Uns umhüllte eine rauchgeschwängerte Nacht. Unten im Vallon de la Fontaine die flackernden Feuer derjenigen, die nicht einmal auf dem Plateau feiern durften. Ganz schwach erkannte man die hellen Kalkfelsen, dazwischen lag die lauernde Schwärze des Abgrunds.

Plötzlich griff eine weiche Hand nach mir. Serena! Schon zog sie mich an sich, sank hin, zerrte mich ein Stück weiter, zu einem Lavendelbusch, der unter uns leise knackend nachgab. Wir beide dufteten nun wie von Lavendelessenzen übergossen.

Ich hatte die Gefahr, in der wir schwebten, nicht vergessen und warnte sie: vor dem Abgrund, vor der Entdeckung. Ich wollte leben, sie sollte leben, ich wünschte, dass wir gemeinsam lebten, auch wenn dies kaum möglich war.

Es wäre nur möglich, wenn wir gemeinsam flüchteten, wenn sie alle Bindungen an ihren Stand aufgäbe und dem bettelarmen Troubadour folgte in ein Leben in der Fremde.

Aber wie unerkannt entkommen?

Serena küsste mich, bis wir vor Atemlosigkeit japsten. Sie presste sich an mich und flüsterte mir heiße, hektische Worte der Liebe ins Ohr.

Und sie wollte mehr. Sie riss und zerrte an meinem *Bliaud*, den ich von ihrem Vater erhalten hatte. Ihre Hand strich über meinen Körper und fand, was sie suchte.

«Nicht hier, nicht jetzt», presste ich warnend hervor. «Wir sind des Todes.»

«Ich werde in die Tiefe springen, wenn ich den Spanier heiraten muss. Meine Eltern haben mich erst heute damit überrascht.» Und dann flüsterte sie fiebrig: «Ich liebe dich, nur dich, seit unserer Kindheit, ich habe mich nach dir verzehrt.»

«Aber ich bin nur der Sohn eines Falkners, ein fahrender Geselle, nicht viel besser als ein Gaukler. Du jedoch bist die Erbin von Les Baux.»

Sie ließ mich nicht weiterreden, sondern bedeckte Gesicht, Augen und Mund mit ihren Küssen und legte frei, was ihr längst entgegengewachsen war.

Damals war ich jung, so muss ich mir ins Gedächtnis zurückrufen, ich liebte Serena ebenfalls, wenn ich auch nie vergaß, wie viele unüberwindbare Mauern zwischen uns aufragten.

Waren sie wirklich unüberwindbar? Ist die Liebe nicht die stärkste Macht, die alle Mauern zu überwinden vermag?

Aber hatte ich nicht auch Madeleine unauslöschlich in mein Herz geschlossen? Konnte ich zwei Frauen zur gleichen Zeit lieben?

Und Serena? Selbst wenn sie mich sehnsüchtig und leidenschaftlich liebte – war es nicht auch für sie selbstverständlich, einen Mann von hohem Adel zu heiraten? Leidenschaft war das eine, Ehe etwas anderes.

Doch Serena war nicht zu halten. «Wenn ich keine Jungfrau mehr bin», stieß sie mit heißem Atem aus, «wird kein Spanier mich heiraten.» Sie kniete über mir, und kein Stück Stoff hätte unserer Vereinigung mehr im Weg gestanden.

Das Schicksal wollte es anders.

Plötzlich Geschrei um uns, blendende Fackeln, wie aus dem Nichts ein Ring aus Menschen, ein Tritt stieß Serena von mir, ein weiterer Tritt traf meinen Unterleib. «Ich springe!», hörte ich sie verzweifelt aufheulen, doch schon zerrte man sie vom Abgrund weg, ich wurde mit Schlägen traktiert, auf die Beine gerissen und starrte Sire Uc in sein wutverzerrtes Gesicht. Neben ihm einige seiner Leibwächter, mein Vater und hinter ihnen Peire. Und da stand auch Reina Constanza.

«Das ist nun der Dank!», hörte ich den Senher zwischen den Zähnen hervorpressen. Zugleich gab er den Bewaffneten das Signal, die herandrängenden Gaffer zurückzuschieben. «Du Hurensohn!» Ein Faustschlag traf mein Gesicht. «Du giftige Natter wirst sterben.» Ein zweiter Schlag.

Ich taumelte.

Vor mir öffnete sich die große Schwärze, und plötzlich verlor ich jegliche Angst. Ich würde meiner Mutter nachfolgen. Vielleicht *dachte* ich das damals nicht, aber ich *fühlte* es. Ich würde in den warmen, rettenden Schoß meiner Mutter springen. In ihre weichen Arme, beruhigt und umsorgt von ihrer sanften Stimme. Ein greller Schmerz der Freude, und wir beide fänden uns wieder auf der leuchtenden Wiese des Paradieses.

Den Sprung verhinderten mein Vater und Peire. Zu zweit zerrten sie mich vom Abgrund weg.

«Stürzt ihn hinab!», befahl Sire Uc.

Mein Vater warf sich ihm zu Füßen. «Lasst ihn am Leben! Er ist mein einziger Sohn. Verbannt ihn, aber lasst ihn am Leben!»

«Dein Sohn? Dass ich nicht lache!» Sire Uc gab ihm einen Tritt.

Mein Vater fiel zur Seite, sprang jedoch sofort wieder auf, und es sah so aus, als wollte er sich auf seinen Herrn stürzen. Mehrere Wachen packten ihn an den Armen, aber mein Vater schrie wie ein getroffener Gladiator: «Ich habe

Eurem Vater das Leben gerettet, damals bei Hattin, jetzt gebt mir das Leben meines Sohnes dafür!»

Sire Uc zerrte an meinem Gewand, nicht ohne es zu zerreißen, und machte Anstalten, mich selber in die Tiefe zu stoßen.

Es war die Königin, die mich rettete. Mit einem entschiedenen Griff hielt sie den Senher zurück. «Lasst ihn am Leben. Er ist zu jung, um zu wissen, was er tat, Eure Tochter hat ihre Unschuld noch nicht verloren, und Conde Salvador hat nichts mitbekommen. Morgen früh brechen wir auf und nehmen sie mit, als verheiratetes Paar.»

Sire Uc konnte sich nicht aus ihrem Griff befreien, und nun fiel auch Serena vor ihm auf die Knie. «Verschone sein Leben, Vater, es war meine Schuld, ich … ich heirate den Spanier, ich folge ihm, ich bereite dir nie mehr Schande.»

Hätte sich ein Dichter eine solche Szene dramatischer ausdenken können?, habe ich mich in meinem Leben oft gefragt. Nein, er hätte es nicht gekonnt, das Leben übertrifft häufig das, was die kühnste Einbildungskraft uns unwürdigen Nachkommen von Homer und Ovid einflüstert.

«Wenn er stirbt, dann sterbe ich auch!»

Vielleicht ließen Serenas letzte Worte ihren Vater zögern. Er dachte nach. Seine Augen wurden zu schmalen Schlitzen. Er ballte seine Fäuste und befreite sich von der Königin.

«Lasst ihn am Leben!», fauchte er den Wachen zu. «Aber jagt ihn zum Teufel. Wenn er noch einmal den Boden von Les Baux betritt, stürze ich ihn ohne Erbarmen die Felsen hinab.»

Er ließ uns alle stehen und verschwand im düsteren Schein der mittlerweile nur noch glimmenden Feuer.

«Komm, mein Kind!», flüsterte Reina Constanza. Ein letzter Blick von Serena war mir vergönnt. Noch heute fehlen mir die Worte, seinen Jammer, seine Liebe, seine Sehnsucht zu beschreiben. Mich traf auch ein Blick der Königin.

Schon waren sie verschwunden. Und mit ihnen die Bewaffneten.

Peire kümmerte sich um meine blutende Lippe.

«Warum musstest du mich so enttäuschen?», sagte mein Vater mit tonloser Stimme, bevor auch er verschwand.

Peire führte mich an der Mühle vorbei zu unserem Haus. Dort raffte er unsere wenigen Habseligkeiten zusammen. Schließlich tauchte ich aus der Betäubung meiner Seele auf und half ihm, fühlte nach meinem Amulett, nahm die Ledertasche mit meinen Liedern, befestigte auch den Geldbeutel an meinem Gürtel, band das rote und das weiße Tüchlein um meine Handgelenke. Den Myrtenzweig warf ich achtlos in die Nacht.

Schließlich sank ich erschöpft in das Stroh, um ein wenig Ruhe zu finden, bevor ich im ersten Frühlicht aufbrechen würde. Peire legte noch eine Decke über mich, bevor ich – gegen alle Erwartung – einschlief.

Zuerst glaubte ich, mich in einem Albtraum zu befinden. Männer drangen in unser Häuschen ein, packten Peire, fesselten ihn und stopften ihm ein Stück Tuch in den Mund. Bevor ich ihnen entfliehen konnte, stürzten sie sich auf mich. Im Schein ihrer Fackeln blitzten Klingen auf – und mir war klar, dass ich ermordet werden sollte. Wie gelähmt blieb ich liegen, ohne mich zu wehren, denn ich wusste ja, dass man im Traum nicht stirbt, nicht einmal Schmerzen empfindet, sondern aufwacht.

Im nächsten Augenblick begriff ich, dass ich längst aufgewacht war und keineswegs träumte. Zwei grobe Arme hatten mich von hinten gepackt und hielten mich mit eisernen Griffen fest, und jetzt riss man mir die Tücher vom Handgelenk und stopfte sie mir zwischen die Zähne. Um Hilfe zu rufen war nicht mehr möglich. Ich wand mich wie eine Schlange und trat nach zwei weiteren Männern, die versuchten, sich auf meine Beine zu knien. Und da tauchte plötzlich ein fünfter Mann auf, trat zwischen zwei Fackelträgern vor, sodass ich sein Gesicht nicht erkennen konnte. In seiner Hand blitzte eine Klinge. Als ich mich schließlich nicht mehr bewegen konnte, schob er meinen halb zerrissenen Festbliaud über die Schenkel nach oben, und als sich der Stoff nicht weiterschieben ließ, schlitzte er ihn einfach mit der scharfen Klinge bis zum Bauch auf, sodass meine Männlichkeit freilag.

Ich stöhnte, versuchte mich dem Griff der Männer zu entwinden, aber all meine Versuche waren vergeblich. Ich sollte wie einst Abaelardus dafür bestraft werden, dass ich bereit gewesen war, Serena ihre Jungfräulichkeit zu nehmen. Sire Uc wollte mich doch nicht ungestraft ziehen lassen – vielleicht hatte auch der spanische Graf erfahren, was geschehen war, und bestand auf einer angemessenen Reaktion.

«Ich schneide dir nur die Eier ab», hörte ich eine widerliche Stimme. «Dann kannst du wenigstens noch ordentlich pissen.»

Ins wiehernde Gelächter der Männer hinein schnitt ein solcher Schmerz, dass ich das Bewusstsein verlor.

19. Kapitel

Das Erste, was ich wieder sah, waren Peires sorgenvolle Augen. Er hatte sich befreit und beugte sich über mich, tupfte mir mit einem Tuch den Schweiß von der Stirn.

Meine Männlichkeit brannte und schmerzte.

Ich schloss die Augen wieder. Am liebsten wäre ich tot gewesen. Sire Uc hatte mich entmannen lassen. Jetzt konnte ich nur noch ins Kloster gehen und mich vor der Welt vergraben.

«Warum nur, warum?», flüsterte ich unter Schmerzen. «Ich habe doch niemandem etwas zuleide getan.»

«Pst! Ganz ruhig!» Peire beugte sich erneut über mich und strich mir die schweißnassen Haare aus der Stirn. «Du hast ein wenig Blut verloren, aber ich habe dich bereits verbunden, es ist nicht so schlimm.» Er drückte meine Hand.

«Nicht so schlimm?», presste ich hervor. «Ich bin kein Mann mehr.»

Peire lächelte. «Man könnte jetzt glauben, du seist ein Beschnittener.» Und weil ich ihn entsetzt anstarrte, ergänzte er: «Ein Jude.»

Ich stieß ihn zurück und setzte mich auf. «Was sagst du da?» Kurz stöhnte ich vor Schmerzen auf, doch wurde mir klar, dass sie nicht so schlimm waren, wie zu erwarten gewesen wäre.

«Sie haben dir nur die Vorhaut abgeschnitten und in deinen Hodensack einen kleinen Stern geritzt, verstehst du, den Wappenstern der Familie de Baux.»

Ich verstand ihn noch immer nicht recht.

«Es war eine drastische Drohung, keine ernsthafte Verletzung.»

Ich ließ mich wieder zurücksinken und tastete vorsichtig zwischen meine Beine. Die Spitze meines *penis* hatte Peire verbunden, und in der Tat waren meine Hoden noch vorhanden, auf der Haut spürte ich geronnenes Blut.

Diesmal stöhnte ich vor Erleichterung auf, sogar der Schmerz schien nachzulassen. Peire flößte mir einen heißen Kräutersud ein. «Ich habe die Wunde mit einem Aufguss aus Thymian und Kamille ausgewaschen. Ich hoffe, sie wird rasch heilen, ohne sich zu entzünden.»

Als sich die Sonne über die Berge schob, wachte die Burg langsam auf. Peire half mir, meinen zerschnittenen und blutigen *Bliaud* auszuziehen und eine Reisecotta überzustreifen. Mir ging es nun schon viel besser. Mit seiner Hilfe legte ich auch einen Lendenschurz an, der meinen verbundenen *penis* zusätzlich schützte.

«Ich muss weg von hier», stieß ich verzweifelt aus, «sonst steinigen sie mich noch.» Als ich mich ein paar Schritte bewegte, nahmen die Schmerzen wieder zu.

Peire holte seinen Esel, bepackte ihn mit unseren Siebensachen sowie den Musikinstrumenten. Ich zog die Kapuze des Reisegewands über den Kopf und humpelte mit ihm zum Ausgang der Burg. Überall schliefen noch Gäste, die den Weg in ihr Zelt nicht mehr gefunden hatten, ihren Rausch aus. Ich warf einen letzten Blick hoch zu den Fenstern der Kemenaten, doch alle waren sie verschlossen.

Während wir langsam ins Vallon de la Fontaine abstiegen, schmerzte jeder Schritt, und ich vergoss Tränen. Ich weinte um Serena. Nie würde ich sie vergessen, das wusste ich. Ich heulte auch vor Erniedrigung. Vor Wut. Und vor Trauer, weil ich mich nicht mehr von meinem Vater hatte verabschieden können.

Doch dann biss ich die Zähne zusammen, schnäuzte mich, wischte mir die Tränen aus dem Gesicht und unterdrückte jede Form unmännlichen Verhaltens.

Am Fuß des Burgbergs mussten wir kurz Rast machen, weil ich mein Wasser nicht mehr zurückhalten konnte. Peire half mir wie eine treusorgende Mutter, die Schmerzen zu ertragen, und verband mich wieder – was mir die Schamröte ins Gesicht trieb.

Schließlich wandte ich meinen Blick ein letztes Mal hoch zu dem aufragenden Turm der Burg: Im warmen Frühlicht leuchtete er wie die Kuppeln des himmlischen Jerusalem. Ich wollte mich nicht von diesem Anblick trennen, und meine sehnsüchtige, verlorene und verzweifelte Trauer schien dem Herrn ein Zeichen des Erbarmens zu entlocken: Ich entdeckte einen Falken, der um den Turm kreiste, und war mir sicher, es war meine Peregrina, und sie trug ihre letzte Botschaft. Nach einer Weile drehte sie ab und segelte nach Osten, anstrengungslos, im Gleitflug. Ich winkte ihr, und tatsächlich rüttelte sie kurz mit ihren Flügeln, bevor sie endgültig im blendenden Licht der Sonne verschwand.

«Und jetzt? Was ist unser Ziel?», fragte Peire. «Sizilien? Wagen wir es dennoch?»

«Meinst du das ernst? Nach allem, was passiert ist? Soll ich vielleicht einen Ort aufsuchen, an dem Serena als Frau eines spanischen Grafen lebt? Sie vielleicht gar als Troubadour anschwärmen?»

Peire nickte verständnisvoll. «Das wäre vielleicht nicht gut. Es hieße, das Schicksal herauszufordern.»

Ich biss die Zähne zusammen, um eine anbrandende Welle des Schmerzes auszuhalten.

«Dann lass uns erst einmal zur Abbaye de Montmajour gehen.»

Noch vor Mittag erreichten wir das Kloster, wo ich, scheinbar ins Gebet versunken, darüber nachzudenken versuchte, wie es weitergehen sollte, während Peire Reiseproviant erbat. Anschließend ließ er meine Wunde von einem heilkundigen Mönch versorgen. Zum Glück stellte der fromme Bruder keine Fragen.

Wir nächtigten einige Tage in der Abtei, und während der Nächte träumte ich von den Ereignissen auf Les Baux, aber auch – auf beunruhigende Weise – von Madeleine und Père Guiot. Als meine Wunde verheilt war und wir unseren Aufbruch planten, schaute mich Peire fragend an: «Wohin gehen wir nun?»

«Lass uns in Tarascon die Rhône überqueren … und dann nach Béziers ziehen, nach Carcassonne, Toulouse vielleicht …» Als Peires Blick immer skeptischer wurde, fügte ich an: «Und weiter nach Aquitanien, ins Ursprungsland der Troubadoure. Dort wird man uns gastfreundlich empfangen.»

Peire nickte nachdenklich. «Du hast sicher recht. Wenn nicht Sizilien, dann Aquitanien. Möglichst weit weg von hier.»

Am Abend schritten wir durch das Stadttor von Tarascon, überquerten die Holzbrücke über die Rhône und betraten Beaucaire, wo mir ein wenig mulmig zumute wurde. Wenn man nun in mir doch den eigentlichen Mörder von Bischof Castelnau erkannte? Es brauchten nur die Leibwachen des Bischofs noch im Ort zu sein und mich zu erkennen. Ich schaute zu Boden, während wir uns durch das Gedränge der Menschen und Tiere schoben.

Das mulmige Gefühl wurde nach einer Weile von einem seltsamen Kitzel abgelöst. Ich hatte mich zum Ort des Verbrechens zurückgewagt, in die Höhle des Löwen. Natürlich hatte ich Peire nicht von meiner Rache an Pierre de Castelnau berichtet, sonst hätte er mich kaum nach Beaucaire ziehen lassen.

Auf dem Marktplatz, am Brunnen, schaute ich mich um, als könnte ich hier Madeleine zum zweiten Mal entdecken. Sie und ihr Vater hatten sich nach Béziers retten wollen, aber ob sie die Stadt wirklich verlassen hatten, wusste ich natürlich nicht, und so entschied ich, doch an ihrem Haus vorbeizuschauen, um Gewissheit zu erlangen.

Ich teilte Peire meine Absicht mit; er wirkte unschlüssig, fragte aber nicht weiter nach. Er hatte zwar von Père Guiot und seiner Tochter gehört, aber nichts von unserer Liebe erfahren. Dass ich meinen Lehrer wiederzusehen wünschte, verstand er.

So verließen wir den Marktplatz, und ich führte Peire zu dem Haus, in dem ich Jahre glücklich gelebt hatte.

Als wir den Hof betraten, sah ich schon von weitem, dass die Tür lose in den Angeln hing und die Kate unbewohnt war. Hilfesuchend schaute ich mich um.

Eine Frau, die soeben einen Pott geleert hatte, sah mich und rief: «Ach, der junge Sänger! Lässt sich auch mal wieder blicken.»

Schon kamen zwei Hunde herbeigelaufen, gefolgt von mehreren Schweinen, und schnüffelten an dem, was da soeben entleert worden war. Ich verscheuchte sie und fragte nach Père Guiot und seiner Tochter.

«Die sind weggezogen, wahrscheinlich nach Béziers. Dort wollte der Alte schon immer hin. Nach dem Mord an dem Gesandten des Papstes wurde hier der Boden für die Albigenser ziemlich heiß.»

«Was denn für ein Mord?», fragte ich mit unschuldig-neugieriger Miene.

«Davon wisst Ihr nichts? In den Predigten ist von nichts anderem die Rede. Aber vielleicht lasst Ihr Euch in der Kirche nicht so oft sehen. Hinter dem Verbrechen stecken die Albigenser, die den wahren Glauben verhöhnen und sich gegen die heilige Mutter Kirche auflehnen. Den Mörder haben sie längst geschnappt und hingerichtet.»

Ich trat unter das Fenster und fragte: «Wer war es denn?»

«Ein Knappe des Grafen von Toulouse. Der hohe Herr steckt dahinter, er und seine Albigenserfreunde. Der Knappe hat alles gestanden, als sie ihn befragten. Es heißt, dass die Antwort des Heiligen Vaters auf den Mord streng sein wird. Er wird das Übel an der Wurzel ausbrennen.»

«Das wird nötig sein», sagte ich und bedankte mich für die Auskunft. Die französischen Ritter hatten auf Les Baux also die Wahrheit gesagt.

Die Frau winkte mich noch einmal zu sich heran. «Das Mädchen hat sich die Augen ausgeweint, als sie loszogen», raunte sie mit bedeutsamem Augenaufschlag und scheinheiliger Miene. «Sie hat sich um ihren Vater kümmern müssen und ihn ernährt. Da verliert sich leicht die Unschuld. Ja ja. Der Herr Jesus zeigt zu gern Nachsicht mit den Sünderinnen. Vielleicht ist der Vater im Himmel ein wenig strenger.»

«Die Unschuld kennt keine Sünde, Christus verabscheut

die Selbstgerechten», warf ich der Frau entgegen und wandte mich ab, ohne sie weiter zu beachten.

Peire hatte sich mittlerweile im Haus umgetan und schüttelte skeptisch den Kopf, als ich zu ihm trat. «Die Ratten haben hier längst die Herrschaft übernommen.»

Stumm nickte ich, und wir verließen den Ort. Ich schaute nicht mehr zurück, weil ich spürte, dass dieser Teil meines Lebens unwiederbringlich vergangen war.

Kurz darauf standen Peire und ich wieder auf dem Marktplatz, lehnten uns an den Brunnenrand und ließen unsere Blicke über das wuselige Treiben gleiten. Jeder hing seinen Gedanken nach.

Nach einer Weile hörten wir eine Trommel schlagen, Rufe erschallen und Hunde bellen. Zugleich drang die spitze Melodie einer Flöte an unsere Ohren: Eine Gauklertruppe drängte sich durch die Menschen und näherte sich uns. Offensichtlich warben sie für einen Auftritt.

Vorweg ging der Trommelschläger, der auch auf der Einhandflöte pfiff, in seinem Gefolge Hunde, die durch den Reifen sprangen, den ihnen ein älterer Mann in zweifarbiger Kleidung hinhielt. Eine junge rothaarige Frau schlug ein Tamburin und wiegte zugleich ihre Hüften, ließ ihre langen, offenen Haare fliegen und warf den Passanten verführerische Blicke zu. Zwei Akrobaten, einer auf den Schultern des anderen stehend, balancierten hinter ihr, ein Tierbändiger führte einen Bären an der Leine, und zum Schluss kündigte ein Ausrufer unter einer Narrenkappe im bunten Fetzengewand eine Aufführung auf dem Festplatz an, bei den Zelten der Ritter.

Nun tanzte die leichtfüßige Gauklerin direkt vor mir, ließ

die Schellen am Tamburin klingeln, warf ihre Lippen auf und reckte mir ihre Brüste entgegen. Eigentlich hätte ich ein gewisses Rühren verspüren müssen, doch das Einzige, was ich verspürte, war ein leichter Schmerz.

Der Alte hatte unsere Musikinstrumente auf dem Esel entdeckt und rief uns zu, ob wir uns nicht zu ihnen gesellen und ihre Aufführungen ergänzen wollten.

«Ja, warum nicht?», rief Peire zurück.

Der Alte signalisierte seiner Truppe, ihren Werbeauftritt fortzusetzen, und gesellte sich zu uns. Die Hunde umringten uns und machten Männchen.

«Wir wollen aber weiter nach Béziers», wandte ich ein.

«Das passt gut», sagte der Alte. «Béziers ist auch unser Ziel, aber erst einmal wollen wir in Beaucaire ein paar *deniers* verdienen, solange die Ritter und ihr Gefolge sich hier aufhalten. Wenn sie nach Albi aufbrechen, um dort die Katharer das Fürchten zu lehren, können wir nach Süden weiterziehen. Was haltet ihr davon?»

Ich wollte mich noch genauer nach dem Ziel und der Aufgabe der Ritter erkundigen, als sich die gesamte Gauklertruppe um uns versammelte, pfiff und trommelte, lärmte und tanzte, bis ihr der Alte Einhalt gebot.

Er nannte sich Daniel und kam aus dem Limousin, seine Tochter, deren Haare mit Henna rot gefärbt waren, hieß Ramonda. «Ihre Mutter stammte aus Navarra, starb aber bald nach ihrer Geburt», erläuterte er. Die junge Frau verbeugte sich so tief vor uns, dass ihre beiden prallen Äpfel beinahe aus dem Ausschnitt ihres enggeschnittenen Kleids gefallen wären, warf mir einen verlockenden Blick aus ihren grünen Augen zu und fuhr sich mit den Fingern durch das dichte Haar.

Obwohl ich von der Idee, noch eine Weile in Beaucaire zu bleiben, wenig angetan war, reagierte ich mit freundlichem Lächeln auf ihre verführerisch gemeinten Bewegungen, und sie lächelte plötzlich ganz unschuldig zurück.

«Also, abgemacht?», fragte Daniel.

Ich sah Peire an, der Ramonda einen verärgerten, ja, eifersüchtigen Blick zuwarf und nicht mehr so überzeugt schien. Skeptisch wiegte er den Kopf.

«Wir müssen uns doch keine Konkurrenz machen», versuchte ihn der Alte zu überreden. «Außerdem haben wir ein leeres Zelt, in dem ihr schlafen könnt. Die Einnahmen teilen wir gerecht.»

Nun umtanzte Ramonda auch Peire wie einst Salome ihren Stiefvater Herodes Antipas, wollte ihm sogar das Kinn kraulen. Er wehrte sie unwirsch ab.

Trotzdem ließen Peire und ich uns auf Daniels Vorschlag ein.

Noch am Nachmittag begaben wir uns zum Messeplatz, wo die Ritter und mit ihnen zahlreiche Händler sowie die Gauklertruppe ihre Zelte aufgeschlagen hatten. Wir bezogen das uns versprochene Zelt und sangen abends zum ersten Mal gemeinsam vor gelangweilten und zugleich ungeduldigen Rittern, die weniger an süßen Melodien und schmachtenden Versen interessiert waren als an Ramondas Hüftschwüngen und den tapsigen Tänzen des Bären.

20. *Kapitel*

Kurz habe ich mich von meinem Pult erhoben, bin ans Fenster getreten, um hinaus in die sternenübersäte Nacht zu schauen. Es tut gut, sich die Beine zu vertreten, die Augen auszuruhen und die Gedanken ein wenig schweifen zu lassen.

Doch nicht aus diesem Grund bin ich aufgestanden. Der Fluss meiner Worte stockt, weil es mich noch heute quält, dass ich damals nicht schleunigst nach Béziers geeilt bin, um Madeleine in die Arme zu schließen. Ich hätte umgehend mit ihr, ihrem Vater und Peire nach Sizilien oder Aquitanien ziehen müssen, wo wir als glückliche und gefeierte Troubadoure hätten leben können, wo ich Madeleine geheiratet hätte und Vater geworden wäre.

Es wäre uns viel erspart geblieben.

Ich will mich nicht auf Gottes unerforschlichen Ratschluss herausreden. Es war nicht sein Ratschluss, sondern mein Zögern, das die Wendung zu einem friedlichen Leben verhinderte.

Doch zurück in das Jahr des Herrn 1209!

Was war geschehen, das mich zögern ließ? Das mir den unglückseligen Weg wies?

In kurzen, dürren Worten will ich es schildern.

Ich ließ mich, um Serena zu vergessen, von Ramonda umgurren und umgarnen. Bereits in der dritten Nacht, nach unserem gemeinsamen Auftritt – Peire flötete, ich sang zur Harfe, und Ramonda schwang Hüften, Busen und Beine –, zog sie mich wortlos in ihr Zelt.

Doch die Folgen von Sire Ucs blutiger Tat nach dem Turnier ließen sich weder leugnen noch unterdrücken. Ich versuchte, Ramonda abzuwehren, ihr zu erklären, was geschehen war.

Sie konnte nicht glauben, dass ihre geballte Leidenschaft so ohne Wirkung blieb, und wollte sich schließlich mit eigenen Augen davon überzeugen, dass ich beschnitten worden war.

Nichts rührte sich. Ich fühlte mich nicht nur wie beschnitten, sondern wie kastriert. Vielleicht aber waren es auch die Gedanken an Madeleine, an Serena, die mich zurückhielten. Woran immer es auch lag, ich schob Ramonda zur Seite, bedeckte meine Blöße und bat sie um Verzeihung.

Sie schwieg.

Ich schlich mich schließlich aus dem Zelt, wanderte durch die vom Mond beschienene Nacht bis zur Rhône und ließ mich im Ufergebüsch nieder. Starrte auf das silbrig schimmernde Wasser und war nah daran, mich hineingleiten zu lassen.

Im ersten Frühlicht schlüpfte ich in unser Zelt, wo Peire bereits in Sorge auf mich wartete. Als er nach meiner Hand griff, flüsterte ich «Es ist alles in Ordnung» und drückte sie zur Bestätigung meiner Worte.

Während der nächsten Tage schaute mich Ramonda schmollend, fragend, auffordernd an; gelegentlich erwiderte sie mein entschuldigendes Lächeln. Aber sie ließ mich in Ruhe, und ich suchte mir verstärkt weitere Aufgaben.

Da ich Französisch sprach, diente ich tagsüber dem einen oder anderen Ritter als Dolmetscher, wenn er Waffen kaufen wollte oder nach einem Pferd suchte. So lernte ich eine ganze Reihe Ritter aus der Champagne und Flandern kennen, meist junge Männer, deren ältere Brüder einmal den Besitz ihrer Väter erben würden. Sie waren auf Abenteuer aus, gierten nach Frauen, Ruhm und Reichtum.

Abends, nach unserem Auftritt, saßen Peire und ich bei ihnen am Lagerfeuer, wir tranken Wein und ließen die Ferkel brutzeln. Es wurde über Waffen, Pferde und auch über die albigensische Häresie gesprochen, die niemand so richtig verstand. Für den Kampfgeist der okzitanischen Ritter empfand man nur Verachtung, fragte sich allerdings, ob die Albigenser Söldner angeheuert hätten.

«Dann wird es blutig!», rief ein Ritter, und seine Kumpane nickten zustimmend.

Schließlich kamen wir auf das Heilige Land zu sprechen, das ja das eigentliche Ziel der Ritter hätte sein sollen und über das, so stellte sich bald heraus, die Männer wenig wussten. Daher wurden sie neugierig, als sie vernahmen, dass Peire schon einmal dort gewesen war.

Mit zunehmendem Respekt schauten sie ihn an, und immer mehr Ritter scharten sich mit ihren Knappen und Knechten um uns.

«Du warst im Heiligen Land? Kannst du denn auch kämpfen?»

Peire entblößte eine tiefe Narbe an seinem Oberarm. «Ein Pfeil Saladins! Aber heute zupfe ich lieber die Laute oder blase die Flöte, statt ein Schwert zu schwingen.»

Als die Zuhörer neugierig die Narbe betrachteten, begann Peire, abenteuerliche Geschichten von Palästina zu erzählen, aber auch von Ungarn und Italien, wo er angeblich ebenfalls gekämpft und dann gesungen hatte, kam schließlich sogar auf seine große Liebe zu Loba aus Carcassonne und auf die nicht minder große Liebe zu Vierna aus Tarascon zu sprechen.

Die Männer staunten.

Peires Geschichten wurden immer abenteuerlicher und bunter, die Männer hingen an seinen Lippen, und an den nächsten Abenden sollte er, statt zu singen, weiter von seinen Abenteuern berichten.

Peire ließ sich nicht zweimal bitten und schien sich unter den Rittern zunehmend wohler zu fühlen. In der Tat konnte er spannend erzählen. Stets stand die mühsame Eroberung einer geheimnisvollen Dame im Vordergrund, gleichzeitig ging es um den Kampf gegen Männer, die ihm diese Eroberung streitig machen wollten.

Einmal versprach er sich: Die geheimnisvolle, begehrenswerte und natürlich hochadlige Dame war plötzlich ein *er*. Rasch korrigierte er den Versprecher und schilderte die Schönheit der Dame mit besonders einprägsamen Worten und Bildern. Niemand außer mir beachtete seinen *lapsus linguae*. Um ihn auch wirklich vergessen zu machen, wurden seine Worte immer feuriger, seine Stimme loderte regelrecht, und die Ritter klatschten begeistert.

Die Folge war, dass man uns billig zwei Pferde überließ, mir sogar Schwert und Schild, ein festes Lederwams und einen Waffenrock, auf den ich von dem Gesellen eines Tuchhändlers mein auf Les Baux erfundenes Wappen nähen ließ: den Falken und die Buchstaben F H R in einem Ring aus Gold.

Als Peire und ich schließlich in unserem Zelt lagen, sprach ich ihn auf seine abenteuerlichen Erzählungen an. «Ich habe dich gar nicht mehr wiedererkannt.»

Er musste leise lachen. «Sind wir nicht Dichter? Sollten wir nicht in der Lage sein, ein paar Geschichten zu erfinden? Diese raubeinigen Ritter sind so leicht zufriedenzustellen.»

«Zum Glück haben sie deinen Versprecher nicht bemerkt», sagte ich.

Peire lachte nun nicht mehr, im Gegenteil, es entstand ein regelrecht ungemütliches Schweigen. Dafür rutschte er an mich heran, dass mir ganz warm wurde, legte den Arm über meinen Körper und sagte leise: «Ich will dir etwas erzählen, das nicht erfunden ist. Vor vielen Jahren, als junger Mann, liebte ich in der Tat zwei Frauen, die Vierna und Loba hießen. Die eine liebte ich *noch*, die andere *schon* und beide schließlich vergeblich. Verstehst du? Die Liebe und das Unglück, sie gehören für uns Troubadoure zusammen, genauso wie Sehnsucht und Abenteuer für Ritter zusammengehören.»

Er unterbrach sich, und ich fragte: «Hast du dich deswegen auf den Weg ins Heilige Land gemacht? Um zu vergessen?»

«Vielleicht auch um zu vergessen. Auf jeden Fall hat mich die Fremde gelehrt, was wirklich wichtig ist im Leben: Es ist die brüderliche Freundschaft, die männliche. Und darüber hinaus das Lied. Niemand kann es uns nehmen, es gehört uns, wie uns nie ein Weib gehören kann, und es wird bleiben, wenn wir längst von Würmern zerfressen sind.»

Ich verzog skeptisch den Mund und ergriff dann seine Hand, um sie davon abzuhalten, an Stellen zu wandern, an denen ich sie nicht haben wollte.

«Ein schönes Lied ist der Traum unseres Schöpfers. Es ist der Auftrag, den Er uns mitgegeben hat als Seinen Ebenbildern. Die Liebe der Frauen vergeht – oder sie ist nur eine Schimäre. Am Waffenruhm klebt immer Blut. Reichtum schwindet, und der Glaube wird häufig auf eine harte Probe gestellt. Allein im Lied ist Dauer.»

«Vielleicht hast du recht», sagte ich, nur halb überzeugt.

Während der nächsten Tage warteten die Ritter mit zunehmender Ungeduld auf ihre Anführer, Simon de Montfort und Abt Arnaud-Amaury, und den Befehl zum Aufbruch.

Auch auf Peire und mich übertrug sich ihre Anspannung, obwohl wir zusammen mit den Gauklern weiterhin brav versuchten, sie abends zu unterhalten.

Als endlich Simon de Montfort und der Abt ins Lager zurückkehrten, wurden sie mit Jubel empfangen.

Montfort erkannte mich wieder und begrüßte mich, als wäre ich ein alter Kampfgefährte, er lieh mir ein Streitross und begutachtete mit kritisch gekräuselter Nase die Waffen, die ich erworben hatte. Zunächst wollte er mich als Dolmetscher einsetzen.

Peire indes betrachtete er skeptisch, selbst nachdem er von seinen Abenteuern im fernen Palästina gehört hatte. «Sodomiten können wir hier nicht gebrauchen», stieß er aus, als Peire am späten Abend besonders gefühlvoll sang. Doch sein Weingenuss versetzte ihn mit der Zeit in mildere Stimmung, rief Erinnerungen an die Heimat hervor, an seinen Vater und die Frau, die seinen Bruder hatte heiraten müssen.

Mitten hinein in Peires Lied lallte er lautstark: «Sie können mir alle gestohlen bleiben. Ich werde mir mein eigenes Reich erobern.»

Als er seine Ritter fast vollständig versammelt hatte und

der Aufbruch kurz bevorstand, drängte mich ein äußerst skeptisch gewordener Peire plötzlich, mit ihm das Heer zu verlassen.

«Montfort ist herrschsüchtig und giert nach Ruhm. Die Albigenser sind ein Vorwand, der Mord an dem Bischof ist ein willkommener Anlass. Du hast es gehört. Montfort will ein Land erobern und dort die Herrschaft an sich reißen – er weiß nur noch nicht, wie groß es sein soll.»

Ich war mir nicht sicher, ob Peires kritische Sicht richtig war, auch hatte ich noch nicht vergessen, dass Montfort mich in Les Baux vor dem Angriff des Katalanen geschützt hatte. In seiner ganzen Art erinnerte er mich zudem an meinen Vater. War ich deswegen anfangs mit Blindheit geschlagen?

Noch bevor ich zu einer Entscheidung gelangte, verkündete Montfort den Aufbruch des Heers. Auf weitere Verstärkung aus dem Norden brauche man nicht mehr zu warten, außerdem gehe es vorerst nach Süden und nicht in Richtung Albi.

Als ich hörte, dass Montfort und sein päpstlicher Begleiter sich als erstes Ziel Béziers vornehmen wollten, wurde mir flau im Magen. Ich begriff, dass ich Père Guiot und Madeleine bald wiedersehen könnte – doch anders als geplant und erwünscht.

Am Abend vor dem Abmarsch rief Montfort seine Ritter zusammen, kletterte auf einen vierrädrigen Wagen, mit dem Zelte und Waffen transportiert werden sollten, und hielt eine kurze Rede. Er schilderte noch einmal den Mord an dem Bischof, gab den Katharern im Allgemeinen und dem Drahtzieher aus Toulouse im Besonderen die Schuld, verlas den Befehl des Papstes und schüttelte schließlich drohend seine Faust: «Lasst uns dem Heiligen Vater gehorchen und das Kreuz nehmen», rief er den Männern zu. «Wir werden als Ritter Christi losmarschieren und die Häretiker zum wahren Glauben zurückführen – mit Feuer und Schwert! Der Ablass ist uns gewiss. *Deus vult!* Gott will es!»

«Ja, mit Feuer und Schwert!», brüllten die Männer. «Gott will es!»

21. Kapitel

Vor uns lag Béziers, hinter Mauern verschanzt. Die Knappen schärften noch einmal die Waffen der Ritter und prüften Kettenhemd und Lanze. Die Knechte zimmerten Sturmleitern, und die Stimmung wurde von Tag zu Tag, ja, von Stunde zu Stunde unruhiger, gereizter.

Ich betete, dass Père Guiot und Madeleine die Gefahr erkannt und sich rechtzeitig abgesetzt hatten – vielleicht sogar nach Sizilien.

Unterdessen wuchs Montforts Heer: Aus dem Norden eilten weitere Ritter mit ihrem Gefolge heran, Nachzügler, die sich Zeit gelassen hatten, und zugleich sickerten finstere Gesellen ins Lager, um sich als Fußsoldaten, Trossknechte und Waffenträger zu verdingen.

«Wegelagerer, Gesindel, das sich leichte Beute verspricht», flüsterte Peire mir zu.

Als ich Simon de Montfort auf sie ansprach, winkte er nur ab. «Sie werden für uns die Drecksarbeit erledigen.»

Ich runzelte skeptisch die Stirn. «Und wie sollen sie

fromme Katholiken von ketzerischen Albigensern unterscheiden?»

Montfort wischte meine Frage vom Tisch und rief mit fanatischer Stimme aus: «Der Herr wird seine frommen Schafe schützen. Den Rest trifft unser Schwert.»

Ich wollte mich schon entfernen, besann mich aber, weil mir ein neuer Plan eingefallen war.

«Weiß die Stadt eigentlich, was Ihr plant?»

«Sie öffnet uns nicht die Tore. Und liefert auch nicht die Katharer aus.» Montfort wirkte ungeduldig.

«Soll ich mit den Konsuln über Eure Bedingungen verhandeln? Vielleicht lässt sich ein Kompromiss finden.»

«Ein Kompromiss? Was ist das? Und seit wann bist du ein Verhandlungsführer, Löckchen?»

Montfort klang genervt. Ich wusste nicht, ob ihm wirklich das Wort *Kompromiss* unbekannt war oder ob er die Stadt um jeden Preis erobern wollte.

Nachdenklich folgte ihm mein Blick, seinem breiten Rücken, seinen O-Beinen, die sich immer ein wenig steif und ruckartig bewegten.

Da plötzlich sah ich ihn: Rounaldo de Valbone, den Roten Ritter. Er hatte soeben das Heer erreicht und wurde von Simon de Montfort begrüßt. Die beiden Männer umarmten sich kurz, schlugen einander lachend auf die Schultern und verzogen sich in das Zelt des Abts, nachdem Rounaldo seinen Männern den Befehl gegeben hatte, die Pferde zu versorgen und sein Zelt aufzuschlagen.

Rasch wandte ich mich ab, eilte zu Peire und berichtete, wen ich gesehen hatte. «Ich bleibe nicht länger», rief ich erregt. «Nicht mit diesem Mann in meiner Nähe. Er wird eine günstige Gelegenheit ergreifen, mich aus dem Weg zu räumen. Oder er verleumdet mich. Auch du bist nicht sicher. Und Montfort ist nicht zu trauen.»

Rasch entwickelte ich mit Peire den Plan, mich noch in der folgenden Nacht heimlich nach Béziers zu schleichen und die Bürger der Stadt zu warnen. «Ich werde außerdem Père Guiot und seine Tochter aufstöbern, falls sie noch in der Stadt sind, und mit ihnen vor Sonnenaufgang fliehen.»

«Und was wird aus mir, unseren Pferden und Waffen? Wenn du verschwunden bist, wird Montfort aus mir herauspressen, was du vorhast – und dabei kaum zimperlich sein.»

«Dann komm mit!»

Noch in der Nacht schlichen wir mit dem Nötigsten davon. Es gelang uns sogar, die Pferde mitzunehmen, nachdem wir den Wachen am Rand des Lagers erklärt hatten, wir müssten sie an einen Bach zur Tränke führen, weil nicht mehr genug Wasser im Lager zur Verfügung stehe.

Sie blickten misstrauisch drein, aber da sie mich häufig an Montforts Seite gesehen hatten, wagten sie nicht, uns aufzuhalten.

Natürlich ließen uns die Wachen am Stadttor von Béziers nicht ein. Es folgten lange Verhandlungen, bis sie überhaupt bereit waren, einen der Konsuln zu benachrichtigen. Schließlich gaben sie uns doch den Weg frei.

Als wir vor dem verschlafenen Konsul standen, aufgeregt durcheinanderredend, wollte er nicht an die Gefahr glauben, die der Stadt und ihren Einwohnern drohte.

«Wir haben vorsichtshalber die Tore dichtgemacht, das habt ihr ja gesehen, Vorräte und Waffen in die Stadt geschafft, und wir werden uns zu verteidigen wissen. Aber glaubt ihr wirklich, ein Ritterheer fällt über eine okzitanische Stadt her? Nur wegen der Duldung von ein paar Albigensern, gegen die der Papst seinen Bann gesprochen hat? Die Albigenser tragen doch kein Schild auf der Brust. Außerdem kann Graf Raymon ein schlagkräftiges Heer aufstellen und ziemlich ungemütlich werden, wenn eine seiner Städte belästigt wird.»

Der Konsul schien sich selbst Mut zusprechen zu wollen, und daher fragte ich sogleich nach: «Wenn Ihr Euch sicher fühlt, warum lasst Ihr die Ritter dann nicht in die Stadt, empfangt sie freundlich, versorgt sie?»

Der Konsul nahm einen tiefen Schluck Wein, wischte sich mit dem Handrücken über den Mund, schüttelte den Kopf. «So etwas kann nur ein ahnungsloser Jüngling fragen. Ich bin müde, es ist nach Mitternacht. Lasst uns morgen miteinander reden. In größerer Runde.»

Bevor er den Raum verließ, fragte ich noch: «Kennt Ihr einen Maestre Guiot, einen einäugigen Dichter – und seine Tochter?»

«Ich kenne seine Tochter», antwortete er mit schmierigem Grinsen. «Ja, sie ist bekannt, wo immer sie auftritt und sich nützlich macht. Besonders bei Geldverleihern. Und Fernhändlern. Meist Juden, wie Ihr wisst. Geschäftstüchtig ist sie, die junge Dame. Sie wohnt hinter der Kirche, am Ende einer kleinen Gasse, neben einer Taverne, nicht zu verfehlen. Aber ob sie Euch zu dieser Zeit noch empfängt?»

Als wir das Rathaus verließen, erbaten wir eine Fackel und zogen dann durch die dunklen Gassen zur Kirche, die in der Nähe lag. Die Hufe unserer Pferde klackerten unheimlich auf dem Pflaster in dieser stillen Nacht. Hinter einem Fenster leuchtete ein schwaches Licht, und lautes Stöhnen wie von einem Sterbenden drang nach draußen.

Schon standen wir vor der nachtschlafenden Taverne und Père Guiots Haus. Mein Herz schlug so heftig, dass ich glaubte, Peire müsse sein Schlagen hören.

«Wir dürfen keinen Lärm machen», flüsterte ich ihm zu, als er vorsichtig an die Türe klopfte.

Nichts regte sich.

Er klopfte fester, während ich die Pferde an den Ringen vor der Taverne festband.

Die Fackel knisterte und rauchte, ihr Licht war schwach geworden, sie würde bald erlöschen.

Als ich schon glaubte, Père Guiot habe mit Madeleine die Stadt verlassen, öffnete sich ein Fensterladen über der Tür. Sofort schaute ich nach oben, konnte allerdings kaum etwas sehen. Madeleine indes musste mich sogleich erkannt haben, denn sie stieß einen unterdrückten Schrei aus, rief ungläubig und mit erstickter Stimme meinen Namen.

Als ich sie in den Armen hielt, glaubte ich, sie erst gestern verlassen zu haben. Ich küsste sie immer wieder auf Stirn, Wange und Mund. Aus ihren Augen stürzten Tränenbäche. Ihre Haare waren wieder gewachsen, und sie war schöner denn je.

Bald kam Père Guiot in seinem Nachtgewand herangeschlurft, und noch bevor wir ihn richtig begrüßt hatten, berichteten wir von der Gefahr, die der Stadt und ihren angeblich häretischen Einwohnern drohte.

Weder Père Guiot noch Madeleine wollte uns glauben, und als ich drängte, wir müssten alle sofort aufbrechen, die

Stadt in Richtung Süden verlassen – oder in Richtung Westen, um ins Gebirge zu gelangen –, schüttelten beide den Kopf.

«Es wird ohnehin bald Morgen», sagte Père Guiot, «die ersten Hähne krähen bereits. Lasst uns noch eine Mütze Schlaf nehmen und nach Sonnenaufgang überlegen, was zu tun ist. Ich kann an diese Gefahr nicht glauben, die Stadt hat sich gerüstet. Außerdem bin ich kein Katharer, ich habe mich nie mit ihnen getroffen, und Madeleine …»

Ich wandte mich zu Peire um, der auf eine Bank an der Wand gesunken war, den Kopf wie in schwerer Sorge auf die Hände gestützt, das Gesicht verborgen. Madeleine nahm mich wieder an der Hand und zog mich sanft in ihr Gemach.

«Ich wusste, dass du zurückkommen würdest», hauchte sie, als wir unter die Decke ihres breiten und bequemen Bettes schlüpften.

Sie wollte wissen, wo ich gewesen war, und ich berichtete ihr von der Heimkehr nach Les Baux und dem Turnier, von meinem Vater und Peire, erwähnte aber Serena nicht. Serena war verloren, ich musste sie in die verborgenste Kammer meiner Seele einschließen und den Schlüssel in die Tiefe des Vergessens werfen.

Madeleine ließ eine Kerze brennen, weil sie nicht aufhören konnte, mich anzuschauen.

«Den Bischof soll ein Knappe des Grafen von Toulouse getötet haben. Wir sind jetzt sicher, und niemand kann uns mehr auseinanderbringen.»

Natürlich erwartete sie nach all dieser Zeit, dass ich sie liebe. Doch auch bei ihr war ich dazu nicht in der Lage.

Zuerst wollte sie es nicht glauben. Als ich vorsichtig ihre

Hand zur Seite schob, weinte sie sogar. «Liebst du mich nicht mehr?», fragte sie.

«Doch, natürlich liebe ich dich.»

«Ich spüre, dass du eine andere Frau liebst. An sie denken musst.»

Hatte ich an Serena gedacht? Vielleicht auch das, aber in erster Linie behinderte mich, was mir die Handlanger des Senher auf Les Baux angetan hatten. Leise und stockend berichtete ich Madeleine, wie sie mich nachts überfallen hatten.

Natürlich fragte sie nach dem Grund.

Ich versuchte, ehrlich zu sein.

«Ich wusste es», sagte sie nur. «Ich habe es immer gewusst.»

«Das bildest du dir nur ein», entgegnete ich mit schwacher Stimme, drückte Madeleine an mich, küsste ihre Haare und ihre nassen Augen.

Die Hähne krähten nun öfter, und ich glaube nicht, dass einer von uns in dieser Nacht Schlaf fand.

Noch heute erschauere ich über das, was damals geschah und was sich kein Mensch in unserem sonnenverwöhnten, lebenslustigen und von Gott geliebten Süden hatte vorstellen können.

Noch während wir am frühen Morgen versuchten, Père Guiot von der Notwendigkeit der sofortigen Flucht zu überzeugen, begann der Angriff. Die Kirchenglocken läuteten Sturm, aber bevor die Milizen der Stadt die Tore wirksam verriegeln und die Mauern ausreichend besetzen konnten, hatte das Ritterheer sie bereits genommen. Vielleicht war auch Verrat im Spiel, und die Tore waren geöffnet worden. Schon hörten wir von überall her Geschrei und rochen den ersten Rauch.

Was anschließend geschah, muss uns an der Barmherzigkeit unseres Herrn zweifeln lassen. Die Ritter und ihre Männer stürmten durch die Straßen, trieben die Einwohner aus ihren Häusern, warfen Brandfackeln, schlugen wahllos mit ihren Schwertern auf die hektisch fliehenden und in irrer Panik schreienden Menschen ein, stießen ihnen Speere in den Leib. Den Rittern folgte das Gesindel der Umgebung, darunter sogar raffgierige Bauern mit Dreschflegeln, Heugabeln und Sensen. Sie nagelten um Erbarmen bettelnde Männer an das nächstbeste Tor, köpften sie, warfen Kinder aus den Häusern auf die Straße.

«Kampf den Katharern!», hörten wir die Meute der Eroberer brüllen, «Tod den Albigensern!», «Rache für den Bischof!». Bald schrien sie nur noch «Tötet! Tötet sie alle!», und wahllos metzelten sie nieder, wen sie ergreifen konnten.

Als wir vier begriffen hatten, was geschah, war es zu spät für ein rechtzeitiges Entkommen. Von allen Seiten stürzten die Einwohner der Stadt durch die Gassen, Männer, Frauen mit ihren Kleinkindern auf dem Arm, Jungen und Mädchen, getrieben von einem wild um sich schlagenden Mob, die Ritter noch auf ihren Pferden, die Fußsoldaten, Knappen und Trossknechte an ihrer Seite, die Mordbuben mit bluttriefenden Schwertern und Dolchen. Als die Menge schreiend und kreischend in die nahegelegene Kirche stürmte, einige die Gasse entlangrannten, vor der Taverne und unserem Haus jedoch anbrandeten, weil kein Durchkommen war, rissen sich unsere Pferde in Panik los.

Wir hatten uns in das Haus zurückgezogen und die Tür

verriegelt. Ich war noch geistesgegenwärtig genug, mir meinen Waffenrock überzuziehen, der mich als Kreuzfahrer auswies. Dann verließen wir das Haus durch seinen Hinterausgang, der in einen kleinen Gemüsegarten und zum Hühnerstall führte. Wir kletterten über eine Mauer in den Weingarten des Nachbarn und rannten geduckt durch das Spalier der Weinstöcke. Vor uns schlugen bereits Flammen aus einem Fenster, eine Frau lag auf der Brüstung, mit klaffender Wunde im Nacken, aus der in Stößen Blut sprudelte. Zugleich machten sich mehrere Männer an ihr zu schaffen.

Einer entdeckte uns, und schon blieb ein Pfeil im Boden neben Peire stecken. Zum Glück traf er niemanden. Wir rannten auf ein angrenzendes Haus zu, dessen Hintertür nur angelehnt war. In der Küche stolperten wir über mehrere Leichen, und als wir vorsichtig nach draußen spähten, schauten wir direkt in die aufgerissenen Augen zweier Männer, denen der Mordrausch den Wahnsinn ins Gesicht geschrieben hatte.

Zum Glück hatte ich mein Schwert noch nicht verloren. Es hing mit meinen wichtigsten Habseligkeiten an meinem Gürtel. Die Blutorgie schien den Männern völlig den Verstand geraubt zu haben, denn obwohl ich den Waffenrock der Kreuzfahrer trug, wollten sie auf uns losdreschen, behinderten sich dabei aber gegenseitig, sodass ich mit einem blitzschnellen Hieb einem von ihnen die Hand abtrennen konnte und dem anderen das Schwert in den Bauch rammte.

Père Guiot zeigte in eine Richtung, wir hasteten weiter, stießen frontal auf Fliehende, die uns fast niederrannten. Das Gedränge war so groß, dass wir auseinandergerissen wurden. Ich sah nur noch, wie Peire, zur Seite gedrängt, an einer Hauswand blutend niedersank. Es gelang mir nicht, mich zu ihm durchzukämpfen, zumal ich Madeleine an der Hand hielt. Zur gleichen Zeit schlug Père Guiot – nie hätte ich ihm diese Kraft noch zugetraut – einen mit einem Dreschflegel heranstürmenden Bauern mit der bloßen Faust nieder und verschwand in einem Hauseingang.

Madeleine und ich mitten im Gewühl, hin und her gestoßen, stolpernd. Mit aller Macht versuchte ich, sie nicht loszulassen und zugleich mein Schwert in der Hand zu behalten. Auch durften wir nicht niedergetrampelt werden. Die Menge der durch die Gasse Fliehenden spülte uns bis zur nächsten Ecke einfach mit, und dort stießen wir mit mehreren Rittern zusammen, die uns niederreiten wollten. Die ersten Flüchtenden gerieten unter ihre Hufe, bis die Pferde stolperten, wiehernd hochstiegen, eins warf seinen Reiter ab.

Überall blitzten Klingen, das Blut spritzte mir in die Augen, aber noch hielt ich Madeleine fest. Wie genau es geschah, kann ich nicht sagen, denn wir waren nur noch Spielball einer chaotischen, völlig entfesselten Schlächterei: Ich sah die Brust eines Pferdes vor mir, prallte zurück, über mir ertönte ein Ruf des Erstaunens, vermutlich, weil ich das Kreuz auf dem Waffenrock trug. Als ich zurückstolperte, das Schwert abwehrend vor mich haltend, wurde ich gepackt, Madeleine ebenfalls, ein vierschrötiger Kerl mit einer langen, spitzen Nase, ich sehe ihn noch genau vor mir, schlug mir die Waffe aus der Hand, und ich sah mein Ende besiegelt.

«Lasst ihn, er ist einer von uns!», hörte ich den Ritter vor mir rufen, bevor ich ihn erkannte: Simon de Montfort.

«So treffen wir dich wieder, du Früchtchen, wolltest uns wohl verraten?»

Ich reagierte sofort. «Simon!», rief ich erleichtert, «Gott sei gedankt. Sie haben mich nicht mehr aus der Stadt gelassen, und jetzt hätte ich beinahe selbst dran glauben müssen, obwohl doch jeder erkennen kann …»

Montfort war vom Pferd gesprungen und zeigte auf Madeleine. «Und wer ist das?», fragte er, ohne mich ausreden zu lassen.

«Nun» – ich versuchte, meinen Mund zu einem schiefen Grinsen zu verziehen –, «meine erste Eroberung. Eine gute Katholikin. Wir sollten sie am Leben lassen. Sie ist fromm – und dennoch willig.»

Mittlerweile waren alle Flüchtenden, die noch laufen konnten, verschwunden, von Männern zu Fuß verfolgt oder niedergeprügelt. Zurück blieben verkrümmte Leichen, abgeschlagene Glieder, Blutströme und wimmernde Menschen. Und Simon de Montfort mit dreien seiner Begleiter, dazu ein weiterer Ritter, den ich nicht kannte.

«Ich weiß nicht, ob ich dir trauen kann.» Er schaute sich fragend nach dem zweiten Ritter um, der ihm «Lass ihn in Ketten legen, bis wir unsere Aufgabe erledigt haben!» zurief und dann weitergaloppierte, der Menge nach.

Madeleine neben mir zitterte.

Montfort schaute mich unschlüssig an. «Eigentlich mag ich dich und deine Lieder, mutig bist du auch und zudem hilfreich … Sollte ich mich wirklich in dir getäuscht haben?»

Ich reckte mich, legte die Hand zur Bekräftigung auf die Brust und setzte zum heiligen Schwur an – als eine Gruppe weiterer Ritter herangetrabt kam. Ich wurde bleich: vorneweg Rounaldo de Valbone.

Kaum hatte er uns entdeckt, sprang er vom Pferd. Stirn

und Kopf waren mit einem bluttriefenden Lappen umwickelt. «Wen haben wir denn da? Unseren sodomitischen Verräter!», rief er. Schon hielt er mir seinen Dolch unters Kinn. «Ich schlitze ihn eigenhändig auf.»

Ich bog Kopf und Hals zurück, aber seine Dolchspitze folgte mir und ritzte meine Haut. Ich spürte in der Erregung keinen Schmerz, nur warmes Blut, das kitzlig den Hals hinunterrann.

«Lass ihn, Rounaldo!» Montfort schob die Klinge zur Seite. «Wir werden ihn später genauer befragen.»

«Und das da?», bellte Rounaldo, indem er auf Madeleine zeigte.

«Seine Eroberung. Willst du sie haben?» Montfort grinste, berührte dann mit den Fingern seine Stirn. «Was hast du am Kopf? Hast du dich an einem Balkon gestoßen?»

«Nein, an einer Gruppe Katharer, die meinten, sie könnten die Stadt noch verteidigen. Einer von ihnen hätte mir beinahe den Schädel gespalten, bevor ich ihn zur Hölle schickte.»

«Du Glücklicher, dafür erhältst du noch ein paar mehr Tage Ablass von allen Sünden.» Simon de Montfort lachte so schallend über seine eigene Äußerung, dass Bart und Brustkorb zitterten.

«Dann kann ich dem Kerl auch gleich den Hals durchschneiden», entgegnete Rounaldo. «Und mir sein Liebchen schnappen.»

22. *Kapitel*

Das Blutbad dauerte noch den ganzen Tag an, und als die Sonne über den Bergen der Cevennen verschwand, waren nahezu alle Einwohner von Béziers, an die zwanzigtausend Menschen, ermordet worden: fromme Katharer wie fromme Katholiken, Männer, Frauen, Greise, Kinder und Kranke, Handwerker und Händler, sogar Priester und Mönche. Mit ihnen hatten die meisten Tiere sterben müssen. Ein Teil der Stadt lag verkohlt und in Ruinen, und ein grausiger Gestank von verbranntem Fleisch hing über dem Heerlager der Kreuzritter, die sich in der Nacht ihrer Eroberung besinnungslos betranken.

Ich hockte als Gefangener, über den Abt Arnaud-Amaury und der Rat der Ritter noch ein Urteil fällen wollten, in einem Zelt. Man hatte mich gefesselt, mir das Schwert und den Dolch, das Geschenk meines Vaters, genommen. Fast einem Wunder glich, dass ich den Lederbeutel mit der Niederschrift meiner Gedichte noch immer bei mir trug und mir das Goldamulett, unter dem Hemd verborgen, am Hals hing.

Der Schein der Lagerfeuer zeichnete sich auf der dünnen Zeltwand ab, flackernd, unruhig, gespenstisch. Auf dem Rücken liegend, starrte ich auf den düsteren Tanz der Schatten. Peire war während der Flucht abgedrängt worden und niedergesunken, vermutlich wie alle anderen getötet, und ob Père Guiot sich hatte retten können, war wenig wahrscheinlich.

Und Madeleine?

Noch heute kann ich den Gedanken an diese Nacht, die

dem 22. Juli im Jahre des Herrn 1209 folgte, kaum ertragen, ohne dass sich mir der Hals zuschnürt.

Was geschah mit Madeleine, meiner wiedergefundenen Liebe?

Rounaldo de Valbone hatte seinen Worten Taten folgen lassen und sie als Kriegsbeute in sein Zelt geschleppt. Was er dort mit ihr tat – mich folterten die Gedanken an seine brünstige Grausamkeit und ihre Leiden. Der einzige Trost, den ich mir einzureden versuchte, lag darin, dass sie *noch* lebte.

Die Nacht schritt voran, die Hähne krähten zum ersten Mal. Die letzten Männer stolperten am Zelt vorbei und erbrachen den Wein und die Fleischberge, die sie vertilgt hatten. Sonst war nur Schnarchen, das leise Knistern des Feuers und in der Ferne der Ruf der Käuzchen zu hören.

Als die Hähne zum zweiten Mal krähten und ich hoffte, meine Schmerzen und die Qualen, in die mich das Schicksal meiner Freunde stieß, wenigstens für kurze Zeit in einem traumlosen Schlaf versenken zu können – ich unterbreche meinen Satz, weil meine Schreibhand zu zittern beginnt.

Rounaldo nahm in dieser Nacht Rache an mir. Er und seine fünf Helfer taten mir alles an, was vorstellbar ist. Mehr vermag ich nicht zu sagen.

Schließlich traten sie mich wie ein Stück Vieh, Rounaldo knurrte «Sei froh, dass ich dich nicht noch aufhängen lasse, du Sodomit», und schlichen davon.

Halb ohnmächtig blieb ich liegen und versuchte, einen Gedanken zu fassen.

Sie hatten mich nicht einmal mehr gefesselt.

Ich glaubte zu sterben, ich wünschte zu sterben – doch ich starb nicht. Ich lag da, die Schmerzen überrannten mich in Wellen, und sie brannten mir einen Hass ein, der unauslöschlich war. Der nur noch übertroffen wurde von dem Drang zu überleben. Und begleitet von dem Wunsch, dass Seele und Herz nicht zerstört würden, bis sich der Allmächtige meiner in ferner Zukunft erbarmte.

Ich robbte zum Eingang des Zelts und steckte vorsichtig den Kopf ins Freie. Die Wachen lagen auf dem Boden, hingestreckt vom Rausch. Unter Schmerzen erhob ich mich, stieg leise über sie und humpelte wie ein nächtlicher Dämon über Leiber, Waffen, Beutegut. Regte sich einer der Knechte, die außerhalb der Zelte lagerten, legte ich mich wie schlafend auf den Boden, das Gesicht dem Staub und Kot zugewandt.

Die Hähne krähten zum dritten Mal.

Wäre ich stark wie Herkules und unverletzlich wie ein Held der alten Sagen gewesen, hätte ich gekämpft und gewonnen. Wie einst Perseus die Jungfrau hätte ich Madeleine aus der Hand des Drachen befreit, wie der heilige Georg hätte ich die Lanze in den Feuerrachen gejagt.

Aber ich hockte nicht im Heldenlied eines träumenden Dichters, sondern in einer Nacht der Blutströme und ungesühnten Mordtaten. Gott, der Herr, in dessen Namen all dies geschehen war, der Herr über unser Leben, hatte zugeschaut, wie Seine Kinder, die nie Erlösten, ein zweites Mal gekreuzigt wurden. Er hatte zugeschaut, wie man Madeleine und mir Gewalt antat, und Er würde ungerührt zuschauen, wenn Madeleine und ich zu Tode gefoltert oder auf der Stelle getötet würden.

Es gelang mir, das Lager unbehelligt zu verlassen und in den aufziehenden Morgen zu humpeln.

Als die Sonne ihre ersten Strahlen über den Himmel

schickte, hatte ich mich so weit vom Ort der Grausamkeiten entfernt, dass ich mich sicher fühlte. Meine Wunden hatten aufgehört zu bluten. Wie ein verdorrtes, abgerissenes und beschmutztes Blatt im Wind taumelte ich die Straße entlang in Richtung Montpellier. Wieder begegneten mir Trupps von Rittern, die sich dem unseligen Kreuzfahrerheer anschließen wollten, weil sie sich vierzig Tage Sündenerlass und reiche Beute versprachen. In der Ferne sah man schwarzen Rauch über der ausgelöschten Stadt wabern, sodass ich immer wieder angesprochen wurde, ob die Stadt bereits erobert sei.

Ich hätte als Erster die Wahrheit über das Massaker von Béziers in die zu einem weiteren Sommertag erwachende Welt hinausschreien können. Ich schwieg jedoch. Schleppte meinen besudelten, misshandelten Körper durch die Hitze, durstig, von heftigen Schmerzen gequält und mit einem steten Würgen im Hals. Die Menschen, die mir jetzt begegneten, betrachteten mich nur noch verstohlen und scheu: als flackerte in meinen Augen der Wahnsinn eines verkrüppelten Bettlers.

23. Kapitel

Als ich mich am Abend halb tot vor Durst und Schmerzen ins Garriguegestrüpp warf, um zu sterben, entdeckte mich ein barmherziger Mönch der Abbaye Saint Félix de Montceau. Der Benediktiner, der sich Bruder Stephanus nannte, hatte sich beim Sammeln von Heilkräutern weit vom Kloster entfernt, kannte aber eine nahegelegene Eremitenklause, in der wir die Nacht verbringen konnten. Zusammen mit dem Eremiten gab er mir zu trinken und reichte mir ein Stück trockenes Brot, ein paar Nüsse und Rosinen. Wortlos wusch er mich und säuberte notdürftig die Wunden.

Am nächsten Morgen brachen wir zum Kloster auf, das wir vor der größten Mittagshitze erreichten. Dort brachte er mich im *Infirmarium*, der Krankenstation, unter und behandelte meine Wunde mit einer Heilsalbe. Ich schlief viel, fieberte tagelang, war unfähig zu sprechen.

Auch Bruder Stephanus sprach nicht viel. Forderte mich nicht ein einziges Mal auf, mit ihm zu beten oder ihm meine Erlebnisse zu berichten. Als meine Wunden sich geschlossen hatten, gelang es ihm sogar, mir eine kleine Kammer in der Abtei außerhalb des Klausurbereichs zu verschaffen.

Die Wunde in meinem Herzen schloss sich jedoch nicht, und mein Leben war mir gleichgültig geworden: Ich hatte Serena verloren, Père Guiot und meinen Freund Peire. Madeleine war vermutlich Rounaldos Sklavin geworden und zog mit ihm und dem Heer des Simon de Montfort weiter nach Süden, falls sie überhaupt die Erniedrigungen des Roten Ritters ertrug und nicht freiwillig ihrem Vater in eine friedlichere Welt nachfolgte. Auch ich hätte mich Père Guiot und Peire am liebsten angeschlossen. Tagelang erhob ich mich nicht mehr von meiner harten Pritsche, aß kaum etwas und dämmerte vor mich hin.

Nachts suchten mich die Bilder von Béziers heim. Immer wieder blitzte spitzer und scharfgeschliffener Stahl auf, Blut quoll aus geschlachteten Leibern, ich stolperte über abgetrennte Gliedmaßen, watete im Blut, aber alles blieb stumm, ich hörte keinen Schrei, keinen Laut. Als ich schweißgebadet aufwachte, wusste ich nicht, ob ich nur geträumt hatte oder wieder eingetaucht war in den Mordrausch.

Ich lauschte in die Nacht. Die Glocke rief die Mönche zur Vigil, zugleich heulten in der Ferne Wölfe den Mond an.

Schließlich versank ich erneut in meine Albträume, sah den Roten Ritter und seine Gesellen über mich steigen. Doch anschließend reihten sich am Wegesrand angespitzte Pfähle, die alle für ihn und seine Spießgesellen gedacht waren, und so wie seine Männer Bruder Guilhelmus am Strick hochgezogen hatten, ließ ich ihn hochziehen. Er baumelte über einem Pfahl, und ich zerschnitt mit einem Schwerthieb den Strick.

Ich weiß nicht, wie lange ich in der schwärzesten Einsamkeit verharrte. Tage, Wochen oder Monate. Der Sommer war vorbei, der Mistral heulte um die hochaufragenden Mauern des Klosters, das auf einer Anhöhe des Plateau de Gardiole lag, und feuchte Kälte kroch in die Mauern.

Täglich suchte mich Bruder Stephanus auf, stellte mir Brot, ein Stück Käse und einen kleinen Schinken an mein Bett, dazu getrocknetes Obst, Oliven, einen Krug Wein und Wasser. Als ich schließlich in seiner Anwesenheit etwas aß, dankte er Gott und setzte sich zu mir.

«Möchtest du beichten?», fragte er nach einer Weile.

Ich schüttelte den Kopf.

«Gott beschere dir dennoch Frieden und ein Herz, das wieder lieben kann. Dann wirst du in Gott sein, denn Gott lebt jenseits von Hass und Zweifel, er lebt in der Hoffnung und der Liebe. Sein Sohn hat auch dir gesagt: *Ich bin der Weg, die Wahrheit und das Leben.*»

Als Bruder Stephanus mich segnete, sank ich wortlos auf

die Knie, um ihm zu danken, beugte mein Haupt, bis meine Stirn den Boden berührte.

An diesem Tag verließ ich zum ersten Mal meine zur inneren Zelle gewordene Klosterkammer und wanderte im trüben Licht des Wintertags durch das Gestrüpp und die Heideflächen des Plateaus, bis ich in der Ferne Rauch sah, der aus dem Schornstein einer windschiefen Schäferkate in den kalten Himmel stieg. Doch als ich mich dem Häuschen näherte, stürzten mehrere große Schäferhunde mit wütendem Bellen und hochgezogenen Lefzen auf mich zu, sodass ich schleunigst den Rückzug antrat.

Ins Kloster zurückgekehrt, begab ich mich zur Kirche und versuchte zu beten. Die bissigen Hunde hatten mir wieder ins Gedächtnis gerufen, was Bischof Castelnau zu verantworten hatte, und noch intensiver, was der vom Heiligen Vater befohlene Kreuzzug anrichtete. Zugleich wollte ich nicht vergessen, dass sich ein frommer Mönch meiner angenommen und mir das Leben gerettet, dass ein Kloster mir Unterschlupf gewährt hatte. Gehörten sie nicht alle derselben allumfassenden Mutter Kirche an?

Während der folgenden Tage versuchte ich, mich nützlich zu machen. Zu lange hatten mich betende, singende und arbeitende Mönche in ihren schwarzen Kutten umgeben, ohne dass ich ein Teil von ihnen war. Ich bat sie, an ihrem Chorgesang teilnehmen zu dürfen, doch da ich kein Mönch war, lehnten sie ab. Als ich ihnen anbot, ihnen während einer Stunde der Muße ein paar meiner Lieder vorzutragen, hieß es, meine Lieder seien nichts als weltliche Zerstreuung, die zur Sünde anstachele.

Man ließ mich beten und gab mir ein karges Mahl am Abend. Ich durfte mich in den Werkstätten nützlich machen und im Garten ein wenig harken. Doch kaum einer sprach mit mir, und ich fühlte mich so einsam, wie ich mich nie in der menschenleeren Natur gefühlt hatte.

Zugleich spürte ich, wie die lähmende Schwärze, die mich niedergeworfen hatte, noch über mir schwebte. Überlegte ich, mich wieder auf den Weg zu machen, befiel mich eine bodenlose Angst, die mich nächtelang kaum schlafen ließ. Ich befürchtete, ich könnte wieder dem Roten Ritter und seinen Männern begegnen, und die Tortur würde von neuem beginnen. Zugleich wünschte ich, ihn eigenhändig erwürgen zu können, aber natürlich wusste ich, dass ich gegen ihn keine Chance hatte. Mein unauslöschlicher Hass auf ihn war hoffnungslos, so hoffnungslos wie mein Verlangen, Madeleine aus seinen Fängen zu befreien.

Die unkontrollierbaren Ängste und das Gefühl der Sinnlosigkeit fesselten mich an das Kloster, das mir Sicherheit versprach. Doch auf die Dauer empfand ich den Ort wie einen Kerker, in dem ich weder zu Gott zurückfand noch zu mir selbst.

Als am Ende des Winters die Mandelbäume blühten, tauchten die ersten Kaufleute auf, um im Kloster gastfreundliche Aufnahme für eine Nacht zu erbitten.

Da meine schwarzen Stimmungen sich langsam besserten, sprach ich sie an und versuchte herauszufinden, wo sich das Kreuzfahrerheer zurzeit aufhielt, und hörte, es habe bereits im vergangenen Herbst Carcassonne besetzt und sei dabei, eine Festung und Stadt nach der anderen zu erobern. Ziel sei, Toulouse einzunehmen und den Grafen Raymon als albigensischen Ketzer und Mordanstifter auf den Scheiterhaufen zu schicken.

«Die Languedoc und Okzitanien sind abgebrannt oder stehen noch in Flammen», berichtete mir ein Händler, der aus Barcelona kam und nach Norden in die Champagne zog. «Der entfesselte Mob der Kreuzfahrer wütet wie einst die Horden des Nebukadnezar.»

Bald darauf fanden sich immer mehr Männer in der Abtei ein, die das Kreuzfahrerheer verlassen hatten und nun unter Gewissensqualen litten. Wie von den Furien verfolgt und vom Wahnsinn geschlagen, geißelten sie sich und flehten die Mönche um Absolution an. Längst waren die vierzig Tage päpstlichen Ablasses vorbei, und die Grausamkeit ihres Mordens schien ihr Seelenheil zerstört zu haben.

Von ihnen erfuhr ich, dass ein Teil der Kreuzfahrer – wie sie selbst – wieder der Heimat zustrebe; ein anderer Teil wolle weiter ins Heilige Land ziehen. «Es gab jede Menge Streit unter den Heerführern und Rittern, weil bald auch der Dümmste begriff, dass es Simon de Montfort nicht um abtrünnige Häretiker geht, sondern um die Herrschaft über ein Land. Der will Graf von Toulouse werden.»

Ich ließ mir immer mehr Einzelheiten erzählen und fragte schließlich einen Ritter aus Flandern nach dem *chevalier rouge*. Der Mann kannte Rounaldo genau, und als ich dies begriff, holte ich einen Krug Wein, um seine Zunge zu lockern.

In der Tat erfuhr ich Wichtiges. Dieser *chevalier rouge* namens Rounaldo sei häufig betrunken gewesen, habe kaum auf den Befehl von Simon de Montfort gehört und sich bald mit ihm überworfen. «Dass sie sich nicht den Schädel einschlugen, ist ein Wunder. Und dann waren da seine zwei Huren: Die eine, die Rothaarige, gehörte zu einer Gauklertruppe, die das Heer begleitete, die andere war seine Kriegsbeute. Anfangs konnte sie einem leidtun, weil sie immer die Dreckarbeit erledigen musste, doch bald setzte Rounaldo sie ein, wenn es galt, die Beute gerecht zu verteilen. Die konnte nämlich rechnen wie eine Zauberin.»

Der Mann nahm einen tiefen Schluck und wischte sich den Wein von den Lippen. «Die Rothaarige, die konnte nie genug kriegen, sage ich dir, sie hat Rounaldo schließlich derart verhext, dass er mit ihr, der Rechenhure und den Gauklern das Heer verlassen hat und nach Norden gezogen ist. Ein Ritter unter Gauklern, das musst du dir mal vorstellen, so weit ist es mit ihm gekommen. Das machen die Weiber.»

«Und wann war das?», fragte ich.

«Vor ein paar Wochen. Oder vielleicht schon länger. Ich zähle die Tage nicht.»

«Dann dürfte er vielleicht sogar hier vorbeigekommen sein?»

«Weiß ich doch nicht. Rounaldo hatte es ziemlich eilig.»

Der Ritter ließ sich Wein nachgießen und beugte sich verschwörerisch vor: «Noch etwas anderes hat ihn davongetrieben. Irgendeine Fehde oder Blutrache. Bei einem Turnier im Norden muss er einen Gegner getötet haben, und die Brüder des Getöteten waren hinter ihm her und hatten ihn schließlich im Heer aufgespürt. Rounaldo wird keine Ruhe mehr im Leben finden, bevor sie ihn nicht aufgeknüpft haben, darauf kannst du Gift nehmen.»

Ich bat einen der Mönche um einen weiteren Krug Wein, und mit äußerst skeptischem Blick wurde uns einer gebracht.

«Dann wird er wohl kaum wieder in seine Heimat aufbrechen?»

Nun goss sich mein Gegenüber selber ein und leerte den Becher erneut in einem Zug. «Dieses wässrige Klosterzeug schmeckt nach nichts. Das ist doch kein Wein», stieß er mit Verachtung aus. «Kein Wunder, dass man den Kerlen hier unten die Haut über den Kopf ziehen kann. Die lassen sich abschlachten und beten noch dabei. Nur ihre Weiber, die kreischen, wenn man es ihnen mal richtig besorgt. Die geben erst Ruhe, wenn man ihnen die Kehle durchschneidet.» Er machte eine entsprechende Geste. «Was hast du gesagt?»

«Dieser Rote Ritter und seine Gauklertruppe, wohin könnten die gezogen sein?»

Jetzt schaute mich der Ritter aus seinen Triefaugen misstrauisch an. «Was weiß ich! Warum interessiert dich das so?»

Ich goss ihm nach.

«Keine Ahnung», sagte er. «Vielleicht versteckt er sich in einer der provençalischen Burgen, oder er haut gleich nach Italien ab. Da glaubt er sich vielleicht in Sicherheit.»

Als ich kurz darauf in meiner Kammer auf der Pritsche lag und an die kahle Decke starrte, hörte ich mein Herz noch immer vor Erregung schlagen. Der Bericht über Rounaldo und die Gaukler hatte mich aus der schwarzen Lethargie gerissen, und sogar meine Ängste waren, ich konnte es kaum glauben, wie vom Frühlingsmistral aufs Meer hinausgeblasen.

Jetzt wusste ich, was zu tun war.

24. Kapitel

Ich brach am nächsten Tag auf. Am Leib trug ich ein Untergewand und darüber eine abgeschabte Cotta. Für die kalten Nächte hatte mir Bruder Stephanus einen Wollumhang geschenkt. Noch immer besaß ich mein Amulett, ebenfalls das rote und das weiße Tüchlein: Ich hatte sie in eine Schlaufe der Cotta geknotet.

Bereits am ersten Abend sang ich, natürlich ohne die Begleitung eines Instruments, auf dem Marktplatz von Montpellier und ergatterte ein paar *deniers*, die mir erlaubten, meinen knurrenden Magen notdürftig zu beruhigen. Wie ein Bettler legte ich mich nachts unter eine Platane und schlotterte zum Gotterbarmen. Aber Gott erbarmte sich nicht.

Am nächsten Morgen streifte ich mir den Dreck der Nacht vom Umhang, mit dem ich mich zugedeckt hatte, und wusch mich an einem der städtischen Brunnen. Die ersten Händler, die ihre Kaufstände öffneten, fragte ich, ob hier während der letzten Zeit eine Gauklertruppe aufgetreten sei.

Ich erntete wortloses Kopfschütteln.

Während der nächsten Tage gelang es mir immerhin, ein paar mehr Münzen einzusammeln, und schließlich erbettelte ich mir für alle Münzen, die ich besaß, bei einem Trödler eine alte Harfe, deren Klang noch erträglich war.

Dann brach ich aus Montpellier auf und zog in Richtung Nîmes, nicht ohne in jedem etwas größeren Ort nach der Gauklertruppe zu fragen und an jedes Burgtor zu klopfen, um dem Senher und seiner Dame meine Troubadourdienste anzubieten. Häufig wurde ich abgewiesen, doch nachdem ich so viel Geld beisammenhatte, dass ich mir einen Barbier leisten konnte, der meine Haare stutzte und meinen Bart abrasierte, nachdem ich in Nîmes in einem öffentlichen Bad meinen Körper gründlich gereinigt und eine neue Cotta erworben hatte, öffneten sich die großen Säle der Burgen bereitwilliger, und auch auf den Marktplätzen klingelten mehr Münzen.

Noch immer fragte ich an jedem Ort nach der Gauklertruppe, weiterhin ohne Erfolg.

Mittlerweile schlief ich meist in einem Kloster. Meine Kenntnisse des Lateinischen halfen mir, und außerdem konnte ich vom Aufenthalt in der Abbaye Saint Félix berichten. Lag ich abends auf den Strohmatten, wanderten meine Gedanken zurück zu den Nächten mit Madeleine. Sie wollte ich befreien. Zugleich musste ich Rounaldo töten, so wie ich den Bischof getötet hatte. Diese festen Ziele halfen mir, nach dem dunklen Tal des Winters, nach der Lähmung und den peinigenden Ängsten, wieder zu mir selbst zu finden.

Während der Frühsommermonate wanderte ich weiter die Rhône entlang nach Norden bis zur Burg von Grignan, wo ich, freundlich aufgenommen, eine Dame mit meinen *cansós* so sehr erfreute, dass ich reich beschenkt wurde. Als ich im Château von Orange anklopfte und mich nach meinem Freund Gaufred erkundigte, musste ich erfahren, dass er auf dem Kreuzzug gefallen war, der ihn nicht einmal ins Heilige Land geführt hatte. Bei dem Sturm auf die Mauern von Konstantinopel hatte er in den Flammen des griechischen Feuers den Tod gefunden.

Abends sang ich, doch kaum einer hörte mir zu. Auch hier hatte niemand von einer Gauklertruppe gehört, zu der ein Ritter und eine rothaarige Tänzerin gehörten.

Ich zog zu den Burgen, die an den Berghängen der Vaucluse wie Adlerhorste wachten, dann weiter zum Bergzug des Lubéron, wo ich in der kleinen Festung von Lourmarin den dortigen Herrn meine Unterhaltung anbot. Der Sommer brachte große Hitze, ich schwitzte und schleppte mich mit einem Esel, den ich mittlerweile hatte erwerben können, das Tal der Durance entlang bis in die Berge, kehrte um nach Süden. Die ersten Herbststürme fegten über das Land, ein neuer Winter stand mir bevor, und ich hatte vergeblich nach Rounaldo, Madeleine, Ramonda und ihrer Truppe gefahndet.

Vielleicht waren sie tatsächlich ohne Umschweife nach Italien gezogen. Aber ich war mir nicht sicher, und so hatte ich erst im noch nicht kriegsgeplagten Teil der Provence jeden Winkel nach ihnen abgesucht. Jetzt ging es weiter nach Osten, erst einmal zur Küste und dann ins Lombardische – auch wenn die Wahrscheinlichkeit, sie dort zu finden, von Woche zu Woche schwand.

Gleichwohl, ich wollte nicht aufgeben. Vielleicht würde der gerechte Gott, der all das Leid in unserem Land zugelassen und mich nicht geschont hatte, doch ein Einsehen haben. Der Herbst leuchtete in allen Farben, sein weiches Licht überflutete unsere Heimat und hielt meine Stimmung hoch. Erst einmal galt es nun, den Winter zu überstehen.

Es gab einen weiteren Wunsch, den ich lange unterdrückt hatte: Ich sehnte mich danach, meinen Vater wiederzusehen. Allerdings wagte ich nicht, ein zweites Mal als Troubadour in Les Baux anzuklopfen. Die Gefahr, dass Sire

Uc seine Drohung wahrmachte, mich vom Felsen stürzte oder seine Bluthunde auf mich hetzte, war zu groß.

Dennoch wollte ich unbedingt meinem Vater mitteilen, dass ich noch lebte, und ich wollte Neuigkeiten über Serena erfahren. Sire Uc hatte sicher von ihr aus Sizilien gehört. Außerdem drängte es mich, meinen Vater – vielleicht ein letztes Mal – nach meiner Mutter zu fragen. Das Bewusstsein, Sohn eines anderen Mannes zu sein, eines vermutlich adligen, wenn auch *schmächtigen* Ritters, war während der vergangenen Ereignisse in den Hintergrund getreten, doch je mehr ich mich Les Baux näherte, desto stärker meldete es sich.

Als ich an einem späten Oktobertag das Vallon de la Fontaine erreichte und bereits mit Herzklopfen hochschauen konnte zum dohlenumflatterten Donjon, hielt ich an einem Bauernhof und bat höflich um Wasser und dann um die Erlaubnis, in der Scheune oder in einem Schuppen zu schlafen. Diesmal begegnete ich einer freundlichen Seele, die weder ihre Hunde auf mich hetzte noch mich wegschickte.

Sie reichte mir einen Becher Wasser, setzte mir auch Brot, einen Kanten Käse, Oliven und rotbackige Äpfel vor, goss mir Wein ein und schaute mir beim Essen zu, während sie gleichzeitig einen Säugling stillte. Ein älteres Mädchen und ein Junge aßen mit mir, sollten anschließend die Hühner wegsperren und das Ziegengatter gut verschließen.

Der Säugling war versorgt und wurde mir einfach in den Arm gelegt, während seine Mutter die beiden anderen Kinder ins Bett brachte. Das Kind schaute mich prüfend an, weinte jedoch nicht, im Gegenteil, es lachte mich bald an, als ich mit seinen Fingerchen und seiner Nase spielte.

Nach einer Weile kehrte die barmherzige Mutter wieder in die Stube zurück und nahm mir den Säugling ab. «Ihr braucht in keiner Scheune zu schlafen, es gibt genügend Platz im Haus.» Als ich sie erstaunt anschaute, erklärte sie: «Mein Mann hat vor längerer Zeit den Hof verlassen, um sich dem Kreuzfahrerheer gegen die Albigenser anzuschließen.» Ein schmerzlicher Zug umspielte ihren Mund, als sie ihrem Kind über seine Härchen strich, die vorwitzig aus der Haube hervorlugten. «Die Kleine war noch gar nicht geboren, da zog er los, weil er sich Beute und ein leichteres Leben versprach. Und jetzt ist er noch immer unterwegs.»

Ich merkte, wie sich mein Magen zusammenzog, und so schob ich die restlichen Oliven zur Seite.

«Er hat die Katharer schon früher gehasst», fuhr sie fort, «weil sie sich als die *Reinen* bezeichnen, weil sie *anders* sein wollen, etwas Besonderes. ‹Bin ich denn mit dem Schmutz der Sünde befleckt?›, hat er mich wütend gefragt. ‹Bin ich weniger wert, weil ich, wie mein Vater und Großvater, nur ein einfacher Bauer bin?›»

Ihre Stimme war ruhig geblieben, und ihr Blick lag forschend auf mir. Ich schüttelte den Kopf, schaute auf das fröhliche Kind in ihrem Arm und fragte mich, warum mir die Frau so vertraut erschien. Hatte ich mich vielleicht als Kind schon einmal hierher verirrt?

«Ihr habt mir noch immer nicht gesagt, woher Ihr kommt?», fragte sie.

«Aus Béziers», antwortete ich nach längerem Zögern. Wie unter Zwang fuhr ich fort: «Fast alle haben dort sterben müssen. Ich … ich konnte mich retten.»

Vielleicht glaubte sie, ich meinte die Kreuzfahrer und ihr Gefolge, denn aus ihrem Antlitz wich die Farbe. Sie erhob sich, wanderte, als suche sie etwas, durch den Raum, setzte sich schließlich wieder, ohne nachzufragen.

«Wahrscheinlich habt Ihr es verdient. Wer so schön ist, muss ein Liebling der Muttergottes sein. Sie hat Euch beschützt.»

«Ich bin nicht schön», antwortete ich.

«Egal.» Sie lächelte. «Ihr seid ein Troubadour, das habe ich an Eurer Harfe gesehen, singt mir und meiner Kleinen etwas vor!»

«Wie heißt sie eigentlich?», fragte ich, als ich die Harfe aus dem Futteral nahm.

«Serena.»

Ich muss sie wohl sehr dumm angeschaut haben, denn sie lachte herzlich über mich. «Ja, Serena, wie die Tochter der Herrschaft, die vor über einem Jahr verheiratet wurde und mit ihrem spanischen Grafen nach Sizilien zog. Der Name *Serena* bedeutet *die Heitere*, hat mir unser Priester einmal gesagt, und meine Kleine ist wirklich heiter. Wahrscheinlich heiterer als die Serena aus der Burg. Sie soll sehr unglücklich gewesen sein, als sie heiraten musste, man munkelt so einiges.»

Ich wusste nicht recht, ob ich lächeln oder weinen, ob ich mich zu erkennen geben oder schweigen sollte. Ich schwieg dann lieber und zupfte die Saiten der Harfe. Nach kurzem Räuspern sang ich die *cansó*, mit der ich regelmäßig meinen Liedvortrag auf den Burgen begann:

Mit süßem Bangen,
das Eure Schönheit mir beschied,
sing ich befangen
Euch, Herrin, all mein Lied;

Mit scheuen Sinnen
Schau ich Euch Holde an
Und muss Euch minnen
Mehr, als ich's zeigen kann.

«Was ist *minnen*?», fragte sie mit gespielter Unschuld, als ich mein erstes Lied beendet hatte.

«Nun, wir Troubadoure sagen *minnen* für *lieben* ...»

«Und warum könnt Ihr Euer *Minnen* nicht zeigen? Seid Ihr wirklich so *befangen*?»

In dem nach kräftigem Pinienharz duftenden Feuer tanzten die Flammen, und als ich in sie hineinstarrte, tanzte mit ihnen Madeleines nackter Leib im goldenen Schein der Glut, und an ihrer Seite, keusch verhüllt, wand sich Serena. Von Zeit zu Zeit schienen sie miteinander zu verschmelzen, durchsichtig zu werden, sich aufzulösen. Die Stube hatte sich wohlig gewärmt, mein Magen war gesättigt, und der Wein perlte durch meine Adern. Als ich die Augen wieder öffnete, antwortete ich lächelnd: «Es kommt immer darauf an.»

Weil sich der sanfte Nebel der Entspannung in mir ausbreitete, bat ich, mich niederlegen zu dürfen.

«Dann wollen wir es einmal darauf ankommen lassen», sagte sie ebenso lächelnd wie ich.

Sie hieß Isabella, hatte die kräftigen Arme eines Bauerngeschlechts, tiefbraune, fast schwarze Augen und sinnlich geschwungene Lippen, sonnengegerbte Haut und zerzauste Haare, die sie, als ich bereits weinselig auf ihrem Strohkissen lag, mit einem einfachen Holzkamm geduldig auskämmte, bis sie knisterten und auch ohne Luftzug zu fliegen schienen.

Schließlich legte sie den Kamm zur Seite und strich mir mit ihrer Hand über Stirn und Haare. Dann beugte sie sich vor, ließ den Blick ihrer dunklen Augen über mich gleiten und küsste mich auf den Mund.

Als ich am nächsten Morgen im ersten Lichtschein aufwachte, lagen wir gemeinsam in den zerwühlten Strohkissen. Ich fühlte mich auf eine außerweltliche Weise leicht, während Isabella die kleine Serena stillte.

Als wir beide später gemeinsam ein Schälchen Hirsebrei aßen und die Kinder die Ziegen hinausführten, gestand ich ihr, dass ich auf Les Baux geboren sei. Ich kam dann auf meine Mutter und ihren Tod zu sprechen, auf meinen Vater, den Schmied und Falkner und Verwalter der Burg.

«Dann kenne ich dich», sagte Isabella lächelnd, «ich erinnere mich an den Tod der Frau mit dem angeblich bösen Blick und ihren Jungen. Ich versuchte dich damals zu trösten. Ob es mir gelang, weiß ich nicht.» Und sie lächelte, ganz offensichtlich in dem Bewusstsein, ihren damaligen Trost wiederholt zu haben.

Ich hatte ein Winterquartier gefunden und die Folgen der Beschneidung überwunden.

Täglich blickte ich auf den Donjon und das Palais von Les Baux, und ich streifte auch wieder durch das Val d'Enfer auf der Suchte nach meinem alten Versteck. Ich hoffte, bei einem meiner Streifzüge meinen Vater zu treffen, doch blieb die Hoffnung vergeblich.

Isabella wusste, dass ich nur einen Winter bleiben würde, und an langen Abenden erzählte ich ihr meine Geschichte, auch all das, was ich über meine Mutter und das Amulett wusste. An schönen Tagen wanderte ich mit den beiden älteren Kindern durch das Tal und kletterte über die Felsen, beobachtete mit ihnen Vögel und erzählte ihnen alles, was ich über Falken, Adler, Habichte und Geier wusste, über Nachtigallen und Ammern, Amseln und Pirole.

In den Nächten lagen Isabella und ich in friedlicher Vereinigung beisammen, und mit der Zeit rückten sogar die Ereignisse von Béziers ein wenig in den Hintergrund.

Weil es während der Wintermonate nicht so viel im Garten, bei den Olivenbäumen und auf dem kleinen Weinberg zu tun gab, dichtete ich viel und erzählte Isabella und ihren Kindern Père Guiots Geschichte von Perceval und Gauvain, von König Artus, seiner Tafelrunde und dem Gral.

«Bist du Perceval oder Gauvain?», fragte der Junge, und noch bevor ich antworten konnte, fügte seine Schwester an: «Deine Mutter war also eine Königin und starb, weil du sie alleingelassen hast.»

«So ähnlich», sagte ich leise und fing einen mitfühlenden Blick von Isabella auf. Schnell fragte sie mich daher, was der Gral denn nun genau sei. «Ein Edelstein, der die hungernden Menschen ernähren und die Kranken heilen kann? Aber wie kann ein Stein das? Heilen, das lass ich mir noch gefallen, aber ernähren? Er ist doch nicht Jesus.»

Ich wusste nicht recht, was ich ihr antworten sollte, und sagte schließlich: «Der Gral ist ein Symbol für göttliche Kräfte.»

«Was ist ein *Symbol*? Ich kenne zwar Steine und Ziegen, den Mistral und den Hunger, aber ein *Symbol* kenne ich nicht.»

Ich musste leise lachen. «Doch, du kennst viele Symbole, weißt es nur nicht. Ein Falke zum Beispiel ist ein Falke, aber auch ein Symbol. Eine Lanze ist eine Waffe und zugleich ein Symbol für den Ritter und seinen Kampf. Ähnliches gilt für das Schwert. Selbst du bist ein Symbol – zumindest für mich.»

Isabella lachte laut auf: «Ich? Ich bin doch nur eine Bauersfrau und Mutter. Ich bin aus Fleisch und Blut und kein Symbol.»

Etwas Entscheidendes geschah, als Isabella mir einmal die kleine Serena in die Arme drückte und mich aufforderte, sie in den Schlaf zu singen. Mit großen dunklen Augen schaute die Kleine mich forschend an, und ich summte, ohne nachzudenken, eine Melodie, die ich längst vergessen zu haben glaubte. Zuerst fielen mir dazu nur zwei Worte ein: *senden kumber*, dann der ganze Vers: *senden kumber den zele ich mir danne zu habe*.

Ich verstand nicht, was da an seltsamen, fremdartigen Lauten aus meinem Innern hochgestiegen war, nur überwältigte mich eine derartige Trauer, dass meine Tränen auf Serenas Gesichtchen tropften.

Noch heute ergreifen mich die Worte wie ein Zauberspruch, und ich muss mir die Tränen von der Wange wischen, damit sie nicht die Tinte auf dem Pergament zerfließen lassen. *Senden kumber* – längst weiß ich, was sie bedeuten: *Sehnsucht* und *Kummer*. Und ich weiß auch, wer sie mir so tief in mein Herz pflanzte, dass sie lange brauchten, bis sie aus dem Dunkel des Vergessens auftauchten und dann mein Leben wie ein geheimer Zauberstab lenkten.

Als der nahende Frühling einen weichen Schimmer über die Kalkfelsen der Alpilles warf und zwei neugeborene Lämmchen auf dem Hof umhersprangen, spürte ich, dass mein

Aufbruch bald erfolgen musste. Und als hätte der Herr im Himmel mir einen Boten geschickt, sah ich einen Falken. War es meine verlorene Peregrina? Sollte sie so lange überlebt haben? Hoch über mir drehte sie ihre Runden, ohne Flügelschlag, ihre weiße Brust war deutlich zu erkennen. Als sich schließlich ein zweiter Falke zu ihr gesellte, wusste ich, dass sie ein Männchen gefunden hatte und dass beide, wie vor der Brut üblich, umeinander und über ihrem Revier kreisten.

Ich beobachtete sie, bis mein Nacken steif war, und mir fielen ein paar Verse ein, die ich sofort notierte.

Der Kummer ist vorbei, verflogen,
und Sehnsucht in mein Herz gezogen.
Oh Falke, Freund des Himmels und der weiten Räume,
flieg zu ihr hin, der Schönen, Süßen,
leg ihr mein Seufzen hin zu Füßen
lass mich nicht länger büßen,
und lenk zu ihr, geliebter Falke, meine Träume.

Abends teilte ich Isabella meinen Entschluss mit, wieder aufzubrechen: nach Osten, nach Italien. «Vorher will ich jedoch noch einmal meinen Vater sehen.»

Ein letztes Mal liebten wir uns lange und zärtlich. Als das erste Licht des Tages in unser Zimmer schien, schauten wir uns traurig, aber voller Dankbarkeit in die Augen. Wir hatten uns versprochen, keine Tränen zu vergießen.

Am nächsten Morgen brach ich auf.

25. Kapitel

Ich band meinen Esel gut versteckt im Val d'Enfer an einem Baum fest und schlich zur Burg. Da ich das Gelände von Les Baux noch aus Kindertagen kannte, gelang es mir ohne weiteres, unterhalb des Taubenturms die Felsen hochzuklettern und die Öffnung in der Mauer zu finden, durch die ich früher immer ins Freie gekrochen war, um in der Wildnis die Vögel zu beobachten.

Die ersten Knechte versorgten die Pferde, die Hühner, aus ihren Verschlägen befreit, pickten nach Würmern, ein paar Hunde bellten kurz, beschnupperten mich und wurden von mir freundlich gestreichelt. Sie kannten mich noch. Bisher hatte mich keiner der Knechte entdeckt. Nach einem Blick auf die Falken ließ ich mich in der Schmiede nieder, deren Ketten und Hämmer vor sich hin rosteten. Der Amboss war verstaubt, die Asche kalt, der Blasebalg eingerissen. Mein Vater hatte hier seit langem nicht mehr gearbeitet, und offensichtlich hatte man eine neue Schmiede außerhalb der Mauern gebaut.

Ein kurzer Blick hinauf zu den Fenstern der Kemenaten zeigte, dass die Herrschaft noch schlief. Die Läden waren verschlossen.

Ich suchte mir in der Schmiede einen Platz und wartete. Erst einmal geschah nichts, später wurden ein paar Tauben zum Verzehr geholt, die Sonne stand im Zenit und wärmte den Frühlingstag.

Da stand mein Vater plötzlich vor mir. Ich war eingenickt, und er hatte mich vermutlich bereits eine Weile beobachtet.

Bewegungslos schaute er aus alt gewordenen, traurigen Augen auf mich herab und sagte leise: «Bist du zurückgekehrt, weil du wie deine Mutter sterben möchtest?»

Ich schreckte empor und schüttelte den Kopf. «Nein, weil der erwachsen gewordene Nestling noch einmal seinen Falknervater sehen wollte, bevor er weiter nach Italien fliegt», flüsterte ich. «Weil du noch lebst und ich alle anderen Menschen, die ich liebe, verloren habe.»

«Woher kommst du?» Er bewegte sich noch immer nicht und war kaum zu verstehen, so leise sprach er.

«Ich war hier und da. Und zuvor in Béziers. Das es nicht mehr gibt.»

«Ja, die Nachrichten aus dem Languedoc und Okzitanien sind längst bis hierher gedrungen. Sie leisten ganze Arbeit, die Ritter des Herrn. Der Papst kann sich freuen. Wenn sie ihr Werk vollendet haben, wird unser reicher, lebensfroher Süden eine Grabstätte sein.»

Er sprach abgehackt und fuhr sich mit der Hand durch seine grauen, schütter gewordenen Haare. Noch immer hatte er die Hände eines Schmieds, auch wenn er ein langes, gegürtetes Gewand aus feinem Leinen trug. Die Ärmel hatte er abgenommen, auf den Armen zeichneten sich sehnige Muskeln ab, und ich entdeckte wieder die Narbe auf dem linken Unterarm, die ich zu verantworten hatte.

«Alle sind getötet worden», sagte ich.

«Du aber lebst.»

Ich nickte. «Man hat mich …» Mit einem Kopfschütteln brach ich den Satz ab.

«Vermutlich lebt auch deine Serena noch», erklärte er nach einer Weile sachlich. «Sie ist, wie geplant, mit dem spanischen Grafen und Königin Constanza nach Sizilien gezogen. Allerdings hat seitdem auf der Burg niemand mehr etwas von ihr gehört.»

«Vater …»

«Ich weiß, dass ihr beide euch seit Kindertagen geliebt habt. Daher willst du ihr nachreisen. Trotz der Gefahren, die dir drohen.»

Nun geschah etwas, das ich nie erwartet und immer gehofft hatte.

«Steh auf», sagte mein Vater mit gesenkter Stimme, fast bittend, und reichte mir die Hand.

Als ich stand, umarmte er mich. Stumm und fest. Er ließ mich nicht los, und ich merkte, dass seine Gefühle ihn schüttelten. «Du bist mein verlorener Sohn», presste er hervor, «du bist wiedergefunden, aber ich kann dir kein gemästetes Kalb schlachten.»

Wir setzten uns auf den Rand des Wasserbeckens, in dem das glühende Eisen abgeschreckt worden war, und da wir nicht in der Lage waren, uns in die Augen zu schauen, starrten wir auf den Boden. Auf meine Bitte hin erzählte er von meiner Mutter, berichtete noch einmal, wie er sie in Ancona gefunden und geschützt habe, wie sie ihm gefolgt sei.

Die Erinnerungen an meine Mutter überschwemmten mich derart, dass ich lange Zeit überhaupt kein Wort herausbrachte. Dann sagte ich: «Weißt du eigentlich, dass ich bis heute nicht ihren Namen kenne? Ich habe sie immer nur *Mama* genannt. Du hast sie nie mit Namen gerufen.»

«Sie hieß *Farah*. Es ist ein arabischer Name und bedeutet *Freude*, *Heiterkeit*, *Glück*. In ihrem Leben musste sie das Gegenteil ertragen.»

«Und warum habe ich keine Geschwister?», fragte ich schließlich noch.

Mein Vater schüttelte den Kopf. «Es war nicht möglich.»

«Es war nicht möglich?»

«Sie liebte mich, ich liebte sie, ich barg sie in meinen Armen. Aber ich durfte nie in sie eindringen.»

In diesem Augenblick kam ich mir wie ein Pflanze vor, die aus der Erde gerissen wurde. Wie ein Stein, der in einen unergründlich schwarzen Brunnen fiel.

Schließlich wagte ich doch zu fragen: «Weißt du wirklich nicht, wer mein richtiger Vater ist?»

«Nein. Ich weiß nur, dass er ein adliger Herr gewesen sein muss. Für deine Mutter war ich zwar der Mann, der sie vor Schmutz, Gewalt und Bettelei gerettet hatte und dem sie folgte, ich war aber zugleich nur ein Soldat und später ein Schmied, der sich die Hände beim Arbeiten beschmutzte. Sie verachtete mich nicht dafür, ihre Dankbarkeit hat immer ihre Liebe genährt und am Leben erhalten, doch nie verriet sie mir den Namen dieses schmächtigen Ritters, der dein Vater war. Ein einziges Mal erwähnte sie, sie sei auf Sizilien geboren, in einem reichen Haus, und dann als Sklavin verkauft worden. Sie wiederholte immer nur: Wenn mein Sohn die drei Buchstaben lesen kann, werde ich ihm sagen, wer sein Vater ist. Und dann war es zu spät.»

Ich schwieg, schüttelte den Kopf.

«Aber mehr weiß ich wirklich nicht. Ich durfte ja nie in sie eindringen oder sie bedrängen, auch nicht mit Worten.» Nach einer Weile sagte er noch: «Vielleicht hat sie ihn auch gar nicht *schmächtig* genannt, sondern *mächtig*. Ein Missverständnis.»

Er zuckte mit den Achseln, malte dann mit der Spitze eines herumliegenden Eisenstabs die Buchstaben F H R – für ihn waren es bloße Zeichen – in den Staub. «Wenn du Serena nachreist, dann reise über Ancona nach Sizilien. Dein Vater könnte noch leben. Suche ihn! Vielleicht kannst du ihn wirklich finden.»

Noch hatte ich ihm nicht erzählt, dass ich auf der Suche nach Rounaldo und Madeleine war. Dass ich mich an ihm rächen und sie befreien wollte – ein Unterfangen, dessen Erfolg wohl genauso unwahrscheinlich war wie das Vorhaben, meinen richtigen Vater zu finden. Ich überlegte, ob ich ihm wirklich von den schwärzesten Stunden meines erwachsenen Lebens berichten sollte. Schließlich tat ich es, und er wurde sehr still, stützte seinen Kopf, als könne er dessen Gewicht nicht mehr tragen.

Als nach ihm gerufen wurde, erhob er sich. «Ich muss jetzt gehen. Man darf dich nicht entdecken, denn Sire Uc hat noch nicht vergessen, was nach dem Turnier geschah.» Er zögerte kurz, bevor er weitersprach: «Vielleicht gibt es ja doch einen gerechten Gott. Dann wird Er dich leiten – und dir beistehen. Was bleibt uns denn, wenn wir an Ihn nicht mehr glauben? Die Herrschaft des Bösen. Die Verzweiflung.» In der Tür drehte er sich noch einmal um: «Warte eine Weile! Ich werde dir später einen Beutel Münzen bringen, dazu Schinken und Brot und zusätzliche Kleidung – hast du das Messer noch?»

Ich schüttelte den Kopf.

«Dann werde ich dir ein neues Messer schenken. Und was ist mit der Goldmünze deiner Mutter, dem Amulett?»

Ich klopfte mit den Fingern auf meinen Kittel, unter dem die Münze sich versteckte.

Als es dunkelte, erschien mein Vater wieder, brachte mir das Versprochene, dazu einen scharfgeschliffenen Dolch.

Wir umarmten uns lange. «Auch wenn ich nicht dein richtiger Vater bin, ich habe dich immer geliebt.» Seine Stimme schien ersterben zu wollen. «Ich glaube nicht, dass wir uns je wiedersehen werden – aber du wirst deinen richtigen Vater finden. Jeder Sohn muss seinen Vater kennen.»

Obwohl es fast dunkel im Raum war, ruhten seine Augen unverwandt auf mir. In ihnen spiegelte sich ein kleines Licht: eine in der Ecke flackernde Kerze.

Die Nacht verbrachte ich frierend im Versteck meiner Kindheit. Über mir ragten die Felsen zackig in den Himmel, den das Licht des Monds zu überfluten begann, als die Glocke von Saint-Vincent Mitternacht schlug. Lange konnte ich nicht einschlafen, doch schließlich sank ich in einen Traum von all den Menschen, die ich geliebt hatte. Ich traf Serena in der Unterwelt wie einst Orpheus seine Eurydike, ich spazierte mit Madeleine über die blühenden, duftenden Wiesen unserer Heimat, die übersät waren von blutrotem Mohn, und schließlich umschlossen mich die Arme meiner Mutter.

Als ich im Morgenlicht erwachte, hing über mir bewegungslos eine Schlange im Geäst und starrte mich an.

Wie gelähmt starrte ich zurück, doch dann sprang ich auf, und die Schlange verschwand lautlos. Ich schaute ihr noch lange nach in das flimmernde Gewirr von Blättern und Zweigen, Sonnenflecken und aufscheinenden Felsen, in dem sie wie ins Nichts abgetaucht war.

Über mir kreiste ein Schwarm heiser schreiender Geier.

Teil III

Die Leere des Himmels

26. Kapitel

Immer wieder, so die Erfahrung meines Lebens, verknüpft der Herr die Schicksalswege der durch ihre Leben taumelnden Menschen auf überraschende Weise. Diese Erfahrung musste ich machen, als ich auf meiner Suche nach der Gauklertruppe in Aix Station machte. Ich war ein paar Nächte im Kloster von Saint-Sauveur untergekommen – immer wieder war die Beherrschung des Lateinischen der Schlüssel zum Vertrauen der Mönche und *canonici* – und hatte auf dem Marktplatz, im Schatten der Platanen, ein wenig auf der Harfe geklimpert und meine fröhlichsten *dansas* und *baladas* gesungen – mit nachdenklichen und traurigen Liedern verschreckt man an öffentlichen Plätzen nur die Zuhörer.

Neben mir bettelte ein blinder alter Mann mit einem jungen Mädchen, einem Kind noch. Weil sie gar so abgemagert und elend waren, gab ich ihnen meinen ersten Obolus und gleich den zweiten. Dann wollte ich ihn, wie ich es in jedem Ort tat, nach der Gauklertruppe fragen.

Doch bevor ich dazu kam, entdeckte ich sie: Ihre hennarote Mähne stach im Grau der Kopfbedeckungen und Tücher hervor, schlangengleich glitt sie durch die Menge und schlug ihr Tamburin, gefolgt von den beiden Akrobaten, die auf den Händen spazierten. Es konnte nur Ramonda sein.

Bald hatte die Truppe sich eine Ecke des Platzes erobert.

Ich beobachtete eine Weile ihre akrobatischen Aufführungen, die Tänze und Lieder, die ihr Musiker begleitete, der wie früher auf der Einhandflöte pfiff und zugleich die Trommel schlug. Der Bär tapste seine plumpen Tanzschritte, die Hunde sprangen übereinander und durch Reifen, dann sang Daniel, der Alte, und schließlich trat noch ein kräftiger bärtiger Mann auf, der bereits ein wenig Bauch angesetzt hatte, schwang ein Schwert, ein langer Dürrer mit Hasenscharte sprang ihm, ebenfalls ein Schwert schwingend, entgegen, und die beiden führten einen Fechtkampf auf, bei dem sie sich nacheinander entweder tölpelig verhielten, sodass das Publikum lachen musste, oder sich scheinbar verletzten. Ein ängstliches Einatmen und Luftanhalten folgte, bis jedem klar war, dass hier nur Theater gespielt wurde.

Ich war mir nicht ganz sicher, ob ich die beiden Schwertkämpfer schon einmal gesehen hatte, und wartete ab, bis zwei weitere Männer auftauchten, deren Anblick mir den Atem stocken ließ: Der eine war zweifellos Rounaldo, ebenfalls ein wenig dicker geworden, der andere schmal, um nicht zu sagen: schmächtig. Ein bartloses Jungengesicht mit traurigen Augen, die Haare unter einer Kapuze verborgen – einen leisen Aufschrei konnte ich nicht unterdrücken: Es war kein Junge, sondern Madeleine.

Der Kreuzritter in Saint-Félix hatte also die Wahrheit gesagt: Rounaldo hatte sich mit zwei Fußsoldaten und seiner «Beute» Daniels Gauklertruppe angeschlossen.

Während ich sie beobachtete, überlegte ich, ob ich mich zu erkennen geben sollte. Hier mitten in der Stadt, unter den zahlreichen Menschen würde mir Rounaldo nichts antun können, aber auch ich konnte ihm nicht das Messer zwischen die Rippen stechen. Ihnen auf ihrem Weg über die

Marktplätze nachzuschleichen, war sinnlos, denn sie würden mich über kurz oder lang doch entdecken, also galt es, den Stier bei den Hörnern zu packen.

Als die Truppe ihre Vorführungen beendet hatte und Ramonda mit einem Beutel umherging, um ein paar Münzen einzusammeln, warf ich ihr einen *denier* hinein. Sie schaute mich an, wollte wohl ihren Augen nicht trauen oder kramte erst einmal in der Erinnerung, doch dann schrie sie laut auf, winkte ihren Leuten, zerrte mich zugleich zu ihnen. Die Hunde hatten mich wiedererkannt und sprangen an mir hoch, ich wurde begrüßt wie ein alter Bekannter. Mit schiefem Grinsen stand Rounaldo dabei, ihm zur Linken der Bärtige und die Hasenscharte: unschlüssig, ihm zur Rechten Madeleine: totenblass.

Ein paar Händler, Marktweiber und neugierige Kinder beobachteten uns.

Die Gauklertruppe tat so, als wäre ich wie ein verlorener Sohn oder Bruder endlich zu ihnen zurückgekehrt. Insbesondere Ramonda hing an mir und fragte, wie es mir ergangen, wo ich gewesen und wo der andere Troubadour sei, sie hätten jetzt eine Schutztruppe mit einem starken Anführer, einem echten Ritter, und dann flüsterte sie mir ins Ohr: «Und deine Madeleine ist auch bei uns geblieben. Rounaldo hat sie schon seit langem nicht mehr angerührt, er ist jetzt *mein* Mann! Was sagst du dazu?» Sie schaute mich stolz an und lachte. «Du wärst mir natürlich lieber, aber nicht immer kann man sich die Männer aussuchen. Auf jeden Fall habe ich ihn gut im Griff, den starken Ritter.» Sie kicherte. «Er bietet im Übrigen Madeleines Rechenkünste Händlern und Geldwechslern an, da springen eine Menge *deniers* heraus.» Sie hakte sich bei mir unter und zog mich zu Madeleine. «Leider musste sie sich die schönen Haare abschneiden, Rounaldo gibt sie manchmal als Kastraten aus und erzählt irgendeine gruslige Geschichte, man soll sie für einen jungen Mann halten. Aber du hast deine Locke noch nicht abgeschnitten, schöner Sänger!» Und es hätte nicht viel gefehlt, da hätte sie mich sogar auf die Wange geküsst.

Nun stand ich vor Madeleine. Und vor Rounaldo. Meine verzweifelte Suche war belohnt worden.

Es ist schwer zu schildern, was ich empfand. Ich wurde fast zerrissen vor widerstrebenden Gefühlen, dennoch gelang es mir, den Sturm in meinem Inneren hinter einer unbewegten Maske zu verbergen. Ich ergriff Madeleines Hand und drückte sie leicht, und dann zog Madeleine sie an sich und legte sie kurz an ihre Wange.

«Der Verräter von Béziers!», rief Rounaldo. «Was für eine Überraschung!» Er wandte sich an seine beiden Kumpane, die ahnungslos grinsten und nickten. Schon drehte sich Rounaldo wieder mir zu, kniff fast unmerklich die Augen zusammen, schlug mir dann freundschaftlich auf die Brust, zog zugleich Ramonda an sich, ließ seinen Blick von einem zum anderen wandern.

«Warum nicht? Sei willkommen in unserer Truppe, einen Troubadour können wir immer gebrauchen, der macht was her.» Erneut schlug er mir auf die Brust, wollte mich dann sogar wie einen Jungen in die Backe zwicken, doch ich bog den Kopf zurück und schob seine Hand entschieden zur Seite.

Unsere Blicke begegneten sich, und in diesen Blicken ließen sich unsere Gefühle nicht verbergen: weder mein Hass, mein ungestillter Durst nach Rache, noch Rounaldos Verunsicherung.

So wurde ich Teil einer Gauklertruppe, die auf der Via Aurelia nach Osten zog, in allen größeren Ortschaften Station machte, auf den Burgen anklopfte und sich langsam in Richtung Italien bewegte.

Ob den Männern der Gauklertruppe bewusst war, dass zwischen Rounaldo und mir Todfeindschaft bestand, weiß ich nicht. Ich glaube es nicht einmal.

Ramonda allerdings war über unsere Geschichte aufgeklärt, und an ihr lag es sicherlich, dass ich mich in die Truppe einfügen konnte, ohne dass es schon bald zu einer Bluttat kam. Wie der Kreuzritter und auch sie selbst bereits angedeutet hatten, war Rounaldo ihr hörig. Er mimte den starken Mann und den Anführer der Truppe, doch Ramonda konnte ihn um den Finger wickeln oder ihm sogar offen entgegentreten. Spätestens abends krochen sie dann gemeinsam in ihr Zelt, und es war unüberhörbar, wie sie zueinanderfanden und sich miteinander vergnügten.

In einem zweiten Zelt, möglichst weit von ihnen entfernt, schliefen Madeleine und ich. Ohne dass ein Wort darüber verloren wurde, bauten wir beide es schon am ersten Abend zusammen auf, an einem kleinen Bach in der Nähe von Aix. Die Freude über unser Wiedersehen war für uns beide so groß, dass wir ihr keinen rechten Ausdruck geben konnten, um nicht von ihr überwältigt zu werden. Und natürlich stand das Geschehen in Béziers wie eine unsichtbare Mauer zwischen uns. Wir konnten nicht darüber sprechen.

In der ersten Nacht lagen wir uns nur stumm in den Armen. Eine Weile weinte sie leise, während ich ihr die Tränen von den Wangen strich.

«Es ist wie ein Wunder», flüsterte sie.

«Ein Jahr lang war ich auf der Suche. Jetzt endlich habe ich euch gefunden.»

«Hast du keine Angst vor Rounaldo?»

Die Erwähnung seines Namens machte mich ganz steif vor Zorn. Dennoch fragte ich: «Wieso gehört er nicht mehr zum Heer?»

Madeleine bestätigte, was mir der Ritter in Saint-Félix berichtet hatte, betonte auch den guten Einfluss von Ramonda auf ihn. «Rounaldo will Frankreich möglichst weit hinter sich lassen. Ich glaube, erst in Italien wird er sich sicher vor Verfolgung fühlen.»

«Das glaube ich nicht», sagte ich.

«Wieso?»

«Er wird durch meine Hand sterben», sagte ich in das Dunkel unseres Zelts hinein. «Wenn nicht morgen, so übermorgen.»

Es entstand eine längere Pause, bis Madeleine sagte: «Er wird von zwei Männern geschützt und ist im Zweikampf kaum zu besiegen.»

«Ich werde ihn trotzdem töten.»

Weil Madeleine schwieg, berichtete ich ihr von den düsteren Monaten im Kloster. Auch von dem Wiedersehen mit meinem Vater, seinem Auftrag, den anderen, den richtigen Vater zu suchen, erzählte ich. «Deswegen ist euer und mein Ziel das gleiche. Habe ich Glück, finde ich in Ancona eine Spur. Und wenn ich dort nichts finde, werde ich bis Sizilien gehen und nach ihm suchen.»

Wir verstummten eine Weile. Natürlich war mir klar, dass auf Sizilien noch ein anderer Mensch lebte, den ich gern wiedersehen würde. Und mir war auch klar, dass Madeleine davon wusste.

In die Leere des Schweigens hinein sagte sie plötzlich: «Er lebt noch.»

Erstaunt über ihre Aussage, fragte ich: «Bist du sicher? Woher weißt du das?»

«Ich weiß es einfach. Er muss noch leben. Gott kann mich nicht so strafen.»

Da begriff ich, dass sie nicht meinen, sondern ihren Vater meinte. Ich wusste darauf nichts zu antworten, und nach einer Weile fuhr sie fort: «Hast du ihn sterben sehen? Nein! Ich auch nicht. Er hat sich verstecken können und floh dann. Und mittlerweile glaube ich, dass er dorthin gegangen ist, wohin er immer schon gehen wollte: nach Sizilien. Zu Fuß oder auch auf einem Schiff. Vielleicht als Pilger oder Dichter oder sogar als Bettler. Wir werden also gemeinsam bis nach Sizilien ziehen.»

«Aber sein Alter …»

«Mein Vater ist kein Mensch, der aufgibt – darin gleichst du ihm.»

Ich nahm Madeleines Hand und legte sie an meine Lippen. Sollten sich unsere Ziele wirklich so plötzlich und unerwartet zusammenfügen?

«Warum verlassen wir nicht einfach die Truppe?», fragte sie schließlich. «Dann sind wir Rounaldo los; wir versuchen, das Schreckliche zu vergessen, und schlagen uns alleine nach Sizilien durch. Dort finden wir unsere Väter und bauen unser eigenes Leben auf. Du dichtest, und ich widme mich den Zahlen. Und gemeinsam bekommen wir Kinder.»

Ich schüttelte den Kopf: «Ich will Rache. Ich will ihn sterben sehen. Dann erst finde ich meinen inneren Frieden.»

«Dein innerer Frieden hängt nicht von Rounaldo ab, sondern ganz allein von dir selbst.»

27. Kapitel

Wir zogen im Frühjahr und Sommer die Küste entlang nach Westen und durften auf zahlreichen Burgen unsere Künste darbieten. Gelegentlich trat Rounaldo als Ritter im Tjost gegen den Senher oder seine besten Männer an. Wenn sich Rounaldo auch von Zeit zu Zeit besiegen ließ, um den Gastgeber milde zu stimmen, so zeigte er doch eine erstaunliche Geschicklichkeit im Kampf, und ich gewann den Eindruck, dass ihn niemand, ginge es wirklich um alles, besiegen könnte.

Auf den Marktplätzen überwogen die Narrenpossen, die Schaukämpfe, das Jonglieren mit Bällen und Stecken, die dressierten Sprünge unserer Hunde, der Tanz unseres Bären, der, grau und struppig geworden, uns tapsig folgte und ziemlich stank, sodass unser nicht minder stinkender Tierbändiger immer allein in seinem Zelt nächtigte.

War Markttag, fand ich regelmäßig Händler oder Geldwechsler, denen Madeleine die Rechenarbeit abnehmen konnte oder deren Bücher sie auf Fehler überprüfte.

Natürlich sang ich auch, begleitet von unserem Flötenspieler, eine *sirventes*, um die schwierigen Zeiten zu kommentieren, und schloss eine *pastorela* an, um die Menschen zum Träumen zu bewegen. Wenn es lustig zugehen und getanzt werden sollte, stimmte ich eine *dansa* oder *balada* an, Ramonda schlug das Tamburin und wiegte so verführerisch ihre Hüften, dass kaum einer seine Tanzlust mehr zurückhalten konnte.

In Italien liebte man das Tjosten weniger. Daher stand auf den Burgen der Gesang im Vordergrund: Meine Verse ließen die Signora und ihre Töchter träumen, auch wenn sie nicht alle Worte verstanden. Ich pries ihre Schönheit und säuselte von meiner liebestrunkenen Seele, während unser Flötenspieler mit seinen Trillern und Schluchzern jedes fühlende Herz zerfließen ließ.

Verbeugte ich mich anschließend, nicht ohne über meine Locke zu streichen, erhaschte ich oft Blicke, die eine gewisse Sehnsucht nach Abwechslung und Abenteuer verrieten, doch natürlich blieb alles keusch und künstlich, ein süßholzraspelndes Spiel mit Worten, denen keine Taten folgten.

Rounaldo saß an solchen Abenden mit seinen Kumpanen und den Gauklern bei den Waffenknechten, prahlte von seinen siegreichen Turnieren und trank viel Wein.

Immer wieder dachte ich während der Wochen und Monate unserer Reise daran, ihm in einem unerwarteten und unbeobachteten Augenblick den Dolch zwischen die Rippen zu stoßen. Vielleicht wäre es hier und da möglich gewesen, wenn ihn nicht der Bärtige und die Hasenscharte umgeben hätten. Um mein Ziel zu erreichen, müsste ich alle drei ermorden. Aber war ich dazu in der Lage?

Im Frühherbst erreichten wir Mailand. Noch nie hatte ich eine so große und geschäftige Stadt gesehen; die Menschen waren sachlich und stolz und an Troubadourgesängen wenig interessiert. Auf den Plätzen der Stadt und in den Tavernen führten Daniels Männer ihre Kunststückchen vor, während ich mich bemühte, die heimische Sprache, das lombardische Volgare, zu lernen. Unser Flötentrommler, der aus Cremona stammte, half mir dabei, und bald setzte sich auch Madeleine zu uns.

Auf dem Weg nach Piacenza geschah etwas, das unser Lombarde schon eine ganze Weile befürchtet hatte: Wir gerieten in einen Überfall von Wegelagerern, die, er hatte es uns immer wieder in dramatischen Farben ausgemalt, die Reisenden in Italien überall bedrohten. Am Rand eines Wäldchens und zugleich am Ufer eines kleinen Flusses hatten wir unsere Zelte aufgeschlagen und ein Feuer angezündet, um unsere abendliche Mahlzeit zuzubereiten, die Tiere zu versorgen und uns auszuruhen, als eine Horde abenteuerlich gekleideter Männer mit ebenso abenteuerlichen Waffen wie Knüppeln, Äxten, Dreschflegeln und Mistgabeln brüllend aus dem Dunkel der Bäume stürzte. Offensichtlich fühlten sie sich uns so überlegen, dass sie nicht hatten warten wollen, bis wir uns in unsere Zelte zurückgezogen hatten. Noch köchelte das Fleisch in der Suppe, und Rounaldo wie seine Männer kümmerten sich um den Zustand ihrer Waffen. Die Hunde und der Bär waren gerade dabei, ihre ersten Bissen zu verschlingen, und in keiner Stimmung, sich beim Fressen stören zu lassen.

Schon waren die Wegelagerer mit hocherhobenen Waffen herangestürmt, um uns ohne Federlesens ins Jenseits zu befördern. Doch ebenso schnell, wie sie rannten, ergriffen Rounaldo und die Hasenscharte Schild und Schwert, der Bärtige packte einen Speer. Der Flötenspieler und unser Narr nahmen Reißaus, die beiden Akrobaten jedoch griffen je nach einem der herumliegenden Äste, und schon begann der Kampf. Blitzschnell hatte Madeleine sich ein Stück Tuch gegriffen, es um die Hand gewickelt und den Suppentopf mit der kochend heißen Brühe einem der Angreifer entgegengeschleudert, sodass dieser, über und über begossen, wie geröstet brüllte und außer Gefecht gesetzt war.

Unser Bär geriet schon wegen des Geschreis in Wut und schleuderte eine Axt, die ihn treffen sollte, derart zur Seite, dass sie einen anderen Wegelagerer traf. Auch die Hunde verbissen sich in die Beine der Angreifer, sodass einige von ihnen strauchelten und sogleich von Rounaldo und seinen beiden Männern niedergestreckt wurden.

Ich hatte am Rande des Zeltplatzes auf einem Stein gesessen und Harfe gespielt, als der Angriff begann, war also nicht vorbereitet und wurde sofort von unserer Truppe abgedrängt. Mit der Harfe wollte ich mich nicht wehren, Flucht war unmöglich. Vor dem ersten Schlag sprang ich zur Seite, wich auch einer Mistgabel aus, bückte mich vor einem seitwärts geschwungenen Dreschflegel und schrie, in die Enge getrieben, um Hilfe.

Weil ich selbst so bedrängt wurde, hatte ich das Kampfgewühl nicht im Blick, sah nur, wie eine massige Gestalt, Rounaldo, herbeisprang, mit seinem Schild einen Angreifer zur Seite fegte, mit dem Schwert einen Axthieb parierte und den dazugehörigen Mann mit dem nächsten Stoß durchbohrte. Den dritten trat er so in den Bauch, dass er vornübergebeugt niedersackte. Die Kante des Schilds versetzte ihm einen Nackenschlag, der ihn endgültig zu Boden streckte.

So schnell, wie sie auf uns zugestürmt war, flüchtete die Bande wieder in den Wald. Drei Tote blieben liegen, einem Schwerverletzten wurde vom Bärtigen der Rest gegeben, und drei weitere schleppten sich den anderen nach. Wir ließen sie laufen.

Als alles vorbei war, schauten wir uns an und rissen unter Siegesgebrüll die Arme hoch, um anschließend vor Erleichterung in Gelächter auszubrechen. Jeder suchte nach Verletzungen, doch außer ein paar Schrammen war kein Blut geflossen – bis Ramonda mit einem Entsetzensschrei ihren Vater Daniel entdeckte. Ein wenig verzerrt lag er am Fluss, Blut floss in einem Rinnsal ins Wasser. Jetzt erst sahen wir die Wunde an seinem Hals. Er atmete nicht mehr, die Augen waren gebrochen, und Ramonda warf sich schluchzend über ihn.

Es dauerte eine Weile, bis wir uns beruhigt hatten; dann warfen wir die toten Straßenräuber ins entfernte Gebüsch, wickelten Daniel in ein Tuch, Madeleine sprach ein Gebet, und wir begruben ihn.

Nun war es auch an der Zeit für mich, Rounaldo zu danken. Grinsend nahm er den Dank entgegen, schlug mir freundschaftlich, doch wie immer zu fest auf die Brust und nannte mich einen «erstaunlich geschickten Kämpfer ohne Waffen». «Wie gefährlich musst du erst sein, wenn du ein Schwert in der Hand hältst! Du bist ja ein Mann zum Fürchten.» Er brach über seine eigenen Worte in Gelächter aus und fügte, wieder ernst geworden, noch an: «Der Teufel muss uns zusammengeschmiedet haben. So oder so.»

Prüfend, ja, lauernd trafen sich unsere Blicke.

Als unsere beiden geflohenen Männer mit unsicherem Grinsen wieder herbeischlichen und sich wortlos in ihre Zelte verzogen, gruppierten wir anderen uns ums Feuer, nagten an ein paar Brotkanten und kraulten die Hunde, die neben uns schläfrig die Wärme genossen. Die Suppe war verschüttet, und der Hunger war uns vergangen.

Es wurde ein sehr stiller Abend.

Ich wollte bereits mit Madeleine ins Zelt kriechen, als mich Rounaldo zurück ans Feuer winkte. «Wir halten die erste Wache», rief er im Befehlston und hielt dann einen

Ziegenschlauch in die Höhe. «Auf unseren gemeinsamen Kampf! Darauf müssen wir trinken!» Er ließ Wein in einen Becher gluckern, und gemeinsam tranken wir den einen Becher und noch zahlreiche weitere leer.

Irgendwann sagte Rounaldo mit schwerer Zunge: «Weißt du eigentlich, dass ich deine Madeleine so gut wie nie angerührt habe?»

Ich war bereits zu betrunken, um auf diesen Satz angemessen reagieren zu können, und griff reflexartig nach dem Becher.

«Auf unsere Madeleine!» Er hob die Hand, wie um mit mir anzustoßen.

«Lass Madeleine aus dem Spiel!», knurrte ich.

«Ist ja gut», lallte er, nahm den Becher wieder, leerte ihn und füllte ihn unverzüglich erneut.

Nach einer weiteren Runde versank er in dumpfes Brüten, bis er schließlich ausstieß: «Mein Leben ist ein Dreck!»

Ich schaute ihn überrascht an, was er vermutlich als Aufforderung begriff, seine Aussage zu erläutern. «Mein ältester Bruder erbte unser Lehen, die kleine Burg von Valbone, und mir blieb schließlich nichts anderes übrig, als abzuziehen, mich als Ritter zu verdingen und mit Siegen auf Turnieren durchzubringen. Ich stieß meine Gegner aus dem Sattel und erhielt ihre Ausrüstung und ihre Pferde. Oder ein Lösegeld. Manchmal musste ich auch selbst blechen. Als ich auf einem Turnier in Flandern einen Ritter unabsichtlich tötete, schwor mir seine Familie blutige Rache. Da kam mir der Aufruf zum Kreuzzug gerade recht. Aber statt ins Heilige Land überzusetzen, mussten wir die Ketzer abschlachten. Und während wir noch dabei waren, holten mich die Männer aus Flandern ein. Ich bekam auch Ärger mit Montfort. Da musste ich mich davonmachen. In einer Gauklertruppe untertauchen. Eine Schande für einen Ritter. Verstehst du? Eine Schande!»

Mittlerweile war ich so betrunken, dass sich mein Gehirn wie Hirsebrei anfühlte und meine Zunge wie ein fremdes Organ.

Ich lallte nur «eine Schande» und rief dann, nicht minder lallend, nach dem Bärtigen, damit er uns mit einem der Akrobaten ablöse. Schließlich kroch ich durch eine sich drehende Welt in unser Zelt und sank neben Madeleine nieder. Bevor ich trotz des Schwindels wegdämmerte, brachte ich noch mühsam hervor: «Er hat mir das Leben gerettet, mein größter Feind hat mir das Leben gerettet. Eine Schande!»

Während der nächsten Tage zogen wir, von Schwüle und Mückenschwärmen belästigt, weiter bis nach Piacenza, dann die Via Emilia entlang über Parma nach Modena. Auf allen Marktplätzen focht Rounaldo mit dem Bärtigen und der Hasenscharte seine Schaukämpfe: Überall war der Erfolg groß, und so sonnte er sich anschließend als glorioser Sieger im Applaus der Menge, während der Bärtige übertrieben humpelte und die Hasenscharte «O weh, o weh, ich sterbe» jammerte und theatralisch zusammenbrach. Ramonda hielt den Zuschauern ihren Kollektenbeutel vor die Nase, nicht ohne verführerisch zu lächeln, und lustig klimpernd sammelten sich die Denare.

Noch bevor der Herbst mit endlosen Regengüssen die Ebene des Po überschwemmte, erreichten wir Bologna, das mit Türmen gespickt war wie ein Stachelschwein.

Die Glückssträhne, die nach dem Überfall begonnen hatte, erreichte hier ihren Höhepunkt: Ein überaus reich mit Ringen bewehrter und in schwere Pelze gekleideter Herr hatte in der ersten Reihe der Zuschauer gestanden und mit besonderem Interesse den Schwertkampf beobachtet. Anschließend lud er uns alle in seinen steinernen Palazzo ein, wo wir unsere Vorführung im Innenhof vor den Damen des Hauses und dem Gesinde wiederholen sollten. Schließlich bat er uns sogar in den Empfangssaal: Hier prasselte ein Feuer im Kamin, und die Wände bedeckten Teppiche aus Flandern. Die Hausherrin begrüßte mich mit ausgesuchter Höflichkeit, bat mich, ihr einige meiner schönsten Lieder vorzutragen, und es stellte sich rasch heraus, dass ich auf eine besondere Liebhaberin meiner schmachtenden Kunst gestoßen war.

Abends wurden wir reichlich bewirtet, und während wir uns den Bauch vollschlugen, stellte sich der Hausherr vor: Er heiße Girolamo Lambertazzi und sei erfolgreicher Fernhändler. Er handele mit edlem Muranoglas aus Venedig, für das er ein Monopol für Bologna besitze, importiere auch Waffen aus Mailand, sogar aus Deutschland und verkaufe sie an die Meistbietenden, zurzeit hauptsächlich an die Ritter des Kaisers, jedoch ebenso an die Truppen des Papstes.

Als wir gesättigt waren, wurden wir zu allem Überfluss auch noch eingeladen, die Nacht im Palazzo zu verbringen. «Auch eure Tiere können bleiben. Achtet nur darauf, dass sie nicht meine Hühner fressen. Ich lege Wert auf frische Eier am Morgen!» Und er zwinkerte Ramonda und Madeleine zu.

Am nächsten Morgen gab es für uns alle nicht nur frische Eier und knuspriges Weißbrot, sondern auch ungewässerten Wein. Der Hausherr bediente persönlich mit besonders charmanter Aufmerksamkeit Madeleine, und während sie nicht recht wusste, wie sie reagieren sollte, schlug ich ihm vor, *meine Frau* könnte sich in seinem Kontor vielleicht ein paar Tage nützlich machen.

«Ja, das kann sie!», trompetete Rounaldo zur Unterstützung. «Für ihre Zauberkünste im Rechnen ist sie in der ganzen Provence berühmt.»

Signor Lambertazzi blickte zuerst ein wenig skeptisch drein, doch aus Höflichkeit ging er auf mein Angebot ein. Kaum hatte er begriffen, wie rasch und fehlerfrei Madeleine die Werte der verschiedenen europäischen Münzen und die Geldeinheiten miteinander verrechnen konnte, wie erfahren sie in der Bestimmung und Bewertung des Silberanteils der jeweiligen Münzen war und wie übersichtlich sie die Rechnungsbücher führen konnte, war er so begeistert, dass er sich mit ihr tagelang in sein Kontor verzog, um «die Gunst der Stunde zu nutzen», wie er sich ausdrückte, und endlich «Ordnung zu schaffen».

Doch nicht allein Madeleine war beschäftigt. Auch ich wurde immer wieder zu der Signora gebeten, die, bereits leicht verwelkt, ihre vier halbwüchsigen Kinder und deren Hauslehrer um sich versammelte, um sie mit der Kunst provençalischer Troubadoure vertraut zu machen. Die Jungen langweilten sich, der Hauslehrer bemühte sich um kenntnisreiche Anmerkungen, doch die beiden Mädchen, Zwillinge mit reizendem Augenaufschlag, und ihre Frau Mama brachen immer wieder in schwärmerische Begeisterung aus. Von Tag zu Tag schien die Signora weniger verwelkt zu sein, ihre Lippen röteten sich wie Kirschen im Frühling, die Wangen erblühten im Rosenschimmer, doch die Stirn blieb weiß wie Milch. Es gab sogar Tage, in denen sie ihr Haar in üppiger Fülle wallen ließ und ein Gewand trug, das nicht nur reich mit Goldfäden bestickt war, sondern auch mit Hilfe eines atemberaubenden Ausschnitts tiefe Einsichten erlaubte, die hinwiederum zu weiteren Versen führten.

Die Gaukler, Rounaldo, Ramonda sowie seine beiden Gesellen hatten sich längst im Gesindetrakt eingerichtet, wo sie im frischen Stroh schlafen konnten, der Nachschub an Wein und Brot, Schinken und Wildschweinbraten nicht ausging und die eine oder andere Magd den darbenden Männern ihre Gunst erwies.

So durften wir alle wohlversorgt die Winterwochen im warmen und trockenen Hause des Signor Lambertazzi verbringen.

Nach Mariae Lichtmess ließ Signor Lambertazzi Rounaldo, seine beiden Männer und mich sowie Madeleine zu sich rufen. Er pries in leuchtenden Farben Madeleine und ihre Arbeit, kam dann jedoch rasch auf sein eigentliches Anliegen zu sprechen.

Wir erfuhren, dass der römisch-deutsche Kaiser Otto IV., bekanntlich ein Welfe, nach dem Tod seines Widersachers aus dem Geschlecht der Staufer im zurückliegenden Jahr nach Rom gezogen sei, um sich dort zum Kaiser krönen zu lassen. «Aber statt umgehend wieder nach Norden zu ziehen», erläuterte uns Signor Lambertazzi die Lage, «hielt er sich weiter im Kirchenstaat, im Herzogtum Spoleto und in Tuszien auf und begann, insbesondere im Norden des Landes Ritter und andere Söldner anzuheuern. Er wollte nach Süden marschieren und im Königreich Sizilien die Herrschaft übernehmen.»

Ich bemerkte, dass Rounaldo der Ausdruck *Ritter und an-*

dere Söldner nicht schmeckte; dennoch hörte er mit wachsender Aufmerksamkeit zu.

«Leider wurde Kaiser Otto soeben vom Heiligen Vater exkommuniziert. Und warum? Weil er offenkundig sein Versprechen brechen will, keinen Anspruch auf das Königreich Sizilien zu erheben.»

Rounaldo verzog verächtlich den Mund, um zu zeigen, was er von der Bannung des Papstes hielt, als Signor Lambertazzi zur Sache kam.

«Meine Herren, meine Dame», erklärte er mit bedeutendem Timbre, «der Frühling naht, die Straßen sind bald wieder passierbar, die Geschäfte müssen laufen, die Denare rollen und die Waffen klingen. Ich bin dabei, einen Kaufmannszug nach Süden zu organisieren, der jede Menge wertvoller Waren, darunter auch meine eigenen, befördern soll. Kaiser Otto benötigt Schwerter, Schilde und neuartige Topfhelme und zahlt einen ordentlichen Preis. Zwar ist er exkommuniziert, wie bereits erwähnt, doch *pecunia non olet*, und wenn ich nicht liefere, dann tun es andere. Außerdem geht es dem Papst weniger um das Seelenheil und den Glauben als um Macht. Innozenz hat schon immer ein Kaiser über dem Kaiser sein wollen – und wechselt seine Politik rascher, als Gott husten kann. Wenn ihr versteht, was ich meine.»

Rounaldo nickte heftig, und auch ich deutete an, verstanden zu haben.

«Nun, ihr habt längst begriffen, worauf ich hinaus will. Ihr alle könnt den Kaufmannszug begleiten. Ein paar Bewaffnete habe ich bereits geheuert, brauche aber noch den einen oder anderen. Da dachte ich an Euch und Eure beiden Begleiter.» Er verneigte sich leicht vor Rounaldo, in dessen

Kopf es sichtlich arbeitete. «Ihr Ritter bekommt guten Sold für den Schutzdienst, und eure Gauklertruppe kann während der Reise die Abende mit ihren Künsten auflockern. Erste Station ist Ancona, wo ich einen Teil der Waren einem Kaufmannsfreund abliefern muss. Die Zahlenzauberin, meine liebe Madeleine» – er verneigte sich überaus charmant – «kann ihm säuberlich die Schulden auflisten, die er noch bei mir hat – und ihm mit ihrem Talent beistehen. Für alle ist gesorgt. Und natürlich habe ich weitergedacht. Daher erwähnte ich Kaiser Otto und seine Absichten. Ihr Ritter könnt ihm nacheilen und euch seinem Heer anschließen. Vielleicht ist dann die Bannung bereits aufgehoben. Auf jeden Fall gibt es Arbeit für euch.» Um seinen Worten noch mehr Nachdruck zu verleihen, fügte er an: «Ihr solltet wirklich nicht diese Chance verstreichen lassen, Ruhm zu ernten und zugleich euer mageres Geldsäckchen zu füllen. Und ihr wisst ja, dass ein Kaiser, der ein Land erobert, eine Menge Lehen zu vergeben und Aufgaben zu verteilen hat.»

Rounaldo schlug sich mit der Faust in die offene Hand und rief begeistert: «Wir sind dabei! Es lebe Kaiser Otto! Wann geht es los?»

Auch ich deutete Zustimmung an, bat Signor Lambertazzi jedoch erst noch um ein Gespräch unter vier Augen. Erstaunt lächelnd führte er mich in sein Kontor, wo ich ohne Umschweife fragte: «Wie alt ist Euer Freund?»

Er blickte erstaunt. «Er ist ein alter Haudegen, der bereits ganz Europa gesehen hat. Die Messen in der Champagne, Lyon, Augsburg, sogar London. Die besten Geschäfte hat er allerdings in Mailand gemacht, mit Kaiser Barbarossa. Damals begann sein Aufstieg. Warum fragt Ihr?»

Er schaute mir neugierig in die Augen.

«Ich bin auf der Suche nach meinem Vater», antwortete ich und erzählte ihm von meiner Mutter, die mit mir verstoßen worden war und die mein Stiefvater in Ancona gerettet hatte.

«Dann ist Raniero Simonetti der Richtige. Er trieb seinen Handel bereits, als Ihr noch ein Kind wart, und weiß alles. Wenn es jemanden gibt, der Euch weiterhelfen kann, dann ist er es.»

Als ich abends mit Madeleine auf unserem Baldachinbett hockte, wirkte sie skeptisch. «Wir können zwar mit dem Kaufmannszug sicher in den Süden ziehen und kommen dabei auch durch Ancona, aber dann begeben wir uns mitten in ein Kriegsgebiet. Willst du das wirklich?»

«Nein, natürlich nicht, aber bis wir nach Sizilien gelangen, hat sich die Lage längst geklärt. Es *muss* ja auch keine kriegerischen Auseinandersetzungen geben. Einer könnte nachgeben … Uns braucht auch nicht zu kümmern, welcher Deutsche dort unten König ist – oder ob nicht sogar wieder ein Normanne die Herrschaft gewinnt. Und außerdem: Umkehren können wir jederzeit. Und vielleicht leitet uns der Herr ja doch sicher auf all unseren Wegen. Seit dem Überfall scheint er uns ungewöhnlich gewogen.»

Madeleine starrte ins Leere. Als ich ihr einen Kuss auf die Wange drückte, zeigte sie keine Regung.

Ich hatte nach den langen Monaten des Wanderns und Wartens wieder Hoffnung gefasst. Das Angebot des Fernhändlers schien mir ein Fingerzeig zu sein.

«Unser gemeinsames Ziel ist und bleibt Sizilien, wo Milch und Honig fließen, wie dein Vater gesagt hat», betonte ich. «Wenn uns Gott wirklich gewogen ist, dann finden wir ihn dort sogar. Und vielleicht erfahre ich in Ancona tatsächlich etwas über meinen Vater.»

Ihre Skepsis verlor sich nicht. «Ich habe ein schlechtes Gefühl.» Sie seufzte, und ihr Blick wanderte unstet umher. «Wir ketten uns weiterhin an Rounaldo.»

«Hast du vergessen, was bei Mailand geschehen ist?», unterbrach ich sie. «Sollen wir beide uns von tollwütigen Wegelagerern erschlagen lassen? Rounaldo, seine Männer und die Gauklertruppe bieten uns Schutz.»

«Rounaldo ist gleichzeitig eine unberechenbare Bedrohung, das weißt du selbst. Und wolltest du ihn nicht einmal töten?»

Nachdenklich erwiderte ich: «Er hat mir das Leben gerettet.» Fügte dann jedoch mit Nachdruck an, wie um mich selbst zu überzeugen: «Ich werde ihn töten!»

28. Kapitel

Mit einem Empfehlungsschreiben von Signor Lambertazzi erreichten wir im Frühjahr unter dem strahlenden Licht der adriatischen Sonne Ancona und wurden freundlich, ja, überaus ehrenvoll von Signor Simonetti in seinem Palazzo empfangen.

In der ersten Nacht in seinem Haus fand ich lange keinen Schlaf, weil ich über das Geheimnis meiner Herkunft grübelte, als suchte ich mit ausgestreckten Armen im stockdunklen Raum meines Lebens nach einer Tür. Als ich schließlich mein Amulett in die Hand nahm und mit den

Fingerspitzen über die Buchstaben fuhr, spürte ich, dass ich nahe daran war, etwas über meinen richtigen Vater zu erfahren.

Am Morgen empfing mich Signor Simonetti unter vier Augen. Sein Freund Lambertazzi habe in seinem Schreiben angedeutet, ich hätte Fragen an ihn, doch könne er sich darauf keinen rechten Reim machen.

Ich kam rasch auf meine Eltern zu sprechen. Als ich ihm schilderte, wie mein Vater meine Mutter vor rohen Söldnern geschützt hatte und sie ihm dann – mit mir im Arm – in die Provence gefolgt war, fiel mir Signor Simonetti ins Wort: «Wann genau seid Ihr geboren?»

«Getauft wurde ich 1187. Mein Vater muss Anfang 1188, nach der Eroberung Jerusalems, mit seinem Herrn aus dem Heiligen Land zurückgekehrt sein. Damals war ich etwa ein Jahr alt. Er traf meine Mutter vor der Basilika von Ancona.»

Signor Simonetti nahm sich ein Wachstäfelchen vor und einen Griffel, schrieb *1188 Ancona* darauf, *Taufe 1187* und *Zeugung vermutlich 1186*. Dann kramte er in einem Stapel Pergamente, die er zuvor sorgsam aufgeschnürt hatte. Noch während er die Pergamente sichtete, begann er zu sprechen, als müsse er die Zeit überbrücken.

«Wisst Ihr eigentlich, dass hier ganz in der Nähe, in Iesi, die verehrte Kaiserin Constance, die Königin von Sizilien und Ehefrau des schwäbischen Kaisers Enrico, den erst kürzlich volljährig gewordenen König Federico von Sizilien auf die Welt brachte? Es gab damals zahlreiche Gerüchte wegen ihres fortgeschrittenen Alters und den langen unfruchtbaren Ehejahren; das Kind sei untergeschoben, hieß es, der Vater sei eigentlich ein Arzt oder Falkner oder gar Metzger, selbst Kaiser Enrico habe nicht glauben wollen, dass er noch Vater geworden sei. Es wurde sogar gemunkelt, Constance habe in einem Zelt entbunden und eine große Menschenmenge zuschauen lassen – dabei geschah es im Winter, am Tag des heiligen Stephanus.»

Er hielt kurz beim Blättern inne und schaute mich an: «Ich will Euch auch sagen, wer solche Gerüchte ausstreut. Es sind die Feinde des jungen Königs, die überall sitzen, sogar in den Kanzleien seines päpstlichen Vormunds und natürlich im Gefolge von Kaiser Otto.»

An meinem ungeduldigen Blick merkte er wohl, dass mein Interesse etwas anderem galt. Daher widmete er sich wieder seinen Pergamenten, blätterte weiter, um schließlich seufzend zu erklären: «Ja, wie soll ich etwas über eine Bettlerin wissen?» Er starrte auf die Listen und Zahlenreihen, ohne dass sich seine Augen bewegten. «Im Übrigen kann schon deswegen die Kaiserin nicht in einem Zelt entbunden haben, weil meine Familie sie beherbergte. Es war uns eine große Ehre. In einem Zelt präsentierte sie allerdings stolz ihren Sohn und nannte ihn vor aller Ohren den zukünftigen Kaiser … Natürlich war sie schon alt, mindestens vierzig Jahre, seit neun Jahren verheiratet mit einem über zehn Jahre jüngeren Mann … Da können leicht Gerüchte entstehen. Aber stolz war sie, noch immer schön, herrschaftlich, zugleich herrisch. Ich erinnere mich gut an sie. Ihr Sohn Federico hat auch eine Constanza geheiratet, die Königstochter Constanza aus Aragón, die ebenfalls mindestens zehn Jahre älter ist als er.»

«Ich kenne sie», unterbrach ich ihn. «Wir haben sie auf Les Baux mit ihren fünfhundert Rittern empfangen und bewirtet.»

Er schaute mich erstaunt, ja verwirrt an, und ich merkte, wie ich in seiner Achtung stieg.

«Ihr habt sie bewirtet?»

«Unser Senher natürlich, Sire Uc de Baux.»

«Ja, natürlich.» Er kratzte sich am Kopf und nahm sich wieder seinen Pergamentstapel vor. «Die armen Ritter, sie sollten dem jungen Federico helfen, die Herrschaft in seinem Königreich zu festigen – und dann starben sie fast alle an der Ruhr. Der bedauernswerte Junge, gerade mal sechzehn Jahre war er alt, als sie starben und er mit seiner Constanza allein dastand. Dennoch soll ihn entschlossener, ja, unerschrockener Stolz auszeichnen – und Schönheit. Alle, die ihn kennen, weisen auf sein edles Antlitz hin, erwähnen die strahlenden Augen – bereits als Säugling war er ein strammer Junge und lächelte gewinnend, konnte gleichwohl auch rasch wütend werden, wenn ihm die Ammenbrust nicht schnell genug gereicht wurde. Doch stellt Euch vor: Kaum war er ein paar Wochen alt, reiste seine Mutter dem Kaiser entgegen nach Süden und überließ das Kind dem Herzog und der Herzogin von Spoleto, einem *svevo* namens Konrad von Urslingen. Und warum? Nicht, weil sie es nicht liebte, sondern weil es dort sicherer war. Sizilien war damals ein Natternnest.»

Er unterbrach sich selbst, blätterte erneut in dem Stapel und murmelte: «Was hat das nun mit Euch zu tun? Nichts, natürlich nichts. Verzeiht einem alten Mann, der Euch mit seinen Erinnerungen langweilt.»

«Aber nein», entgegnete ich. «Ihr langweilt mich gar nicht. Sagtet Ihr soeben, die fünfhundert spanischen Ritter seien umgekommen?»

«Ja, das ungesunde Klima des Südens, Ruhr, Blutfluss,

Fieber, es raffte sie fast alle dahin, sogar die arabischen Heilkünste versagten. Vielleicht lag es am verpesteten Südwind. Und natürlich an Gottes Wille.»

Mir wurde flau im Magen. Hatte es Conde Salvador auch getroffen – und meine Serena?

«Was habt Ihr?» Signor Simonetti schaute mich besorgt an. «Ihr seid ganz blass.»

Ich schüttelte nur stumm den Kopf.

Er goss sich Wein nach und trank einen großen Schluck, während meine Gedanken rasten und ein Würgegefühl mir den Hals zuschnürte.

«Das Kind einer Bettlerin, ein geschlagener Kreuzfahrer, nicht einmal ein Ritter ...» Der Kaufmann murmelte wieder vor sich hin und starrte auf die ausgebreiteten Pergamente. «Elfhundertsiebenundachtzig, elfhundertsechsundachtzig, wo war ich da? Mailand, Pavia, Bologna ... Lieferung an Kaiser Federico Barbarossa ... Mailand sechsundachtzig, Muranoglas für die Hochzeit. Falken für den Kaiser. Ha!» Er blickte triumphierend auf. «Jetzt fällt mir ein, was uns damals alle bewegte: Es war die prächtige Vermählung des Kaisersohns Enrico mit der Normannin aus Sizilien, eingefädelt vom Heiligen Vater –: in Mailand! Anno Domini elfhundertsechsundachtzig, im Januar! Ich erinnere mich genau. Ja, prächtig war die Feier, doch das Paar wirkte wenig glücklich. Wie sollte es auch bei dem Altersunterschied. Constance schön und herrschaftlich, der Kaisersohn dagegen jung, schmächtig und blass, kein starker Ritter, seine schmalen Augen misstrauisch, schienen immer ausweichen zu wollen – eine Kälte ging von ihm aus, zugleich eine seltsame Trauer, o Gott, ich hätte nicht mit ihm verheiratet sein wollen. Und grausam konnte er sein, das zeigte sich später, grausam! Dabei dichtete er, ich wollte es nicht glauben, doch ich hörte ihn selbst, sanfte Verse voller Gefühl! Ein seltsamer Mann, wirklich, er starb früh, zweiunddreißig Jahre alt, sein Söhnchen war damals nicht einmal vier. Ob er jemals Bastarde gezeugt hat? Kann ich mir nicht vorstellen. Die Geliebten müssen unter ihm erfroren sein!»

Vielleicht machte ich eine ungeduldige Bewegung, denn er unterbrach sich, schaute mir forschend in die Augen: «Was hat das alles mit Euch zu tun?»

«Das frage ich mich auch», sagte ich mit leiser Stimme. Nun fingerte ich endlich mein Amulett hervor. Als Signor Simonetti das Gold blinken sah, eilte er herbei.

Ich reichte ihm das Amulett, er prüfte es gründlich und wog es. «Gold, gutes Gold, sieht aus wie ein alter abgeschabter byzantinischer Solidus – aber was heißt denn F H R?»

«Das wollte ich Euch fragen. Mein Vater wusste es nicht, meine Mutter hat es ihm nie verraten, und sie ist schon lange tot.»

«Seltsam. Und welche Bewandtnis hat es mit dieser Münze?»

«Sie war das einzig Wertvolle, das meine Mutter besaß, als mein Vater sie …»

«Ich verstehe … Sicher ein Geschenk, vielleicht vom Vater des Kindes, von Eurem Vater, eine byzantinische Goldmünze, er kann nicht irgendwer gewesen sein … Aber F H R?»

Er schüttelte ungeduldig den Kopf, gab mir das Amulett zurück, packte seine Pergamente wieder zusammen. «Eine Goldmünze, F H R … Da fragt man sich doch …»

Er kratzte sich am Kopf, ließ bedauernd seinen Blick auf mir ruhen. «Dennoch weiß ich nicht, wie ich Euch weiterhelfen könnte. Aber gebt nicht auf, Gold ist keine gewöhnliche Gabe.»

29. Kapitel

Meine Enttäuschung war tief, und was ich über die Seuche in Sizilien gehört hatte, verdüsterte meine Stimmung zusätzlich.

Ich eilte hinunter in den Innenhof, wo Madeleine auf mich wartete, und berichtete ihr stockend, dass Signor Simonetti mir über meinen Vater nichts hatte sagen können. Voller Mitgefühl schaute sie mich an und fragte: «Und wie geht es jetzt weiter?»

«Ich weiß es nicht», antwortete ich mit brüchiger Stimme.

Noch während ich sprach, merkte ich, dass ich die steinerne Kälte des Palazzos nicht mehr aushielt. Auch die vielen Menschen in den stinkenden Gassen ertrug ich nicht. Erst in der Basilika San Ciriaco fand ich Ruhe. Ja, ich betete sogar und flüsterte zwischendurch immer wieder *senden kumber* und *herzeclîche minne*. Neben mir betete Madeleine. Am liebsten hätte ich sie auf der Stelle in den Arm genommen und nie wieder losgelassen.

Als wir bald darauf in die Sonne traten, hockte neben einem der Löwen, welche die Säulen des Portals trugen, eine Bettlerin, eine junge Frau noch, mit einem Kind im Arm. Mir bewies dieser Anblick, dass Gott mein Gebet erhört hatte und mir ein Zeichen sandte. Ich reichte der Bettlerin einen Denar, kniete mich neben sie, strich dem Kind über den Kopf und fragte sie, woher sie komme. Zuerst verstand sie mich nicht. Doch dann erahnte sie wohl den Sinn meiner Frage und antwortete mit Lauten, die rau aus ihrer Kehle aufstiegen. Ein Wort klang wie *Akkon*, sie bekreuzigte sich zugleich. Erst jetzt sah ich, dass sie so jung nicht mehr war, dass ihre Augen mich ohne Hoffnung festhielten und sie mir sogar ihr Kind anbieten wollte.

Ich gab ihr einen weiteren Denar, bevor mich Madeleine sanft von ihr wegzog, zum Hafen hin, der im Morgenlicht leuchtete wie die Verheißung der Ferne.

Als ich mich nach der Bettlerin umdrehte, hielt sie noch immer den Blick auf mich geheftet.

«Wenn du in jeder Bettlerin mit Kind ...» Madeleine brach ihren Satz ab, ohne ihn zu vollenden.

Ich schüttelte stumm den Kopf, doch die Augen der Bettlerin verfolgten mich noch lange.

Wir fanden am Rande der Hafenmole eine einsame, umgefallene Marmorsäule, setzten uns und schauten über die auslaufenden Dreieckssegel der Schiffe hinaus in die Ferne, auf das Meer, das unter dem schmalen Strich des Horizonts glitzerte und die weiche Bläue des Himmel einzuatmen schien. In unserer Nähe standen ein paar Angler, stumm und bewegungslos wie Denkmäler.

Madeleine lehnte sich an mich, und ich legte den Arm um ihre Schulter. Jetzt erst erwähnte ich die Möglichkeit von Serenas Tod. Mitfühlend drückte sie meine Hand.

«Was liegt hinter dem Horizont?», fragte sie nach langem Schweigen leise, während sie auf die verschwimmenden Umrisse einer unter prallen Segeln stehenden Galeere zeigte. «Es sieht aus, als würde das Meer die Schiffe in die

Tiefe ziehen – und doch segeln sie weiter und finden ihr Ziel in einer unsichtbaren Ferne.»

Ich nickte und versuchte, gegen eine zutiefst niederdrückende Trauer und das Gefühl lähmender Sinnlosigkeit anzukämpfen.

«Glaubst du wirklich, wir können deinen Vater auf Sizilien finden?», fragte ich schließlich.

«Er hat sich immer gewünscht, dorthin zu ziehen.»

«Ins Land, wo Milch und Honig fließen.»

«Ja, ins verheißene, ins gelobte Land.»

Madeleine schaute weiterhin in die Ferne, auf das Meer, die versinkenden Schiffe. Ich nahm ihre Hand, als könnte ich uns auf diese Weise trösten.

«Warum musste Serena nur sterben! Warum hat sie ihr Vater mit diesem Spanier verheiratet!», stieß ich aus und verfiel dann erneut in Schweigen.

Nach einer langen Zeit flüsterte Madeleine: «Ich will nicht glauben, dass alles sinnlos gewesen sein soll. Gott kann das nicht zulassen. Er ist ein gerechter Gott. Lass uns trotz allem nach Süden, nach Sizilien aufbrechen, mit oder ohne Rounaldo und die Truppe! Was auch immer auf dem Weg oder dort unten geschieht. Gott kann uns nicht derart im Stich lassen.»

Ich nickte ohne Überzeugung.

«Wir suchen auf Sizilien unser Glück. Du findest dort unten deinen Vater, das hat dir deine Mutter versprochen. Und vielleicht hat deine Serena sogar die Seuche überlebt. Keiner von uns hat sie sterben sehen.»

Meine Hoffnungslosigkeit war in diesem Augenblick stärker als ihre Zuversicht. «Ich werde nie erfahren, wer mein wahrer Vater ist», sagte ich leise. «Und wer ich selbst bin.»

Madeleine küsste meine Hand. «Aber *ich* weiß, wer du bist: der Mann, den ich liebe.»

Da auch Rounaldo zum Aufbruch drängte, weil das Heer des Kaisers nicht weit sein könne und er endlich wieder kämpfen wolle, sattelten wir am nächsten Tag frühmorgens unsere Pferde und verließen den Palazzo, nicht ohne Signor Simonetti für die Gastfreundschaft und seine Auskünfte zu danken. Er gab mir einen Brief an den König von Sizilien mit, für den Fall, dass ich tatsächlich seinen Hof erreichen sollte, und drückte mir sogar einen alten byzantinischen Goldsolidus in die Hand. «Wo Ihr auch immer seid, erwähnt meinen Namen und dichtet mal eine *canzone* auf mich.»

Bereitwillig versprach ich es ihm.

Wir zogen nach Süden, wo wir bald die Grenze zum Königreich Sizilien überschritten. In Pescara blieben wir eine Weile, um uns ein paar Grossi zu verdienen. Weiter südlich, in der Gegend um Foggia, stießen wir auf erste Spuren der Auseinandersetzung zwischen den Baronen der Umgebung, Lehnsträgern des jungen sizilianischen Königs, und dem Heer des Kaisers. Zahlreiche Burgen und Städte hatten aber offensichtlich kampflos Otto gehuldigt und seinen Rittern die Tore geöffnet.

Verwüstet sah das Land nicht aus, doch die Menschen wirkten misstrauisch, auch uns gegenüber. Eines Tages gerieten wir überraschend zwischen zwei kleine Heerlager, die sich bekämpften. Noch bevor wir erklären konnten, wer wir seien, wurden unsere Zelte niedergetrampelt, und unseren alten tapsigen Tanzbären durchbohrte ein tödlicher Speer. Einen der Jongleure traf ein Pfeil, und die Hasenscharte wehrte sich vergeblich gegen drei Mann, die ihm schließlich den Schädel einschlugen. Rounaldo immerhin hatte rechtzeitig sein noch gesatteltes Pferd erreicht und kämpfte wie ein Löwe, den Bärtigen an seiner Seite, und auch ich griff nach einem Schild und einem Schwert. Mit wütendem Gekläff sprangen unsere Hunde die Pferde unserer Angreifer an.

Als Rounaldo schließlich einen von ihnen schwer verwundete, ließen sie von uns ab und verschwanden in der Kirschbaumplantage, an deren Rand wir gelagert hatten.

Wir begruben unseren armen Tanzbären, neben ihm die Hasenscharte, die Frauen versorgten den Jongleur und versuchten, die Pfeilspitze aus seinem Arm zu entfernen. Es gelang schließlich unter Schmerzensgebrüll, doch er hatte derart viel Blut verloren, dass er sich nicht mehr auf einem Pferd halten konnte.

Wir schleppten uns und ihn noch bis zum nächsten Dorf, wo er zu fiebern begann.

Nach drei Tagen war er tot, und wir mussten schleunigst weiterziehen, weil die Dorfbewohner sich uns gegenüber zunehmend feindlich verhielten und uns auch nicht mit Lebensmitteln versorgten.

Immerhin wurden die Tage länger und wärmer, wie zum Hohn streichelte uns der Frühling mit sanften Winden, die über fettgrüne Felder wehten und die Bienen zu den Blütenmeeren trugen.

In Bari blieb unsere zusammengeschmolzene Truppe eine Weile, verlor allerdings auch den zweiten Jongleur, der sich heimlich davonschlich. Wir ließen dennoch die Hunde tanzen und durch brennende Reifen springen, und unser Flötenspieler versuchte mit mir, die Menschen mit Musik und

Gesang zu ergötzen, doch meine Verse verstand hier niemand, und außerdem hatte man keine Zeit, irgendwelchen Gesängen und Trillern zu lauschen. Rounaldo musste seinen ersten Schaukampf mit dem Bärtigen nach wenigen Augenblicken abbrechen, weil die Menschen auf Waffen und Kämpfe mit wütender Beschimpfung und faulen Orangen reagierten.

Rounaldo spuckte aus vor lauter Verachtung und musste anschließend sogar seinen Schild heben, um Pferdeäpfel und stinkende Innereien von Fischen abzuwehren.

Am Abend hockten wir Übriggebliebenen schweigsam um das Feuer. Gelegentlich fluchte Rounaldo, während Ramonda sich hilflos an ihn lehnte. Ich starrte in die Flammen. Allein Madeleine schien die Hoffnung nicht verloren zu haben.

«Wir ziehen direkt in die Hölle», sagte der Flötenspieler düster. «Warum kehren wir nicht um?»

«Wir kehren nicht um», fuhr ihn Rounaldo an. «Die Hölle liegt bereits hinter uns. Kaiser Otto wird uns für die Strapazen belohnen.»

Als wir in einem Kloster bei Matera unterkamen, weil mein Latein den Prior von meiner Bildung überzeugte und ich ihm klarmachen konnte, dass wir zum Hof des jungen Königs strebten, für den ich sogar eine wichtige Botschaft bei mir trüge, erfuhr ich endlich Genaueres über die Lage im Süden. Kaiser Otto habe mit seinem Heer, das sich täglich vergrößere, die Gegend um Benevent und die Küste Apuliens heimgesucht und sich, mit oder ohne Gewalt, der Unterstützung der Barone und Bischöfe versichert. Zurzeit ziehe er vermutlich durch Kalabrien in Richtung der Meerenge von Messina.

Ich versprach ihm, fleißig zu beten und mich am Chorgesang der Mönche zu beteiligen, was er freundlich, aber entschieden ablehnte.

Immerhin gelang es uns, im Kloster wieder zu Kräften zu kommen, und nach einigen Wochen brachen wir in Richtung Meer auf, um die kalabrischen Berge mit ihren unendlichen Wäldern, den Wolfsrudeln und sonstigen wilden Tieren zu umgehen. Wir kamen nicht so schnell voran wie gehofft, weil die Hitze des beginnenden Sommers Fieberschübe auslöste und zu heftigen Durchfällen und Erbrechen führte. Keiner von uns blieb verschont, und einer nach dem anderen starb. Zuerst unser Tierbändiger, der die Hunde abgerichtet hatte. Er stürzte eine Weile ständig ins Gebüsch, stank bald, dass selbst wir ihn mieden, seine Hunde wurden einer nach dem anderen von Wölfen zerrissen oder von feindseligen Dorfbewohnern niedergestreckt. Schließlich war er so schwach, dass er nicht mehr vorankam. Während wir in der freien Natur nächtigten und unser Feuer vor sich hin loderte, hauchte er sein Leben aus.

Ihm folgte der Bärtige, was Rounaldo, der mittlerweile auf dem Weg der Besserung war, zu wahren Fluchorgien trieb.

Nach dem Bärtigen starben der Flötenspieler und unser Faxenmacher am Fieber. Ich hatte zum Glück die Revolte von Bauch und Gedärmen überwunden, war aber klapperdürr geworden, genau wie Madeleine.

So waren schließlich noch vier von uns übrig, als wir uns Reggio näherten, wo wir das Heer von Kaiser Otto entdeckten. Einen Teil unserer Pferde und Maultiere hatten wir gegen Nahrung eintauschen müssen, wir sahen zerlumpt aus, doch endlich war unser Ziel erreicht. Das heißt: erst einmal

Rounaldos Ziel. Er sah sich bereits als Ritter des Kaisers ruhmreich die Insel erobern und sein Glück machen, während wir, Madeleine und ich, uns angesichts des gewaltigen Heers eingestehen mussten, dass für uns die Lage hoffnungslos aussah. Doch ein Zurück gab es längst nicht mehr.

Eine letzte Nacht verbrachten wir noch gemeinsam um unser kleines Lagerfeuer, Rounaldo auf der einen und ich auf der anderen Seite, zwischen uns Madeleine und Ramonda. Gesprochen wurde nicht viel, denn jeder hing seinen Gedanken nach. Rounaldo war der Einzige in unserer Runde, der beste Laune zeigte: Sein Ziel lag und lagerte greifbar vor seinen Augen.

Als wir uns am nächsten Morgen dem Heer des Kaisers näherten, sahen wir bereits von weitem, dass die Zelte abgebrochen, die Pferde gesattelt und die Karren mit den Waffen beladen wurden. Ob nun eine Flotte im Hafen bereitlag, die das Heer nach Messina oder an einen anderen Landungsplatz tragen konnte, vermochten wir nicht zu erkennen. Es sah zumindest nicht danach aus.

Kaum erreichten wir die Außenposten, wurden wir barsch und finster angeraunzt. Rounaldo hatte sich in seine Ritterrüstung geworfen – Kettenhemd, roter Waffenrock und Helm, dazu den Schild am Arm und das Schwert umgegürtet –, er hatte sogar einen Wappenwimpel an einem langen Stock befestigt und fragte den ersten Ritter, den er als ebenbürtig empfand, nach dem Weg zum Kaiser: «Rounaldo de Valbone, *le chevalier rouge*», rief er, «ich stelle mich in den Dienst des rechtmäßigen Kaisers Otto IV. aus dem Geschlecht der Welfen.»

Zuerst verstand ihn keiner. Ich übersetzte ins Volgare,

wir wurden unter Flüchen weiter verwiesen, bis wir schließlich an einen Franzosen gerieten, der uns, nicht weniger fluchend, erklärte, der Kaiser könne die Insel nicht mehr erobern. «Alles war für die Katz! Die Fürsten im Reich fallen vom Kaiser ab, er muss erst einmal im Norden für Ordnung sorgen. Wir sind hier bald weg, *paradis perdu*!»

Rounaldo wollte nicht glauben, was er gehört hatte, und kämpfte sich, uns im Schlepptau, bis zum Zelt eines Heerführers durch, der ihn verstand. Dort erfuhren wir dasselbe. «Du kannst ja mitkommen und in Deutschland für den Kaiser kämpfen. Aber erwarte nicht gleich üppigen Sold! Der will erst verdient sein.»

«Aber ich bin blank. Ich brauche zumindest einen Vorschuss, um eine Lanze zu erwerben und meinen Magen zu füllen.»

Der Heerführer machte eine Handbewegung, als wollte er eine unerwünschte Belästigung loswerden, und wandte sich ab.

Rounaldos finstere Miene wurde noch finsterer, seine Augen funkelten voller Wut und Mordlust. In diesem Augenblick griffen ein paar betrunkene Fußsoldaten nach Ramonda, die dabei war, ihre verfilzte Mähne mit einem Kamm aus Horn zu kämmen. Vielleicht hatten die Männer ihr Verhalten missverstanden und wollten sie hinter einen Busch ziehen, vielleicht war alles nur ein grober Scherz. Ramonda schrie die Männer an, schlug sogar auf sie ein und erregte dadurch noch mehr Aufmerksamkeit. Nun wurde sie so heftig gepackt, dass die Tunika aufriss und die mager gewordene Brust hervorblitzte.

Rounaldo konnte seine Wut nicht mehr zügeln. Er stieß einen der Betrunkenen mit dem Schild zu Boden, zückte sein Schwert und schlug auf den zweiten ein. Blutüberströmt torkelte der Mann zurück, doch Rounaldo stand nun im Kampf mit der gesamten Truppe, die das Geplänkel um Ramonda beobachtet hatte.

Auch nach Madeleine wurde gegriffen, und ich sprang zu meinem Tragpferd, um sie mit dem Schwert, das ich dort transportierte, zu verteidigen. Ramonda wurde niedergerissen, noch mehr Blut spritzte, wütendes Gebrüll, ein schriller Schrei, noch einer – und plötzlich erstarrten alle: Vor uns stand der Kaiser.

Er bellte einen Befehl auf Deutsch, dann auf Französisch. Sofort ließ man von uns ab. Irgendeiner seiner Soldaten berichtete ihm das Vorgefallene, Rounaldo sprang vor, wurde aber von den Wachen abgefangen und zu Boden gedrückt, auch mir entriss man mein Schwert – und da sah ich schon, dass Madeleine neben Ramonda am Boden kniete.

Ramondas Hals klaffte auf wie ein rohes Stück Fleisch.

«Ich bin Euer Diener, ein Ritter, *le chevalier rouge*, aus Frankreich, aus Valbone, erhabenste Majestät, Sire, mein Kaiser!», schrie Rounaldo.

«Basta, finito, ihr Hurensöhne! Nous partons!» In einem seltsamen Kauderwelsch vermischte Kaiser Otto die Sprachen. «Und ihr da» – er meinte uns – «ihr haut ab, sonst lasse ich euch hängen. Störenfriede können wir nicht gebrauchen. Nehmt die tote Hure gleich mit.» Er wies mit einer Kopfbewegung auf Ramonda, ließ sich in den Sattel seines Pferdes helfen und ritt davon.

Keiner der Soldaten schien sich jetzt noch um uns kümmern zu wollen, nur wütende oder verächtliche Blicke fingen wir auf. Ich drückte Ramonda die Augen zu, Rounaldo und ich legten sie über den Sattel seines Pferds. Eine Blutspur hinter uns herziehend, schlichen wir aus dem Lager. Am Rande des Waldstücks, an dem wir die Nacht zuvor gelagert hatten, hoben wir stumm ein Grab aus und betteten die Tote hinein. Ein grobes Kreuz aus zwei Ästen steckten wir schließlich in die Erde, Rounaldo fluchte und heulte abwechselnd, und Madeleine sprach ein Gebet.

In meinem Kopf drehten sich die Gedanken um unsere Zukunft wie ein Kreisel, der eine Weile vor sich hin surrt, dann zu torkeln beginnt und schließlich ersterbend auf die Seite fällt.

Nachdem Rounaldo ausreichend geflucht hatte, schüttete er den gesamten Wein, den wir noch bei uns trugen, in sich hinein und attackierte anschließend mich: «Du hast uns in dieses gottverlassene Drecksland geführt, du hast von diesem großen Kaiser aus Deutschland geschwärmt – und was ist? Alle sind tot, sogar meine Ramonda, du hast sie auf dem Gewissen, ich könnte dich umbringen!»

Ich wollte ihm widersprechen, doch er steigerte sich derart in seinen Wutausbruch hinein, dass ich schon befürchtete, er würde tatsächlich handgreiflich. Aber der Wein ließ ihn schließlich zusammensinken und nach ein paar tierischen Grunzlauten einschlafen.

Ich starrte auf diese traurige Figur eines Ritters – und wusste, dass jetzt der beste Zeitpunkt gekommen war, mich seiner zu entledigen. Meinen Rachedurst endlich und endgültig zu stillen. Dankbarkeit für die Rettung vor den Wegelagerern hin oder oder her. Ohne dass irgendjemand es bemerken würde, könnte ich ihm die Kehle durchschneiden oder ihn sogar fesseln und mit Madeleines Hilfe am nächsten Baum aufknüpfen, so wie er Bruder Guilhelmus hatte aufknüpfen lassen.

Tu es!, rief mir eine innere Stimme zu. Du hast dich an dem Bischof rächen können, jetzt kannst du dich auch an Rounaldo rächen. Schaff diesen düsteren Schatten, der dich dein halbes Leben verfolgt hat, aus der Welt!

30. Kapitel

Es hätte alles zu einem guten Ende finden können, aber es fand kein gutes Ende. Ich hielt meinen Dolch in der Hand und prüfte die Schärfe der Klinge. Madeleine stand neben mir und beobachtete mich – sie stachelte mich nicht an, sie hielt mich aber auch nicht zurück.

Ich war nicht in der Lage, Rounaldo umzubringen, zumindest nicht in dieser Nacht.

Am nächsten Morgen kam er wieder zu sich. Wortlos bauten wir unser Zelt ab und packten unsere paar Sachen zusammen.

Das kaiserliche Heer war bereits im Aufbruch, einen Teil sahen wir davonziehen. Es gelang uns aber noch, mit unseren vorletzten Denaren beim Tross Lebensmittel, eine Pferdedecke für Rounaldo und zwei gefütterte Mäntel für Madeleine und mich zu erwerben. Mit den allerletzten Denaren wollten Madeleine und ich versuchen, nach Messina überzusetzen und den Weg nach Palermo zu finden.

Rounaldo verspürte keine Lust mehr, sich dem Heer anzuschließen.

«Warum folgst du dem Kaiser nicht?», fragte ihn Madeleine. «Er braucht starke Ritter.»

Ich dachte an die vergangene Nacht und bereute bereits, dass ich nicht die Kraft gefunden hatte, ihn aus dem Weg zu räumen. «Madeleine hat recht. Wir sollten jetzt getrennte Wege gehen.»

Rounaldo kniff die Augen zusammen. «Das könnte euch so passen. Wir bleiben zusammen. Wer weiß, wem ich im Heer oder im Norden begegne!»

Noch war es Winter und lausig kalt. Wir lungerten eine Weile in Reggio herum, bis es uns Ende des Monats gelang, ein Boot zu finden, das uns nach Messina trug. Während bei unangenehmen Winden die Wellen ans Boot schwappten, saß ich – und an mich geschmiegt Madeleine – am Bug unserer kleinen *vacetta*, die mit ihrem gerefften Segel und den paar Ruderern wenig Vertrauen einflößte. Dennoch fühlte ich mich leicht und erlöst, der Gang durch die Unterwelt lag hinter uns, und so hoffnungslos alles in Ancona ausgesehen hatte, Madeleines Glaube schien Berge versetzt zu haben.

Ein letztes Mal warf ich einen Blick auf die Felsengebirge, die hinter uns lagen, und ließ ihn dann zum rauchenden Schlot des Ätna gleiten. Vor uns lag die Bucht von Messina, vor uns lag das Land, in dem Milch und Honig flossen.

Mit klammen Fingern griff ich in die Saiten meiner Harfe und flüchtete dichtend in lieblichere Jahreszeiten:

Mich freut die frohe Frühlingszeit,
die Blüt' und Blätter wiederbringt,
mich freut's, wenn voller Fröhlichkeit
der Sang der Vögel neu erklingt,
dass laut die Wälder schallen.

Als wir schließlich in Messina festes Land unter den Füßen spürten, dankte ich dem Allmächtigen, fiel auf die Knie, küsste im Überschwang meiner Gefühle den Boden – und zog spöttische Blicke auf mich.

Insgesamt herrschte gute Stimmung im Hafen, denn die Bedrohung durch den Kaiser hatte sich aufgelöst, die wenigen Soldaten des Königs waren größtenteils abgezogen. Ein Handeln und Feilschen umbrandete uns, Gelächter, Rufe, Flüche und künstlicher Protest in allen Sprachen der Welt. Ich war immer stolz gewesen auf die Sprachen, die ich beherrschte, aber hier vernahm ich neben dem Französischen der Normannen und dem Volgare der Einheimischen die arabischen Dialekte, Hebräisch und das Griechisch der Byzantiner und fühlte mich wie am Fuße des Turms zu Babylon.

Aber der Sprachenmischmasch verwirrte mich nicht nur, er schuf zugleich eine Weite und Offenheit, die mich beglückte. Daher beobachtete ich mit zunehmender Neugier auch die Sarazenen, die Juden und byzantinischen Kaufleute, die strengen Beamten des Königs, die schwarzen Sklaven und die Hafenmädchen, dunkelhaarig, leichtfüßig und ausdrucksstark geschminkt.

Ein von Dienern umringter Mann unter einer turbanähnlichen Kopfbedeckung und in einem pelzgefütterten Mantel, dessen goldene Schließe ein Edelstein zierte, stand ganz in unserer Nähe und schien uns zu beobachten. Als wir ein paar Worte auf Französisch austauschten, sprach er uns auf Französisch an, fragte uns, ob wir Trouvères seien, nicht ohne zur Erläuterung seiner Annahme auf meine Harfe zu weisen. Ich zeigte auf mich, und augenblicklich forderte er mich auf, ein Lied zu singen.

Ich ließ mich nicht zweimal bitten und sang mein Frühlingslied. Natürlich störte mich der wenig überzeugende Klang meiner Harfe, die während unserer Reise reichlich gelitten hatte.

Noch während ich sang, ruhte sein Blick wohlwollend auf mir und auch auf Madeleine, und kaum hatte ich die letzten Verse gesungen und der Harfe noch ein paar abschließende Töne entlockt, stellte er sich als Conte Pettorano vor.

Ich verbeugte mich ehrerbietig: «Bernardou de Baux aus der Provence.»

«Ah! Aus dem Land der berühmten Troubadoure!», rief er. «Aus adligem Geschlecht?»

Ich zeigte auf Rounaldo, nannte seinen Namen, nicht ohne den Rittertitel und *de Valbone* zu betonen, stieß ihn auffordernd in die Seite, damit er sich höflich verbeuge, und stellte dann auch Madeleine mit dem Zusatz *de Baux* vor.

Ein leicht spöttisches Lächeln huschte über das Gesicht des Grafen. Er verbeugte sich ebenfalls knapp und forderte uns mit einladender Geste auf, seine Gäste zu sein und ihm in seinen Palazzo zu folgen. «Wer trotz der Erschöpfung, die ihm ins Gesicht geschrieben steht, noch solch eine reine Stimme hat, muss ein großer Sänger sein. Und ich liebe Sänger!»

Erneut verbeugte ich mich tief. Es war unglaublich, wie sich plötzlich alles zum Besten fügte. Madeleine an meiner Seite strahlte, seitdem wir uns auf sizilianischem Boden befanden, eine madonnenhafte Gelassenheit aus, und nun strahlte sie den Grafen an.

Abends wurden uns im angenehm beheizten großen Saal des Palazzos mit Ingwer gewürzte Taubenbrüstchen vorgesetzt. Seit dem Aufenthalt in Ancona war es uns nicht mehr so gut ergangen, und wir wiesen weder das gebratene Wildschwein noch den darauf folgenden Thunfisch zurück. Sogar das Dessert ließ sich noch unterbringen.

Während der Mahlzeit erläuterte uns Conte Pettorano, warum er uns so spontan eingeladen hatte: «Ich muss ein Gelübde erfüllen. In meiner Jugend, während der Wirren nach dem Tod von König Roger II., wurde der Stammsitz meiner Familie überfallen und mein Vater umgebracht. Eine Gauklertruppe, die uns zu der Zeit mit ihren Späßen und ihrem Gesang unterhielt, rettete mich, indem mich der Sänger als sein eigenes Kind ausgab. Ich habe mich später, als ich unter Kaiser Enrico meine Grafschaft zurückerhielt, nie dafür erkenntlich zeigen können. Das nagt bis heute an mir.»

Zu später Stunde sang ich vor dem Grafen, seiner Gemahlin, die einen friedlich schlummernden Säugling wiegte, und seinen noch sehr jungen Töchtern einige meiner *cansós*. Madeleine wiegte sich in den Hüften, fast so geschmeidig wie Ramonda, nahm die Mädchen an die Hand und zeigte ihnen ein paar Tanzschritte aus unserer provençalischen Heimat, und auch Rounaldo kam schließlich zu Wort und durfte mit seinem französischen Kampfgeist prahlen.

Kaum war er verstummt, fragte ich den Hausherrn, ob er Näheres darüber wisse, warum Kaiser Otto so kurz vor dem Ziel mit seinem Heer abgezogen sei.

«In seiner Heimat nördlich der Alpen», erklärte der Graf, «fallen ihm die Fürsten in den Rücken, er muss dort seine Herrschaft sichern. Aber vermutlich wird er zurückkehren. Wir haben nur Zeit gewonnen. Unser König braucht tapfere Ritter.» Ein Blick streifte Rounaldo, der sich sofort in die Brust warf.

«Er liebt aber ebenso die Dichter», wandte sich der Graf nun wieder mir zu, «er dichtet selbst – so wie bereits sein Vater, Gott sei seiner so jung verstorbenen Seele gnädig, den hier viele nur *Enrico il crudele*, den Grausamen, nennen.»

Er beugte sich zu mir herüber: «Aber grausam war er nur zu den Verrätern. Was ihn auszeichnete, war seine Vision – da glich er dem großen Alexander. Zugleich führte er die römischen Pfaffen hinters Licht und wies sie in ihre Schranken.» Er trank einen Schluck süßen Malvasier-Wein aus seinem elegant geschwungenen Glas und wies dann auf sich: «Meine Familie kam mit den ersten Normannen aus Frankreich hierher, meine Vorfahren eroberten mit Robert Guiscard und seinem Bruder Roger die Insel. Sie erhielten den Grafentitel und unsere Lehen hier. Später kam ein Lehen in den südlichen Abruzzen dazu; von da stammt unser Name Pettorano. Seitdem steht unsere Familie treu zu den Nachkommen der Eroberer, ich gehörte zum Kronrat der Königin Constance, der Mutter des Königs, der letzten Normannentochter.» Ein wehmütiger Zug umspielte seinen Mund. «Aber die jetzige Constanza aus Aragón hört auch auf meinen Rat. Und natürlich bin ich dem jungen König Federico treu ergeben.» Erneut hob er sein Glas: «Hier in Sizilien haben wir ein paradiesisches Land gefunden, mit fruchtbaren Böden und klugen Händlern, mit Feigen und Palmen, mit Baumwolle und Seide, schönen Sklavinnen und weisen Philosophen aus dem Orient – möge unser junger König Federico das Erbe der Normannen und Araber wertschätzen und erhalten!»

Er lobte noch eine Weile den erst achtzehnjährigen König, seine herrschaftliche Haltung, sein bestimmtes und zugleich gewinnendes Wesen. «Er könnte Nachfolger von

Kaiser Otto werden – als Sohn und Enkel eines römischen Kaisers! Und ich sage eins: In ihm wächst ein Mann heran, über den die Welt noch einmal staunen wird. Allerdings braucht er Männer, die ihn mit klugem Verstand und starken Armen unterstützen.»

Als er uns auffordernd anschaute, warf sich Rounaldo in die Brust und rief: «Dann bin ich hier richtig! Mein starker Arm wird jeden Feind in den Boden rammen.» Und wie um seinen Worten Nachdruck zu verleihen, schlug er mir freundschaftlich-fest auf den Arm.

Der Graf nickte ihm zu und kam dann auf die verwickelten Familienverhältnisse der europäischen Herrscherfamilien zu sprechen, auf die zahlreichen Heiratsallianzen und Erbschaftsansprüche, die durch zahlreiche Bastarde und deren Ansprüche noch schwieriger wurden.

Zugleich ruhte sein Blick lächelnd auf seiner Frau, die noch immer das schlafende Kind im Arm hielt, und seinen Töchtern. Und wieder umspielte seinen Mund dieser wehmütige Zug. «Bisher habe ich nur zwei legitime Töchter, der Junge im Arm meiner Frau ist … nicht legitim.»

Seine Frau lächelte weiterhin, und ich wunderte mich über jegliches Fehlen von Eifersucht oder Bitterkeit in ihrem sanften, dunklen Antlitz.

«Der Junge soll einmal meine älteste Tochter heiraten und Graf von Pettorano werden», sagte unser Gastgeber, und nun blitzte Schalk in seinen Augen.

«Ach so», entfuhr es mir.

«Verstehe ich nicht», sagte Rounaldo.

«Ein süßes Kind», meldete sich nun auch Madeleine. «Darf ich es halten?» Sie war aufgestanden und trat zu der Gräfin, die ihr das eingewickelte, schlafende Kind reichte.

Der Junge öffnete kurz die Augen, blickte Madeleine an, lächelte selig und schlief wieder ein.

«Ich wusste, dass ich die richtigen Menschen einlud», rief der Graf. «Kinder spüren sofort, wer ihnen zugetan ist.»

Während Madeleine dem Jungen über seine blonden Härchen pustete und ihm leise ein Wiegenlied vorsang, beugte sich der Graf wieder mir zu und erklärte mit gedämpfter Stimme: «Ich will Euch ein Geheimnis verraten. Der Kleine heißt Federico oder Friedrich – wie der König und sein Großvater. Versteht Ihr?»

Ich schüttelte den Kopf.

«Unser junger *charmanter* König Federico ist nicht sehr einfallsreich, was Namen angeht, aber umso einfallsreicher, wenn es um die Eroberung schöner Frauen geht. Versteht Ihr jetzt?»

«Ich beginne zu erahnen, was Ihr meint.»

Da Madeleine noch immer mit dem Kind durch den Raum spazierte, ergriff ich die Gelegenheit, den Grafen nach einem Conde Salvador de Toledo zu fragen, der mit der Königin ins Land gekommen war.

«Ja, da gab es einen Ritter dieses Namens, den Marschall der Königin – aber er ist tot wie alle anderen, hingerafft von der Ruhr, die hier viele Fremde ereilt … Wieso fragt Ihr? Kanntet Ihr ihn?»

«Ich habe ihn in meiner Heimat kennengelernt. Und seine Frau? Ist sie auch tot? Sie hieß Maria Serena.»

Conte Pettorano warf seiner Frau einen vielsagenden Blick zu.

«Ihr seid mir vielleicht ein Halunke! Kennt Maria Serena! Wer hätte das gedacht.»

«Ja und, lebt sie noch?»

«Nun, Frauen sind oft zäher als Männer. Sie sind wie Unkraut und vergehen nicht.»

Mein Herz machte vor Freude einen Sprung.

31. Kapitel

Wir durften noch einige Tage die Gastfreundschaft von Conte Pettorano genießen. Madeleine hielt sich häufig bei der Gräfin und der Amme des kleinen Enrico auf, während Rounaldo sein Kettenhemd flicken ließ und ein Schmied das Schwert nachschärfte.

Ich dagegen zog mich ganz in mich zurück und dichtete viel, suchte nach neuen Melodien, nicht ohne dabei an Serena zu denken. Wenn mich Conte Pettorano nicht absichtlich getäuscht hatte, musste sie noch leben. Genaueres konnte ich ihm allerdings nicht entlocken: wo sie wohnte, ob sie erneut verheiratet war und Kinder hatte, ob er sie persönlich kannte. Immer wich er mir aus, nicht ohne auf eine feine und doch seltsame Art zu lächeln.

Nach ein paar Wochen – es war mittlerweile Februar, die Mandelblüte hatte begonnen, und zugleich tobten die Straßen vor wilden Karnevalsumzügen – informierte er uns, er müsse demnächst nach Palermo aufbrechen und wolle uns gerne dorthin mitnehmen. Natürlich dürften wir weiterhin seine Gäste bleiben. «Außerdem hoffe ich, Euch dem König vorzustellen. Ich weiß, dass er sich freuen wird, einen provençalischen Troubadour begrüßen zu dürfen, und tapfere Ritter braucht er mehr denn je.»

Bevor wir aufbrachen, schenkte er mir eine neue Harfe, ein wunderbares Stück mit einem Klang, der zahlreiche Saiten im Herzen zum Mitschwingen brachte.

Ende Februar ritten wir los, während sich überall die Anzeichen des Frühlings bemerkbar machten. Die Regengüsse des Winters hatten das Land ergrünen lassen und wurden abgelöst von sanften Winden und goldenem Licht.

Wir zogen guter Stimmung an der Küste entlang. Immer wieder leuchtete und glitzerte das Meer zwischen den Hügeln, oder es lag wie eine Scheibe aus poliertem Silber vor uns. Manche Hügel waren überzogen von einem gelben Blütenschleier. Hier begrenzten karstige, zerklüftete Felsen die Sicht, dort erstreckten sich Felder mit Orangen und Limonen bis weit in die Ferne, Weinberge lösten sie ab, Olivenkulturen und überall die stolzen Säulen der Palmen mit ihren Fächerkappen.

In die mächtige Kathedrale von Cefalù trat ich mit ergriffenem Schaudern und kniete vor dem Altar nieder, unter dem Blick des strengen Pantokrators, den das goldene Mosaik wie von innen leuchten ließ. *Ich bin das Licht der Welt*, las ich in dem offenen Buch, das Christus als Mensch gewordener Gott in seiner Linken hielt, und plötzlich ergriff mich die Ahnung von der Stärke dieser Macht, vor der wir Sterbliche klein und nichtig sind. Mein ganzes bisheriges Leben erschien mir wie ein kindliches Taumeln durch eine unverstandene, dunkle Welt, meine Suche wie ein blindes Tappen durch ein endloses Labyrinth.

Bevor ich meine Augen zum Gebet niederschlug, glitt mein Blick zur Muttergottes, die, von Engeln eingerahmt, mild und liebevoll auf mich herabschaute, und eine schmerzhafte Sehnsucht nach meiner verlorenen Mutter ergriff mich. Madeleine neben mir flüsterte leise ihre Gebete, und ich ergriff ihre Hand, weil ich überwältigt wurde von einem Gefühl der Liebe und Vertrautheit.

Palermo, das wir bald erreichten, versetzte uns noch einmal in Staunen. Sicher war es nicht größer als Mailand, aber bunter, quirliger, duftender und strahlender. Menschen aus aller Herren Länder bevölkerten die Straßen und Plätze, Ritter, die ins Heilige Land aufbrachen oder von dort kamen, Kaufleute aus dem fernen Afrika mit schwarzen Sklaven, Männer in Kaftan und Turban, verschleierte Frauen. Die Märkte quollen über von Obst und Gemüse, von farbenfrohen Stoffen und kostbarem Schmuck, im Halbdunkel der Basare hörten wir nur fremde Laute, und schwere, betäubend süße Düfte berauschten uns.

Schließlich standen wir zum ersten Mal vor den Mauern, die den hochaufragenden Königspalast umgaben. Mein Herz schlug bis zum Hals – vor Hoffnung und Erwartung.

Mehrere Wochen hielten wir uns in Conte Pettoranos Palazzo auf, warteten auf eine Einladung zu einer Audienz im Königspalast und durchstreiften die Stadt. Gelegentlich stellte ich mich sogar an den Rand eines Marktes oder zupfte in einer Taverne auf meiner Harfe, sang leise meine Lieder, ohne dass ich viel Aufmerksamkeit erregte.

Conte Pettorano war selten zu sehen, und wenn, dann fand er nur wenige Worte für uns: Wichtige politische Entwicklungen seien im Gange, er dürfe nicht darüber sprechen, am Hof herrsche helle Aufregung, seitdem eine Delegation von Gesandten aus Deutschland und Rom eingetroffen sei.

Ich sprach ihn erneut auf die verwitwete Gräfin von Toledo an.

«Ach ja, ich kümmere mich darum», versprach er mir ohne Nachdruck.

Madeleines Blick wich ich anschließend aus.

«Wir hocken hier wie die Maden im Speck und verfetten von Tag zu Tag mehr», fluchte Rounaldo, als wir später unter einem Limonenbaum im Atrium saßen und Wein tranken. «Ich will den König sehen, verdammt. Ich will wieder ein Ritter sein und kämpfen.»

Als die Tage länger wurden – Ostern näherte sich bereits –, spazierten Madeleine und ich eines Nachmittags durch die Gassen der Stadt, die für die große Karfreitagsprozession geschmückt wurden. Vor dem Königspalast, der im honiggelben Licht leuchtete, ließen wir uns auf einer Bank an einem plätschernden Brunnen nieder, ich zupfte ein paar Melodien auf der Harfe.

Schon den ganzen Tag hatte ich eine gewisse Unruhe in der Stadt gespürt, doch jetzt verstärkte sich der Betrieb. Hunderte von Menschen eilten in den Palast und wieder hinaus, schwerbeladene Lastpferde trappelten in Richtung Hafen, Karren und Männer in wehenden Gewändern folgten. Und schließlich – ich presste in freudigem Schreck Madeleines Hand so fest, dass sie leise aufschrie – eine kleine Rittertruppe. In ihrer Mitte ein blonder junger Mann mit bis fast auf die Schultern fallenden lockigen Haaren, gleichmäßigen Zügen und einem offenen, mutigen Blick. Ich staunte: Dieser Jüngling war regelrecht schön. Über seinen Schultern hing ein Reitmantel aus rotem Samt, und die Pferdedecke zeigte ein Adlerwappen.

Ich wusste sofort: Dieser junge Mann konnte nur König Federico sein.

Hinter ihm ritten mehrere Ritter in Kettenhemd und Helm, Schild und Waffenrock, dann Kleriker und Männer ohne Rüstung, aber in vornehmem Reitgewand, schließlich eine Frau, die von mehreren Dienerinnen begleitet wurde. Sie trug einen langen dunklen Bliaud, dazu einen Schleier, der Haupthaar und Antlitz verbarg.

Ich konnte nicht an mich halten, sprang auf, schrie: «Federico! Rex! Caesar! Augustus! Imperator!»

Einen kurzen Augenblick sah ich ihn das Pferd zügeln und einen Blick in meine Richtung werfen. Aber schon stürzten einige der Wachen, die ihn vor der Menge abschirmten, auf mich zu und hielten mich fest, bis der König mit seinem Gefolge nicht mehr zu sehen war.

Noch am Abend erklärte uns Conte Pettorano, den ich auf unser Erlebnis angesprochen hatte: «Ja, in der Tat, es war der König, den Ihr da gesehen habt. Er hat Palermo auf dem Schiff verlassen und segelt nach Norden, nach Rom, wo er den Heiligen Vater aufsuchen wird. Mehr wissen wir nicht. Oder sollen wir nicht wissen.» Er zwinkerte mir zu, verriet aber vorerst nicht mehr.

Während der nächsten Tage erlebte die Stadt Prozessionen ohne Ende, Messen mit Glockengeläut und anschließend verstopften Gassen. Der Graf war sehr beschäftigt, erst nach Ostern setzte er sich wieder zu uns in sein schattiges Atrium, seufzte und schüttelte den Kopf.

«Wir haben viel beten müssen, die Königin ist sehr besorgt.»

«Die Königin ist nicht mit dem König gereist?» Ich schaute ihn fragend an.

Er schüttelte den Kopf. «Schließlich braucht Sizilien eine Regentschaft und jemanden, der das königliche Kleinkind Enrico beschützt.» Er machte eine Pause. «Außerdem war die Königin strikt dagegen, dass König Federico nach Norden aufbricht. Seine Gegner werden ihn zerschmettern. Siebzehn Jahre alt, ein König ohne Heer, das heißt ohne Macht, abhängig von einem herrschsüchtigen Papst und Fürsten, die nur an sich und ihren Vorteil denken.»

«Dann werden wir wohl nie …»

«Lasst die Königin erst einmal ihren Ärger über die Abreise ihres Gemahls überwinden. Dann sehen wir weiter.»

Am nächsten Tag – es war bereits Abend – spazierte ich mit Madeleine wieder zum Hafen, ließ mich von seiner goldenen Muschelform bezaubern, sah die Schiffe ein- und auslaufen, schaute zum fernen Horizont, über den sich schwarze Gewitterwolken schoben, zwischen denen die Sonne tiefgolden hervorbrach.

«Glaubst du, das ist ein Omen?», fragte Madeleine.

Ich zuckte mit den Schultern. «Ein Omen wofür?» Nach langem Schweigen sagte ich: «Wir sollten ebenfalls nach Rom reisen, ihm nach.»

«Ist das dein Ernst?», fragte sie erschrocken. «Und unsere Väter? Glaubst du nicht mehr, dass wir sie hier finden?»

«Vielleicht finden wir sie erst, wenn wir nicht mehr nach ihnen suchen.»

Noch an diesem Abend erhielten wir die Aufforderung, uns am nächsten Nachmittag im Palast der Königin zu melden.

32. Kapitel

Zur Audienz im Königspalast legten wir unsere beste Kleidung an, Geschenke von Graf Pettorano. Madeleine trug ein langwallendes Gewand aus rotem Leinen, das sie um ihre Taille mit einem Gürtel raffte, hatte das Antlitz geschminkt und die Haare gewaschen und so lange ausgekämmt, bis sie seidig glänzten und luftig fielen. Rounaldo hatte seine Ritterrüstung ebenfalls gesäubert und geflickt und sich vom Grafen einen Topfhelm geliehen, der seit geraumer Zeit den Nasenhelm ablöste – vorausgesetzt, man konnte ihn sich leisten. Conte Pettorano hatte uns erklärt, ein solcher Helm koste fünfundzwanzig Soldi, das entspreche einer halben Goldunze. «Mit ihm machst du Eindruck, und dein Gesicht ist besser geschützt. Dafür schwitzt du mehr und siehst weniger.»

Ich hatte mir meine Haare halblang schneiden, mein Gesicht sauber rasieren lassen und fiel auch sonst unter den Palermern nicht mehr durch Ärmlichkeit auf. Insgesamt hatten wir drei durch die Gastfreundschaft des Grafen deutlich an Ansehnlichkeit gewonnen, und die sizilianische Sonne hatte unserem Antlitz eine gesunde Farbe verliehen.

Als wir uns dem Palast näherten, überfiel mich eine beängstigende Unsicherheit; der Schweiß lief mir kitzelnd aus den Achseln. Würde mich die Königin wiedererkennen? Und wenn ja, wie würde sie reagieren? Konnte ich vor ihr überhaupt mit meinen Liedern bestehen? Sie war am Hof sicherlich höchste Kunst gewöhnt.

Und was war mit Serena? Gehörte sie zu den adligen

Damen, die die Königin umringten und unterhielten? Ich malte mir bereits aus, wie sie mich erkannte und mit einem Schrei ohnmächtig niedersank.

Madeleine hatte sich in der Nacht vor unserer Audienz ebenfalls schlaflos hin und her gewälzt. Auf meine Frage, ob sie nicht schlafen könne, hatte sie geflüstert: «Ich habe Angst um uns.»

«Ich habe Angst», wiederholte sie, als wir vor dem so ungewöhnlich verzierten Palast standen, der, von mehreren Mauern und Gebäuden umgeben, abweisend in den Himmel ragte und eher an ein Gefängnis erinnerte.

Am Portal wurden unsere Namen vermeldet; nach einer Weile kam ein Diener und führte uns durch Gänge und Hallen, deren goldglänzender Mosaikschmuck mir den Atem nahm. An den Wänden hingen Teppiche mit arabischen Buchstaben und Motiven, vor ihnen standen, teilweise auf Marmorsäulen, Vasen und Schalen aus dem Orient, mit üppigen Blumengestecken. Vorhänge aus feinster Seide wurden vom Wind leise bewegt, und auf Borden reihten sich bunte Gläser und Elfenbeinschnitzereien.

Madeleine umklammerte meine Hand. Rounaldo trampelte in seiner ritterlichen Kampfausrüstung über die Steinfliesen wie ein rasselnder Fremdkörper.

Dann knieten wir vor der Königin. Ich sandte einen verstohlenen Blick zu den Hofdamen, die sich hinter ihr aufreihten. Manche steckten die Köpfe zusammen und kicherten, während sie unser seltsames Trio begutachteten: einen Troubadour, eine Tänzerin, einen Ritter. Hinter der Königin standen würdige Herren mit grauen Haaren in wallenden Seidenroben, vermutlich ihre Ratgeber, unter ihnen Conte Pettorano. Unweit der Gruppe wiegte eine Amme in ihren Armen einen kleinen eingepackten Jungen, Enrico, den Sohn des königlichen Paars, wie ich vermutete.

Noch immer schwitzte ich. Auch Rounaldo, der seinen Helm unter dem Arm trug, stand der Schweiß in dicken Tropfen auf der Stirn, und seine Narbe leuchtete rot.

Conte Pettorano trat nun vor und stellte zuerst Rounaldo vor, den kampferprobten französischen Ritter, der sich dem König und in dessen Abwesenheit der Königin in den Dienst stellen wolle.

Der eher gelangweilte Blick der Königin glitt zu Rounaldo. «Den kenne ich doch», hörte ich sie murmeln, während ihre Augen sich von ihm lösten, kurz und verächtlich auf Madeleine verweilten und dann zu mir wanderten. Ich erwiderte mit freundlichem Lächeln ihren Blick.

Mit einem Ruf des Erstaunens sprang sie auf und versetzte die gesamte Berater- und Damenriege in Unruhe. «Den kenne ich noch viel besser!», rief sie laut, «das ist der Dolmetscher und Sänger von Les Baux!»

Gegen jedes Hofzeremoniell rauschte sie in ihrem langen Gewand erstaunlich leichtfüßig auf mich zu, befahl mir mit einer herrischen Geste, mich zu erheben, und schob eigenhändig meinen Kopf so ins Licht, dass sie mich besser betrachten konnte. «Er ist es, unser Sänger. Er ist mir doch tatsächlich bis nach Sizilien gefolgt.»

Ich weiß nicht, ob irgendeiner ihrer Berater oder eine der ältlichen Damen, die uns noch immer konsterniert umringten, überhaupt begriff, was sie meinte. Ich lächelte weiterhin gewinnend, verbeugte mich, hielt zugleich meine Harfe fest im Arm und spähte umher, noch immer auf der Suche nach Serena.

Vermutlich sah Königin Constanza meinen suchenden

Blick, denn sie rief: «Nein, der provençalische Falke ist nicht mir, sondern einem anderen Täubchen gefolgt, dem Burgfräulein von Les Baux, ich erinnere mich, fast hätte es damals einen Toten gegeben – ist dies nicht der Stoff für eine Liebesgeschichte aus Tausendundeiner Nacht?» Ihr Ton war leicht bissig geworden. Lachend drehte sie sich zu den Hofdamen um, die mit ihrer Äußerung natürlich nichts anfangen konnten, und rief: «Ja, wo ist denn unsere Contessa de Toledo?»

Die würdigen Berater schauten, peinlich berührt, zu Boden.

«Ist sie vielleicht mit all unseren Rittern und ihrem stolzen spanischen Gemahl dahingerafft worden?»

Die Königin trat zu den Beratern, schaute ihnen herausfordernd in ihre unbewegten, maskenstrengen Gesichter, klopfte einem mit den Fingern gegen die Brust, wandte sich dann mit einem heftigen Schwung von ihnen ab und nahm wieder auf ihrem mit normannischen Drachenköpfen verzierten Thronstuhl Platz. «Auf jeden Fall weilt die Schöne nicht mehr an unserem Hof.»

In einer Mischung aus bösartigem Hochmut und verletzter Eitelkeit ließ sie nun wieder ihren Blick auf mir ruhen, ohne ein weiteres Wort zu sagen. Auch keiner ihrer Berater wagte den Mund zu öffnen, nicht einmal Conte Pettorano. Das Schweigen dehnte sich, neben mir verzog Rounaldo seinen Mund zu einem schiefen Grinsen, und Madeleine flüsterte mir zu: «Lass uns verschwinden.»

Ich reagierte nicht einmal – wie sollten wir von hier einfach verschwinden?

«Gut», unterbrach Königin Constanza endlich ihr Schweigen, «dann will ich die Künste unseres Ritters prüfen. Sucht mir den besten Kämpfer meiner Leibwache! Er soll sich bereit machen, um gegen den Roten Ritter aus Frankreich im Hof einen Turnierkampf vorzuführen, einen Tjost. Vorher will ich aber hören, wie unser weitgereister Sänger der Königin seinen Schmachtgesang zu Füßen legt. Tritt vor, du Nachtigall, du Trost der Nacht, und lass die Stimm' erschallen!»

Ich räusperte mich, bettete die Harfe so in den Arm, dass ich ihre Saiten zupfen konnte, räusperte mich erneut.

«Nur Mut, du lockiger Vogel, sonst verspeise ich dich anschließend noch!»

Der Auftritt konnte nur zum Verhängnis werden. Meine Stimme wollte sich nicht glätten, dabei hatte ich doch immer wieder geprobt und die Verse sogar mühsam ins Volgare übertragen. Schließlich sang ich, mehr krächzend als schmelzend, das alte Lied, mit dem ich schon einmal die Königin umschwärmt hatte – allerdings leicht verändert:

Du schöner stolzer Leib, so rein in seiner Pracht,
aus hohem Königsstamm gekürt,
fern deines eignen Lands entführt,
Ihr ragt heraus, o Kaiserin der Liebesmacht,
nur allerhöchster Ruhm Euch wohl gebührt,
der röm'schen Krone hat es Ehr' und Macht gebracht,
dass Euer Haupt sie wählt' zu ihrer Tracht.

Ich ließ noch ein paar mehr Reime klingeln und die Saiten der Harfe schmachtend erzittern, wiederholte dann die erste Strophe wie einen Refrain. Immerhin hatte ich mich so gefangen, dass meine Stimme nicht mehr rau klang, jedoch ihr Zittern nicht gänzlich verlor. Meine Verse klangen mir aber, während ich sie vortrug, übertrieben künstlich.

Mit einem entschuldigenden Blick verbeugte ich mich, die Zuhörer applaudierten höflich, die Königin erhob sich, deutete ebenfalls ein Klatschen an und rief lachend:

Jaja, die Liebe ist 'ne Himmelsmacht, das wäre ja gelacht,
du Troubadour, du schmeichle nur, bis dass es kracht.

Es folgte unsicheres Schweigen, bis die eine oder andere Dame zu kichern begann, die Männer in Gelächter ausbrachen und dann alle erneut applaudierten.

Ich wäre am liebsten im Boden versunken oder tot umgefallen, musste aber knien und mir von der Königin einen Myrtenzweig überreichen lassen. Kaum hatte sie mich mit übertriebenen, spöttischen Gesten ausgezeichnet, näherte sich ihr Mund meinem Ohr: «Hast du noch mein rotes Tüchlein?»

Ich deutete ein Nicken an.

Sie lächelte triumphierend. Dann wandte sie sich nach einem verächtlichen Blick auf Madeleine ab, sprach in den Saal «Auf die Darbietungen der Hure können wir verzichten», strebte dem Ausgang zu, rief noch «Heute Nachmittag der Turnierkampf» und «Ihr seid entlassen» und verschwand mit schleifender Schleppe.

Langsam löste sich die Anspannung, alle redeten durcheinander, Rounaldo wurde vom Marschall angesprochen und zu den Ställen geführt, damit er sein Pferd kennenlerne. Madeleine und mich führte Conte Pettorano aus dem Saal und durch endlose hallende Gänge mit goldstrotzenden Mosaiken und staubgeschwängertem Licht, bis wir endlich in einen kleinen Innenhof mit plätscherndem Brunnen gelangten. Hier ließen wir uns unter einem Feigenbaum nieder.

Nachdem uns ein Krug Wein gereicht worden war und ich ein paar Becher getrunken hatte, ging es mir wieder besser. Madeleine saß stumm neben mir und hielt meine Hand.

Auch der Graf trank, ließ sich dann ein Schälchen Oliven reichen und meinte: «Die Königin kann recht bissig sein. Außerdem ist sie, seitdem der König nach Rom abgereist ist, nicht besonders gut gelaunt. Sie war entschieden gegen die Reise. Ich glaube sogar, sie befürchtet, ihr Gemahl könnte gar nicht zurückkehren. Otto könnte ihn in einer Schlacht besiegen, gefangen nehmen und anschließend Sizilien besetzen. Wenn nun die deutschen Fürsten unseren König, den kaum jemand kennt, nur aus taktischen Gründen zum deutschen Herrscher vorgeschlagen haben, was dann?» Er seufzte. «Wer hoch fliegen will, kann tief stürzen.»

Ich wusste darauf nichts zu sagen, denn mich quälten noch immer mein Auftritt und die höhnischen Verse der Königin. Ich empfand plötzlich das Dichten als peinliche Tätigkeit, eines Mannes unwürdig, und die schmachtende Reimerei als künstlich und lächerlich. Auch führten mich meine Gedanken zurück zu Serena. Begleitete *sie* etwa den König auf seiner Reise nach Norden?

Der Nachmittag verbesserte meine Stimmung nicht. Als die Trompeten bliesen, führte Conte Pettorano uns zum großen, säulenbekränzten Innenhof, wo der Tjost zwischen einem buntgeschmückten, wimpelbewehrten normannischen Ritter und Rounaldo stattfinden sollte.

Wir wollten uns irgendwo halb versteckt am Rande niederlassen, als die Königin mich entdeckte und herbeiwinkte, dabei zugleich einem ihrer Diener einen Befehl erteilte. Was sie ihm befahl, begriffen wir bald, als ich nämlich zur Königin beordert wurde und Madeleine sich zu den Spaßmachern und Gauklern des Hofs gesellen musste. Ich zögerte, doch Madeleine bat mich inständig, dem Diener zu folgen. Er platzierte mich zu Füßen der Königin, wo ich mich, noch immer mit meiner Harfe im Arm, unter normannischen Grafen und ihren Damen niederließ.

«Spiel ein wenig!», forderte mich die Königin auf, «du Kaiser der Verse.»

Um sie herum wurde gekichert.

Ich zupfte leise die Saiten, doch bald schon bliesen die Posaunen erneut, und unten auf dem Turnierplatz postierten sich die beiden Ritter, Rounaldo in seinem neuen Helm, ihm gegenüber der Normanne. Ihre Lanzen waren stumpf, endeten in einem Krönlein.

Sie galoppierten aufeinander zu, noch vorsichtig und verhalten, legten die Lanzen an, aber beide glitten sie am gegnerischen Schild ab. Die Zuschauer waren aufgesprungen, ließen sich unter enttäuschtem Stöhnen wieder zurücksinken.

Hinter dem zweiten Angriff steckte bereits mehr Kraft und Wille, den Gegner aus dem Sattel zu stechen. Die beiden Ritter stießen erneut aufeinander, Rounaldos Lanze verhakte sich, brachte den Normannen fast zu Fall, zersplitterte aber zuvor. Sofort wurde ihm eine neue gebracht, und beim nächsten Zusammenprall war er es, den die Wucht des Stoßes beinahe aus dem Sattel gehoben hätte.

Schnaubend verharrten die Pferde am Ende der Bahn,

und beide Ritter schienen sich zu belauern. Dann gaben sie ihren Rossen wieder die Sporen, und diesmal stießen sie so aufeinander, dass die Lanze des Normannen zersplitterte, er selbst aber dem Stoß Rounaldos auswich, indem er sich zu ihm hinüberbeugte. Laut schepperte das Metall der Rüstungen, vermutlich waren die Knie aufeinandergestoßen, und Rounaldo schrie vor Schmerz auf. Der Gegner packte zu seiner Überraschung seinen Waffenrock, der Rock zerriss, doch Rounaldo konnte sich nicht halten und stürzte in den Sand.

Das Publikum johlte und buhte, weil der Normanne zu einem unritterlichen Trick gegriffen hatte. Rounaldo raffte sich sofort wieder auf, rannte humpelnd hinter dem Pferd des Normannen her, schrie ihm etwas zu und zog sein Schwert. Ich war mir nicht sicher, ob es ein Turnierschwert oder sein Kampfschwert war, der Normanne auf jeden Fall, noch immer im Sattel, tat es ihm gleich und wollte Rounaldo mit einem Hieb von oben zu Boden strecken. Doch diesmal war Rounaldo schneller, er parierte den Schlag, griff nach der Satteldecke, ließ sich ein Stück mitschleifen und stieß den Normannen, als dessen Pferd zum Stehen kam, mit voller Wucht aus dem Sattel.

Die Zuschauer waren längst aufgesprungen, schrien und gestikulierten. Das Normannenpferd galoppierte davon, und schon landete ein Streich Rounaldos auf der halbentblößten Rüstung seines Gegners. Der Normanne drehte sich weg; Rounaldo ließ ihn aufstehen, mühsam und unter Schmerzen, wie man sah, doch kaum stand er, streckte ihn ein weiterer Hieb wieder zu Boden, ein dritter traf den Helm, der im hohen Bogen zur Seite flog.

Die Posaunen kündigten das Ende des Kampfes an, Rounaldo indes war so in Fahrt, dass er sein Schwert mit beiden Händen hob, um es mit der Spitze voran dem Normannen ins Gesicht zu rammen. Im letzten Augenblick lenkte er es ab und stieß es in den Boden. Kaum steckte es wippend in der Erde, trat er dem Gegner mit seinem Fuß derart an den Kopf, dass der Mann bewusstlos liegen blieb.

Die Zuschauer applaudierten und buhten zugleich, Rounaldo kam unter die Tribüne gehumpelt, die Königin warf ihm ein gelbes Tüchlein zu und rief: «Du bist mein Ritter!»

Während er sich verbeugte, setzte sie sich wieder, ohne ihn weiter zu beachten, und fuhr dabei mir, der ich noch immer unter ihr hockte, mit der Hand durch die Haare. Schmerzhaft riss sie mir ein Büschel aus und zischte mir leise zu: «Heute Abend erscheinst du nach dem Kompletorium allein am Eingang des Palasts. Ich werde jemanden schicken, der dich in Empfang nimmt.»

«Aber …», stotterte ich.

«Nichts aber …», rief sie über meinen Kopf hinweg und gab mir zur Bekräftigung ihrer Worte einen Stoß mit dem Fuß.

33. Kapitel

Ich suchte in dem Gewühl der Menschen, die sich neugierig um den verletzten normannischen Ritter drängten oder applaudierend Rounaldo umringten, nach Madeleine. Sie war verschwunden. Der Befehl der Königin, in der Dunkelheit zum Palast zu kommen, konnte nur eins bedeuten: Ich sollte eine Auszeichnung besonderer Art empfangen, die meinen Aufstieg beschleunigen würde, zugleich jedoch lebensgefährlich wäre.

Mir stand wieder lebhaft das Fest in Les Baux vor Augen. Damals hatte ich überraschend von der Königin den Siegespreis erhalten, und das Lachen, mit dem sie auf meine ungelenk übersetzten Worte reagiert hatte, konnte ich im Nachhinein nur kokett nennen – zweifelsohne hatte ich ihr gefallen. Hätte sie sich sonst schützend vor mich gestellt, als mich Sire Uc töten wollte? Jetzt war ihr Gemahl nach Norden abgereist, mit dem Ziel, sich zum deutschen König und anschließend vermutlich sogar zum römischen Kaiser wählen und krönen zu lassen. Dies konnte für Constanza nur bedeuten, dass er lange Zeit abwesend sein würde – so er überhaupt gesund zurückkehrte. Und hatte ihn nicht eine verschleierte Frau begleitet? Das konnte wirklich nur Serena gewesen sein.

Was sollte ich tun?

Auch heute, so viele Jahre später, weiß ich nicht, ob ich mich damals richtig verhielt. Ich fand während der folgenden Stunden und Tage auch wenig Zeit, intensiv nachzudenken, abzuwägen, vielleicht sogar einen Beichtvater aufzusuchen, der mir einen Rat hätte erteilen können.

Hektisch drängelte ich mich durch die Menge im Hof des Königspalasts zum Ausgang und fand Madeleine schließlich an ‹unserem› Brunnen vor dem Palast, umgeben vom Geschrei der Händler und Bettler. Wir umarmten uns, wie wir uns lange nicht umarmt hatten, ratlos, wortlos und verwirrt.

Neben blühenden Oleanderbüschen, unter dem leisen

Rauschen der Palmen, suchten wir uns einen einigermaßen ruhigen Platz und ließen uns nieder. Wir hielten uns an den Händen, und ich berichtete ihr von der Aufforderung der Königin.

Madeleine schwieg lange, bis sie sagte: «Was soll jetzt aus mir werden? In ihren Augen bin ich eine Hure.»

Ich versuchte, Madeleines Blick zu erwidern. Zweimal musste ich ihm ausweichen, doch dann hielt ich stand, und in der grauschimmernden Tiefe ihrer Augen fand ich nicht nur die Verzweiflung des Augenblicks, sondern auch ein brunnentiefes, grundloses Vertrauen, das sich aus der Kraft ihrer Liebe speiste.

«Ich werde dich nicht verlassen», sagte ich. «Selbst wenn mich die Königin …» Ich vollendete den Satz nicht.

Eine Weile schwiegen wir gemeinsam, bis ich fragte: «Und wenn wir fliehen? Auf einem Schiff? Nach Rom und weiter nach Norden?»

«Wer bezahlt uns die Schiffspassage?»

«Conte Pettorano vielleicht.»

«Er wird sich bei der Königin kaum unbeliebt machen wollen. Vermutlich müsste er um sein Leben fürchten.»

Natürlich hatte Madeleine recht. Ich suchte nach einer anderen Lösung. «Ich habe doch noch die Goldmünze von Signor Simonetti. Vielleicht reicht sie.»

Sie schüttelte den Kopf. «Wir sind Fremde hier, keiner kennt uns. Im Hafen kontrollieren die Beamten des Königs alle Schiffe und Waren. Die Münze muss wahrscheinlich in hiesige Münzeinheiten umgetauscht werden.» Sie schüttelte noch heftiger den Kopf. «Du musst nach dem Komplettorium zur Königin gehen und tun, was sie von dir verlangt.»

«Dann werde ich es tun.»

Als die Schatten der Palmen länger wurden und sich wie gierige Finger über die Menschen legten, die den Platz bevölkerten, brachte ich Madeleine zum Palazzo von Conte Pettorano, nahm dort ein Bad und bat den Grafen, mir vornehme Kleidung zu leihen. Er lächelte wissend und gab mir das Beste, was seine Truhen zu bieten hatten. Schließlich zog ich ein seidenes Unterhemd an, schlüpfte in einen ebenso seidenen Bliaud, legte mir einen Samtumhang über die Schultern. Der Graf selbst suchte mir eine goldene Schließe aus, in die fein sein Wappen gehämmert war.

Am Eingang des Königspalasts wurde ich umgehend von einem Beamten der Königin in Empfang genommen und, eskortiert von mehreren Bewaffneten, zu den Frauengemächern geführt, wo ich einer Hofdame übergeben wurde, die mich schließlich bis in das Empfangszimmer der Königin geleitete.

Dort hatte ich mit ihr zu warten.

Schließlich öffnete sich die Tür, die Königin trat ein, von zwei Kammerfrauen flankiert. Ich verbeugte mich tief, bis sie mir wie ein Bischof ihre mit mehreren kostbaren Ringen bewehrte und mit Henna bemalte Hand zum Kuss hinhielt – eine ungewöhnliche Geste. Ich kniete nieder und deutete einen Kuss auf einen der Ringe an.

Betäubend schwerer und süßer Duft senkte sich wie eine dunkle Wolke herab. Als ich den Kopf hob, ragte vor mir das Standbild einer orientalischen Göttin auf. So wirkte sie zumindest auf mich. Nicht nur duftgeschwängert, sondern auch mit edelsteingeschmücktem Goldhelm, an dessen Seiten nach unten breiter werdende Goldbänder baumelten. Die Lippen waren tiefdunkelrot, die Brauen stark geschwärzt, die Augen ebenfalls schwarz umrahmt und unnatürlich vergrößert, auf den Wangen lag rötlicher Puder. Ein vorne offener purpurner Samtmantel, durchzogen von Goldfäden und mit weißen Pelzborten, fiel bis auf den Boden herab; unter ihm trug die Königin ein ebenso langes lichtblaues Seidengewand.

Ich erwartete, dass sie mich erneut nach dem roten Tüchlein fragen würde. Daher hatte ich es durch ein Loch an meinem weiten Ärmel gezogen. Sie öffnete mit einer leichten Drehung die Hand, um mir zu zeigen, ich möge mich erheben. Kaum stand ich, trat ich unwillkürlich einen Schritt zurück, so unziemlich, ja, sträflich nah stand ich vor der Königin. Sie verzog ihren Mund zu einem spöttischen Lächeln und schickte die Kammerfrau und die beiden Dienerinnen aus dem Raum. Kaum waren wir allein, reichte sie mir die Hand und führte mich in ihr Privatgemach zu einem kleinen Tisch, in den die Quadrate des Schachspiels eingelegt waren. Auf den Feldern befanden sich jedoch keine Schachfiguren, sondern runde schwarze und weiße Scheiben. Neben dem Spielfeld funkelten zwei kunstvoll geschwungene byzantinische Gläser mit schwerem Rotwein, dessen Oberfläche zu zittern schien. Noch immer lächelnd, hob sie ihr Glas und wartete, bis auch ich meins ergriffen hatte, dann trank sie, ohne ihren Blick von mir abzuwenden.

Ich nippte.

Sie hob auffordernd den Kopf.

Ich nahm einen größeren Schluck.

Dann setzten wir beide gleichzeitig die Gläser ab.

Noch immer fixierten mich ihre geweiteten, pupillenschwarzen Augen.

«*Ferses!* Kennst du das Spiel? Es stammt aus deiner Heimat. Man könnte es auch *Dame* nennen, denn um die geht es hier – um die Dame ohne den König.»

«Ich kenne es, habe es jedoch nie selbst gespielt.»

Die Königin wies mich an, auf einem Hocker neben dem Tisch Platz zu nehmen, und erläuterte mir mit knappen Worten die Regeln des Spiels. An einem ihrer Finger glitzerte mir ein Stein entgegen, den ich für einen Rubin hielt. Sie sah meinen Blick, hauchte den Stein an, strich mit dem Ärmel ihres Gewands über ihn und sagte: «Ein roter Zirkon. Man schätzt ihn unter den Arabern schon lange als Zauberstein der Liebe. Mir hat ihn nicht etwa Federico geschenkt, er schenkt solche Steine anderen Frauen, sondern mein erster Gemahl, der ungarische König Ladislaus, Gott sei seiner armen Seele gnädig.»

Einen Augenblick dachte ich, die Königin könne sich besinnen und mich wegschicken, aber sie ließ nur einen nachdenklichen Blick über den Stein gleiten und zog den Ring vom Finger.

Mit leiser, rauer Stimme sagte sie: «Besiege mich, dann schenke ich dir den Ring.» Mit diesen Worten legte sie ihn neben das viereckige Spielfeld.

Ich bemühte mich, selbstbewusst zu antworten: «Ich werde mich anstrengen.»

«Drei Spiele hast du frei, sie darfst du verlieren, musst jedoch jedes Mal ein Kleidungsstück ablegen.»

«Und was geschieht, wenn ich das vierte Spiel verliere?»

«Dann wirst du sterben.» Ihre Stimme war plötzlich nicht mehr rau, sondern schneidend kalt.

34. Kapitel

Ich verlor das erste Spiel rascher, als ich erwartet hatte. Vor jedem meiner Spielzüge, bei dem ich einen Stein der Königin schlug, trank ich einen tiefen Schluck von dem schweren Wein. Sie goss mir selbst aus einer gläsernen Karaffe nach.

Ich musste meine Schließe öffnen und den Umhang ablegen.

Das zweite Spiel verlor ich ebenfalls, wenn auch nicht ganz so schnell. Mein Kopf fühlte sich leicht vernebelt an, vermutlich vom Wein, aber er arbeitete fieberhaft.

Die Augen der Königin waren nun viel schmaler, und mit ihren Schneidezähnen fuhr sie leicht über die Unterlippe. Dann wies sie stumm auf meinen Bliaud, den ich zögernd über den Kopf zog. Nun saß ich im Unterhemd vor ihr und kam mir fast nackt vor. Ein spöttisches Lächeln huschte über ihre Lippen, aber zugleich tastete mich ihr Blick regelrecht ab.

Das dritte Spiel entwickelte sich zum erbitterten Kampf. Ihre Dame jagte meinen letzten Stein, bis er sich, in die Ecke gedrängt, nicht mehr bewegen konnte, ohne sofort geschlagen zu werden.

«Ich gebe auf», sagte ich mit halb erstorbener Stimme.

«Du hast noch ein letztes Spiel», entgegnete sie mit ernstem Blick und zeigte auffordernd auf mein Unterhemd.

«Bitte erspart mir diese Demütigung!»

«Spielregeln müssen eingehalten werden», antwortete sie kalt.

Und dann saß ich nackt vor ihr. An meiner Brust baumelte das goldene Amulett. Ich hatte nicht daran gedacht, erst als ich ihren neugierigen Blick sah, kam es mir wieder in den Sinn.

Diesmal begann ich das Spiel. Vielleicht lenkte meine Nacktheit die Königin ab – ihr Blick glitt häufig vom Spielfeld zu meinem Körper, dann wieder zurück –, vielleicht spielte ich mit der verzweifelten Klugheit der Todesangst, mit dem Scharfsinn des Erniedrigten. Vielleicht wollte sie auch nur nicht ihre Drohung wahr werden lassen.

Es folgte eine Reihe hektischer Spielzüge, ich jagte ihre letzten Steine, und dann war sie am Ende.

Ich hatte gewonnen.

Rasch wollte ich mich wieder ankleiden, doch noch rascher sprang sie auf, stellte sich hinter mich, drückte mich auf den Hocker zurück und streifte mir den versprochenen Ring über den vierten Finger der rechten Hand. Dann glitt ihre Hand sanft über Schulter und Brust und ergriff das Amulett. Um seine drei Buchstaben besser lesen zu können, beugte sie sich herunter, und ihr Duft, den ich beim Spiel kaum mehr wahrgenommen hatte, ließ meinen Atem stocken.

«Woher hast du diese alte Goldmünze?», flüsterte sie.

«Von meiner Mutter.»

«Sie kommt mir seltsam bekannt vor. F H R – was bedeuten die Buchstaben?»

«Ich weiß es nicht.»

«Steh auf! Ich muss sie mir genauer anschauen.»

Sie zog mich an dem Riemchen, an dem mein Amulett hing, zu ihrem baldachinbeschatteten Bett, und wir setzten uns auf seinen Rand. Ein Hand hielt noch immer das Amulett, die andere glitt über meinen Oberschenkel, bis sie meine Männlichkeit zwischen ihre Finger nahm, um mit ihr zu spielen.

«Bitte lasst mich gehen, Gnädigste, Erhabenste ...»

Plötzlich erstarrte sie. «Du bist ja ein Jude.»

Einen Augenblick zögerte ich mit meiner Antwort, dann schüttelte ich entschieden den Kopf. «Erinnert Ihr Euch noch daran, dass mich der Senher von Les Baux mit dem Tod bedrohte?»

Sie sah mich erwartungsvoll an.

«Er ließ mich am Leben, aber verstümmelte mich, er ... beschnitt mich.»

Sie schien nachzudenken, doch bald siegte ihr Begehren über ihre Zweifel. Sie küsste mich heftig und flüsterte mir dann hektisch zu: «Jetzt zeige, Troubadour, dass dein Gesang nicht lügt. Du hast einen Wunsch frei.» Sanft drückte sie meinen Oberkörper in die Kissen.

«Ich werde sterben, der König wird mich ...»

«Der König ist weit und betrügt mich jede Nacht mit deiner kleinen Provençalin», hauchte sie, «jetzt ist es Zeit, dass wir uns revanchieren.»

Nun ließ ihre zweite Hand das Amulett los und strich zärtlich über meine Brusthaare.

Während sie ihren Mantel abstreifte und sich anschließend ihre Lippen meinem Mund näherten, sah ich vor meinem inneren Auge, wie sich der junge König, schön wie Apoll und stark wie Mars, über Serena beugte, um sie mit seinen Armen zu umfassen und zwischen ihre Schenkel zu gleiten.

Obwohl mich dieses Bild peinigte und ich mich zugleich benutzt und missbraucht fühlte, zeigte mir meine von Constanza angestachelte Männlichkeit, dass sie die Rache des Senhers überwunden hatte.

Ich fühlte mich hin und her gerissen.

Schon schürzte Constanza Gewand und Unterkleid und versuchte, über meinen Schenkeln zu knien.

Plötzlich war in mir eine Entscheidung gefallen.

«Warte!», flüsterte ich.

Sie sah mich mit einem verschleierten und zugleich erregten Blick an, ließ zu, dass meine Hände über ihren Leib glitten und anschließend den Saum ihres Gewands über ihren Kopf schoben, sodass sie nichts mehr sehen konnte. Laut stöhnte sie auf, als ich ihre Brüste streichelte. Sie drängte sich an mich, ich schob jedoch ihren Körper von meinen Beinen und drehte ihn. Sie verstand sofort, was ich wollte, und leistete keinen Widerstand. Ich schob ihre Beine auseinander und ließ meine Hände zart über ihre Hinterbacken und die Innenseiten der Schenkel gleiten.

Erneut stöhnte sie bis in die tiefsten Winkel ihres erwartungsvollen Leibs.

Ich glitt jedoch von der Bettkante, griff nach meiner Kleidung, sprang lautlos zur Tür, zog mir blitzschnell Hemd und Bliaud über, während Constanza einen Laut wie *Komm endlich!* in die Kissen presste. Ich legte mir den Umhang über die Schultern, öffnete die Tür und floh.

Ich hörte nur noch einen wütenden, halberstickten Schrei, dann einen zweiten, der noch wütender und nicht mehr von Kleidung und Kissen gedämpft war.

Schon eilte ich an Kammerfrauen und bald auch an Wachen vorbei, nicht ohne bedeutsam zu grinsen und mich zugleich leicht zu verbeugen.

Ihr dritter Schrei verklang in den langen Gängen. Hinter mir hörte ich, wie Dienerinnen und Bewaffnete zur Königin rannten.

Ohne durch Rennen Verdacht zu erwecken oder mich gar zu verlaufen, eilte ich weiter, fand das Portal, wo mich die Wachen aufhalten wollten. Doch zum Glück stand der Mann, der mich in Empfang genommen hatte, noch dort. Ihm nickte ich zu, als wollte ich sagen: *Auftrag ausgeführt.*

Er grinste schmierig.

Flugs war ich draußen in der Nacht und verschwand in einer der dunklen Gassen.

Wie ich den Palazzo von Conte Pettorano fand, weiß ich nicht mehr.

Atemlos berichtete ich alles Madeleine.

«Du hast ihr widerstanden?», fragte sie ungläubig.

Ich nickte.

«Und warum?»

Ich schloss die Augen und legte die Spitzen der aneinandergelegten Finger an meine Lippen, als müsste ich ein schwerwiegendes Rätsel lösen. Aber mein Kopf war leer, mein Herz schlug in wildem Stakkato, und ich konnte mir noch keine Rechenschaft geben über mein Verhalten.

«Es gibt viele Gründe. Lass uns später darüber reden.»

Sie gab mir einen Kuss auf den Mund und drückte mein Gesicht kurz an ihre weiche Brust.

Noch in der Nacht ließen wir den Grafen wecken, und auch ihm berichtete ich, was geschehen war. «Wir müssen Palermo sofort verlassen, am besten auf einem Schiff. Ihr solltet mitkommen, sonst rächt sich die Königin an Euch», forderte ich ihn auf.

Der Graf wirkte sehr ernst und nachdenklich, schüttelte dann den Kopf. «Ich stehe unter dem Schutz des Königs, sie wird mir nichts tun – noch nicht. Und wenn ich den Mund halte …»

«Wie sollen wir den Platz auf einem Schiff bezahlen?», fiel ihm Madeleine mit bittendem Blick ins Wort.

«Geld ist nicht das Problem», sagte er und wanderte unruhig durch den Raum. «Ihr müsst euch wie ein Händler kleiden» – sein skeptischer Blick wanderte von mir zu Madeleine – «Ihr wie eine Sklavin. Und Ware mitführen, die leicht zu transportieren ist, am besten Pergament, das wird überall gebraucht, in Neapel, in Rom, in Genua. Ihr nehmt ein Schiff aus Genua, das nach Rom segelt, mit Pergament für die päpstliche Verwaltung. Ich werde mich darum kümmern. Aber erst einmal müsst ihr euch verstecken, Königin Constanza lässt sicherlich sofort den Hafen absuchen und schickt vermutlich auch Männer zu mir.»

Er fuhr sich mit den Fingern nachdenklich über die Stirn. «Ja, ich weiß, wo. Ich habe einen jüdischen Freund, der mir noch einen Gefallen schuldet, er kann euch für ein paar Tage aufnehmen. Mittlerweile werde ich ein Schiff aussuchen und euch anmelden, ohne dass mein Name dabei fällt. Einige Männer im Hafen und der Kapitän müssen bestochen werden, dann dürfte alles glatt verlaufen. Nach ein paar Tagen hat sich die Aufregung gelegt, und ihr segelt in Richtung Rom und werdet – so der Herr euch beisteht – in Sicherheit sein.»

Als der östliche Himmel den ersten Tagesschimmer zeigte, hatte keiner von uns ein Auge zugetan. Conte Pettorano hatte einen zuverlässigen Diener zu dem Juden geschickt, und wir saßen anschließend erneut zusammen.

Wir konnten dem Grafen gar nicht genug danken. Ernst wehrte er unseren Dank ab. Als Madeleine die Bitte äußerte, noch einmal den kleinen Federico zu sehen, und von der Amme zu dem schlafenden Kind geführt wurde, wandte er sich mir zu: «Ich möchte Euch ein Geheimnis offenbaren, das Ihr vermutlich längst erraten habt. Der kleine Federico, den wir hier aufziehen, ist ein Bastardkind des Königs, das wisst Ihr, aber Ihr kennt nicht seine Mutter: Es ist Eure Maria Serena aus Les Baux. Sie hat nach dem Tod ihres Mannes dem Charme und dem heftigen Werben des Königs nicht widerstehen können. Falls Ihr sie jemals wiedersehen solltet: Verzeiht ihr. Sie war so einsam hier, so verzweifelt, gequält von Heimweh und einer vergeblichen Liebe.»

Er ließ lange seinen wissenden Blick auf mir ruhen. «Dem jungen König gelang es, sie zu trösten. Vielleicht versprach er ihr auch, sie in ihre Heimat zurückreisen zu lassen. Aber dann wurde sie – zur gleichen Zeit wie die Königin – schwanger, und König Federico nannte seinen legitimen Sohn nach seinem Vater, den illegitimen nach seinem Großvater Barbarossa und sich selbst. Ihr könnt Euch vorstellen, wie wütend die stolze Spanierin war.»

«Wird das Kind deswegen nicht im Palast aufgezogen?»

Der Conte nickte. «Die Königin weiß genau: Sie wird sich damit abfinden müssen, dass der König, jung und prächtig, wie er ist, einen starken Hunger nach dem schönen Geschlecht hat – zumal sie so viel älter ist als er. Aber der Hass wird nicht aufhören, an ihr zu nagen. Deshalb erhielt ich vom König persönlich die verantwortungsvolle Aufgabe, das Kind gesund heranwachsen zu lassen, und werde auch dafür belohnt. Dennoch muss ich achtgeben … Was ist übrigens mit Eurem französischen Ritter? Können wir ihm trauen?»

«Nein!», rief ich erregt. «Kein Wort zu ihm!»

Meine Gedanken verweilten jedoch nur kurz bei Rounaldo, weil Serena sie in Besitz nahm: Das Gefühl nie überwundener, vergeblicher Liebe überschwemmte mich derart, dass ich nur noch stockend atmen konnte. Zum Glück sah mich Madeleine nicht in diesem Zustand.

Nun war ich endgültig und um jeden Preis entschlossen, nach zu Rom segeln und den König zu erreichen, um Serena wiederzusehen. Sie musste wissen, dass ich noch lebte, sie und unsere Liebe nicht vergessen hatte. An die Möglichkeit, meinen richtigen Vater auf Sizilien zu finden, glaubte ich nicht mehr.

«Darf auch ich Serenas Kind noch einmal sehen?», fragte ich den Grafen.

Ich fand den kleinen Federico wach und lächelnd in Madeleines Arm. Sie wiegte ihn, sang ihm leise ein provençalisches Schlaflied, pustete ihm über die Härchen und drückte ihm immer wieder einen vorsichtigen Kuss auf die Wangen. Als ich zu ihnen trat, hielt sie mir den Kleinen hin, sodass auch ich ihn nehmen konnte. Nach einem verunsicherten Stirnrunzeln lächelte er mich vorsichtig an.

«Er könnte unser Kind sein», flüsterte mir Madeleine zu.

Es dauerte nicht mehr lange, da nahmen wir Abschied vom Haus unseres Retters. Ich gab dem Grafen die Harfe zurück, und er revanchierte sich mit einem Beutel Silbermünzen, edler Händlerkleidung und einem Sklavengewand für Madeleine, unter dem sie jedoch feinstes Leinen trug. Anschließend führte er uns zu dem prächtigen, ehemals arabischen Palazzo des jüdischen Geldverleihers. Dieser Mann war in alles eingeweiht und sollte die Schiffsfahrt organisieren. Wir erfuhren allerdings nicht einmal seinen Namen – aus Gründen der Sicherheit, wie der Graf erläuterte.

Der Abschied von Conte Pettorano war kurz, denn die Stadt begann zu erwachen. Madeleine konnte ihre Tränen nicht unterdrücken.

Was wir erst viel später erfahren sollten: Rounaldo wurde an diesem Morgen in den Königspalast gerufen und kehrte anschließend nicht mehr in Conte Pettoranos Haus zurück.

Ich hatte gehofft, wir könnten bereits am nächsten Tag Palermo verlassen, doch es fand sich kein Schiff aus Genua, auf dem noch Platz war. Außerdem machten Spione und Zuträger der Königin den Hafen unsicher, sie steckten in alle Schiffe und Warenlager und Kontrakte ihre Nase, prüften die Listen der Passagiere.

Erst nach über einer Woche klärte der Geldverleiher uns darüber auf, dass am nächsten Morgen bereits vor Sonnenaufgang ein Schiff ablege. «Dann schlafen die Schnüffler der Königin noch.»

Und so verließen wir in tiefer Nacht unsere bequemen Betten, packten unsere persönlichen Sachen und beluden ein Maultier mit dem Pergament.

Der Geldverleiher führte uns zum Hafen, der tatsächlich noch still im düsteren Morgenlicht lag. Im Osten, über der Berglinie, begann sich der Himmel rötlich zu färben. Wir ließen unsere Ware einladen und übergaben unserem Helfer das Tragtier. Der Kapitän des Schiffes beobachtete uns misstrauisch, sagte aber nichts.

Schließlich war das Schiff – eine Taride, wie man im Süden die Lastengaleeren nennt – beladen und alle Mann an Bord. Eng umschlungen standen wir an der Reling und warteten darauf, dass die Taue gelöst, wir ablegen und in See stechen würden. Ich warf noch einen letzten Blick auf die Stadt, über der zahlreiche Türmchen von Moscheen in den Himmel ragten. Die ersten Sonnenstrahlen erreichten ihre Spitzen und den Königspalast und ließen sie golden erstrahlen. Im Hintergrund, noch immer dunkel gefleckt, die Bergrücken, die die Stadt wie eine natürliche Schutzmauer abschirmten.

Und dann geschah das Unfassliche.

Genau in dem Augenblick, als die Taue gelöst wurden, preschte eine kleine Reitergruppe heran. Schon von weitem schrie sie irgendwelche Befehle und fuchtelte mit den Armen. Madeleine und ich starrten ihnen entsetzt entgegen, und nach kurzer Zeit erkannten wir den Mann, der waffenklirrend voranritt: Rounaldo. Seine Pferdedecke war mit dem Wappen der Königin geschmückt, und schon von weitem brüllte er: «Im Namen der Königin! Nicht ablegen!»

Es musste ein abgekartetes Spiel gewesen sein.

Der Kapitän befahl den Männern am Kai, die Taue ins Wasser zu werfen, und seinen Ruderern, langsam loszulegen. Vor Erleichterung atmete ich auf, denn offensichtlich wusste er von unserer Bedrohung, war indes ausreichend bestochen worden. Rounaldo hatte mittlerweile den Kai erreicht, sprang vom Pferd, sein Schwert bereits gezückt, schlug einem der Männer, die die Taue gelöst hatten, die flache Klinge über den Kopf und stieß den anderen mit einem Tritt ins Wasser.

Unser Schiff entfernte sich immer mehr vom Ufer und drehte langsam in die Richtung, in der es aus dem Hafen gerudert werden konnte. «O Gott, das war knapp!», rief ich noch leise und wollte Madeleine in meine Arme ziehen, als einer der Matrosen unbemerkt hinter uns trat und ihr einen heftigen Stoß versetzte. Sie strauchelte und kippte über die Reling ins Wasser.

Bevor ich überhaupt begriff, was geschah, war das Schiff bereits ein Stück weitergetrieben. Die Ruderer ließen die Ruderblätter ins Wasser klatschen. Noch einmal tauchte Madeleine kurz auf, schlug heftig mit den Armen um sich, schrie mir etwas zu, versank dann wieder unter den Ruderblättern. Ich wollte ihr nachspringen, doch der Matrose hielt mich fest. Als ich ihm meine Faust ins Gericht rammen wollte, traf mich ein Ersatzruder am Kopf, ich taumelte, hörte noch einen letzten Hilferuf, und dann tauchte alles in undurchdringliche, bewusstlose Schwärze.

Teil IV

Die Stunde des Adlers

35. Kapitel

Als ich wieder zu mir kam, hockte ich gefesselt in einem der hölzernen Verschläge auf Heck und Bug des Schiffs – für den Kapitän und besonders zahlungskräftige Passagiere bestimmt. Mein Kopf schmerzte heftig, die Wut über meinen Zustand und der Gedanke, dass Madeleine vermutlich ertrunken war, ließen mich laut aufschreien und mit den Füßen gegen die Planken unter mir treten.

Nach einer Weile erschien der Kapitän.

«Bindet mich los!», fuhr ich ihn an. «Für den Mord an meiner Frau und meine Gefangennahme werdet Ihr büßen. Ich bin unterwegs zum König. Der wird Euch an den Galgen bringen.»

Wenig beeindruckt von meiner Drohung, schaute er auf mich herab, zog schnaubend die Luft ein und wandte sich wieder zur Tür, um den im Seegang schwankenden Verschlag zu verlassen; dann ließ er sich doch herab, mir zu antworten: «Mord an deiner Frau? Erstens ist sie nichts anderes als eine Sklavin, zweitens fiel sie, weil sie ausrutschte, ins Wasser. Und wenn sie nicht schwimmen kann … selber schuld. Drittens haben wir dich vor dir selber, vor deiner Unbedachtheit schützen müssen. Viertens kann ich dich auch über Bord werfen und den Fischen zum Fraß überlassen. Kein Mensch und schon gar kein König wartet sehnsüchtig auf einen flüchtenden Verbrecher, der nur noch lebt, weil für ihn ein Haufen Geld bezahlt wurde.» Mit diesen Worten ließ mich der Kapitän allein.

In meinem Kopf wirbelten die Gedanken durcheinander. Wie und durch wen hatte Rounaldo erfahren, dass wir fliehen wollten? Hatte uns der jüdische Geldverleiher verraten? Das konnte ich mir nicht vorstellen, er hätte sich selbst in Gefahr gebracht. Jemand aus dem Haus Pettorano? Ein Diener? Die Amme des kleinen Federico? Wir mussten erst kurz vor unserer Abreise verraten worden sein, denn sonst hätte man uns schon vorher geschnappt. Und wieso hatte man nicht auch mich ins Wasser gestoßen?

«Wer hat Euch bestochen?», rief ich dem Kapitän nach, der bereits die Tür hinter sich geschlossen hatte.

«Conte Pettorano», hörte ich ihn lachen. «Aber nicht er allein. Ich bin ein ehrlicher Kaufmann und erfülle meine Verpflichtungen.» Mit einem erneuten Auflachen entfernte er sich.

Am Tag nahm die Hitze in meinem Verschlag fast unerträglich zu, zumal ich nur wenig Wasser zu trinken erhielt. Mittags, als ich ohnmächtig zu werden drohte, erschien der Kapitän erneut und band mich los. «Abhauen kannst du sowieso nicht», erklärte er. «Wenn du Ärger machst, stirbst du einen nassen Tod. Meine Männer haben den klaren Befehl, dich nicht aus den Augen zu lassen.»

Um seinen Worten Nachdruck zu verleihen, wollte er mich zwischen die Beine treten, verfehlte aber sein Ziel. Ich fiel zu Boden, sprang aber sofort wieder auf, um mich auf ihn zu stürzen. Blitzschnell hielt er mir einen Dolch unters Kinn. «Hast du nicht verstanden?», fauchte er und ritzte meinen Hals.

Ich ließ ihn ziehen, folgte ihm nach einer Weile ins Freie.

Das Segel bauschte sich im Wind, das Schiff pflügte, leicht geneigt, einen nordöstlichen Kurs. Die etwa hundert Ruderer, die jeweils zu zweit an den Riemen saßen, hockten gelangweilt auf ihren Sitzen oder schliefen an die Reling gelehnt. Der Steuermann hatte sein Doppelruder befestigt und schaute kurz zu mir herüber, beachtete mich dann aber nicht weiter. Auch sonst schien sich niemand für mich und mein Schicksal zu interessieren. Ich entdeckte ein paar Händler, dazu zwei ins Gespräch vertiefte Prälaten und eine kleine Gruppe Ritter, die mit ihren Knappen und Pferdeknechten auf einer ausgebreiteten Pferdedecke würfelten. Zwei ärmlich gekleidete Pilger – dafür hielt ich sie zumindest – hockten am Bug und ließen sich den Wind durch ihre langen Haare wehen.

Hatte niemand gesehen, wie Madeleine ins Wasser gestoßen worden war? Oder glaubten sie alle, es sei ein Unglück gewesen? Und für wen hielten sie mich eigentlich? Hatte der Kapitän ihnen allen eine Mär über mich aufgebunden?

Die Sonne brannte vom Himmel, der Wind, der das Segel blähte, schuf indes Kühlung. Zwar grummelte mein Magen vor Hunger, der Kopf schmerzte noch immer, doch die Lähmung, die mich jetzt erfasste, war schlimmer als die Fessel des Kapitäns. Ich legte mich auf die Planken und schloss die Augen. Das Schiff schwankte leicht, ein angenehmes, einschläferndes Wiegen, das in so krassem Gegensatz zu dem stand, was mich innerlich bewegte.

Ich sah Madeleine leblos auf dem Wasser treiben. Ihre unverbrüchliche Treue und Liebe zu mir hatte sie alle Gefahren und Leiden überstehen lassen. Und nun sollte sie auf diese banale Weise enden? Noch dazu durch einen heimtückischen Verrat? Warum war es mir nicht gelungen, mich an Rounaldo, diesem schwarzen Schatten meines Lebens, zu rächen? Dann würde sie jetzt noch leben.

Dachte ich an sein schiefes Grinsen, seine verlogene Freundlichkeit und seine Bosheit, dachte ich an das, was er mir und Madeleine in Béziers angetan hatte, überschwemmte mich grenzenloser Hass. Doch jetzt, musste ich mir eingestehen, erreichte dieser Hass Rounaldo nicht mehr, konnte ihm nichts antun, er zerfraß mich nur selber wie Aussatz.

Es galt zu überleben.

Es galt, Madeleine ein liebendes Angedenken zu wahren und dennoch nach vorne zu schauen.

Vorsichtig öffnete ich meine Augen, bis die gleißende Sonne mich zu blenden begann. Versuchte zu beten. Aber es stellten sich keine Worte ein, nicht einmal die Hilferufe der Psalmen, die einsamen Schreie aus der Tiefe der Verzweiflung. Stattdessen schien aus dem gleißenden Licht Serena herbeizuschweben, eine durchsichtige Lichtgestalt, ihre Haare flogen im Wind, und die Begeisterung auf ihrem Antlitz galt mir!

Segelte ich nicht nach Rom, um Serena wiederzufinden?

Ein böses, undankbares Gefühl meldete sich plötzlich in der hintersten Ecke meiner Seele, wie ein Licht in einer lähmend schwarzen Nacht. Es ließ sich nicht verbannen, verstärkte sich sogar noch: ein Gefühl der Freiheit, ein Gefühl der sich öffnenden Weite. *Senden* und *kumber*, diese Worte fielen mir wieder ein. *Sehnsucht* und *Kummer*. Kummer um Madeleine, Sehnsucht nach Serena.

Ich lebte noch. War jung und gesund. Sogar meinen Beutel mit den Denaren hatte mir der Kapitän gelassen, die eingenähten Goldstücke und mein Amulett waren ebenfalls noch an ihrem Platz. Ich hatte sogar die Tasche mit meinen beschriebenen Pergamenten entdeckt, mit den Liedern und Gedichten.

Ich setzte mich auf, starrte auf die Planken. Es galt, die Zukunft zu bestehen.

Da der Himmel klar war und fast Vollmond herrschte, segelten wir auch nachts und erreichten bereits nach zwei Tagen den Hafen von Neapel. Ich wurde wieder eingesperrt. Da ich genügend Wasser, Brot, Schinkenspeck und Gemüse erhielt, nahm ich widerstandslos hin, was mit mir geschah.

Es dauerte nach dem Auslaufen aus Neapel noch einen weiteren Tag, bis das Segel gerefft wurde und die Ruderer sich in die Riemen legen mussten, um auf einem Fluss gegen die Strömung voranzukommen. Ich solle meine Sachen packen, hörte ich, wir näherten uns Rom, am Ripa Grande würde ich hinausgeworfen.

Uns überholten kleine Ruderboote mit Waren, vor und hinter uns wurden größere Schiffe, beladen mit Getreide und blökendem Vieh, mit Mönchen und Pilgern und hohen Prälaten in ihren schwarzen Gewändern, den Tiber aufwärts gerudert.

Dann legte das Schiff an, wurde vertäut, der Kapitän verließ es als Erster über eine Klappbrücke, sprach mit einem Hafenbeamten, drückte ihm ein paar Münzen in die Hand und wies dann auf mich, der ich mit meiner persönlichen Habe und den Pergamentpacken an der Reling wartete.

Vor mir lag Rom, die Ewige Stadt. Der erste Eindruck: ein verkommenes Ruinendorf.

Während der letzten Wegstrecke hatte ich eine mächtige Basilika entdeckt, in der Ferne auch einen Aquädukt, dann die alte Stadtmauer, doch überall standen Ruinen, dazwischen kleine Weingärten und grasende Schafe oder Ziegen. Über der bewohnten Stadt weiter im Norden ragten jede Menge Türme in den Himmel, wie ich sie aus Mailand und Bologna kannte.

Nun schickte mich der Kapitän an Land, nicht ohne mir höhnisch viel Glück zu wünschen. Ich beachtete ihn nicht weiter, schulterte meine Sachen und schob mich nach den anderen Passagieren, aber noch vor den Rittern und ihren Knechten an Land. Mich umfing sofort Geschrei und Gedrängel, und unangenehmer Geruch aus den Hinterlassenschaften der Tiere, von verbranntem Fleisch und faulendem Müll brannte mir in der Nase.

Kaum schaute ich mich suchend um, drängten sich mir bereits mehrere Männer auf, die meine Waren transportieren, die mir den Weg weisen und junge Mädchen zuführen wollten. Ich heuerte einen einigermaßen vertrauenswürdig aussehenden Mann an, dessen Maultier das Pergament und meine Siebensachen tragen konnte, und bat ihn, mich dorthin zu bringen, wo der Heilige Vater hohe Gäste empfange.

Der Marsch zum Lateranpalast dauerte eine Weile. Wir kämpften uns durch ein weitläufiges, halb zugewachsenes Trümmerfeld an einem Hügel vorbei, auf dem riesige Bauten vor sich hin dämmerten. «Das ist der Palatin, dort oben standen die Paläste der römischen Kaiser», erklärte der Maultiertreiber gelangweilt. Als die nächste, noch mit Marmor bekleidete Anlage durch einen lichten Wald von Schirmpinien schimmerte, hieß es, dies seien die alten Thermen des Caracalla. Weiter ging's über schmale Pfade, an Gestrüpp und Ziegelhaufen entlang. Dann wieder folgte etwas, das man Straße nennen konnte. Überall lungerten verdreckte und halb verhungerte Kinder bei Ziegenherden, Ratten sprangen quer über den Weg. Schließlich erreichten wir San Giovanni in Laterano und den Palast der Päpste.

Ich suchte mir eine Herberge ganz in der Nähe, die von Pilgern nicht gar zu überschwemmt und einigermaßen sauber aussah. Auch hier wieder Häuser, die einzustürzen drohten, neben wackeligen Holzbauten und sich einander anlehnenden Katen. Dahinter erhoben sich die abweisenden Mauern von weiträumigen Klosteranlagen und von turmbewehrten Adelspalästen, die über alten römischen Villen gebaut waren.

Ich überlebte die Nacht in einem Bett mit drei anderen Männern und einer Unzahl von Wanzen, ohne dass mir etwas gestohlen wurde. Dann winkte ich einen Tagelöhner herbei und ließ meinen Pergamentpacken zum Eingang des Papstpalasts tragen. Zum Glück sah ich in meiner geschenkten Kleidung einigermaßen vornehm aus und sprach auch Latein, was mir nach einer angemessenen Spende für Papst Innocenzo und diverse Heilige den Segen der Kirche und eine Audienz beim Vorsteher des Skriptoriums verschaffte, dem ich das Pergament anbot, «erstklassige Kalbshäute aus Sizilien, halten ewig, sind mehrfach zu beschreiben», wie ich betonte.

Mühsame Stunden des Feilschens folgten, aber schließlich wurde ich meine Ware los und konnte sogar einen Beutel Denare einstreichen, nicht ohne davon sofort wieder einige als Spende abzweigen zu müssen.

Als ich mich verabschiedete, kam ich auf König Federico

zu sprechen, den hohen Gast und das frühere Mündel des Papstes: Ich müsse ihm wichtige Botschaften aus dem *regnum Siciliae* überbringen.

Ein skeptischer Blick, und wieder wanderten Denare von einer Hand zu anderen.

Dann Warten.

Ein anderer Prälat erschien und führte mich durch hallende Gänge zu einem Empfangsraum, in dem ich erneut zu warten hatte, bis ein dritter Prälat in seinem schwarzen Unterweltsgewand erschien. Ich möge ihm mein Schreiben übergeben, bedeutete er mir, er reiche es dann an den König weiter, der zurzeit mit wichtigen Staatsgeschäften beschäftigt sei.

«Ich darf ihm meine Botschaft nur persönlich überbringen, zumal sie aus einem Schreiben und mündlichen Erläuterungen besteht», erklärte ich bestimmt. Der *praelatus venerabilis et illustrissimus* möge sich dennoch um meine Belange kümmern, sie seien äußerst wichtig.

Stirnrunzeln über meine übertrieben ehrerbietige Bezeichnung. Diesmal verzichtete ich darauf, ihm einen oder mehrere Denare als kirchliche Spende zu reichen.

Erneut erfolgte langes Warten mit zunehmend drückender Blase.

Schließlich erschien ein junger Kanonikus und führte mich durch weitere hallende Gänge zu einem Portal, dann hinaus in die gleißende und brütende Hitze, durch den Schatten von einigen Schirmpinien, an deren Stamm ich endlich mein Wasser abschlagen konnte, zu einem Palast, der schon bessere Zeiten gesehen hatte. Dort verabschiedete sich der Kanonikus von mir, und ich wurde von einer bewaffneten Wache in Empfang genommen.

Wieder Erklärungen und lange Palaver, Skepsis, Kramen im klimpernden Beutel, Warten.

Aber schließlich und endlich hatten sich alle Mühen gelohnt. Ich wurde in einen Raum geführt, in dem mehrere Männer miteinander sprachen. Mitten unter ihnen, auf einem geschnitzten Thronstuhl, saß ein junger Mann und lauschte aufmerksam den Argumenten, die da ausgetauscht wurden.

Ich wurde gemeldet, und alle Augen richteten sich auf mich.

36. Kapitel

Der junge Mann schaute mir mit neugierigen, offenen, ja, freundlichen Augen entgegen. Er war wirklich noch ein Jüngling, und zwar, wie man es mir berichtet hatte, ausnehmend wohlgestaltet. Rotblonde, lockige Haare fielen bis fast auf die Schultern, seine Wangen waren glatt rasiert, die Lippen eher schmal, aber sanft geschwungen, und um den Mund lag ein Schalk, der in den Augen seinen Widerpart fand. Diese Augen schauten nicht nur freundlich, sie leuchteten regelrecht in ihrem hellen Blau. Zugleich wirkte der Blick äußerst bestimmt, und so gleichmäßig die Züge waren, so jugendlich frisch mit glatter Haut, so wenig weichlich formten sie das Antlitz.

Ich war hingerissen. Alle Mühen, die ich auf mich genommen hatte, schienen gerechtfertigt, alle Schicksalsschläge und Prüfungen, die ich hatte hinnehmen müssen, waren nur Steine auf einem Weg, der mich zu *diesem* Mann geführt hatte, zu einem König, der mich auffordernd anlächelte und mir mit der Hand ein Zeichen gab, ich möge sprechen.

«Majestät!», stammelte ich. «Mein König …»

«Lassen wir die Formeln und kommen zur Sache! Name, Botschaft, Begehren … was auch immer. Selbst ein zukünftiger Kaiser hat nicht unendlich Zeit.»

«Bernardou de Baux», rief ich, indem ich mich noch einmal verbeugte, mich dann jedoch aufrichtete wie ein freier Mann, der niemandes Untertan war, «Sohn des Falkners Arnaut aus Les Baux, weitgereister Troubadour, soeben aus Palermo gelandet – ich soll Euch von Eurem Sohn Federico grüßen, er ist gesund und munter und wächst rasch heran, von Conte Pettorano, der mich bewirtete und mich mit Geschenken überschüttete, von Eurer Frau Gemahlin, der *regina Siciliae*, von der ich die Ehre hatte, empfangen zu werden …»

«Schön, schön!» Leichte Ungeduld schlich sich in die Stimme des Königs. «Nun sag schon, worum es geht.»

Ich nestelte den zerknitterten Brief von Signor Simonetti aus meiner Gürteltasche. Er hatte ihn mir zwar in einem silbernen Zylinder gegeben, doch dieser Zylinder war längst eingetauscht worden gegen Nahrung und Kleidung. «Von meinem Gastgeber und Förderer Raniero Simonetti aus Ancona, in dessen Palazzo in Iesi Ihr das Licht der Welt erblickt habt, damit die Welt dereinst von Eurem Licht erleuchtet werde.»

Der König warf seinen Beratern, die die Augen verdrehten, einen kurzen Blick zu. «Das hast du schön ausgedrückt, *trovatore*, dennoch erinnere ich mich nicht mehr sehr genau an die Tage in Iesi, du verstehst, auch nicht an Signor Simonetti, der deine Begabung als Schmeichler sicherlich rasch erkannt hat.» Das Lächeln, das die spöttischen Worte des Königs begleitete, sagte mir, dass seine Geduld noch nicht ganz am Ende war.

Er riss das Siegel auf, öffnete das Pergament, überflog die Zeilen und lachte erstaunt auf. «Der Mann muss die Kunst der Hellseherei beherrschen. Offensichtlich ahnte er bei meiner Geburt bereits, dass ich ‹als geborener Herrscher› eine gewisse Begeisterung für die Jagd mit Falken entwickeln würde, und er bietet mir an, mir über seine vielfältigen Handelskontakte mit dem Norden kostbare Ger- und Sakerfalken zu verschaffen.» König Federico reichte das Pergament einem seiner Berater weiter. «Rainald, was hältst du davon? Erinnerst du dich an einen Simonetti?»

Der Angesprochene, ein bärtiger Mann meines Alters mit hellblondem Haupthaar und einem strengen Mittelscheitel, verzog skeptisch den Mund. «Kaum, Friedrich, ich war damals doch noch ein Kind – aber es gab ja diese Gerüchte um deine Geburt in einem Zelt, obwohl sich mehrere Familien darum bewarben, deine Mutter versorgen zu dürfen … Simonetti … könnte sein. Ich werde meine Mutter fragen.» Und er erhob sich und verließ den Raum.

Der König schaute mich nun neugieriger an als zuvor. «Und du bist der Sohn eines Falkners?»

Ich neigte bejahend meinen Kopf.

«Und verstehst selbst etwas von Falknerei?»

«Nun, was ich mir von meinem Vater abschaute – ich selbst durfte einen Falken abtragen und liebte es, in der Natur umherzustreifen und Vögel zu beobachten, sie waren, als ich noch ein Kind war, meine Freunde …»

«Und jetzt ziehst du durch die italienischen Lande, um Liebesverse in der Sprache des Volks zu singen. Spielst du auch ein Instrument?»

«Ich spiele die Harfe.»

«Und war meine Gemahlin angetan von deiner Kunst?»

«Nun, ich will nicht prahlen, aber ich durfte vor der verehrten Königin bereits vor Jahren singen, als sie mit ihren fünfhundert Rittern nach Sizilien zog und auf der Burg von Les Baux Station machte, und sie gab mir einen Myrtenzweig für meinen Gesang … Aber ich bin auch in der Lage, wie ein Ritter zu kämpfen. Nach meiner Ausbildung an der Klosterschule wuchs ich am Hof des Prinzen Guilhem von Orange auf, sein Sohn war mein Freund.»

Während ich noch sprach, war der König leichtfüßig aufgesprungen und hatte mich, nicht ohne ironischen Schalk in seinen Augen, umrundet.

«Du bist ja ein Tausendsassa, Bernardou aus Les Baux, vermutlich sprichst du auch mehrere Sprachen.»

«Neben Provençalisch, Französisch und Latein das Volgare und ein paar Brocken Katalanisch.»

Der König schüttelte lachend den Kopf. «Nicht schlecht für den Anfang. Ich spreche außerdem noch Arabisch und ein wenig Hebräisch. Und verstehe einige Brocken Schwäbisch. Da hältst du nicht mit.»

«Nein», sagte ich und schlug bescheiden die Augen nieder.

«Und wie kommst du zu diesem Simonetti aus Ancona?»

«Ich bin in Ancona geboren. Zumindest hat mein Vater sich meiner Mutter, die einen Säugling bei sich trug, in Ancona angenommen. Er hat mich adoptiert, wenn man so will.»

Erneut schüttelte der König den Kopf, diesmal aber nicht mehr lachend, sondern nur noch verwundert. «Dann ist dein richtiger Vater ein Unbekannter aus Italien, der dich in Ancona ausgesetzt hat. Und vor einiger Zeit warst du dort, auf der Suche nach deiner Herkunft?»

«So könnte man es ausdrücken, Majestät.»

Wieder näherte sich der König auf Ellenlänge, setzte sich dann wieder auf den Thronstuhl, schlug seine Beine übereinander und sah mich sinnend an, das Kinn auf seine Hand gestützt. «Ein Kind aus Ancona, aufgewachsen in Les Baux. An einem Ort, der offensichtlich einiges zu bieten hat. Ich erinnere mich dunkel, dass ihn Constanza erwähnte. Und jetzt sag, was du wirklich von mir willst.» Seine Stimme war plötzlich kalt, ja, schneidend geworden.

Ich schaute mich verwirrt um, als könnte ich Hilfe von seinen Beratern erwarten. Ihre Blicke ließen jedoch eher darauf schließen, dass sie mich für einen Hochstapler hielten.

Fast hätte ich König Federico nur das Wort *Serena* zugeflüstert. Doch natürlich beherrschte ich mich.

«Ich würde mich Euch gerne anschließen, Majestät», sagte ich leise und mit gesenktem Blick, «als Ritter wie als Troubadour.»

«Und warum?»

«Ihr seid das Licht der Welt …»

«Hör auf mit diesen albernen Schmeicheleien! Ich brauche keinen dubiosen Provençalen, der mir sagt, wer ich bin. Komm her!»

Er winkte mich so nahe heran, dass ich seinen warmen Atem spüren konnte. Seine Haut lag wie Samt über seinen Knochen, einen starken Bartwuchs hatte er nicht. Die Zähne gesund und hell …

«Vielleicht bist du ja ein Spion. Hat dich Constanza geschickt?»

Ich schüttelte den Kopf.

«Aber du kennst die Mutter meines illegitimen Sohns, den Conte Pettorano in seine Obhut genommen hat.»

Sollte ich die Wahrheit leugnen?

«Wir spielten als Kinder zusammen», sagte ich fast unhörbar.

Der König stieß mich zurück und brach in kopfschüttelndes Gelächter aus. «Hast du gehört, Rainald?», richtete er sich an den Herzog von Spoleto, der wieder erschienen war. «Sie spielten als Kinder zusammen, wie ich und deine Schwester Adelheit. Sie spielten mit Kreiseln und Vögelchen, Steckenpferden und Puppen.»

«Wenn ich den Falken abtrug, begleitete sie mich häufig. Außerdem versteckte sie sich gern vor mir, und dann musste ich sie fangen.»

König Federico war wieder ernst geworden und ließ einen nachdenklichen Blick auf mir ruhen. «Sie versteckte sich vor ihm, und er musste sie fangen», wiederholte er meine Worte, jede Silbe einzeln betonend. Dann wandte er sich an einen Geistlichen, wie ich an dem goldenen Kreuz über der Brust erkennen konnte. Er trug jedoch kein geistliches Gewand, sondern, wie alle anderen Berater, ein dunklen, bis fast auf den Boden reichenden Überwurf, der mit einer goldenen Fibel über der Brust zusammengehalten wurde. «Berardo, kann es sein, dass mir der Herr eine Art Doppelgänger aus dem Volk geschickt hat? Was sagt der Erzbischof in Euch zu dieser Häufung von Zufällen?»

«Ich werde den Herrn bei unserer abendlichen Zwiesprache befragen, Majestät, allerdings glaube ich nicht an

Zufälle, sondern an göttliche Fügungen, und daher halte ich den jungen Mann für einen Spion. Vielleicht ist er nicht einmal bösartig, nur irregeleitet.»

«Sehr salomonisch, Berardo, meint Ihr, ich könnte ihn umdrehen? Mit Charme und … wie sagen die Deutschen: *milte*? Immerhin brauchen wir dringend Männer, die das Schwert schwingen können.»

Ich stand wie ein vergessener Lehrbub dabei, während unter den Beratern offensichtlich keine Einigkeit herrschte.

«Meine geliebte Frau starb in Palermo, daher verließ ich die Stadt», unterbrach ich ihre Diskussion. «Auf meiner langen Reise durch Italien suchte ich nicht nur meinen Vater, sondern auch einen wahren, einen geborenen Herrscher, dem ich dienen kann: als Ritter und als Troubadour. Signor Simonetti sagte mir, wo ich ihn finden würde. Er vertraute mir und gab mir daher den Brief mit.»

Stirnrunzelnd schüttelte der König den Kopf. «Ich weiß nicht, ob ich dir glauben kann und ob du mir nicht etwas Entscheidendes verschweigst, aber irgendwie gefällst du mir. Mein Gefühl trügt mich selten. Du darfst dich mir anschließen.»

37. Kapitel

König Federico schiffte sich mit seinen Beratern und einer kleinen Truppe bewaffneter Reiter, zu der ich gehörte, nach Genua ein, von wo aus er weiter nach Norden ziehen wollte. Wie ich hörte, hatte ihm Papst Innozenz nicht nur den Segen Gottes gegeben, sondern ihn auch mit Geld und Lebensmitteln versorgt. Ich selbst hatte aus der Waffenkammer der päpstlichen Wache ein festes Lederwams und ein Schwert, einen Schild sowie einen Wurfspeer erhalten – mit einem Kettenhemd und einem Helm wurde ich nicht versorgt.

Die Begleiter des Königs bedachten mich weiterhin mit skeptischen Blicken, mich jedoch faszinierte der König. Im Grunde ging es mir aber um Serena. Ich war sicher, dass sie sich in der Gruppe verschleierter Frauen befand, die sich in die hölzernen Aufbauten zurückgezogen hatten und sich nur selten auf Deck sehen ließen, um frische Luft zu schnappen.

Ich hockte meist an der Reling im Heckbereich des Schiffes, mittlerweile braun gebrannt wie ein Sarazene, und döste vor mich hin oder nahm mir ein Pergament, um ein paar Zeilen zu dichten. Mein Versuch, den einen oder anderen der Leibwachen über die königlichen Begleiter auszuhorchen, stieß meist auf misstrauische Gesichter und wortkarge Antworten. Immerhin erfuhr ich, dass Papst Innozenz den Erzbischof von Bari, Berardo von Castacca, dem König an die Seite gestellt habe. Dann gab es da noch Anselm von Justingen, einen schwäbischen Adligen, den die deutschen Fürsten nach Palermo geschickt hatten, um Federico mitzuteilen, sie hätten ihn zum deutschen König gewählt. Der junge Herzog von Spoleto, Rainald von Urslingen, seine Schwester Adelheit und ihre Mutter waren alte Freunde des Königs, während der ersten dreieinhalb Jahre seines Lebens war er bei ihnen aufgewachsen.

Da der Wind stet und ruhig blies, konnte das Segel auch während der Nacht gesetzt bleiben. Die große Galeere glitt im Mondlicht sanft über die Wellen, und ich dämmerte im Halbschlaf vor mich hin, als sich Anselm von Justingen zu mir gesellte und mich fragte, ob ich ihm nicht das eine oder andere Gedicht vorsingen könne.

«Aber ich habe meine Harfe in Palermo gelassen», erklärte ich.

«Ja, warum denn, wenn Ihr ein Troubadour seid? In Rom erschient Ihr auch nicht als Ritter, sondern als Händler. Seltsam, findet Ihr nicht?» Justingen schaute mich skeptisch an.

«Dann singe ich ohne die Begleitung eines Instruments», schlug ich vor. «Ihr dürft Euch aber nicht daran stören, wenn mir mal ein Ton entgleist.»

Er lächelte spöttisch, ohne zu antworten.

Umständlich räusperte ich mich, während ich überlegte, wie ich eine Kanzone, die ich im sizilianischen Volgare gedichtet hatte, leicht abwandeln konnte. Schließlich hob ich an:

O Lilie du, um dich mir Lied und Träne quillt,
so tief und innig war ich dir geneigt,
stets folgt' das Leid und Seufzen deinem Bild,
das strahlend deine Schönheit mir gezeigt.
Du nahmst mein Auge, nahmst mein Herz gefangen,
mir half kein Flüchten und kein Bangen,
und all mein Fühlen, all mein Sinn
kehrt sich zu dir allein in Trauer hin.

Kaum hatte ich die erste Strophe beendet, hatten sich weitere Männer um uns versammelt, Erzbischof Berardo und auch der junge Herzog von Spoleto mit seiner Mutter. Sie winkte in Richtung der Decksaufbauten, und wie flüchtige Schatten der Nacht huschten weitere Gestalten herbei.

Ich sang noch einige Strophen und wurde von den Gefühlen in meinen eigenen Worten übermannt. Natürlich stand mir Madeleine wieder vor Augen, ich spürte die Wärme und Nähe unserer Nächte, sah ihr hoffnungsfrohes Antlitz am Morgen unseres Aufbruchs, sah sie ins Wasser stürzen.

Als ich die erste Strophe, diesmal lauter, wiederholte, schluchzte plötzlich eine der herbeigehuschten Gestalten laut auf und stürzte davon. Alle anderen schienen sie nicht beachten zu wollen, und der erstaunlich starke Applaus nach meinem Vortrag lenkte mich von ihr ab.

«Ihr seid ein Könner», sagte Justingen. «Der König liebt nicht nur die Falkenjagd, wie Euer Vater, sondern ebenso das Minnelied, eigentlich alle traurigen, lustigen und nachdenklichen Verse. Wenn Ihr genauso kämpfen könnt wie dichten und» – er sprach die folgenden Worte sehr betont und deutlich aus – «wenn Euer Herz ohne Trug ist, dann …»

«Ja?»

«Dann wird sich der König freuen.»

«Die Freude des Königs allein ist mir Lohn genug», sagte ich in die Richtung des Zuhörers, der sich früh zu uns gesellt hatte, sein Gesicht allerdings noch immer unter einer Kapuze verborgen hielt.

«Nun übertreib nicht schon wieder!», hörte ich den Kapuzenträger antworten. Unverkennbar mit der Stimme des Königs.

Alle sinnierten wir nun eine Weile stumm vor uns hin, bis sich einer nach dem anderen schlafen legte. Nur ich blieb noch lange wach. Meine Gedanken kreisten um die Gestalt, die schluchzend aufgesprungen war. Es konnte nur Serena gewesen sein. Mir war es unter größten Opfern gelungen, in ihre Nähe zu kommen, doch sie begleitete den König, dem ich dienen wollte, als seine Geliebte. Wie sollte ich diesen Konflikt aushalten? Provozierte ich nicht wieder eine lebensgefährliche Situation für mich – und für Serena?

In Genua wurden wir vom *podestà* und Vertretern der höchsten Adelsfamilien sowie einer Abordnung der Schiffseigner empfangen. Der *podestà* pries den Enkel des *imperatore Romanorum Federico Barbarossa* in höchsten Tönen als den wahren Anwärter auf den Thron des römischen *Cesare Augusto* und wünschte ihm jegliches Glück auf dem mutigen wie gefährlichen Weg in die nördlichen Gefilde des Reichs, «wo Wölfe lauern und Bären ihre Pranke erheben, doch der sizilianische Adler wird sich in die Lüfte schwingen, um über alle seine Feinde zu triumphieren.»

König Federico dankte für die Unterstützung, die Genua ihm, dem Enkel und Sohn der großen römischen Kaiser und damit dem rechtmäßigen Anwärter auf die Kaiserkrone, so selbstlos angedeihen lasse. «Seit der Gründung der Stadt Rom durch die Söhne der Wölfin, seit den Tagen der Cäsaren, seit der gottgefälligen Erneuerung des Reichs durch Carolus Magnus und all seine würdigen Nachfolger hat es selten einen Augenblick gegeben, in dem die Menschen so sehnsüchtig auf einen neuen *imperator* warten, der ihnen das Heil bringen kann, auf das sie in ihrer gehorsamen Gottesfurcht warten. Herzog Otto aus Braunschweig gleichwohl kann dieser *imperator* nicht sein. Nein, ein starker Herrscher aus dem schwäbischen Geschlecht der Hohenstaufen wird das römisch-deutsche Reich und das Königreich Sizilien zum unbesiegbaren *imperium* vereinen, damit Handel und Wandel floriere und die *pax romana* erneut erblühe.»

Große Worte, stolz erhobenen Hauptes vorgetragen, aber von einem regelrecht verschmitzten Lächeln begleitet. Es wurde applaudiert, weitere Reden folgten, dann ging es um die Unterstützung Genuas, das bereit war, dem Kaiser eine Schutztruppe und weitere Gelder zur Verfügung zu stellen – im Tausch für Handelsmonopole auf Sizilien, Sardinien und Korsika.

Schließlich schmausten wir alle an langen Tischen; es gab Weißbrot und in Milch gekochte Bohnen, Fische, mit Krebsen garniert, gebratene Aale und schließlich einen Pudding. Der Wein rann fruchtig unsere Kehlen hinunter, die Flöten- und Fidelmusik ging im Lärm der Menge unter, bis schließlich – die Bäuche waren gefüllt – der König nach mir rief und ein Lied forderte.

Ich bestand allerdings darauf, mich auf einer Harfe begleiten zu müssen. Zum Glück besaß einer der Musiker ein solches Instrument, das zudem noch ordentlich klang, und der König kaufte es ihm auf Kosten der Stadt umgehend ab, um es mir zu schenken.

Ich bedankte mich, zupfte einige Töne, um mich wieder an das Instrument zu gewöhnen, und suchte nach einer einschmeichelnden Melodie, zu der ich schließlich nach ebenso schmeichelnden Worten suchte.

O König, seid uns heut' willkommen
als strahlend junger Mann,
so schön und so vollkommen!
Nie treffe Euch ein Bann,

die Krone aller Kronen
sei Eurem Haupt gegeben,
dies gilt für heut und für Äonen,
wir alle sind dir treu in diesem Leben.

Ich zupfte noch ein paar Schlussakkorde und verbeugte mich dann tief. Alle klatschten sie natürlich pflichtschuldig, der König verzog spöttisch seinen Mund, und seine Berater und Familiare steckten die Köpfe zusammen.

Anschließend durfte ich sogar an der Tafel des Königs Platz nehmen.

Untergebracht waren König Federico und sein Gefolge im Palazzo des *podestà*. Während der König und seine adligen Berater sich im ersten Stock ausbreiten konnten, nächtigten die Damen, so hörte ich, im zweiten Stock; wir Ritter, Pferdeknechte und sonstigen Begleiter mussten uns allerdings im Erdgeschoss einrichten, auf Strohmatten neben Wollballen. In einem durch eine Holzwand abgetrennten Raum gackerten Hühner, und die Flöhe des Hauses fanden endlich wieder frische Nahrung. Sie wurden zur echten Plage. Gern hätte ich ein Bad genommen, aber die Zuber standen im *piano nobile* und waren dem König selbst und seinen Beratern vorbehalten. Wir anderen durften uns kratzen und stinken.

Immerhin ermöglichte mir die gemeinsame Unterkunft, die den König begleitenden Ritter ein wenig auszuhorchen. Nachdem das Weinfass, das man uns zu den Wollballen und Strohmatten gestellt hatte, halb geleert war, erfuhr ich, dass sie sich keineswegs um diese Reise in den Norden gerissen hätten. Der Überquerung der unwegsamen Berge und den dunklen, feuchten Waldgebieten Schwabens sähen sie gelassen entgegen, aber die Tatsache, dass der König praktisch ohne Streitmacht einem Kaiser entgegenziehe, hinter dem ein großes Heer stehe, sei äußerst bedenklich.

«Der Mann ist größenwahnsinnig», sagte einer der gut Dutzend Ritter, aus denen die königliche Leibwache bestand, mit gesenkter, nicht mehr ganz deutlicher Stimme. «Er wird uns alle verheizen.»

«*Regulus* nennt man ihn, *Königlein*. Als Mann ohne Geld, ohne Jahre auf dem Buckel, ohne Erfahrung und, vor allem, ohne Heer zieht er in ein Reich, in dem sich alle Herzöge und Bischöfe und Grafen gegenseitig befehden und sich am liebsten die Haut über den Kopf ziehen würden», ergänzte ihn ein anderer.

«Es haben ihn doch nur einige Fürsten zum deutschen König gewählt, der Rest steht hinter Otto», warf ein dritter ein.

«Bis jetzt ging noch alles gut, aber wenn wir erst einmal von Asti nach Pavia und von dort nach Cremona weitergereicht werden, werden uns Mailand und Piacenza und Lodi, und wie die lombardischen Städte alle heißen, auflauern. Die warten doch nur auf eine solche Gelegenheit. Uns paar Ritter haut man in Stücke, der König wird in den Kerker gesteckt und erst gegen ein Lösegeld freigelassen, für das er sein gesamtes Königreich Sizilien verpfänden muss. So wird es kommen.»

«Aber er hat doch niemandem in der Lombardei etwas getan. Die Städte könnten sich von ihm ja auch mehr Selbstverwaltung versprechen», wandte ich ein.

Höhnisches Gelächter war die Antwort. «Mailand hasst die Schwaben, seit Federicos Großvater Barbarossa die Stadt erobert und dem Erdboden gleichgemacht hat. Längst sind sie wieder stark, schwimmen im Geld und träumen davon, dem Geschlecht der Schwaben endgültig den Garaus zu machen.»

Die Unkenrufe setzten sich noch eine Weile fort, bis ein Teil der Männer in den Schlaf sank und zu schnarchen begann. Ganz unschuldig fragte ich meinen Nachbarn, der still einen Becher Wein nach dem anderen in sich hineingeschüttet hatte, nach den Frauen im Gefolge des Königs. «Was geschieht mit ihnen, wenn der König gefangen gesetzt wird?»

Der Mann, der bisher still dabeigesessen hatte, wiederholte meine Frage so laut lallend, dass selbst einige der Schnarcher wieder erwachten und, als ihnen meine Frage erneut wiederholt worden war, in Gelächter ausbrachen.

«Erst das eine, dann das andere!», rief einer der Pferdeknechte mit drastischer Gestik. «Erst die Beine breit, bis sie quietschen, dann in den Kerker, bis sie in der eigenen Scheiße dampfen, und schließlich muss geblecht werden.»

«Für Federicos Gespielin wird niemand etwas zahlen wollen», widersprach ihm sein Nachbar. «Die junge Dame muss weiter die Beine breit machen, bis ihr der Bauch anschwillt. Dann setzt man sie vermutlich auf die Straße. So ist der Lauf der Welt.»

Es war, als hätte mir der Mann mit einem Dolch einen Stich ins Herz versetzt. Ich konnte gerade noch eine heftige Reaktion unterdrücken, indem ich den gesamten Inhalt eines Bechers in mich hineinschüttete.

«Der Eunuch wird sie sicher schützen», rief einer höhnisch, und die gesamte Mannschaft brach in grölendes Gelächter aus.

«Begleitet uns wirklich ein Eunuch? Die gibt es doch nur bei den Sarazenen und Türken», warf ich ein, um meinen Schmerz zu unterdrücken und nicht weiter aufzufallen.

«Ist Federico nicht ein halber Sarazene?»

Dem wurde widersprochen. «Ein Schwabe», hieß es.

«Ein halber Normanne.»

«Der Sohn eines Falkners!»

Gelächter.

«Eines Metzgers!»

Gewieher.

«Und für einen Metzgerssohn sollen wir uns in Stücke hauen lassen! Warum bin ich nur nicht in Palermo geblieben!»

Laute Zustimmung.

«Die Königin hatte recht.»

«Bleibe im Land und nähre dich redlich.»

«Wer hoch fliegt, wird tief stürzen.»

Wer noch dazu in der Lage war, hob seinen Weinbecher.

Ich fragte mit zittriger Stimme: «Wer ist denn seine Geliebte?»

Ein Ritter, der sein Kettenhemd selten auszog und dementsprechend roch, rief: «Die kommt doch aus deiner Heimat, du singender Lockenwickler. Hast wohl ein Auge auf sie geworfen?»

Mit der Frage war ich zu weit gegangen, dies begriff ich sofort. «Glaubst du, ich vergreife mich an der Geliebten des Königs? Bin ich ein Selbstmörder?»

«Vielleicht bist du doch ein Spion.»

Um mich herum entstand eine unangenehme Stille.

«Und diese Herzogsschwester Adelheit, warum zieht die

mit uns, wenn die Reise so gefährlich ist?», fragte ich dann noch, obwohl das Misstrauen der Männer regelrecht zu riechen war.

Keiner wollte mehr antworten. Nach einer Weile hörte ich, wie jemand seinem Nachbarn zuzischte: «Ich sag's doch, dass der sodomitische Sänger ein Spion ist. Wir sollten ihm den Hals durchschneiden, bevor er uns an die Mailänder verrät.»

Der Angesprochene brummte nur. Ich hielt in der folgenden Nacht meinen Dolch in der Hand und schlief äußerst schlecht.

38. Kapitel

Nach einigen Wochen brachen wir von Genua auf, um über die Bergzüge des Apennin nach Norden, in die Ebene des Po, zu ziehen. Eine von Genua geheuerte Söldnertruppe gab dem König Geleitschutz, bis der Markgraf von Montferrat sie mit seinen Männern ablöste.

Es war Mitte Juli Anno Domini 1212, in der Stadt hatte die Hitze gebrütet, doch in den dunklen Wäldern des Apennin spendeten die Bäume Schatten, außerdem wehte ein kühlender Hauch.

Abends entzündeten wir Männer große Lagerfeuer und schliefen im Freien. Allein die Frauen schlüpften in den Schutz zweier Zelte.

Wieder floss viel Wein, die Grillen zirpten, Käuzchen schrien in der Ferne, der Wald um uns atmete sein undurchdringliches Geheimnis. Von Zeit zu Zeit bellten Füchse, und auch Wölfe hörte man in der Ferne heulen. Fledermäuse zuckten durch die Nacht, während das Feuer, über dem ein Ferkel brutzelte, leise knisterte.

Ich hielt mich meist ein wenig abseits von der sizilianischen Rittertruppe, hatte auch mit den genuesischen Söldnern nichts im Sinn. Mich quälte der Gedanke, Serena so nah zu wissen, mit ihr dennoch kein einziges Wort sprechen zu können.

Nachts träumte ich von Madeleine. Ich sah sie mir zuwinken, und anschließend spazierten wir gemeinsam über einen weiten, fast leeren Marktplatz und gaben einer Bettlerin, die ein Kind auf ihrem Arm trug, ein paar Denare. ‹Mama›, hörte ich mich schreien, aber die Bettlerin war Serena, lächelte mich an, hielt mir ihr Kind entgegen, das ihr Madeleine abnahm, während ich erstarrte.

Der Traum löste sich auf, ich war wach, heftig schlug mein Herz, und alle Glieder schmerzten auf dem harten, kühlen Boden. Ächzend setzte ich mich auf und trank noch einen Schluck Wein, bis die Traumszene sich in einem vagen Gefühl angstbesetzter Bedrohung verlor. Um mich herum sprachen die Wachen leise miteinander, schliffen die Scharten aus ihren Schwertklingen oder pulten den Schmutz aus ihrem Kettenhemd.

Nachdem wir den Apennin hinter uns gelassen hatten, machten wir in Asti Station, wo wir mit Trompetengeschmetter und Empfangskomitee begrüßt und mit Proviant versorgt wurden und wo die neue Schutztruppe, die uns bis Pavia geleiten sollte, die genuesische ablöste.

Dann ging es in der Ebene weiter.

An einem der milden Abende zupfte ich, nachdem die

Mückenplage nachgelassen hatte, auf der neuen Harfe und sang leise meine Lieder vor mich hin. Einige Männer hörten mir zu, einer klopfte mir sogar anerkennend auf den Rücken. Diesmal hatte ich mich in der Nähe der Frauenzelte niedergelassen, und so kam es, dass eine schemenhaft verhüllte Gestalt im Eingang auftauchte.

Die Gestalt blieb eine Weile stehen, während ich weitersang. Ich hatte eins der traurigen Lieder angestimmt – was meine Zuhörerin dazu veranlasste, sich in meiner Nähe niederzulassen. Als ich schließlich mein Singen nach einem Harfenglissando unterbrach und sie erwartungsvoll ansah, sagte sie leise: «Du singst schön.»

Ich bedankte mich artig, und sie rückte ein Stück näher an mich heran, schlug dann sogar den Schleier über ihre Kopfbedeckung, sodass ich ihr Antlitz im flackernden Schein des Feuers studieren konnte: Neben mir saß eine junge, hübsche Frau, vielleicht so alt wie der König, mit einer leichten Stupsnase, einer schmalen Stirn und großen, verschatteten Augen.

«Ich bin Adelheit von Urslingen, die Schwester des Herzogs von Spoleto», stellte sie sich vor. Als ich mich knapp verbeugte, fügte sie an: «Und du bist der Troubadour aus Les Baux, nicht wahr? Ich habe schon von dir und deinem Schicksal gehört.» Bevor ich nachfragen konnte, von wem, bat sie mich, noch ein Lied zu singen, eine *pastorela* vielleicht.

Während ich in meinem Gedächtnis kramte, um nach züchtigen Versen zu suchen und eine dazu passende Melodie zu finden, dabei ein wenig vor mich hin zupfte und summte, schaute ich Adelheit an. Das heißt, eigentlich schaute ich, in mein Suchen verloren, durch sie hindurch, und da allein der

Schein des Feuers uns beleuchtete, konnte ich nicht viel erkennen. Da lächelte Adelheit mir plötzlich derart entwaffnend zu, dass ich auf der Stelle verstummte.

«Was ist?», fragte sie, nun wieder ernst.

«Mir fällt jetzt kein Lied ein», sagte ich mit schwacher Stimme.

«Dann sing doch wieder das Lied von der Lilie. Im Zelt sitzt jemand, der es besonders gern hört.» Wieder lächelte sie, und diesmal spielte ein wehmütiger Zug um ihre Mundwinkel.

Plötzlich raste mein Herz. Wen konnte sie anders als Serena meinen?

Noch während ich versuchte, meine Verwirrung zu beherrschen, trat plötzlich ein Mann aus dem Dunkel und beugte sich über mich, dann über Adelheit.

«Sollte ich etwa stören?», fragte er leise, nicht ohne ironischen Unterton.

Es war der König, und wir beide erschraken. Doch König Federico ließ sich nicht beirren, fuhr Adelheit wie einem Kind über ihre Kopfbedeckung und ließ sich dann zwischen uns nieder.

Als ich mich erheben und davonschleichen wollte, gab er mir mit seiner Linken das Zeichen, sitzen zu bleiben.

«Ich würde auch gerne eine *pastorela* hören», sagte er leichthin und schaute Adelheit in die Augen.

Wieder lächelte sie dieses bezaubernde Lächeln, mit dem sie schon mich beglückt hatte, erwiderte seinen Blick und sagte im gleichen leichten Ton wie er: «Ich erzählte unserem Troubadour soeben von Maria Serena, die wie wir *pastorelas* liebt und noch mehr das Lilienlied, das Bernardou auf dem Schiff gesungen hat.»

Beide schauten sich noch immer in die Augen, und ich fühlte mich nun wirklich wie ein Störenfried.

Der König war bisher ernst geblieben, doch jetzt huschte ein Lächeln über seine Lippen, und er sagte leise zu ihr: «Dann gehst du jetzt am besten in dein Zelt und lässt uns Männer allein.»

Nach einem kurzen erschrockenen Zögern sprang Adelheit leichtfüßig auf und verbeugte sich übertrieben: «Wie es Eurer Majestät beliebt!»

Ein knapper Blick streifte mich noch, bevor sie sich mit einer trotzigen Geste abwandte und in ihr Zelt schlüpfte.

Verkrampft blieb ich am Feuer sitzen und wusste nicht, was ich sagen sollte.

Auch König Federico schwieg eine Weile, schaute zu dem Zelt, in dem Adelheit verschwunden und aus dem jetzt leises Gewisper zu hören war. Schließlich erklärte er: «Adelheit und ich waren Milchgeschwister, wir sind zusammen in Foligno aufgewachsen und haben gemeinsam laufen gelernt. Ich habe sie jahrelang nicht mehr gesehen, erst in Rom traf ich sie wieder …»

Sinnend schaute er in die Flammen, nahm dann einen Zweig und stocherte damit im Feuer. Kleine Flämmchen schossen hoch und tauchten wieder in die Glut ab. «Erzähl mir etwas von den Falken deines Vaters – oder deinem eigenen Falken.»

«Nun, es ist lange her, ich war noch ein Kind, und Sire Uc, der Senher de Baux, war nicht reich genug, sich Ger- und Sakerfalken zu kaufen. Mein Vater, der die Kunst der Beizjagd im Heiligen Land kennengelernt hatte, zog junge Nestlinge von Wanderfalken auf. Sie hatten alle Namen, der Klügste und Schnellste von ihnen hieß Sagittarius.»

«Wie der Bogenschütze.»

Ich nickte. «Rief ihn mein Vater, ritt er sofort bei. Bei Sagittarius brauchte er nie die Jagdkappe, die er aus dem Heiligen Land mitgebracht hatte, Sagittarius war ein richtiger Faustfalke, er jagte nur, wenn er abgeworfen wurde.»

«Das ist ungewöhnlich.»

«Ja, aber mein Vater hat ihn auch sehr sorgfältig und mit Liebe aufgezogen, ihn immer selber gefüttert.»

«Und wie hieß dein Falke?»

«Es war ein Weibchen. Wir nannten sie einfach Peregrina. Ich trug Peregrina eine Weile ab und versuchte, sie locke zu machen. Doch dann ließ ich sie zu früh zu einem Wildflug frei, weil ich glaubte, die Lockbissen würden sie schon beireiten lassen. Aber sie schlug ohne Befehl eine Wildtaube und wurde dann von einem Geier angegriffen und verwundet. Vielleicht sogar getötet. Ich konnte es nicht sehen. Auf jeden Fall blieb sie verschwunden.»

Ich verstummte, weil ich plötzlich diese Szene so lebendig vor Augen sah, als wäre sie am Tag zuvor geschehen. Auch die Blutstropfen leuchteten mir wieder entgegen.

«Ich war todtraurig», flüsterte ich schließlich.

«Das verstehe ich», antwortete der König. «Als ich in Foligno bei meinem Ziehvater Konrad lebte, spielte ich immer mit einem zottigen Schäferhund. Als ihn eines Nachts die Wölfe holten, war ich ebenfalls todtraurig. So jung ich damals war, ich erinnere mich noch genau an meinen Gefährten. Er war nie von meiner Seite gewichen. Nur in dieser einen Nacht …» Tief seufzend vollendete er seinen Satz nicht und schwieg eine Weile.

Dann fügte er unvermittelt an: «Ich verlor mit drei Jahren meinen Vater und mit vier Jahren meine Mutter. Sie war eine wahre Königin: stolz und streng.» Sein Blick verlor sich in den Flammen des Feuers. «Mein Ziehvater starb, als ich acht war, aber zum Glück leben meine Ziehmutter und meine Milchschwester noch – und begleiten mich in meinen Kampf um die Krone. Sie geben mir Kraft, bei ihnen fühle ich mich aufgehoben.»

Kurz schaute er mich mit einem ungewohnt vertrauten Blick an.

«Auch ich war noch jung, als meine Mutter starb», sagte ich. «Sie wurde in den Tod getrieben.» Ich merkte, wie mir das Sprechen schwerfiel, und so verstummte ich.

«Inwiefern?» König Federicos Stimme klang aufmerksam.

«Eine von einem Bischof aufgehetzte Meute wollte sie als Hexe steinigen, weil sie ein Brandmal auf der Stirn trug. Sie hatte angeblich den bösen Blick ...»

«Ich hasse den Aberglauben und die dummen Dogmen der Pfaffen. Und ich hasse den Papst, der glaubt, er sei Gottvater persönlich. Aber ich war sein Mündel und brauche ihn noch ... Jetzt nennen sie mich Pfaffenkönig ... Ha!»

Eine Weile schwiegen wir, und ich legte neue Scheite ins Feuer.

«Ich werde die Jagd mit Falken und Adlern in meinem Reich verbreiten», begann der König wieder. «Es ist eine königliche Art zu jagen. Sie braucht viel Geduld, Selbstdisziplin und die Fähigkeit, die Natur genau zu beobachten. Vielleicht warst du damals noch zu jung, als sich deine Peregrina selbständig machte. Man muss sich in die Tiere hineindenken, so fühlen, wie *sie* fühlen, wie sie sich von Natur aus verhalten. Das ist schwer – umso wichtiger, es zu lernen, insbesondere für einen König.»

Bevor ich noch nachfragen konnte, warum, gab er selbst die Antwort: «Ein Herrscher erlebt nie die wahren Gefühle der Menschen, keiner ist ihm gegenüber offen und ehrlich. Alle schmeicheln ihm, reden ihm nach dem Mund – oder locken ihn in eine Falle, um ihn zu verraten. Das habe ich bereits als Siebenjähriger erlebt und begriffen. Wer liebt schon einen mächtigen König uneigennützig? Jeder will etwas von dir oder will dir an den Kragen. Deswegen ist es so wichtig, sich in die Mitmenschen hineinzuversetzen und ihre wahren Beweggründe zu begreifen.»

Er schwieg eine Weile, nahm meine Harfe und entlockte ihr ein paar Töne. «Manchmal dichte ich auch», sagte er, das Thema wechselnd, ohne seinen Blick vom Feuer abzuwenden. «Sogar mein Vater tat es. Obwohl er kein angenehmer Mensch gewesen sein muss und grausam bis zum Exzess sein konnte. In einem Lied wollte er sogar seine Krone für die Liebe einer Frau aufgeben.» König Federico schüttelte ungläubig den Kopf. «Natürlich waren das nur Worte, aber dennoch – vielleicht hat er diese Frau wirklich geliebt.»

«War es nicht Eure Mutter?»

Er zog eine Augenbraue hoch. «Welcher König liebt schon seine Frau! Wir werden doch von unseren Vätern verheiratet, häufig bereits als Kinder. Da spielen Politik und Herrschaftsinteressen eine Rolle … Man achtet sich vielleicht, aber Liebe? Nein. Mein Vater hat sicher eine andere Frau geliebt. Vielleicht lebt sie ja noch.»

Er schaute mich an und durch mich hindurch. «Manchmal frage ich mich, wie es wäre, wenn sie plötzlich vor mir stünde, sich mir zu erkennen gäbe …»

Was sollte ich darauf erwidern? Mir fiel der kleine Federico ein, den Graf Pettorano aufzog, das Bastardkind des Königs. «Vielleicht habt Ihr sogar einen Bruder oder eine Schwester, von der Ihr nichts wisst.»

Er nickte und hob die Schultern. «Ich hätte gerne richtige Geschwister gehabt. Insbesondere, als ich Foligno verlassen musste und von meiner Mutter nach Palermo geholt wurde. Damals vermisste ich Adelheit sehr. Wir hatten vorher ja wie Zwillinge gelebt.»

«Ich hätte auch gerne Geschwister gehabt.» Einen Augenblick zögerte ich, Serena zu erwähnen, dann wagte ich es: «Als Kind spielte ich mit der Tochter unseres Herrn, wie Ihr wisst, aber es wurde nicht gern gesehen. Natürlich nicht.»

Ich senkte meinen Blick, konnte aber dennoch aus den Augenwinkeln erkennen, dass König Federico mich prüfend musterte. Dann stand er auf und sagte kühl: «Ja, man muss früh lernen, wohin man gehört. Sonst kann das Leben ganz schnell enden.»

39. Kapitel

Auch Pavia empfing König Federico mit allen Ehren, es wurden Reden gehalten, in denen der *podestà* auf die unverbrüchliche Treue der Stadt den deutschen Kaisern gegenüber verwies. Seitenhiebe auf Mailand folgten, das trotz der Züchtigung durch den unvergessenen Kaiser Barbarossa wieder wie ein Phönix aus der Asche auferstanden sei und nun seine alte Feindschaft mit den Deutschen pflege, mit denen es allerdings zugleich gute Geschäfte mache. «Mailand, der lombardische Drache mit der gespaltenen Zunge!», rief er zum Schluss König Federico zu, «nehmt Euch vor ihm in Acht.»

Der König ruhte sich mit seinen Beratern und der Begleitmannschaft ein paar Tage aus, dann wurde ihm eine neue Schutztruppe zur Seite gestellt, und wir brachen nach Cremona auf. Diesmal sollte die Schutztruppe nicht in der Stadt gewechselt werden, sondern an der Grenze ihres Herrschaftsgebiets, dem Fluss Lambro.

Uns wurde versichert, dass der Lambro im August wenig Wasser führe und an der Furt, wo die Begleittruppe gewechselt werden sollte, gut zu überqueren sei. König Federico saß bereits ungeduldig auf seinem Pferd, das nicht weniger ungeduldig tänzelte, bedankte sich noch einmal bei dem *podestà* und den Würdenträgern der Stadt und rief der Vorhut zu, endlich loszureiten.

Der Weg war staubig, dann wiederum behinderten sumpfige Strecken das Vorankommen, und außerdem gab es zahlreiche Flüsse und Flüsschen zu überqueren. Während des ganzen Tages kämpften wir ebenso hektisch wie erfolglos gegen Schwärme von Mücken. Jeder von uns versuchte, sich irgendeine Form von Schleier um den Kopf zu binden, aber die blutgierigen Ausgeburten der Hölle sirrten um alle unbedeckten Stellen und fanden ihren Weg zur nackten Haut.

Auch der König schlug häufig wie wild um sich und sah dabei wenig königlich aus. Die Pferde wurden derart von Bremsen gestochen, dass manche auszubrechen drohten.

So ging es weniger rasch vorwärts als erwartet, und wir schlugen unsere Zelte auf, bevor der Olona überquert war.

Große Feuer vertrieben die Mücken ein wenig, dennoch schliefen wir alle schlecht in der schwülen Nacht, die immer wieder von Wetterleuchten erhellt wurde.

Am nächsten Morgen brachen wir früh die Zelte ab und sattelten die Pferde. Das erste größere Hindernis stellte der Olona dar. Der Wagen, in dem die alte Herzogin von Spoleto mit ihrer Tochter und Serena saß, blieb mitten in der Furt stecken. Sofort bot ich mich an, eine Dame nach der anderen auf mein Pferd zu ziehen und trocken ans andere Ufer zu bringen. Natürlich war ich nicht der Einzige, der zu helfen bereit war, alle Ritter platschten mit ihren Pferden ins Wasser, und es entstand ein Gedränge, bei dem ich schließlich nur zuschauen konnte, wie einige der Männer die drei verschleierten, mückenumschwirrten Damen auf ihre Sättel zogen und sie auf diese Weise trocken ans Ufer brachten.

Noch immer stand der Wagen im Wasser, die beiden Pferde schafften es nicht, ihn weiterzuziehen. Also mussten Männer ihn zusätzlich zu schieben versuchen, was schließlich gelang.

Mittlerweile war die Sonne nicht mehr zu sehen, denn dunkle Wolken hatten sich vor sie geschoben, und es grummelte drohend. Und natürlich stachen die Mücken, als wären sie eine Armee von Taranteln.

Noch bevor wir die fünf oder sechs Meilen bis zum Lambro geschafft hatten, öffneten sich die dunkelschwangeren Wolken und ergossen ihre nasse Fracht wie aus Kübeln über uns. In wenigen Augenblicken waren wir alle bis auf die Haut durchnässt, was zumindest den Vorteil hatte, dass der Mückenansturm nachließ. Auch wurden wir von der schwülen Hitze erlöst und gewaschen.

Die Hufe der Pferde sanken in den matschigen Weg ein der Wagen unserer Damen kam so mühsam voran, dass weitere Pferde vor ihn gespannt werden mussten.

Schließlich hatte auch das Gewitter uns erreicht und wütete mit Blitz und Donner derart, dass der Gedanke an den Weltuntergang durchaus nicht fernlag.

Trotzdem behielt ich meine gute Laune. Dieser Tobsuchtsanfall der Natur erfrischte mich, trotz der Gefahr, dass einer unserer Reiter vom Blitz getroffen werden könnte.

Schließlich erreichten wir den Lambro, der Regen ließ wie auf Befehl nach, das Gewitter verzog sich nach Osten, der Himmel riss auf und sandte rotgoldene Sonnenstrahlen, welche die flache Wasserlandschaft um uns glitzernd erstrahlen ließen.

Mit Stirnrunzeln und Flüchen sahen wir, dass der Lambro sich zu einem Strom erweitert hatte. Die Pferde, von deren Mähnen das Wasser tropfte, standen bis über ihre Fesseln in Wasser und Schlamm. Immerhin war die Schutztruppe aus Cremona pünktlich und zuverlässig erschienen. Die Männer winkten von der gegenüberliegenden Seite des Flusses herüber und riefen etwas, das ich nicht verstehen konnte, ja, sie fuchtelten mit den Armen, als gelte es, den Teufel ins Bockshorn zu jagen.

Mit cäsarischer Geste winkte der König zurück.

Und dann plötzlich sahen wir sie, in goldenes Licht getaucht, wie eine berittene Engelschar des Herrn: Die Trompeter bliesen zum Angriff, und die erste Reihe von Reitern in Harnisch und Topfhelm, auf dem Waffenrock das Wappen von Mailand, setzte sich mit erhobenen Wimpeln und Lanzen in Bewegung.

«Die Mailänder! Sie greifen uns an!», schrien die Männer aus Pavia, die zu unserem Schutz abgeordnet waren, und versuchten sich auf die Schnelle zu formieren. Die Leibwache des Königs, zum Glück bereits im Kettenpanzer, wartete verwirrt auf Befehle. Anselm von Justingen und Rainald, der Herzog von Spoleto, sowie die anderen Begleiter des Königs zogen ihre Schwerter. Allerdings trugen sie, wie auch der König, keine Rüstung, lediglich einen Reitkittel und eine Kopfbedeckung gegen Staub und Mücken. Vor dem Fluss wartete der Wagen der Damen, die nun ihre Köpfe neugierig herausstreckten.

Es war solch ein Geschrei und aufgeregtes Herumrennen, dass ich schon befürchtete, die Reiterformation der Mailänder würde unsere Mannschaft einfach über den Haufen reiten. Selbst Berardo, der Erzbischof, ließ sich nun ein Schwert reichen, ich zog ebenfalls meine Waffe vom Sattelknauf.

Unterdessen war es den Männern aus Pavia doch gelungen, sich in Verteidigungsformation aufzustellen.

«Schützt den König!», hörte ich Anselm rufen, und die Leibgarde versuchte, mit ihren gut Dutzend Reitern eine Art Igelstellung um den König, den Wagen mit den Frauen und den kleinen Versorgungstross zu bilden.

Ich blieb in der Nähe der Frauen, die nun mit ihren Dienerinnen vom Wagen sprangen, ohne dabei in Panik zu geraten.

«Wir müssen schwimmen», rief die Herzogin von Spoleto.

«Ich kann nicht», antwortete aufgeregt Adelheit, ihre Tochter.

Jetzt endlich sah ich Serena zum ersten Mal ohne Schleier: Sie stand ganz in meiner Nähe, hatte in der Aufregung ihre Kopfbedeckung verloren, sodass ihre blonden langen Haare in den Strahlen der Nachgewittersonne regelrecht entflammten. Bewegungslos starrte sie mich an, als hätte sie mein Anblick gelähmt, doch dann rannte sie auf mich zu, streckte mir ihre Hand entgegen. Trotz des Angriffs rutschte ich vom Sattel und nahm sie in den Arm.

Ja, ich glaube, wir küssten uns sogar.

«Bernardou! Mein liebster Bernardou …!», hauchte sie.

«Du kannst doch schwimmen?», fragte ich.

Sie nickte.

«Nimm mein Pferd und versuche, mit ihm das andere Ufer zu erreichen.»

Sie schüttelte den Kopf.

Mir blieb keine Zeit mehr zum Nachdenken, weil ich fast umgeworfen wurde. Die Mailänder hatten unsere Verteidigungslinie erreicht, mehrere Männer aus Pavia niedergerissen oder getötet – und nun begann der Kampf Mann gegen Mann, in dem wir hoffnungslos in der Unterzahl waren.

Zum Glück hatten die Mailänder keine Bogenschützen eingesetzt.

Ich hatte noch mein Schwert in der Hand, schwang mich wieder in den Sattel und ritt in das Getümmel. Auch der König hatte sich Schild und Schwert geben lassen, aber Anselm warf sich seinem Pferd in den Weg und schrie: «Ihr müsst Euch in Sicherheit bringen, Majestät! Versucht, den Fluss zu durchqueren.»

Berardo winkte dem König und zeigte auffordernd zum anderen Ufer, wo die Cremonesen wild winkten.

«Und die Frauen?», schrie der König. «Ich stehle mich nicht davon. Außerdem reißt uns das Wasser mit sich fort.»

Als der erste Mailänder sich auf die Frauen stürzen wollte,

wurde er vom Herzog von Spoleto aufgehalten, und ein heftiger Schwertkampf entstand. Ich nahm meinen Speer, Adelheit und ihre Mutter schrien in höchster Angst auf, ich brüllte Rainald «Aus dem Weg!» zu. Zum Glück reagierte er rasch und richtig, indem er sich zur Seite warf. Der Mailänder hob sein Schwert, um ihn zu durchbohren, und bot mir seine breite Brust als Ziel.

Der Speer traf ihn unter dem Hals, sodass er zurücktaumelte und Blut spuckte.

Rainald sprang auf wie ein Leopard, schlug ihm mit dem ersten Streich seines Schwerts den Helm vom Kopf und mit dem zweiten trennte er den Kopf in zwei Hälften.

Die Frauen schrien entsetzt auf.

Mehrere unserer Knechte zerrten nun die Pferde von Erzbischof Berardo und dem König zum Wasser. Die Tiere zögerten kurz, dann sprangen sie. Sofort trieb die Strömung sie nach Süden, dem Po zu und damit aus der Reichweite der Mailänder, die von Norden herangestürmt waren. Zuerst schien alles zu klappen, doch dann ließ sich der König aus dem Sattel gleiten, schwamm ein paar Stöße und watete zum Ufer zurück.

«Ich werde kämpfen, verflucht», hörte ich ihn rufen, und schon riss er einem der Knechte ein Schwert aus der Hand und stürzte auf das Gewühl der Kämpfenden zu. Erzbischof Berardo hielt sich auf seinem Pferd, die Knechte schwammen neben und hinter ihm. Einer von ihnen ergriff die Zügel des zweiten Pferds, bis sie, ein Stück abgetrieben, sicher das andere Ufer erreichten, wo bereits die Männer aus Cremona sie erwarteten.

Wieder riefen Anselm, aber auch ich dem König zu, er solle sich auf einem Pferd ans andere Ufer retten. Der König hörte nicht und focht mit einem Mailänder. Sofort stürzten weitere Gegner in seine Richtung, und einer schrie: «Wir brauchen ihn lebend! Er ist ein Königreich wert!»

Von den Begleitern des Königs versuchten nun Rainald und Anselm, sich zu ihm durchzukämpfen, während die anderen teilweise auf, teilweise neben ihren Pferden ins Wasser wateten oder sprangen, begleitet von Knechten und Männern des Trosses. Auch sie trieben ab; die meisten erreichten das rettende Ufer, einige wurden von Wirbeln erfasst, konnten nicht schwimmen oder trugen Kleidung, die sie in die Tiefe zog.

Ich sah hilflos in die Luft gereckte Hände und den einen oder anderen Haarschopf, der dann verschwand, wandte mich nun wieder der Herzogin zu, die ihre Arme um die beiden jungen Frauen gelegt hatte und sie an sich drückte; Adelheit schluchzte vor Angst, während Serena mir einen flehenden Blick zusandte.

«Nehmt mein Pferd!», rief ich der Herzogin zu. «Ich bringe euch alle drei ans andere Ufer!» Ich schob die Herzogin zu meinem Pferd und hievte sie kurz entschlossen in den Sattel. Da es sich um einen Männersattel handelte, rutschte sie wieder herunter. «Ihr müsst … wie ein Mann!», schrie ich, und obwohl ich alles andere als ein Herkules war, packte und hob ich sie, bis einer ihrer Füße das Steigeisen erreichte, und dann drückte ich gegen ihren Hintern und wuchtete sie hoch in den Sattel.

Adelheit stand zitternd neben einem der Zugpferde, und ich versuchte, ihr zu helfen, seinen Rücken zu besteigen. Aber die Angst ließ sie panisch reagieren. Sie starrte mich mit schreckgeweiteten Augen an und presste noch einmal «Ich kann nicht schwimmen» heraus.

«Dann du!», rief ich Serena zu, der es mit meiner Hilfe gelang, sich auf den Rücken des Pferdes zu ziehen. Sie klammerte sich an die Mähne und das Geschirr. Ich schnappte mir Adelheit und schlug den Pferden auf die Hinterbacken. Sie platschten in die Strömung des Flusses.

«Ich halte dich! Los jetzt!», rief ich Adelheit zu.

Schon trieben auch wir im Fluss. Ich strampelte, Adelheits Kopf über Wasser haltend, hinter den beiden Pferden her, die zum Glück schnaubend ihre Nüstern hochreckten und schwimmend die Mitte des Flusses erreichten. Als sie sich einander näherten, packte Serena geistesgegenwärtig die Zügel des zweiten Pferdes, sodass sie und die Herzogin gemeinsam auf das rettende Ufer zutrieben.

In meinem Arm japste und schrie Adelheit und schlug so wild um sich, dass ich schon befürchtete, ich müsste sie loslassen. Doch dann gelang es mir, die linke Seite von Serenas Pferd zu erreichen und schließlich sogar, das Zaumzeug zu greifen.

Dann konnte ich nur noch gebetsmühlenartig «Nur ruhig! Ganz ruhig!» rufen. Serena und die Herzogin hielten sich tapfer, selbst Adelheit hatte begriffen, dass sie mit einem Arm paddeln und sich mit dem anderen an mir festhalten musste, und so erreichten wir schließlich atemlos, aber sicher das andere Ufer und ließen uns, umjubelt, auf den Boden fallen. Die jungen Frauen heulten vor Glück, während ich gleich wieder aufstand. Auch die Herzogin erhob sich, von den bereits Geretteten gestützt, und bevor ich michs versah, zog sie mich einfach an sich, dankte mir und küsste mich wie eine Mutter. Dann zogen wir Serena und Adelheit auf die Beine.

Von jetzt an konnten wir das Geschehen auf der anderen Seite nur noch beobachten, ohne zu helfen. Die Mailänder hatten unsere Kämpfer immer mehr in Richtung Fluss abgedrängt, und es gab bereits eine Anzahl von Toten und Verwundeten. Die Schutztruppe aus Pavia wehrte sich erbittert. Auch unsere Männer kämpften, aber die ersten sprangen schon in den Fluss oder ließen sich rücklings ins Wasser gleiten.

Der König, Justingen und Rainald saßen noch im Sattel und schlugen wild um sich. Doch ihr Kampf war aussichtslos.

Und dann – brach das Pferd des Königs unter ihm zusammen. Entsetzensschreie und Jubel begleiteten seinen Sturz. Er war nicht mehr zu sehen. Die Mailänder brachen in Siegestaumel aus, wir hörten sie «Der König! Der König! Wir haben ihn» rufen.

In diesem Augenblick konnte mich nichts mehr halten.

40. Kapitel

In Augenblicken der Panik und des Kampfes sind alle hemmenden Gedanken ausgeschaltet.

So rannte ich in meinem vor Nässe schlabbernden Reitgewand am Rande des Flusses entlang, bis ich ein Stück nördlich des Kampfplatzes innehielt, mir den störenden Kittel samt Hemd und Unterhose vom Leib riss und ins Wasser sprang. Mit der Strömung schwamm ich zum gegenüberliegenden Ufer, achtete dabei darauf, im Rücken der Kämpfenden zu landen. Sonst hätten mich die Mailänder sofort getötet oder gefangen genommen.

Was ich tat, war selbstmörderisch, aber ich wollte um jeden Preis den König retten.

Ich sprang an Land, und so unwahrscheinlich es klingt, meine Nacktheit half mir. Die Söldner aus Mailand stutzten bei meinem Anblick einen winzigen Augenblick, und diesen Augenblick nutzte ich, um einem der Männer in die Hoden zu treten, mit dem Knie sein Kinn zu rammen und ihm auf diese Weise sein Schwert zu entwinden.

Schon rannte ich auf den König zu, den ein Knäuel aus Kämpfenden umgab. Noch immer versuchten Anselm, Rainald und zwei der Leibwachen, allesamt blutend, ihn freizuschlagen, doch die Gegner waren zu zahlreich. Allerdings behinderten sie sich gegenseitig, und dies nutzte ich aus. Ich sprang sie wie ein Akrobat an, hieb mit dem Schwert wild und ungezielt um mich. Ein Teil der Mailänder stolperte über sich selbst, fiel nach hinten, und schon zerrte ich, jetzt von Rainald unterstützt, den König auf die Beine und zu dem letzten Zugpferd, das noch am Ufer stand.

Endlich hatte er begriffen, dass er nicht mehr den Helden spielen durfte. Wir schoben ihn auf den Rücken des Pferdes und jagten es dann ins Wasser. Rainald sprang hinterher. Ich schnappte mir noch ein neben dem Wagen ängstlich wieherndes Maultier und zerrte den letzten unserer Verteidiger mitsamt dem Tier hinter mir her.

König Federico rutschte mitten im Fluss vom Rücken des Pferdes, hielt sich aber am Zaumzeug fest, und so erreichten wir, außer Atem und mit blutenden Wunden, das rettende Ufer, wo uns alle jubelnd begrüßten.

Der König war gerettet.

«Wo ist Anselm?», hörte ich ihn rufen.

Anselm von Justingen war den Mailändern in die Hände gefallen. Aber er lebte, wie wir sehen konnten.

Wütend brüllte König Federico den Männern aus Mailand auf der anderen Flussseite eine Verwünschung zu und schüttelte drohend die Faust, während sie eine Geste des Halsabschneidens und diverse obszöne Handbewegungen machten, um dann den Wagen, die übrig gebliebenen Maultiere mit den Zelten und sämtlichen Gegenständen, die wir hatten zurücklassen müssen, an sich rissen.

König Federicos geschlitzte Reittunika klebte an seinem Körper, die Haare hingen nass in den Nacken, und eigentlich sah er wie ein triefender Zottelhund aus. Während er die Faust noch schüttelte, änderte sich seine Stimmung schlagartig. Vielleicht realisierte er jetzt erst, wie knapp er dem Tod oder der Gefangenschaft entkommen war. Er entdeckte auch seine Verletzungen, und obwohl es sich lediglich um leichtere, allerdings blutende Schnittwunden handelte, wurde er bleich. Ich fürchtete bereits, er würde umsinken, aber er fiel nur aufschluchzend der Herzogin von Spoleto um den Hals. Er verbarg sein Gesicht in ihrem nassen Umhang, und murmelte erstickt «Mamma!».

Die Herzogin strich ihm beruhigend über den Kopf und hauchte: «Es wird gut, mein Kind, alles wird gut.»

So schnell, wie er in Schluchzen ausgebrochen war, so schnell riss er sich wieder zusammen, blickte auf, zeigte auf mich und rief: «Du hast mich gerettet.» Seine Stimme erstarb bei dem letzten Wort.

Alle starrten mich an, und so seltsam es klingt, erst in diesem Augenblick wurde mir bewusst, dass ich splitternackt vor ihnen stand.

Der König trat einen Schritt vor, als wollte er mich dankend in den Arm nehmen. Sein Blick wanderte von dem Amulett auf der Brust zu meinem männlichen Teil, das ich jetzt schamhaft hinter meiner Hand verbarg. Einen Augenblick überlegte ich, ob ich nicht zu meiner Kleidung rennen sollte, die noch flussaufwärts an einem Strauch hing, doch ich unterließ es, weil ich mir dann noch lächerlicher vorgekommen wäre.

Die Herzogin reagierte als Erste. Sie winkte einen der Männer aus Cremona herbei und befahl, er solle mir seinen Waffenrock überlassen und mir einen trockenen Reitkittel besorgen.

Ich warf der Herzogin einen dankbaren Blick zu, zog den Waffenrock über und knotete ihn so zu, dass zunächst meine Blöße verdeckt war, doch noch immer spürte ich die Blicke wie brennende Eisen auf mir ruhen. Keiner sprach es aus, auch später nicht, als wir alle um ein großes Feuer hockten, unsere Kleidung trockneten und einen am Spieß gebratenen Ochsen vertilgten: dass man mich für einen versteckten Juden hielt. Oder Sarazenen. Auf jeden Fall für einen Betrüger.

Die Verwundeten waren versorgt worden, und alle riefen durcheinander, erleichtert, doch noch immer aufgeregt. Mittlerweile war auch dem Letzten klar, in welcher Gefahr der König geschwebt hatte. Die Männer schilderten immer wieder ihre Heldentaten, brachen in Gelächter und höhnische Flüche aus. Die beiden jungen Frauen lachten mit ihnen, bis sich ihr Lachen übergangslos in hilfloses Schluchzen verwandelte, dann fielen sie sich in die Arme, warfen sich der Herzogin an die Brust, die ihnen schließlich etwas zuflüsterte.

Adelheit nickte, wischte sich die Tränen aus dem Gesicht und kam zu mir gekrochen. «Ihr habt mir das Leben gerettet, Bernardou, uns allen, Serena und meiner Mutter und auch meinem … dem König», sagte sie mit brüchiger Stimme. «Wie können wir Euch danken?»

Ich schüttelte den Kopf, weil ich etwas Selbstverständliches getan hatte und nicht wusste, was ich sagen sollte. Lächelnd ergriff ich schließlich Adelheits Hand und küsste sie. Verstohlen schaute ich zu Serena hinüber.

Warum kam nicht auch sie und dankte mir?

Sie saß neben dem König, in nahezu kindlichem Vertrauen an ihn gelehnt, und er strich ihr gedankenverloren über die blonden, noch immer vor Nässe strähnigen Haare.

Als die Sonne unterging, winkte mir der König zu. Gehorsam begab ich mich zu ihm, und er legte mir die rechte Hand auf die Schulter. «Du bist ein wahrer Ritter, Bernardou de Baux, willkommen in unserem Kreis. Ich werde dir nie vergessen, was du für mich getan hast. Wenn ich demnächst in Aachen gekrönt werde und auf dem Thron des großen Karl sitze, werde ich dich offiziell mit dem Schwert umgürten. Wirst du mir Treue schwören?»

Mittlerweile hatten sich alle Begleiter des Königs um uns versammelt und schauten mich forschend an.

«Ja, das werde ich», antwortete ich ernst.

König Federico nickte und wandte sich dann an die Umstehenden: «Hört, ich will jetzt etwas klarstellen: Offiziell und vor Fremden bin ich euer König und eure Majestät, aber wenn wir gemeinsam am Feuer sitzen, als Ritter, als Freunde, die sich gegenseitig bis in den Tod beistehen, dann lassen wir die steifen Titel weg. Ich bin für euch *Fe-*

derico und in Deutschland dann *Friedrich*. Berardo, auch dich werde ich in Zukunft beim Vornamen rufen – und die Herzogin von Spoleto ist und bleibt für mich *meine Mamma*.» Um seine Worte zu unterstreichen, gab er ihr einen Kuss.

Ich hatte den Blick gesenkt, spähte dann aber doch kurz zu Serena hinüber, die mich auf seltsame Weise anlächelte. Bevor ich dieses Lächeln deuten konnte, wandte sich der König wieder mir zu: «Woher hast du das goldene Amulett, das ich vorhin an deinem Hals gesehen habe? Zeig es mir noch einmal!»

Ich nestelte es hervor und reichte es ihm.

Er hielt die Münze ans Feuer, um sie genauer betrachten zu können, las laut die Buchstaben F H R, nicht ohne der Herzogin einen vielsagenden Blick zuzuwerfen. Anschließend ließ er die Münze herumreichen, damit jeder sie betrachten konnte.

Sein Blick ruhte erneut auf mir: freundlich, zugleich prüfend. Wie beiläufig fragte er: «Und wieso bist du beschnitten, Bernardou?»

Alle um uns hielten den Atem an.

«Ich bin weder Jude noch Sarazene», antwortete ich und hätte am liebsten keine weitere Erklärung gegeben. Doch ich sah in den Gesichtern, dass meine Auskunft nicht ausreichte.

«Es war ein Racheakt …»

Wer noch nicht zugehört hatte, lauschte jetzt. Serena schaute mich mit großen Augen an. Vielleicht ahnte oder wusste sie, wer hinter meiner Verstümmelung steckte.

«Hört sich gut an», sagte der König. «Ein Racheakt an einem Troubadour. Das kann nur bedeuten, dass du eine

Dame nicht nur besungen hast, sondern ihr zu nahe getreten bist.»

«So weit ist es nie gekommen», erwiderte ich und wagte nicht, Serena anzuschauen.

«Und warum hat man dir den halben Pimmel abgeschnitten?»

Der König grinste, und wissendes Gelächter folgte.

«Es war nicht besonders angenehm, *Majestät*», sagte ich leise, doch mit Nachdruck.

Der König reagierte sofort. Er schaute mich bedauernd an und erwiderte ebenso leise: «Mein lieber Freund und Dichter, es war nicht so gemeint. Ich entschuldige mich bei dir. Und, bitte, nenne mich Federico!» Noch während er sprach, nestelte er eine Goldmünze hervor, die meiner glich und die er ebenfalls um den Hals trug. «Sieh mal, was ich habe. Es ist vermutlich die gleiche byzantinische Münze, nur weniger abgegriffen und mit einer anderen Inschrift.»

Er reichte sie mir. *F H I*, las ich.

Mittlerweile hatte mein Amulett die Runde gemacht und kam wieder zu mir zurück, sodass ich beide Münzen nebeneinanderhalten konnten: F H R und F H I.

Vor Erstaunen konnte ich nur den Kopf schütteln, fragte aber sofort: «Was bedeutet F H I?» Ein freudiges Erschrecken erfasste mich. Vielleicht würde ich jetzt etwas erfahren, das einen Rückschluss auf die Bedeutung der Buchstaben und auf meine Herkunft zuließ.

Der König warf der Herzogin einen vielsagenden Blick zu. «Viel interessanter ist doch», erwiderte er, «was *deine* Buchstaben bedeuten. Wir alle fragen uns, wie der Sohn eines provençalischen Falkners in den Besitz der gleichen Goldmünze kommt wie der Enkel Kaiser Barbarossas. Hinter diesem Sänger steckt ein Geheimnis, was meint ihr, Männer?»

Er schaute sich um, aber niemand reagierte.

«Die Münze erhielt ich von meiner Mutter.» Ich sprach leise, aber bestimmt.

«Und was bedeuten nun die Buchstaben?»

«Ich weiß es nicht. Ich habe bisher vergeblich versucht, ihre Herkunft und ihren Sinn herauszufinden …»

«In Ancona!»

«Ja, auch in Ancona.»

Wieder tauschten der König und die Herzogin einen Blick aus, ohne jedoch eine weitere Erklärung abzugeben.

Unerwartet sprang mir Serena bei: «Und was bedeuten nun *deine* drei Buchstaben, Federico?»

Der König lachte: «Das möchtet ihr wohl gerne wissen, ihr beiden … Kinder von Les Baux.» Alle schauten ihn an und schienen auf eine Erklärung zu warten. Vergeblich. Ernst geworden, sagte er nur: «Vielleicht bist du ja nicht einer Dame zu nahe getreten, sondern ihrer Tochter.»

‹Nicht so nahe wie der König von Sizilien› – dies zu erwidern lag mir auf der Zunge. Doch ich unterließ es. Vermutlich hatte Serena ihrem königlichen Geliebten ohnehin einmal erzählt, was in Les Baux vorgefallen war. So blickte ich dem König nur in die Augen, ohne zu antworten.

Erneut entstand ein ungemütliches Schweigen.

Federico schlug seine Augen nicht nieder, sondern setzte ein Lächeln auf, das ich schon mehrfach beobachtet hatte und in Zukunft noch häufig beobachten sollte: ein offenes, gewinnendes und zugleich souveränes Lächeln, das einem einfach das Herz öffnete.

«Tja, die Töchter», unterbrach er das allgemeine

Schweigen, schaute Serena und Adelheit an, erneut mit seinem charmanten Lächeln, das beide gefühlvoll erwiderten, und kramte dann aus seiner Gürteltasche eine weitere Goldmünze hervor und reichte sie mir. «Hier, ein Tarì aus Sizilien, noch unter der Herrschaft meines Vaters geprägt, wie du an dem Kopf und der Inschrift *Heinricus Sextus* sehen kannst. Ich schenke ihn dir, lieber Bernardou. Wer gibt, dem wird gegeben. Das ist meine Devise.»

Indem ich mich verbeugte, dankte ich ihm stumm.

Ich fühlte, wie Serenas Blick in mich eindringen wollte, wagte aber nicht, ihn zu erwidern.

41. Kapitel

Während dieser Tage im Hochsommer 1212 überstürzten sich die Ereignisse – für König Federico, aber auch für mich. Viel Zeit zum Nachdenken blieb mir daher nicht, nicht einmal zum Nachforschen, denn gar zu gern hätte ich gewusst, was die drei Buchstaben auf dem Amulett des Königs bedeuteten. Die Münze, die sich ähnelnde Buchstabenfolge – ich war offensichtlich dem Geheimnis meiner Herkunft ganz nahe. Doch schienen weder die Herzogin von Spoleto noch der König mir helfen zu wollen.

Ich hätte damals auch gern mehr von Serena erfahren, wünschte sehnlichst, mit ihr unter vier Augen zu sprechen. Was hatte das schreckliche Ereignis am Abgrund von Les Baux in ihr zerstört? Sollte die kurze Ehe mit dem spanischen Grafen sie verändert haben? Oder die Liebschaft mit dem König, die Trennung von ihrem Kind?

Während wir nach Überquerung des Lambro nach Cremona ritten, dort wieder mit allen Ehren empfangen wurden und schließlich nach Mantua, Verona und Trient weiterzogen, bedrängten mich immer wieder diese Fragen, ohne dass ich eine Antwort fand.

Während dieser Tage vermochte ich nicht um Madeleine zu trauern. In Träumen tauchte sie weiterhin auf, lebendig und liebevoll, vertraut und anschmiegsam, fröhlich lachend und dann wieder in wehmütiger Sehnsucht, ihr Vater winkte uns und sprach von den Prüfungen des Perceval, aber tagsüber lenkten mich zu sehr die kleinen und großen Misshelligkeiten und Anstrengungen ab.

Auch ich trug jetzt Rüstung – in Cremona hatte man mir einen Kettenpanzer mit dem neuen, unbequemen Topfhelm verschafft. Die schwüle Sommerhitze mit ihren Mückenschwärmen drückte auf Stärke und Stimmung, nachts mussten regelmäßig drei Mann Wache halten, und beim Zeltaufschlagen im Freien galt es anzupacken. Selbst der König war sich nicht zu gut, einen Pflock einzuschlagen. Meist jedoch übernachteten wir auf kleinen Burgen, in Klöstern oder in großen Gehöften. Die Belästigung durch das allgegenwärtige Ungeziefer will ich gar nicht erwähnen, es ist zu alltäglich und doch eine Strafe des Herrn für unsere kleinen und großen Sünden.

Wir zogen die Etsch entlang in Richtung Brennerpass, bis wir kurz hinter Trient erfuhren, dass der Herzog von Bayern und Graf Otto von Andechs, der den Pass beherrschte, Anhänger Kaiser Ottos seien und den Weg nach Norden versperrten. Federico ließ sich nicht beirren, zumal ihm der Bischof von Trient anbot, ihm mit einem kleinen Gefolge den Weg über das unwegsame Gelände und die hohen Pässe nach Chur zu weisen, dessen Bischof, so wusste er, ihn unterstützte. Schließlich hatte sich der Papst eindeutig für Federico ausgesprochen und Otto als Kaiser für abgesetzt erklärt.

Unsere Damen und ihre Begleiterinnen konnten nun nicht mehr in einem von den Städten gestellten Wagen reisen, sondern mussten reiten oder sogar zu Fuß marschieren. Wir folgten der Etsch und der alten Via Claudia Augusta bis über den Reschenpass und bogen dann ins Engadiner Tal ab, das in seinem oberen Teil bereits zur Diözese Chur gehörte – wo wir in Sicherheit waren.

Dann wurde es richtig mühsam und gefährlich, denn auf steinigen Pfaden ging es steil den Septimerpass hoch. Selbst der König und die Bischöfe führten ihre Pferde am Zügel, denn keiner wollte die treuen, edlen Tiere verlieren oder gar mit ihnen in den Abgrund stürzen. Einige Männer brachen oder verstauchten sich die Knöchel und mussten auf Maultieren weitertransportiert werden, einer fiel sogar so unglücklich, dass er starb.

Doch selbst die betagte Herzogin klagte nicht und stieg schwitzend und keuchend den Weg zum Pass hinauf. Ihre Tochter Adelheit ließ sich gerne von mir führen, sprach gleichwohl kaum. Nur ihr Lächeln verzauberte mich von Tag zu Tag neu.

Im Gegensatz zu der engelsgleichen Serena mit ihren gleichmäßigen Gesichtszügen, die ein Gott gemeißelt zu haben schien, konnte man die Herzogstochter zwar hübsch, doch nicht wirklich schön nennen. In einem eigenartigen Gegensatz von Haar- und Gesichtsfarbe rahmten dunkle, fast schwarze dichte Haare ein blasses Gesicht ein. Die schmale Stirn und die breiten dunklen Brauen, die Stupsnase und die vollen Lippen wollten so gar nicht zueinander passen und machten ihr Gesicht zugleich auf eine ungewöhnliche Weise reizvoll.

Alle Frauen trugen weite Gewänder, die bis zu den Knöcheln reichten und die ihre Formen eher verbargen, doch rafften enggeschnallte Gürtel die Unterkleider und Tuniken um die Taille, sodass man die weiblichen Rundungen erahnen konnte. Im Gegensatz zu Serenas wölbte sich Adelheits Brust so stark, dass man glauben mochte, sie würde ein Kind stillen.

Mit hochgesteckten Säumen stapfte sie über Stock und Stein, über Wiesen und durch Bäche, lachte immer wieder ohne Anlass und freute sich an manch kleinem Blümchen, das uns keck seine Blütenblätter entgegenstreckte, am Pfeifen, Männchenmachen und hoppelnden Flüchten der Murmeltiere, und entdeckte sie in der Ferne Gämsen und Steinböcke, mussten wir alle anhalten und sie mit ihr bestaunen.

Ich dagegen erfreute mich eher am ruhigen Flug der Steinadler, wie der König, der ebenfalls unsere majestätischen Freunde am Himmel beobachtete und ihnen sogar zuwinkte. Im Gespräch mit den heimischen Führern ließ er sich zudem erklären, welche Geier und welche Sorten von Dohlen und Krähen es hier im Gebirge gebe. Und natürlich wollte er alles über Falken, Bussarde, Weihen und Habichte wissen.

Serena ritt oder marschierte stets an seiner Seite oder hinter ihm, in sich gekehrt und still.

Als wir einmal ein Schneefeld überquerten, rutschte sie

aus, versuchte sich vergeblich an einem Felsen festzuhalten, strauchelte und fiel. Der König war vorangegangen und drehte sich um, ich jedoch, der hinter ihr durch den Schnee stapfte, beugte mich sofort zu ihr hinunter, um ihr aufzuhelfen. Ich erschrak, denn offensichtlich war der Fels, an dem sie sich hatte halten wollen, so scharf gewesen, dass er auf der Haut ihres Unterarms eine Wunde gerissen hatte. Blut quoll hervor, rann über ihren Arm und bildete im Schnee drei dicke Blutstropfen, deren Anblick mich innerlich so ergriff, dass ich regelrecht erstarrte. Ich riss mich jedoch zusammen, zog Serena auf die Beine und fing dabei einen dankbaren Blick auf, in dem zugleich ihre alte verborgene Liebe aufleuchtete.

Schon war der König bei uns und ergriff ihre Hand. Die Wunde zu verbinden schien nicht nötig zu sein, und so marschierten wir weiter.

Noch einmal erhaschte ich an diesem Tag einen sehnsüchtigen Blick von ihr. Doch abends verschwand sie, wie jede Nacht, im Zelt des Königs – und ich verstand, dass sie dem König keinen Anlass zur Eifersucht geben wollte.

Als ich einmal ein Falkenpärchen am Himmel entdeckte, eilte ich zu ihr und wollte es ihr zeigen, doch der König war mir bereits zuvorgekommen. Ich fiel dann wieder zurück und half Adelheit über einen reißenden Bergbach. Ich hatte ihr sogar angeboten, sie über den Bach zu tragen, wie es der König mit Serena getan hatte, sie lehnte jedoch lachend ab.

«Vielleicht meine Mutter», sagte Adelheit. Zwei kräftige Pferdeknechte balancierten die Herzogin indes bereits auf ihren miteinander verschränkten Armen über die Felsen.

Als ich Adelheits Hand ergriff, um sie sicher über einen

glitschigen Stein zu führen, sagte sie wie nebenbei: «Sie liebt dich.»

Ich erstarrte und wäre beinahe ausgerutscht. Natürlich war mir klar, wen sie meinte. Ich wollte es jedoch nicht zeigen.

«Nun», antwortete ich, «deine Mutter mag mich, weil ich ihr über den Lambro geholfen habe …»

Adelheits Lachen unterbrach meinen Satz. «Meine Mutter mag dich wie einen Sohn, sie hat an dir einen Narren gefressen. Wenn wir allein sind, nennt sie dich immer *unser Löckchen*.» Erneut lachte sie laut auf und ließ mir ihre Hand auch noch ein paar Schritte, nachdem wir den Bach überquert hatten. «Ich spreche von Serena.» Plötzlich war sie sehr ernst geworden, doch ihre Finger lagen weiterhin in meiner Hand.

Da der Bach laut rauschte, glaubte ich, sie zuerst nicht richtig verstanden zu haben, und schaute sie fragend an. «*Serena* liebt dich», rief sie mir zu, so laut, dass ich schon befürchtete, der König könnte sie verstanden haben.

Ein kurzer, vergewissernder Blick zu ihm und Serena ließ mich zusammenfahren. Die beiden hatten uns in der Tat beobachtet, und so ließ ich unverzüglich Adelheits Hand los. Lag in Serenas Blick ein Anflug von Eifersucht? So schien es mir. Zugleich zog der König die Augenbrauen drohend zusammen, nicht ohne sich sogleich abzuwenden, Serena in den Arm zu nehmen und sie auf den Mund zu küssen – was er bisher nie in der Öffentlichkeit getan hatte.

Adelheit lachte wieder hell auf, raffte ihr Gewand und hüpfte zu ihrer Mutter, die ein Stück vor uns über die Wiese stapfte.

Beide pflückten die letzten blühenden Alpenrosen und

überreichten einige Rainald, dem Sohn und Bruder, aber einige auch dem König, der die Blumen an Serena weitergab.

Um ehrlich zu sein: Es waren die schönsten Tage, die ich seit langem erlebt hatte. Keine Mücken mehr, überhaupt kaum Ungeziefer außer den Flöhen, die wir mitgeschleppt hatten, keine Angst vor einem feindlichen Hinterhalt. Keine schwüle Hitze, sondern klare Bergluft, sprudelndes Wasser, mit dem wir ausgiebig unseren Durst löschten und das nicht brackig oder salzig und verdorben schmeckte wie häufig in den Städten, sondern frisch und würzig und belebend wie Morgentau im Frühlicht.

Sogar die Berge, die viele meiner Mitmenschen als feindlich und drohend empfinden, bewunderte ich in ihrer unberührbaren Größe. Und nach einem langen Aufstieg, bei dem wir ordentlich schwitzten und keuchten, durften wir uns an einem über Felsen blitzenden und sprudelnden Bach niederlassen, um uns auszuruhen, das Gesicht zu waschen, die Füße zu kühlen – ich legte mich schließlich auf den Rücken, schloss die Augen, und ein lange nicht erlebtes Glücksgefühl durchströmte mich.

Mein Herz schlug wieder langsam und stark, mein Atem wurde tief und gleichmäßig. Der erwachende Tag in meinem Versteck in den Alpilles kam mir in den Sinn, und dann beugten sich wieder die Augen über mich, die der Beginn meines erinnerten Lebens, das tiefste Glück meiner Kindheit gewesen waren, die dunklen Augen meiner Mutter.

Als ich meine Lider geschlossen hielt, sah ich auch Madeleine über mir, ich spürte regelrecht ihren Atem und hätte mein Leben hingegeben, sie in die Arme zu schließen und nie wieder loszulassen. Doch Madeleine war tot.

Auch meine Mutter war tot.

Nur Serena lebte noch.

Doch Serena war die Geliebte des Königs.

Wieder spürte ich den Atem über mir, hörte sogar ein leises Kichern. Ich wagte nicht, die Augen zu öffnen, um die Bilder nicht zu vertreiben. Das Kichern wurde lauter, und nun zupfte jemand an meiner Locke. Als ich schließlich doch die Augen aufschlug, blickte ich in vier lachende Gesichter: Federico hatte mich gezupft, ihm gegenüber schaute die Herzogin auf mich herab, zu seiner Linken Adelheit, zur Rechten Serena.

Dann kitzelte er mich sogar. Und weil ich darauf mit Abwehr reagierte, kitzelte er mich noch mehr, und die beiden jungen Frauen schlossen sich ihm an. Als hätte sich eine lange anhaltende Anspannung gelöst, hörten sie nicht auf zu lachen, Federico warf sich auf mich, Adelheit und Serena ließen sich auf uns und aufeinander fallen. Ich bekam kaum noch Luft.

Schließlich lagen wir alle vier übereinander, wie vom Lachen und vom Spiel erschöpft, und rührten uns eine Weile nicht mehr, bis die Herzogin rief: «Kinder, auf, wir müssen weiter!»

Endlich in Chur und im breiten Rheintal angekommen, wurde der König von Bischof Arnold mit allen Ehren, doch zugleich mit sorgenvoll gefurchter Stirn empfangen. Noch am Abend, nach einer kurzen Andacht, in der Gott für die verlustarme Alpenüberquerung gedankt wurde, setzte sich der König mit ihm und seinen Beratern zusammen, um sich über die Lage informieren zu lassen und die weiteren Schritte zu beraten.

Bischof Arnold ergriff als Erster das Wort und machte König Federico klar, dass ihn zwar zahlreiche Fürsten, unter ihnen insbesondere die Bischöfe, in die deutschen Lande gerufen hätten und unterstützten, dass er aber ein sizilianischer König sei, der nicht einmal die deutschen Dialekte beherrsche und, dies sei entscheidend, kein Heer hinter sich versammelt habe.

«Ich bin dabei, wieder Deutsch zu lernen», rief Federico, der in diesem Moment Friedrich wurde. «Und Ihr, ehrwürdige Eminenz, werdet mir einige Ritter zur Seite stellen.»

Bischof Arnold musste lachen. «Mein Junge», erwiderte er, «verzeiht mir, dass ich Euch so nenne und nicht Majestät, aber Ihr seid so herzerfrischend jung und strahlt einen siegesgewissen Optimismus aus, dass man dem Herrn danken möchte für einen solchen Herrscher ...» Nun wurde er wieder ernst. «Leider muss selbst ich als Mann Gottes sagen, dass das Heil des Herrn häufig von der Stärke der Waffen abhängt, vom Gewicht des Goldes – und vermutlich auch vom Lächeln der Fortuna, wenn ich einmal ein heidnisches Bild verwenden darf.» Er zwinkerte seinen Bischofskollegen zu.

«Also, um zur Sache zu kommen: Ich kann Euch ein paar dutzend Bewaffnete stellen, Reichsabt Ulrich aus Sankt Gallen noch ein paar mehr, und ich weiß, dass in Basel eine Truppe von vielleicht zweihundert Rittern auf Euch wartet. Doch vorher müsst Ihr in Konstanz bei Bischof Konrad Station machen. Die Stadt ist bewehrt, ihre Mauern sind unüberwindlich, zudem schützt der Rhein sie noch» – er holte tief Luft –, «aber Kaiser Otto marschiert zurzeit auf Überlingen zu, und zwar mit einem machtvollen Heer.

Bei Bischof Konrad hat er sich bereits angemeldet, und

angesichts der Stärke seines Heers zögern Bischof und Stadt, ihn zurückzuweisen. Im Gegenteil, man will ihn mit allen Ehren und einem großen Festmahl empfangen. Die ersten Boten und Köche sind bereits in der Stadt und veranlassen, dass genügend Tiere zusammengetrieben werden, damit alle satt werden. Nicht nur das Festmahl soll eine Machtdemonstration werden. Ein Turnier ist geplant, Huldigungen des schwäbischen Adels sollen Euch zeigen, dass die kaiserliche Macht des Welfen ungebrochen ist. Falls jemand zurzeit eine Wette abschließt, wer der zukünftige Kaiser sein wird, dann stehen die Chancen ein Dutzend zu eins gegen Euch. Ihr habt Freunde und Anhänger wie den Landgrafen von Thüringen, aber eben auch zahlreiche Gegner, den gesamten sächsischen Norden Deutschlands insbesondere, die Bayern schwanken noch, die meisten Fürsten, Bischöfe, Städte richten ihr Fähnchen ohnehin nach dem Wind – nach dem Wind der stärkeren Truppen.»

König Friedrich hatte geduldig und erstaunlich gelassen zugehört. Er erhob sich nun, Bischof Arnold fest im Blick, und antwortete: «Ich habe kaum Chancen, also werde ich sie ergreifen. Alles, was Ihr mir sagt – wofür ich Euch danke –, konnte ich mir denken. Hinter mir steht zwar kein starkes Heer, dafür aber der Herr der Heerscharen und sein Stellvertreter in Rom. Man hat mir berichtet, dass Kaiser Otto nicht nur raffgierig, sondern auch misstrauisch, mürrisch, intolerant und geizig sei. Ich bin jemand, der gerne schenkt, der den Menschen vertraut, ohne blind zu sein, der gern mit Frohsinn und Toleranz überzeugt. Lasst uns einfach nach vorne blicken und an meinen Erfolg glauben. Otto mit seinem starken Heer ist es nicht gelungen, über die Straße von Messina zu setzen und mich aus Sizilien zu vertreiben, den

Mailändern ist es nicht gelungen, mich am Lambro gefangen zu nehmen. Der Herr lächelt mir zu, daher werde ich siegen. Also lasst uns aufbrechen.»

Erst zögerlich, dann immer stärker brandete Beifall auf, ich hörte sogar Hoch- und Vivatrufe.

Der König hob seine Arme, bis wieder Ruhe eingekehrt war: «Heute Abend feiern wir, morgen ruhen wir und unsere Pferde uns aus, übermorgen brechen wir nach Sankt Gallen auf. Noch vor Otto müssen wir in Konstanz sein. Die Mauern der Stadt werden uns vor seiner Übermacht schützen.»

Überraschtes Schweigen folgte, die Männer sahen sich an. Niemand hatte mit einem so baldigen Aufbruch gerechnet. Aus dem Hintergrund hörten wir eine skeptische Stimme: «Und wenn Otto vor uns in der Stadt sein wird?»

Eine andere skeptische Stimme antwortete: «Dann gnade uns Gott!»

König Friedrich lachte. Ja, er lachte wie ein übermütiger Lausbub, als sei die Lage nicht ernst. «Ihr habt recht. Damit wir Gottes Gnade nicht in Anspruch nehmen müssen, brechen wir bereits morgen auf.»

42. Kapitel

Als wir aufbrachen, lag noch der Morgennebel über dem Rheintal. Doch bald bahnte sich die Sonne ihren Weg durch das Grau, erste Bergspitzen tauchten wie geheimnisvolle Gottesburgen auf, graue Zacken mit schneegrellen Flächen vor einem milchblauen Himmel, in Licht wie in ein hoffnungsfrohes Versprechen getaucht. Um unseren Zug waberten eine Weile noch Nebelschleier, die sich schließlich feengleich verzogen.

Wir waren früh aufgebrochen, und der König ließ es sich nicht nehmen, an der Spitze des gesamten Zuges zu reiten, umgeben von seiner zusammengeschmolzenen sizilianischen Leibwache. Ihm folgten die Berater und Familiare. Auch die Frauen ritten wieder, denn man war der Überzeugung, die Wagen kämen zu langsam voran.

Der Bischof von Chur hatte eine kleine, rasch zusammengetrommelte Rittertruppe gestellt, sodass wir mit dem hinter uns her hechelnden Tross noch immer eher an einen gräflichen als an einen königlichen Zug erinnerten, uns aber doch nicht mehr ganz so wie zuvor in der Landschaft verloren.

In der alten Reichsabtei Sankt Gallen, die wir am Abend des dritten Tages leicht erschöpft erreichten, wurden wir von Abt Ulrich von Sax mit gotterfüllten Worten, üppig gedeckten Tischen und weichen Strohlagern empfangen. Friedrich bestand jedoch darauf, dass vor allen leiblichen Genüssen eine Andacht abgehalten werde, in der er, ungewöhnlich genug, das Wort ergriff und dem Herrn in fehlerlosem Latein, den Tränen nahe, für seine Hilfe dankte.

Ein Tag Ruhe für Mann und Pferd wurde uns gegönnt, der Abt stellte dem König einen Trupp von ein paar dutzend Rittern zur Verfügung, und so ging es weiter nach Konstanz, das wir am zweiten Tag nach unserem Aufbruch von Sankt Gallen erreichten. Mittlerweile hatten sich dem König weitere Grafen mit ritterlichem Anhang und bewaffneten Knappen und Knechten angeschlossen, sodass wir auf ein kleines Heer von über hundert Rittern angewachsen waren.

Uns umfing erneut ein warmer, strahlender Frühherbsttag mit weichem Licht, der vor uns liegende See glitzerte, die Kirchtürme und Dächer der Stadt strahlten Sicherheit und Wohlstand aus, aber die trutzig-abweisenden Mauern und die verschlossenen Stadttore ließen nicht auf ein freundliches Willkommen schließen.

Auf dem Weg hatten wir bereits eine größere Anzahl von Bauern beobachtet, die ihr Vieh zur Stadt trieben, insbesondere Rinder und Schweine, die zudem auf Handkarren gackernde Hühner und schnatternde Gänse transportierten und sich auf ihren Tragen Eier, Obst und Gemüse aufgebuckelt hatten.

Sie schauten äußerst misstrauisch und trieben ihre Tiere zur Eile an. Einer der Männer war immerhin bereit, uns mitzuteilen, dass die Stadt ein großes Fest zum Empfang von Kaiser Otto und seinem Heer vorbereite. «Die Köche sind schon in der Stadt, und die Metzger haben Schlachterbeile und Messer gewetzt.»

Die vorausgeschickte Abordnung unter Herzog Rainald berichtete dem König dann empört, die Bauern würden mit ihren Tieren eingelassen, während sie selbst abgewiesen worden seien – mit dem Hinweis auf Kaiser Otto. Sofort schickte König Friedrich einen Spähtrupp los, der die Lage auf der Westseite der Stadt bis zum Rhein erkunden sollte und der dann auch berichtete, auf der anderen Seite des Flusses eine Vorhut des kaiserlichen Heeres entdeckt zu haben. «Und wenn der Staub in der Ferne nicht trügt, naht dort eine gewaltige Streitmacht.»

Der Einzige, der nicht nervös zu werden schien, war König Friedrich. «Endlich werde ich Otto von Angesicht zu Angesicht entgegentreten können – dem Usurpator des kaiserlichen Throns, dem welfischen Erbfeind.» Er lachte ein wenig künstlich. «Ist er nicht auch so etwas wie ein entfernter Onkel von mir?»

Wir schauten uns an – und beschlossen, diese Bemerkungen als einen Ausdruck von Galgenhumor anzusehen.

«Otto heiratete vor drei Jahren Beatrix, eine Cousine von dir, Friedrich», erklärte die Herzogin, die bei uns Männern stand, «und kürzlich, als sie vierzehn wurde, vollzog er mit ihr die Ehe. Kurz darauf starb sie allerdings.»

Friedrich lachte erneut. «Das kommt davon, wenn sich alte Männer auf junge Mädchen stürzen. Da ist es doch besser, wenn jungen Männern reife Frauen an die Seite gegeben werden.» Nur er allein fand seine selbstironische Bemerkung witzig.

Die Bischöfe, die mittlerweile ihr Ornat angelegt hatten, um sofort als geistliche Würdenträger erkennbar zu sein, schauten ernst, auch Herzog Rainald und die anderen Berater setzten skeptische Mienen auf.

«Es ist nicht die Zeit für Scherze, Majestät», mahnte Erzbischof Berardo.

«Ach, kommt, lasst uns lachen, bevor wir in die Schlacht ziehen.»

«Wir können nicht in die Schlacht ziehen», antwortete Rainald, «dazu fehlt uns die Streitmacht.»

«Gut, dann ziehen wir eben in Konstanz ein und lassen Otto samt seinem Heer im Rhein ersaufen oder sich an den Mauern der Stadt blutige Köpfe holen.» Schon ritt er los, auf die Stadt zu.

Wir folgten ihm stumm, bis zum Stadttor, das sich vor

Friedrich keineswegs öffnete. Oben auf den Wehrgängen sahen wir Wachen auf- und abmarschieren, ihre Helme blinkten in der Sonne, und zwischen ihnen waren Bogenschützen postiert.

Der König ritt zum Tor und verlangte persönlich, Bischof Konrad zu sprechen. Auch die Bischöfe traten nun vor, den Stab ihrer geistlichen Würde in der Hand und die Mitra auf dem Kopf. Die Herbstsonne schien noch recht warm, und so lief uns der Schweiß von der Stirn. Vielleicht lag es auch an der Anspannung, denn jedem musste klar sein, dass Bischof Konrad mit seiner Stadt über das Schicksal von König Friedrich entschied.

Zu unserer weiteren Beunruhigung bestätigte uns ein Bote, der die Stadt durch ein anderes Tor verlassen hatte, dass Kaiser Otto in der Tat mit einem großen Heer nahe. Er sei aus Breisach am Rhein nach Überlingen gezogen, habe dort übergesetzt und wolle nun in Konstanz das «freche sizilianische Bürschlein», wie er sich ausgedrückt habe, den *«regulus papae»* und «lächerlichen Zaunkönig» erwarten und ihn anschließend «wie eine Laus» zerquetschen.

Der König hatte sich den Bericht des Boten ruhig angehört und fragte dann gedämpft: «Auf welcher Seite steht Bischof Konrad eigentlich? Hat er nicht von Ottos Exkommunikation durch den Heiligen Vater gehört? Wir befinden uns hier doch im Herzogtum Schwaben und nicht in Sachsen!»

Der Bote zuckte mit den Achseln. «Er befürchtet, dass Kaiser Otto die Stadt erstürmt und brandschatzt.»

Eine weitere Stunde verrann, ohne dass etwas geschah. Nun wurde auch der König immer unruhiger. Die Bischöfe berieten sich untereinander, dann trat Erzbischof Berardo erneut ans Tor und verlangte mit Nachdruck, seinen Kollegen Konrad zu sprechen, «im Auftrag seiner Heiligkeit Innozenz des Dritten».

Die Zeit quälte sich tröpfelnd voran, während sich die Sonne bereits senkte und sich die Schatten wie dunkle Vorboten der Nacht über die Landschaft schoben. Doch dann, endlich, erschien der Gerufene.

«Lasst *mich* sprechen, Majestät!», bat Erzbischof Berardo und hob die Hand, um dem König zu bedeuten, sich in Wort und Geste zurückzuhalten. Dann trat er mit seinem Churer Kollegen vor.

Während wir auf tänzelnden Pferden warteten, wurde am Stadttor verhandelt. Friedrich konnte oder wollte sein Pferd nicht mehr halten, er preschte vor zum Tor, rief den Bischöfen etwas zu, kam wieder zurückgaloppiert, zog sein Schwert, hieb mit ihm ein paarmal durch die Luft, steckte es wieder in die Scheide.

Als ein Teil unseres Spähtrupps zurückkehrte, um aufgeregt zu berichten, das kaiserliche Heer sei schon deutlich zu sehen und Kaiser Otto mit seiner Vorhut vermutlich bereits auf der anderen Seite der Stadt, vor der Rheinbrücke, fluchte Friedrich so wuterfüllt, dass wir zusammenzuckten. Er gab seiner Leibwache und uns ein Zeichen und galoppierte voran zum Stadttor, wo die Bischöfe verhandelten.

Über uns legten die Bogenschützen ihre Pfeile an.

«Kaiser Otto ist vom Heiligen Vater abgesetzt und gebannt», rief Erzbischof Berardo auf Latein seinem Konstanzer Kollegen zu. «Er sendet Euch einen Befehl, den rechtmäßigen König Friedrich in die Stadt zu lassen, ihn würdevoll zu empfangen und mit allem, was er benötigt, zu unterstützen.»

«Ich will die Bulle des Heiligen Vaters persönlich sehen und lesen», entgegnete Bischof Konrad von seinem Fenster über dem Tor.

Erzbischof Berardo zog ein Pergament mit dem päpstlichen Siegel hervor und wedelte mit ihm durch die Luft. «Lasst uns ein – *et tolle, lege!*», rief er mit den Worten des Kirchenvaters Augustinus.

Bischof Konrad verschwand, wir warteten, die Spannung stieg, bis der König unartikuliert aufschrie und sich einen Wurfspeer reichen ließ, um ihn gegen das Tor zu schleudern. Doch zum Glück hielt er im letzten Augenblick inne, denn die kleine Einlasstür öffnete sich, und Bischof Konrad trat heraus. Sofort war er von seinen Kollegen umringt. Ruhig studierte er das Pergament, reichte es zurück, gab den Wachen einen Wink, und langsam, knarrend, wie in resignierter Erschöpfung, öffnete sich das schwere Tor.

Die Erleichterung, die uns alle erfüllte, war unbeschreiblich. Unsere Ritter brüllten «Sieg!», reckten die Fäuste und ließen den König hochleben, den Frauen standen die Tränen in den Augen.

Dann ritten wir alle, der König voran, in die Stadt ein.

Vor dem Münster *Unserer lieben Frau* hatte sich eine große Menschenmenge versammelt. Auf den Kirchenstufen stehend, las Erzbischof Berardo die Worte der päpstlichen Exkommunikation vor, und sein Kollege übersetzte sie dem lauschenden Volk. Schließlich trat König Friedrich neben ihn, hob wie segnend beide Arme, dankte der Stadt und ihren Bürgern, versprach ihnen Privilegien und damit Reichtum und Wohlergehen. Zuerst zögernd, dann immer stärker, brandete Beifall auf.

Schließlich zog Friedrich mit den engsten Vertrauten zur

gesperrten Rheinbrücke, und dann konnten wir ein Schauspiel beobachten, an das sich viele von uns noch lange erinnern würden: Vom Rheintorturm aus sah König Friedrich, wie Kaiser Otto, an der Spitze einer waffenstarrenden Ritterschar und zuerst in seinem Topfhelm nicht erkennbar, herangaloppiert kam, den Helm abnahm und Bischof Konrad aufforderte, ihm wie vereinbart die Stadt zu öffnen, «andernfalls werde ich sie gewaltsam erobern und bis auf die Grundmauern niederbrennen, ihr das Privilegium der Reichsstadt nehmen und ihre Mauern schleifen lassen. Und vorher werde ich Euch persönlich die Augen und die Zunge herausreißen und in Stücke hauen.»

Noch bevor Bischof Konrad antworten konnte, rief ihm Friedrich zu: «Hol dir eine blutige Nase an den Mauern der Stadt, Otto! Deine Zeit ist abgelaufen. Verzieh dich in dein Sachsenland, wo ich dich nächstes Jahr mit meinen Rittern aufsuchen werde, um dir endgültig zu zeigen, wer der wahre Herrscher von Gottes Gnaden ist. Und vielen Dank, dass du deine Köche bereits geschickt hast. Alles ist für meinen Empfang vorbereitet. Wir müssen uns nur noch an die gedeckten Tische setzen.»

Den gotteslästerlichen Fluch, den Kaiser Otto ausstieß, kann ich nicht wiederholen.

Friedrich lachte nur. «Du hättest drei Stunden früher da sein müssen, lieber Otto. Du weißt doch: Wer zu spät kommt, den bestraft das Leben. Also, jetzt verzieh dich!»

Friedrich hatte Französisch gesprochen, das, so nehme ich an, Kaiser Otto verstand. Sein *verzieh dich* drückte er allerdings unflätiger aus. Auch Majestäten verwenden gelegentlich die Sprache der Gosse und Tavernen.

Es hatten einmal mehr die Gnade des Herrn und sein

Königsheil über Friedrich geleuchtet. Uns wurde am Abend ein Mahl vorgesetzt, von dem wir alle noch lange schwärmen sollten. Mit Weißbrot wurde uns eine Eiersuppe mit Safran, Pfefferkörnern und Honig serviert; anschließend gab es Hammelfleisch mit Zwiebeln und gebratenes Huhn mit Zwetschgen. Nach einer kurzen Pause wechselte der Wein, und der dritte Gang wurde aufgetragen: Karpfen, in Öl gebacken, gesottener Aal mit Pfeffer, Bückling in Senf.

Als schließlich in Schmalz gebackene Vögel hereingetragen wurden, stöhnten wir schon; doch für die ganz Hungrigen gab es noch Schweinskeule mit Gurken und zum Abschluss Ingwerkonfitüre.

Während des Mahls war bereits kräftig musiziert worden, jetzt traten Sänger auf und beklagten die Fehden der Herrschenden, lobten dann die *milte* des neuen Königs, auch ich musste ein Preislied anstimmen, in das ich sogar einige schwäbische Brocken einfließen ließ, was beifälliges Gelächter auslöste. Der Wein floss wie der Rhein nach der Schneeschmelze, und in der Nacht hatten wir alle keine Stimme mehr, weil wir so begeistert durcheinandergeschrien hatten.

Die Ritter ließen nicht nur den König, sondern auch Bischof Konrad hochleben, beide wurden von ihnen in die Luft gestemmt und sogar geworfen. Die ehrwürdige Eminenz verlor seine Kappe, die sein Kollege Berardo allerdings geschickt auffing, und einen Augenblick sah es so aus, als wollte er die gute Laune, die allenthalben herrschte, verlieren.

Der König jedoch lachte so herzerfrischend, dass sich der Bischof anstecken ließ, küsste anschließend nacheinander die Frauen, zuerst Serena und Adelheit, dann seine Ziehmutter, die Herzogin. Sie nahm er in die Arme und hob sie hoch – und weinte vor Freude.

43. Kapitel

Es wurden triumphale Wochen.

Wir hatten mit einer Belagerung der Stadt gerechnet, doch Kaiser Otto zog mit seinem Heer nach Westen ab, zurück nach Breisach. Als dort seine Soldaten wüst hausten und die Übergriffe auf die Bevölkerung sich häuften, brach in der Stadt ein Aufstand gegen den Kaiser und sein Heer aus, so berichteten uns frisch eingetroffene Boten, und dieser Aufstand war so massiv und zugleich erfolgreich, dass der Kaiser durch eine kleine Seitenpforte der Burg fliehen und ohne Heer nach Norden eilen musste – wie ein Geschlagener und Verfemter.

Damit war für Friedrich der Weg frei, der Südwesten des Reichs schien gewonnen, und nach ausgiebigen Feiern brach der gesamte Heereszug mit Tross auf der Rheinroute nach Basel auf. Der König und ein großer Teil seines persönlichen Stabs und natürlich die Frauen machten es sich auf Schiffen bequem und ließen sich den Rhein stromabwärts treiben, wobei wir natürlich vor den Rheinfällen bei Schaffhausen an Land gehen mussten; der Rest des Heers ritt und marschierte auf den Treidelpfaden hinter dem Schiff her. Immer mehr Anhänger des Königs schlossen sich uns an, sodass seine Streitmacht kontinuierlich wuchs.

In Basel jubelten ihm die Bürger mit solcher Begeisterung zu, dass er der Stadt unverzüglich Schutz und Privilegien versprach und noch am ersten Abend, während des großen Banketts, Geschenke, Titel und Lehen verteilte – er zeigte im Übermaß, was die deutsche Sprache *milte* nennt, Freigebigkeit, *liberalitas*. Wie ich immer wieder erleben konnte, liebte Friedrich zu schenken, und diese Eigenschaft, die in einem offensichtlichen Kontrast zu Kaiser Ottos Geiz stand, half ihm, die Schar seiner Anhänger rasch zu vermehren. Je mehr Fürsten des Reichs und mit ihnen Grafen und Ritter sich ihm anschlossen, desto rascher schmolz die Schar seiner Gegner, die bald nur noch den niederrheinischen und sächsischen Norden beherrschten.

Einen Nachteil jedoch hatte Friedrichs Freude am Geben: Er verschenkte einen gewichtigen Teil seines Kronguts, und damit schmälerte er seine ohnehin nicht üppigen persönlichen Einkünfte im Norden des Reichs.

Unterdessen war es gelungen, Anselm von Justingen aus den Händen der Mailänder freizukaufen. Als Justingen in Basel zu uns trat, während wir gerade tafelten, fiel ihm der König um den Hals, und lauthals versprach er, den «Sendboten meines Glücks» bald zum Reichsmarschall zu ernennen.

Sein Glück steigerte sich noch, als Bischof Heinrich von Straßburg mit einer Streitmacht von fünfhundert Rittern in Basel erschien, um dem König seinen Treueid zu leisten.

Mir oblag es, trotz heftiger morgendlicher Kopfschmerzen ein Lied nach dem anderen zu dichten, um des Königs triumphalen Siegeszug, sein Gottesheil, seine *milte*, seine jugendliche Schönheit zu preisen.

Nachdem ich abends all diese Lobeshymnen vorgetragen hatte, rief er mir schließlich zu: «Und warum besingst du nicht die Schönheit meiner Milchschwester?» Er zog Adelheit an sich und drückte ihr einen Kuss auf die Wangen. «Und die Schönheit der Gräfin von Toledo?» Nun zog er auch Serena zu sich heran und gab ihr einen Kuss, wobei mein aufmerksames Auge durchaus wahrnahm, dass sich Serena mit umwölkter Stirn kaum merklich sträubte.

Also, so hatte ich verstanden, genug des Herrscherlobs! Stattdessen Frauenlob! Am nächsten Abend ließ ich meine Finger zu verschiedenen Glissandi über die Saiten gleiten, stimmte eine weiche, einschmeichelnde Melodie an und sang sanfte Verse, welche die mütterliche Fürsorge und Liebe der Herzogin priesen. Sie lächelte mich während meines Vortrags so beglückt an, dass mir die Augen feucht wurden.

Der eigentliche Grund meiner Rührung lag indes darin, dass plötzlich meine Mutter herbeischwebte, sich über mich beugte und ich, auch wenn alles nur Einbildung war, ihre Nähe und Wärme spürte.

Erst in diesem Augenblick begriff ich, welche Melodie ich gesungen hatte: Es war die Weise, die mir in uralten Zeiten in mein Herz gepflanzt worden war. Mein Wiegen- und Trostlied. *Senden* und *kumber*. Diese beiden deutschen Worte lagen mir auf der Zunge, als ich mich unter Tränen bemühte, das Lied zu Ende zu bringen.

Die gesamte Ritterschar im Saal, die Bischöfe und Grafen, die Diener und sogar die Hunde wurden so leise, dass allein meine Stimme zu hören war.

Dann geschah etwas Seltsames: Ich zupfte noch ein paar abschließende Töne, bis mir fünf Verse in einer Sprache vor Augen standen, die hier in Basel gesprochen wurde und die ich, zusammen mit dem König, gerade lernte. Was mir so unerwartet zugeflogen war, versuchte ich verständlich zu artikulieren, ohne Melodie und Gesang:

Sît deich si sô herzeclîchen minne
unde sí âne wenken alzît trage
beid in dem herzen und ouch in sinne –
sus kann ich an vröuden ûf stîgen joch abe,
unde brínge den wehsel, als ich waen, durch ir liebe zu grabe.

Mittlerweile verstand ich, was sich mir aufgedrängt hatte, und in meine Muttersprache übersetzt lauten die Verse: ‹Da ich sie so sehr von Herzen liebe und sie ohne Wanken alle Zeit in Herz und Sinn trage, kann ich auf den Stufen der Freuden auf- und niedersteigen, und aus Liebe zu ihr wird mir das Schwanken wohl bleiben bis ans Grab.›

Kaum hatte ich geendet und mich tief vor der Herzogin verbeugt, nahm sie meine Hand und zog mich wie einen Sohn an ihre Brust. Sie ahnte sicher, an wen ich denken musste.

Adelheit, die neben dem König saß, standen ebenfalls die Tränen in den Augen; sie flüsterte mir etwas zu, was ich, überschwemmt von Gefühl, nicht verstand. Serena, auf der anderen Seite des Königs, starrte mich an: ihr Antlitz errötet und zerrissen von widersprüchlichen Empfindungen. Sie konnte meine Worte nicht verstanden haben, da sie kein Deutsch sprach und es auch nicht mit uns lernen wollte, also musste sie auf etwas anderes so heftig reagieren.

Ganz eigenartig indes war des Königs Verhalten: Noch während ich die Verse vortrug, hatte er mich erstaunt angeblickt und war dann in sich versunken, als müsse er einem Gedanken nachgehen. Zuvor hatte er noch dem Wein zugesprochen und heftig gelacht, jetzt wirkte er wie von einem Ruf aus der Tiefe getroffen. Langsam hob er wieder den Kopf und sagte leise: «Diese Verse kommen mir so bekannt vor, dass ich sie fast auswendig kenne, und doch weiß ich nicht, woher sie stammen.»

Er warf Serena einen flüchtigen Blick zu und übersetzte ihr und allen, die kein Deutsch sprachen, meine Verse. Nun wurde Serena erst richtig rot. Doch Friedrich beachtete sie nicht weiter, sondern wandte sich an seine Ziehmutter: «Hast du mir diese Verse früher vorgesungen?»

Sie nickte stumm.

«Daher kamen sie mir so bekannt vor, dass ich sie bereits in Sizilien ins Volgare übersetzte, ohne zu begreifen, woher sie stammten.» Sein aus der Ferne zurückkehrender Blick streifte mich, dann Serena und auch Adelheit. Nun nahm er die Herzogin in den Arm und flüsterte ihr zu: «Ach, Mamma, du musst immer bei mir bleiben.»

An diesem Abend war ich zu nichts mehr zu gebrauchen. Ich verzog mich in meine Kammer und legte mich in das Bett, in dem ich hier in der Stadt in selten erlebter Bequemlichkeit ruhen durfte. Die wehmütige Trauer, die mich erfüllte, ließ mich kein Auge schließen, und zugleich versuchte ich das Rätsel zu lösen, das die Verse mir stellten. Sie konnten nur aus meiner Kindheit stammen, aus dem Mund meiner Mutter – aber meine Mutter Farah war auf Sizilien geboren, woher sollte sie die deutsche Sprache beherrschen? Wieso kannte die Herzogin die Verse – und sogar König Friedrich?

Vielleicht lag die Lösung des Rätsels auf der Hand, doch

ich war nicht in der Lage, sie zu sehen. Mein Herz war schwer.

Ich stellte mich ans Fenster und blickte über die giebeligen Dächer der Stadt in die Oktobernacht hinaus. Klar umrissen stand der Mond am Himmel, während ein paar hingetupfte Wölkchen unter ihm vorbeischwammen.

Während der nächsten Tage ging der König mit einigen Grafen und Edlen der Umgebung auf Beizjagd. Ich durfte ihn begleiten und zum ersten Mal wieder einen Falken abtragen. Das Tier beäugte mich anfangs misstrauisch, weil es mich nicht kannte, aber da sein Falkner an meiner Seite blieb, gelang es mir doch, den Falken auf ein Rebhuhn abzuwerfen und es schlagen zu lassen. Immer wieder sah ich, wie mich der König aus den Augenwinkeln beobachtete.

Auch Adelheit und Serena begleiteten die Jagdgesellschaft. Während der Alpenüberquerung hatten sie häufig miteinander geschwätzt, jetzt allerdings ritten sie kaum nebeneinander und sprachen kein Wort miteinander. Adelheit lachte mich wieder mit einem so überwältigenden Liebreiz an, als sie mir zu meinem Jagdglück gratulierte, dass ich gar nicht umhinkonnte, ihr mein nächstes *Minnelied*, so muss ich ein *cansó* jetzt wohl nennen, zu versprechen.

Noch am Abend, als wir alle am Rande des Jagdreviers um ein hochloderndes Feuer hockten und schließlich zusammenrückten, weil wir bei der feuchtkalten Witterung fröstelten, klopfte mir Friedrich anerkennend auf die Schulter und versprach mir aus heiterem Himmel, mich am kommenden Sonntag, nach der Messe, mit dem Schwert zu gürten und zum Ritter zu schlagen. «Als Anerkennung für deine Taten, mein *miles cantorque*. Du wirst dich dann am besten

Bernardou de Baux oder Bernhard von Bohlande nennen.» Er lachte über den Ausdruck, hob den Humpen, aus dem er, wie wir alle, Bier trank. Das Getränk erforderte von uns, die wir den süßen und auch vollmundigen Wein gewohnt waren, eine gewisse Gewöhnung. Aber es löschte gut den Durst.

Friedrich verkündete nun lauthals allen, die um das Feuer saßen, seinen Entschluss.

Wieder hoben wir die Humpen.

Und dann flüsterte er mir ins Ohr: «Ich schenke dir die Ausrüstung und gebe dir das Amt eines königlichen Minnesängers und *trovatore*, ernenne dich zum Familiar des Königs, der an seiner Tafel sitzen darf. Ich brauche Männer, auf die ich mich verlassen kann, für die der Treueid etwas gilt. Daher werde ich auch Anselm mit Serena verheiraten. Er hat sie verdient, und sie kann nicht immer nur Geliebte des Königs bleiben, insbesondere dann nicht, wenn sich Constanza mir wieder anschließt. Du verstehst, die Spanierinnen sind eifersüchtig und können ziemlich unangenehm werden.»

Wieder hob er den Humpen, winkte Adelheit herbei und legte den Arm um ihre Schultern. Durch die Flammen hindurch sah ich Serena ins Feuer starren.

44. Kapitel

König Friedrich plante, mit seinem Tross noch ein paar Tage in Basel zu bleiben, bis Ausrüstung und Versorgung sichergestellt, Waffen, Zelte und Kleidung gereinigt und ergänzt waren.

Am Sonntag nach der Falkenjagd wurde ich am Ende der Messe feierlich zum Ritter geschlagen. Am Abend zuvor musste ich ein rituelles Bad nehmen, um mich symbolisch von meinen Sünden zu reinigen, und anschließend verbrachte ich die Nacht in kratziger Mönchskleidung in der Kirche – wachend und betend. Morgens wurde ich dann neu eingekleidet: in eine rote Tunika (ich sollte bereit sein, mein Blut zur Verteidigung des Glaubens zu vergießen), in schwarze Beinkleider (die mich an den Tod gemahnen sollten). Um meinen Leib schlang ich einen weißen Gürtel, der für die Keuschheit stand, die man von mir – wohl eher im übertragenen Sinne – erwartete.

Am Ende der Messe umgürtete mich der König selbst mit einem Schwert und legte mir die goldenen Sporen an. Erzbischof Berardo weihte das Schwert, und weil König Friedrich die neuerlich aufgekommene französische Sitte des Ritterschlags übernehmen wollte, schlug er mir mit der flachen Hand an den Hals und sprach feierlich: «Zur Ehre des allmächtigen Gottes ernenne ich dich zum Ritter und nehme dich mit Freuden in unsere Gemeinschaft auf, auf dass du dich durch Tapferkeit vor dem Feind, durch Milde vor dem Besiegten und Barmherzigkeit gegenüber den Armen und Schwachen auszeichnen mögest. Immer diene den Damen, verehre sie und bleibe deinem Herrn, dem König, treu ergeben – bis in den Tod.»

Ein allgemeines *Amen* folgte, und anschließend wurde kräftig gefeiert. Eigentlich hätte noch ein Turnier folgen sollen, aber im Hinblick darauf, dass wir zwei Tage später nach Straßburg und zur Burg Hagenau aufbrechen wollten, entfiel es. Ich hatte nach der Falkenjagd und damit vor dem Fest eine neue Ausrüstung erhalten, darunter nicht nur zwei weitere Pferde, einen Kampfsattel mit Zaumzeug und Pferdedecke und einen Waffenknecht aus Burgund, sondern auch mehrere Lanzen, weil ich zwar den Kampf mit dem Wurfspeer beherrschte, die zentrale Kampfweise der Ritter, den Angriff mit angelegter Lanze, aber noch üben musste.

Eigentlich berührte mich meine Ernennung zum Ritter, die meinen sozialen Stand erhöhte, während dieser Tage nur am Rande. Ich hatte seit der Beizjagd mit zunehmender Verwirrung beobachtet, dass Friedrich mit Charme und Nachdruck seine Spielkameradin aus Kindertagen umwarb.

Adelheit mochte ihn ebenfalls, so nahm ich an, aber eher wie einen Bruder. Sie sträubte sich anfangs gegen seine Annäherungen und warf mir Blicke zu, aus denen ihr umwerfendes Lächeln verschwunden war und nur noch eine sehnsüchtige und zugleich verzweifelte Verliebtheit sprach.

Noch heute erfasst mich Trauer darüber, dass sich damals alles so schrecklich verworren entwickeln musste – obwohl ich natürlich weiß, wenn es sich anders entwickelt hätte, wäre ich vielleicht gar nicht mehr am Leben und hätte mein Glück schon gar nicht gefunden.

Doch es war, wie es war, und für uns Beteiligte ergab sich daraus eine Prüfung, die wir zu bestehen hatten.

Adelheit war eine wunderbare junge Frau, fast immer fröhlich und gut gelaunt, offen, dazu von unserem Schöpfer mit einem gesunden Körper und einem bezaubernden Lächeln gesegnet. Hätte ich sie, die Herzogstochter, geheiratet, wäre mein sozialer Aufstieg im Gefolge des Königs besiegelt gewesen.

Vielleicht hätte alles gut werden können, wenn ich in einem bestimmten Augenblick anders reagiert hätte. Nach der Falkenjagd standen wir uns nämlich plötzlich in der Pfalz gegenüber, am Ende eines nur wenig beleuchteten Gangs, und niemand sonst war zu sehen. Sie schob mich in eine noch dunklere Nische, und bevor ich reagieren konnte, umfasste sie mit beiden Händen meinen Kopf und küsste mich leidenschaftlich auf den Mund. Sie presste sich an mich und flüsterte mir Liebesworte ins Ohr. In ihrer Erregung sprach sie so rasch und zudem in mehreren Sprachen, dass ich kaum ein Wort verstand, nur sagte sie mehrfach «Serena» und «Liebe», und ich antwortete «Ja! Ja!».

Später erfuhr ich durch ihre Mutter, ich hätte auf ihre Frage, ob ich Serena liebe, mit *ja* geantwortet. Auf jeden Fall zuckte sie zurück, fuhr mit ihren schlanken Fingern zart über mein Gesicht und meine Lippen, als wolle sie auslöschen, was soeben geschehen war, und verschwand.

Während der folgenden Nacht war ich so verwirrt, dass ich kaum schlafen konnte, und schrieb Serena einen kurzen Brief, den ich ihr bei der nächsten Begegnung heimlich zusteckte. Sie reagierte erstaunt, schaute mich mit einem tief verschleierten Trauerblick an, sagte jedoch nichts, weil mehrere der königlichen Berater sowie die Herzogin ihre Worte hätten verstehen können.

In dem Brief drängte ich Serena, mich aufzusuchen.

Die Tage verstrichen, ohne dass etwas geschah.

Ich glaube noch heute, dass sie unbeobachtet zu mir in meinen Schlafraum hätte schleichen können. Beim König auf jeden Fall schlief sie nicht mehr. Friedrich hatte eine andere Frau im Sinn.

Es war die Nacht vor der Schwertleite, die Nacht der Wache im Münster zu Basel, das leicht von unseren Kemenaten in der Pfalz zu erreichen war. Ich hatte vor Erzbischof

Berardo die Beichte abgelegt und mit ihm anschließend gemeinsam gebetet. Bevor er mich verließ, schaute er mir prüfend in die Augen und fragte: «Gibt es noch etwas, mein Sohn, das dir auf dem Herzen liegt und für das du noch keine Absolution erhieltest? Du weißt, dass Christus für all unsere Sünden am Kreuz gestorben ist – es gibt nichts, was er nicht verzeihen kann, wenn man nur zutiefst bereut.»

Hätte ich ihm gestehen sollen, was ich noch gar nicht begangen hatte?

Oder hätte ich den weit zurückliegenden Mord beichten sollen, den ich an dem Gesandten des Papstes verübt und den ich noch nie bereut hatte? Was mir in der Seele brannte, war der Tod des armen Knappen aus Toulouse, der für meine Tat hatte elendig sterben müssen.

Ich schwieg.

Dachte auch an Königin Constanza.

Madeleine kam mir in den Sinn.

«Die Frau, die ich liebte, starb vor meinen Augen», flüsterte ich.

«Durch deine Hand?»

Ich schüttelte den Kopf. «Nein. Aber ich konnte sie nicht retten. Ich wurde niedergeschlagen, und sie ertrank. Hätte ich schneller reagiert ...»

«Du musst vergessen, mein Sohn. Es war Gottes Wille, und daher hat Er sie längst zu sich genommen. Sie schaut jetzt auf dich herab und freut sich, dass du zum Ritter erhoben wirst.»

Dann sagte ich etwas, das den Erzbischof kurz auflachen ließ, mir aber gleichwohl die Tränen in die Augen trieb: «Ich habe als Kind meinen Falken fliegen lassen und meinen Vater tief enttäuscht.»

«Das hast du noch nicht vergessen?», fragte er, nun wieder ernst geworden.

Wieder schüttelte ich den Kopf.

«War es denn deine Schuld?»

Ich nickte.

«Aber der Falke fand auf diese Weise seine Freiheit. Er war nicht mehr an Menschen gefesselt, konnte fliegen und jagen und sich fortpflanzen – so, wie es die Natur ihm eingab. Ich glaube, du hast ihn glücklich gemacht. Wenn auch dein Vater das Glück des Vogels nicht sehen wollte, so sah es doch der Vater im Himmel mit Wohlgefallen.»

Wie kann man nicht nur einen Falken, sondern auch einen Menschen glücklich machen? Darüber dachte ich lange nach, während die Nacht voranschritt. Gern hätte ich mit Père Guiot über Freiheit und Glück, Schuld und Liebe philosophiert. Ich sah ihn wieder vor mir mit seinem langen, weißgrauen Bart, den Strähnen auf dem Kopf und dem aufmerksamen Auge. Auch er war seit langem im Himmel, getötet von den mordgierigen Männern, die zu Kreuzrittern ernannt worden waren.

Würde er die Liebe, zumindest die *agape*-Liebe, als ein Verhalten definieren, das Glück schenkte? Ja, ein Liebender schenkte Glück. Und der Geliebte brauchte weder eine Fessel noch Dressur, um beim Liebenden zu bleiben. Liebe setzte Freiheit voraus – im Geben wie im Nehmen. Aber wie ließ sich die Liebe dann mit der Ehe vereinbaren, die selten in freier Entscheidung geschlossen wurde und eine lebenslange Fessel bedeutete?

Nach dem ersten Hahnenschrei – ich war vor dem Altar eingedämmert – spürte ich plötzlich eine Hand an meiner Schulter. Eine sanfte Stimme flüsterte meinen Namen. Noch bevor ich sie in dem nur schwach von ein paar Kerzen erleuchteten Kirchenraum sehen konnte, erkannte ich an dem Duft von Nelken und Veilchen, dass es Serena war, die sich da über mich beugte. Ich lag auf dem Rücken, die Kapuze noch halb über die Stirn geschlagen, und schaute hoch, suchte ihre Augen, die tiefe Schatten verbargen.

Ich zog sie auf mich. Zuerst zögerte sie, leistete schwachen Widerstand, doch dann gab sie nach und bettete ihr Haupt auf meine Brust. Sie trug, um nicht aufzufallen, die schwarze Mönchskutte der Benediktiner und hatte die Kapuze über den Kopf gezogen. Ich schob sie zurück und fuhr langsam durch die seidene Fülle ihrer Haare.

Lange Zeit sprachen wir kein Wort. Dann kamen die Sätze langsam und leise.

«Und der König?», fragte ich.

«Er hat mich seit Konstanz nicht mehr angerührt.»

Ich strich ihr tröstend über die Haare.

«Er läuft Adelheit hinterher, obwohl sie in dich verliebt ist. Und ich soll Justingen heiraten. Ein zweites Mal in meinem Leben soll ich einen Mann heiraten, den ich nicht liebe.»

Mein Herz schlug rascher, und in meinem Kopf überschlugen sich die Gedanken.

Vorsichtig hob ich ihren Kopf und zog dann ihren Mund auf meine Lippen. Wann hatten wir uns zum letzten Mal so geküsst? Vielleicht damals am Rand des Felsplateaus von Les Baux. Noch während wir unsere Lippen öffneten, um uns im Spiel unserer Zungen zu finden, spürte ich, wie alles in mir drängte, das zu vollenden, was uns damals zusammengeführt hatte.

«Nicht hier!», flüsterte Serena. «Nicht in einer Kirche, vor dem Altar.»

Doch mich kümmerten in diesem Augenblick weder der Kirchenraum noch die Erfordernisse der inneren Reinigung und Besinnung, die mir auferlegt worden waren. Du bist am Ziel – dieser Gedanke schoss mir durch den Kopf. Du bist endlich am Ziel.

Ich richtete mich auf, küsste sie erneut und wollte alles von uns streifen, was dem Ziel unserer Wünsche im Weg stand, doch Serena schüttelte nur entschieden den Kopf.

«Ich kann nicht! Nicht hier.»

Mein Atem ging so heftig, dass er den letzten Winkel des Raums zu füllen schien. Schräg über uns hing das Kruzifix, und der Gekreuzigte schaute mild herab.

Die Erlösung schien mir so nahe.

«Lass uns Basel verlassen und nach Les Baux zurückkehren», flüsterte ich. Meine Worte hatte ich mir nicht überlegt, noch einen Wimpernschlag zuvor wären sie mir nicht im Traum eingefallen. Ich wiederholte sie mit einem Nachdruck, als wäre die Flucht unsere letzte Chance. Vielleicht gab mir der Herr, der über den Liebenden wacht, die Worte ein, die unsere Rettung gewesen wären.

«Der König …», sagte sie nur.

Ein kalter Lufthauch schien uns zu berühren.

Später habe ich immer wieder über ihre zwei Worte nachdenken müssen. Meinte sie, dass ich mich doch in Treue an den König hätte gebunden fühlen müssen? Oder liebte sie ihn noch immer?

Sie schüttelte den Kopf. Es war nicht nur ein kalter, sondern ein eisiger Lufthauch, der taub und gefühllos machte.

«Und was wird aus meinem kleinen Sohn? Es fiel mir so

schwer, ihn in Sizilien zurückzulassen – soll ich ihn verlieren?»

«Wir fangen ganz von vorne an», sagte ich, bereits ohne Kraft und Nachdruck.

«Lass uns Zeit!»

Sie hatte sich bereits erhoben und war in der Dunkelheit verschwunden. Kurz seufzte noch eine Tür in den Angeln.

45. Kapitel

Nun nannte ich mich Ritter Bernardou de Baux oder, in der Sprache der Deutschen, Bernhard von Bohlande, war Sänger und Familiar des Königs, saß an seiner Tafel und eroberte mit ihm die Pfalz von Hagenau, deren Besatzung noch Kaiser Otto treu ergeben war und Friedrich Widerstand leistete. Rasch wurde er gebrochen, Friedrich verzieh den Verteidigern und band sie so in sein Gefolge ein.

Noch bevor das Jahr 1212 sich dem Ende zuneigte, versammelte sich eine große Zahl deutscher Fürsten in Frankfurt, um dort Friedrich in Anwesenheit französischer und päpstlicher Gesandter zum König zu wählen, und ein paar Tage später krönte ihn Erzbischof Siegfried im Dom zu Mainz: *Friedrich, durch Gottes Gnade König der Römer, allzeit erhaben, zugleich König Siziliens* – so lautete nun sein offizieller Titel.

Zuvor schon hatte sich Friedrich mit dem französischen Thronfolger Louis getroffen und seine Allianz mit Roi Philippe II. erneuert, von ihm dafür sogar zwanzigtausend

Pfund Silber erhalten, was ihn in die Lage versetzte, weiter freigebig zu sein. Seine Anhänger erhielten Silbermünzen zuhauf, aber auch die süddeutschen Herzöge, die noch zwischen ihm und Otto schwankten, wurden mit reichlichen Geldgeschenken auf seine Seite gezogen.

Nach dem Aufenthalt in Mainz zogen wir nach Worms und weiter nach Konstanz, Augsburg und Nürnberg und schließlich nach Eger im Böhmischen, wo Friedrich sich für die päpstliche Unterstützung erkenntlich zeigte und Innozenz' Wünschen nachkam: In einer golden besiegelten Bulle gestand er Rom und der Kirche die Oberherrschaft über Süditalien und Sizilien zu und versprach Papst Innozenz auch in zahlreichen anderen Punkten Unterstützung.

Ich stand unweit von ihm, als die Urkunde schließlich feierlich mit dem Monogramm des Königs versehen wurde. Nachdem die Namen der anwesenden Zeugen und der Notare niedergeschrieben waren, wurde die Bulle mit königlichem Siegel versehen. Die anwesenden Reichsfürsten und die päpstlichen Gesandten beugten sich noch einmal prüfend über die Urkunde, während der König einen Schritt zurücktrat und mir lächelnd zuzwinkerte. Er wollte mir wohl zu verstehen geben: Verträge sind das eine, faktische Herrschaft und Macht das andere.

Mittlerweile wurde es Sommer 1213, und Friedrich zog mit einem stattlichen Heer in Richtung der sächsischen Kernlande um Braunschweig, von wo aus Kaiser Otto zuvor mit einer sächsischen Streitmacht thüringische Gebiete verwüstet hatte. Wir kamen zwar voran und eroberten auch einige der gegnerischen Städte und Burgen, doch Otto ließ sich auf keine Entscheidungsschlacht ein, und da der zwingende Erfolg ausblieb, entschloss sich Friedrich, erst einmal in Süddeutschland zu überwintern, um im folgenden Jahr dann die nordwestlichen, also die niederrheinischen und flandrischen Gebiete des Reichs auf seine Seite zu bringen.

Auch ich hatte gekämpft, lustlos jedoch, wurde selten in einen Zweikampf verstrickt und daher zum Glück nicht verwundet. Natürlich gewann ich an Übung, Kraft und Ausdauer, was mir noch einmal von Nutzen sein würde. Zugleich dichtete ich viel, hauptsächlich *sirventes*, politische Lieder – und lernte während dieser Zeit den Minnesänger Walther von der Vogelweide und den Epiker Wolfram von Eschenbach kennen.

Walther hatte vor Jahren für Kaiser Philipp, Friedrichs Onkel, die Trommel gerührt, wurde nach dessen Ermordung Anhänger Kaiser Ottos, zeigte sich jedoch von dessen Geiz derart enttäuscht, dass er sich darüber in unfreundlichen Gedichten ausließ und sich gezwungen sah, sein abgeschabtes Mäntelchen in eine neue Windrichtung zu hängen. Friedrichs Siegeszug durch Süddeutschland und seine *liberalitas* wirkten auf ihn so verführerisch, dass er sich dem König regelrecht an den Hals warf, wenn mir dieser Ausdruck erlaubt ist.

In überaus nachdenklicher Pose setzte er sich regelmäßig, bevor er seine Gesänge anstimmte, auf einen Hocker, den er zu einem Stein erklärte, schlug seine Beine übereinander, stützte seinen Ellenbogen auf einen Oberschenkel und umfasste Kinn und Wange mit einer Hand. Dann betonte er mit philosophischem Tremolo, er erwäge Tag und Nacht in aller Eindringlichkeit, wie man in der Welt zu leben habe – und hob anschließend seine Stimme und bettelte zum Gotterbarmen den König an, nicht ohne sich selbst schamlos zu preisen:

Von Rôme vogt, von Pülle künec, lât iuch erbarmen
Daz man mich bî sô rîcher kunst lât alsus armen.

Da ich mittlerweile – nicht ganz so schnell wie Friedrich, ich gebe es zu – die deutschen Idiome gelernt hatte, verstand ich seine Verse:

Schirmherr Roms, Apuliens König, zeigt doch Erbarmen,
gedenkt meiner reichen Kunst und lasst mich nicht weiter als Armen –

So könnte man seine Zeilen frei übersetzen. Wozu ich anmerken möchte, dass seine Melodien, mit denen er auf der Laute seine Worte begleitete, einfallslos waren, und seine Stimme blieb unstet und rau. Vermutlich von den zahlreichen beißend-galligen Beschimpfungen, die er während der letzten Jahre in Verse gesetzt hatte.

Doch ich muss gestehen, die Lieder seiner *niederen Minne*, wie er sich ausdrückte, ließen sich hören, sah man über sein nicht mehr ganz taufrisches Alter und seinen verkahlenden Schädel hinweg und verzichtete auf eine glatte, samtene Stimme.

Hatte er den König genügend gepriesen und angebettelt, wandte er sich an die Damen. Zuerst an die Herzogin von Spoleto, die sich ihres Alters durchaus bewusst war und auf dem Schmeichelohr schlecht hörte. Dennoch sang Walther von *schoenen lîp* und *wîbes güete*, von *minneclîch* und *wünneclîch* und *hovelîch* und so weiter, von *edeliu schoene frouwe reine*, also von der innerlich wie äußerlich vornehmen, edlen, schönen Dame. Als er schließlich sogar vor ihr niederkniete, wurde ihr das Minnebrimborium zu viel, und sie verwies ihn an ihre Tochter Adelheit, die mittlerweile, noch blasser geworden, unverkennbar einen schweren Leib vor sich hertrug. Jeder wusste, wer der Verursacher dieses Zustands war.

Wir saßen also abends alle beisammen, das Feuer prasselte im Kamin, die Jagdhunde lagerten dösend in der Wärme oder kratzten ihre Flohstiche, Bier und Wein machten die Runde, die Herzogin stickte, Adelheit lehnte sich mit geschlossenen Augen an König Friedrich. Serena saß in meiner Nähe, ohne sich an mich zu lehnen, sie schaute kaum auf, gelegentlich lief eine Träne über ihre Wange.

Walther sang

Genâde, frouwe, mir alsô bescheidenlîche:
Lâ mich dir einer iemer leben!
Obe ich daz breche, daz ich von dir furder strîche!

Ich übersetze wieder frei in unsere wohlklingendere Sprache:

Herrin, gewähre mir doch – bei aller Bescheidenheit –,
dass ich in Zukunft nur für dich allein lebe.
Halte ich mein Versprechen nicht, bist du mich los.

Natürlich knirscht die Übersetzung, der Satzbau stolpert, und von Rhythmus ist auch nicht viel zu spüren, aber schon die ursprünglichen Verse machen nicht viel her.

Nach den Worten *ich von dir furder strîche*, die Walther

besonders beeindruckend tränendrüsig hinschmelzen lassen wollte – wobei ihm erneut seine raue Stimme einen Strich durch die Rechnung machte –, brach der König in Gelächter aus. Die angestrengt andächtig lauschende Gesellschaft folgte ihm befreit, und Walther brach sein Lied beleidigt ab.

Vorher bereits hatte Wolfram, der neben mir saß, nicht ohne ebenfalls die Beine übereinanderzuschlagen und sein Kinn auf die Hand zu stützen, die Augen verdreht. Jetzt applaudierte er dem König, was Walthers beleidigte Reaktion noch verstärkte.

Friedrich küsste Adelheits geschlossene Augenlider und ließ seine Hand über ihren gesegneten Leib wandern, was natürlich weniger von *hövekeit* als von zärtlicher Zuneigung zeugte. Dann beugte er sich vor und küsste Adelheit auf den Mund, und sie lächelte glücklich.

Denke ich zurück an diese Zeit, so sehe ich hauptsächlich trübe und dunkle Wintertage vor mir, spüre ich die zugigen Räume und kalten Wände der Burgen und Pfalzen und höre die prasselnden Feuer in den Kaminen, um die wir engsten Vertrauten des Königs einen Halbkreis bildeten, um Walthers Gesängen zu lauschen.

Natürlich hätte auch ich singen sollen, aber nach ein paar Versuchen verzichtete ich darauf, sehr zum Bedauern von Adelheit und ihrer Mutter. Mir war so gar nicht nach Gesang zumute. Ich hatte zwar gedichtet, doch alle Worte kamen mir nun schal und verlogen vor, die Melodien fand ich entweder abgeschmackt oder derart ergreifend, dass mir die Stimme zu brechen drohte. Ich glaubte, meine Begabung verloren zu haben, eigentlich gar kein Troubadour mehr zu sein, was mich auch deswegen beschäftigte, weil Friedrich mich vor den deutschen Minnesängern als leuchtendes provençalisches Vorbild gepriesen hatte.

Mit wenig innerem Feuer hatte ich mein Lilienlied gesungen und auch wieder Beifall geerntet, doch als sich dann Serena aus unserer Runde entfernte, verwies ich auf angebliche Halsschmerzen und eine angekratzte Stimme.

Bald schaute Walther nur noch mit hochgezogenen Augenbrauen und heruntergezogenen Mundwinkeln auf mich herab, und Wolfram, der einige Werke von Chrétien de Troyes gut kannte und nachgedichtet hatte, versuchte, mich auszuhorchen. Ich weiß nicht, woran es lag, aber er wirkte auf eine andere Weise als Walther eitel und zugleich falsch. Vielleicht tue ich ihm unrecht, aber damals überschwemmte mich zunehmend die schwarze Galle, und dementsprechend beurteilte ich die Menschen, die mich umgaben.

Immerhin hatte ich dem König längst verziehen, dass er Adelheit erobert hatte, die doch eigentlich in mich verliebt gewesen war. Ich hatte ihm sogar nachgesehen, dass Serena lange Zeit seine Geliebte gewesen war und bereits ein Kind von ihm hatte. Nicht verziehen hatte ich ihm, dass er Serena mit Justingen verheiraten wollte, obwohl er sie auch mir hätte zusprechen können. Und bedenke ich, was ich heute von ihm und mir weiß, so kann ich mit voller Berechtigung sagen: Er hätte gut daran getan. Uns wäre viel Leid erspart geblieben.

Serena saß damals, während des düsteren Winters zwischen 1213 und 1214, eingefallen in unserer Mitte, blass und dürr geworden, und nicht einmal ihre Haare glänzten wie zu Jugendzeiten. Zum Glück weigerte sie sich noch standhaft, Justingen zu heiraten – mit dem Argument, sie müsse erst einmal darüber hinwegkommen, dass Friedrich sie so schnöde gegen Adelheit ausgetauscht habe. Dieses Argument schmeichelte ihm, überzeugte ihn daher, und so gestand er ihr eine gewisse Trauerzeit zu.

Hätte sich Serena während dieser Zeit doch mir zugewandt! Vielleicht wäre es uns gelungen, den König davon zu überzeugen, dass Justingen auch auf andere Weise für seine treuen Dienste hätte belohnt werden können. Vielleicht hätte Friedrich eingesehen, dass unsere *staete* in der *liep*, die in so deutlichem Kontrast zu seiner *unstaetekeit* stand, zu einem königlich abgesegneten glücklichen Ende führen sollte.

Aber Serena ging jeder Begegnung mit mir aus dem Weg, und wenn ich sie einmal unter vier Augen erwischte, dann flüsterte sie nur «Ich kann nicht, ich kann nicht» und «es tut so weh» und «ich sehne mich unendlich nach meinem kleinen Söhnchen».

46. Kapitel

Als das Frühjahr mit machtvoller Blüte, mit Vögelgeschmetter und Bienensummen, mit langen Nächten und erquickenden Regengüssen die Menschen in Aufbruchslaune und beste Stimmung versetzte, fühlte ich mich schlechter denn je. Adelheit hatte dem König einen gesunden Jungen mit Namen Enzio geboren, Friedrich war in Hochform und strahlte auf unserem Zug durch die Burgen und Bischofspfalzen Süddeutschlands einen schier unbezwingbaren Siegercharme aus.

Serena wirkte nach dem Winter noch durchscheinender.

Zum Glück kümmerte sich die Herzogin um sie, und Serena suchte auch häufig die junge Mutter auf, die nach der Geburt nur langsam zu Kräften kam. Serena umhegte zudem den kleinen Enzio, als wäre er ihr eigener Sohn. Sie beaufsichtigte die Amme, achtete darauf, dass der Kleine ordentlich gesäubert und gewickelt wurde, nicht frieren oder schwitzen musste, sie trug ihn in den Pfalz- und Klostergärten umher, sang ihm Wiegenlieder vor, wies ihn auf den Gesang der Vögel hin und ließ ihn sogar an zahlreichen Blüten riechen, bis er niesen musste.

Immer wieder sah ich Anselm von Justingen sich ihr anschließen. An einem schönen Mainachmittag – der König entwarf gerade mit Erzbischof Berardo ein Schreiben an den Heiligen Vater – schaute ich vom Wehrgang in den Pfalzgarten hinunter, wo Serena mal wieder mit dem kleinen Enzio spazieren ging, Justingen im Schlepptau. Er sprach heftig auf sie ein, doch sie schaute immer nur dem Kleinen ins Gesicht und beachtete ihn nicht. Als er sie schließlich an den Schultern festhielt, schüttelte sie ihn unwirsch ab. Justingen stampfte wütend mit dem Fuß auf und wandte sich abrupt ab.

Während ich diese Szene beobachtete, war mir nicht bewusst, dass ich ebenfalls beobachtet wurde: von der Herzogin. Als sie mich ansprach, zuckte ich zusammen, gewann gleichwohl rasch wieder Gewalt über mich. Sie nahm mich wortlos bei der Hand und führte mich in einen Wehrturm, schickte die Wachen fort und setzte sich mit mir auf eine Bank.

Wir beide schwiegen eine Weile, bis die Herzogin sich räusperte und sagte: «Du liebst sie, nicht wahr?» Ihr Blick ruhte voller Mitgefühl auf mir, als sie fortfuhr: «Die Kindheit verbindet euch, aber euer Stand trennt euch. Für Liebende ist das immer schwer zu akzeptieren – aber glaub mir: Die Ausstrahlung des Herrschenden, der Ruhm und die Ehre des Siegers sind für Frauen oft unwiderstehlich. Auch wer die feinsinnigen Verse des Sängers liebt, verfällt leicht der Kraft und dem Glanz des Turnier- oder Schlachtensiegers.»

Ihre Worte fielen mit dem Gewicht von Grabsteinen auf meine Seele, doch wollte ich mit der Herzogin nicht über Serena sprechen, obwohl ich ihr vertraute. Ich wollte ihr auch nicht wie ein hilfloser Junge etwas vorjammern: Mit meiner Trauer und meinem Trübsinn musste ich alleine fertigwerden und ebenso mit der Botschaft, die sie mir mit auf den Weg gab.

Während sie noch sprach, strich ich mir die Tunika glatt und berührte dabei mein Amulett. Mir fiel wieder ein, dass ich noch immer nicht die Bedeutung der drei Buchstaben wusste. Jetzt schien mir die Gelegenheit günstig, die Herzogin direkt darauf anzusprechen.

Und ich tat es.

Zuerst reagierte sie ausweichend, gestand dann jedoch, dass sie zwar nicht wisse, was die Buchstaben bedeuteten, gleichwohl aber erahne, von wem sie stammen könnten.

«Und von wem?» Meine Frage klang wie ein Befehl, und ich sah, wie die Herzogin zurückzuckte und eine abweisende Miene aufsetzte.

«Ich glaube nicht, dass ich berechtigt bin …»

«Aber warum nicht?» Ganz spontan ergriff ich ihre Hand und schaute ihr bittend in die Augen. «Seit Jahren bin ich auf der Suche nach dem Mann, der meiner Mutter das Amulett geschenkt hat, der seine oder meine Herkunft dort hat hineinritzen lassen, in Ancona, im Jahr 1186 oder 1187. Der meine Mutter in die Armut gestoßen hat oder stoßen musste oder vielleicht umgekommen ist … Sie hat es meinem Vater nie mitgeteilt – warum nicht? Warum muss ich durch halb Europa ziehen, um meinen Vater zu finden? Warum hat meine Mutter mir dieses Geheimnis hinterlassen?»

Die Herzogin schaute durch das Fenster des Wehrturms in die Ferne, auf blühende Wiesen und im frischen Grün schimmernde Wälder, auf Schafherden und Rinder und auf mehrere Ritter, die sich mit ihrem Gefolge der Burg näherten. Ihre Wimpel flatterten im Wind.

«Vielleicht wollte sie genau dies: dir ein Geheimnis hinterlassen, damit du es im Leben aufklärst. Sie wollte dich auf die Suche schicken. Du solltest nicht nur als Sohn eines Falkners Falkner werden, sondern hinaus in die Welt ziehen …»

Die Herzogin blickte mich nun forschend an. Sie hatte mir ihre Hand gelassen, sogar die zweite auf meine Finger gelegt.

Nicht recht überzeugt, schüttelte ich den Kopf. «Wisst Ihr nicht, wer sich damals in Ancona aufhielt? Ihr müsst doch bereits Herzogin von Spoleto gewesen sein.»

«In Ancona lebten viele Menschen, auch zahlreiche Adlige, aber es ist viel zu lange her, außerdem liegt Ancona weit entfernt von Foligno …» Sie wandte ihren Blick nun ab.

«Im Jahr 1186 heiratete der Kaisersohn Heinrich in Mailand. Père Guiot, mein Lehrer und zweiter Vater, war dabei, ich glaube, da gab es irgendeinen Streit – oder die Königin …»

«Konnte dein Lehrer dir nichts Genaueres über die Ereignisse dieser Jahre berichten?»

«Er hat nicht mehr darüber gesprochen.»

Die Herzogin schwieg eine Weile, forderte mich dann jedoch unerwartet auf: «Schließ die Augen!»

Ich schaute sie verwirrt an, gehorchte.

Stoff raschelte. Schließlich sagte sie: «Jetzt kannst du sie wieder öffnen.»

Sie hielt in ihrer Hand eine Münze, die meiner und der des Königs glich. Auch in sie waren drei Buchstaben geritzt: A H I.

Ich starrte das Amulett an, dann die Herzogin, dann wieder das Amulett und wollte nicht glauben, was ich sah. Noch bevor ich eine Frage herausstottern konnte, erklärte sie: «Er war ein seltsamer Mann, stand sich immer selbst im Wege, wirkte kalt und gehemmt, konnte seine Gefühle nie angemessen ausdrücken – daher verschenkte er Goldmünzen.»

«Wer?» Mein Gesichtsausdruck muss regelrecht blöde gewesen sein.

«Der Mann, der mir dieses Amulett geschenkt hat. Vielleicht war er dein Vater.»

«Vielleicht?»

«Ich erhielt das Amulett erst Jahre nach deiner Geburt, weiß es also nicht … genau.»

«Und warum nennt Ihr mir nicht einfach seinen Namen?»

«Es ist die Aufgabe des Königs.»

«Es geht hier nicht um den König», erregte ich mich, «sondern um mich!»

«Mein Junge!» Wieder ergriff die Herzogin meine Hand.

«Ich kenne Friedrich. Es gibt Dinge, bei denen er empfindlich reagiert.»

«Dann frage *ich* ihn!»

«Warte lieber noch.»

Ich sprang auf. «Ich warte nicht.»

In mir kämpfte verzweifelte Wut gegen Hilflosigkeit. «Der König hat mir Serena genommen und dann Adelheit ... Ich habe ihn vor den Mailändern gerettet – und er verschweigt mir meinen Vater. Was hat er denn zu verbergen?»

«Bernardou, du verstehst ihn nicht!»

«Nein, ich verstehe ihn nicht.»

Mit diesen Worten riss ich mich von ihr los und rannte den Wehrgang entlang zur nächsten Treppe. Im Garten saßen Serena und Adelheit und scherzten mit dem kleinen Enzio. Es brach mir fast das Herz. Ich hetzte die Treppe hinunter und die Gänge entlang und stürzte schließlich in den Saal, in dem sich der König mit seinen Beratern über eine große Pergamentkarte beugte.

Ich war so erregt, dass ich nicht mehr wusste, was ich tat. Ich zerrte meine Tunika auf, riss mir das Amulett vom Hals und hielt es Friedrich unter die Nase. «Was bedeuten diese Buchstaben? Wer ist mein Vater?», schrie ich ihn an.

Friedrich zuckte zurück, als hätte ich ihm einen Dolch unter die Nase gehalten. Gott, so dachte ich noch, wie jung und schön ist dieser König! Schon richtete er sich auf, hob seinen Kopf, als wollte er auf mich herabschauen, warf einen kurzen Blick zu den Wachen an den Türen und herrschte mich mit eisiger Stimme an: «Was erlaubst du dir? Wie sprichst du mit deinem König?»

Noch bevor ich mich entschuldigen und ihm erklären

konnte, was mich so bedrängte und quälte, erlebte ich zum ersten Mal einen der Jähzornausbrüche, die seine Feinde ihm nicht ganz zu Unrecht nachsagten.

Er hätte mich beinahe geohrfeigt, beherrschte sich aber, schrie mich dafür an und beschimpfte mich mit Worten aus dem Volgare, die ich nicht kannte, fiel ins Arabische und fluchte und warf einen Hocker durch den Raum und einen zweiten auf mich und schrie dann: «Raus hier, sonst weiß ich nicht, was ich noch tue!»

Ich zögerte, trat einen Schritt zurück.

Erzbischof Berardo wollte sich einmischen, auch Justingen und Rainald sprachen begütigend auf Friedrich ein, doch er schrie sie an: «*Ich* bin der König, und ich gestatte nicht, dass mir jemand zu nahe kommt, dass jemand etwas von mir fordert, ich bestimme …» Und wieder an mich gewandt: «Raus!»

Nun wurde ich ganz ruhig. Aber eine Welt war in mir zusammengebrochen.

Ich zwang mich zu einer knappen Verbeugung, drehte mich um und verließ den Raum. Beauftragte meinen Knappen Daniel, den Burgunder, unsere Sachen zu packen und die Pferde zu satteln. Marschierte die Treppe hinab in den Hof und hinüber zum Garten, wo die beiden Frauen noch immer mit dem Kind spielten. Ich verneigte mich regelrecht förmlich vor ihnen: «Ich verlasse … Ich muss den König verlassen. Adieu!»

«Wirst du auf Gesandtschaft geschickt?», fragte Adelheit lächelnd.

«Der König will mich nicht mehr sehen. Ich gehe zurück in meine Heimat, nach Les Baux.»

Serena starrte mich erschrocken an und hätte beinahe den

kleinen Enzio fallen gelassen. «Nein!», rief sie. «Nein!», wiederholte sie dann tonlos, und das Kind begann zu weinen. «Du darfst nicht gehen, nicht ohne mich.»

Aber ich hörte nicht hin. Ich fühlte mich so tief verletzt, so wütend und verlassen zugleich, dass ich nicht mehr überlegt reagieren konnte.

«He, Kollege», rief mir Wolfram zu, als ich an ihm vorbeistürzte. «Wolltest du mir nicht von deinem alten Meister Kyot und seiner Perceval-Dichtung erzählen? Und was du über den Gral denkst?»

Dann musste ich auch noch Walther über den Weg laufen: «Na, großer Troubadour, wohin so eilig? Was macht die *minne* und das *herzeliebez frouwelîn*, pling pling?»

Ich beachtete ihn nicht, sprang in den Sattel und gab dem Pferd die Sporen. Daniel, der Burgunder, folgte mir mit unserem Packpferd und dem Streitross. Als wir schließlich ein Waldstück durchquert hatten und am Rande einer blühenden Wiese entlangritten, schloss er zu mir auf und fragte: «Wohin reiten wir eigentlich?»

«Nach Hause, in meine Heimat.»

«Und wo liegt sie?»

Ich gab ihm keine Antwort, weil es für mich ohne Madeleine, ohne Serena keine Heimat mehr gab.

47. Kapitel

Der Frühling blieb strahlend, als wir den Rhein überquerten und ins Burgundische ritten; auf den Feldern wiegten sich bereits die Ähren auf den Halmen, rote, saftige Kirschen leuchteten uns entgegen. Doch sosehr die Natur um uns spross, blühte und gedieh, meine Stimmung blieb dunkel, schwarze Galle überschwemmte mich, und ich fühlte mich, wie mein Vater Arnaut sich gefühlt haben musste, als er nach der Schlacht von Hattin und der Eroberung Jerusalems das Heilige Land verließ. Geschlagen und elend.

Ich fühlte mich zudem entwurzelt, leer und ungeliebt.

Während wir in Beaune in einer Taverne ein karges Mahl einnahmen, kamen wir mit anderen Rittern und Waffenknechten ins Gespräch und hörten, Roi Philippe führe mit dem englischen King John, von den Franzosen nur spöttisch *Sans-Terre* genannt, einen Krieg. Es gehe mal wieder um die nordfranzösischen Besitzungen und eigentlich auch um England, denn Roi Philippe habe sogar geplant, auf die Insel überzusetzen und sie zu erobern. «Aber jetzt hat sich das Blatt plötzlich gewendet, die Grafen von Flandern und Boulogne proben den Aufstand, Kaiser Otto unterstützt sie …»

Die Männer sprachen alle durcheinander.

«Sie wollen Philippe vom Thron vertreiben und Paris erobern …»

«Zum Glück sitzt *Sans-Terre* in Aquitaine und ist alles andere als ein großer Kämpfer …»

«Sein Bruder Richard, der *Cœur de Lion*, hätte Philippe längst aus dem Sattel geworfen …»

«Aber *Sans-Terres* Halbbruder Salisbury ist auch ein wilder Haudrauf, seine Männer nennen ihn nur *Kill Bill*. Er hat mit seinen Rittern bereits den Kanal überquert und sich Kaiser Otto angeschlossen …»

«Philippe hat keine Chance …»

«… wenn wir ihm nicht helfen …»

«Aber nur gegen gutes Geld …»

«Das hat er längst dem Schwaben Frédéric in den Rachen geworfen. Einen Haufen Silbermünzen, angeblich zwanzigtausend Pfund! Und wo ist der Schwabe jetzt? Wo sind seine Hilfstruppen?»

«Ja, das ist die deutsche Dankbarkeit. Ohne Philippes Hilfe hätte Kaiser Otto den Jüngling längst aus dem Land gejagt.»

«Der Jüngling ist mindestens zur Hälfte ein Sizilianer, und die waren schon immer feige, arglistig und undankbar, Ungläubige, Juden …»

«Frédérics Mutter ist aber eine Normannin, die kommt aus Hauteville, ist also eigentlich Französin …»

«Auf jeden Fall müsste er Philippe zu Hilfe eilen, aber wo ist er? Wo drückt er sich herum?»

Ich hatte den Männern aufmerksam zugehört. Ihre letzten Worte trafen mich tief ins Herz, und ich wusste plötzlich, was ich zu tun hatte; wie dem Gefühl, gescheitert und geschlagen zu sein, beizukommen wäre. Jerusalem war weit, Paris jedoch nah. Ich dachte an selbstlose Hilfe, an siegreichen Kampf, an das Schwert, dessen blitzender Schlag meinem Trübsinn ein Ende bereiten würde. Sogar der Gedanke an einen ruhmreichen Opfertod versetzte mein Herz in Hochstimmung.

Ich gestehe, dass ich heute, als alter, weiß und weise gewordener Mann, meinen *hôhen muot* von damals nur schwer nachzuvollziehen vermag. Wie konnte ich glauben, im Töten oder Getötetwerden einen Ausweg zu finden aus dem tiefen Tal, in das ich aus freien Stücken geflohen war? Klangen in mir die Taten und Ereignisse nach, die mein Vater und Père Guiot nie hatten vergessen können?

Damals haderte ich mit Gott, haderte mit mir selbst, fühlte mich verloren, verstrickt und gefesselt und griff nach dem Schwert, das den gordischen Knoten durchschlagen sollte.

Auf jeden Fall rief ich zur großen Überraschung der Männer: «Hier ist er! Mich schickt König Frédéric, um seinem französischen Bruder beizustehen. Und ich werde nicht der Einzige bleiben.»

Die Männer sahen mich erst erstaunt, dann amüsiert an, weil sie meine Äußerung vermutlich für einen Scherz hielten. Einer ließ einen spöttischen Blick über meinen schlanken Körper gleiten, ein anderer wedelte sich durch die Haare, um sich über meine Locke lustig zu machen, ein dritter hatte wohl meine Harfe auf dem Tragpferd gesehen und ahmte das Spielen nach – auf jeden Fall brachen sie in gutmütiges Gelächter aus, in das ich schließlich sogar einfiel.

Wir tranken noch mehrere Becher Wein zusammen und sanken dann benebelt gemeinsam in ein großes Bett.

Doch mein Entschluss war gefallen.

Am nächsten Morgen brach ich mit meinem Knappen Daniel in Richtung Champagne auf und hörte dort die neuesten Nachrichten. Im Süden war der Kampf mit King John abgeflaut, sodass ein Zangenangriff nicht mehr drohte und Roi Philippe mit seinem Heer nach Flandern aufgebrochen war, um dort gegen die aufständischen Grafen, gegen Kaiser Otto und das englische Heer unter Salisbury zu kämpfen. Noch immer durchschaute ich nicht die Allianz, gegen die der französische König antrat, bis einer der Ritter, ein direkter Kronvasall von Roi Philippe, mir erklärte, es gehe in erster Linie um die Normandie und die anderen englischen Besitzungen in Frankreich.

«Aber was hat Kaiser Otto damit zu tun?», fragte ich.

«King John ist sein Onkel, der Welfe ist in England aufgewachsen – und glaubt vermutlich, mit einem Sieg über den französischen König könne er zugleich seinen schwäbischen Konkurrenten schlagen.»

«Also geht es in dem Kampf auch um die Vorherrschaft im Reich.»

«Ganz genau.»

Als ich mit Daniel endlich das französische Heer bei Tournai erreichte – es hatten sich unterdessen noch mehr Ritter aus dem Süden Deutschlands eingefunden –, erklärte ich mich einfach zu deren Sprecher und betonte, ich sei mit den anderen Rittern von König Frédéric persönlich «zur dankbaren Unterstützung seines Bruders Philippe» geschickt worden. Daraufhin wurde ich sogar von Roi Philippe persönlich empfangen und seiner eigenen noch etwas spärlichen Rittertruppe zugeteilt.

Mittlerweile lähmte die Hitze des Sommers das Land, wir näherten uns dem Ende des Juli, die ersten Felder waren bereits abgeerntet. Noch lagerten wir bei Tournai, als Späher uns berichteten, das gegnerische Heer unter Kaiser Otto umrunde die Stadt östlich und drohe, uns den Fluchtweg nach Süden abzuschneiden. Außerdem sei es uns zahlenmäßig überlegen.

Uns Rittern wurde nun doch mulmig zumute, da Roi Philippe nicht gerade als kämpferischer Recke galt, im Gegensatz zu Kaiser Otto, dem nachgesagt wurde, er sei unerschrocken, zäh und tapfer und scheue sich nicht, den besiegten Fußsoldaten, denen er kein Lösegeld abnehmen konnte, gnadenlos die Kehle durchschneiden zu lassen.

Während wir noch campierten, die Waffen schärften, die Kettenpanzer flickten und unsere Pferde versorgten, kamen mir erste Zweifel. Worauf hatte ich, ein Troubadour, der erst später zum echten Ritter geworden war, mich da eingelassen? Warum hatte ich so empfindlich reagiert auf König Friedrichs Ausbruch? Aus welchem Grund auch immer er mir nicht hatte verraten wollen, was die Buchstaben auf unseren Münzen bedeuteten – ich hätte es bestimmt bald allein herausgefunden. Auf irgendeine Weise gab es eine Verbindung zwischen meiner Mutter, ihm und der Herzogin – vielleicht war meine Mutter eine Sklavin der Herzogin gewesen, und der Herzog von Spoleto, bei dem Friedrich ja als kleiner Junge aufgewachsen war, hatte den dreien die Münzen geschenkt.

An jenen Tagen vor der Schlacht ging mir so einiges durch den Kopf. Auch Serena. Immer und immer wieder sah ich ihr entsetztes Gesicht vor mir, als ich verkündete, nach Les Baux zurückkehren zu wollen. Aber hatte sie sich nicht noch in Basel geweigert, mit mir zu kommen? Sollte sie seitdem ihre Meinung geändert haben, ohne dass ich es begriffen hatte? Hörte man nicht immer wieder, Frauen seien zutiefst schwach und schwankend?

Während der schwülen Nächte schlief ich schlecht, und in den Träumen, die mich heimsuchten, sah ich auch wieder und wieder Madeleine unter den Rudern versinken.

Ich sah auch Père Guiot im Gemetzel von Béziers in einem Hauseingang verschwinden und Peire Vidal niedersinken.

Und musste meinen Mord an Bischof Pierre de Castelnau nacherleben.

Mittlerweile hatten wir unseren Lagerplatz ein Stück nach Westen verlegt, an den Rand des Flüsschens Marque. Morgens, nach Nächten voller schwerer Albträume, stieg ich regelmäßig in das Wasser, um den Schweiß der Nacht loszuwerden. Doch ich fühlte mich nicht erfrischt, im Gegenteil, mich überfielen Todesängste und das Gefühl vollkommener Sinnlosigkeit.

Warum nur suchte ich den Kampf?

Suchte ich etwa den Tod in der Schlacht?

Dann kam der 27. Juli 1214. Es war ein Sonntag, wir hörten aus einem nahegelegenen Kloster das Morgenglöckchen läuten und den Gesang der Mönche. Am Abend zuvor war der Befehl erteilt worden, morgens rechtzeitig die Zelte abzubrechen und zu packen, weil wir uns über den Fluss zurückziehen wollten. Als wir gerade dabei waren, uns über ein Holzbrückchen zu schieben oder mit den Pferden durch das flache Wasser zu waten, wurden wir von feindlichen Truppen angegriffen.

Dies brachte uns auf Trab.

Roi Philippe schickte erst einmal Fußtruppen aus den mit ihm verbündeten Städten nach vorne, um den Angriff abzuwehren oder aufzuhalten. Es gelang ihnen, allerdings unter großen Verlusten. Es war der erste Opfergang des Tages, und schon ein blutiger. Als Ottos Störtrupp schließlich zurückgedrängt war, blickten wir auf Hunderte von Toten und auf eine noch größere Zahl von Männern, die schrien und stöhnten und sich unter Schmerzen wanden.

Mittlerweile formierten sich die beiden Heere zu einer einigermaßen übersichtlichen Schlachtordnung. Wir hatten den Fluss im Rücken und mit ihm sumpfiges Gelände, was uns wenig Möglichkeit zum Zurückweichen ließ und damit natürlich ungünstig war.

Roi Philippe ritt mit zwei seiner Adjutanten vor die Heerhaufen, die auf unserer Seite aus etwa zwölfhundert Rittern und ebenso vielen berittenen Knechten, dazu aus rund fünftausend Fußsoldaten bestand. Nur die Ritter selbst trugen eine schwere Rüstung mit Kettenpanzer, Beinschutz, Schild und Schwert, auf dem Kopf zum Teil noch den Nasenhelm, zum Teil bereits den neueren Topfhelm. Die Pferde waren fast vollständig von Wappendecken umhüllt, ebenso trugen wir Ritter einen Waffenrock – und natürlich die schwere Kampflanze, die wir beim Angriff unter den Ellenbogen klemmten, um mit der gesamten Wucht des galoppierenden Pferds und seines Reiters auf den Feind zu treffen.

Wer von einer solchen Lanzenspitze getroffen wurde, dem konnte keine Rüstung helfen. Am gefährdetsten waren noch immer die Pferde, die eine breite Angriffsfläche boten. Auf der anderen Seite waren sie eine kostbare Beute, und daher griff nur skrupelloses Gesindel die Tiere an, um die Reiter zu treffen. Aber da jeder Ritter ein zweites Pferd mit in die Schlacht führte, häufig von einem Knecht geritten oder geführt, konnte man selbst mit zusammenbrechendem Schlachtross davonkommen, vorausgesetzt, man wurde von den eigenen Leuten geschützt und nicht sofort niedergetrampelt, erschlagen oder durch einen Kehlschnitt in den Himmel befördert.

Kaiser Otto befehligte eine größere Anzahl an Rittern, Waffenknechten und Fußsoldaten, vermutlich auch bessere, und die Anführer der feindlichen Streitmacht waren erfahrene Kämpfer, die jeweils von einer todesmutigen und unerschrockenen Leibgarde geschützt wurden.

Staub lag über dem weitgehend flachen und durch einige Büsche und Bäume unterbrochenen Schlachtfeld, als die Heere sich schließlich formiert hatten. Hunderte von Geiern drehten über uns mit heiserem Geschrei ihre Runden, dazu Krähenschwärme.

Für sie würde es ein Festmahl geben!

Das französische Kriegsbanner, die feuerrote, mit Sternen durchsetzte *Oriflamme*, wurde in der Nähe des Königs von seiner Leibgarde aufgepflanzt. Wir konnten aber auch die Banner der Gegner sehen. Auf einem eigens mitgeführten Wagen hatte Kaiser Otto das Reichswappen aufrichten lassen, den Adler mit seinen goldenen Schwingen, und neben ihm flatterte der Stoffdrache der Engländer und Normannen.

Auf den beiden Flanken uns gegenüber hatte sich die deutsche, flandrische und englische Reiterei aufgestellt, im Zentrum warteten die Fußsoldaten auf den Angriffsbefehl des Kaisers, der mit seinen sächsischen Rittern hinter ihnen seine Position eingenommen hatte und sein Pferd nur mühsam zügeln konnte. Auf unserer Seite sah es ähnlich aus: zwei Reiterflanken und in der Mitte, hinter den meist nur durch ein starkes Lederwams geschützten Fußsoldaten, die Reitertruppe von Roi Philippe, in die auch ich mich eingeordnet hatte.

Ich will nicht mutiger erscheinen, als ich war. Mir war nicht nur mulmig zumute, ich schwitzte vor Angst. Zum

Glück trug ich lediglich einen Nasenhelm: Auf diese Weise sah ich mehr und bekam auch Luft. Die schweren Topfhelme mit ihren Augenschlitzen und Luftlöchlein ließen so manchen Ritter aus Luftmangel in Ohnmacht fallen oder einen Hitzschlag erleiden.

Entgegen meinen Erwartungen gab Roi Philippe als Erster den Befehl zum Angriff: Auf der rechten Flanke sollten die viel leichter bewaffneten, aber berittenen Knechte die flandrischen Ritter angreifen, sie hauptsächlich stören und verwirren und damit binden, was auch gelang, denn die Ritter wollten gegen Ritter kämpfen, der Angriff galt auch ihrer Ehre, und entsprechend verunsichert verhielten sie sich. Kaiser Otto durchschaute den Plan, wollte das Heft des Handelns wieder übernehmen und gab den Befehl an die Fußsoldaten, die französische Mitte mit Macht anzugreifen. Sein Ziel konnte nur sein, Roi Philippe möglichst rasch in die Hände zu bekommen oder ihn zu töten.

Das Angriffsgeschrei der voranstürmenden Fußsoldaten vermischte sich mit dem heiseren, hungrigen Krächzen der Geier.

48. Kapitel

«O Herr, erbarme dich meiner», stieß ich aus, «mein Leben ist zu kurz, als dass es schon ein Ende finden darf.» Bald jedoch erforderte der Kampf alle Aufmerksamkeit.

Ottos Fußtruppen im Zentrum der Heere waren uns nicht nur zahlenmäßig überlegen, sondern auch kampferfahrener, wie man unschwer erkennen konnte. Rasch entstand ein wüstes Getümmel von Einzelkämpfern, die mit Schwertern und Schilden aufeinander einschlugen, die sich traten und die Beine stellten, und da sie selten schützende Rüstungen trugen, spritzte nur so das Blut, Hände wurden abgetrennt, Köpfe durchhauen, und einer nach dem anderen sank nieder.

Noch wartete Roi Philippe. Wir hätten gar nicht angreifen können, denn wir hätten nicht nur den Feind, sondern auch die eigenen Männer niedergeritten.

Irgendein Ritter schrie dem König etwas zu, aber er reagierte nicht. Ja, es sah sogar aus, als wollte er zurückweichen – vielleicht nur, um mehr Raum für den Angriff der Berittenen zu gewinnen. Aber die Hufe der Pferde begannen im Morast zu versinken, und vor uns gewannen die sächsischen und niederrheinischen Soldaten immer mehr Boden.

Warum ließ Roi Philippe nicht die Flanken zum Entlastungsangriff reiten?, fragte ich mich, vor Erwartung zitternd.

Daniel hinter mir hielt mein Ersatzpferd mit der Linken, in der Rechten sein Schwert. So war es ihm am liebsten. Doch nun musste er sich übergeben. Einen Augenblick war ich davon abgelenkt, aber als ich wieder ins Kampfgetümmel vor uns schaute, sah ich mit Entsetzen, dass die ersten feindlichen Fußsoldaten durchbrachen und mit Siegesgeschrei auf uns zustürmten.

Und der König in der ersten Reihe! Er konnte sein Pferd kaum halten, sodass er endlich den Befehl zur Attacke gab. Die Streitrösser setzten sich in Bewegung, doch es blieb ihnen viel zu wenig Raum und Zeit, um in enger Angriffsreihe die Angreifer niederzureiten. Schon waren die ersten umringt und ihre Reiter bedrängt. Mit allen Mitteln, teilweise mit bloßen Händen, versuchten die Deutschen, unsere Ritter von den Pferden zu reißen. Manche sprangen wie Raubtiere an ihnen hoch, andere nahmen lange Speere mit Haken zu Hilfe, eine ganz besonders gefährliche Waffe.

Da musste sich bereits der König gegen die ersten Angreifer wehren. Er schlug wild um sich, seine Leibwache warf sich in den Kampf, und auch ich stürmte mit anderen Rittern heran, um ihm Luft zu verschaffen. Mich traf ein Gegenstand derartig in die Seite, vielleicht sogar die Lanze eines eigenen Ritters, die querschlug, dass mir die Luft wegblieb und ich mich vor Schmerzen krümmte. In diesem Augenblick sah ich, wie der König vom Pferd gerissen wurde.

Es folgte ein vielstimmiger Schrei: ein Siegesschrei der Deutschen, ein Entsetzensschrei unserer Männer, und wir alle droschen wie die Berserker auf alles ein, was nicht unser Wappen trug.

«Gib ihm mein Pferd!», schrie ich Daniel zu, der hinter mir geblieben war und zugleich sich wie das Pferd zu schützen versuchte. Meinen Befehl hatte auch die Leibwache des Königs gehört, sie drängten die deutschen Angreifer so weit zurück, dass sie den König in den Sattel heben konnten.

Mittlerweile kämpfte ich allein mit Schwert und Schild. Die Lanze hatte sich beim ersten Angriff verkeilt und hätte mich beinahe aus dem Sattel geworfen. Jetzt konnte ich mir ein wenig Luft verschaffen, sodass ich sah, wie die beiden Reiterflanken unseres Heeres in gestrecktem Galopp auf die Gegner losstoben, und die hintersten Reihen des Zentrums hatten von sich aus das einzig Sinnvolle getan: Statt tatenlos zu warten, bis sie angegriffen wurden oder die Reihen vor ihnen sich so gelichtet hatten, dass sie eingreifen und angreifen mussten, teilten sie sich auf, umrundeten das mittlere Kampffeld und griffen nun Ottos Fußsoldaten von der Seite an.

Eine Weile wirbelten und blitzten die Schwerter, krachten auf Schilde und Rüstungen, Funken stoben, Getroffene schrien auf, doch waren sie im allgemeinen Gebrüll kaum zu hören. Die Pferde wieherten schrill, wenn sie verletzt wurden, manche schlugen aus oder stiegen hoch, bevor sie zusammenbrachen. Ich achtete in erster Linie darauf, von niemandem aus dem Hinterhalt angegriffen zu werden, etwaige Speere mit dem Schild abzufangen und Schwerthiebe zu parieren.

Plötzlich gab es mehr Platz. Ich rang nach Luft und spürte zugleich, wie mir Ströme von Schweiß oder auch Blut den Körper hinabflossen. Überall waren Waffenrock und Harnisch mit Blut bespritzt, aber ob es mein eigenes war, konnte ich nicht beurteilen. Ich spürte keinen Schmerz.

Mittlerweile war der Staub so dicht, dass ich nicht erkennen konnte, welches Heer die Übermacht gewann. Immerhin saß der König wieder im Sattel, und uns Rittern gelang es, die feindlichen Fußsoldaten zurückzudrängen, so sie überhaupt noch kämpfen konnten. Auch Daniel befand sich weiterhin in meiner Nähe. Er drängte sich an die linke Hinterhand meines Pferds, sodass er, auf der rechten Seite geschützt, meine linke Seite sichern konnte, während meine Schwerthand die rechte freihielt.

Langsam bekam ich wieder etwas mehr Luft, ich beruhigte mein Pferd, das ein paar Kratzer am Hals abbekommen hatte, und wollte gerade meinen Helm fester binden, als auf ein Trompetensignal hin die feindlichen Fußsoldaten zur Seite strebten. Roi Philippe brüllte einen Befehl, den aber niemand verstand bis auf den Trompeter, der uns Rittern das Signal gab, uns zum Angriff zu formieren.

Während wir versuchten, eine mehrfach gestaffelte Reihe zu bilden, die Pferde möglichst eng nebeneinander, sah ich, dass die Gegenseite genau das Gleiche tat. Es war seltsam: An beiden Flanken des Schlachtfelds herrschte wildes Kampfgewühl zu Pferd, von uns aus gesehen nicht zu überblicken, während sich in der Mitte wie auf dem Turnierplatz eine leere Angriffsfläche bildete, auf der allerdings zahlreiche Leichen oder Verwundete lagen. Sie würden ausnahmslos in den Boden gestampft werden. Wer da noch lebte, hatte keine Chance.

Angriff!

Zuerst ein wenig schwerfällig, setzten wir uns in Bewegung, doch bald schon gewannen wir an Fahrt. Kaiser Ottos Ritter taten das Gleiche. In donnerndem Hufgewitter stürmten die beiden Sturmreihen aufeinander zu. Manche Ritter hielten ihre Lanzen unter den Arm geklemmt, andere streckten ihr Schwert vor und hielten zugleich den Schild so weit von sich weg, dass er möglichst viel vom Körper abdeckte. Wie in blinder Panik galoppierten die Pferde aufeinander zu.

Und dann der Zusammenprall. Mit unglaublicher dumpfer Wucht stießen Pferde, Reiter und Waffen aufeinander: Da flogen zerbrochene Lanzen durch die Luft, Pferde stürzten in die Knie oder bäumten sich auf, Reiter schossen vornüber und gerieten unter die Hufe, andere wurden von Lanzen durchbohrt – mit einem Schlag war die Kampffront nahezu zum Stehen gekommen, die zweite und dritte Reihe drängte nach, sodass kaum jemand Platz für einen normalen

Schwertkampf fand. Jeder versuchte nur, im Sattel zu bleiben und etwaige Feinde von sich fernzuhalten, manche mit bloßen Fäusten, andere mit ihren Langdolchen. Und zwischen uns, unter uns unsere Waffenknechte zu Fuß.

Von ihnen blieb kaum jemand am Leben.

Es war eine Blutorgie.

Ich sah auch Daniel nicht mehr.

Die Knäuel lockerten sich ein wenig, insbesondere an den Rändern. Nur zum König und zum Kaiser, da drängte sich alles hin.

Ich weiß nicht, wie lange wir kämpften. Immer wieder erlahmten die Kräfte, dann wurden neue aufgebracht, und mittendrin die beiden Kontrahenten. Nicht anders an den Flanken. Wir waren wie ein zuckender, irrer Tausendfüßler. Überall Einzelkämpfe, niedersinkende Männer, ausschlagende Pferde, kaum noch Befehle oder eine klare Ordnung. Und doch schienen wir Ritter des französischen Zentrums die Oberhand zu gewinnen. Vielleicht hoffte ich es nur. Aber deutlich war, dass sich um Kaiser Otto mehr Männer drängten als um Roi Philippe.

Ein Dolch blitzte auf, ein gefährlicher Dreikantdolch, mit dem man an den Gelenkstellen den Harnisch durchstoßen konnte, seine Spitze traf die Brust des Kaisers. Der Mann, ich glaube, es war Gerard La Trui, tags zuvor hatte ich ihn kennengelernt, hatte seinen Schild weggeworfen und stieß nun mit beiden Händen zu. Der Kaiser wehrte den zweiten Stoß mit einem seitwärts geführten Schlag des Schilds ab, sodass La Trui fast vom Pferd gefallen wäre und sich mühsam wieder aufrichtete. Der Kaiser wollte ihn nun mit dem Schwert treffen, drehte dabei sein Pferd so ungeschickt, dass La Trui, der abwehrend den Dolch hochhielt, damit genau das Auge des kaiserlichen Pferds traf. Es bäumte sich mit einem irren Schmerzwiehern auf und brach zusammen.

Der Kaiser stürzte.

Der Kaiser stürzte zu Boden.

Wurde umringt.

Schon stand ein zweites Pferd bereit.

Ein weiterer Franzose versuchte, den Kaiser am Hals zu packen. Das war längst kein ritterlicher Kampf mehr, alle schlugen mit Fäusten und Schilden und Schwertern aufeinander ein. Doch schon saß der Kaiser wieder im Sattel.

Ganz in meiner Nähe starrte Roi Philippe genau wie ich auf das Geschehen. Niemand griff uns an. Alle wollten den Kaiser entweder töten oder gefangen nehmen oder retten – da riss er sein Pferd herum, und irgendwie entstand Platz. Es gelang ihm, sich zur Flucht zu wenden, seine Männer wichen zur Seite, und er stürmte von dannen, er jagte auf und davon und verschwand im aufgewirbelten Staub des Schlachtfelds.

Ich wollte es nicht glauben.

Bis jetzt hatte noch keine Seite die Oberhand gewonnen.

Der Kaiser jedoch floh, er ließ seine Männer im Stich, ließ das kaiserliche Wappen zurück, hatte jeglichen Mut verloren, wollte allein sein elendes Leben retten.

Unser Triumphgeschrei übertönte alles.

Mit dem Kaiser wandten sich andere zur Flucht, das Zentrum löste sich auf. Wir setzten nach, bis wir den Wagen mit dem kaiserlichen Banner erreichten. Da blieb keine Speiche mehr heil. Der Drache der Normannen wurde zerfetzt, das Adlerwappen aus seiner Halterung gerissen, die Flügel des Adlers, die an Querstreben befestigt waren, zerbrachen. Das Banner lag im Dreck, die Pferde trampelten darüber, bis es mir gelang, es hochzuziehen und vor meinen Sattel zu legen. Zerknittert, verdreckt und zerrissen der stolze Adlerkopf, zerbrochen die Flügel, zerbrochen Ottos kaiserliche Macht.

Er war geflohen, die Schlacht war entschieden.

Wir sammelten uns um die *Oriflamme*. Da trafen auch unsere Ritter von der linken Flanke ein, in ihrer Mitte führten sie den Halbbruder des englischen Königs, *Kill Bill*, den Grafen von Salisbury, verwundet und gefangen. Neben ihm ging der Graf von Flandern, der Paris hatte erobern wollen.

Nur auf der rechten Flanke wurde noch gekämpft, bis sich auch dort der Gegner, der Graf von Boulogne, zurückzog, nachdem seine zäh kämpfende Fußtruppe bis fast auf den letzten Mann aufgerieben worden war.

Der König wollte ein Gebet sprechen und dem Herrn danken, doch seine Stimme versagte, und das gierige Geschrei der Geier übertönte nun die Menschen. Sie waren nicht mehr zu halten und stürzten sich auf die mehr als tausend Toten, die beide Seiten jeweils zu beklagen hatten. Die Knechte und Fußsoldaten versuchten sie zu vertreiben und selbst die Leichen zu fleddern, Waffen einzusammeln und den Schwerverletzten des kaiserlichen Heers die Kehle durchzuschneiden oder einen Speer in die Brust zu rammen.

Die Geier sprangen nur zur Seite und gruben dann ihre Schnäbel ins Fleisch der Toten.

Über der Walstatt lag ein beißender und zugleich süßlicher Gestank von Schweiß, Blut und Tod.

Endlich spürte ich den Schmerz im Bein. Unter dem Panzer brannte es wie Feuer, und Blut sickerte durch die Ringe, die am Oberschenkel zerrissen waren. Ich beugte mich vor, um genauer hinzuschauen, doch in diesem Augenblick erfasste mich ein Schwindel. «O Herr, erbarme dich meiner», konnte ich noch ausstoßen, bevor mir schwarz vor Augen wurde.

Teil V

Die Rückkehr der Falken

49. Kapitel

An die Tage, ja, die Wochen nach dem Blutsonntag von Bouvines kann ich mich kaum erinnern. Da ich Roi Philippe mein Pferd überlassen und ihm damit auch sein Leben gerettet hatte, wurde ich noch am Tag der Schlacht von einem Arzt versorgt. Daniel, mein Burgunder, war tot, im Massengrab dem Vergessen anheimgegeben, doch meine Wunde wurde gesäubert, mit Kräutern belegt und dann verbunden.

Als ich kurz zu mir kam, lag ich neben anderen Verwundeten auf einem schwankenden Wagen. Es ging Richtung Süden, nach Paris. Über mir, wie betrunken schwankend, der tiefblaue Himmel, so klar wie der Mistralhimmel meiner provençalischen Heimat, und weiße Wölkchen schwammen über ihn wie Schaumkronen.

Wieder fiel ich in Bewusstlosigkeit.

Als ich erneut zu mir kam, bewegte sich nichts mehr, und ich wähnte mich bereits im Himmel. Ein Schleier lag über allem, ich hörte eine Stimme sagen: «Das Fieber setzt ihm zu», eine andere: «Er wird es nicht überleben.»

Also lebte ich noch.

Dann beugte sich ein Gesicht über mich, verschleiert und zugleich verzerrt. Ich erkannte ihn an seiner Stimme: Es war Philippe, der französische König.

«Hörst du mich?»

Ich versuchte zu nicken, klimperte mit den Augen. Stieß irgendwelche krächzenden Laute aus.

«Er ist bei Bewusstsein. Er wird es schaffen, diese Schwaben sind zäh.»

«Er ist Provençale, spricht auch Französisch.»

«Wasser!», krächzte ich

Mir wurde Wein eingeflößt.

«Schau mal dieses Amulett! Gold! Mit der Inschrift F H R. Weißt du, was das heißt?»

«Keine Ahnung. Er nennt sich Bernardou de Baux, König Frédéric hat ihn zum Ritter geschlagen.»

«Wenn er das Wundfieber überlebt, schicken wir ihn zu Frédéric zurück. Er kann unseren Sieg verkünden. Otto ist im Reich erledigt und der *Sans-Terre* am Ende. Dem nehme ich endgültig die Normandie. Das kommt davon, wenn man zu rasch den Schwanz einzieht ...»

Dann nichts mehr. Alles ausgelöscht. Bis auf die Albträume, die anfangs nur aus Stürzen und Segeln bestanden, ein Herumwirbeln und Fallen in bodenlose Tiefen, ich schrie, ohne dass ein Laut zu hören war, der Atem blieb mir weg, und doch stürzte ich im taumelnden Schwindel weiter.

Es waren die Augen des Engels, die mich retteten.

Ich tauchte aus der Schwärze auf, über mir wieder der mistralblaue Himmel und die Augen. Tiefdunkelbraune, fast schwarze Augen, ein Lächeln aus geschwungenen Lippen, dunkle Haare, unter einem Tuch verborgen, umrahmten eine reine Stirn – eine Stirn ohne Brandmal. Eine Hand strich mir über die Wange, tupfte mit einem sanften Tuch die Stirn.

Der Engel meiner erlösten Mutter.

Ich wollte etwas sagen, doch der Engel schüttelte nur den Kopf und flößte mir eine Flüssigkeit ein, die wie ein Krafttrunk meinen Körper wärmte.

Später wieder Augen über mir, doch nicht mehr dunkel, sondern tiefblau und jung. Ein zweiter Engel, flüsternd.

Heute glaube ich, dass es Marie war, die sechzehnjährige Tochter des Königs. Sie lächelte mich mit Serenas Augen an.

Von Stund an begann ich zu genesen. Das Fieber fiel, ich konnte wieder essen und gewann an Stärke. Der Wundbrand, den die Ärzte gefürchtet hatten, hatte sich nicht ausgebreitet, sondern war besiegt.

Nach einigen Wochen fühlte ich mich stark genug, durch die weitläufigen und dunklen Gänge des Palais de la Cité auf der Pariser Seine-Insel zu humpeln. Die Wunde schmerzte nicht mehr, nur das leichte Humpeln würde mir bleiben und mich immer an den Blutsonntag von Bouvines erinnern, aber auch an den Besuch der Engel und das plötzliche Wissen um den Weg, die Wahrheit und mein Leben.

Ein letztes Mal traf ich Marie im großen Saal des Palais. Ich kniete vor ihr und suchte nach Worten. «Ihr seid die Süße meines wiederauferstandenen Lebens», sagte ich. Vermutlich empfand sie meine Worte als den überzogenen, gefühlsschwangeren Dank eines Ritters, der, wie sie mittlerweile gehört hatte, auch Lieder dichtete und sang.

Ich erhob mich wieder, sie lachte unsicher, schaute zu ihrem Vater, dem König, der uns inmitten seiner Berater und Bischöfe mit freundlicher Geduld betrachtete und dann rief: «Sing uns ein paar Zeilen vor, lieber Bernardou, du tapfrer Retter *meines* Lebens.» Mir wurde eine Harfe gereicht, sogar *meine*, wie ich feststellte, sie war wie durch ein Wunder nicht verloren gegangen.

Ich schaute Marie an, schaute in ihre blauen Augen und ließ meine Finger über die Saiten gleiten. Die Melodie des Lilienlieds ertönte wie von selbst, ich wandelte sie ein wenig ab und sang dann einfach los. Die Worte flogen mir zu wie Tauben.

Du bist die Süße meines Lebens,
du bist die Süße meines Schlafs,
du bist die Rettung aus der Schwärze,
du hast die Augen eines Engels,
so blau wie das Azur der Morgens,
so blau wie unsre Himmel bei Mistral
so blau wie reine Treue des Saphirs,
so blau und süß, du Engel meines Lebens.

Marie war von sanfter Röte überzogen, als ich die Harfe zur Seite legte und mich vor ihr noch einmal verneigte. Ihr Vater lachte gutmütig, nicht ohne anzumerken: «Sie ist leider schon vergeben», winkte dann zwei Diener herbei, die ein Tuch vor mir ausbreiteten. Nein, es war kein Tuch, sondern Kaiser Ottos Adlerbanner, gesäubert und notdürftig geflickt. Die Verstrebungen der Flügel hatte man geschickt erneuert.

«Du weißt, was das ist?», fragte Roi Philippe.

«Aber natürlich.»

«Gut. Ich schicke dich mit der Trophäe meines, *unseres* Triumphs zu meinem Bruder Frédéric, um ihn von dem großen Sieg über unser beider Feind Kaiser Otto in Kenntnis zu setzen. Möge der wiederaufgerichtete Adler das Symbol für Frédérics unanfechtbare Herrschaft und unsere gemeinsame Freundschaft sein. Und dich, Bernardou, *chevalier de Baux*, soll für immer der Ruhm begleiten, Retter Frankreichs, *sauveur de France*, zu sein.»

Und dann schenkte er mir noch einen Goldring mit den eingravierten Lilien der französischen Krone.

Im Herbst traf ich mit zwei neuen Waffenknechten, ehemals gegnerischen Söldnern aus Brabant, einer neuen Ausrüstung und natürlich dem Adlerbanner in Hagenau ein, wo König Friedrich nach seiner vergeblichen Belagerung von Aachen den Winter verbringen wollte.

Als ich, ohne mein Humpeln gänzlich verbergen zu können, den großen Saal der Pfalz betrat und vor ihm und dem gesamten Hof das geflickte Kampfbanner des besiegten Kaisers ausbreitete, blieben er und sein Gefolge erst einmal sprachlos. Schließlich sprang er von seinem Thronstuhl auf, umrundete die Trophäe, betrachtete den geflickten Stoff genauer und ließ sich berichten, wie sie erobert worden war.

In allen Einzelheiten musste ich den gesamten Verlauf der Schlacht schildern. Während ich dies tat, setzte sich Friedrich wieder, stützte sein Kinn nachdenklich auf die Hand und betrachtete mich aufmerksam.

Schließlich erläuterte ich Roi Philippes Auftrag und zitierte den Wortlaut seines Wunsches. Nach kurzem Schweigen brach der Saal in Applaus und begeisterte Hochrufe aus, die allerdings an den König gerichtet waren und ihn bereits als Kaiser feierten. «Jetzt steht dir niemand mehr im Weg», fasste Erzbischof Berardo die Stimmung im Raum zusammen. «Otto ist erledigt.»

Friedrich nickte nur leicht. Als wäre er zu einem Entschluss gekommen, sprang er auf, schritt, ja, hüpfte regelrecht auf mich zu – noch immer war er ein junger Mann von gerade zwanzig Jahren – und umarmte mich. «Ich muss mich für mein ungebührliches Verhalten vor deiner Abreise entschuldigen», flüsterte er mir ins Ohr. «Du bist ein wahrer Freund, treu wie ein Bruder – ich habe dir Unrecht getan. Bleib in Zukunft an meiner Seite als …»

Es schien mir, als wollte er noch etwas sagen, doch er schob mich ein Stück von sich weg, hielt meine Schultern mit beiden Händen und schaute mir in die Augen. «Wir beide gehören zusammen», erklärte er noch, bevor er sich wieder seinem Thron zuwandte.

Am Abend wurde reichlich getafelt, und ich durfte zwischen Friedrich und der Herzogin Platz nehmen. An Friedrichs anderer Seite saß Adelheit, vor uns Erzbischof Berardo, Rainald, der Herzog von Spoleto, und Anselm von Justingen.

Neben Justingen hockte Serena wie ein verlassenes Vögelchen auf einem Zweig im Winter. Durchscheinend, blass, mit dunklen Schatten um die Augen. Lange hielt sie ihren Blick niedergeschlagen, so als wage sie nicht, mich anzuschauen. Ich befürchtete schon, Justingen hätte sie mittlerweile geheiratet, aber die Herzogin klärte mich darüber auf, dass Serena im Sommer sehr krank gewesen sei, «so niedergeschlagen und überschwemmt von schwarzer Galle, dass wir schon um ihr Leben fürchteten. Nur wenn sie sich um den kleinen Enzio kümmern kann, wird sie lebendig.»

Als sie sich wieder ihrem Wildschweinbraten auf dem dicken, dunkelbraunen Stück Brot zuwandte, fügte sie noch wie nebenbei an: «Serena hat dich nie vergessen. Nur hat die Welt ihres Vaters unsichtbare Fesseln um sie gelegt. Und was geschah, als sie versuchte auszubrechen, damals auf Les Baux, vor ihrer Hochzeit, das hat ihr bis heute den Mut genommen. Natürlich möchte sie auch ihr Söhnchen wiedersehen. Hab noch ein wenig Geduld. Sie ist eine Blume, die gebrochen wurde und lange braucht, bis eine neue Blüte nachwächst und sich schließlich öffnen kann.»

50. Kapitel

Das nächste Jahr gehört zu den ruhigeren meines Lebens. Weiterhin blieb meine Herkunft im Dunkeln, weil mir weder der König noch die Herzogin verriet, was die Buchstaben F H R bedeuteten. Dass ich auf eine geheimnisvolle Weise mit dem König verbunden war, schien mir sicher, doch das beschäftigte mich nach Bouvines nur noch am Rande. Ich war dem Tod nahe gewesen und gerettet worden: Auf mir lag endlich Gottes Gnade. Konnte ich mehr verlangen?

Der Ruhm, den französischen König gerettet zu haben und damit letztlich auch Friedrichs Herrschaft, die Ehre, Überbringer der Siegestrophäe gewesen zu sein – beides nahm ich mit Dankbarkeit hin; Ehre und Ruhm hoben mich einfachen Sohn eines Falkners über den Stand des Ritters hinaus. Ich konnte damit rechnen, in absehbarer Zukunft ein Lehen und wohl auch ein offizielles Hofamt von König Friedrich zu erhalten und auf diese Weise geadelt zu werden. Aber bereits jetzt fühlte ich mich unter den Beratern und Familiaren des Königs als gleichwertig – als Ritter und als Troubadour oder *Minnesänger*, wie man unter Deutschen sagt.

Doch was würde aus Serena werden? Wie konnte die Entscheidung des Königs, sie müsse Anselm von Justingen heiraten, rückgängig gemacht werden? Noch hatten die beiden den Ehebund nicht geschlossen: Serena hatte sich geweigert, ihr Jawort zu geben, und Justingen zeigte genügend Ritterlichkeit, sie nicht zwingen zu wollen. Auch der König schreckte vor Zwang zurück, gut beraten von Adelheit und ihrer Mutter.

Als ich nach meiner Rückkehr Serena zum ersten Mal wieder unter vier Augen begegnete, fand ich den Glauben an uns und unsere Liebe wieder. Im Garten der Pfalz von Hagenau standen wir uns im Herbstschatten der Rosenlaube gegenüber, letzte Blüten und Hagebutten hingen noch dunkelrot an den dornigen Zweigen, Nebelschwaden waberten um das Dach des Palas, die beiden Burgtürme und den mächtigen steinernen Reichsadler auf der Kapelle. Es war so ungewöhnlich still, dass man die Moder, den kleinen Fluss, auf dessen Insel die Pfalz lag, rauschen hörte. Gelegentlich bellte ein Hund, in der Ferne zog ein Krähenschwarm vorbei. Den Himmel erhellte ein milchiger Schein, den die Sonne erfolglos zu durchdringen suchte.

Fast wäre ich vor Serena auf die Knie gesunken, doch dann nahm ich sie einfach in den Arm, und sie bettete wie ein Kind ihr Haupt an meine Brust. Ihre Haut war durchscheinend, selbst in diesem grauen Novemberlicht, ich konnte ihre Rippen spüren. Auf dem Kopf trug Serena ein Gebände, eine Haube, die mit einem Band unter dem Kinn befestigt war, sodass sie fast nonnenhaft wirkte. Ich nahm sie ihr ab und lockerte mit meinen Fingern ihr zusammengebundenes Haar. Noch immer dicht und lang, fiel es wallend auf ihre Schultern und über ihren Rücken hinab, und es duftete nach Nelken und Veilchen.

Ich roch daran und flüsterte: «Veilchen im Herbst?»

«Ein Geschenk des Königs. Kostbares Duftwasser aus Sizilien.»

Einen kleinen Stich im Herzen spürte ich schon. «Und was schenkt dir Justingen?»

Sie schwieg.

«Entschuldige die Frage», sagte ich nach einer Weile.

«Er ist ein Mann von Ehre – wie auch du.» Nun schaute sie mir offen in die Augen. «Ihr habt beide großen Anteil am Aufstieg des Königs – ruhmvollen Anteil.»

Ruhm und Ehre: Sogar hier, in diesem Augenblick des Wiederfindens, begegnete ich ihnen. Fühlte ich heimlichen Stolz? Oder war für mich nicht doch das Glück der hingebungsvollen Liebe wichtiger?

Noch hatten wir uns nicht wirklich erkannt – nicht im biblischen, nicht im wörtlichen Sinn. Was wäre, wenn ich in Serena nur die Anerkennung der Adelswelt gesucht hätte, wenn sie an mir die Erinnerung an unsere Kindheit und den Ruhm des Königsretters liebte? Was wäre, wenn sich plötzlich ein Abgrund zwischen uns öffnete?

Erneut drückte ich Serenas Kopf an meine Brust. Ich wagte ihr nicht in die Augen zu schauen.

«Als König Friedrich mich abwies, brach in mir eine Welt zusammen», erklärte ich ihr. «Aus Verzweiflung zog ich in die Schlacht. In meinem tiefsten Innern suchte ich die Bewährung im Kampf, eine Antwort auf meine Fragen, auf die plötzliche Leere. Ich suchte die Erlösung – vielleicht sogar im Tod.»

«Im Tod ist keine Erlösung», sagte Serena leise, als hätte sie die Erfahrung schon einmal durchlitten. Sie hob den Kopf und blickte mir forschend in die Augen.

Lange hielt ich ihren Blick nicht aus, presste ihren Kopf erneut an meine Brust, strich über ihren mageren Rücken. Lieber Gott, dachte ich noch, was ist aus dem springlebendigen, lebenslustigen Kind geworden, das mir nah war wie eine Zwillingsschwester? Und was aus der leidenschaftlichen jungen Frau, die mich unbedingt hatte verführen wollen?

Traute sie mir nicht mehr? Hatte sie den König noch nicht vergessen?

Warum konnte sie sich nicht einfach in meine Arme fallen lassen und sich mir ohne Rücksicht auf die Pläne des Königs hingeben?

An den langen Winterabenden saßen wir, die engsten Vertrauten des Königs, um das helllodernde Kaminfeuer des großen Saals, rundum gesättigt, häufig auch erschöpft von einem Jagdausflug. In den weiten Wäldern nördlich von Hagenau jagte Friedrich gerne Hirsche und Wildschweine, gelegentlich auch Bären, und er setzte sich häufig mit seinen Falknern zusammen und ging mit ihnen auf Beizjagd. Ich musste ihn natürlich begleiten und freundete mich dabei mit einem Wanderfalken an, der mich an Peregrina erinnerte. Nie vergaß ich, ihm einen kleinen Lock- und Leckerbissen zu geben, wenn er sich wieder beireitend auf meinem Handschuh niederließ.

Von Kaiser Otto hörte man nicht viel, nur dass er sich nach Köln zurückgezogen habe, um dort seine Wunden zu lecken. Mittlerweile erschienen aber fast täglich Grafen aus den nördlichen und östlichen Teilen des Reichs, um Friedrich zu huldigen und ihm Treue und Gefolgschaft zu schwören. Von Kaiser Otto sprach fast niemand mehr.

Selbst in Aachen, das bisher erfolgreich vor Friedrich seine Tore verschlossen hatte, gewann eine antiwelfische Partei die Oberhand. Daher gab es für ihn kein Hindernis mehr, sich bald in einer schöneren Jahreszeit auf dem Thron von Carolus Magnus erneut und in alter Tradition zum König krönen zu lassen. Damit wäre sein Eroberungszug in Deutschland abgeschlossen, und der nächste Schritt könnte ins Auge gefasst werden: der Zug nach Rom, wo ihn sein ehemaliger Vormund und Förderer, Papst Innozenz III., zum Kaiser krönen und salben würde.

Es gab also durchaus Gründe, gut gelaunt vor dem Kamin zu sitzen, den Wildschwein- oder Hirschbraten zu verdauen und Liedern sowie den Erzählungen von Wolfram zu lauschen, der mit tönendem Bass und großen Gesten aus seinem *Willehalm* vortrug, an dem er seit langem schrieb und der noch lange nicht vollendet war. Auch ich sollte natürlich singen und erfreute die Kamingruppe mit einigen Liedern aus meiner Heimat, die ich auf Provençalisch vortrug, was Walther zu Kopfschütteln über «diese seltsame Sprache» veranlasste. «Da klingt das Deutsche doch viel wohllautender», kommentierte er mit Naserümpfen.

Natürlich widersprach ich ihm, auch der König meldete Zweifel an, lobte das sizilianische Volgare, bedauerte, dass es dort kaum Dichter wie uns gebe, und regte dann einen Wettbewerb zwischen Walther und mir an. «Es soll um die Minne gehen. In der deutschen Volkssprache abgefasst. Und die Natur muss eine Rolle spielen.»

Als ich protestierte, weil Deutsch ja nicht meine Muttersprache war, hieß es nur knapp: «Dann lerne es eben besser. Du sprichst ja auch sonst eine Menge Sprachen. Außerdem kommt es ebenso auf Stimme, Melodie und Gesang an, und in diesem Punkt ...» Er vollendete seinen Satz nicht, sondern ließ seinen Blick ein wenig spöttisch auf Walther ruhen, der ein unglückliches Gesicht zog.

Ein paar Wochen später kam es tatsächlich zu dem Sängerwettstreit. Wolfram hatte «als Epiker, der ich bin» verzichtet, daran teilzunehmen, sodass sich allein Walther mit mir und ich mich mit Walther messen musste, obwohl mir danach nun wirklich nicht der Sinn stand. Schöne Lieder zu singen war etwas anderes, als sich im Zweikampf zu messen.

Während der nächsten Tage sah ich Walther häufig in die winterliche Natur hinausziehen, während ich Serena bat, mir als Muse zu helfen. Sie lachte, unerwartet fröhlich, und antwortete: «Wenn von mir nicht mehr verlangt wird.»

Wir zogen dann noch Adelheit zu Hilfe, da sie das schwäbische Deutsch als Muttersprache gelernt hatte und in der Lage war, meine Fehler zu verbessern. Zu dritt saßen wir vor dem wärmenden Kamin in Serenas Kemenate oder spazierten durch den im winterlichen Licht dahinträumenden Pfalzgarten, ich zupfte fröhliche Melodien auf der Harfe, ließ meinen Blick auf Serena ruhen und fand ein paar Zeilen, die mir mehr Glück – aber auch Unglück – bringen sollten, als ich es verdiente.

Unter einem Lindenbaum, so stolz und voller Saft,
dort auf der Wiese blühend, grün und ungestraft,
wir fanden unser Lager voller Leidenschaft,
wir brachen Rosen, Gras, und sie verlor die Jungfernschaft

durch mich, ich war nur noch in sie vergafft –
die Nachtigall, sie sang dabei so vor dem Wald im Tal,
sie sang so sanft vom Frühlingsball,
so süß sang sie, die Nachtigall,
mit Schall und Hall vom Sündenfall.

Es folgten ein paar weitere Strophen und eine lange Diskussion darüber, ob ich das doch wenig höfische und kaum zur poetischen Sprache gehörende Wörtchen *vergafft*, auf das Adelheit gekommen war, verwenden dürfe.

Serena meinte nur: «Aber es reimt sich wirklich schön.»

Und ich fand: «Was ich da besinge, gehört nicht zur hohen Minne, sondern zur niederen. Ein kleiner Regelbruch darf sein.»

Serena kicherte und schaute mich ungewohnt verliebt an.

Bald darauf folgte der Abend, an dem der kleine Sängerwettstreit stattfand. Ich überließ Walther als dem Älteren und Berühmteren den Vortritt, er wollte aber erst nach mir singen, weil die Jugend ja bekanntlich immer voranstürme. Schließlich entschied der König: Walther singt als Zweiter.

Ich war's auch zufrieden, nahm meine Harfe und trug mein Lied gefühlvoll und lebendig vor, nicht ohne einen Schuss Selbstironie.

Der Beifall ließ sich hören.

Anschließend war Walther an der Reihe. Er ließ sich wieder auf seinem Hocker nieder, schlug die Beine übereinander und zupfte die ersten Töne. Es folgte eine gefällige Einleitungsmelodie, ohne Zweifel, dann die erste Strophe:

Als der Frühling strahlte
und die Rose prahlte,
als das Gras so schicklich grünte
und die Nonn' so eifrig sühnte,
da sah ich sie auf weiter Wiese
im Evchenschritt, als wär's im Paradiese,
ein klarer Quell entsprang am Waldesrand,
die Nachtigall, sie sang so außer Rand und Band,
die Quell nahm ihren Lauf ganz unverwandt,
und sie, mein Lieb, sie wurde hier von mir erkannt,
das Nönnlein schaute wie gebannt.

Walthers Stimme klang noch immer nicht sehr glatt, die Melodie jedoch hüpfte immer lustiger wie Quellwasser über Steine, und ich gab mich schon geschlagen und applaudierte ihm ganz spontan.

Doch Walther schaute mich nur höhnisch an und fuhr fort. Was so locker begonnen hatte, führte erst einmal zu Schlaf und Traum, im Traum krächzten Krähen, eine alte Frau kam herbeimarschiert und wollte den Traum deuten, und so endete schließlich das Ganze nach unverständlichem Geholper in unüberhörbar böser Anspielung:

Merkt's, liebe Leute,
was ich euch deute:
zwei und einer, das macht drei,
die Nachtigall sang tandaradei.

Der eine oder andere der Zuhörer klatschte, weil er vielleicht nicht ganz verstanden hatte, wer mit den *drei* gemeint war, der König jedoch rührte keine Hand. Im Gegenteil, er versteinerte, bevor ihm das Blut in erschreckender Röte ins Gesicht schoss, und schon glaubte ich, er würde erneut in einen seiner Jähzornanfälle ausbrechen.

Serena schaute zu Boden, Adelheit ebenfalls, die Herzogin flüsterte dem König etwas ins Ohr. Der nickte schließlich mit einer knappen Wegwerfbewegung, sprang auf und ließ sich den Preis, eine edle Laute, reichen. Er räusperte sich, strich sich seinen innen mit Pelz gefütterten scharlachroten Mantel glatt und wandte sich an den berühmten Minnesänger: «So nett und humorvoll dein Lied begonnen hat, Meister Walther, so dunkel und schwer fuhr es fort und endete schließlich im Tavernenton. Daher darf ich verkünden, dass den Sängerpreis» – nun wandte er sich mir zu – «Ritter Bernhard von Bohlande als würdiger Vertreter der provençalischen Troubadoure gewonnen hat.»

Ich kniete nieder und bekam einen Lorbeerkranz aufs Haar gedrückt, wobei der König sich nicht enthalten konnte, mir die Locke zurechtzulegen, nicht ohne zuvor ein wenig an ihr zu zupfen – was allgemeine Heiterkeit auslöste. Anschließend überreichte er mir die Laute, flüsterte mir noch ins Ohr: «Ich habe in der letzten Zeit auch ein paar Verse geschmiedet. Wir sollten uns zusammensetzen, damit ich von dir das eine oder andere lernen kann.»

Mit großer Geste wies der König auf mich, und die Runde brach in befreiten Beifall aus, nachdem sich Walther beleidigt aus dem Saal geschlichen hatte. Wolfram klopfte leise mit den Fingerspitzen der rechten Hand auf die Innenfläche der linken und nickte mir gönnerhaft zu.

Anschließend brach eine längere Diskussion um die Verwendung des Wortes *vergafft* aus, und Wolfram, der als Fachmann befragt wurde, sprach von einem «ironischen

Reimtüpfelchen» und erwähnte dann auch das «ungewöhnliche *enjambement*» am Ende des Verses, nicht ohne das Wort langgezogen und sehr französisch zu nasalieren.

Kurz darauf überbrachte Walther dem König ein Klagelied und reiste dann ab. Friedrich zeigte es mir, verzog dabei spöttisch den Mund, verlor jedoch kein Wort darüber.

Walther hatte sein Lied mit folgenden Versen begonnen:

Die Paradiesespforte ist für mich verschlossen,
Verlassen und vereinsamt stehe ich davor, begossen
Vom Regen meiner Trauer, und alles Klopfen
ist vergeblich, da bleibt nur Malz und Hopfen.

«Er wird jetzt jammernd durch die Lande ziehen und Eure Humorlosigkeit beklagen», erklärte ich.

«Soll er. Ich hätte ihm auch die Zunge herausschneiden lassen können.» Friedrich wollte sich bereits wieder abwenden, als ihm noch etwas einfiel: «Er hat ja wohl mich, Serena und Adelheit gemeint – oder vielleicht auch dich und die beiden Frauen. Gibt es da etwas, das du mir beichten solltest? Ich stehe ungern als Gehörnter da.»

«Ich lebe wie ein Mönch», antwortete ich kühl.

Er grinste. «Aber du bist hinter Serena her – warst du schon immer. Und sie … Anselm hat die Geduld verloren, ich habe ihn aus seiner Verpflichtung entlassen, sodass er sich jetzt nach einer willigeren Braut umschauen kann.»

Wieder sein forschender, fast lauernder Blick, während mein Herz unkontrollierte Sprünge machte und mir der Atem stockte. Doch bald hatte ich mich wieder im Griff und entgegnete: «Ich liebe Serena, wie Ihr Adelheit liebt – wir haben unsere Kindheit noch nicht vergessen.»

Der König stellte sich ans Fenster und blickte in die Ferne. «Ja, die Kindheit – wir müssen jedoch aus ihrem Schatten heraustreten, auch wenn es uns schwerfällt.» Nach einem tiefen Seufzer fuhr er fort: «Ich habe Constanza geschrieben und sie gebeten, mit unserem legitimen Sohn Heinrich nach Deutschland zu kommen. Vielleicht erscheint sie sogar noch rechtzeitig zu meiner Krönung in Aachen. Dann wird es schwierig mit Adelheit. Constanza hat mir schon damals den kleinen Federico übel genommen – um den sich zum Glück Pettorano kümmert.»

Er warf mir einen kurzen Blick zu, kratzte sich am Kopf, schaute wieder aus dem Fenster. «Ich kann ihn nicht am Hof erziehen lassen, weil mir sonst Constanza eine Szene macht. Diese ältlichen Spanierinnen haben so ihre Eigenheiten. Vielleicht sollte ich ihn an den französischen Hof schicken und meinem Bruder Philippe zur Erziehung übergeben.»

Ich schüttelte skeptisch den Kopf. «Wird denn Conte Pettorano die Königin nach Deutschland begleiten?», erkundigte ich mich.

Friedrich nickte. «Ich will es so. Constanza wollte ihn in Palermo lassen oder gleich in die gottverlassenen Abruzzen zu den Wölfen schicken, in seine Heimatburg Pettorano. Sie sieht in ihm einen Gegner, hat ihn sogar einen Verräter genannt – ohne allerdings zu erklären, wieso. Daher bestehe ich darauf, dass er sie begleitet. Ich will wissen, wieso sie ihn einen Verräter nennt. Gegen eine Verschwörung in Sizilien muss ich mit aller Härte vorgehen, sonst werde ich dort unten nie Fuß fassen.»

Obwohl sich plötzlich ein unangenehm harter Zug um Friedrichs sonst weichen Mund gebildet hatte, bat ich ihn:

«Kann der kleine Federico nicht auch mitkommen? Ihr würdet Serena glücklich machen – und ich finde, sie hat es verdient.»

«Meinst du? Hat sie es verdient?» Wieder dieser unangenehme Zug. «Und was wird Constanza dazu sagen? Musst *du* dann ihr Gekeife ertragen?»

«Wohl nicht. Ihr seid der König und ihr Ehemann.»

Ich merkte, dass ich zu weit gegangen war, und schob rasch ein «Entschuldigt, Majestät!» nach. «Ich weiß nur, dass Serena sich nach ihrem Kind sehnt. Und sicher sehnt sich auch der kleine Federico nach seiner Mutter. Niemand wird dies besser nachfühlen können als Ihr. Der Kleine braucht sich ja nicht in der Öffentlichkeit zu zeigen.»

Friedrich dachte eine Weile nach. Dann winkte er in den Burghof hinunter, wo ein Falkner gerade seinen Lieblingsfalken mit ein paar toten Mäusen atzte. «Warte, ich komme gleich!», rief er ihm zu. Bevor er ging, wandte er sich aber noch einmal mir zu: «Ich sehnte mich nicht nach meiner königlichen Mutter Constance, sondern nach meiner Ziehmutter, der Herzogin, meiner *Mamma*. Ihr weinte ich nach, als ich nach Palermo geholt wurde. Als dann bald darauf Constance starb, verlor ich zum zweiten Mal eine Mutter.» Er schluckte und umarmte mich dann überraschend. «Ich habe mich so nach ihrer Liebe gesehnt, nach einer tröstenden Hand, nach dem Gutenachtkuss – ich weiß, du verstehst mich, du bist … wie … ein Bruder.»

51. Kapitel

Im Frühling Anno Domini 1215 brachen wir, sobald die Wege wieder gut begehbar waren, nach Norden auf, um die Mosel erneut zu überqueren und nach Aachen zu ziehen. Wir erreichten bald die alte Kaiserstadt, und König Friedrich ließ sich auf dem Thron des großen Karl vom Erzbischof von Mainz zum *rex Romanorum* krönen, um nach dem feierlichen Zeremoniell ein Kreuzzugsgelübde abzulegen.

Am Tag darauf, dem Jahrestag der siegreichen Schlacht von Bouvines, ließ er den Leichnam des unter seinem Großvater Barbarossa heiliggesprochenen *imperator Romanorum*, Carolus Magnus, in einen mit Gold und Silber beschlagenen Schrein umbetten, dessen Seiten die Figuren der römischen Kaiser schmückten. Zum Schluss wollte er selbst Hand anlegen, damit unverkennbar die Botschaft in alle Welt ergehe: Ich bin der würdige Nachfolger des heiligen Kaisers Karl, von Gottes Gnaden, bin der würdige Nachfolger meines Großvaters Friedrich, dessen Namen ich trage, ich bin jetzt *rex Romanorum* und werde bald *imperator Romanorum* sein.

Um meine Rolle bei der Schlacht von Bouvines zu unterstreichen, durfte ich ihm die Hand halten, als er das Gerüst um den Schrein bestieg, durfte ihm den Hammer reichen und schließlich auch den letzten Nagel, mit dem er den Schrein verschloss.

Es war ein großer, erhebender Augenblick in meinem Leben. Ich spürte den Hauch von Ehre und Ruhm, während mir der Weihrauch so in die Nase stach, dass ich beinahe niesen musste. Ich konnte es noch verhindern, stolperte jedoch, als ich vom Gerüst stieg, und hätte Friedrich mich nicht gehalten, wäre ich gefallen. Er rief nur «hoppla!», ich kniete vor ihm nieder, während er unter dem hoheitsvollen Chorgesang des *Gloria in excelsis deo* zum Altar schritt und sich dort in einem mit rotem Samt ausgelegten Thronstuhl niederließ, um der Heiligen Messe beizuwohnen.

Ich hatte mich bescheiden in die zweite Reihe zurückgezogen und saß während der Messe neben Wolfram, der gelegentlich ein Wachstäfelchen hervorzog, um sich das eine oder andere zu notieren. Entgegen meiner Erwartung gab es abends kein großes Fest mit Schlemmereien, sondern ein frugales Mahl im bescheidenen Rahmen. Doch Friedrich hatte sich etwas Besonderes ausgedacht, das der Erzbischof von Mainz und sein Trierer Kollege mit Stirnrunzeln zur Kenntnis nahmen, ohne sich zu einem Kommentar hinreißen zu lassen.

An seiner Seite der Tafel hatte Friedrich für sich natürlich in der Mitte decken lassen. Links und rechts von ihm mussten jeweils sechs Getreue und höchste Würdenträger Platz nehmen, unter ihnen die beiden Erzbischöfe, der Landgraf von Thüringen, der Herzog von Bayern und natürlich Anselm von Justingen, der Reichsmarschall, Erzbischof Berardo und einige andere – und auch ich.

Sollte ich wirklich zum engsten Kreis der zwölf Jünger gehören?

Friedrich gegenüber saßen die drei Frauen, die ihn nun schon seit Rom begleiteten: die Herzogin mit ihrer Tochter Adelheit zur Rechten und Serena zur Linken. Dann weitere zehn Magnaten des Reichs, darunter der Gesandte von Papst Innozenz, ein Botschafter von Roi Philippe und sogar, mir gegenüber, Wolfram.

Nach einem Gebet des Erzbischofs von Mainz brach Friedrich selbst das Brot, das er an seine ‹Jünger› und dann auch an die anderen Teilnehmer der Tafel verteilte, er goss eigenhändig blutroten Wein aus dem burgundischen Teil seines Reichs in die Silber- und Goldkelche, die matt vor uns glänzten. So einfach das Mahl gehalten wurde: Brot mit Oliven, einem Stück Schinken, Gänseschmalz mit Salz und einer Handvoll Kirschen, so wertvoll waren die Kelche. Noch nie hatte ich zuvor aus einem Goldkelch trinken dürfen, und Wolfram mir gegenüber, der ‹nur› aus einem Silberkelch trank, schaute immer wieder neidisch herüber und begann, als das Mahl sich dem Ende zuneigte, über den Gral zu philosophieren, der ursprünglich, so habe er bei Chrétien gelesen, ein Kelch gewesen sei, in dem man das Blut Christi aufgefangen habe.

Da wir beide am Ende der Tafel saßen, gelang es mir nicht, an die Damen ein Wort zu richten, zumal Friedrich sie in Beschlag nahm. Immerhin trafen sich Serenas und meine Blicke gelegentlich. Seit Justingen auf sie verzichtet hatte, wirkte sie nur noch selten bedrückt; sie lachte häufiger, wirkte fröhlicher, offener und hatte auch an Farbe und Gewicht gewonnen. Jetzt, während dieses Mahls, versprachen ihre Blicke so viel Liebe und Hingebung, dass ich rasch die Augen niederschlug und sie in mein Herz einschloss, um sie nur ja nicht zu verlieren.

So ließ ich mich auf einen gelehrten Disput mit Wolfram über den Gral ein, weil ich wusste, dass er an einem großen Gedicht über *Perceval*, von ihm *Parzival* genannt, arbeitete.

«Wer hat dir eigentlich die Geschichte von Parzival erzählt?», fragte er mich schließlich.

«Mein Lehrer Guiot de Provins, ein großer alter Trouvère ...»

«Guiot ... Kioo ... Kiot ... Kyot ...»

«Nein, nicht Kyot, sondern Guiot!»

«Den kenne ich doch, den Kyot, dem bin ich sogar schon einmal begegnet – ich war noch sehr jung – auf dem großen Fest von Barbarossa, in Mainz, 1184, der Schwertleite seiner Söhne. Es war an Pfingsten und endete in einem großen Sturm, der alle Zelte wegwehte. *Mon dieu*, ich erinnere mich genau, dort sammelten sich zahlreiche Trouvères aus Frankreich, wir bewunderten sie, wollten sie nachahmen, und dabei war auch ein Kyot aus der Provence ...»

«Er heißt Guiot de Provins, und das liegt in der Champagne ...»

«*Mon dieu*, was waren wir ein Haufen verrückter Leute, ein Borsalino war auch dabei, ein Lombarde, nein, er hieß Bardolino, nein, Baudolino, jetzt hab ich es, er behauptete, Kaiser Barbarossa habe ihn adoptiert. Ein verrücktes Huhn, dieser Lombarde aus Alessandria, er rief immer *ecco io*, wir nannten ihn schließlich nur noch *Ecco* oder *Ecco Baudolino*, er mischte immer alle Sprachen, es gab viel zu lachen ... Weißt du im Übrigen, wo dieses Alessandria liegt?»

«Ja, im Tal des Po, südlich von Mailand.»

«Na ja, da braucht es einen nicht zu verwundern, dass er so verrückt war ... und dann gab es da noch einen Juden namens Flegetanis aus Toledo, vielleicht war er auch Sarazene, der behauptete, von ihm stamme die Geschichte vom Gral ...»

Ich unterbrach Wolfram: «Diesen Juden aus Toledo erwähnte Père Guiot ebenfalls.»

«Siehst du, ich wusste es, jüdische Geheimwissenschaft,

der Kyot hat die Geschichte von diesem Juden, der vielleicht ein Sarazene war, ein Sarazene aus Jerusalem ...»

Wolfram kam nun wirklich in Fahrt. Er berichtete von den Diskussionen mit Père Guiot und wollte schließlich die gesamte Geschichte von dessen *Perceval* wissen. Ich berichtete, was ich im Gedächtnis behalten hatte, er hörte mir aufmerksam zu und sagte immer nur wie ein sprechender Rabe «interessant, höchst interessant!».

Wir wurden erst unterbrochen, als unsere geistlichen Würdenträger zu gähnen begannen, der König jedoch erst richtig wach zu werden schien.

«Bernardou, unser Lied!», rief er, erhob sich, winkte mich zu sich.

«So spät noch, Majestät?»

«Nun täusche keine Müdigkeit vor, du Sänger vor dem Herrn!»

Die Tafelrunde hatte ihre Gespräche eingestellt und schaute erwartungsvoll auf uns. Der König hob seine Arme, als wollte er den drei Damen vor sich ein Geschenk überreichen, und erläuterte kurz: «Das folgende Gedicht ist mein erster Versuch als Dichter im sizilianischen Volgare, und es sollen noch zahlreiche folgen. Bernardou hat mir ein wenig geholfen und seinen Teil gedichtet.»

Er gab mir das Zeichen zu beginnen, ich spielte die Einleitungsmelodie auf der Harfe und sang dann:

Nur dies mein Herz in Atem hält,
Euch, Herrin, Liebe darzubringen,
Und darauf bin ich nun bedacht,
Wie ich vor Euch wohl Gnade fände.
Ich werde mich von Euch nicht trennen,

Die Ihr so ausgezeichnet seid,
und die ich liebe voller Zärtlichkeit.
Nehmt hin die Liebe, die ich spende!

Mein Blick war unverwandt auf Serena gerichtet, die ihn erwiderte – ohne zu erröten; die mich einfach nur anschaute mit Augen, die meine Liebesverse wortlos erwiderten.

Nach meiner Strophe spielte ich weiter die Melodie, allerdings einen Halbton tiefer, sodass sich dem Liebesgesang ein schmelzender Beiklang der Trauer zugesellte.

Nun erhob Friedrich seine Stimme:

Weh mir, denn ich vermag es nicht zu fassen,
dass es mir brächte solche Herzensnot,
von meiner Herrin Abschied zu erbitten.
Denn kaum, dass meine Süße ich verlassen,
da schien mir wünschenswert nur noch der Tod,
gedenkend, wie sie neben mir geschritten.

Friedrich verneigte sich vor den Zuhörern, ich zupfte noch ein paar ausklingende Akkorde, und sofort erscholl heftiger Beifall, der natürlich in erster Linie dem König galt, der sich nun auch noch als Dichter hervorgetan hatte. Dass uns beide die meisten Deutschen nicht verstanden hatten, spielte keine Rolle. Allein seine reine und sanfte Stimme begeisterte, zumal Friedrich fast immer den Ton traf.

Er hatte Adelheit angeschaut, und nachdem er den Beifall huldvoll entgegengenommen hatte, schritt er um den Tisch und verneigte sich vor ihr.

Ich kann nicht mehr genau sagen, was mich trieb, ich dachte auch gar nicht darüber nach. Eine Melodie kam mir in den Sinn und dazu Verse, die – wie bereits die Verse in Basel – überraschend aus dem Urdunkel der ersten Erinnerungen auftauchten.

Ich grüeze mit gesange die süezen,
die ich vermîden niht will noch ermac.

Als ich den zweiten Vers beendet hatte, merkte ich, dass ich ja deutsch sang und nicht provençalisch oder im Volgare. «Ich grüße mit meinem Gesang die holde Frau, die ich nicht lassen will noch kann», hatte ich gesungen, und da mir einige Verse fehlten, überbrückte ich sie mit «lalala».

Friedrich lachte – etwas künstlich – auf und fiel in meinen Gesang ein, zuerst nur summend, dann jedoch, zu Beginn der zweiten Strophe, mit Text:

Mir sint diu rîche und diu lant untertân
Swenne ich bî der minneclîchen bin;
Und swenne ab ich gescheide von dan,
sô ist mir al mîn gewalt und mîn rîchtuom dâ hin.

Ich übersetze die Verse für all die, die des Deutschen nicht mächtig sind: «Mir sind die Reiche und Länder untertan, wenn immer ich bei der liebreizenden Herrin bin. Wenn immer ich jedoch von dannen scheide, ist meine ganze Macht und Herrschaft dahin.»

Ich wusste genau, dass die Strophe noch nicht zu Ende war. Friedrich schaute mich erwartungsvoll an, während ich fortfuhr:

Senden kumber den zele ich mir danne zu habe.

Also: «Nur Sehnsucht und Kummer, die betrachte ich dann als mein Eigen.»

Auch diesmal übermannte mich eine solch wehmütige Trauer, dass mir die Stimme versagte, und Friedrich reagierte genauso. Er fiel mir plötzlich um den Hals, als hätte er mich nach langer Abwesenheit wiedergefunden, und brach in Tränen aus. Auch ich hatte zu kämpfen, sah, verschleiert und verschwommen, dass die Herzogin ihr Antlitz mit den Händen bedeckte, um ihre Gefühle zu verbergen.

Die Tafelrunde hatte uns wieder Beifall spenden wollen, weil sie glaubte, wir hätten gemeinsam ein weiteres Lied gedichtet, doch rasch begriffen alle Anwesenden, dass uns hier etwas ganz anderes eingefallen war: was genau, das verstand allein die Herzogin.

Friedrich zog nun auch sie an seine Brust, und sie schluchzte auf: «Sein Lied, sein Lied. Er hat die *süeze* wie keine andere geliebt.»

Friedrich ließ uns los, schnäuzte sich umständlich und hatte sich dann wieder im Griff. «Ich weiß, du hast es mir immer vorgesungen», sagte er zu seiner Ziehmutter.

Sie nickte und antwortete, noch immer ergriffen, leise: «Ach, mein Junge, er war ein so schwieriger Mensch und verbarg zugleich ein unendliches Bedürfnis nach Liebe, die ihm im Leben allein die *süeze* für kurze Zeit zu schenken vermochte.»

Mit der *süezen* konnte nur meine Mutter gemeint sein, doch nannte weder Friedrich noch die Herzogin ihren Namen. Sie zogen mich auch nicht wieder in ihren Kreis.

Friedrich schaute mich kurz an und schlug mir auf die Schulter, bevor er die Tafel auflöste und alle ins Bett schickte. Dann ergriff er Adelheits Hand und verschwand mit ihr.

Die Herzogin winkte ihrer Kammerfrau und folgte ihnen zu den Kemenaten. Die anderen jedoch steckten die Köpfe zusammen und hatten offensichtlich einiges auszutauschen, auf das sie sich einen Reim zu machen versuchten.

Mich sprach niemand an, was mir in diesem Augenblick recht war. Ich zog Serena, die als Einzige noch saß, auf die Beine und zerrte sie einfach hinter mir her, bis wir in meiner Kemenate standen. Durch das Fenster wehte ein milder Wind, Glühwürmchen tanzten draußen vorbei. Ich zog sie auf mein Bett, verhinderte mit den Lippen jedes weitere Wort – und während die Nachtgeräusche des nahen Waldes eine ferne Vergangenheit herbeizurufen schienen, fanden Serena und ich endlich unsere so lange ersehnte *herzeclîche minne*.

52. Kapitel

Als die Tage kürzer wurden und die ersten Herbststürme übers Land fegten, zog der König samt seinem Gefolge nach Nürnberg, wo er beabsichtigte, mit seiner Gemahlin Constanza von Aragón und seinem fünfjährigen Söhnchen Heinrich zusammenzutreffen. Vier Jahre hatten sich die Eheleute nicht gesehen, und es schien Friedrich an der Zeit, diesen Zustand zu beenden. Außerdem sollte noch während seines Aufenthalts in den deutschen Herzogtümern der kleine Heinrich als Königsnachfolger gewählt und gekrönt werden.

Die Herbsttage ließen Wein und Äpfel reifen, die

Schweine wurden in den Wald getrieben, wo sie sich an Eicheln und Bucheckern mästen konnten, und ein satter, schwerer Duft nach Most und gekeltertem Wein zog über das Land. Brach die Sonne durch den Morgennebel, übergoss ihr sanftes, milchiges Licht die abgeernteten Äcker, und später, wenn sich der Nebel gänzlich verzogen hatte, erstrahlten die Wälder im taumelnden Farbenrausch.

Während wir über die halb zugewachsenen Wege ritten, raschelten unter den Hufen der Pferde die Blätter, sonst war nur ihr Schnauben, ein gelegentlicher Ruf unserer Führer oder der spitze Schrei eines Raubvogels zu hören. Mich erfasste in solchen Augenblicken ein derartiges Glücksgefühl, dass ich zu singen begann und das *Gloria in excelsis deo* in das Schweigen des Himmels schmetterte, bis die Männer um mich in den Lobgesang einstimmten.

An meiner Seite ritt Serena auf einem friedlichen Zelter; unverkennbar zeigte die leichte Wölbung ihres Leibs, dass sie gesegnet war, wie im Übrigen auch Adelheit, die von Friedrich ein zweites Kind erwartete.

Serena legte immer wieder versonnen die Hand auf ihren Leib, und dann strahlten ihre Augen selig. Traf sie sich mit Adelheit und dem kleinen Enzio, hörte ich sie hell auflachen und sah dann die beiden Frauen ihre Köpfe zusammenstecken oder mit Enzio scherzen.

Einmal überhörte ich, wie sie vom kleinen Federico sprachen, nach dem sich Serena so sehnte und den sie im Gefolge der Königin, unter Conte Pettoranos Obhut, erwartete. Als ich mich den Frauen näherte, hörte ich Serena sagen: «Ich würde sterben, könnte ich ihn nicht wiedersehen.» Erschrocken verstummte sie, als ich mich mit einer unverfänglichen Bemerkung zu ihnen gesellte.

Es mag seltsam klingen, aber ich hatte während dieser Tage immer wieder das Gefühl, eine fast unmerkliche Bedrohung durchzittere unser Glück – wie der Vorbote eines Erdbebens, das sich, wie ich einmal auf Sizilien habe erleben müssen, durch ein unterirdisches Grollen ankündigt.

Während einer Nacht auf unserer Reise war Serena in meinen Armen eingeschlafen. Ich selbst fand keinen Schlummer, starrte in unsere von einem kleinen Kerzenlicht erhellte Kemenate, wo die Schatten nächtlicher Gespenster tanzten. Sie erinnerten mich an Palermo, ich glaubte, meine tote Madeleine in den Armen zu halten.

Die tanzenden Gespenster ließen mich daran denken, welche Gefahr mir möglicherweise drohte: In Nürnberg würde ich Königin Constanza begegnen. Wie würde sie reagieren, wenn sie mich sah? Würde sie schweigen und die Ereignisse dieser einen Nacht übergehen – oder würde sie mir nachstellen, mir eine Falle stellen, mich verleumden? Unter Umständen plante sie sogar ein Attentat auf mich und reiste mit einem gedungenen Mörder an.

Alles war möglich.

Sollte ich nicht vielleicht Friedrich vor ihrer Ankunft in Nürnberg beichten, was geschehen war?

Nur kurz ging mir dieser Gedanke durch den Kopf, bevor ich ihn verwarf. Ich befürchtete, Friedrich würde die Beleidigung seiner Ehre unerträglich finden und mit hemmungslosem Jähzorn reagieren. Constanza würde ohnehin alles abstreiten, und plötzlich stünde *ich* als anmaßender Verleumder da – schon aus Herrschaftskalkül durfte das Königspaar seine Einheit nicht in Frage stellen lassen.

Je länger ich über die Zukunft nachdachte, desto beunruhigender empfand ich die zu erwartende Begegnung.

Ich schlief während dieser Nacht sehr schlecht und erhob mich im ersten Frühlicht, als Serena noch selig schlummerte.

Wir sind während dieser Jahre in so vielen Burgen, Klöstern, Bischofspfalzen untergekommen, dass ich mich heute trotz meines guten Gedächtnisses nicht mehr erinnern kann, wo genau wir uns befanden. Ich sehe nur die von Nebelschwaden überzogenen Wasser eines Flusses unter den herabhängenden Zweigen dichter Weiden vorbeifließen. Vielleicht schaute ich von einer Mauer auf den Fluss, oder ich hatte das umbaute Gelände verlassen – ich weiß es nicht mehr. Ich höre jedoch noch die *Laudes* der Mönche. Wir müssen also in einem Kloster übernachtet haben, jetzt sehe ich die Mönche auch wieder vor mir, wie sie schweigend, einer nach dem anderen, in ihren schwarzen Kutten über den Hof schritten und vor ihnen, ganz in Weiß, eine Gänseschar vorbeiwackelte.

Wo auch immer es gewesen war, ich stieß auf die Herzogin, die ebenfalls bereits im ersten Licht den Tag begrüßte. Zuerst hatte ich sie nur an ihrem Gang erkannt, weil sie Haupt und Haare unter einer Kapuze verborgen hielt. Ich eilte leicht humpelnd hinter ihr her – morgens schmerzt mich meine alte Verletzung immer am meisten –, und als sie mich erkannte, wartete sie.

Ich liebte sie längst wie eine zweite Mutter. Natürlich nannte ich sie nicht *Mamma* wie der König und durchbrach nie den sich geziemenden Abstand, doch sie strich mir gelegentlich über meine Locke und nannte mich dann *mein Junge*, was mich glücklich machte.

An diesem Morgen am Fluss, über den die Nebel wie flüchtige Unterweltsgestalten waberten, hängte sich die Herzogin in meinen Arm, um nicht auf dem glitschigen Boden auszurutschen. Auf einem windgeschützten Steg ließen wir uns nieder. Obwohl es noch kühl war, fröstelte ich nicht. Wir schauten stumm dem Tanz der Wassergeister zu, und als dann die ersten Sonnenstrahlen durchbrachen und ein Glitzern wie von tausend Edelsteinen das Wasser überzog, stieß die Herzogin einen tiefen Seufzer aus. «Ach, könnte ich doch in einem solchen Augenblick in die Ewigkeit eingehen!», flüsterte sie. «Ich gäbe dafür mein ganzes Vermögen. Endlich würde ich meinen Konrad wiedersehen, den ich seit vierzehn Jahren vermisse.»

Ich nickte, weil mich ihre Worte an Madeleine denken ließen. Es war, als klänge ein ferner Gesang über die Wasser, ein kaum zu vernehmendes Rufen.

Auch nach vier Jahren, obwohl ich mit Serena glücklich zusammenlebte und jetzt sogar Vater wurde, schmerzte mich ihr Verlust noch. Sie war von meiner Seite gerissen worden, ohne dass wir uns voneinander hatten verabschieden können. Ob ihr Leichnam gefunden und mit dem Segen der Kirche beerdigt worden war? Hatte sie zumindest den himmlischen Frieden gefunden?

Eine Weile schauten wir über den ruhig dahinströmenden Fluss und beobachteten die kleinen Wirbel, die sich hier und dort bildeten, um sich bald darauf spurlos aufzulösen.

«Ich bin gespannt, wie es mit euch weitergeht, wenn Constanza wieder an Friedrichs Seite lebt», beendete die Herzogin unser Schweigen. «Mit Friedrich und Adelheit, mit dir und ihm.» Sie unterbrach sich, atmete tief ein und wieder aus, als drückten sie Sorgen. «Wir hatten kürzlich ein langes Gespräch über seinen Vater, seine Mutter und natürlich auch über … deine Mutter. Ich musste ihm genau erläutern, woher er die Verse kannte.»

Sie machte eine kurze Pause, bis ich sie fragend anblickte.

«Ich habe sie dem kleinen Federico immer vorgesungen, bis seine Mutter ihn nach Palermo holte. Sie erinnerten mich an seinen Vater, der mir den kleinen Jungen anvertraut und der mir in einer schwachen Stunde von einer Frau erzählt hatte, für die er das Gedicht geschrieben habe. Es fiel ihm schwer zuzugeben, dass er eine gebrandmarkte Sklavin seiner Frau liebte. Aber er liebte sie wirklich.

‹Sie erwartet nichts von mir, fordert nichts, stellt keine Fragen und stellt mich nicht in Frage, es stört sie nicht, dass ich nicht hochgewachsen und kein starker Kämpfer bin, sie bevormundet mich nicht, sie liebt mich einfach. An sie kann ich mich verlieren. Ich kann schwach sein und mich ihr sogar öffnen, ohne dass ich befürchten muss, verraten zu werden.› Ich höre seine Worte noch heute, habe sie nie vergessen, weil durch sie plötzlich der andere Heinrich sprach, nicht der grausame Kaiser und kalte Tyrann, für den ihn viele hielten, nicht der schwächliche Sohn eines von allen verehrten Vaters, nicht der Jüngling, den seine viel ältere Frau nie wirklich ernst nahm. Ich glaube sogar, sie schaute auf ihn herab, und er konnte es ihr nie recht machen.»

«Und warum hat er dann meine Mutter mit seinem Sohn dem Elend preisgegeben?», fragte ich mit rauer Stimme.

«Ich glaube nicht, dass es an ihm lag. Vielleicht ertrug seine Frau, die stolze Normannin, keine Nebenbuhlerin, auch wenn es nur eine ihrer Sklavinnen war. Aber ich weiß keine Einzelheiten.»

Mittlerweile verstand ich auch die letzten Worte meiner Mutter: ‹Auf Sizilien wirst du ihn finden.› Damals lebte und herrschte mein Vater, Kaiser Heinrich, auf der Insel. Natürlich konnte sie nicht wissen, dass er bereits in so jungen Jahren sterben würde.

An diesem friedlichen und ungestörten Morgen war die Herzogin so offen zu mir, wie ich sie bisher nie erlebt hatte, und daher wagte ich zu fragen: «Und was bedeuten nun die Buchstaben auf unseren Amuletten?»

Ich nestelte meins hervor, und die Herzogin tat es mir gleich, sodass wir sie nebeneinanderhalten konnten.

«A H I bedeutet *Amica Heinrici Imperatoris*, und Friedrichs F H I wird wohl *Filius Heinrici Imperatoris* heißen.»

«Und mein F H R?»

«Heinrich war zu deiner Geburt erst König, sein Vater lebte ja noch, daher nehme ich an, dass die Buchstaben *Filius Heinrici Regis* bedeuten.»

Es war seltsam: Aber als ich nun aus berufenem Mund hörte, dass ich der Bastardsohn eines späteren Kaisers und Friedrichs Halbbruder war, fühlte ich nichts. Ich schaute auf die kleinen Wirbel im Wasser, auf die Weidenzweige, die hin und her pendelten, die Nebel, die sich langsam vom Wasser zu lösen begannen – kein Stolz, kein Gefühl der Genugtuung, keine Freude, nichts. Ich war keine andere Person als zuvor, war der Troubadour und Ritter, der seine Heimat verloren hatte, der seitdem wurzellos umherwanderte und auf der Suche war: nach seinem Vater und sich selbst, nach der Liebe und vielleicht auch nach Anerkennung und Ruhm. Vielleicht war ich nichts anderes: ein Perceval, der am Ende seines abenteuerlichen Wegs kein Gralskönig wird, sondern nur dessen illegitimer Bruder.

Die Herzogin schaute mich kurz an. Ich hob die Schultern und sagte: «Vielleicht müsste ich mich jetzt darüber freuen, dass mein Vater kein vergewaltigender Wegelagerer war, sondern ein Kaiser, dass König Friedrich mein Halbbruder ist … Vielleicht fiele es mir leichter, wenn ich den Eindruck hätte, dass sich auch der König über einen Halbbruder freuen könnte, selbst wenn er lediglich ein Bastard ist.»

«Ich verstehe dich.»

«Seit dem Abend in Aachen, als wir entdeckten, dass wir den gleichen Vater haben, ist Friedrich nie mehr darauf zu sprechen gekommen. Er behandelt mich seitdem eher distanzierter, lässt keine Vertrautheit aufkommen. Befürchtet er, dass ich Ansprüche anmelde, mir ein Lehen wünsche oder gar eine Grafschaft?»

Wieder schauten wir beide auf das fließende Wasser, bis die Herzogin sagte: «Ich weiß nicht, warum er sich nicht mehr freut. Ohne deine Taten am Lambro und in Bouvines hätte er sich hier im Norden nie durchgesetzt und würde vermutlich auch nicht Kaiser … Ja, er zögert, dir die Anerkennung zu verschaffen, die du verdienst. Vielleicht irritiert ihn, dass nicht *seine*, sondern *deine* Mutter die Frau war, die euer Vater wirklich liebte. Oder er befürchtet tatsächlich Ansprüche.»

«Vielleicht sollte ich ihn gar nicht bis Nürnberg begleiten, sondern mit Serena in meine Heimat zurückkehren», sagte ich nachdenklich.

«Und was wird aus Serenas Sohn Federico?»

«Glaubt Ihr denn, Kaiserin Constanza wird ihn mitbringen?»

Die Herzogin zögerte mit einer Antwort, ergriff dann aber meine Hand: «Ihr müsst bei uns bleiben, in seinem Gefolge. Friedrich braucht Männer, auf die er sich verlassen kann.»

Ich war nahe daran, ihr von Constanzas Versuch zu erzählen, mich zu verführen.

Vielleicht hätte ich es tun sollen. Eine größere und gewichtigere Vertraute als die Herzogin hatte ich in Friedrichs Gefolge nicht.

«Bernardou, du musst bei uns bleiben», wiederholte sie mit Nachdruck.

Ich nickte schwach.

Dann jedoch überwand ich den Augenblick der Zweifel. Ich war ein Suchender, kein Fliehender. Wenn Gottes Wille noch eine Prüfung für mich vorgesehen hatte, dann würde ich sie annehmen. Es galt, standzuhalten bis zur letzten Stunde.

53. Kapitel

Im Spätherbst erreichten wir die Burg von Nürnberg. Da wir hier bereits mehrfach gewesen waren, konnten wir uns rasch einrichten, zumal der Burgvogt rechtzeitig benachrichtigt worden war und die Versorgung sichergestellt hatte.

Da nicht nur der König mit seinem Gefolge erschien, sondern auch noch die Königin aus Sizilien erwartet wurde, mussten zusätzliche Zelte aufgestellt werden, was wegen des steil abfallenden und felsigen Geländes schwierig war. So wurden einige Ritter in den sich unterhalb der Burg drängenden Häusern der Stadt untergebracht.

Obwohl Serena und ich noch nicht verheiratet waren, bezogen wir eine Kemenate neben der Herzogin, die mit Adelheit, dem kleinen Enzio und den Kammerfrauen in ausreichend durch Kamine und Kohlenbecken beheizten Räumen unterkam. Der König hatte sich in der Nähe der Kapelle eingerichtet, wo er Constanza und sein Söhnchen erwartete.

Im tiefsten Winter war es so weit. Zuerst erschien Erzbischof Berardo, der mittlerweile zum Erzbischof von Palermo ernannt und der Königin entgegengeschickt worden war. Er kündigte sie an, nicht ohne zu betonen, dass Mutter und Sohn trotz der anstrengenden Reise und der unangenehmen Witterung gesund seien und sich unendlich auf den lange vermissten Gemahl und Vater freuten. Ihr Bett wurde mit frischem Leinen bezogen, auf den Boden streute man getrocknete Lavendelzweige, Kerzen und ein Kruzifix wurden aufgestellt, und schließlich ließ der Kämmerer den Kamin anschüren.

Während der Mittagsstunden trabte sie dann selbst heran. Schon im Burghof eilte ihr Friedrich entgegen, half ihr vom Pferd und gab ihr einen Kuss auf den Mund. Dann nahm er seinen Sohn entgegen, den der Graf von Nardò vor sich auf den Sattel gesetzt hatte und der seinen Vater äußerst kritisch musterte, da er sich nicht mehr an ihn erinnerte.

Die Königin fand die winterliche Kälte unangenehm und betonte, sie wäre lieber im Frühjahr oder Sommer gereist; außerdem beklagte sie sich, dass die Bevölkerung von

Nürnberg ihr nicht zugejubelt, sondern sie nur bäurisch angeglotzt habe. «Alles so kahl, verwinkelt, dreckig hier, das kann ja heiter werden. Ich brauche zuerst mal ein Bad», stieß sie unmutig aus, während der König sie am Brunnen vorbei zur Kapelle führte, wo sie gemeinsam mit den Erzbischöfen Gott für die gut überstandene Reise danken wollten.

Ich hatte mich im Hintergrund gehalten und mich wie alle anderen tief verbeugt, als das Königspaar zur Kapelle schritt. Constanza schaute über unsere Köpfe hinweg. Serena und Adelheit hatten in ihren Kammern bleiben sollen, nur die Herzogin schloss sich der kleinen Gruppe um den König an.

Mittlerweile drängten sich immer mehr Männer aus dem Tross der Königin in den Burghof, wo Pagen und rundliche, rotbäckige Mägde sie mit Wein und Brot empfingen und wo ein paar Ferkel am Spieß brutzelten, die ihren ärgsten Hunger stillen sollten.

Ich hatte mehrfach zu den Männern gespäht, die lauthals nach Wasser für ihre Pferde schrien und zum Brunnen stürzten, um dort ihren ersten Durst zu löschen. Seit ich erfahren hatte, dass die Königin im Anmarsch war, quälte mich eine Befürchtung, die ich bisher noch niemandem anvertraut hatte – da sah ich ihn!

Rounaldo!

Ich musste mich beherrschen, um nicht laut aufzustöhnen.

Älter und zugleich schwergewichtiger geworden, stieg er von einem edlen spanischen Ross, das eine rote Pferdedecke mit aufwendig gestaltetem Wappen schmückte. Der Sattel verziert mit Samtborte, die Sporen aus Gold, der Harnisch ohne Schadstellen, auf dem Kopf der neueste Topfhelm und auf dem Helm ein weitschwingender, roter Federbusch. Sein Schwertknauf endete in einem silbernen Ring. Nicht nur sein Pferd, auch er selbst trug einen Waffenrock aus hellweißem arabischem Leinen, das – wie auch der Schildüberzug – bestickt war mit seinem Wappen.

Zwei Knappen begleiteten ihn mit zwei weiteren Pferden, dazu kam noch ein Streitross und zwei Pferde, die seine Lanzen trugen.

Er schaute sich prüfend um, entdeckte mich in der Menge zum Glück noch nicht. Ein höhnisches Lächeln umspielte seinen Mund, dann musste er jedoch mehrfach heftig niesen.

Den Schnupfen gönnte ich ihm. Und wenn ich ehrlich sein soll: Ich wünschte ihm auch Husten an den Hals, Fieber, Blutfluss, Podagra und zu allem Überfluss den Aussatz.

Nichts davon schien ihn jedoch befallen zu haben. Stattdessen war eins unübersehbar: Im Gefolge der Königin war er aufgestiegen, der *cavaliere rosso*, vermutlich zum Anführer der Leibwache.

Er schnäuzte sich auf den Boden und brüllte dann eine Reihe von Befehlen den Männern zu, die sich schon die ersten Becher Wein in den Rachen schütteten.

Ich huschte in den Palas und stieg eine Treppe hoch, um aus einem Fenster, hinter einer Bogensäule versteckt, Rounaldo und das weitere Treiben zu beobachten. Bisher hatte ich unter den Begleitern der Königin Conte Pettorano noch nicht entdeckt, und ich hoffte, Serena möglichst bald die freudige Nachricht überbringen zu können, der sie seit Tagen entgegenfieberte: dass ihr Söhnchen mitgekommen war.

Doch erst einmal traten das Königspaar und ihr geistliches Gefolge aus der Kapelle, die Königin noch immer schlecht gelaunt. Bevor sie dem Eingang des Palas zusteuerte, winkte sie Rounaldo heran, um ihn Friedrich vorzustellen. Er verbeugte sich knapp vor dem König, ungebührlich knapp, wie ich fand, und noch knapper nickte ihm der König zu.

Schließlich verschwanden alle im Palas. Ich eilte in meine Kemenate, wo mich Serena und Adelheit gespannt erwarteten.

Ich konnte nur mit den Achseln zucken. Weder Conte Pettorano noch den kleinen Federico hatte ich entdeckt, unübersehbar war nur Rounaldo de Valbone gewesen. Viel hatte ich Serena von ihm nicht erzählt, aber doch das eine und andere, und so schaute sie mich verunsichert an.

«Was geschieht, wenn er dich entdeckt?», fragte sie.

«Das wird sich zeigen.»

«Sei vorsichtig!»

Als die Herzogin erschien, erfuhren wir, dass Königin Constanza zurzeit gemeinsam mit dem König ein Schwitzbad nehme und die geplanten Festlichkeiten des heutigen Tages abgesagt worden seien. Sie fühle sich zu erschöpft für ein gemeinsames Mahl, müsse viel Schlaf nachholen. «Außerdem fehlt noch der letzte Begleittrupp der Königin», erklärte die Herzogin. «Die Männer mussten wegen eines Todesfalls ihren Ritt einen Tag unterbrechen.»

«Der Graf befindet sich sicherlich unter ihnen!», rief ich Serena zu. «Wir müssen abwarten.»

Mit gesenktem Blick nickte sie.

Es wurde eine unruhige Nacht. Ein Teil der Männer feierte im Burghof und lärmte, und auch im Palas liefen Diener hin und her.

Serena machte kaum ein Auge zu, ich schlief erst am frühen Morgen ein.

Nach dem Frühstück brach Friedrich mit einigen Männern zur Jagd auf.

Später wurde die Herzogin zur Königin gerufen, damit sie ihr eine Aufwartung abstatte. Als sie wieder zurückkehrte, verzog sie das Gesicht. «Constanza ist äußerst schlechter Stimmung. Als ich ihr von Berardo vorgestellt wurde, fuhr sie mich an: ‹Könnt Ihr nicht besser auf Eure Tochter aufpassen!› Friedrich hat ihr also vermutlich von Enzio erzählt.»

Während Adelheit und Serena mit dem Kleinen Gehen übten und er mit viel Freude zwischen ihnen hin- und hertorkelte, verließ ich die Kemenate, um über Conte Pettorano Erkundigungen einzuholen.

Es gelang mir, einen Kaplan des Burgvogts zu fragen, ob denn endlich der gesamte Tross der Königin angelangt sei. Er wies auf den Platz vor den Stallungen, die sich östlich vom Burgtor hinzogen. In der Tat war dort soeben eine Gruppe Männer abgestiegen. Ihre Pferde wurden versorgt, und auch sie selbst erhielten Wasser, Wein, Brot und Fleischstücke, die gestern übrig geblieben waren, dazu eine dampfende Suppe.

Ich eilte durch das Tor zu ihnen, nicht ohne mich flüchtig nach Rounaldo umzuschauen. Unter den Eingetroffenen befand sich Conte Pettorano; er erkannte mich sofort, als er, noch im Stehen, die heiße Suppe löffelte. Ich hätte ihn am liebsten vor Wiedersehensfreude umarmt. Auch er war glücklich – und überrascht –, mir hier zu begegnen. Mit dem Suppennapf in der Hand zog er mich zur Seite, bis wir in der Nähe des Feuers einen Baumstamm fanden, auf den wir uns trotz der Kälte setzen konnten. Den Schnee, der bereits gefallen war, hatte die Sonne der letzten Tage weggeleckt.

Im Schnelldurchgang musste ich ihm berichten, was ich in den vergangenen vier Jahren erlebt hatte.

«Die Rettung am Lambro ist bis zu uns nach Palermo gedrungen, und natürlich auch der Hohngesang der Mailänder, die allen berichten, der ‹Zaun- und Pfaffenkönig› Friedrich habe sich am Lambro nasse Hosen geholt. Von einem Ritter, der in Bouvines tapfer für den König gefochten habe, hörten wir ebenfalls – aber dass Ihr es wart, wollte ich nicht glauben. Ich hatte Euch als lockigen *trovatore* in Erinnerung, nicht als ruhmsüchtigen Ritter. Andere waren da jedoch phantasievoller – und haben recht behalten.»

«Andere?»

Der Graf schaute mich an, während er auf den Löffel pustete, obwohl die Suppe längst nicht mehr heiß sein konnte. Dann senkte er seine Stimme: «Wisst Ihr, dass Euer Rounaldo mitgekommen ist? Als *cavaliere rosso* befehligt er die Leibwache der Königin – und stand ihr auch sonst sehr nahe.» Sein Grinsen ließ keinen Zweifel darüber aufkommen, in welcher Form Rounaldo der Königin nahegestanden hatte. «Natürlich ist dies das bestgehütete Geheimnis des Hofs. Wer es weiß oder gar darüber redet, lebt gefährlich. Die Königin selbst ist wütend über Friedrichs zweiten Bastardsohn, den, wie ich hörte, nicht einmal seine provençalische Geliebte auf die Welt gebracht hat, sondern Adelheit von Urslingen, seine Milchschwester.»

Ich nickte und wollte ihm schon von den beiden neuen Schwangerschaften erzählen, doch eine andere Frage brannte mir auf der Zunge: «Habt Ihr den kleinen Federico mitbringen können, Serenas Sohn?»

Conte Pettorano seufzte und schaute mir dann bedauernd in die Augen: «Ich habe alles versucht, doch ein vierjähriges Kind, zumal ein Sohn des Königs, lässt sich nicht verstecken. Königin Constanza hat ein klares Verbot ausgesprochen, obwohl ich sie inständig bat. Auf keinen Fall wolle sie den ‹Augapfel des Königs› der Gefahr einer solch langen Reise aussetzen, hat sie höhnisch erklärt. Er habe seinen Vater schon so lange entbehren müssen, da spiele es keine Rolle, wenn er ihn noch ein paar Jahre länger entbehre.» Der Graf stellte den Napf beiseite. «Es tut mir sehr leid, ich kann mir denken, dass sich seine Mutter nach ihm sehnt, aber es war nichts zu machen. Immerhin kann ich ihr versichern, dass es dem kleinen Federico gut geht, meine Frau und meine beiden Töchter kümmern sich rührend um ihn, und er liebt sie alle drei.»

Als ich ihn gerade auf Madeleines Tod ansprechen wollte, fiel plötzlich ein Schatten auf uns. Ein breitschultriger, massiger Mann hatte sich vor uns ins Sonnenlicht geschoben: Wer sollte es anders sein als Rounaldo?

Langsam hob ich den Kopf. Da stand er breitbeinig vor uns, ohne Rüstung, jedoch im gepolsterten Lederwams und mit dicken Beinlingen, eingehüllt in seinen Waffenrock, das Schwert gegürtet und die Hand am Knauf.

«So sehen wir uns wieder, meine tapfere Nachtigall», sprach er mich an. «Deine Heldentaten sind bis zu mir und natürlich auch bis zur Königin gedrungen. Wir freuen uns darauf, uns endlich für sie erkenntlich zeigen zu können.»

54. Kapitel

Conte Pettorano und ich schauten Rounaldo nach, als er wegstapfte, nicht ohne dabei mit seiner Hand, wie in ungeduldiger Erwartung eines Kampfs, an den Schwertgriff zu schlagen.

Eine Weile sagten wir gar nichts, bis der Graf das Schweigen unterbrach: «Ihr habt ihm gegenüber einen einzigen wirksamen Trumpf: sein ehebrecherisches Verhältnis zur Königin. Aber es ist schwer zu beweisen. Setzt den Trumpf also, wenn überhaupt, bedacht ein – die beiden zu verdächtigen könnte Euch leicht den Kopf kosten.»

Ich nickte. «Vielleicht benötige ich ihn gar nicht. Ich werde Rounaldo töten.» Eine Weile schwieg ich, wiederholte dann langsam und bestimmt: «Ich werde ihn töten. Seit den Tagen von Béziers habe ich mir Rache geschworen für das, was er Bruder Guilhelmus, Madeleine und mir angetan hat. In Italien musste ich mich verstellen und abwarten, mein Hunger nach Rache schwächte sich ab, weil er mir das Leben rettete, doch wenn ich daran denke, dass er Madeleine in Palermo umbringen ließ, wenn ich ihn jetzt fettgefressen und selbstgefällig und mächtig vor mir sehe … Es gibt nur eine Lösung: er oder ich.»

Der Graf schüttelte zweifelnd den Kopf. «Unterschätzt ihn nicht. Er ist zwar dicker geworden, aber er übt sich täglich und besitzt die Kraft eines Ochsen. Eine Menge Männer umgeben ihn, die ihm und der Königin unbedingte Treue geschworen haben … Eure Rachsucht darf Euch nicht blind machen; wichtiger ist, dass Ihr überlebt – für die Menschen, die Euch lieben.»

Seine Stimme hatte zum Schluss so drängend geklungen, dass ich stutzig wurde.

«Es gibt noch etwas, das ich Euch sagen muss.» Er sprach nun so leise, dass ich mich zu ihm hinbeugen musste, um ihn überhaupt zu verstehen. «Lasst Euch bitte nichts anmerken. Es ist eine freudige Nachricht, die aber ...»

In diesem Augenblick wusste ich, was er mir sagen wollte.

Die Freude, die mich durchfuhr, war so stark, dass sie von Schmerz nicht zu unterscheiden war. Wie ein dumpfer Schlag auf den Kopf traf sie mich. Benommen bedeckte ich mein Gesicht mit den Händen. Zugleich schüttelte ich den Kopf, weil ich es nicht glauben konnte.

«Madeleine lebt?», flüsterte ich. «Aber ich habe doch selbst gesehen, wie sie ertrank.»

«Ich kenne nur den Bericht des Mannes, der sie gerettet hat. Als er dabei war, die Taue des Schiffs zu lösen, wurde er von Rounaldo ins Wasser gestoßen. Natürlich konnte er schwimmen und sah, wie Madeleine über Bord ging und unter die Ruder geriet. Rounaldo ritt rasch wieder in die Stadt zurück, das Schiff entfernte sich ebenso rasch aus dem Hafen – dies war wohl ihre Rettung. Madeleine hatte von einem Ruderblatt einen Schlag auf den Kopf bekommen, wurde ohnmächtig und versank bereits, aber der Mann tauchte ihr nach und zog sie hoch. Als Rounaldo nicht mehr zu sehen war, hat man ihn und Madeleine aus dem Wasser gefischt. Er ist im Übrigen ein Mitglied meines Gefolges.»

Ich achtete schon gar nicht mehr auf seine Worte, stieß nur aus: «Habt Ihr wenigstens *sie* mitgebracht?»

Er nickte.

«Wo ist sie? Warum habe ich sie noch nicht gesehen?»

«Nicht so laut!», zischte er mir zu. «Niemand weiß, wer sie wirklich ist. Rounaldo weiß bis heute nicht, dass sie überlebt hat – sonst hätte er sie längst aus dem Weg räumen lassen. Versteht Ihr? Ich habe sie die gesamten vier Jahre meine Rechnungsbücher führen lassen und als Kinderfrau des kleinen Federico beschäftigt. Nie durfte sie das Haus verlassen. Wir haben ihr die Haare abgeschnitten. Es ist uns sogar gelungen, sie auf der gesamten Reise vor Rounaldo zu verbergen. Sie hilft meiner Köchin.»

Überwältigt von den Neuigkeiten, schloss ich die Augen. Ich konnte es einfach nicht fassen. Wie ein Windrad im Sturm drehten sich meine Gedanken um Madeleines Tod – beziehungsweise ihr Überleben.

O Gott, warum war ich so kleingläubig gewesen!

Ich hämmerte mit der Faust gegen meine Stirn.

Hätte ich nicht längst versuchen können, von Conte Pettorano Genaueres zu erfahren? Und warum hatte er mir keine Botschaft zukommen lassen, nachdem er wusste, dass ich Teil des königlichen Gefolges war?

Genau danach fragte ich ihn.

Er nickte, weil er diese Frage erwartet hatte. «Zu Beginn wussten wir nichts von Euch, befürchteten sogar, Ihr könntet auf dem Schiff ermordet und von Bord geworfen worden sein. Als ich zum ersten Mal von Euch hörte und ein Irrtum ausgeschlossen war, fand ich keine vertrauenswürdige Person, die Euch die Nachricht hätte überbringen können. Und zum Schluss wollte es Madeleine nicht mehr.»

«Sie wollte es nicht? Hat sie einen … Ersatz gefunden?»

«Sie blieb rein wie eine Nonne – doch es drang schließlich bis zu ihr, dass der König eine neue Geliebte hat. Den

Rest konnte sie sich ausrechnen – du weißt ja, wie gut sie im Rechnen ist. Sie wollte weder Eurem Glück noch Eurem Aufstieg an der Seite des Königs im Weg stehen.»

Ich konnte es alles nicht glauben. Die Verwirrung war zu groß. Und doch musste ich mich der Wahrheit stellen: Madeleine lebte, befand sich ganz in meiner Nähe, und Serena, die mich liebte und von mir schwanger war, wartete darauf, dass ich ihr von der Ankunft ihres Söhnchens berichtete … Plötzlich und unerwartet stand ich zwischen zwei Frauen, die ich nicht aufgehört hatte zu lieben und die beide mich liebten.

Bisher hatte mir das Schicksal die Entscheidung für die eine oder die andere abgenommen. Doch jetzt gab es kein Entkommen mehr. Jetzt gab es auch kein Entkommen mehr vor Rounaldo.

Conte Pettorano wandte sich mir zu und sagte leise: «Wäre es nicht am besten, Ihr brecht noch heute in Eure Heimat auf, ohne Euch vom König zu verabschieden?» Er wirkte selbst nicht sehr überzeugt von seinem Vorschlag.

«Meint Ihr etwa: allein? Oder mit beiden Frauen? Oder nur mit einer?» Ich schüttelte heftig den Kopf.

«Ja, es hört sich vielleicht unüberlegt an, aber …»

Ich fiel ihm ins Wort: «Ausgeschlossen! Ich würde nie Madeleine oder Serena allein zurücklassen, zumal Serena ein Kind von mir erwartet. Und beide? Wie soll das gehen?»

«Manchmal darf man die Frauen nicht unterschätzen. Es gibt auch eine Liebe, die auf Verzicht gründet, die Grenzen überschreitet, das scheinbar Unmögliche möglich macht.»

Ich dachte nicht nach – auf jeden Fall nicht lange genug – und schüttelte erneut heftig den Kopf. «Ich bin in meinem

Leben mehrfach davongelaufen, obwohl ich hätte kämpfen sollen …»

«Hättet Ihr gekämpft, wärt Ihr vermutlich nicht mehr am Leben.»

«Gott ist mit den Mutigen. Kaiser Otto hätte die Schlacht von Bouvines gewinnen können – eine feige Flucht hat ihn Sieg, Krone und Ehre gekostet.»

«Wäre es so einfach und unterstützte Gott tatsächlich immer die Mutigen, sähe die Welt anders, besser aus. Meist schaut Er gar nicht hin.»

«Flucht kommt nicht in Frage», sagte ich entschieden.

«Es geht nicht um Flucht. Es geht um Rettung.» Der Graf suchte meinen Blick, aber ich wandte mich ab, schaute schweigend in die Ferne, über die steilen Dächer der Stadt hinweg, über die Rauchschwaden, die aus den Kaminen und den Hinterhöfen aufstiegen und den Himmel verdüsterten.

Schließlich sagte ich: «Vielleicht machen die Königin und Rounaldo ja gute Miene. Die Gefahr, dass sie selbst in Verdacht geraten, muss sie doch vorsichtig machen. Es ist etwas anderes, wenn ein junger König eine Geliebte hat, als wenn seine Gemahlin sich einen Geliebten nimmt. Ihr drohen Verbannung oder gar der Tod. Friedrich kann sehr jähzornig sein.»

«Habt Ihr Beweise für ihren Ehebruch?»

«Ich nicht, aber Ihr!»

«Ich weiß nur, was man sich unter der Hand zuflüstert. Beweise habe ich keine. Die Königin könnte aber den Spieß herumdrehen und Euch etwas unterstellen.»

Natürlich hatte ich daran auch schon gedacht. Ich schüttelte dennoch den Kopf: «Das wird sie nie wagen.»

Der Graf blieb skeptisch. «Denk an Potiphars Weib!»

55. Kapitel

Es dunkelte bereits, als ich durch die dunklen, kalten Gänge des Palas zur Kemenate der Frauen humpelte. Alle drei saßen vor dem Kamin, die Herzogin stickte, Adelheit hatte den kleinen Enzio auf ihrem Schoß und versuchte, ihm die ersten Wörter beizubringen. Serena, neben ihr, war in sich versunken. Als sie mich sah, wusste sie vom ersten Augenblick an, dass ihr Sohn nicht mitgekommen war, und brach in hemmungsloses Schluchzen aus.

Nie habe ich sie so verzweifelt und verloren erlebt. Ich konnte sie nur im Arm halten und ihr tröstend über den Kopf streicheln, wusste nicht, was ich sagen sollte.

Wie sollte es nur weitergehen?

Für den Abend hatte der König ein erstes gemeinsames Mahl im kleinen Kreis seiner Getreuen angesetzt, einen Erfahrungsaustausch zwischen den Beratern, die ihn in den Norden begleitet hatten, und denjenigen, die aus Palermo gekommen waren. Ein Bericht über das Konzil im Lateran und den neuen Papst Honorius sollte folgen. Die Herrschaftssicherung in den sächsischen Landesteilen musste diskutiert werden, der Zeitraum des angekündigten Kreuzzugs, der Umgang mit Papst Honorius und nicht zuletzt die Entscheidung darüber, wann König und Königin wieder nach Italien zurückkehren sollten.

Ich hatte gehofft, nicht in diesen Kreis berufen zu werden, der König jedoch bestand auf meiner Anwesenheit. Zugleich legte die Königin Wert darauf, dass Rounaldo als der Hauptmann ihrer Leibwache und persönlicher Sekretär teilnehme. Zum Glück durften Adelheit und Serena der

Tafel fernbleiben, die Herzogin jedoch wurde hinzugezogen.

Als wir im Kaisersaal, im ersten Stock des Palas, zusammentrafen und sich erste Grüppchen bildeten, war unverkennbar, dass zwischen dem königlichen Paar eine beklemmende Spannung herrschte, obwohl sie nebeneinanderstanden. Sie schauten sich nicht an, berührten sich schon gar nicht, ihre Körperhaltung war verkrampft. Kein Lächeln erhellte ihre Gesichtszüge.

Ich überlegte, ob ich mich zu Conte Pettorano gesellen sollte, fand es aber untunlich, wollte keinen falschen Verdacht aufkommen lassen. Zugleich befürchtete ich, der König könne mich bitten, am Ende des Mahls ein Begrüßungslied vorzutragen. Ich hatte nichts vorbereitet und fühlte mich dazu auch nicht in der Lage. Als ich eine Gruppe von Musikanten am Ende des Saals entdeckte, mit Fidel, Harfe und Flöte, löste sich meine Anspannung etwas.

Dann wies uns der kaiserliche Truchsess nach einem Befehl des Königs mit seinem langen Stab auf die Plätze. Ich saß fast am Ende der Tafel, mir gegenüber Rounaldo, der wie ein Schwein fraß, sich ins Tischtuch schnäuzte und mich zwischendurch höhnisch anblickte, ohne ein Wort an mich zu richten. Seine Augenbrauen waren noch buschiger geworden, und die Narbe auf der Stirn stach hervor. Vermutlich wurde uns Wildbret und schwerer Wein serviert, ich erinnere mich an nichts mehr, aß auch so gut wie nichts, spähte stattdessen zum Königspaar, das offensichtlich ebenfalls kaum Appetit zeigte.

Friedrich sprach hauptsächlich mit Erzbischof Berardo, nicht ohne zwischendurch der Herzogin zuzulächeln, Königin Constanza sprach mit dem Grafen von Nardò, das heißt, sie ließ ihn reden. Ich hatte mich bei der Begrüßung im Hintergrund gehalten und vermeiden können, ihr direkt unter die Augen zu treten, doch jetzt schoss sie, während der Graf auf sie einredete, Blicke auf mich ab, die mir zeigten, dass sie nichts, aber auch gar nichts vergessen hatte.

Es wurden Stunden, die sich quälend hinzogen. Ich starrte schließlich nur noch vor mich hin, war gleichwohl nicht in der Lage, mir irgendeinen Weg aus meiner verzwickten Lage auszudenken.

Plötzlich sprach mich Rounaldo doch an: «Ich habe gehört, Nachtigall, dass du ein berühmter Ritter geworden bist, gegen Kaiser Otto gekämpft hast – nix mehr Harfenspiel, was? Und bist du jetzt geschickter im Damenspiel geworden? Oder locken dich noch immer die Kuttenträger?»

Zuerst wollte ich ihm eine angemessene Antwort verpassen, doch dann verzog ich nur verächtlich den Mund und schwieg.

Er zog den Rotz hoch und fixierte mich provozierend lange, ohne dass ich ihm den Gefallen tat, seinen Blick zu erwidern. Schließlich sagte er so laut, dass ihn zumindest unsere Nachbarn gut verstanden: «Einmal Sodomit, immer Sodomit, was, Löckchen? Auch wenn man sich dabei hinter irgendwelchen Weibern versteckt.»

Unter gewöhnlichen Umständen hätte ich ihm dafür die Kehle durchschneiden, und der König hätte ihn für diese Worte an seiner Tafel zum Teufel jagen müssen – doch der König hatte die Worte nicht verstanden, unsere Tischnachbarn, unter ihnen Rainald, schauten peinlich berührt, ohne zu reagieren.

Auch ich reagierte nicht, doch die Glut meiner Rachegefühle erhielt weitere Nahrung.

Als kurz darauf die Königin ihren Platz verließ und der König, offenkundig auf ihre Aufforderung hin, die Tafel aufhob, wollte ich mich rasch davonschleichen. Der Truchsess winkte mich jedoch herbei und übermittelte mir die Aufforderung des Königs, ich möge ihm in die Kapelle folgen.

Rounaldo hatte mitgehört und grinste mich voll Schadenfreude an. Ich glaubte schon, er würde ebenfalls in die Kapelle gerufen, doch offensichtlich war ich der Einzige, den der König zu sprechen wünschte.

Jetzt musste ich mich wappnen.

Friedrich war nicht allein in der oberen Kapelle. Er erwartete mich an eine Säule gelehnt, während die Königin hochaufgerichtet und starr auf einer Steinbank saß. Der Raum war winterlich kalt und nur schwach beleuchtet, an den Wänden und Säulen schimmerten gefrorene Wassertropfen, und nach jedem Atemzug hauchte ich feinen Nebel in die Luft.

Bis auf einige Wachen an der Treppe waren wir allein. Als ich zu ihm trat, schickte sie der König jedoch aus dem Raum, nicht ohne sich vorher einen Langdolch umbinden zu lassen.

Als mich Constanzas Blick streifte, fühlte ich die Kälte der Kapelle noch mehr. Constanza war früher von einer dunklen statuarischen Schönheit gewesen, die sich gleichwohl in Gefühlsausbrüchen lockern konnte. Jetzt, als Frau von Mitte dreißig, wirkte sie nur noch statuarisch und zugleich alterslos.

Als ich mich vor dem königlichen Paar verneigte, beherrschte sie sich eisern. Lediglich ein weiterer Blick glitt über mich. Er sollte verächtlich sein, doch zeugte er eher von verhaltener Wut. Dennoch wurde mir in diesem Augenblick wieder bewusst, dass ich auch ihr mein Leben verdankte.

Während ich da so vor dem königlichen Paar stand, umrundete mich Friedrich und rief dann, während er hinter mir stand: «Ich kann es nicht glauben!»

Ich reagierte erst einmal gar nicht.

«Ich habe dir vertraut, du bist ein … wie ein … Bruder – und hast dich erdreistet, in meiner Abwesenheit der Königin nahezutreten. Dich ihr unsittlich zu nähern, sie …» Er rang um Worte, unterließ es jedoch, den Satz zu vollenden.

Ich wandte mich ihm zu, er starrte mich wütend, erschüttert und hilflos an. In ihm schien tatsächlich eine Welt zusammengebrochen zu sein. Erneut wanderte er in der Kapelle umher, als gäbe es etwas zu besichtigen.

«Du hast den Tod verdient!», schrie er das Kapitell einer Säule an, deren in Stein gemeißelter Löwenkopf ihn unbeeindruckt anbleckte.

Ich verlor langsam meine innere Beklemmung. Es würde mir nicht helfen, klein beizugeben, ich musste den Kampf aufnehmen. Also wandte ich mich erst einmal der Königin zu, die starr an mir vorbeischaute.

«Darf ich mich verteidigen, Majestät?», fragte ich leise.

«Du darfst!», schrie er erneut die Säule an.

«Ich habe mich der Königin nicht unsittlich genähert, noch bin ich ihr zu nahe getreten.»

Friedrich sprang wie ein Raubtier auf mich zu und konnte sich gerade noch davon abhalten, mir einen Faustschlag zu versetzen. «Du zeihst die Königin der Lüge?»

«Ich kann mir nichts vorwerfen. Ich danke der Königin zu viel, als dass ich gewagt hätte …»

Er ließ mich nicht ausreden: «Es gibt Zeugen und Beweise dafür, dass du bei der Königin warst, allein mit ihr in ihrem Schlafgemach. Sie hat dir vertraut, doch du hast ihr Vertrauen missbraucht und sie im königlichen Bett bedrängt, gezwungen … und ihr sogar einen wertvollen Ring gestohlen. Soll ich deine Sachen durchsuchen lassen?»

«Ich besitze diesen Ring, einen Zirkon, die Königin hat ihn mir geschenkt.»

Er brach in überschnappendes Gelächter aus, während Constanzas Augen zu schmalen Schlitzen wurden.

«Du gibst also zu, dass du in ihrem Gemach warst.»

«Ja, sie ließ mich rufen. Wir spielten *Dame*, bis auf das letzte Spiel gewann die Königin.»

«Und was geschah dann?»

Ich schwieg.

«Was geschah dann?», brüllte Friedrich und hob die Hand wie zum Schlag.

Ohne zurückzuweichen, drehte ich meinen Kopf in Constanzas Richtung und schaute sie an.

«Ich flüchtete aus ihrem Gemach.»

«Nachdem du dich an ihr vergangen hattest.»

«Hätte sie in diesem Fall nicht um Hilfe rufen können?»

Ohne dass ich den König ansah, merkte ich, dass er stutzte.

«Er ist ein Beschnittener», warf die Königin mit mühsam beherrschter Stimme ein. «Ich habe es selbst gesehen. Ist dies nicht Beweis genug?»

Der König ließ seinen Arm wieder fallen und wiederholte tonlos ihre Worte: «Er ist in der Tat ein Beschnittener.»

«Er muss sterben.» Königin Constanzas Stimme war so brüchig und leise, dass die steinerne Kälte der Kapelle sie sofort verschluckte. Sie wiederholte ihre Worte, diesmal schneidend und deutlich: «Er muss sterben. Ich will ihn hängen sehen.»

«Er ist ein Ritter», sagte Friedrich. «Der Strick ist nicht ehrenhaft. Er hat mir … er ist …»

«Ich schwöre auf alle vier Evangelien, dass ich unschuldig bin», fiel ich ihm ins Wort. «Ich schwöre bei der Jungfrau Maria und bei … dem Namen unseres Vaters.»

Friedrich heulte wie unter Qualen auf, packte mich an den Armen, schüttelte mich und schrie mir ins Gesicht: «Wie konntest du das tun?»

«Ich habe es nicht getan.»

Friedrich sah mir verzweifelt in die Augen, wandte sich dann abrupt an Constanza: «Und warum hast du nicht um Hilfe gerufen?»

«Er hat mir ein Kissen in den Mund gestopft und mir ein Messer an die Kehle gehalten.»

Ich schüttelte nur den Kopf. «Traust du mir das wirklich zu?», fragte ich Friedrich.

«Warum tut ihr mir das an?» Friedrich schlug mit der Faust mehrfach an eine der Säulen.

«Dann fordere ich ein Gottesurteil!», rief nun die Königin erregt. «Da ich nicht selbst kämpfen kann, soll Rounaldo für mich und meine Wahrheit antreten. Ich will einen Kampf auf Leben und Tod. Gott wird ein Urteil sprechen, Er kann keine Lüge zulassen.»

Friedrich schüttelte den Kopf. «Das ist Aberglaube, nichts als Aberglaube. Glühende Eisen oder heißes Wasser oder ein Schwertkampf besagen gar nichts. Ich werde eine Untersuchung durchführen lassen …»

«Du kannst meinen Leibwächter Rounaldo befragen. Ich

habe mich ihm anvertraut, und er hat eine Befragung meiner Kammerfrauen durchgeführt. Sie haben diesen Mann flüchten sehen, nur notdürftig bekleidet.»

«Ich werde ihn befragen», erklärte der König, erleichtert.

«Rounaldos Aussage besagt gar nichts, er lügt, er ist …»

«Was ist er?», fuhr mich der König an.

«Er ist … voreingenommen. Lebte meine damalige Frau Madeleine noch, könnte sie bestätigen, dass ich unschuldig bin. Aber Rounaldo de Valbone hat sie umbringen lassen. Er ist kein Ritter, sondern ein skrupelloser Mörder.»

Noch wollte ich weder Madeleine noch Conte Pettorano ins Spiel bringen. Womöglich würde es für sie beide gefährlich.

Friedrich war zunehmend unsicher geworden. Er warf einen misstrauischen Blick auf Constanza. «Wieso hat er sie umbringen lassen?»

«Ich kenne keine Madeleine, ich weiß aber, dass mein Leibwächter niemanden ohne Grund töten lässt.» Ihre Stimme war nun höher und gepresster. Dann schrie sie Friedrich an: «Ich fordere ein Gottesurteil! Ich will, dass dieser Mann stirbt! Er hat eine Königin bedrängt und … und bezichtigt sie jetzt auch noch der Lüge.» Sie sprang auf, schlug mit ihren Fäusten gegen seine Brust und schrie: «Ich will ein Gottesurteil. Oder ich werde allen verkünden: Euer König nimmt hin, dass ihm ein hergelaufener Sänger gewaltsam Hörner aufsetzt. Ich werde dich der Lächerlichkeit preisgeben, Fredericus Rex Romanorum, du Hurenbock! Glaubst du etwa, ich wüsste nicht von deinem zweiten Bastard? Du wirst nie mehr Kaiser!»

Während die Königin auf Friedrich einschlug, verlor

ich die Anspannung, die mich zuvor gelähmt hatte. Erneut wurde mir meine ausweglose Lage zwischen der schwangeren Serena und Madeleine schmerzhaft bewusst. Und mir war auch klar, dass ich niemals Ruhe finden würde, solange der Hass der Königin nicht gebrochen würde.

Ohne weiter nachzudenken, sagte ich: «Ich nehme das Gottesurteil an und werde gegen Rounaldo kämpfen. Auf Leben und Tod.»

56. Kapitel

Der Gang zu den Kemenaten der Frauen war schwer. Wie würde Serena reagieren, fragte ich mich, wenn sie jetzt auch noch erführe, dass ich mich auf einen Kampf mit Rounaldo eingelassen hatte, dass mir ein ehrenrühriger Vorwurf angehängt wurde, dass gar Madeleine noch lebte und sich irgendwo in der Burg oder in einem der angrenzenden Häuser aufhielt? Ich musste um ihr Leben und das Leben unseres Kindes bangen. Schon die Nachricht, dass der kleine Federico in Sizilien geblieben war, hatte sie kaum ertragen – wie würde sie bloß die Häufung weiterer bedrohlicher Nachrichten verkraften?

Während ich den dunklen, nur von knisternden und rußenden Fackeln beleuchteten Gang durch den Palas entlangschlich, schaute ich nach draußen auf den inneren Burghof, der im Licht des Vollmonds vor sich hinträumte. Die Zweige einer kahlen Linde, die in seiner Mitte gepflanzt worden war, streckten sich mir entgegen; zugleich drang das fröhliche Lachen der Küchenmägde an mein Ohr. Sollte vielleicht Madeleine dort unten im Küchentrakt arbeiten – und auf mich warten?

Wahrscheinlicher war, dass sie im Gefolge von Conte Pettorano im Gebäude des Burgvogts oder in einem der Bürgerhäuser ihrem und unser aller Schicksal entgegenfieberte.

Als ich mich den Kemenaten bereits so weit genähert hatte, dass ich den kleinen Enzio trotz des späten Abends fröhlich krähen hörte, blieb ich stehen. Atmete tief durch. Lehnte meinen Kopf gegen den eiskalten Mauerstein, schloss die Augen und faltete meine Hände, um Gott um eine Antwort zu bitten. Um Hilfe. Um Mut und Stärke.

Gott aber schwieg.

Ich zuckte zusammen, als mir jemand auf die Schulter klopfte.

Es war der König, der, von mir unbemerkt, ebenfalls die Frauen aufsuchen wollte.

Ich drehte mich ihm zu, und wir schauten uns unverwandt in die Augen.

«Es gibt nichts zu verbergen», sagte ich, weil ich seine unausgesprochene Frage spürte. «Es gibt nichts einzugestehen oder zu beichten. Ich habe in meinem Leben sicher viel gesündigt, vor langer Zeit sogar einen ungesühnten Mord begangen, aus Rache, ich bereue ihn nicht einmal, aber die Königin habe ich nicht angerührt.»

«Ich glaube dir.» Friedrich seufzte und legte seine Hand auf meine Schulter. «Aber der Hass der Königin ist grenzenlos. Sie will Blut sehen. Nur aus diesem Grund lasse ich dich kämpfen. Sie verursacht sonst einen Skandal und zwingt mich, noch drastischer zu reagieren, damit ich mein Gesicht nicht verliere und mich lächerlich mache. Ich müsste euch beide töten lassen: sie und dich. Dabei achte und liebe ich euch beide – und bin euch beiden dankbar. Auch ihr. Als verwitwete Königin hat sie sich auf mich, einen Jüngling, eingelassen und zugeschaut, wie ich zugleich andere Frauen in mein Bett holte, unersättlich, wie ich war. Sie hat mein aufbrausendes Wesen gedämpft und mich gelehrt, mich diplomatischer zu verhalten. Ohne sie hätte ich die Machtkämpfe in Sizilien nie bestanden.» Er schaute mir weiterhin eindringlich in die Augen. «Kannst du mich verstehen? Ich muss Constanzas Zorn mäßigen. Du musst ihren Stolz zutiefst verletzt haben – ich will gar nicht genau wissen, wie … nein, ich will es nicht wissen.»

«Ich werde kämpfen, ich habe keine Angst vor Rounaldo», sagte ich, um das Thema zu beenden und zugleich, um mir selbst Mut zu machen. «Ich habe eine alte Rechnung mit ihm offen. Und wenn es einen Gott gibt, dann wird Er auf meiner Seite stehen.»

Friedrich schüttelte den Kopf. «Ich glaube nicht an diesen Gott.» Wie ich starrte er in die kahle Linde, auf deren Zweigen mehrere Krähen hockten.

«Aasvögel, Totenvögel», stieß er mit Verachtung aus, «ich müsste meine Falken auf sie abwerfen.»

Ratlos strich er sich mit der Rechten über Kopf und Nacken. «Ich konnte Constanza überreden, die ganze Angelegenheit nicht öffentlich werden zu lassen», fuhr er fort. «Euer Kampf soll wie ein freundschaftlicher Tjost aussehen, einer meiner Ritter misst sein Können mit einem der sizilianischen Ritter, also keine Rede von einem Kampf auf Leben und Tod, von einem Gottesurteil. Vielleicht lasse ich noch ein paar weitere Männer antreten – obwohl ja nicht die Jahreszeit für Ritterkämpfe ist.» Er klatschte in die Hände, um die Krähen zu vertreiben, doch die Vögel schauten nur neugierig zu ihm hoch und wandten sich ungerührt wieder ab.

Friedrich atmete tief durch. «Ich musste Constanza versprechen, Adelheit bald zu verheiraten und aus unserem Gefolge zu entfernen. Um deine Serena streiten wir uns noch. Sie befürchtet, Serena könnte erneut als eine Art Witwe zurückbleiben und mir gefährlich werden. Aber du wirst es schon schaffen.» Aufmunternd schlug er mir an die Brust. «Zeig ihm, dass ein Harfenspieler auch mit der Lanze umzugehen weiß! Kommst du mit zu den Frauen? Ich muss meinem Enzio noch einen Gutenachtkuss geben – und seiner Mutter.»

Ich schüttelte den Kopf. «Ich komme später.»

Als ich mich schon abwenden wollte, hielt mich der König plötzlich fest. «Ich fürchte mich vor der Wahrheit ... und muss sie doch wissen. Was ist damals geschehen?»

Ich atmete tief durch. «Du kennst die Geschichte um Potiphars Weib. Kein Mann hat durch mich seine Ehre verloren.»

Er hielt mich eine Weile fest und schien nachzudenken; schließlich stieß er erleichtert «Ich glaube dir» aus und umarmte mich. «Du bist ein wahrer Bruder.»

Trotz der späten Stunde herrschte auf dem Burghof um den tiefen Brunnen noch reges Treiben; es wurde getrunken, musiziert und sogar getanzt. Am Rand sah ich Rounaldo sitzen, ein Mädchen auf dem Schoß und einen Humpen Bier in der Hand, trotz der Kälte und seines Schnupfens. Nicht einmal das Burgtor war verschlossen.

Am Palas des Burgvogts fragte ich nach Conte Pettorano, und es hieß, er schlafe bereits. Auf meine Frage nach der Unterkunft seines Trosses erfuhr ich, das Gesinde sei im ersten hochgiebeligen Haus, das sich an den Burgfelsen lehne, untergebracht.

Ohne mich weiter aufzuhalten, eilte ich dorthin.

Als hätte sie auf mich gewartet, löste sich plötzlich eine Schattengestalt in einem dunklen Überwurf aus einer noch fröhlich schnatternden Mägdeschar. Sie drehte ihr Antlitz in den Mondschein – ich konnte es kaum glauben, und doch: lebend, lebendig, leibhaftig stand sie vor mir.

Madeleine!

Meine Freude traf mich mit solcher Wucht, dass ich mich abwenden musste, um ihr nicht zu zeigen, dass mir die Tränen in die Augen schossen. Die Freude vermischte sich mit der Verzweiflung über die Lage, in der wir uns befanden, Madeleine, Serena und ich, der kleine Federico und unser ungeborenes Kind.

Ich stürzte in den nächsten Mondschatten, weg von den kichernden Mägden, damit mein Schluchzen niemand höre. Madeleine folgte mir, und endlich konnten wir uns umarmen. Ich hielt sie wie ein Ertrinkender umklammert, und schließlich küssten wir uns, als hätten wir uns keinen Tag aus den Augen verloren.

Ich erzählte ihr hastig, was ich in den letzten Jahren erlebt hatte, und ließ mir noch einmal berichten, wie sie dem Tod entgangen war. Sie lehnte ihre Stirn an meine Brust und flüsterte: «Ich weiß, dass Serena ein Kind von dir erwartet und du ein Halbbruder des Königs bist. Aber wer bin ich? Eine Küchenmagd, die rechnen kann. Bernardou, ich werde dir nicht im Wege stehen. Du lebst, ich lebe, dein Kind soll mit seinem Vater und seiner Mutter aufwachsen, und du sollst als Halbbruder des Königs ein Herzog werden.»

Mir versagte die Stimme, ich konnte nur den Kopf schütteln. Schließlich stieß ich krächzend hervor: «Und du?»

«Ich werde in eurer Nähe bleiben.»

Erneut schüttelte ich den Kopf. «Es zerreißt mich. Ich weiß nicht, was ich tun soll. Ich liebe euch beide.»

«Das weiß ich. Deswegen wird alles so bleiben, wie es sich entwickelt hat. Dass ich überleben durfte, war ein Gottesgeschenk. Ich kann daraus keine Berechtigung ableiten. Vielleicht gibt es in der Hofkapelle eine Aufgabe für mich. Über die Einnahmen und Ausgaben des Königs muss kompetent Buch geführt werden. Und wenn es eine Frau tut. Die Geistlichkeit wird zwar entsetzt sein, aber ich hörte, dass der König mehr auf Können als auf Herkunft, Glaube oder Geschlecht schaut.»

Noch hatte ich Madeleine nicht von der Anschuldigung der Königin und dem Kampf mit Rounaldo erzählt. Ich konnte ihr indes nicht verschweigen, was mich in den nächsten Tagen erwartete.

Kaum hatte ich ihr davon berichtet, rief sie mit eindringlicher Stimme: «Du darfst dich auf keinen Kampf einlassen. Er wird dich erschlagen. Aber bevor er das tut, werde ich ihn erstechen. Oder vergiften.»

«Ich glaube nicht, dass dir das gelingt. Es wird mir auch nicht viel nutzen. Der Rachedurst der Königin wäre dann noch nicht gestillt. Sie wird erst ruhen, wenn …»

«Dann lass uns alle gemeinsam fliehen!», flehte sie. «Conte Pettorano wird uns helfen. Vielleicht hilft dir ja sogar der König. Wir könnten in die Provence fliehen.»

Ich schüttelte den Kopf. «Ich laufe nicht weg», sagte ich

mit leiser Stimme. «Ich kann mir auch nicht vorstellen, dass Serena ihr Söhnchen aufgibt. Und Rounaldo kann uns sogar in der Provence finden. Nein, ich muss kämpfen. Seit ich ein Kind war, verfolgt er mich, als hätte ihn Gott geschickt, um mich zu prüfen. Bevor nicht eine Entscheidung fällt, werde ich nie zur Ruhe kommen.»

«Was nützt es dir – und uns, wenn du im Grab zur Ruhe kommst?»

Spät in der Nacht schlich ich, durchgefroren und zitternd, in die Kemenate der Frauen, wo die letzte Glut noch ein wenig Wärme ausstrahlte. Zum Glück hingen an den Wänden dicke Teppiche, und der Boden war ausgelegt mit Zweigen und Kräutern, sodass es sich in den Räumen aushalten ließ.

Serena hatte auf mich gewartet und schaute mir mit sorgenvollen Augen entgegen, als ich mich zu ihr unter die Decke legte. Ich zog sie an mich, küsste sie auf die Stirn und legte meine Hand auf ihren gesegneten Leib, in dem unser Kind selig schlief.

«Es ist etwas geschehen, ich spüre es, sonst kämst du nicht so spät zurück», flüsterte sie. «Sag es mir!»

Ich hatte Serena zwar von Madeleine und natürlich von ihrem Tod erzählt, aber Wichtiges, ja, Entscheidendes ausgelassen. Mehr hatte ich ihr von dem Verführungsversuch durch die Königin berichtet. So überlegte ich, ob ich ihr die Wahrheit auf einen Schlag oder nacheinander zumuten sollte.

«Ist meinem Federico etwas zugestoßen? Hat ihn eine Krankheit sterben lassen?» Ich spürte, wie maßlose Angst sie erfasste.

Ich schüttelte den Kopf.

Und dann konnte ich nicht anders, als ihr die ganze Wahrheit zuzumuten.

Ohne mich zu unterbrechen, ließ sie mich reden.

«Und jetzt?», fragte sie schließlich mit erstorbener Stimme.

«Ich muss erst einmal den Kampf mit Rounaldo überstehen und meine Ehre zurückgewinnen.»

«Ich pfeife auf deine Ehre, wir brauchen dich lebend.»

«Du hast recht, es geht mir weniger um die Ehre als um Rache, ich gebe es zu – und um Sicherheit für die Zukunft.»

«Ohne dich gibt es für mich kein Leben», schluchzte sie erstickt.

«Du musst für dein und unser Kind sorgen, und wenn ich nicht mehr da bin, wird sich der König deiner annehmen. Er ist schließlich Federicos Vater. Und Conte Pettorano. Die Herzogin und Adelheit. Madeleine. Du wirst nie allein sein. Alle werden sie dir beistehen.»

Wie eine Ertrinkende schlang Serena die Arme um mich. «Ohne dich werde ich sterben», schluchzte sie immer wieder.

57. *Kapitel*

In den nächsten Tagen kehrte der Winter mit Schnee nach Nürnberg zurück. So blieb Rounaldo und mir noch ein wenig Zeit, uns auf den Kampf vorzubereiten. Offiziell war, um die Langeweile der Wintertage aufzulockern, ein ritterliches Kräftemessen, also ein Tjost unter Freunden, angekündigt worden, aber die Gerüchte über die wahren Hintergründe machten rasch die Runde.

Der König beauftragte seinen Waffenmeister, mir einen makellosen Kettenpanzer anzupassen, dazu einen festen Kollier, einen starken Helm und einen Schild mit verstärktem Buckel. Starke und flinke Pferde wurden ausgesucht. Und schließlich ging es um die Bewaffnung. Eigentlich durften wir keine scharfen Waffen verwenden, mussten also ein Krönlein auf die Lanzenspitze stecken und stumpfe Schwerter verwenden, aber mit einem vielsagenden Blick legte mir der Waffenmeister ein scharfes Schwert neben die stumpfen und dazu eine Reihe von Wurfspeeren.

Alle für die neun Runden des Tjosts ausgesuchten Ritter übten zum Gaudium aller Neugierigen an der Stechpuppe auf dem östlichen Vorplatz der Burg und fochten auch mit unseren Übungsschwertern, wobei sowohl Rounaldo als auch ich darauf achteten, dass wir nicht aufeinanderstießen. Neben den unbeschäftigten Männern und Frauen des Trosses feuerten uns zahlreiche Bürger der Stadt an, unter ihnen begeisterte Kinder. Gelegentlich sah ich die Herzogin mit Conte Pettorano vorbeischauen, und als einmal König Friedrich mit der Königin und Erzbischof Berardo zur Jagd ausgeritten war, zeigte sich auch Adelheit, allerdings verschleiert.

Vergeblich suchte ich Madeleine, nicht einmal unter den Mägden entdeckte ich ihr Gesicht.

Ein paar Tage vor dem für einen Montag angesetzten Termin unseres Tjosts winkte mich die Herzogin kurz zu sich.

«Sie war da», flüsterte sie mir zu.
«Wer war da?»
«Die Königin! Mit Heinrich, ihrem fünfjährigen Sohn.»
Ich atmete tief durch.
«Mit süßlicher Freundlichkeit hat sie den kleinen Enzio für seine Gehversuche bewundert und sich nach der Gesundheit der Schwangeren erkundigt.»
«Und?»
«Nichts weiter. Du wurdest nicht erwähnt. Enzio zeigte sich von seiner besten Seite. Zum Glück ist er ein sonniges Kind, das vielleicht sogar *ihr* Herz erwärmen könnte, zumal sein Halbbruder Heinrich eine spontane Zuneigung zeigte und sofort mit ihm spielen wollte.»
«Glaubt Ihr, sie trachtet auch Serena nach dem Leben – oder gar Adelheit?»
Die Herzogin schüttelte den Kopf. «Nein. Bastarde sind einfach etwas zu Gewöhnliches, und ich bin sicher, es werden ohnehin noch ein paar hinzukommen. Constanza ist keine Frau, die allein einen jungen heißblütigen Mann wie Friedrich zufrieden stellen kann.» Ihr Blick ruhte nun auf mir. «Aber dich möchte sie sterben sehen.»
Ich überlegte, ob ich versuchen sollte, ihr den Grund für den Hass der Königin zu schildern, sie unterbrach jedoch meine Gedanken: «Du brauchst mir nichts zu sagen, ich weiß Bescheid. Ich mache mir schon seit Constanzas Erscheinen meine Gedanken – aber mittlerweile habe ich aus mehreren Quellen Genaueres erfahren.» Sie lächelte mich plötzlich überraschend an. «Unter anderem von einer gewissen Madeleine, die ebenfalls kurz auftauchte.»
Ungläubig starrte ich die Herzogin an.
«Pettorano hat mich ins Vertrauen gezogen. Ich will ver-

suchen, sie unbemerkt hier einzuschleusen. Wir können eine weitere Kammerfrau gebrauchen, und der Rote Ritter hat bei uns keinen Zutritt.»

«Aber …» Noch immer fehlten mir die Worte.

«Ich hatte den Eindruck, dass sich die Frauen gut verstanden. Nur Serena bleibt verzweifelt.»

«Morgen …», sagte ich.

«Ja, morgen wird die Entscheidung fallen.» Mit dem warmen Lächeln einer Mutter umarmte mich die Herzogin. «Ich werde für dich beten, mein Junge.»

In der Nacht liebten Serena und ich uns, als wäre es das letzte Mal: still, sanft und verloren.

Am Morgen erwachte ich bereits lange vor Sonnenaufgang und verließ unser Bett, erhaschte noch einen liebenden Blick von ihr.

Ich aß ein paar Eier mit Speck und trank mehrere Gläser heiße Milch, begab mich dann in die Unterkapelle, die für uns Ritter reserviert war, und wollte beten. Die Worte zerfielen mir jedoch im Mund, und so verneigte ich mich einfach vor dem Kruzifix und flüsterte schließlich nur einen Satz: «Bitte lass Gerechtigkeit walten!»

Als ich die Kapelle verließ, begegnete ich Rounaldo. Er trug bereits seine Rüstung, wirkte jedoch blass und verkatert. Zuerst verzog er die Lippen zu einem höhnischen Grinsen, doch seine Miene entglitt ihm, sein Grinsen wirkte hilflos, und dann streckte er mir sogar seine Hand entgegen. Verdutzt über sein unerwartetes Verhalten, ergriff ich sie.

«Eigentlich will ich dich nicht töten», sagte er mit rauer Stimme, «aber die Königin zwingt mich dazu. Sonst muss ich selber sterben.»

Er zog mich in die Kapelle zurück und drückte mich dann auf die steinerne Bank an der Wand. Noch immer erstaunt über sein Verhalten, ließ ich es mir gefallen. Ächzend setzte er sich neben mich, seufzte tief, stieß «scheißkalt hier!» und «wenn es doch die Weiber nicht gäbe!» aus und schlug wie zur Bestätigung mit der Faust auf den Knieschutz.

Als ich mich schon erheben wollte, sagte er mit gesenkter Stimme, ohne mich jedoch anzuschauen: «Eigentlich habe ich dich nie gehasst, Bernardou, und haben wir uns nicht auch ganz gut verstanden, als wir gemeinsam mit den Gauklern und Ramonda durch Italien zogen?» Er seufzte erneut theatralisch auf: «Ach, meine Ramonda, warum musste sie nur sterben! So dumm – und so ungerecht. Sie war die einzige Frau, die ich wirklich geliebt habe. Selbst meine Ohrfeigen nahm sie mir nicht übel. Wir passten zueinander wie die Axt zum Holzbock oder das Schwert zur Scheide, du könntest das sicher treffender ausdrücken, und im Bett war sie das reine Feuer. Sie ließ nicht locker, bis ich nur noch ein weiches Würstchen war.»

Mir wurde plötzlich übel, und ich sprang auf, um ins Freie zu eilen. Solches Geschwätz konnte ich nicht ertragen. Doch Rounaldo rief mir mit derart erbärmlichem Jammerton nach: «Bitte, bleib!», dass ich wieder zu ihm zurückkehrte. Allerdings erhöhte sein Jammern meine Verachtung nur.

«Lass uns ehrenhaft und ohne Heimtücke kämpfen», sagte ich, so ruhig ich konnte, und wandte mich, da er nicht antwortete, endgültig zum Gehen.

«Bernardou, ist dir eigentlich klar, dass wir beide uns viel mehr ähneln, als du glaubst?», rief er mir nach. «Man hat uns in die Welt hinausgeworfen, und jeder sucht sein Heil, ohne dass wir es finden.»

Ich drehte mich noch einmal um und schaute, auf den Treppenstufen stehend, auf ihn hinab. «Du bist ein skrupelloser Mörder.»

«Du meinst Madeleine?»

Ich antwortete nicht.

Er sprang auf und fuhr mit den Händen durch die Luft. «Ich habe doch absichtlich diesen Kaiarbeiter ins Wasser gestoßen, weil ich dachte, vielleicht kann er sie noch retten. Die Königin hat mir befohlen, den Kapitän zu bestechen und euch töten zu lassen. Das Geld, das ich ihm gab, hat wohl nicht gereicht. Um Madeleine tat es mir wirklich leid, das musst du mir glauben. Sie war eine Frau, und Ritter töten keine Frauen …»

Ich ließ ihn endgültig stehen.

«Ritter töten nur Männer», schrie er mir nach. «*Du* hättest dran glauben sollen.»

58. Kapitel

O Herr, verschone mich! Verschone mich!», stieß ich aus, als ich zu den Ställen humpelte, wo unsere Pferde aufgezäumt wurden. Draußen wurde es langsam hell. Zum Glück hatte es aufgehört zu schneien, doch meine Schritte knirschten im Schnee. Ich versuchte, mein Humpeln zu unterdrücken, doch es gelang mir nicht.

Mein erstes Kampfross stand schon bereit, die Pferdedecke mit meinem Wappen hüllte es fast gänzlich ein. Ich tätschelte vertrauensvoll seinen Hals und ließ es dann meinen Knappen einreiten.

In einem Schuppen bei den Gebäuden des Burgvogts lagerten die Waffen. Ich prüfte die Lanze mit ihrem Krönlein und sah dann, dass neben den stumpfen Schwertern für den Tjost noch immer das scharfe lag.

«Sollen wir auch die Wurfspeere zum Kampfplatz bringen?», fragte der Waffenmeister.

Ich nickte.

Später, als alles bereitlag, die Pferde gesattelt waren und im Brunnenhof ein Kampfplatz abgesteckt war, an dessen Rändern sich lange Holzbänke für die Zuschauer reihten, brach die Sonne durch den sich auflösenden Nebel. Ein Zauberlicht hüllte plötzlich die Burg ein, ein helles, weißliches Licht, das ich aus meiner Heimat kannte, ein durchsichtiger Schimmer, den die Felsen der Alpilles erzeugten.

In diesem Moment konnte ich einfach nicht mehr glauben, dass Rounaldo und ich um Leben und Tod kämpfen sollten. Ja, ich war sogar so weit, ihm zu vergeben, meinen Rachedurst zu vergessen.

Doch niemand sagte den Tjost ab.

Ich überlegte, ob ich noch einmal Serena aufsuchen sollte, verzichtete jedoch darauf, weil mich plötzlich die Erregung vor dem Kampf packte und zu überwältigen drohte. Es war der kritische Augenblick, in dem du dem Gegner noch nicht in die Augen schaust, in dem dir jedoch bewusst wird, was dich erwartet: Verwundungen, Schmerzen und vielleicht sogar der Tod. Das Ende aller Hoffnungen. Plötzlich verlierst du jegliche Zuversicht, die Kraft scheint zu schwinden und der Tod unausweichlich. Und vor dem Tod wirst du dich vor Schmerzen winden, die verstärkt werden durch das Bewusstsein der Schmach. Du wünschst dir, dass bald alles vorbei sein möge, obwohl du noch nicht genug gelebt hast. Du willst beten, doch dein Mund ist trocken, und dir fällt nicht einmal mehr der Wortlaut der tausendfach gesprochenen Gebete ein.

Ich bestieg, bereits gegürtet, mein Pferd, ließ mir Schild und Lanze reichen und trabte langsam zum Rand des Kampfplatzes, wo wir Aufstellung nehmen sollten.

«Lass den Kelch an mir vorübergehen!», flüsterte ich, und so seltsam es klingen mag: In diesem Augenblick dachte ich an den Gral. Sollte mir nicht aus dem Kelch des Leidens der Stein des Heils entgegenfunkeln: wie das Spiegelbild des Lebens, meines Lebens, meiner selbst?

«Ich bin der Weg, die Wahrheit und das Leben», flüsterte ich und nahm am rechten Rand der Ritter Aufstellung.

Mittlerweile hatten sich die Zuschauerreihen gefüllt, auf den Bänken saßen die Ritter, die heute nicht antraten, mit ihren Knappen; neben ihnen die Männer der Hofkapelle und zahlreiche Helfer, sogar einige Grafen und andere Adlige. Oben, in einem Fenster des Palas, sah ich die Königin stehen, allein; in anderen erschienen die engsten Berater des Königs, Erzbischof Berardo zum Beispiel, mit tiefernster Miene. Dazu Anselm von Justingen und Rainald von Urslingen, zwischen ihnen Adelheit und die Herzogin.

Nur der König war noch nicht erschienen. Auch entdeckte ich weder Serena noch Madeleine.

Die ersten beiden Gegner standen sich schon auf schnaubenden Rössern gegenüber, die Lanzen aufgerichtet.

Jetzt trat der König aus dem Palas, schaute sich um, grüßte die Ritter, wünschte Rounaldo und mir sogar persönlich einen guten, ehrenvollen Kampf und gab dann den Trompetern den Befehl, zum Beginn des Tjosts zu blasen.

Mittlerweile warf die Sonne die langen Schatten von Wehrgang und Wehrtürmen über den Hof.

Während die ersten beiden Ritter ihren Kampf bestritten, suchte ich die Fenster und den Platz nach Serena und Madeleine ab. Nirgendwo waren sie zu sehen. Nur Conte Pettorano stand in der Nähe des Brunnens und machte mir ein Siegeszeichen.

Erneut überfiel mich eine Welle der Unruhe, ja, sogar beklemmende Angst. Gegen den massigen Rounaldo, der sein Leben lang nichts anderes getan hatte, als mit Lanze und Schwert zu kämpfen, hatte ich kaum eine Chance, selbst wenn ich wendiger sein sollte. Seit der Schlacht von Bouvines hatte ich nur noch selten an ritterlichen Turnieren teilgenommen, mir fehlte es an Übung, und seit ein paar Stunden hatte sich auch mein Hass auf Rounaldo verflüchtigt. Verachtung allein macht keinen zähen Kämpfer.

Auch auf das zweite und dritte Tjostpaar achtete ich nicht, beim fünften begab ich mich mit meinem Ross auf den mir zugewiesenen Startplatz. Das achte Paar kämpfte am erbittertsten und stieß sich mehrfach aus dem Sattel, und dann waren Rounaldo und ich als krönender Abschluss an der Reihe.

Noch ein kurzer Blick in die Runde, und jetzt, endlich, im letzten Augenblick, bevor ich den Helm aufsetzte, entdeckte ich sie: Serena stand, halb verdeckt, in der Nähe des Eingangs zum Palas und Madeleine vor dem Burgtor, dort, wo die Ersatzpferde bereitstanden und die Waffen lagerten.

Ich befestigte den Helm, tätschelte ein letztes Mal beruhigend mein Pferd, nahm die Lanze in die Hand, schob den Schild ein Stück vor und wartete auf das Signal zum Angriff. Durch die Augenschlitze sah ich nicht viel: Immerhin, Rounaldo mir gegenüber sah ich. Massig, wie er war, bot er eine breite Angriffsfläche. Ich starrte auf den Punkt, auf den ich die Lanzenspitze lenken wollte, und überhörte in der Aufregung fast das Signal. Rounaldo galoppierte sofort los, was nötig war, denn viel Platz zum Anreiten blieb uns nicht. Auch ich gab meinem Pferd den Befehl und berührte mit den Sporen leicht die Flanken.

Während wir aufeinander zugaloppierten, senkten wir unsere Lanzen. Ich fixierte den Angriffspunkt, der am oberen Rand des Schilds lag. Rutschte die Lanzenspitze von ihm ab, traf sie am ehesten noch Rounaldos Rüstung.

Schon krachte es, und eh ich michs versah, wurde mein gesamter Körper nach hinten gerissen, und ich glaubte schon, der hintere hohe Sattelbogen würde mir das Rückgrat brechen.

Meine Lanze war zersplittert, Rounaldos abgeglitten. Die Delle im Schild war enorm. Und irgendwo an der linken Schulter musste ich auch getroffen worden sein, denn sie schmerzte.

Die nächsten Lanzen wurden uns gereicht, und ohne dass Rounaldo ein Signal abwartete, griff er mich an. Ich konnte gerade noch die Lanze senken, doch nicht mehr ausrichten, riss daher mein Pferd zur Seite, um seinem Stoß auszuweichen. Dabei geriet der Lanzenschaft zwischen Rounaldo und seinen Schild, ungewollt und ungezielt, die Hebelkraft schlug sie mir aus der Hand und dem Pferd an den Kopf, und vor Rounaldos Körper zerbrach sie.

Mir war klar, dass ich gegen seine Masse und Kraft keine

Chance hatte. Und natürlich verfügte er über weit mehr Übung im Lanzenstechen.

Es trat eine kurze Verschnaufpause ein, in der überlegt wurde, ob wir die Pferde wechseln sollten. Wir blieben jedoch im Sattel, und als die vierten Lanzen sich kreuzten, traf Rounaldo den Schild so unglücklich, dass die Spitze abrutschte, meinen Unterleib traf und ich aus dem Sattel gehebelt wurde. Während ich stürzte, sah ich ihn triumphierend seine Faust recken.

Die Kälte des Schnees spürte ich nicht; zum Glück war genug gefallen, sodass er meinen Sturz wie eine Strohmatte abfederte.

Zuerst war mir die Luft weggeblieben, doch als ich mich wieder aufraffte, schmerzten zwar die Rippen und die linke Schulter, doch gebrochen war nichts. Ich ließ mich in den Sattel heben, wir galoppierten los, und schon krachte ich erneut zu Boden.

Noch während ich fiel, hörte ich das Publikum aufstöhnen, und als ich dann lag, herrschte, bis auf das Schnauben der Pferde und das gierige Krächzen der Krähen, Totenstille.

Noch einmal ließ ich mich in den Sattel heben, versuchte, alle Kraft auf einen Punkt zu lenken, ritt diesmal als Erster los und nutzte eine kleine Unaufmerksamkeit von Rounaldo. Mein Stoß war zielgenau und so wuchtig, dass ich ihn aus dem Sattel hob, aber auch seine Lanze hatte mich getroffen, ich taumelte, versuchte, mich zu halten, doch es war zu spät. Ich griff vergeblich nach dem Sattelknauf, rutschte, schleifte über den Boden, der Helm rollte davon, und ich bekam Schnee zwischen die Zähne.

Eigentlich hätte jetzt Schluss sein müssen, doch jeder der

Zuschauer wusste oder ahnte, dass es um mehr ging, und so herrschte nach einem mitfühlenden Aufstöhnen wieder Stille.

Zuerst glaubte ich, Rounaldo könne sich nicht mehr erheben, weil er sich etwas gebrochen hatte, aber schließlich – ich stand längst wieder – ließ er sich hochwuchten und sein Schwert reichen. Bevor ich den Helm wieder aufgesetzt hatte und mein eigenes Schwert in der Hand hielt, prügelte er bereits auf mich ein. Ich konnte gerade noch den Schild heben, taumelte zurück, zog mein Schwert; doch der Helm lag weiterhin im Schnee.

Auch der nächste Schlag bewies mir, mit welch wütender Wucht Rounaldo zuschlug. Ich parierte, schleuderte ihm die seitliche Kante des Schilds entgegen, attackierte ihn mit ein paar so raschen Schlägen, dass er zurückweichen musste, und glaubte ihn bereits in die Enge getrieben zu haben, als ich einen scharfen Schmerz am Bein spürte. Blut quoll durch den Kettenpanzer. Wie er mich getroffen hatte, konnte ich gar nicht sagen, eigentlich fochten wir ja mit stumpfen Waffen – *sollten* wir mit stumpfen Waffen fechten. Die Wunde bewies gleichwohl anderes.

Es war weniger der Schmerz als das Blut, das mich plötzlich rasend machte. Ich rief nach dem Schwert, das am Rande lag, nach dem scharfen Schwert, duckte mich weg, sprang zurück, weil Rounaldo nun wild auf mich eindrosch und der Schild zu splittern drohte. Als ich stolperte und nach hinten fiel, glaubte er schon, mir den letzten Schlag versetzen zu können. Er zielte genau auf den Kopf. Doch ich stieß ihn mit meinen nach oben gestemmten Beinen in den Bauch.

Mit voller Wucht krachte er zu Boden.

Ich schlug zu.

Er wich aus, schneller, als ich ihm zugetraut hätte. Schleuderte mir seinen Schild entgegen. Ich musste zur Seite springen, er stand wieder. Wie ein Ringer warf ich mich auf ihn, doch ich merkte, dass ich seinen Körperkräften nicht gewachsen war. Mir war mein Schwert nun ebenfalls aus der Hand geglitten, und wir beide rangen wie zwei keuchende, klirrende Fabelwesen. Längst hatten wir alles Ritterliche hinter uns gelassen. Rounaldo wollte mir seinen Kampfhandschuh in die Augen stechen, ich versuchte erneut, ihm ein Bein zu stellen. Bald wälzten wir uns beide im Schnee, und plötzlich spürte ich einen weiteren Schmerz in der Seite. Wie gelähmt sah ich Blut im Schnee, mein Blut, nicht nur drei Tropfen, sondern Flecken, Rinnsale …

Was in den nächsten Augenblicken geschah, kann ich aus eigener Erinnerung nicht sagen. Ich kann mir nur vorzustellen versuchen, was Zuschauer mir berichteten.

Ich lag, und Rounaldo stand.

Rounaldo hielt ein Schwert in der Hand, schwang es hoch über seinen Kopf und zielte genau auf meinen Schädel. In diesem Augenblick stürzte ein Wesen in flatterndem Gewand hinzu und warf sich schützend auf mich. Es war Serena, die Rounaldo mit einem lauten Schrei abhalten wollte, zuzuschlagen.

Das scharfe Schwert traf sie. Es traf sie so, dass ihr Blut über mich spritzte.

Als ich mich aufraffte, lag sie vor mir im blutroten Schnee, in ihrem milchweißen Antlitz die ersterbenden Augen.

Es war Madeleine, die mir den Speer zuwarf.

Rounaldo starrte auf Serenas Körper, der König und mit ihm alle Zuschauer stürmten schreiend auf das Kampffeld.

Rounaldo rührte sich noch immer nicht, starrte nur, ließ sein Schwert fallen, und in diesem Augenblick stieß ich ihm den Speer mit letzter Kraft in das Kehlstück. Ohne einen weiteren Laut sackte er um, ich schwankte, ging in die Knie und fiel, fiel vornüber auf Serenas blutüberströmten Körper, erhaschte noch einen letzten, einen sehnsüchtig liebenden, einen brechenden Blick und fiel in eine raumlose Schwärze, fiel in einen brennenden Schmerz und stürzte ins Nichts.

59. Kapitel

Noch heute, Jahre, Jahrzehnte nach dem mörderischen, sinnlosen Kampf, der allein dem Rachebedürfnis einer gekränkten Königin diente – noch heute fällt es mir unendlich schwer, Worte zu Sätzen zusammenzufügen, aus denen lediglich ein fernes Echo des Schmerzes herüberklingt, den ich damals empfand.

Was gibt es weiter über mich, den Troubadour, der ein Ritter geworden war, zu berichten? Man brachte mich nach dem Kampf in die Wärme der Kemenaten, und der in Salerno ausgebildete Leibarzt des Königs versorgte meine Wunden. Es waren nur Fleischwunden, aber ich verlor viel Blut.

Bald erwachte ich aus meiner Bewusstlosigkeit. Sofort fragte ich nach Serena. Der Arzt sah mich ernst an. Ich wollte schon aufspringen, doch man drückte mich zurück in die Kissen. Ich glaube, ich verlor erneut das Bewusstsein, denn ohne dass ich sie hatte hereinkommen sehen, standen der König und die Herzogin vor mir.

«Warum habe ich den Kampf nur zugelassen! Ich hätte wissen müssen …», hörte ich den König sagen.

«Lebt sie noch?», flüsterte ich.

Die Herzogin schüttelte den Kopf.

Weil der Schmerz mich übermannte, schloss ich die Augen. Wie von ferne vernahm ich das Wunder: «Wir haben das Kind retten können», sagte sie leise, «deine Tochter ist noch sehr klein, aber sie ist warm eingepackt und gut versorgt.»

Wie zum Beweis ihrer Worte hörte ich ein schwaches Stimmchen. Unter Schmerzen richtete ich mich auf: Madeleine betrat die Kemenate, ein helles Bündel auf dem Arm. Sie kniete neben mir und befreite das winzige Gesichtchen von dem Schleier, der die Neugeborene schützen sollte. Als ich die Spitze meines Zeigefingers ihrer Wange näherte, öffneten sich kurz die Augen: Meine Tochter schaute mich an!

«Auf welchen Namen sollen wir sie taufen?», fragte der König. «Berardo will sie heute noch in die Gemeinschaft der Gläubigen aufnehmen.»

Erneut versuchte ich mich zu erheben, fiel jedoch kraftlos zurück. Für mich kam nur ein Name in Frage: Serena.

Dann bat ich flüsternd: «Kann ich ihre Mutter noch einmal sehen?»

Die Herzogin und der König schauten sich an. Unverkennbar war, dass sie mir den Anblick der Toten ersparen wollten. «Warte noch ein wenig! Morgen wirst du von ihr Abschied nehmen können», sagte die Herzogin und verließ den Raum.

Ich weiß nicht mehr, ob und wie lange ich danach schlief, doch dann kam mein Knappe mit einem weiteren Pferdeknecht, sie hoben mich vorsichtig aus dem Bett und trugen mich in den Kaisersaal, an dessen Kopfende Serena aufgebahrt lag. Ihr Körper war von weißem Leinen bedeckt, ihr Antlitz, bleich, aber von madonnenhaftem Liebreiz, hatte im Tod eine stille, ergebene Schönheit.

Madeleine, Adelheit, die Herzogin und Conte Pettorano standen mir zur Seite. Wir beteten. Jede Träne, die ich bei Serenas Anblick vergoss, begleitete eine Erinnerung an unsere Kindheit, an die glücklichen letzten Monate, an die Nacht, in der unser Kind gezeugt worden war. Die letzte Träne verband sich mit dem ersten Kuss, der uns aneinandergebunden hatte, auch wenn das Band immer wieder durchtrennt worden war.

Nun war es endgültig zerschnitten.

Ein paar Tage nach dem Kampf fieberte ich noch, doch bald schlossen sich die Wunden, und ich begann zu gesunden.

Nach dem Turnier sah ich die Königin nicht mehr. Als es mir wieder besser ging, hörte ich nur, dass sie Friedrich drängte, Nürnberg zu verlassen. Und nicht nur das: Es war ihr gelungen, die Familie Urslingen zu vertreiben. Die Herzogin war mit Adelheit und Rainald bereits ins Schwäbische, zu ihrer Stammburg, aufgebrochen.

«Ich hatte mit der Königin einen heftigen Streit», erklärte mir Friedrich ohne Umschweife, als ich schon beinahe genesen war. An meiner Seite saß Madeleine und wiegte die kleine Serena in den Schlaf. «Sie erträgt es nicht, unter einem Dach mit dir zu leben. Und sie will auch nicht wahrhaben, dass du mein Halbbruder bist. Sie unterstellt dir, das Amulett mit der Inschrift gestohlen zu haben, und droht mir, sie werde wieder nach Palermo zurückkehren, wenn sich nicht bald etwas ändere.»

Ich nickte und tauschte mit Madeleine einen Blick aus. «Wir haben bereits darüber gesprochen», antwortete ich. «Sobald der Frühling die Wege wieder passierbarer macht, werden wir in unsere provençalische Heimat zurückkehren.»

«Ich werde dir ein Lehen geben, sogar eine Grafschaft, sobald eine an mich zurückfällt. Du weißt ja, dass mir über unsere gemeinsame Großmutter Beatrix Burgund und das Königreich Arles lehnspflichtig sind, auch wenn die Herren dort unten so tun, als gäbe es mich nicht. Aber vielleicht werde ich sie auf meiner Rückreise nach Sizilien daran erinnern und mich, wie Großpapa Barbarossa es vor Jahrzehnten getan hat, zum König von Arles krönen lassen. Dann müssen die Herren Grafen alle antanzen und ihre Lehnspflichten erneuern. Anschließend mache ich in Rom Station und lasse mich von Papst Honorius zum Kaiser krönen.»

Selbstzufrieden lächelte er. Dann fiel ihm wieder ein, dass er mich aus seinem Beraterkreis fortschickte, und er wurde ernst: «Natürlich stelle ich dir einen Trupp Bewaffneter zur Verfügung, damit ihr auch sicher eure Heimat erreicht.»

So geschah es. Zum Abschied erhielt ich vom König ein Geschenk: einen aus Gold fein ziselierten Falkenring. Unter dem Kopf des Vogels fand ich die Buchstaben F H R eingraviert. «Auch ich habe mir einen solchen Ring anfertigen lassen. Er verbindet uns Brüder und soll dir den Verlust deines Falken ersetzen.»

Sobald die Narzissen ihre strahlend gelben Blüten wie Glocken im Wind tanzen ließen, brachen wir auf: Ich ritt mit den Männern an der Spitze, Madeleine und die kleine Serena, die bereits sichtlich gewachsen war, ihre Amme und ihr Milchbruder folgten auf einem Wagen, über sich den Frühlingshimmel, die Blüten der Obstbäume und, je weiter wir nach Süden vorankamen, das erfrischend grüne Laub der Bäume.

Während wir im schwäbischen Urslingen Station machten, kam Adelheit mit einem Mädchen nieder, das sie Katharina nannte. Wir sprachen häufig mit der Herzogin über die Zukunft des Königs in Deutschland und Italien und über die gnadenlose Rachsucht der Königin, die sich letztlich keinen Gefallen erwiesen hatte. Die Achtung ihres Mannes hatte sie verloren.

Schließlich zogen wir weiter ins Burgundische, wo wir in Chalon unsere Schutztruppe verabschieden konnten und ein Schiff bestiegen, das uns auf der Saône nach Lyon und weiter die Rhône stromabwärts in unsere Heimat trug.

Auf dieser Fahrt, während dieser Tage unter einem makellos blau aufgespannten Himmel, während dieser träumerisch verrinnenden Zeit meldete sich meine Trauer um Serena wieder zurück.

Nachdem sie aufgebahrt und bald darauf beerdigt worden war, hatte sich der Kelch meiner Tränen geleert. Ich war während dieser Tage noch nicht ganz über den Berg, sodass mich immer wieder Fieberschübe heimsuchten: Dann schaute ich auf den winzigen Säugling, auf Madeleine und sah sie mit Serena zu einem Wesen verschmelzen, auch wenn sich beide Frauen so gar nicht ähnelten. Und nachts – ich glaube, nicht einmal im Traum – sprach ich mit Serena:

Sie lag neben mir, wie aufgebahrt still und durchscheinend, und erzählte von ihrer Sehnsucht, von den Schmerzen, die ihr der Spanier zugefügt hatte, von der Erlösung durch den stürmischen, aber auch zarten Friedrich und von dem Glück, mich wiedergefunden zu haben. Aber sie habe nie wirklich an ein dauerhaftes Glück glauben können.

Als ich erschrocken neben mich griff, schreckte ich Madeleine auf.

So ging es mir auch häufig auf dem Schiff, das so wiegensanft dahinschaukelte. Ich hörte Serena sprechen, doch ihre Stimme wurde immer leiser. Ich sah sie lächeln und mir mit einem weißen Tüchlein winken. Und wenn ich dann in die Augen unserer kleinen Tochter schaute, entdeckte ich ihre Augen wieder: tiefblau, mistralblau, azurblau wie der leuchtende Himmel unserer Heimat.

60. Kapitel

Während der letzten Tage auf dem Schiff hatten Madeleine und ich immer wieder über unsere Väter gesprochen: Ich hoffte, meinen Vater Arnaut noch lebend in die Arme schließen zu dürfen. Mit jedem Tag, den wir uns der Heimat näherten, sprach Madeleine häufiger von *ihrem* Vater, und ich begriff, dass sie weniger denn je an seinen Tod glaubte.

Aber wie alt musste er sein? Und wo sollten wir ihn finden, falls er wirklich das Massaker von Béziers überlebt hatte?

In Avignon verließen wir das Schiff und zogen nach Süden, auf die leuchtende Kette der Alpilles zu. Als wir schließlich das Vallon de la Fontaine erreichten, erhob sich vor uns im weichen honigfarbenen Licht des Sonnenuntergangs die Burg von Les Baux. Ihr Donjon erstrahlte vor dem sich verdunkelnden Himmel.

Ich war, wie durch Zufall, am Anfang einer kurzen Zypressenallee stehen geblieben, die zu einer halb versteckten Bauernkate führte, und hielt Ausschau, ob ich nicht eine freundliche Seele entdecken konnte.

Madeleine war, unsere Kleine im Tragetuch vor ihrer Brust, bereits einige Schritte vorangeritten, ebenso wie die Knechte und die Amme, für die wir ein Maultier erworben hatten.

Zuerst sah ich niemanden, hörte dann jedoch eine weibliche Stimme laut rufen: «Perceval! Raymon! Kommt ihr? Es gibt was zu essen.»

Da erst entdeckte ich sie: einen etwa achtjährigen Jungen, der im Schatten einer Pinie stand und die Ziegen hütete, die auf beiden Seiten des Wegs und hinter einer halb verfallenen Steinmauer grasten. Nicht weit entfernt von ihm hockte ein alter Mann auf einem Stein und starrte, als wäre er blind, ins Leere. Als ich ihn freundlich grüßte, sah ich erst, dass er so alt noch gar nicht war, aber ihm fehlte die rechte Hand, und er war so hager und eingefallen wie ein Greis. Entweder hatte er meine Worte nicht gehört, oder er wollte mit Fremden nichts zu tun haben, denn er grüßte nicht zurück. Als ich ihn genauer musterte, entdeckte ich, dass in seinen Augen der Wahnsinn nistete.

Der Junge erwiderte an seiner Stelle den Gruß und trat dabei einen Schritt auf mich zu, ohne seinen prüfenden

Blick von mir zu wenden. Als ich ihn freundlich anlächelte, lächelte er schüchtern zurück.

Es war, als schaute ich mir selbst ins Gesicht: die kastanienbraunen Augen, der Mund, die Locke über der Stirn.

Da stand plötzlich seine Mutter auf dem Weg.

«Isabella?», rief ich fragend.

Unverändert zerzaust waren ihre dunklen Haare, ihre Augen lagen tief in den Höhlen, aber sie strahlten. Arbeit und Hunger hatten ihre Spuren in ihrem gegerbten Antlitz hinterlassen, und doch strahlte sie Kraft und ungebrochenen Lebensmut aus.

Sie nickte nur, obwohl sie mich zweifellos erkannt hatte. Als wollte sie ein plötzlich aufkeimendes Gefühl unterdrücken, machte sie eine fahrige Bewegung, strich dann mit ihren Fingern wie mit einem Kamm durch ihre Haare und wies schließlich auf ihren Mann: «Er ist wieder zurückgekehrt – als Krüppel.» Mit einer kaum merklichen Bewegung des Kopfes wies sie auf den Jungen und sagte, ohne den Blick von mir zu wenden: «Unser Sohn.»

Auch ich musste jetzt ein Gefühl unterdrücken, das mich zu überwältigen drohte, und wies daher auf die wartende Madeleine: «Meine Frau – mit Serenas Tochter.»

Als Antwort lächelte sie: «Geht mit Gott! Perceval wird dir eines Tages folgen.»

Das Burgtor sollte soeben geschlossen werden, als wir um Einlass baten. Eine der Torwachen erkannte mich, trotz meiner ritterlichen Ausrüstung, und ließ uns mit offenem Mund passieren.

Das Erste, was ich erfuhr, war der bereits eine Weile zurückliegende Tod meines Vaters. Nach unserer letzten Begegnung hatte er zu kränkeln begonnen und sich nicht mehr erholt.

An seinem letzten Morgen hatte er sich noch ins Falkenhaus geschleppt und anschließend auf das Plateau, zu der Stelle, an der seine Frau Farah, meine Mutter, in die Tiefe gesprungen war. Dort fand man ihn, mit einem erlösten Lächeln im erloschenen Antlitz.

Kurz nach unserer Ankunft wurden wir Sire Uc gemeldet, der sich bester Gesundheit erfreute und bald nach Serenas Hochzeit und Abreise noch einmal Vater eines spätgeborenen Sohns namens Barral geworden war. Er hatte mittlerweile seinen Hass auf mich verloren. Nachdem die Nachricht vom Seuchentod der spanischen Ritter zu ihm gedrungen war und er nie eine Botschaft von seiner Tochter erhalten hatte, war er von ihrem Tod überzeugt gewesen, hatte sich selbst verflucht und seinen Entschluss, sie um jeden Preis in die Ehe mit dem spanischen Grafen zu zwingen.

Sichtbar beeindruckt von meiner kostbaren Kleidung, begrüßte er mich mit weitausgebreiteten Armen im großen Saal der Burg, drückte mich an seine Brust, umarmte sogar jovial Madeleine, nicht ohne sich freundlich über den Säugling auf dem Arm der Amme zu äußern.

Als er von uns erfuhr, dass seine Tochter nicht an der Seuche in Sizilien gestorben sei, sondern erst kürzlich im Gefolge des Königs in Nürnberg, raufte er sich die Haare, während Domna Barrale sich abwandte und den Raum verließ.

Ohne ihm die näheren Umstände von Serenas Tod zu erläutern, kam ich auf seine Enkelin zu sprechen, die ihm Madeleine in den Arm legte, und erwähnte auch den Enkel auf Sizilien.

«Ich kann es nicht glauben!», rief er ungläubig, ließ sich über die Väter der Kinder aufklären und zeigte die gemessene Freude eines hohen Herrn. Als er hörte, dass mich der Enkel des von ihm so verehrten Frédéric *Barberousse*, also der deutsche und sizilianische König und zukünftige Kaiser Frédéric, zum Ritter geschlagen hatte, vergrößerte sich seine Freude.

Wir durften dann als Teil der Familie im Donjon einige Räume beziehen.

In den nächsten Tagen wanderte ich mit Madeleine und der kleinen Serena über das Plateau und legte dort, wo meine Mutter in die Tiefe gesprungen und mein Vater gestorben war, Blumen nieder. Anschließend begaben wir uns zu der Stelle in der Nähe des Sarazenenturms, wo Serena und ich mit baumelnden Beinen gesessen und in die schimmernde Ferne geschaut hatten: bis dorthin, wo sich Himmel und Meer vermählten.

Seit unserer Ankunft hatte ich an Madeleine eine zunehmende Unruhe bemerkt. Natürlich wusste ich, worauf sie zurückzuführen war. Daher schlug ich ihr vor, erst einmal allein aufzubrechen, um nach ihrem Vater zu suchen oder Nachrichten über seinen Tod einzuholen.

Ich ritt zuerst nach Béziers, wo sich mittlerweile wieder Leben eingenistet hatte. Der Kreuzzug gegen die Katharer hatte sich nach seinem grausamen Beginn zu einem Krieg Simon de Montforts gegen Graf Raymon de Toulouse und seinen Sohn ausgeweitet. Toulouse war erobert, dann, nach einer Niederlage Montforts bei Tarascon, wieder befreit worden. Während unserer Rückkehr in die Heimat stand Montfort erneut vor den Mauern der Stadt, um sie ein zweites Mal einzunehmen und sich endgültig zum okzitanischen Herrscher erklären zu können. Im Übrigen vergeblich, denn er fand bald darauf während der Belagerung den Tod.

Ich erlebte einen vom Krieg verwüsteten Süden, von fanatischem Hass erfüllte und zugleich zutiefst misstrauische Menschen, die jeglichen Glauben verloren hatten.

Als ich schließlich in der Abbaye Saint-Félix Station machte, traf ich Bruder Stephanus wieder. Und, in der Tat, er berichtete mir von ein paar Überlebenden des Massakers, die sich bis zu ihnen hatten schleppen können, unter ihnen ein alter, einäugiger Dichter. Der Mann sei dann jedoch weitergezogen, vermutlich in ein anderes Kloster.

Als ich Madeleine diese Nachricht überbrachte, konnte ich ihre Freudentränen kaum stillen. Die Kraft ihres Glaubens war so stark gewesen, dass sie die Barmherzigkeit des Herrn auf sich gezogen hatte.

Am liebsten wäre sie noch am selben Tag aufgebrochen.

Wir ließen unsere Tochter in der Obhut der Amme und suchten Père Guiot in der Abbaye de Montmajour, in Le Thoronet und im Kloster von Silvacane. Vergeblich.

Enttäuscht und der Verzweiflung nahe, zogen wir über Gordes sogar in die wilde Macchia und die Wälder der Vaucluse und suchten das Kloster Senanque auf, das weltabgeschieden in einem tiefen Tal liegt.

Ein auf dem Lavendelfeld arbeitender Laienbruder berichtete von einem blinden, alten, aber sehr frommen und weisen Mann, der bei ihnen seit Jahren auf den Einlass ins Himmelreich warte.

Als sich Vater und Tochter in die Arme fielen, befürchtete ich, Père Guiot könnte vor Freude sein Leben aushauchen. Er hatte nicht nur die Sehkraft seines verbliebenen Auges verloren, sondern konnte auch kaum noch gehen.

Zitternd tastete er das Antlitz seiner Tochter ab, ließ seine grauen, von Adern durchzogenen faltigen Finger immer wieder über ihre Lippen, Augen, Stirn und Haare gleiten.

Ich weiß nicht, wann Madeleine das letzte Mal so glücklich gewesen war.

Dann ließ er sich, von uns und einem der Mönche gestützt, in die Kirche zum Gebet geleiten.

Als wir nach der Vesper gemeinsam in seiner kleinen Zelle saßen, sagte er: «Ich wollte die Hoffnung nie aufgeben.»

Natürlich mussten wir ihm erzählen, was wir in den letzten Jahren erlebt hatten. Wir verschwiegen ihm manches, verweilten lange bei den Momenten des Glücks. Als er erfuhr, dass ich der Sohn von König Heinrich und Königin Constance' Sklavin Farah bin, schüttelte er nur ungläubig den Kopf: «Meine geliebte Beatrice und ich, wir kannten Farah gut und liebten ihre sanfte, stille Art, Heinrich blühte in ihrer Gegenwart auf. Als Königin Constance sie dann mit ihrem Kind verjagte und er es zuließ … Nun, es war der Anfang vom Ende unserer Zeit in Heinrichs Gefolge. Auch wir verloren Farah aus den Augen … Warum konnte ich nicht erkennen, dass du Farahs Sohn bist?»

Eine Weile verlor er sich in Erinnerungen, bewegte dabei nur stumm seine Lippen, schüttelte immer wieder den Kopf. Schließlich fand er seine Sprache wieder und kam auf das Massaker von Béziers und seine unverdiente Rettung zu sprechen. «Ich konnte mich in einem Schuppen hinter einem Holzstapel verstecken. Nachdem die Kreuzfahrer schließlich weitergezogen waren und die letzten Plünderer die Stadt verlassen hatten, schleppte ich mich zur Abtei von Saint-Félix, wo ich versuchte, meinen Glauben wiederzufinden, ohne dass es mir gelang. Nach langem Umherwandern fand ich hier in Senanque zumindest Ruhe und Frieden. Zwar verlor ich mit zunehmendem Alter mein Augenlicht, doch zuvor konnte ich noch ein Werk schreiben, das ich *La Bible* nannte – es ist kein frommes Buch, wie der Titel vermuten lässt, sondern eine Satire: die ungeschönte, bittere Wahrheit über unsere Welt und die Menschen, die sie bewohnen. Als ich es beendet hatte, fand ich auch wieder die Kraft zu glauben. Ich schenke dir das Buch, Bernardou, mach damit, was du willst.»

Wir planten, möglichst bald nach Les Baux aufzubrechen, wo Père Guiot seinen Lebensabend in Wärme und größerer Bequemlichkeit verbringen sollte. Aber er schüttelte den Kopf. Noch einmal tastete er das Antlitz seiner Tochter ab. Dann flüsterte er: «Das Dunkel meines Lebens wird bald abgelöst vom himmlischen Licht.»

Noch in der Nacht verlosch er.

Neun Monate später kam Madeleine wie durch ein Wunder mit unserem ersten Kind nieder. Wir hatten beide geglaubt, sie könne nicht mehr schwanger werden. Zur Geburt schenkte ich ihr den Falkenring, den mir König Friedrich zum Abschied an den Finger gesteckt hatte. Zuvor hatte ich den Zirkon einarbeiten lassen, den Edelstein der Liebe, der seine Zauberkraft ganz anders als ursprünglich geplant entfaltete: nicht im Auflodern der Leidenschaft, sondern in Opferbereitschaft und Treue.

Er gehört an Madeleines Hand, und mit ihr wird er dereinst in die Ewigkeit eingehen.

Es ist der Morgen eines strahlenden Frühlingstags. Die Nachtigallen schlagen, sie singen und flöten und schluchzen ihr nie endendes Lied von der Liebe, deren Geheimnisse sie nicht lüften, deren Rätsel sie nicht lösen können. Als es noch dunkel war, haben sie mich bereits geweckt, ich zog mir leise einen Jagdkittel über und schlich aus der Burg, kroch wieder durch das Loch in der Mauer, das es bereits in meiner Kindheit gab, und suchte die Stelle im Val d'Enfer, die ich als Kind so geliebt hatte und an der mir Peregrina entflogen war.

Auch diesmal wieder suchte ich den Himmel ab und in der Tat, in nahezu unsichtbarer Höhe sah ich zwei Adler oder Falken kreisen – umeinander in langgezogenen Bögen, Achten und Ellipsen, anstrengungslos und getragen. Sie schienen sich in immer fernere Sphären schrauben zu wollen, als wollten sie das Wesen des himmlischen Blaus erkunden.

Vielleicht war es ein Nachfahre meiner Peregrina, der eine Gefährtin gefunden hatte.

Ich beobachtete sie lange und war glücklich.

Die kleine Serena wuchs gesund heran, und bald waren Madeleine und ich noch mit weiteren Kindern gesegnet. Auch Isabellas Sohn suchte uns immer wieder auf, er spielte mit seinen Halbgeschwistern, blieb jedoch nicht mehr lange bei seiner Mutter. Er lernte bei den Mönchen von Saint-Trophime, bis er dann, von mir unterstützt, in Salerno die Heilkunst studierte.

Wir blieben nach unserer Rückkehr nicht unser ganzes Leben auf Les Baux: Nach dem Tod von Königin Constanza wurde ich von Kaiser Friedrich nach Sizilien gerufen, wo ich eine Schule für Dichter gründen sollte. Doch dies ist eine andere Geschichte.

Ein abschließendes Wort sei mir noch erlaubt: Du begibst dich im Labyrinth des Lebens auf einen schier endlosen Weg der Suche. Immer wieder stößt du dabei auf einen Kreuzweg und musst eine Entscheidung über die einzuschlagende Richtung treffen. Bald stellt sich heraus: Die Entscheidung war falsch. Am Ende deines Wegs wirst du müde und alt sein und dir sagen müssen: Das war's.

Bist du nun völlig in die Irre gelaufen, oder hast du doch *ein* Ziel, ja, vielleicht sogar *dein* Ziel erreicht?

Du hast es erreicht, wenn du in Demut hinnimmst, dass der Weg die Wahrheit war und das Leben: die Wahrheit des Lebens und damit sein Ziel.

Dies sollen die letzten Worte eines alten Mannes sein, der lange irren musste, bis er sein Glück fand, ein Glück, das den Schatten der Trauer nie ganz verleugnen konnte. Ich hatte den Kelch leeren müssen, aber der geheimnisvolle Stein gab mir Kraft und ließ mich immer wieder gesunden – und dennoch: Unvergessen bleiben die Blutstropfen auf Kalk und Schnee, bleibt das Mistralblau ihrer Augen. Und nie erloschen sind mir die tiefbraunen, fast schwarzen Augen, die das Lied aus Sehnsucht und Kummer sangen.

Nachwort

Im Herbst 1965 entdeckte ich zum ersten Mal Les Baux. Von der südlich gelegenen Crau kommend, steuerte ich auf die kalkhell strahlende Gebirgskette der Alpilles zu, der ‹kleinen Alpen›. Nach ein paar Kehren fiel mein Blick plötzlich auf die Ruinenreste der Burg, die über einem Felssporn in den klaren, tiefblauen Herbsthimmel ragten.

Das Les Baux von damals ist mit der heutigen Touristenattraktion, dem Open-Air-Museum mitsamt seinem schmuck hergerichteten steinernen Dorf, nicht zu vergleichen. Der Ort dämmerte nahezu gänzlich verlassen vor sich hin, eine Ansammlung verfallener Häuser, die Ruinen von Dorf und Burg kaum zu unterscheiden von den bizarren und dann wieder wie von Menschenhand geformten Felsen, den Buckeln und Quadern, den ausgewaschenen Löchern und Höhlen. Überall wuchsen wilder Salbei und Rosmarin, Lavendel, Thymian und Ginster, die Zweige und Blätter von Oleander und Tamarisken zitterten im Wind.

Ich kletterte lange zwischen den Ruinen und den Felsen umher, wanderte über das Plateau, setzte mich an seinen Rand und ließ meinen Blick über die Zacken der aufgetürmten Felsen, über Zypressenreihen und Olivenhaine bis hin zum fernen Schimmer des Meers schweifen. Der Ort war wie geschaffen zum Träumen.

Später las ich Berichte und Erzählungen über den mittelalterlichen Musenhof und *Cour d'Amour*, über Troubadoure und ihre angebeteten Damen, die dem Ansturm schwärmerischer Verse erlagen und sich dem Sänger hingaben, die, vom Ehemann ertappt, das Herz ihres Troubadours essen mussten, um schließlich selbst die Felsen hinabgestürzt zu werden.

Es war hauptsächlich die Ruinenromantik, die mich damals faszinierte und die an zahlreichen Orten der Provence noch unverdorben zu entdecken war. Das nostalgische Gefühl brachte mich dazu, in fernen Zeiten und Welten ‹traumzuwandeln›. Zugleich hinterließ dieses Ineinander von Naturschönheit und verfallenen Kulturdenkmälern, von strahlendem Kalkweiß und makellosem Azurblau, von wärmender Sonne und eiskaltem Mistral in Verbindung mit den damit verbundenen Geschichten einen unvergesslichen Eindruck.

In den kommenden Jahrzehnten besuchte ich Les Baux häufig, bis es endgültig von Kunsthandwerkern entdeckt, von Boutiquen besetzt und Besuchermassen überschwemmt wurde, bis die touristische und museale Herrichtung des historischen Juwels sich perfektionierte und ihm zugleich seine Faszinationskraft nahm.

Ich will darüber gar nicht lamentieren, weil Les Baux, wie ich bei meinem letzten Besuch kurz vor Schreibbeginn des Romans feststellen konnte, nicht nur durch Informationstafeln und *reenactment* mit Steinschleuder und Schwertkämpfen ganze Schulklassen unterhalten kann, sondern noch immer in touristisch ungünstigen Zeiten den Zauber der felsgeprägten Ruinenlandschaft erahnen lässt.

Gleichwohl: Ich persönlich empfand die ursprünglich von mir erlebte und noch immer intensiv erinnerte Atmosphäre als endgültig verloren, und so wanderte ich in wehmütiger Trauer über das Plateau und unter den sich wölbenden Felsen hindurch zu den Türmen, bestieg auf schmalen steilen Treppen den Donjon und den Sarazenenturm und ließ meinen Blick über die perfekt kultivierte Landschaft im Süden gleiten. Diesmal erstrahlte der Himmel nicht im Mistralblau, die Sonne legte auch kein abendliches Goldgelb über die Kalkfelsen, und vom Meer war kein Silberstreif zu erahnen; ein farblos-bleiernes Licht lag über Les Baux und erleichterte den Abschied.

Was blieb und bleibt, sind die Geschichten, die sich mit Les Baux verbinden, und das Bedürfnis, eine versunkene Welt wieder in fiktionaler Verkleidung ins Leben zurückzurufen.

Wie aus dieser Liebeserklärung an ‹mein› Les Baux deutlich geworden sein dürfte, wurzelt die Idee zu dem Roman *Der Ring des Falken* in dem Erlebnis des damals Zwanzigjährigen. Allerdings brauchte sie Jahrzehnte, bis sie sich schließlich entfalten konnte.

Zu Beginn dieses Entfaltungsprozesses suchte ich einen Protagonisten, der in der Lage ist, reflektiert und zugleich spielerisch mit Sprache umzugehen; aus seiner Sicht und in seinen Worten wollte ich die Geschichte erzählen. Da bot sich natürlich eine Troubadourfigur an. Der Troubadour als *Minnesänger* legte hinwiederum die Liebe als Thema nahe, den spannungsgeladenen Dualismus der *hohen* und *niederen* Minne, der *himmlischen und irdischen Liebe* (wie der Projekttitel des Romans lautete). Hinzu kam der Wunsch, meine eigene Sehnsucht nach der Ferne und meine nie nachlassenden Suchbewegungen in eine Figur zu projizieren. Damit waren die Grundlagen gelegt für eine Art ‹Road-Novel› und zugleich für einen Roman der Suche.

In zwei Punkten unterscheidet sich *Der Ring des Falken* von den meisten meiner historischen Romane.

Der erste Punkt betrifft die Perspektive: Meist erzähle ich betont multiperspektivisch. Diesmal habe ich mich jedoch wie in der *Heimlichen Päpstin* für die eindeutige und zugleich begrenzte Perspektive des rückblickenden Ich-Erzählers entschieden.

Der zweite Punkt bezieht sich auf die Historizität der Protagonisten. Gewöhnlich wähle ich eine historisch belegte Figur als Held bzw. Heldin und halte mich an ihre Lebensdaten. In dem *Ring des Falken* sind der erzählende Protagonist und weitere Zentralfiguren fiktiv.

Gleichwohl ist ihre Geschichte passgenau in einen historischen Kontext eingebettet, an dem so gut wie nichts verändert wurde: in die Zeit um 1200 und in die ersten Jahre des Stauferkaisers Friedrich II. Die Ereignisse, die sich mit den im Personenverzeichnis genannten Figuren verbinden, seien sie nur erwähnt, seien sie mit der Handlung verwoben, sind bis auf Kleinigkeiten historisch verbürgt. Dass eine möglichst weitgehende Authentizität in der dargestellten Alltagswelt der Ritter, Troubadoure und Gaukler, der Orte, Reiserouten und zentralen Ereignisse (wie der Eroberung von Béziers oder der Schlacht von Bouvines) angestrebt ist, versteht sich von selbst.

Ein Hinweis noch zur Entstehung der eingestreuten Gedichte. In der Regel handelt es sich, so die originale Form nicht sofort erkennbar ist, um Übernahmen, um spielerische, ja, parodistische Abwandlungen und Fortschreibungen von Troubadourlyrik (Peire Vidal, Guilhem de Cabestanh, Bertran de Born, Giraut de Bornelh), von Gedichten des Walther von der Vogelweide sowie zwei königlichen Rittern.

Ganz bewusst habe ich mich für ein Minimum an fremdsprachlichen Schreibungen, Einfügungen, Begriffen usw. entschieden, nicht ohne außer Acht zu lassen und zu thematisieren, dass der Protagonist sich in einer vielfältigen Sprachen- und Dialektlandschaft bewegt. Ein sprachhistorisch exaktes und in sich stimmiges Einfügen spezifischer Wörter und Bezeichnungen und schon gar umgangssprachlicher Wendungen ist praktisch nicht möglich, selbst wenn man, wie ich es teilweise getan habe, Spezialwörterbücher (z. B. des Altprovençalischen) heranzieht.

Zum Schluss möchte ich betonen, dass das Ziel auch dieses Romans wieder darin liegt, Leserin und Leser historische Faktizität im fiktionalen Gewand möglichst fesselnd nahezubringen, sie auf eine Zeitreise mitzunehmen, die sie unterhält und zugleich ihr Wissen um die *conditio humana* erweitert und vertieft.

Zur verwendeten Literatur

Die von mir verwendete Literatur an dieser Stelle vollständig aufzuzählen, würde den Rahmen sprengen. Dennoch möchte ich wichtige Werke nennen, die sich nicht ausschließlich mit Spezialthemen (wie Kleidung, Ernährung, Falkenjagd usw.) beschäftigen:

Insbesondere über den Staufer Friedrich II. habe ich die neueste Literatur herangezogen (das zweibändige *opus magnum* von Wolfgang Stürner über *Friedrich II.* sowie die erst kürzlich erschienene sehr lesenswerte Biographie von Olaf B. Rader: *Friedrich II. Der Sizilianer auf dem Kaiserthron*, außerdem Uwe A. Osters *Die Frauen Kaiser Friedrichs II.*). Andere wie die bereits ältere Biographie von Eberhard Horst kamen hinzu. Zupass kam mir die interessante Staufer-Ausstellung in Mannheim mit den beiden höchst informativen Ausstellungsbänden; sie zog eine Reihe von informativen Zeitschriftenausgaben und dazugehörigen Büchern über die Stauferzeit nach sich.

Was den gesamten Alltag der hochmittelalterlichen Ritterkultur angeht, fand ich insbesondere Joachim Bumkes *Höfische Kultur. Literatur und Gesellschaft im hohen Mittelalter* nützlich. Diesem Buch verdanke ich viel. Es ist nicht nur wissenschaftlich sauber und bezieht sich auf die von mir gewählte Epoche, sondern reflektiert auch überzeugend die Aussagekraft mittelalterlicher Quellen, zeigt somit auf, dass die anschaulichen *fiktionalen* Schilderungen aus den großen Epen von Chrétien de Troyes, Wolfram von Eschenbach, Hartmann von Aue usw. nicht unbedingt als wirklichkeitsgetreue Zeitzeugnisse genommen werden dürfen. Knapp in der Darstellung, doch umfassend und gut bebildert sowie auf neuem Stand ist das Begleitbuch zu der Ritter-Ausstellung in Speyer 2003 von Andreas Schlunk und Robert Giersch: *Die Ritter. Geschichte, Kultur, Alltagsleben.*

Ich möchte noch Linda M. Patersons *The World of the Troubadours. Medieval Occitan Society 1100–1300*, Robert Fossiers *Das Leben im Mittelalter* sowie Richard Barbers und Juliet Barkers *Die Geschichte des Turniers* erwähnen; das letztgenannte Werk differenziert nach Ort und Zeit und verhindert, dass das populäre, am Spätmittelalter ausgerichtete Turnierbild (und die entsprechenden Darstellungen in Romanen wie in Filmen) auf die Stauferzeit zurückprojiziert wird.

Hilfreich waren ebenfalls die Werke Dieter Kühns, der Wolfram von Eschenbachs *Parzival* und Gottfried von Straßburgs *Tristan und Isolde* in heutiges Deutsch übersetzt und dabei einen umfangreichen Material-Apparat angefügt, der sich auch in seinen Büchern über *Neidhart* und *Wolkenstein* mit dem Alltag der Minnesänger auseinandergesetzt hat.

Die Informationen über die provençalischen Troubadoure und ihre Lieder entnahm ich dem Band *Die Trobadors. Leben und Lieder* (Sammlung Dietrich), und bei Walther von der Vogelweide griff ich auf eine von Peter Wapnewski übersetzte und kommentierte Ausgabe zurück.

In heutiger Zeit kommt man ohne das Internet nicht mehr aus: Es liefert häufig auf die schnellste Weise benötigte Informationen; dennoch bleibt das neunbändige *Lexikon des Mittelalters* unverzichtbar.

Frederik Berger

Im Roman erwähnte historische Persönlichkeiten und Ereignisse

Kaiser Friedrich I. Barbarossa (auch: Frédéric Barberousse, Federico Barbarossa) aus dem (schwäbischen) Haus der Hohenstaufen: *nach 1122, 1152 deutscher König, 1155 Kaiserkrönung, 1156 Heirat mit Beatrix, Erbin der Grafschaft Burgund, 1162 Eroberung und Zerstörung Mailands, 1176 entscheidende Niederlage gegen den lombardischen Bund bei Legnano, Pfingsten 1184 großes Hoffest zu Mainz: Schwertleite/Ritterweihe seiner Söhne Heinrich und Philipp, † 1190 im Fluss Saleph in Kleinasien (südl. Türkei) auf dem Kreuzzug.

König/Kaiser Heinrich VI. (auch: Enrico VI., Henri) aus dem Haus der Hohenstaufen, Sohn von Friedrich I. Barbarossa: * 1165, 1169 deutscher König, 1184 Ritterweihe, 1186 Heirat mit der zehn Jahre älteren Constance von Sizilien aus dem Hause Hauteville, der Erbin des Normannenreichs in Süditalien/Sizilien, 1191 Kaiserkrönung, 1194 König von Sizilien, † 1197.

Königin Constance, Schwester des normannischen Königs Roger II., Königin von Sizilien, * 1154, 1186 Heirat mit dem deutschen König und späteren Kaiser Heinrich VI., 1194 Geburt des einzigen Sohns Friedrich in Iesi bei Ancona, † 1198 auf Sizilien.

König/Kaiser Friedrich II. (auch: Federico Secundo, Frédéric) aus dem Hause der Hohenstaufen, *26. 12. 1194 in Iesi bei Ancona, Kindheit in Foligno (im heutigen Umbrien), aufgezogen von Konrad von Urslingen, dem (schwäbischen) Herzog von Spoleto und seiner Frau, 1198 nach Palermo gebracht, zum König von Sizilien gekrönt, nach dem Tod seiner Mutter 1198 verwaist und unter der Vormundschaft von Papst Innozenz III. in Palermo aufgewachsen, 1208 volljährig (mit 14), 1209 Heirat mit Constanza von Aragón, der verwitweten Königin von Ungarn (ebenfalls ca. 10 Jahre älter), weitere politische Entwicklung wie im Roman geschildert, Kaiserkrönung 1220 in Rom, † 1250 in Apulien («stupor mundi» = «das Staunen der Welt» genannt); zahlreiche legitime und illegitime Kinder, unter ihnen sein ältester legitimer Sohn **Heinrich (VII.**, deutscher König), sein ältester illegitimer Sohn **Federico/Friedrich von Pettorano**, bekannt auch sein illegitimer Sohn **Enzio** (von ihm besonders geschätzt).

Constanza de Aragón, verwitwete Königin von Ungarn («Reina de Hungría»), *um 1182, Heirat mit Friedrich II. 1209, Geburt eines einzigen Sohns: Heinrich VII., † 1222.

Herzog Philipp von Schwaben aus dem Haus der Hohenstaufen, Bruder Kaiser Heinrichs VI., * 1177, nach dem Tod seiner älteren Brüder 1198 deutscher König (Gegenkönig ist der Welfe Otto IV.), 1198 ermordet (aus privaten Motiven).

Kaiser Otto IV. von Braunschweig aus dem Haus der sächsischen Welfen, 1198 wie Philipp von Schwaben zum König gewählt, nach Philipps Tod 1208 alleiniger König, bald vom Papst zum Kaiser gekrönt, später exkommuniziert; seit 1214 keine politische Bedeutung mehr im Reich, † 1218.

Roi Philippe = König Philipp II. Augustus, * 1165, französischer König von 1180 bis † 1223, Auseinandersetzung mit dem englisch-angevinischen Haus Plantagenet: mit Heinrich II. von England und dessen Söhnen **König Richard** Löwenherz («Cœur de Lion») und **John (Johann** Ohneland, **«Sans-Terre»)**, Gegner auch von Kaiser Otto IV., des mit den Engländern verbündeten Welfen.

Papst Innozenz III. (Lothar, Graf von Segni, * um 1160), Papst 1198 bis † 1216, Vormund des noch unmündigen Friedrich II., Gegner der staufischen Politik der Umklammerung des Kirchenstaats durch Vereinigung des kaiserlich-römischen Reichs mit dem Königreich Sizilien, sein Nachfolger wurde Papst Honorius III.

Sultan Saladin «der Große» (Salah ed Din = Wahrheit des Glaubens) * 1138 in Kurdistan, † 1193 in Damaskus, einer der größten arabischen Heerführer und Staatsmänner, besiegte in der Schlacht von Hattin 1187 ein Kreuzritterheer und nahm kurz darauf Jerusalem ein.

Uc (Hugues), Senher/Seigneur/Sire de Baux, * 1173, † 1240, auch *Vicecomte* de Marseille, verheiratet mit **Barrale** de Marseille, sein Nachfolger **Barral**, Senher de Baux, verheiratet mit Sybille d'Anduze.

Simon de Montfort, * 1165, † 1218 bei der Belagerung von Toulouse, Anführer (mit **Abt Arnaud-Amaury**) eines von Papst Innozenz zum Kreuzzug gegen die häretischen Albigenser/Katharer aufgerufenen Heers; seit 1209 Eroberungen im Roussillon/Languedoc/Okzitanien, Anhänger des franz. Königs, nach Eroberung von Toulouse Graf von Toulouse.

Bischof Pierre de Castelnau, päpstlicher Legat, eingesetzt gegen die Katharer/Albigenser im Süden Frankreichs, 1208 ermordet; sein Tod führte zum Kreuzzug gegen die Albigenser, der 1209 begonnen und offiziell erst 1229 beendet wurde. Letzte Kämpfe und Eroberungen mit Verbrennungen bis 1244.

Konrad von Urslingen, 1176 bis zu seinem Tod 1202 Herzog von Spoleto, seine Frau, **die Herzogin**, war Ziehmutter des kleinen Friedrichs, sein Sohn **Rainald** wurde sein Nachfolger als Herzog, seine Tochter **Adelheit** war Spielgefährtin Friedrichs, Mutter seines Sohns Enzio und seiner Tochter Katharina.

Erzbischof Berardo Castacca, 1207 Erzbischof von Bari, seit 1213 von Palermo, lebenslanger Berater und Vertrauter Friedrichs II., † 1252.

Anselm von Justingen, Geburt- und Sterbedaten nicht bekannt, wurde 1212 von den deutschen Fürsten nach Palermo gesandt, um Friedrich von seiner Wahl zu benachrichtigen, von ihm zum Reichsmarschall ernannt.

Peire Vidal: weitgereister provençalischer Troubadour um 1200.

Guiot de Provins: nordfranzösischer Trouvère (= Troubadour) aus der Champagne, später in der Provence bzw. im Languedoc, † nach 1210.

Walther von der Vogelweide: berühmter deutscher Minnesänger, um 1170 bis ca. 1230, Verfasser der *Reichstöne* («Ich saß auf einem Steine …»), von Liedern der hohen und niederen Minne, politischer Lyrik.

Wolfram von Eschenbach: * zwischen 1160 und 1180, † um 1220, berühmter deutscher Epiker des Hochmittelalters, Verfasser des *Parzival*, auch Taglieder.

Chrétien de Troyes, * um 1140, † vor 1190, größter französischer Epiker des Mittelalters, Vorbild für die deutsche Epik, Verfasser von Romanen um die Artussage, unvollendetes Epos über *Perceval* («Die Geschichte vom Gral»).

MIX
Papier aus verantwortungsvollen Quellen
FSC® C014496

Das für dieses Buch verwendete FSC®-zertifizierte Papier
Munkenprint Cream liefert Arctic Paper Munkedals, Schweden.